新中国文学
经典丛书
精选本

孟繁华

主编

短篇
小说

卷一

作家出版社

出版说明

中国当代文学经过70多年的探索、创作，逐渐形成了具有中国特色和经验的文学世界。这个世界丰富、绚丽、迷人，不仅从一些方面表达了当代中国的思想、情感和精神面貌，而且已经成为世界文学重要的组成部分。为了展示中国文学的巨大成就，进一步树立文化自信和文学自信，我们特别策划了这套具有一定规模的"新中国文学经典丛书·精选本"。

丛书共计十二卷，包含小说（中短篇）、诗歌、散文、报告文学、戏剧五个文学门类，其中短篇小说两卷、中篇小说六卷、诗歌一卷、散文一卷、报告文学一卷、戏剧一卷。在时间上，所选均是1949年新中国成立之后所发表或出版的优秀文学作品。在版式编排上，统一按照当前规范要求，采用简体字横排方式，字词用法也遵照当前最新标准规范。

丛书邀请著名评论家孟繁华担任主编。入选丛书的作品经过了专家论证委员会的认真评审，专家评审从文学性、思想性、时代性等多方面进行综合考察，选取了各个时期、各个体裁最具代表性的作家作品。正是这些作家作品，构筑了中国当代文学最为坚实和亮丽的文学大厦，在一定意义上，它们就是一部特殊形态的中国当代文学史，代表了新中国文学70多年所取得的不凡成就。

文学是时代的一面镜子，通过这套大型丛书，读者一方面可以了解和领略中国当代文学的发展历程和高端成就，满足精神文化发展的需求；也可以更好地了解新中国成立70多年来我们党和人民所走过的光辉道路，了解我们的祖国所发生的翻天覆地的变化。鉴古知今，面向未来，更好地投身于实现中华民族伟大复兴中国梦的新征程中去。

　　需要特别说明的是，尽管在篇目的遴选上，我们经过了认真的论证和反复的研究，但关于作品优劣的认定和选择的标准见仁见智，正所谓一千个读者眼中有一千个哈姆雷特，每个人心中都有自己认为优秀的作品。因此，这套书仅仅代表的是面对新中国70多年文学成就的一种眼光、一个角度。同时，由于丛书体量有限，遗珠之憾在所难免，恳请读者朋友理解并谅解，同时更盼批评指正。

作家出版社

2023年1月

目录

我们夫妇之间

萧也牧

一、"真是知识分子和工农结合的典型!"

我是一个知识分子出身的干部;我的妻却是贫农出身,她十五岁上就参加革命,在一个军火工厂里整整做了六年工。

三年前我们结了婚。当时我们不在一起,工作的地方相隔有百十来里,只在逢年逢节的时候才能见面。所以婚后的生活也很难说好还是坏。只是有一次却使我很感动:因为我有胃病,一挨冻就要发作,可是棉衣又很单薄!

那年,正快下雪的时候,她给我捎来了一件毛背心,还附着一封信,信上说:

> ……天快下雪了!你的胃病怎样?真叫我着急得不知道怎么着好!我早有心给你打件毛背心,倒也不是羊毛贵,就是钱凑不够!我就在每天下午放工以后,上山割柴火,可见天气太短了!一下工,天很快就黑了!所以一直割了半个多月,才割了不少柴火,卖给厂里的马号里了。卖了两千块边币,称了两斤羊毛,问老乡借了个纺车,纺成了毛线,打了这件毛背心!
>
> 因为我不会打,打得又不时样又尽是疙瘩,请你原谅!希望你穿上这件毛背心,就不再发胃病,好好为人民服务……

我读着这封信,我仿佛看到了她那矮小的身影,在那黄昏时候,手拿镰刀，独自一个人，弯着腰，在那荒坡野地里，迎着彻骨的寒风，一把、一把、一把地割着稀疏的茅草⋯⋯

她这样做，完全是为着我！为着我不挨冻，为着我"不再发胃病，好好为人民服务⋯⋯"突然，我流泪了！可是我感到了幸福！

两年以后的秋天，我们有了小孩，组织上就把我们调在一块工作。那时，我们住在一个叫"抬头湾"的山村里。

每当晚上，我在那昏黄的油灯下赶工作，她呢，哄着孩子睡了以后，默默地坐在我的身旁，吃力地、认真地、一笔一画地练习写大楷⋯⋯

山村的夜是那样的静寂，远远地能听见"胭脂河"的流水，"哗哗"地流过村边。时间该是半夜了吧，我想她又是照顾孩子，又是工作⋯⋯一定是很累了，就说："你先睡吧！"她一听我的话，总是立刻睁大了有点蒙眬了的睡眼："不！"继续练她的大楷⋯⋯直到我也放下工作。

早上，孩子醒得很早，她就起来哄："嗯嗯⋯⋯听妈妈的话，别把爸爸扰醒了⋯⋯"孩子才几个月大，当然不懂得，还是嚷！于是她就蹑手蹑脚地起来，抱着孩子，到隔壁老乡屋里的热炕头上哄着去了。

闲时，她教我纺线、织布；我给她批仿，在她写的大楷上画红圈，或是教她打珠算，讨论土地政策⋯⋯

每天下午，孩子睡着了，我们抬水去浇种在窗前的几棵白菜；到沟里帮老乡打枣，或是盘腿坐在炕上，我搓"布卷"（棉花条儿）、拐线，她纺线，纺车"嗡嗡"地响，声音是那样静穆、和谐⋯⋯

虽然我们的出身、经历⋯⋯差别是那样的大，虽然我们工作的性质是那样的不同：我成天坐在屋子里画统计表，整理工作材料；她呢，成天和老百姓们打交道！⋯⋯但在这些日子里边，我们不论在生活上、感情上⋯⋯却觉得很融洽，很愉快！同志们也好意地开玩笑说："看你这两口子，真是知识分子和工农结合的典型！"

但是，不到一年的光景，我们却吵起架来了，甚至有一个时候，我曾经怀疑到：我们的夫妇生活是否能继续巩固下去？那是我们进了北京城以后的事。

二、"……李克同志：你的心大大地变了！"

今年二月间，我们进了北京。这城市，我也是第一次来，但那些高楼大厦，那些丝织的窗帘、有花的地毯，那些沙发，那些洁净的街道、霓虹灯，那些从跳舞厅里传出来的爵士乐……对我是那样的熟悉、调和……好像回到了故乡一样。这一切对我发出了强烈的诱惑，连走路也觉得分外轻松——虽然我离开大城市已经有十二年的岁月，虽然我身上还是披着满是尘土的粗布棉衣……可是我暗暗地想：新的生活开始了！

可是她呢？进城以前，一天也没有离开过深山、大沟和沙滩，这城市的一切，对于她，我敢说，连做梦也没梦见过的！应该比我更兴奋才对，可是，她不！

进城的第二天，我们从街上回来，我问她："你看这城市好不好？"她大不为然，却发了一通议论：那么多的人！男不像男女不像女的！男人头上也抹油……女人更看不得！那么冷的天气也露着小腿；怕人不知道她有皮衣，就让毛儿朝外翻着穿！嘴唇血红红，像是吃了死老鼠似的，头发像个草鸡窝！那样子，她还觉得美得不行！坐在电车里还掏出小镜子来照半天！整天挤挤嚷嚷，来来去去，成天干什么呵……总之，一句话：看不惯！说到最后，她问我："他们干活也？哪来那么多的钱？"

我说："这就叫作城市呵！你这农村脑瓜吃不开啦！"她却不服气："鸡巴！你没看见？刚才一个蹬三轮的小孩儿，至多不过十三四岁，瘦得像只猴儿，却拖着一个气儿吹起来似的大胖子——足有一百八十斤！坐在车里，跷了个二郎腿，含了支烟卷儿，亏他还那样'得'！（得意，自得其乐的意思）……俺老根据地哪见过这！得好好儿改造一下子！"

我说："当然要改造！可是得慢慢地来；而且也不能要求城市完全和农村一样！"

她却更不服气了："嘿！我早看透了！像你那脑瓜，别叫人家把你改造了！还说哩！"

我觉得她的感觉确实要比我锐利得多，但我总以为她也就是说说罢了，谁知道她不仅那么说，她在行动上也显得和城市的一切生活习惯不合拍！虽然也都是在一些小地方。

那时候，机关里还没起伙，每天给每人发一百块钱（旧币），到外边去买来吃。有一次，我们俩到了一家饭铺里，走到楼上，坐下了。她开口就先问价钱："你们的炒饼多少钱一盘？""面条呢？""馍馍呢？"……她一听那跑堂的一报价钱，就把我一拉，没等我站起来，她就在头里走下楼去。弄得那跑堂的莫名其妙，睁大了眼睛，奇怪地看了我们几眼。当时，真使我有点下不来台，说实话，我真想生气！可是，她又是那样坚决，又有什么办法呢？只好硬着头皮跟着她走！

她一面下楼，一面说："好贵！这哪里是我们来的地方！"我说："钱也够了！"她说："不！一顿饭吃好几斤小米，顶农民一家子吃两天！哪敢那么胡花！"

出了饭铺，我默默地跟着她走来走去，最后，在街角上的一个小饭摊上坐下了。还是她先开口，要了斤半棒子面饼子、两碗馄饨。大概她见我老不说话，怕我生气，就格外要了一碟子熏肉，旁若无人地对我说："别生气了！给你改善改善生活！"

像这类事，总还可以容忍。我想，一个"农村观点"十足的"土包子"，总是难免的，慢慢总会改变过来……

哪知她并不！

那时，机关里来了不少才参加工作的新同志，有男的也有女的。她竟不看场合，常常当着他们的面，一板正经地批评起我来。她见我抽纸烟，就又有了话了："看你真会享受！身边就留不住一个隔宿的钱！给孩子做小褂还没布呢！一支连一支地抽！也不怕熏得慌！你忘了？在山里，向房东要一把烂烟，合上大芝麻叶抽，不也是过了？"

开始，我笑着说："这可不是在抬头湾啦！环境不同了呵！"

她却有了气啦："我不待说你！环境变了，你发了财啦？没了钱了，你还不是又把人家扔在地上的烟屁股捡起来，卷着抽！"

不知道是怎么回事儿，我的脸"唰"地就红了！站在一旁看热闹的青年男女同志们，本来看得就很有兴趣，这时候，就有人天真活泼地嚷起来："哈哈！脸红啦！脸红啦！"站在一旁的同志也马上随声附和，并且大鼓其掌："红啦！红啦！"这一嚷，我的脸，果真更加发烫了！

......

我发觉，她自从来北京以后，在这短短的时间里边，她的狭隘、保守、固执……越来越明显，即使是她自己也知道错了，她也不认输！我对她的一切规劝和批评，完全是耳边风，常常是，我才一开口，她就提出了一大堆问题来难我："我们是来改造城市的，还是让城市来改造我们？""我们是不是应该开展节约，反对浪费？""我们是不是应该保持艰苦奋斗、简单朴素的作风？"等等。她所说的确实也都是正确的，因此，弄得我也无言答对。这样一来，她也就更理直气壮了，仿佛真理和正义，完全是在她的一边；而我，倒像是犯了错误了！她几次很严肃地劝我："需要好好地反省一下！"

我有什么可反省的呢？我自己固然有些缺点，但并不像她说的那样严重，除了沉默，我还有什么办法？可是，有一次，我忽然再也不能沉默了！我们破例吵了一架，这在我们结婚以来，还是第一次。

在今年六七月间，连日雨天，报上不断登着冀中和冀西一带闹水灾的消息。突然，她的精神也就随着紧张起来！每天报来，她就抢着去看。我发现，她是专门在找报上所列举的水患成灾的县份和村名……她一面读着，一面不断地发出惊叹："呵呵！怎么得了呀！才翻了身的农民，还没缓过气来，地又叫淹了！呵呵……"

有一次，我正在整理各地灾情的材料，她看着报，就大声嚷了起来："这怎么着好呵！俺村的地全叫淹了！哎呀！日子怎么着过呀！我娘又该挨饿了呵！怎么着呵？哎！说呀！你说呀！"这我才发觉她是在征求我的意见。我出口说了句俏皮话："天要下雨，娘要嫁人——谁也没法治！党和政府自会想办法，你操心也枉然！"冷不防，她一伸手，一指头直捅到我的额角上："没良心的鬼！你忘了本啦！这十年来谁养活你来着？"我说："反正不是你家！"她却真的又生我的气了："你进了城就把广大农民忘啦？你是什么观点？你是什么思想？光他妈的会说漂亮话！"我说："谁比得上你的思想！'响当当'的好成分！又是工人阶级出身！"她把桌子一拍："放你妈的臭屁！你别讽刺人啦！"就再也不理我了，好像很伤心的样子。

过了几天，我恰好得了一笔稿费：够买一双皮鞋，买一条纸烟，还可以看一次电影，吃一次"冰淇淋"……我很高兴，我把钱放在枕头芯里，不让她知道。

第二天，我正准备取钱上街，钱却怎么找也找不到了，心里真着急。我只好问她："我的钱呢？"她说："什么？钱？哪里来的钱？你交给谁啦？"我继续找，直找得头上冒烟！她却"扑哧"一声笑了！我知道准是她拿了，于是我就很正经地说："这钱不是我的！""得了！你别糊弄我没文化了！稿费单上还有你的名字呢！""是，是，我这钱，我有用处！我要去买一套'干部必读'——十二本书！好好加强理论学习，比什么都重要！""谁还知不道谁哩！加强你的'冰鸡宁'，'烟斗'牌烟去吧！"我一看不对头，只好恳求了："你拿一半行不行？"她却说："我早给家寄走了！"我不免吃了一惊："真的？"她说："糊弄鬼！"

我不知不觉地提高了嗓音："这钱是我的！你不应该不哼一声就没收了！"哪知她的嗓音更大："你没花过我的钱？嗯？你的花被面，你的毛背心……是谁的钱买的？"我说："不稀罕！反正你得检讨检讨，你这样做对不对？"她说："对！家里闹水灾，不该救济救济么？"我说："你把钱捐给救灾委员会，那就算你的思想意识强，为什么给自己家里寄呀？那还不是自私自利农民意识！"她却真的火了："反正比浪费强！钱我是寄走了！你看着办吧！"我说："咱们分家！"她说："马上分！今儿个黑价（晚上）你就不兴盖我的被子！"我说："好好好！"我一扭头就走了……

说也笑人，为了这么芝麻粒大的一点事，我们三天没说话，而且觉得很伤脑筋！恰好星期六那天晚上，机关内部组织了一个音乐晚会，会跳舞的同志就自动跳起舞来，这正好解闷，我就去参加了！

我正下场，忽然发现：她抱着孩子来了！一看她的神色，知道糟了！她气冲冲地直奔到我的面前，把孩子住我怀里一塞："你倒会散心！孩子有你一半责任，我抱够了！你抱抱吧！"我说："跳完这一场就回去！"她二话没说，把孩子往旁边的沙发上一撂，雄赳赳地走了……

孩子不见他妈，就"哇哇"地号唡起来，和着手风琴的伴奏，发出一种奇怪的音乐，引起了人们的注意。

我红着脸，抱起孩子，回到卧室里去。只见她伏在桌上写字呢！我悄悄地走到她的背后一看，原来她在给我写信，"李克同志：你的心大大地变了……"她发觉我来，马上又把纸撕了！

孩子见了妈，挂着两行眼泪，笑着，跳着，"哇！哇！"地叫，向她扑去，她才接过孩子，解开怀来喂奶，一面走到门边，背贴着门，向我命令地说："不许走！咱们谈判谈判！"

三、她真是一个倔强的人

这些虽然都是非原则问题，但也恰好正在这些非原则问题上面，我们之间的感情，开始有了裂痕！结婚以来，我仿佛才发现我们的感情、爱好、趣味……差别是这样的大！

她对我，越看越不顺眼，而我也一样，渐渐就连她一些不值一提的地方，我也看不惯了！比方：发下了新制服，同样是灰布"列宁装"，旁的女同志们穿上了，就另一个样儿：八角帽往后脑瓜上一盖，额前露出蓬松的散发，腰带一束，走起路来，两脚成一条直线，就显得那么洒脱而自然……而她呢，怕帽子被风吹掉似的，戴得毕恭毕正，帽檐直挨眉边，走在柏油马路上，还是像她早先爬山下坡的样子，两腿向里微弯，迈着八字步，一摇一摆，土气十足……我这些感觉，我也知道是小资产阶级的，当然不敢放到桌子面上去讲！但总之一句话：她使我越来越感觉过不去，甚至我曾经想道：我们的夫妇关系是否可以继续维持下去？

幸好，不久她被分配到另一个机关去工作了！我欢欢喜喜地打发她走了，精神上好像反倒轻松了许多！

我想她这种狭隘、保守、固执……恐怕很难有所改变！她真是一个倔强的人！

我们分手以后，约莫有个半月的时光，她连电话也没来过一个，却对旁人说：离了我她也能活！

可是，我却不能！即使我对她有很多不满，然而孩子总还是十分可爱的！我一想起那孩子的乌亮墨黑的大圆眼，和他那牙牙欲语的神气……我就十分怀念！终于还是我先去找她去了！哪知道一见她，她却向我一挥手："今天工作太忙，改日来吧！"

我说她真是个倔强的人。这评语，越来越觉得确切了！特别是又发生了几件事情以后。

当她到了那机关不久，找来了一个保姆：姓陈，叫小娟，样子很伶俐，她爸爸是个蹬三轮的工人。

那天正好是星期日，我在她机关里。那"老妈子房"里的掌柜，领着小娟来上工。一进门，指着我们俩，对小娟说："这是小少爷的母亲，这是……"

小娟毕恭毕敬地向她鞠了个躬。叫了一声："太太！"哪知道我的妻，一听"太太"两个字，就像是叫蝎子蜇着了似的嚷起来："呀！呀！别叫别叫！我不是'太太'！我是我是……我们解放军里头没有'太太'！我姓张，你叫我张同志好了！记住！我叫张同志！要不你就叫我大姐！"她说着就把小娟拉到炕上，和她并排坐下了。弄得那"老妈子房"的掌柜，先是奇怪，接着也笑了："对对！叫张同志！'太太'那名儿，嘿嘿！不时兴了！太封建！太封建！"

我的妻马上就给小娟上起政治课来：说她自己也是个穷人，曾经受过旧社会的压迫；后来共产党来了，她就参加了革命，得到了解放……因为工作太忙，孩子照顾不了，所以请小娟来帮忙。这样，她对小娟说：你也是参加了革命工作，咱们一律平等！和旧社会雇老妈子完全不一样……

小娟听得很高兴，不住嘴地说："您说得真好！您说得真好！"小娟这孩子，虽说是伶俐，可是记性并不好！一不小心，常常又叫"太太"了！每逢这工夫，我的妻决不放松，一定及时纠正，并且又得上一堂政治课！弄得小娟反倒很不安了！

自从小娟来了以后，我的妻几次三番给我打电话：要我给小娟找识字课本，找笔墨纸砚……并且还给她订了学习计划：一天认五个字、写一张仿……一星期还有一堂政治课。我的妻自任文化教员兼政治教员。

每次周末的晚上，我去找她的时候，总是见她在给小娟上课，一板正经地念道："穷人、要、翻身、团结、一条心，永远、跟着、共产党、前进。"小娟就跟着念："穷、人、要、翻、身……"不知道为什么，我有点感动了！心想：她真是个倔强的人呵！

有一次周末的傍晚，我们从东长安街散步回来，看见"七星舞厅"门口围着一圈人。过去一看：只见有一个胖子，西服笔挺，像个绅士，一手抓住一个十三四岁的小孩儿，一手张着五个红萝卜般粗的手指，"噼！噼！啪！啪！"直向那小孩儿的脸上乱打，恨不得一巴掌就劈开他的脑瓜！那小孩儿穿着一件长过膝盖的破军装，猴头猴脑，两耳透明，直流口水……杀猪般地嚷着："娘哎！娘哎！"嘴角的左右，挂下了两道紫血……

看热闹的人越来越多。抄着手的、微弯着头的、口含着烟卷儿的……但是，都很坦然！

这情景，在我看来，也已经是很生疏的了！觉得很不顺眼，正想问问，忽听得人群里有人喝道："住手！你凭什么压迫人！"嗓音又尖又高。

一瞬间，我突然发现：那人不是别人，正是她，是我的妻！这时候，她昂头挺胸地站在那胖子的面前，正像武侠小说里所描写的——那种"路见不平，拔刀相助"的侠客的神气！我突然觉得精神上有点震动，但同时，马上又模糊地想：她真是好管闲事！不知道怎么着才好……

那胖子仍然一手拧住那小孩不放，一手贴到花领结上，很有礼貌地微微一笑！心平气和地向围着的人们说："这小子，太可恶，太可恶！不知道的人，以为我压迫人，其实，不然！我这个舞厅，是在人民政府里登记了的，是正当的营业，是高尚的娱乐！纳捐，纳税……而他，这孩子，却用石头子儿，往里——"他一挥手，"扔！如果，把我的客人们全撵走了，那么，我——又当如何呢……"他还想接着演讲，却叫我的妻打断了他的话：

"你说得对！这孩子扔石头子儿，也可以说是一个错误！可是，我们是有政府的有秩序的！不是无政府主义！就说他犯了天大的法，也应该送政府法办！你有什么权力随便打人？嗯？有什么权力？你打得他满嘴流血，好像你还受了屈似的？嗯？让大伙儿评评理！"

这时候，人群里就有人嚷起来："对对对！这同志说得对！"

有一个苦力模样的人，走到那胖子面前，转过身来，指着那胖子向大伙儿说："这位先生说得不假！这小孩儿是往舞厅里扔了一个石头子儿！我亲眼看见的……"

胖子马上微笑点头，"诸位听着！不假吧！光凭我一个人说不行！不行！"

那苦力接着说："可惜这位先生说得不全！那小孩儿凭吗平白无故地扔石头子儿哩？是那么一回事儿：刚才他在舞厅门口向客人们要钱，这位先生撵他走，他走慢了一步，这位先生'啪'地给了他一个响锅贴（耳光）！回头，过了一会儿，这小孩儿就扔了个石头子儿，就又叫这位先生抓住了。这我也是亲眼看见的！现时不是那个世道了，是人就得说实话！"

胖子显得有点不安了，掏出一块小花手绢来不住地擦额角，对我的妻说："同志！我认错行不行？"说着掏出了一张五百元的人民券，向那小孩儿一伸："给！买糖吃！哈哈！"

那被打了一顿的小孩儿，好像一切的仇恨，马上就消失了！把嘴角的血一擦，正想伸手去接，却马上被我的妻喝住了："别拿！太便宜啦！一顿巴掌只值五百块钱？"

胖子马上伸手到口袋里，慷慨地说："再加二百！"

我的妻却发了大火啦："嗯！你真明白！你以为还在旧社会——有钱能使鬼推磨，有钱能使鬼上树？哪怕你掏一百万人民券，也不能允许你随便压迫人，随便破坏人民政府的威信！走！咱们到派出所去！咱们是有政府的！"

围着的人也都说："对对！"

结果还是到了派出所。

那胖子先生认了错，表示切实悔过。于是罚了他二千元人民券，赔偿给那小孩儿作医药费。同时也批评了那小孩儿，以后不要扔石头子儿。

我跟随着我的妻从派出所回来，她很兴奋地问我："刚才你怎么一句话也不说？"我说："我有什么说的！那样的事，在城市里多得很，凭你一个人就管清了？这是社会问题，得慢慢……"我的话还没有说完，就叫她打断了："去鸡巴的吧！不吃你这一套！我就要管！这是新社会，我就不让随便压迫人！我就不让随便破坏咱们政府的威信！咱们是有政府的，不是无政府主义！"我连忙说："对对对！正确！"同时也觉得有点好笑，我真想说：什么叫"无政府主义"？你知道么？瞎用新名词儿！可是，我知道这句话是说不得的！

她真是一个倔强的人呵！我开始分析：她对旧社会的习惯为什么那样

憎恨？绝无妥协调和的余地！我想，这和她自己切身的经历是分不开的。

她出生在贫农的家庭，十一岁上就被用五斗三升高粱卖给人家当了童养媳，受尽了人间一切的辛酸。她的身上、头上、眉梢上……至今还留着被婆婆和早先的丈夫用烧火棍打的、擀面杖打的、用剪子铰的伤痕！共产党来了，她毅然决然地参加了革命！为着自己的命运战斗！革命对于她，真可以说是"破釜沉舟，背水一战"！绝无后退的路！

她曾经在游击区跳沟爬墙，和日本人、汉奸搏斗！她的手杀过人……

她曾经在老山沟里的军火工厂里，制造子弹、装配步枪……为了突击生产，把右手的食指在压力机上撞下了一小节指头，成了一个疙瘩……

日本人来"扫荡"了！她率领着一班女工，连夜抬着机器，蹚过齐大腿根的水去"坚壁"。因此落下了"寒腿"的病，至今每逢阴雨天，还隐隐作痛……

有一次深夜，工厂失火，她奋勇当先，率领二十五个女工去抢救器材，差一点没烧死在火里……

在这些艰苦的日子里，她开始学习认字、写字……终于学成了"粗通文字"……

一九四四年，她当选了"劳动英雄"，出席晋察冀边区第二届英模大会。我记得当她在大会上做完了典型报告的末了，她举着胳膊宣誓似的说："……在旧社会里我是个老几？我只值五斗三升高粱米！这会儿大伙儿说我是英雄！叫我来开会，让我上台说话……唉！没有共产党哪会有我呵！我愿意为着全世界被压迫的人们彻底的解放，流尽我最后一滴血！"——那时候我在大会上担任收集和整理材料的工作。组织上分配我给她写传记，我们整整谈了三个晚上。也就在这个时候，我爱上了她。

四、我们结婚三年，直到今天我仿佛才对她 有了比较深刻的了解……

那一切的苦难，使她变得倔强。今天她来到城市，面对这城市所遗留的旧习惯，她不妥协、不迁就，她立志要改造这城市！因此，有些地方她就显得固执、狭隘……甚至显得很不虚心了！特别是对于我更是如此。也因此使得我们之间的感情有了裂痕！但我对她依然还很留恋，还没有决心和勇气断然和她决裂！特别是当我比较清醒的时候，仔细想来，我们之间的一切冲突和纠纷，原本都是一些极其琐碎的小节，并非是生活里边最根本的东西！所以我决心用理智和忍耐，甚至迁就，来帮助她克服某些缺点！

我以为，我对她的分析和结论，已经是很完满很公平，而且觉得这样做，对我来说是仿佛将要牺牲一些什么！

哪知道她还并不如我想象的那样！

首先是她的某些观点和生活方式也在改变着，最明显的例子是：她现在所担任的工作是女工工作，在那些女工里边，也有不少搽粉抹口红的，也有不少脑袋像个"草鸡窝"的……可是她和她们很能接近，已经变得很亲近……有一次，我故意问她："你不是很讨厌那些搽粉抹口红、头发像'草鸡窝'的人么？"她却很认真地教训起我来了："你不能从形式上、生活习惯上去看问题！她们在旧社会都是被压迫的人！她们迫切需要解放！同志！狭隘的保守观点要不得！"哈哈！她又学了一套新理论啦！

同时，她自己在服装上也变得整洁起来了！"他妈的""鸡巴"一类的口头语也没有了！见了生人也显得很有礼貌！最使我奇怪的是：她在小市上买了一双旧皮鞋，每逢集会、游行的时候就穿上了！回来，又赶忙脱了，很小心地藏到床底下的一个小木匣里……我逗她说："小心让城市把你改造了啊！"她说："组织上号召过我们：现在我们新国家成立了！我们的行动、态度，要代表大国家的精神；风纪扣要扣好，走路不要东张西望；不要一面走一面吃东西，在可能条件下要讲究整洁朴素，不腐化不浪费就行！"我暗暗地想：女同志到底是爱漂亮的呵！但在某些基本问题上，她不容易接受人家的意见、不认错的毛病，恐怕是很难改变的！

可是随着时间的前进，我又发现我对她的了解不但不完全，而且是相反的！我总还是习惯地从形式上去看问题！

有一次周末，我去看她，她独自抱着孩子坐在炕角里沉思。我说："小娟呢？她吃饭去了？"她不安地说："不！她走了！"接着她就告诉我：

她们机关里有一个本地做饭的大师傅，有一只怀表，在昨天早晨开饭的时候不见了！恰好这时候，只有小娟到伙房里去倒过水，旁人没去过！同时，早先机关里在拾掇大客厅的时候，她捡了几个扣子。所以就有人怀疑那只表也是她拿的！另外，早先有些同志也嚷嚷过，有的说丢了个化学梳子，有的说丢了一块毛巾……那大师傅也没和别的同志商量，就去找我的妻，肯定说那只表是小娟拿的！要我的妻向小娟追究。于是，她就问小娟拿了那只表没有。问得小娟直啼哭，一口咬定说：没拿！并且说："大姐！要是我拿了，就算对不起您的一片好心！"小娟这孩子个性太强，受不了这，马上非走不可！挡也挡不住！

可是，就在这天晚上，大师傅自己又把表找着了！

这一下，我的妻的激动和不安，真是无法形容！翻来覆去，一夜没睡好觉！她对我说，机关里那么多的人为什么不怀疑旁人，偏偏就怀疑是小娟拿的表？你说老干部们都受过锻炼，决计不会拿的，这倒也是理由；可是机关里留用的旧人员很多，他们也没受过革命锻炼，那么为什么不怀疑是他们拿的呢？她说："这是什么观点？这还不是小看穷人么？"我说："算了！事情已经过去了，鸡毛蒜皮的一点事！"她说："什么？这是思想问题哩！"

第二天清早，她让我陪她到小娟家里去走一趟。我说："那又何必呢！人已经走了！要是让她知道表又找着了，她爸爸说我们诬赖人！老百姓知道了这件事，对我们的影响很不好！"

她说："不！我们错了，为什么不认错呢？要不，小娟一辈子一想起这件事，就要伤心！影响更不好！"

可是，我还是认为不去的好！她说："你给看孩子，我去！"我又怕孩子啼哭了没法治，只好抱着孩子跟她走了！

到了小娟家里，只见她爸爸在拾掇车子，一见我们，就显得很尴尬的样子说："那表的事我知道了！昨天晚上我就揍了她一顿！我对她说：咱们人穷志不穷！要是你真的拿了，我的老脸往哪里搁？你不说真话，非打死你不可！刚才，我又揍了她一阵子！她可还是一口咬定：没拿！我正想找您去说说，我这孩子顶老实，手也严实，敢情也不准是她拿的！"

我听了，胸口直打扑通，而她反倒很镇静很自然，微笑着说："不！大伯！我是来赔不是的！表已经找着了！不是小娟拿的！请你原谅！"

　　正在这时候，小娟从屋里出来了。红肿着双眼，扑到我的妻的怀里，两肩一耸一耸地哭了！我的妻摸着她的小辫，轻声地说："小娟！你怪我不？"小娟哽咽着说："不！大姐！您是，您是个，好人！您待我的好处，我，我，我这辈子也忘不了！"

　　我发现：我的妻的眼里，扑簌簌地掉下两颗黄豆大的泪点，滴到小娟的头上！

　　我们结婚三年，我还是第一次在人面前见她掉泪，那么个倔强的人呵！怎么今天也哭啦！

　　从这以后，我有好几天感到不安，我在她身上发现了不少新的东西，而正是我所没有的！也正是我所感觉她表现狭隘、保守、固执的地方！也正从这些地方，我们的感情开始有了裂痕！我想到夫妇之间的感情到底应该建筑在什么基础上……我们结婚三年，到今天，我仿佛才觉得对她有了比较深刻的了解！我真应该后悔，真应该像她过去屡次严肃地向我说过的：需要好好地反省一下了！

　　我正想不等到周末，就找她去深谈一次，恰好那天傍晚，我正在整理劳资关系的材料，她倒来找我了！我觉得有些不寻常，因为在平时她是轻易不来找我的！我问她："有什么事？"她说："没事就不许来找你么？"坐了好一会儿，一句话也没说，最后，她说："到你们屋顶平台上去坐坐好么？"我说："好的！"不知道为什么，我的心有点发跳，我怕要发生什么不能推测的事情了……

　　到了屋顶上，坐了一会儿，她忽然说："我犯了错误了！"我不觉吃了一惊："什么？"她笑了，说："也不是什么大了不起的事！"接着她就说：昨天她们区里，西单商场有一家皮鞋铺里的一个掌柜，嫌学徒晚上到区里开会回去晚了，把那学徒骂了个狗血喷头。那学徒找区工会办事处，她一听就生了气，跑到那铺子里把那掌柜训了个眼发蓝！走路的人都围过来看，觉得很奇怪。今天区里开检讨会，同志们批评她：工作方式太简单。亲自和掌柜吵架，对那学徒也没好处，有点"包办代替"，群众影响也不好！并且还批评她的工作一贯有点太急，恨不得一下子就把社会改造好。同时太不讲究工作的方式方法……

她说完了，叹了口气，把头靠到我的胸前，半仰着脸问我："这该怎么着好？"我说："你没接受批评吧？"她摇了摇头："哪里！自己错了，还能不接受？那怎么算是个同志呢？我都坦白地接受了！"我说："那就算了！还有什么难过的呢！"她忽然紧握着我的手说："唉！只怪自己文化、理论水平太低！政策掌握得不稳！不能很好地完成党所给我的任务！以后你好好帮我提高吧！"

我说："这是一方面。可是你也不要把自己的优点忽略了！比方拿我来说：文化上——初中毕业；革命历史——和你一样；工作职位——我是个资料科科长，每天所接触的是工作材料、总结报告，脑子里成天转着的是——党的政策。按理说，对于现实生活里边所发生的问题，应该比你有更锐利的感觉，应该更是非分明。可是在这些方面我还不如你！——你不要笑！这是真话。我参加革命的时间不算短了！可是在我的思想感情里边，依然还保留着一部分小资产阶级脱离现实生活的成分！和工农的思想感情，特别是在感情上，还有一定的距离，旧的生活习惯和爱好，仍然对我有着很大的吸引力，甚至是不自觉的——你有这个感觉吗？而你呢？虽说文化水准、理论知识、工作职位都比我低——这也是真话。可是你倔强、坚定、朴素、憎爱分明——这句话的意思就是说你有着很深的阶级仇恨心和同情心。可是你确实也有点急躁情绪——恨不得一个早起的工夫就把社会改造好。因此，常常喜欢用简单的工作方法方式，问题想得不够深不够远。你和我的这些缺点，都会阻碍我们的进步，不能更好地来完成党所给予我们的任务。我相信：在党的教育下加上自己的努力，我们一定都会很快进步的！你记得我们在'抬头湾'的时候，同志们不是曾经好意地和我们开过玩笑吗，说：'看你这两口子真是知识分子和工农结合的典型！'我看，我们倒是真要在这些方面彼此取长补短，好好地结合一下呢……"我像演讲似的说了不少话，要是在往日，准是早被她卡断了！可是，她今天听得好像很入神，并不讨厌，我说一句，她点一下头，当我说完了，她突然紧紧地握着我的手不放。沉默了一会儿，她说："以后，我们再见面的时候，不要老是说些婆婆妈妈的话。像今天这样多谈些问题，该多好啊！"

我为她那诚恳的真挚的态度感动了！我的心又突突地发跳了！我向四面一望，但见四野的红墙绿瓦和那青翠坚实的松柏，发出一片光芒。一朵白云，在那又高又蓝的天边飞过……夕阳照到她的脸上，映出一片红霞。微风拂着她那蓬松的额发，她闭着眼睛……我忽然发现她怎么变得那样美丽了呵！我不自觉地俯下脸去，吻着她的脸……仿佛回到了我们过去初恋时那些幸福的时光。她用手轻轻地推开了我说："时间不早了！该回去喂孩子奶呵！"

《人民文学》1950年1卷3期

山地回忆

孙　犁

　　从阜平乡下来了一位农民代表，参观天津的工业展览会。我们是老交情，已经快有十年不见面了。我陪他去参观展览，他对于中纺的织纺，对于那些改良的新农具特别感兴趣。临走的时候，我一定要送点东西给他，我想买几尺布。

　　为什么我偏偏想起买布来？因为他身上穿的还是那样一种浅蓝的土靛染的粗布裤褂。这种蓝的颜色，不知道该叫什么蓝，可是它使我想起很多事情，想起在阜平穷山恶水之间度过的三年战斗的岁月，使我记起很多人。这种颜色，我就叫它"阜平蓝"或是"山地蓝"吧。

　　他这身衣服的颜色，在天津是很显得突出，也觉得土气。但是在阜平，这样一身衣服，织染既是不容易，穿上也就觉得鲜亮好看了。阜平土地很少，山上都是黑石头，雨水很多很暴，有些泥土就冲到冀中平原上来了——冀中是我的家乡。阜平的农民没有见过大的地块，他们所有的，只是像炕台那样大，或是像锅台那样大的一块土地。在这小小的、不规整的，有时是尖形的，有时是半圆形的，有时是梯形的小块土地上，他们费尽心思，全力经营。他们用石块垒起，用泥土包住，在边沿栽上枣树，在中间种上玉黍。

　　阜平的天气冷，山地不容易见到太阳。那里不种棉花，我刚到那里的时候，老大娘们手里搓着线锤。很多活计用麻代线，连袜底也是用麻纳的。

　　就是因为袜子，我和这家人认识了，并且成了老交情。那是个冬天，该是一九四一年的冬天，我打游击打到了这个小村庄，情况缓和了，部队决定休息两天。

我每天到河边去洗脸，河里结了冰，我蹲在冰冻的石头上，把冰砸破，浸湿毛巾，等我擦完脸，毛巾也就冻挺了。有一天早晨，刮着冷风，只有一抹阳光，黄黄地落在河对面的山坡上。我又蹲在那块石头上去，砸开那个冰口，正要洗脸，听见在下水流有人喊：

"你看不见我在这里洗菜吗？洗脸到下边洗去！"

这声音是那么严厉，我听了很不高兴。这样冷天，我来砸冰洗脸，反倒妨碍了人。心里一时挂火，就也大声说：

"离着这么远，会弄脏你的菜？！"

我站在上风头，狂风吹送着我的愤怒，我听见洗菜的人也恼了，那人说：

"菜是下口的东西呀！你在上流洗脸洗屁股，为什么不脏？"

"你怎么骂人？"我站立起来转过身去，才看见洗菜的是个女孩子，也不过十六七岁。风吹红了她的脸，像带霜的柿叶，水冻肿了她的手，像上冻的红萝卜。她穿的衣服很单薄，就是那种蓝色的破袄裤。

十月严冬的河滩上，敌人往返烧毁过几次的村庄的边沿，在寒风里，她抱着一篮子水沤的杨树叶，这该是早饭的食粮。

不知道为什么，我一时心平气和下来。我说：

"我错了，我不洗了，你在这块石头上来洗吧！"

她冷冷地望着我，过了一会儿说：

"你刚在那石头上洗了脸，又叫我站上去洗菜！"

我笑着说：

"你看你这人，我在上水洗，你说下水脏，这么一条大河，哪里就能把我脸上的泥土冲到你的菜上去？现在叫你到上水来，我到下水去，你还说不行，那怎么办哩？"

"怎么办，我还得往上走！"

她说着，扭着身子逆着河流往上去了。蹲在一块尖石上，把菜篮浸进水里，把两手插在袄襟底下取暖，望着我笑了。

我哭不得，也笑不得，只好说：

"你真讲卫生呀！"

"我们是真卫生，你是装卫生！你们尽笑我们，说我们山沟里的人不讲卫生，住在我们家里，吃了我们的饭，还刷嘴刷牙，我们的菜饭再不干净，难道还会弄脏了你们的嘴？为什么不连肠子都刷刷干净！"说着就笑得弯下腰去。

我觉得好笑。可也看见，在她笑着的时候，她的整齐的牙齿洁白得放光。

"对，你卫生，我们不卫生。"我说。

"那是假话吗？你们一个饭缸子，也盛饭，也盛菜，也洗脸，也洗脚，也喝水，也尿泡，那是讲卫生吗？"她笑着用两手在冷水里刨抓。

"这是物质条件不好，不是我们愿意不卫生。等我们打败了日本，占了北平，我们就可以吃饭有吃饭的家伙，喝水有喝水的家伙了，我们就可以一切齐备了。"

"什么时候，才能打败鬼子？"女孩子望着我，"我们的房，叫他们烧过两三回了！"

"也许三年，也许五年，也许十年八年。可是不管三年五年，十年八年，我们总是要打下去，我们不会悲观的。"我这样对她讲，当时觉得这样讲了以后，心里很高兴了。

"光着脚打下去？"女孩子转脸望了我脚上一下，就又低下头去洗菜了。

我一时没弄清是怎么回事，就问：

"你说什么？"

"说什么？"女孩子也装没有听见，"我问你为什么不穿袜子，脚不冷吗？也是卫生吗？"

"咳！"我也笑了，"这是没有法子么，什么卫生！从九月里就反'扫荡'，可是我们八路军，是非到十月底不发袜子的。这时候，正在打仗，哪里去找袜子穿呀？"

"不会买一双？"女孩子低声说。

"哪里去买呀，尽住小村，不过镇店。"我说。

"不会求人做一双？"

"哪里有布呀？就是有布，求谁做去呀？"

"我给你做。"女孩子洗好菜站起来，"我家就住在那个坡子上，"她用手一指，"你要没有布，我家里有点，还够做一双袜子。"

她端着菜走了，我在河边上洗了脸。我看了看我那只穿着一双"踢倒山"的鞋子，冻得发黑的脚，一时觉得我对于面前这山，这水，这沙滩，永远不能分离了。

我洗过脸，回到队上吃了饭，就到女孩子家去。她正在烧火，见了我就说：

"你这人倒实在，叫你来你就来了。"

我既然摸准了她的脾气，只是笑了笑，就走进屋里。屋里蒸汽腾腾，等了一会，我才看见炕上有一个大娘和一个四十多岁的大伯，围着一盆火坐着。在大娘背后还有一位雪白头发的老大娘。一家人全笑着让我炕上坐。女孩子说：

"明儿别到河里洗脸去了，到我们这里洗吧，多添一瓢水就够了！"

大伯说：

"我们妞儿刚才还笑话你哩！"

白发老大娘瘪着嘴笑着说：

"她不会说话，同志，不要和她一样呀！"

"她很会说话！"我说，"要紧的是她心眼儿好，她看见我光着脚，就心疼我们八路军！"

大娘从炕角里扯出一块白粗布，说：

"这是我们妞儿纺了半年线赚的，给我做了一条棉裤，剩下的说给她爹做双袜子，现在先给你做了穿上吧。"

我连忙说：

"叫大伯穿吧！要不，我就给钱！"

"你又装假了，"女孩子烧着火抬起头来，"你有钱吗？"

大娘说：

"我们这家人，说了就不能改移。过后再叫她纺，给她爹赚袜子穿。早先，我们这里也不会纺线，是今年春天，家里住了一个女同志，教会了她。还说再过来了，还教她织布哩！你家里的人，会纺线吗？"

"会纺！"我说，"我们那里是穿洋布哩，是机器织纺的。大娘，等我们打败日本……"

"占了北平，我们就有洋布穿，就一切齐备！"女孩子接下去，笑了。

可巧，这几天情况没有变动，我们也不转移。每天早晨，我就到女孩子家里去洗脸。第二天去，袜子已经剪裁好，第三天她已经纳底子了，用的是细细的麻线。她说：

"你们那里是用麻用线？"

"用线。"我摸了摸袜底，"在我们那里，鞋底也没有这么厚！"

"这样坚实。"女孩子说，"保你穿三年，能打败日本不？"

"能够。"我说。

第五天，我穿上了新袜子。

和这一家人熟了，就又成了我新的家。这一家人身体都健壮，又好说笑，女孩子的母亲，看起来比女孩子的父亲还要健壮。女孩子的姥姥九十岁了，还那么结实，耳朵也不聋。我们说话的时候，她不插言，只是微微笑着，她说：她很喜欢听人们说闲话。

女孩子的父亲是个生产的好手，现在地里没活了，他正计划贩红枣到曲阳去卖，问我能不能帮他的忙。部队重视民运工作，上级允许我帮老乡去作运输，每天打早起，我同大伯背上一百多斤红枣，顺着河滩，爬山越岭，送到曲阳去。女孩子早起晚睡给我们做饭，饭食很好。一天，大伯说：

"同志，你知道我是沾你的光吗？"

"怎么沾了我的光？"

"往年，我一个人背枣，我们妞儿是不会给我吃这么好的！"

我笑了。女孩子说：

"沾他什么，他穿了我们的袜子，就该给我们做活了！"又说，"你们跑了快半月，赚了多少钱？"

"你看，她来查账了，"大伯说，"真是，我们也该计算计算了！"他打开放在被垒底下的一个小包袱，"我们这叫包袱账，赚了赔了，反正都在这里面。"

我们一同数了票子，一共赚了五千多块钱，女孩子说：

"够了。"

"够干什么了？"大伯问。

"够给我买张织布机子了！这一趟，你们在曲阳给我买架织布机子回来吧！"

无论姥姥、母亲、父亲和我，都没人反对女孩子这个正当的要求。我们到了曲阳，把枣卖了，就去买了一架机子。大伯不怕多花钱，一定要买一架好的，把全部盈余都用光了。我们分着背了回来，累得浑身流汗。

这一天，这一家人最高兴，也该是女孩子最满意的一天。这像要了几亩地、买回一头牛，这像置好了结婚前的陪送。

以后，女孩子就学习纺织的全套手艺了：纺，拐，浆，落，经，镶，织。

当她卸下第一匹布的那天，我出发了。从此以后，我走遍山南塞北，那双袜子，整整穿了三年也没有破绽。一九四五年，我们战胜了日本强盗，我从延安回来，在碛口地方，跳到黄河里去洗了一个澡，一时大意，奔腾的黄水，冲走了我的全部衣物，也冲走了那双袜子。黄河的波浪激荡着我关于敌后几年生活的回忆，激荡着我对于那女孩子的纪念。

开国典礼那天，我同大伯一同到百货公司去买布，送他和大娘一人一身蓝士林布，另外，送给女孩子一身红色的。大伯没见过这样鲜艳的红布，对我说：

"多买上几尺，再买点黄色的！"

"干什么用？"我问。

"这里家家门口挂着新旗，咱那山沟里准还没有哩！你给我一张国旗的样子，一块带回去，叫妞儿给做一个，开会过年的时候，挂起来！"

他说妞儿已经有两个孩子了，还像小时那样，就是喜欢新鲜东西，说什么也要学会。

《小说》1950年3卷4期

登记

赵树理

一　罗汉钱

诸位朋友们：今天让我来说个故事。这个故事题目叫《登记》，要从一个罗汉钱说起。

这个故事要是出在三十年前，"罗汉钱"这东西就不用解释；可惜我要说的故事是个新故事，听书的朋友们又有一大半是年轻人，因此在没有说故事以前，就得先把"罗汉钱"这东西交代一下：

据说罗汉钱是清朝康熙年间铸的一种特别钱，个子也和普遍的康熙钱一样大小，只是"康熙"的"熙"字左边少一直画；铜的颜色特别黄，看起来有点像黄金。相传铸那一种钱的时候，把一个金罗汉像化在铜里边，因此一个钱有三成金。这种传说可靠不可靠不是我们要管的事，不过这种钱确实有点可爱——农村里的青年小伙子们，爱漂亮的，常好在口里衔一个罗汉钱，和城市人们爱包镶金牙的习惯一样，直到现在还有一些地方仍然保留着这种习惯；有的用五个钱叫银匠给打一只戒指，戴到手上活像金的。不过要在好多钱里挑一个罗汉钱可很不容易：兴制钱的时候，聪明的孩子们，常好在大人拿回来的钱里边挑，一年半载也不见得能碰见一个。制钱虽说不兴了，罗汉钱可是谁也不出手的，可惜是没有几个。说过了钱，就该说故事：

有个农村叫张家庄。张家庄有个张木匠。张木匠有个好老婆，外号叫个"小飞蛾"。小飞蛾生了个女儿叫"艾艾"，算到一九五〇年阴历正月十五元宵节，虚岁二十，周岁十九。庄上有个青年叫"小晚"，正和艾艾搞恋爱。故事就出在他们两个人身上。照我这么说，性急的朋友们或者要说我不在行："怎么一个'罗汉钱'还要交代半天？说到故事中间的人物，反而一句也不交代？照这样说下去，不是五分钟就说完了吗？"其实不然：有些事情不到交代时候，早早交代出来是累赘；到了该交代的时候，想不交代也不行。闲话少说，我还是接着说吧：

张木匠一家就这么三口人——他两口子和这个女儿艾艾——独住一个小院：他两口住北房，艾艾住西房。今年阴历正月十五夜里，庄上又要玩龙灯，张木匠是老把式，甩尾巴的，吃过晚饭丢下碗就出去玩去了。艾艾洗罢了锅碗，就和她妈相跟着，锁上院门，也出去看灯去了。后来三个人走了个三岔：张木匠玩龙灯，小飞蛾满街看热闹，艾艾可只看放花炮起火，因为花炮起火是小晚放的。艾艾等小晚放完了花炮起火就回去了，小飞蛾在各街道上飞了一遍也回去了，只有张木匠不玩到底放不下手，因此他回去得最晚。

艾艾回得北房里等了一阵等不回她妈来，就倒在她妈的床上睡觉了。小飞蛾回来见闺女睡在自己的床上，就轻轻推了一把说："艾艾！醒醒！"艾艾没有醒来，只翻了一个身，有一个明晃晃的小东西从她衣裳口袋里溜出来，丁零一声掉到地下。小飞蛾端过灯来一看："这闺女！几时把我的罗汉钱偷到手？"她的罗汉钱原来藏在板箱子里边的首饰匣子里。这时候，她也不再叫艾艾，先去放她的罗汉钱。她拿出钥匙来，先开了箱子上的锁，又开了首饰匣子上的锁，到她原来放钱的地方放钱："咦！怎么我的钱还在？"摸出来拿到灯下一看：一样，都是罗汉钱。她自己那一个因为隔着两层木头没有见过潮湿气，还是那么黄，只是不如艾艾那个亮一点。她看了艾艾一眼，艾艾仍然睡得那么酣。她自言自语说："憨闺女！你怎么也会干这个了？说不定也是戒指换的吧？"她看看艾艾的两只手，光光的；捏了捏口袋，似乎有个戒指，掏出来一看是顶针圈儿。她叹了一口气说："唉！算个甚？娘儿们一对戒指，换了两个罗汉钱！明天叫五婶再去一趟赶快给她把婆家说定了就算了！不要等闹出什么故事来！"她把顶针圈儿还给艾艾装回口袋里去，拿着两个罗汉钱想起她自己那一个钱的来历。

这里就非交代一下不行了。为了要说明小飞蛾那个罗汉钱的来历，先得从小飞蛾为什么叫"小飞蛾"说起：

二十多年前，张木匠在一个阴历腊月三十日娶亲。娶的这一天，庄上人都去看热闹。当新媳妇取去了盖头红的时候，一个青年小伙子对着另一个小伙子的耳朵悄悄说："看！小飞蛾！"那个小伙子笑了一笑说："活像！"不多一会，屋里、院里，你的嘴对我的耳朵，我的嘴又对他的耳朵，各哩各得都嚷嚷这三个字——"小飞蛾""小飞蛾""小飞蛾"……

原来这地方一个梆子戏班里有个有名的武旦，身材不很高，那时候也不过二十来岁，一出场，抬手动脚都有戏，眉毛眼睛都会说话。唱《金山寺》她装白娘娘，跑起来白罗裙满台飞，一个人撑满台，好像一只蚕蛾儿，人都叫她"小飞蛾"。张木匠娶的这个新媳妇就像她——叫张木匠自己说，也说是"越看越像"。

第二天是大年初一，按这地方的习惯，用两个妇女搀着新媳妇，一个小孩在头里背条红毯儿，到邻近各家去拜个年——不过只是走到就算，并不真正磕头。早饭以后，背红毯的孩子刚一出门，有个青年就远远地喊叫："都快看！小飞蛾出来了！"他这么一喊，马上聚了一堆人，好像正月十五看龙灯那么热闹，新媳妇的一举一动大家都很关心："看看！进了她隔壁五婶院子里了！""又出来了又出来了，到老秋孩院子里去了！……"

张木匠娶了这么个媳妇，当然觉得是得了个宝贝，一九里，除了给舅舅去拜了一趟年，再也不愿意出门，连明带夜陪着小飞蛾玩；穿起小飞蛾的花衣裳扮女人，想逗小飞蛾笑；偷了小飞蛾的斗方戒指，故意要叫小飞蛾满屋子里搀他……可是小飞蛾偏没心情，只冷冷地跟他说："不要打哈哈！"

几个月过后，不知道谁从小飞蛾的娘家东王庄带了一件消息来，说小飞蛾在娘家有个相好的叫保安。这消息传到张家庄，有些青年小伙子就和张木匠开玩笑："小木匠，回去先咳嗽一声，不要叫跟保安碰了头！""小飞蛾是你的？至少有人家保安一半！"张木匠听了这些话，才明白了小飞蛾对自己冷淡的原因，好几次想跟小飞蛾生气，可是一进了家门，就又退一步想："过去的事不提它吧，只要以后不胡来就算了！"后来这消息传到他妈耳朵里，他妈把他叫到背地里，骂了他一顿"没骨头"，骂罢了又劝他说："人是苦虫！痛痛打一顿就改过来了！舍不得了不得……"他受过了这顿教训以后，就好好留心找小飞蛾的岔子。

有一次他到丈人家里去，碰见保安手上戴了个斗方戒指，和小飞蛾的戒指一个样。回来一看小飞蛾的手，小飞蛾的戒指果然只留下一只。"他妈的！真是有人家保安一半！"他把这消息报告了他妈，他妈说："快打吧！如今打还打得过来！要打就打她个够受！轻来轻去不抵事！"他正一肚子肮脏气，他妈又给他打了打算盘，自然就非打不行了。他拉了一根铁火柱正要走，他妈一把拉住他说："快丢手！不能使这个！细家伙打得疼，又不伤骨头，顶好是用小锯子上的梁！"

他从他的一捆木匠家具里边抽出一条小锯梁子来，尺半长，一指厚，木头很结实，打起来管保很得劲。他妈为什么知道这家具好打人呢？原来他妈当年年轻时候也有过小飞蛾跟保安那些事，后来是被老木匠用这家具打过来的。闲话少说：张木匠拿上这件得劲的家伙，黑丧着脸从他妈的房子里走出来，回到自己的房里去。

小飞蛾见他一进门，照例应酬了他一下说："你拿的那个是什么？"张木匠没有理她的话，用锯梁子指着她的手说："戒指怎么只剩了一只？说！"这一问，问得小飞蛾头发根一支参。小飞蛾抬头看看他的脸，看见他的眼睛要吃人，吓得她马上没有答上话来，张木匠的锯梁子早就打在她的腿上了。她是个娇闺女，从来没有挨过谁一下打，才挨了一下，痛得她叫了一声低下头去摸腿，又被张木匠抓住她的头发，把她按在床边上，拉下裤子来"披、披、披"一连打了好几十下。她起先还怕招得人来看笑话，憋住气不想哭，后来实在支不住了，只顾喘气，想哭也哭不上来。等到张木匠打得没了劲扔下家伙走出去，她觉得浑身的筋往一处抽，喘了半天才哭了一声就又压住了气，头上的汗，把头发湿得跟在热汤里捞出来的一样，就这样喘一阵哭一声喘一阵哭一声，差不多有一顿饭工夫哭声才连起来。一家住一院，外边人听不见，张木匠打罢了早已走了。婆婆连看也不来看，远远地在北房里喊："还哭什么？看多么排场？多么有体面？"小飞蛾哭了一阵以后，屁股蛋疼得好像谁用锥子剜，摸了一摸满手血，咬着牙兜起裤子，站也站不住。

她的戒指是怎样送给保安的，以后张木匠也没有问，她自己自然也没有说。原来是她在端午那一天到娘家去过节，保安想要她个贴身的东西，她给保安卸了一个戒指；她也要叫保安给她个贴身的东西，保安把口里衔的罗汉钱送了她。

自从她挨了这一顿打之后，这个罗汉钱更成了她的宝贝。人怕伤了心：从挨打那天起，她看见张木匠好像看见了狼，没有说话先哆嗦。张木匠也莫想看上她一个笑脸——每次回来，从门外看见她还是活人，一进门就变成死人了。有一次，一个鸡要下蛋，没有回窝里去，小飞蛾正在院里撵，张木匠从外边回来，看见她那神气，真有点像在戏台上系着白罗裙唱白娘娘的那个小飞蛾。可是小飞蛾一看见他，就连鸡也不撵了，赶紧规规矩矩走回房子里去。张木匠生了气，撵到房子里跟她说："人说你是'小飞蛾'，怎么一见了我就把你那翅膀耷拉下来了？我是狼？""呱"一个耳刮子。小飞蛾因为不愿多挨耳刮子，也想在张木匠面前装个笑脸，可惜是不论怎么装也装得不像，还不如不装。张木匠看不上活泼的小飞蛾，觉着家里没了趣，以后到外边做活，一年半载不回家，路过家门口也不愿进去，听说在外面找了好几个相好的。张木匠走了，家里只留下婆媳两个。婆婆跟丈夫是一势，一天跟小飞蛾说不够两句话，路上碰着了扭着脸走。小飞蛾离娘家虽然不远，可是有嫌疑，去不得。娘家爹妈听说闺女丢了丑，也没有脸来看望。这样一来，全世界上再没有一个人跟小飞蛾是一势了。小飞蛾只好一面伺候婆婆，一面偷偷地玩她那个罗汉钱。她每天晚上打发婆婆睡了觉，回到自己房子里关上门，把罗汉钱拿出来看了又看，有时候对着罗汉钱悄悄说："罗汉钱！要命也是你，保命也是你！人家打死我我也不舍你！咱俩死活在一起！"她有时候变得跟小孩子一样，把罗汉钱暖到手心里，贴到脸上，按到胸上，衔到口里……除了张木匠回家来那有数的几天以外，每天晚上她都是离了罗汉钱睡不着觉，直到生了艾艾，才把它存到首饰匣子里。

她剩下的那只戒指是自从挨打之后就放进首饰匣子里去的。当艾艾长到十五岁那一年，她拿出匣子来给艾艾找帽花，艾艾看见了戒指就要。她生怕艾艾再看见罗汉钱，赶快把戒指给了艾艾就把匣子锁起来了。那时候张木匠和小飞蛾的关系比以前好了一点，因为闺女也大了，他妈也死了，小飞蛾和保安也早就没有联系了。又因为两口子只生了艾艾这么个孤闺女，两个人也常借着女儿开开玩笑。艾艾戴上了小飞蛾那只斗方戒指，张木匠指着说："这原来是一对来！"艾艾问："那一只哩？"张木匠说："问你妈！"艾艾正要问小飞蛾，小飞蛾翻了张木匠一眼。艾艾只当是她妈丢了，也就不问了。这只戒指就是这么着到了艾艾手的。

以前的事已经交代清楚，再回头来接着说今年①正月十五夜里的事吧：

小飞蛾手里拿着两个罗汉钱，想起自己那个钱的来历来，其中酸辣苦甜什么味儿也有过：说这算件好事吧，跟着它吃了多少苦；说这算件坏事吧，想一遍也蛮有味。自己这个，不论好坏都算过去了；闺女这个又算件什么事呢？把它没收了吧，说不定闺女为它费了多少心，悄悄还给她吧，难道看着她走自己的伤心路吗？她正在想来想去得不着主意，听见门外有人走得响，张木匠玩罢了龙灯回来了，因此她也再顾不上考虑，两个钱随便往箱里一丢，就把箱子锁住。

这时候鸡都快叫了，张木匠见艾艾还没有回房去睡，就发了脾气："艾艾，起来！"因为他喊的声音太大，吓得艾艾哆嗦了一下一骨碌爬起来，瞪着眼问："什么事？什么事？"小飞蛾说："不能慢慢叫？看你把闺女吓得那个样子！"又向艾艾说，"醒了没有？什么事也没有，你爹叫你回去睡哩！"张木匠说："看你把她惯成什么样子！"艾艾这才醒过来，什么也没有说，笑了一笑就走了。

张木匠听得艾艾回西房去关上门，自己也把门关上，回头一边脱衣服一边悄悄跟小飞蛾说："这二年给咱艾艾提亲的那么多，你总是挑来挑去都觉得不合适。东院五婶说的那一家有成呀没成？快把她出脱了吧！外面的闲话可大哩！人家都说：一个马家院的燕燕，一个咱家的艾艾，是村里两个招风的东西；如今燕燕有了主了，就光剩下咱艾艾了！"小飞蛾说："不是听说村公所不准燕燕跟小进结婚吗？我听说他们两个要到区上登记，村公所不给开证明，后来怎么又说成了？"张木匠说："人家说她招风，就指的是她跟小进的事，当然人家不给他们证明！后来说的另是一家西王庄的，是五婶给保的媒，后天就要去办登记！"小飞蛾说："我看村公所那些人也是些假正经，瞎挑眼！既然嫌咱艾艾的声名不好，这二年说媒的为什么那么多哩？民事主任为什么还托着五婶给他的外甥

① 一九五〇年。

提哩?"张木匠说:"我这几天只顾玩灯,也忘记了问你:这一家这几年过得究竟怎么样?"小飞蛾说:"我也摸不着!虽说都在一个东王庄,可是人家住在南头,我妈住在北头,没有事也不常走动。五婶说她明天还要去,要不我明天也到我妈家走一趟,顺便到他家里看看去吧?"张木匠说:"也可以!"停了一下子他又向小飞蛾说,"我再问你个没大小的话,咱艾艾跟小晚究竟是有的事呀没的事?"小飞蛾当然不愿意把罗汉钱的事告诉他,只推他说:"不用管这些吧!闺女大了,找个婆家打发出去就不生事了!"

二 眼力

艾艾也和她妈年轻时候一样,自从有了罗汉钱,每天晚上把钱捏在手里、衔在口里睡觉。这天晚上回去把衣服上的口袋摸遍了,也找不着罗汉钱,掌着灯满地找也找不着,只好空空地睡了。第二天早晨她比谁也起得早,为了找罗汉钱,起来先扫地,扫得特别细致——结果自然还是找不着。停了一会儿,她听见妈妈开了门,她就又跑去给她妈扫地。她妈见她钻到床底下去扫,明知道她是找钱,也明知道是白费工夫找不着,可是也不好向她说破,只笑着说了一句:"看我的艾艾多么孝顺!"

吃过早饭,五婶来叫小飞蛾往娘家去,张木匠照着二十多年来的老习惯自然要跟着去。

张木匠这个老习惯还得交代一下:自从二十多年前他发现小飞蛾把一只戒指送给了保安以后,知道小飞蛾并不爱他,不是就跟小飞蛾不好了吗?可是每当小飞蛾要去娘家的时候,他就又好像很爱护她,步步不离她。后来他妈也死了,艾艾也长大了,两个人的关系又定下来了,可是还不改这个老习惯。有一回,小飞蛾说:"还不放心吗?"张木匠说:"反正跟惯了,还是跟着去吧!"直到现在还是这样。

五婶、张木匠、小飞蛾三个人都要动身了,小飞蛾说:"艾艾!你不去看看你姥姥?"艾艾说:"我不去,初三不是才去过了吗?"张木匠说:"不去就不去吧!好好给我看家!不要到外边飞去!"说罢,三个人就相跟着走了。

艾艾仍忘不了找她的罗汉钱。她要是寻出钥匙，到箱子里去找，管保还能多找出一个来，不过她梦也梦不到箱子里，她只沿着她到过的地方找，直找到晌午仍是没有影踪。钱找不着，也没有心思做饭吃，天气晌午多了，她只烤了两个馒头吃了吃。

刚刚吃过馒头，小晚来了。艾艾拉住小晚的手，第一句话就是："罗汉钱丢了！""丢就丢了吧！""气得我连饭也吃不下去！""那也值得生个气？我看那都算不了什么！在着能抵什么用？听说你爹你妈跟东院里五奶奶去给你找主儿去了。是不是？""咱哪里知道那老不死的为什么那么爱管闲事。""咱们这算吹了吧？""吹不了！""要是人家说成了呢？""成不了！""为什么？""我不干！""由得了你？""试试看！"正说着，外边有人进来，两个人赶快停住。

进来的是马家院的燕燕。艾艾说："燕燕姐！快坐下！"燕燕看见只有他们两个人，就笑着说："对不起！我还是躲开点好！"艾艾笑了笑没答话，按住肩膀把她按得坐到凳子上。燕燕问："你们的事怎么样？想出办法来了没有？"艾艾说："我们正谈这个！"燕燕的眼圈一红接着就说："要办快想法，不要学我这没出息的耽搁了事！"说了这么句话，眼里就滚出两点泪来，引得艾艾和小晚陪着她伤心，眼边也湿了。

过了一阵，三个人都揉了揉眼，小晚问燕燕："不是还没有登记？"燕燕说："明天就要去！"艾艾问："这个人怎么样？"燕燕说："谁可见过人家个影儿？"艾艾又问："不能改口了吗？"燕燕说："我妈说，'你不愿意我就死在你手！'我还说什么？"艾艾说："去年腊月你跟小进到村公所去写证明信，村公所不给写，是怎么说的？什么理由？"燕燕说："什么理由！还不是民事主任那个死脑筋作怪？人家说咱声名不正，除不给写信，还叫我检讨哩！"小晚说："明天你再去了，人家民事主任就不要你检讨了吗？"燕燕说："那还用我亲自去？只要是父母主婚，谁去也写得出来。真正自由的除不给写还要叫检讨！就那人家还说是反对父母主婚！"小晚向艾艾说："我看咱这算吹了！五奶奶今天去给你说的这个，一来是人家民事主任的外甥，二来又有你妈做主。你妈今天要听了东院五奶奶的话，回来也跟你死呀活呀地一闹，明天你还不跟人家到区上去登记？"艾艾说："我妈可不跟我闹，她还只怕我闹她哩！"

正说着，门外跑进一个人来，隔着窗就先喊叫："老张叔叔，老张叔叔！"艾艾拉了燕燕一把说："小进哥哥又来找你！"还没等燕燕答话，小进就跑进来了。燕燕本来想找他诉一诉苦，两三天也没有找着个空子，这会见他来了，赶快和艾艾坐到床边，把凳子空出来让他坐，两眼直对着他，可是一时想不起来该怎样开口。小进没有理她，也没有坐，只朝着艾艾说："老张叔叔哩？场上好多人请他教我们玩龙灯去哩！"艾艾说："我爹到我姥姥家去了。你快坐下！"小进说："我还有事！"说着翻了燕燕一眼就走出去，走到院里，又故意叫着小晚说："小晚！到外边玩玩去吧，瞎磨那些闲工夫有什么用处？回去叫你爹花上几石米吧！有的是！"说着就走远了。燕燕一肚子冤枉没处说，一埋头趴在床边哭起来，艾艾和小晚两个人劝也劝不住。

劝了一会，燕燕忍住了哭跟他两个人说："我劝你们早些想想办法吧！你看弄成这个样子伤心不伤心？"艾艾说，"你看有什么办法，村里的大人们都是些老脑筋，谁也不愿揽咱的事，想找个人到我妈跟前提一提也找不着。"小晚说："说好话的没有，说坏话的可不少；成天有人劝我爹说：'早些给孩子定上一个吧！不要叫尽管耽搁着！'"燕燕猛然间挺起腰来，跟发誓一样地说："我来当你们的介绍人！我管跟你们两头的大人们提这事！"又跟艾艾说，"一村里就咱这么两个不要脸闺女，已经耽搁了一个我，难道叫连你也耽搁了？"小晚站起来说："燕燕姐！我给你敬个礼！不论行不行都跟我爹提一提！不行也不过是吹了吧，总比这么着不长不短好得多！就这样吧，我得走了！不要让民事主任碰上了再叫你们检讨！"说了就走了。

艾艾又和燕燕计划了一下，见了谁该怎样说见了谁该怎样说，东院里五奶奶要给民事主任的外甥说成了又该怎样顶。她两人正计划得起劲，小飞蛾回来了。她两个让小飞蛾坐了之后，燕燕正打算提个头儿，可是还没有等她开口，五婶就赶来了。五婶说："不论说人，不论说家，都没有什么包弹的！婆婆就是咱村民事主任的姐姐，你还不知道人家那脾气多么好？闺女到那里管保受不了气，你还是不要错打了主意！"小飞蛾说："话叫有着吧！回头我再和她爹商量商量！"五婶见小飞蛾不愿意，又应酬了几句就走了，艾艾可喜得满脸笑窝。

小飞蛾为什么不愿意呢？这就得谈谈她这一次去娘家的经过：早饭后他们三个人相跟着到了东王庄，先到了小飞蛾她妈家里。五婶叫小飞蛾跟她到民事主任的外甥家里看看去，小飞蛾说："相跟去了不好！不如你先到他家去，我随后再去，就说是去叫你相跟着回去，省得人家说咱是亲自送上门的！"

南头这家也只有三口人——老两口、一个孩子——就是张家庄民事主任的姐姐、姐夫和外甥：孩子玩去了，家里只剩下老两口。五婶一进去，老汉老婆齐让座，几句见面话说过后，老汉就问："你说的那三家，究竟是哪一家合适些？"五婶说："依我看都差不多，不过那两家都有主了，如今只剩下小飞蛾家这一个了！"老汉说，"怎么那么快？"五婶说："十八九的大姑娘自然快得很了！"老婆向老汉说："我叫快点决定，你偏是那么慢腾腾地拖！好的都叫人家挑完了！"五婶故意说："小一点的不少！就再说个十四五的吧？反正还比你的孩子大。"老婆说："老嫂子！不要说笑话了！我要是愿意要十四五的，还用得着搬你这么大的面子吗？"五婶说："要大的可算再找不上了！你怎么说'好的都叫人家挑完了'？我看三个里头，就还数人家小飞蛾这一个标致！我想你也该见过吧！长得不是跟二十年前的小飞蛾一个样吗？"老婆说："人样儿满说得过去，不过听说她声名不正！"五婶说："要不是那点毛病，还能留到十八九不占个家吗？以前那两个不一样吗？"老婆说："要是有那个毛病，咱不是花着钱买个气布袋吗？"五婶说："你不要听外人瞎谣传，要真有大毛病的话，你娘家兄弟还叫我来给你提吗？那点小毛病也算不了什么，只要到咱家改过来就行！"老汉说："还改什么？什么样的老母下什么样的儿！小飞蛾从小就是那么个东西！"五婶说："改得了！人是苦虫，痛痛打一顿以后就没事了！"老汉说："生就的骨头，哪里打得过来？"五婶说："打得过来，打得过来！小飞蛾那时候，还不是张木匠一顿锯梁子打过来的？"

他们正说到这里，小飞蛾正走到当院里，正赶上听见五婶末了说的那两句话。她一听，马上停了步，看了看院里没人，就又悄悄溜出院来往回走。她想："难道这挨打也得一辈传一辈吗？去你妈的！我的闺女用不着请你管教！"回到她家里，她妈和张木匠都问："怎么样？"她说：

"不行！不跟他来！"大家又问她为什么，她说："不提他吧！反正不合适！"她妈见她咕嘟着个嘴，问她怎么那样不高兴，她自然不便细说，只说是"昨天晚上熬了夜"，说了就到套间里睡觉去了。

其实她怎么睡得着呢？五婶那两句话好像戳破了她的旧伤口，新事旧事，想起来再也放不下。她想："我娘儿们的命运为什么这么一样呢？当初不知道是什么鬼跟上了我，叫我用一只戒指换了个罗汉钱，害得后来被人家打了个半死，直到现在还跟犯人一样，一出门人家就得在后边押解着。如今这事又出在我的艾艾身上了，真是冤孽。我会干这没出息事，你偏也会！从这前半截事情看起来，娘儿们好像钻在一个圈子里。傻孩子呀！这个圈子，你妈半辈子没得跳出去，难道你就也跳不出去了吗？"她又前前后后想了一下：不论是和她年纪差不多的姊妹们，不论是才出了阁的姑娘们，凡有像罗汉钱这一类行为的，就没有一个不挨打——婆婆打，丈夫打，寻自尽的，守活寡的……"反正挨打的根儿已经扎下了，贱骨头！不争气！许就许了吧！不论嫁给谁还不是一样挨打？"头脑要是简单一点，打下这么个主意也就算了，可是她的头脑偏不那么简单，闭上了眼睛，就又想起张木匠打她那时候那股牛劲：瞪起那两只吃人的眼睛，用尽他那一身气力，满把子揪住头发往那床沿上"扑差"一按，跟打骡子一样一连打几十下也不让人喘口气……"妈呀！怕煞人了！二十年来，几时想起来都是满身打哆嗦！不行！我的艾艾哪里受得住这个？……"就这样反一遍、正一遍尽管想，晌午就连一点什么也吃不下去，为着应付她妈，胡乱吃了四五个饺子。

午饭以后，五婶等不着她，就到她妈家里来找。五婶还要请她到南头看看，她说："怕天气晚了赶天黑赶不到家。"三个人往张家庄走，五婶还要跟她麻烦，说了民事主任的外甥一百二十分好。她因为不想听下去，又拿出二十多年前那"小飞蛾"的精神在前边飞，虽说只跟五婶差十来步远，可弄得五婶直赶了一路也没有赶上她。进了村，张木匠被一伙学着玩龙灯的青年叫到场里去了，小飞蛾一直飞回了家。五婶还不甘心，就赶到小飞蛾家里，后来碰了个软钉子，应酬了几句就走了。艾艾见她妈没有答应，自然眉开眼笑。燕燕看见这情形，也觉着要说的话更好说一点。

燕燕趁着小飞蛾没有注意，给艾艾递了个眼色叫她走开。艾艾走开了，燕燕就向小飞蛾说："婶婶！我也给艾艾做个媒吧？"小飞蛾觉着她有点孩子气，笑着跟她说："你怎么也能做媒？"燕燕也笑着说："我怎么就不能做媒？"小飞蛾说："你有人家东院五婶那张嘴？"燕燕说："她那么会说，怎么还没有把你说得答应了她？"小飞蛾说："不合适我就能答应她了？"燕燕说："可见全看合适不合适，不在乎会说不会说！我提一个管保合适！"小飞蛾说："你就说说！"燕燕说："我提小晚！"小飞蛾说："我早就知道你说的是他！快不要提他！你们这些闺女家，以后要放稳重点！外边闲话一大堆！"燕燕说："我也学东院五奶奶几句话，'不论说人，不论说家，都没有什么包弹的！'不过我的话比她的话实在得多，不像她那老糊涂，有的说没的道！婶婶！你想想我的话对不对？"小飞蛾说："你光说好的，不说坏的！外边的闲话你挡得住吗？"燕燕："闲话也不过出在小晚身上，说闲话的人又都是些老脑筋，索性把艾艾嫁给小晚，看他们还有什么说的？"小飞蛾一想："这孩子不敢轻看！这么办了，管保以后不生闲气，挨打这件事也就再不用传给艾艾了！"她这么一想，觉得燕燕实在伶俐可爱，就伸手抚摩着燕燕的头发说："好孩子！你还当得了个媒人！"燕燕见她转过弯来，就紧赶着问她："婶婶！你算愿意了吧？"小飞蛾说："好孩子，不要急！还有你叔叔！等他回来跟他商量商量！"

　　燕燕说服了小飞蛾，就辞别过小飞蛾去给艾艾报喜信，不想一出门，艾艾就站在窗外。艾艾拉住她的手，叫她不要声张。两个人相跟着到了院门外，燕燕说："都听见了吧！"艾艾说："听见了！谢谢你！"燕燕说："且不要谢，还有一头哩！你先到街上看灯去，到合作社门口那个热闹地方等着我，我到小晚家试试看！"说了就走了。

　　燕燕到了小晚家，也走的是妇女路线，先和小晚他娘接头。这地方的普通习惯，只要女家吐了口，男家的话好说，没有费多大工夫，就说妥了。

　　她跑到合作社门口，拉上艾艾走到个僻静处，把胜利的结果一报告，并且说："只要你妈今天晚上能跟你爹说通，明天就可以去登记。"艾艾听罢，自然是千恩万谢高高兴兴回去了。剩下她想想人家的事，又想想自己的事，两下一对照，伤心得很，趁着这个僻静地方，悄悄哭了一大阵，直到街上人都散了她才回去。回去躺下之后，一直考虑"明天到区上还是牺牲自己呀，还是得罪妈妈"，一夜也不曾合上眼。

小飞蛾呢？自从燕燕和艾艾走出去，她把小晚这一家子细细研究了好几遍：日子也过得，家里也和气，大人们脾气都很平和，孩子又漂亮又正干，年纪也相当，挑来挑去挑不着毛病。这时候，她完全同意了，暗暗夸奖艾艾说："好孩子！你的眼力不错！说闲话的人真是老脑筋！"想到这里，她又想起头一天晚上那个罗汉钱。她又揭开箱子找出那个钱来，心想还了艾艾，又想不到该怎样还她。她正拿着这个在手里搓来搓去想法子，艾艾一股劲跑回来。艾艾看见她手里有个东西，就问："妈！你拿了个什么的？"小飞蛾用两根指头捏起来向她说："罗汉钱！""哪儿来的？""我拾的！""妈！那是我的！""你哪儿来的？""我，我也是拾的！"艾艾说着就笑了。小飞蛾看了看她的脸说："是你的还给了你！"艾艾接过来还装在她的衣裳口袋里。

一会，张木匠玩罢龙灯回来了，艾艾回房去做她的好梦，张木匠和小飞蛾商量艾艾的婚事。

三　不准登记

当天晚上，艾艾回房以后，明知道她的爹妈要谈自己的婚事，自然睡不着觉，趴在窗上听了一会，因为隔着半个院子两重窗，也听不出道理来，只听见了两句话。听见两句什么话呢？当她爹妈谈了一阵争执起来之后，她妈说："你说这么办了有什么坏处？"她爹说："坏处是没有，不过挡不住村里人说闲话！"以后的声音又都低下去，艾艾就听不见了。

这一晚艾艾自然没有睡好，第二天早晨起来，本来想先去找燕燕，可是乡村姑娘们，要是家里没有个嫂嫂的话，扫地、抹灰尘、生火做饭、洗锅碗这几件事就成了自己照例的公事，非办不行。她只担心燕燕往区上走了，好容易等到吃过饭，把碗筷收拾起来泡到锅里，偷偷地用锅盖盖起来就跑到燕燕家里去。

她本来想请燕燕替她问一问她妈和她爹商量的结果如何，可是一到了燕燕家，就碰上了别的情况，这番话就不得不搁一搁。这时候，燕燕在床上躺着，她妈坐在那里央告她起来。五婶站在地上等候着。艾艾问："燕燕姐怎么样了？"燕燕她妈说："燕燕只怕怄不死我哩！"燕燕躺着说："都由了你了，还要说我是跟你怄气！"她妈说："不是怄气怎么不起来啊？好孩子！不要怄了！快起来让你五奶奶给你说说到区上的规矩！再到村公所要上一封介绍信，快走吧！天不早了！"燕燕说："我死也不去村公所！我还怕民事主任再要我检讨哩！"她妈说："小奶奶！你不去村公所我替你去！可是你也得起来叫你五奶奶给你说说规矩呀？"燕燕赌着气坐起来说："分明是按老封建规矩办事，偏要叫人假眉三道去出洋相！什么好规矩？说吧！"五婶见她的气色不好，就先劝她说："孩子，再不要别别扭扭的！要喜欢一点！这是恭喜事！"燕燕说："快说你们那假眉三道的规矩吧！什么恭喜事？你们喜的吧，我也喜的？"五婶说："算了算了，气话不要说了！到了区上，我把介绍信递给王助理员。王助理员看了信，问你多大了，你就说多大了；问你是'自愿'吗，你就说'自愿'……"燕燕说："这哪里能算自愿？"五婶说："傻孩子！你就那么说对了！问过自愿以后，他要不再问什么就算了；他要再问你为什么愿意，你就说'因为他能劳动'。"燕燕说："屁！我连人家个鬼影儿也没有见过，怎么知道人家劳动不劳动？"她妈说："我这闺女的主意可真哩！怄不死我总不能算拉倒！"燕燕说："妈！这怎么能算是我怄你？我真正是不知道呀！你也不要生气了！要我说什么我给你说什么好了！反正就是个我来！五奶奶！还有什么鬼路道，一股气说完了算！我都照着你的来！"五婶说："也再没有什么了！"

这时候，小晚来找艾艾，见燕燕母女俩闹得不可开交，也就站住来看结果。结果是燕燕答应到了区上照五婶的话说，她妈跟五婶替她到村公所去要介绍信。

燕燕她妈跟五婶出去之后，艾艾跟燕燕说："燕燕姐！你今天不高兴，我也不知道该怎样劝劝你……"燕燕："我这辈子算现成了，还有什么高兴不高兴？我还没有问你，你爹同意不同意？"艾艾说："我也不好问！你今天遇了事了，改日再说吧！"燕燕说："不！我偏要马上管！要管管到底，不要叫都弄成我这样！能办成一件也叫我妈长长见识！你就在我这里等一等，让我去问一问你妈，要是答应了，咱们相跟到区上去！"

燕燕走了，剩下了小晚和艾艾。艾艾说："听我爹那口气，好像也不反对，听说你家的大人们也愿意了，现在担心的只是民事主任的介绍信！"小晚说："我也是这么想，咱庄上凡是他插过腿的事，不依了他就都出不了他的手。别看他口口声声说你声名不好，只要嫁给他的外甥，管保就没事了！"艾艾说："对！事情不明明白白的！他不给咱们写，咱们该怎么办？"两个人都愣了，谁也想不出办法来。停了一会，燕燕回来了，说是张木匠也愿意了，可以一同到区上去登记。艾艾跟她说到村公所写介绍信不容易，她也觉着是一件难事，后来想了想说："你们去吧！趁着他给我写罢了你们就提出，他要是不愿意写的话，你们就问他，'别人来了可以替人写，亲自来了为什么不行？'看他说什么！"小晚说："对！他要是再不给写，咱俩就不拿介绍信到区上去登记。区上问起介绍信，咱就说民事主任是封建脑筋，别人去了可以替人写，自己去了偏不给写！"艾艾说："那样你不把燕燕姐的事给说漏了吗？"燕燕说："说漏了自然更好了！你们给说漏了，我妈也怨不着我！"小晚说："人家要问介绍人哩？"燕燕说："就说是我！"小晚说："写信时候，介绍人也得去呀。"燕燕想了一想说："可以！我跟你们去！"艾艾说："你不是不愿意到村公所去吗？"燕燕说："我是不去要我的介绍信，给别人办事还可以。咱们到村公所门口等着，等我妈一出门咱们就进去！"艾艾说："民事主任要说你声名不正不能当介绍人呢？"燕燕说："这回我可有话说！"三个人商量好了，就往村公所去。他们正走到村公所门口，她妈跟五婶就出来了。五婶说："不用来了！信写好了！"燕燕说："我也得问问是怎么写的，不要叫去了说不对！"她妈听着只当是燕燕真愿意了，就笑着跟她说："你要早是这样，不省得妈来跑一趟？快问问回来吃些饭走吧！"说着就分头走开。

　　他们三个走进村公所，民事主任才写过信，墨盒还没有盖上。民事主任看见他们这几个人在一块就没有好气，撇开艾艾和小晚，专对燕燕说："回去吧！信已经交给你妈了！"燕燕说："我知道！这回是给他们两个人写！"主任瞟了小晚和艾艾一眼说："你两个？""我两个！""自己也都不检讨一下！"小晚说："检讨过了！我两个都愿意！"主任说："怕你们不愿意哩？"艾艾说："你说怕谁不愿意？我爹我妈都愿意！"小晚说：

"我爹我妈也都愿意！"主任说："谁的介绍人？"燕燕说："我？""你怎么能当介绍人？""我怎么不能当介绍人？""趁你的好声名哩？""声名不好为什么还给我写介绍信？"主任答不上来就发了脾气："去你们的！都不是正经东西！"艾艾看见仍不行了，就又顶了他一句："嫁给你的外甥就成了正经东西了，是不是？"

这一下更问得主任出不上气来。主任对艾艾，确实有两种正相反的估价：有一次，他看见艾艾跟小晚拉手，他自言自语说："坏透了！跟年轻时候的小飞蛾一个样！"又一次，他在他姐姐家里给他的外甥提亲提到了艾艾名下，他姐姐说："不知道闺女怎么样。"他说："好闺女！跟年轻时候的小飞蛾一个样！"这两种评价，在他自己看起来并不矛盾：说"好"是指她长得好，说"坏"是指她的行为坏——他以为世界上的女人接近男人就是坏透了的行为。不过主任对于"身材"和"行为"还不是平均主义看法：他以为"身材"是天生的，是什么就是什么；行为是可以随着丈夫的意思改变的，只要痛痛打一顿，说叫她变个什么样就能变成个什么样。在这一点上，他和东院五婶的意见根本相同。可是这道理他向艾艾说不得，要是说出来，艾艾准会对他说，"这个民事主任用不着你来当，最好是让给东院五奶奶当吧！"

闲话少说，还是接着说吧：当艾艾问嫁给他的外甥算不算正经的时候，他半天接不上气来，就很蛮地把墨盒盖子一盖说："任你们有天大的本事，这个介绍信我不写！"艾艾说："不写我们也要去登记！区上问起来我就请他们给评一评这个理！"主任说："不服劲你就去试试！区上又不是不知道你们的好声名！"吵了半天，还是不给写，他们只得走出来。

燕燕回家去吃过饭，艾艾回家去洗过锅碗，五婶、燕燕、小晚和艾艾，四个人都往区上去。

三个青年人都觉着五婶讨厌，故意跑在前边不让五婶追上，累得五婶直喘气。走到区公所门口，门口站着五六个人，男女老少都有，只是一个也认不得。原来五婶约着人家西王庄那个孩子在区公所门口等，现在这五六个人，好像也都是等人，有两个大人似乎也是当介绍人的，其中有两个青年男子，一个有二十多岁，一个有十五六岁。燕燕他们三个人，都估量着那个十五六岁的就是给燕燕的那一个，因为五婶说过"实岁数是十五"，可是谁也认不得，不愿意随便打招呼。停了一会，五婶赶到了。五婶在区门边一看说："怎么西王庄那个孩子还没有来？"她这么一说，他们三个才知道是估量错了，原来哪一个也不是。就在这时候，收发室里跑出一个小孩子来向五婶嚷着说："老大娘！我早就来了！"嗓子比燕燕的嗓子还尖。燕燕一看，比自己低一头，黑光光的小头发、红红的小脸蛋，两只小眼睛睁得像小猫，伸直了他的小胖手，手背上还有五个小窝窝。燕燕想："这孩子倒也很俏皮，不过我看他还该吃奶，为什么他就要结婚？"五婶说："咱们进去吧！"他们先到收发处挂了号，四个人相跟着进去了。

正月天，亲戚们彼此来往得多，说成了的亲事也特别多，王助理员的办公室挤满了领结婚证的人，累得王助理员满头汗。屋子小，他们进去站在门边，只能挨着次序往桌边挤。看见别人办的手续，跟五婶说的一样，很简单：助理员看了介绍信，"你叫什么名？"叫什么。"多大了？"多大了。"自愿吗！""自愿！""为什么愿嫁他？"或者"为什么愿娶她？""因为他能劳动！"这一套，听起来好像背书，可是谁也只好那么背着，背了就发给一张红纸片叫男女双方和介绍人都盖指印。也有两件不准的，那就是有破绽：一件是假岁数报得太不相称，一件是从前有过纠纷。

快轮到他们了，燕燕把艾艾推到前边说："先办你的！"艾艾便挤到桌边。这时候弄出个笑话来：助理员伸着手要介绍信，西王庄那个孩子也已经挤到桌边，信就在手里预备着，一下子就递上去！五婶看见着了急，拉了他一把说："错了错了！"那孩子说："不错，人家都是二人一封！"原来五婶在区公所门口没有把艾艾和燕燕向那孩子交代清楚，那孩子看见艾艾比燕燕小一点，以为一定是这个小的。王助理员接住他的信还没有赶上拆开，小晚就挤过去跟他说："说你错了你还不服哩！"回头指了指燕燕又向他说："你是跟那一个！"经他一说破，满屋子弄了个哄堂大笑！王助理员又把信递给那个孩子说："你怎么连你的对象也认不得？"小晚说："我两个没有介绍信，能不能登记？"王助理员说："为什么没有介绍信？"艾艾说："民事主任不给写！燕燕她妈替她去还给写，我们亲自去了不给写！他要叫我嫁给他的外甥！""你们是哪个村？""张家庄！"问艾艾："你叫什么？""张艾艾！"王助理员注意了她一下说：

"你就是张艾艾呀？""是！"王助理员又看着小晚说："那么你一定就是李小晚了？"小晚说："是！"王助理员说："谁的介绍人呢？"燕燕说："我！""你叫什么？""马燕燕！"王助理员说："你两个都来了？你怎么能当介绍人？""我怎么不能当介绍人？""村里有报告，说你的声名不正！"三个人同问："有什么证据？"王助理员说："说你们早就有来往！"小晚说："早有个来往有什么不好？没来往不是会把对象认错了吗？"这句话又说得大家笑起来。王助理员说："村里既然有报告，等调查调查再说吧！"燕燕说："助理员！你说叫他们两人结了婚有什么不好？为什么还要调查呢？他们两个人都没有结过婚，和谁也没有麻烦！两个人又是真正自愿，还要调查什么呢？"助理员说："反正还得调查调查！这件事就这样了。"又指着西王庄那个孩子说，"拿你的信来吧！"小孩子递上了信，五婶一边把村公所给燕燕的介绍信也递上去。

王助理员问西王庄那个孩子："你叫什么？""王旦！""十几了？""十……二十了！"小王旦说了个"十"就觉着五婶教他的话不一样，赶快改了口，王助理员说："怎么叫个'十二十'呢？"小王旦没话说，王助理员又问："你们是自愿吗？""自愿。""为什么愿意跟她结婚？""因为她能劳动！"王助理员又看了看燕燕的介绍信说："马燕燕！你说他究竟多大了！"燕燕说："我不知道！"五婶急得向燕燕说："你怎么说不知道？"燕燕回答说："五奶奶！我真正不知道，你哪里跟我说过这个？"五婶不知道燕燕是有意叫弄不成事，还暗暗地埋怨燕燕说："这闺女心眼儿为什么这么死？就算我没有跟你说过，可是人家说二十，你就不会跟着说二十吗？"在这时候，小王旦偏要卖弄他的聪明。他说："人家是真正不知道！我住在西王庄，人家住在张家庄，我两个谁也没有见过谁，人家怎么知道我多大了呢？"王助理员说："我早就知道你没有见过她！要是见过，怎么还能认错了呢？你没有见过人家，怎么知道人家能劳动？小孩子家尽说瞎话！不准你们两个登记！一来男方的岁数不实在，说不上什么自愿不自愿；二来见了面连认也不认得，根本不能算自由婚姻！都回去吧！"

五个人都出了区公所：小王旦回西王庄去了，五婶和他们三个年轻人仍回张家庄去。在路上，五婶怪燕燕说错了话，燕燕故意怪五婶教她说话的时候没有教全。艾艾跟小晚说王助理员的脑筋不清楚，燕燕说王助理员的脑筋还不错。

他们四个人相随了一段，还跟来的时候一样，三个青年走在前边商量自己的事，五婶在后边赶也赶不上。他们谈到以后该怎样办，燕燕仍然帮着艾艾和小晚想办法，他们两个也愿意帮着燕燕，叫她重跟小进好起来。用外交上的字眼说，也可以叫作"订下了互助条约"。

四　谁该检讨

前边说过：张家庄的民事主任对妇女的看法是"身材第一，行为第二，行为是可以随着丈夫的意思改变的"。其实这种看法在张家庄是很普遍的一种看法，不只是民事主任一个人如此——要是他一个人，也不会给这两个大闺女造成坏的"声名"。张家庄只剩这么两个大闺女，这两个人又都各自结交了个男人。谁也说她们"坏透了"，可是谁也只想给自己人介绍，介绍不成功就越说她们"坏"，因此她们两个的声名就"越来越坏"。

自从她们到区上走了一趟，事情公开了，老年人都认为"更坏得不能提了"，也就不提了；打算给自己人介绍的看见没有希望了，也就提得少了；青年人大部分从前只跟着大人瞎吵吵，心里边其实早就赞成，见大人不多提了也就不吵吵了；另有几个原来想跟小晚竞争一下，后来见艾艾的心已经落到小晚身上，他们也就没劲了；再加上公开了之后，谁要当面说闲话，她们就要当面质问："我们结了婚有什么坏处？"这句话的力量很大，谁也回答不出道理来。有这么好多原因，说闲话的人一天比一天少起来。她两个的声名也一天比一天好起来。

在这两对婚姻问题上，成问题的只有三个人：一个是燕燕她妈，说死说活嫌败兴，死不赞成；一个是民事主任，死不给写介绍信；再一个就是区上的王助理员，光说空话不办事，艾艾跟小晚去问过几次，仍是那一句话："以后调查调查再说。"因为有这三个人，就把四个人的事情给拖延下来。

他们四个都是不当家的孩子，家里的大人，燕燕她妈还反对，其余的纵不反对也不给他们撑腰，有心到县里去告状，在家里先请不准假。在这个情况下面，气得他们每天骂民事主任，骂王助理员。

一直骂了两个月，还是不长不短，仍然没有结果。种谷的时候，有一天晚上，小晚到合作社去，合作社掌柜笑着跟他说："小晚！你们结婚的事情怎么样了？"小晚说："人家区上还没有调查好哩！"掌柜说："几时就调查好了？"小晚说："还不得个十年二十年？"掌柜说："你真会长期打算！现在不用等那么长时候了！婚姻法公布出来了！看了那上边的规定，你们两个完全合法！"小晚只当他是开玩笑，就说："看你这个掌柜多么不老实！"掌柜正经跟他说："真的！给你看看报！"说着递给他一张报。小晚先看见报上的大字觉着真有这回事，就拿到灯下各里各节往下念，掌柜说："让我念给你听！"说着接过来一口气念下去。等掌柜念完，大家都说："小晚这一下撞对了！明天再去登记去吧！完全合法！"

小晚有了这个底，从合作社出来就去找艾艾；因为他们和燕燕、小进有互助条约，艾艾又去找燕燕，小晚又去找小进。不大一会，四个人到了艾艾家开了个会，因为燕燕不愿意马上得罪她妈，决定第二天先让艾艾和小晚去登记。燕燕说："只要你们能领回结婚证来，我妈那里的话就好说一点。虽然你们说我妈不同意也可以，依我看能说通还是说通了好！"大家也就同意了她的话。

这天晚上散会之后，小晚和艾艾各自准备了半夜，计划着第二天到区上，王助理员要仍然不准，他们用什么话跟他说。不料第二天到了区上，王助理员什么也没有再问就给填上了结婚证。

隔了一天，区公所通知村公所，说小晚和艾艾的婚姻是模范婚姻，要村里把结婚的日期报一下，到那时候区里的干部还要来参加他们的结婚典礼。

因为区里说是模范婚姻，村里人除了太顽固的，差不多也都另换了一种看法；青年人们本来就赞成，有好多主动来给他们帮忙筹备，不几天就准备停当了。

结婚这一天，区上来了两个干部——一个区分委书记，一个王助理员。村上的干部差不多全体参加了——民事主任本来不想到场，区上说别的干部可以不参加，他非参加不可。他没法，也只得来。

因为区上说是模范婚姻，村上的群众自然也来得特别多，把小晚家一个院子全都挤满。

会开了，新人就了位，不知道哪个孩子从外边学来的新调皮，要新媳妇报告恋爱经过，还要叫从罗汉钱说起。艾艾说："那算什么稀奇？我送了他个戒指，他送了我个罗汉钱。一句话不就说完了吗？"

有个青年小伙子说："她这么说行不行？"大家说："不行！""不行怎么办？""叫她再说！"艾艾说："你们这么说我可不赞成！这又不是斗争会！"有的说："我们好意来给你帮个忙，凑个热闹，你怎么撺起我们来了？"艾艾说："大家帮我的忙我很欢迎，不过可不愿意挨斗争！罗汉钱的事实在没有多少话说的，大家要我说，我可以说一些别的事！"大家说："可以！""说什么都好！"艾艾说："大家不是都知道我的声名不正吗？你们知道这怨谁？"有的说："你说怨谁？"艾艾说："怨谁？谁不叫我们两个人结婚就怨谁！你们大家想想：要是早一年结了婚，不是就正了吗？大家讲起官话来，都会说'男女婚姻要自主'，你们说，咱们村里谁自主过？说老实话，有没有一个不是父母主婚？"大家心里都觉着对，只是对着区干部不好意思那么说。艾艾又接着说："要说有的话，女的就只有我和燕燕两个，可是民事主任常常要叫我们检讨！我们检讨过了，要说有错的话，就是说我们不该自主！说到这里我也坦白坦白：为了这事，我整整骂了民事主任两个月了，现在让我来赔个情！"大家问："都骂了些什么话？"艾艾说："现在我们两人的事情已经成功了，前边的事就都不提它了……"大家一定要艾艾说，艾艾总不肯说。小晚站起来笑着说："我说了吧！我也骂过！主任可不要恼，我不过是当成故事来说的。我说：……我也愿意，她也愿意，就是你这个当主任的不愿意！我两个结了婚，能把你的什么事坏了？老顽固！死脑筋！外甥路线！嫁给你的外甥，管保就不用检讨了！"大家都看着民事主任笑，民事主任没有说话。区分委书记说："你也给王助理员提点意见！"小晚说："王助理员倒是个好人，可惜认不得真假！光听人家说个'自愿'，也不看说得有劲没劲，连我都能看出是假的来，他都给人家发了结婚证！问人家自愿的理由，更问得没道理：只要人家真是自愿，哪管得着人家什么理由？他既然要这样问，人家就跟背书一样给他背一句'因为他能劳动'。哪个庄稼人不能劳动？这也算个理由吗？轮上我们这真正自愿的了，他说村里有报告，说我们两个人早就有来往，还得调查调查。村里报告我们早就有来往，还不能证明我们是自愿吗？那还要调查什么？难道过去连一点来往也没有才叫自愿吗？"小晚说到这里，又哧哧哧笑着说，"我再说句老实话，我们也骂过王助理员。我们说：'助理员，傻不傻，不要真，光要假！多少假的都准了，一对真的要调查！'王助理员你可不要恼我们！从你给我们发了结婚证那一天，我们就再也没有骂过你一句！"

区分委书记说；"你骂得对！我保证谁也不恼你们！群众说你们声名不正，那是他们头脑还有些封建思想，以后要大家慢慢去掉。村民事主任因为想给他外甥介绍，就不给你们写介绍信，那是他干涉婚姻，中央人民政府公布了婚姻法以后，谁再有这种行为，是要送到法院判罪的。王助理员迟迟不发结婚证，那叫官僚主义不肯用脑子！他自己这几天正在区上检讨。中央人民政府的婚姻法公布以后，我们共产党全党保证执行，我们分委会也正在讨论这事，今天就是为了搜集你们的意见来的！"区分委书记说着向全场看了一看说："党员同志们，你们说说人家骂得对不对呀？检查一下咱们区上村上这几年处理错了多少婚姻问题？想想有多少人天天骂咱们？再要不纠正，受了党内处分不算，群众也要把咱们骂死了！"

散会以后，大家都说这种婚姻结得很好，都说："两个人以后一定很和气，总不会像小飞蛾那时候叫张木匠打得个半死！"连一向说人家声名不正的老头子老太太，也有说好的了。

这天晚上，燕燕她妈的思想就打通了，亲自跟燕燕说叫她第二天跟小进到区上去登记。

《说说唱唱》1950年6期

李双双小传

李　准

一

李双双是我们人民公社孙庄大队孙喜旺的爱人，今年二十七岁年纪。在人民公社化和"大跃进"以前，村里很少有人知道她叫"双双"，因为她年纪轻轻的就拉巴了两三个孩子。在高级社的时候，很少能上地做几回活，逢上麦秋忙天，就是做上几十个劳动日，也都上在喜旺的工折上。村里街坊邻居，老一辈人提起她，都管她叫"喜旺家"，或者"喜旺媳妇"；年轻人只管她叫"喜旺嫂子"。至于喜旺本人，前些年在人前提起她，就只说"俺那个屋里人"，近几年双双有了小孩子，他改叫作"俺小菊她妈"。另外，他还有个不大好听的叫法，那就是"俺做饭的"。

"双双"这个名字既然被这么多的名称代替着，自然很难有露面的时候。可是什么事情都有变的时候，一九五八年春天"大跃进"，却把双双给"跃"出来了。她这个名字，不单是跃到全公社，又跃到县报上、省报上。"李双双"这个名字被人响亮亮地叫起来了。

不过话还得说回来，她这个名字头一次出现在人们面前，还是在一九五八年春节后，孙庄群众鸣放会上的一张大字报上。故事也还得从那个时候说起。

一九五八年开春，全乡群众打破常规过春节，发动起来一个轰轰烈烈向水利化进军的高潮。孙庄的男女青年们，都扛着大旗、敲着锣鼓上黑山头修水库去了，村子里剩下的劳力，也都忙着积肥送粪，耙春地，下红薯秧苗，可是终因劳力缺少，麦田管理怎么也顾不过来。

这时候，社里党支部发动群众鸣放讨论这个事，要大家想办法解决。社里开了个动员会，第一天，大字报就在街上贴满了。这天，乡里党委书记罗书林同志正来孙庄，他和社里老支书老进叔，看着一街两行房山墙上贴的红红绿绿的大字报。就在这时候，他们被一张大字报吸引住了。

这张大字报的字写得很大，字迹写得有点歪歪扭扭，可是上边的事却写得格外新鲜。上边写的是：

> 家务事，
>
> 真心焦，
>
> 有干劲，
>
> 鼓不了！
>
> 整天围着锅台转，
>
> 跃进计划咋实现？
>
> 只要能把食堂办，
>
> 敢和他们男人来挑战。

下边写的名字是"李双双"。

这一张大字报贴出来不要紧，可把罗书记喜欢透了。他念了一遍又一遍，拍着老进叔的肩膀头说："嗨，老伙计，这可有了办法了。这一张大字报重要得很！要是能把家庭妇女解放出来，咱们这个"大跃进"可就长上翅膀了！"他接着就打听这个李双双是谁家的。

老进叔想了想说："如今这些年轻媳妇们，我都还安不清位，这都是不常开会那一号。"

罗书记说："你打听打听，这个人可要好好访访培养。能想出来这一条就不简单，有股子冲劲！"

提到"冲劲"，老进叔说："这么说来，兴许是喜旺媳妇。"

罗书记说："怎见得是她？"老进叔说："那个小媳妇可能拿得出来了！去年大辩论时候，上到台子上发言的就是她。就是平常开会少一点。前两天，我见她跟喜旺还干仗哩！"

两个人正谈论着，树影儿已经正了，地里的人也都回来了，围着过来看大字报。老支书就问他们："这个李双双是不是喜旺媳妇？"有人说"是"，也有人说"不是"。

有人说："这就是喜旺家写的，去年冬天扫盲上民校时候，她报的名字就叫李双双。"

还有人说："那个媳妇利利洒洒的，读书心眼可灵了，她能写出这几个字。"

大伙正在议论，恰巧喜旺推着小车从地里回来了。喜旺有三十四岁年纪，比双双大着七八岁。他原来也是个贫苦出身，解放前在镇上饭馆里当过二年小学徒，后来因为端菜打破了两个八寸瓷盘，怕挨掌柜的打，就偷跑到外边在吹鼓手班子里混了二年，一直到解放后，才回到村里。

大伙看见喜旺，就叫着他问："喜旺，你看这是谁写的大字报，是不是您小菊她妈？"

喜旺听说双双贴了大字报，先吓了一跳。他忖着："这个'出马一条线'的货，该不是把前天和我吵嘴的事儿掀出来了吧！"他又见乡里罗书记和老支书都在这里看着那张大字报，更是不能承应。他哼着哈着走到那张大字报跟前念了念，心里一块石头才算落了地，又听见罗书记说："写得好！这张大字报写得真好！"他才慢慢吞吞地说："就是俺做饭的写的。"

喜旺话音一落地，大家轰的一声笑起来。喜旺听着别人笑，还只当是别人笑他吹牛，急忙证实着说："你们不信哪！真是俺小菊她妈写的。她就叫李双双，她会写字啊！她不光在这里贴大字报，平常写的小字条，把我们那个屋子都贴满了。"他这么一说，大家笑得更厉害，罗书记笑着问他："平常她写的小字条上都写些什么？"

喜旺红着脸说："女人家，她懂得什么。写的都和这张大字报上差不离，什么：'我真想学习呀，就是没时间。''啥时候我也能不做饭，去参加大跃进！'还有什么：'裤子的裤字，去掉一边的衣字，就是水库的库。'……可多啦！床头上、窗户纸下贴的都是，我都记不清。反正我那个做饭的，是个有嘴没心'没星秤'的人，你们不用和她一般见识。"喜旺说着就去撕山墙上双双写的那张大字报。老支书拦住他说："你这是干啥？人家写的大字报，你怎么就能随便撕。人家这是鸣放啊！"

喜旺听说这是"鸣放"，忙把手缩回来了。罗书记打量着他笑着说：

"喜旺啊！你爱人李双双这张大字报写得好得很，这个建议对咱们全乡'大跃进'要起很大作用。人家不是不懂什么，是懂得很多。我要把这张大字报拿走了，乡党委要专门开会研究这个建议。"接着又拍着他的肩膀说，"哎，以后要改改旧习惯了，怎么老叫'俺做饭的''俺做饭的'，人家大字报都贴到你的床头了，还不民主点。"

罗书记说罢，把那张大字报取下折起来装在口袋里，和老支书上社里去了。喜旺这时却弄得像个丈二金刚——一时摸不着头脑。

二

喜旺推着空车子往家一路走，一路想着。

他想，别看我那个女人，她编两句顺口溜，却连乡里罗书记都看得那样金贵。不过也好险哪！好在她还没有把我们打架那个事儿给亮出来，她要真写我一张大字报贴在街上，说不定大伙还要和我"辩论"一下。哎，这个直性子女人，以后可真得小心点儿哩。

说起来喜旺和双双前两天打架，还有一段缘由。双双娘家在解放前是个赤贫农户，她在十七岁那年，就嫁给了喜旺。

才过门那几年，双双是个小丫头，什么事也不懂，可没断挨喜旺的打。到土改时候，政府又贯彻婚姻法，喜旺才不敢老打了。一则是日子也像样了，害怕双双和他离婚；二则是双双也有了小孩，脾气也大起来。有时候喜旺打她，她就拼着还手打喜旺。喜旺认真地惹了她两次，可是到底也没惹下，村里干部又评他个没理，后来也干脆就把拳头收了起来。可是家里里里外外的事情，还是他一个人当着家。合作化以后，男女实行同工同酬，双双虽然做活少，可也有人家一份。喜旺这时候办个什么事，也得和她商量商量。不过双双孩子多，很少开会，也很少下地。喜旺也乐意自己多做一点。照他自己的看法是，这也少找许多麻烦，少生闲气。

喜旺也确实喜欢双双。他喜欢双双那个火辣辣的性子，喜欢她这些年变化得敢说敢笑的爽快劲儿。双双人长得漂亮，又做得一手好针线，干起活来快当利落。前几年纺棉花，粗拉拉的线一天能纺半斤，织起布来一天能织一丈三四。就是这几年孩子多了，喜旺也没断过新鞋穿。秋风凉的时候，孩子们总是能换上干干净净的棉衣服。可是喜旺也有不喜欢她的地方，那就是在他看来，双双嘴太快，爱在街上管闲事、说闲话。因为多管闲事，就断不了要跟一些人吵嘴，有时候还得喜旺出面给人家赔不是。逢到这种时候，喜旺总是恨恨地说着："哎，这女人心眼太聪明了，她少个心眼倒安分了！"

从前年冬天起，村子里扩大民校，双双上民校了。她这时一心一意学文化，和人家吵嘴的事情少了，喜旺也乐得安心起来。他想着："这样也好，每天能画两个字，倒把她心给占住了。反正水总得有个渠渠。"

村里各家在前年安有线广播时，喜旺家里也安了一个小喇叭碗。喜旺喜欢听梆子戏，听吹唢呐；双双喜欢听新闻，听报告。

两口子一人一段，也不矛盾。可是喜旺却没有料到双双自从学了文化以后，又听广播，又看报纸，倒是越发要闹起"事儿"来，她不但在屋子里贴满小字报，前天还和他干了一架。

打架是在正月初七那天。双双看着青年们都上黑山头水库去了，又听说还要把红石河的水引到村里来，在村东边挖一条大渠，这时她就要求着也要去修渠。

喜旺说："你算了吧，队里又没派你的工。"

双双说："没派我我也要去。我在家憋闷得慌。人家都'大跃进'哩，我就不能走出这个家！"

喜旺说："什么'大跃进'呀，还不是挖土。"双双撇着嘴看了他一眼说："就你的落后话多，我非去不行。"

喜旺拗不过她，只得由她把小孩子寄给邻居四婶，去村东参加修渠了。

双双修了两天渠，脸吹得红扑扑的，话也稠了，笑声也响了，可是也更忙了。特别是做三顿饭。每天人家不下工她就得跑回来，忙着烟熏火燎地烧火做饭，可是还没等吃到嘴里，队里就又打上工钟了。

初七那天晌午，双双回来得稍晚了点，一到家里，就看见几个孩子哭着要吃饭。她累得浑身没一点劲儿，孩子们又闹着吃饭，急得一心火。她掀开帘子到屋子里一看，喜旺却早回来了，直杠杠地躺在床上吸烟。

双双看了很生气，她说："孩子们哭成这样子，你也不哄哄，你倒清闲！"

喜旺却在床上只是吧嗒吧嗒抽烟，也不吭声。

双双一面从笼里取出两块馍，塞给孩子们，一面洗着手和着面说："你又不是不会做饭，你要回来先把面和好，我回来擀，也省点时间。就会躺在床上吸烟。"

喜旺这时却伸着两个指头说："哎！我就不能给你起这头。做饭就是屋里人的事。我现在给你做饭，将来还得叫我给你洗尿布哩！"

双双一听这话，心里就窝着火。她说："那你也得看忙闲，我忙成这样子，你就没长眼！"

喜旺说："那是你自找，我可养活不起你啦！谁叫你去劳动？"

双双正在切面，她把刀往案板上一拍说："将来社里旱田变水田，打的粮食你不用吃！"喜旺说："你说不叫我吃就行了？将来还得你给我做着吃。"

双双听他这样说，气得眼里直冒火星。她把切面刀哗地一撂说："吃！你吃不成！"说罢气得坐在门槛上哭起来。

双双在一边哭着，喜旺却装得像个没事人一样。他躺了一会，着个脸爬起来到案板前看了看切好的那些面条说："这就够我吃了，我自己也会下。"说着就往锅里下起面条来。

面条下到锅里，他又找了两瓣蒜捣了捣，还加了点醋，打算吃捞面条。

双双在屋里越哭得痛，喜旺把蒜臼越捣得咣咣当当直响。

双双看他准备得那样自在，气得直咬牙。她想着："我在这里哭，你在那里吃。你吃不成！"想到这里，就猛地跑过去狠狠地朝着喜旺脊梁捣了两拳。

喜旺挨了两拳，嘴里喊着说："好！你反天了！"他拿着蒜锤扭过身来正要还手，却被双双一把抢了过来，又猛地推了他一掌子，把他一下子推到院子里蹲在地上。

双双把喜旺推蹲在地上，自己却忍不住咯咯地大笑起来。

她笑得那样响，把满脸泪花都笑得抖落在地上。

喜旺从地上爬起来正要出气，却被双双上去扭住他说：

"走！咱们去找老支书说理去！就是兴你这样，我参加'大跃进'你不愿意，你嫌不舒坦，不美气，故意找我岔子，你这是啥思想！走！"

喜旺本来想狠狠地揍她两下子，可是听双双这么说，自己知道理短。何况今天这个事，又是他故意给双双穿小鞋。因此他也不敢再打她了，更不敢和她同去见老支书。他急忙挣脱两只手，站在大门跟前故意气昂昂地说：

"你去吧！你前边去，我后边跟着！"

他话虽是这么说，自己却先溜了。出去把门反扣上。

三

两口子闹了这一场，双双又是生气，又是好笑。不过她心里却有了心事，她想着："光是这样闹，也不是长法，得想个法子。"

这天夜里，双双把孩子都哄睡，又把灯拨了拨，一个人坐在窗户前纳鞋底。她一面纳着鞋底，一面想着心事。正在这时，忽然村东一片火光把她家的窗户纸都映红了。一阵人声喧闹和欢笑，紧跟着是雨点子般的镢头铁锨挖着石头块的响声，一阵阵地传送过来。

双双从窗户洞里往村东看了看，知道这是引红石河的人们在搞夜战上工了。灯笼吊了一长行，像一条火龙。在灯笼下边，是一条黑黝黝的人群，镢头和铁锨挥舞着，起落着。石夯重重落下的声音有节奏地响起来，小伙子和姑娘们的清脆夯歌声，像一股潮水一样，一股脑儿向着双双家的窗子里涌进来。

"外边'大跃进'干红了天，我还能叫这个家缠我一辈子！"双双想着，只觉得心里扑棱棱的，脸上热乎乎的，再也无心做活。

正在这时，忽然吱呀一声门开了，走进个人来。双双还只当是喜旺，故意赌气不看他。

"哟！好大的抬神哪！你是瞌睡了吧！"

双双急忙抬头一看，原来进来的是南院长水媳妇桂英，先笑了。她说："我还只当是俺那个主回来了，原来是你呀！"

桂英说："怎么，你还不想理他呀？"

双双说："我十辈子不理他也不想他！"

桂英说："算了吧！你没听人家常言说：'天上下雨地下流，小两口打架不记仇，白天吃的一个锅里饭，晚上枕的一个枕头！'"双双说："我们就是这一个锅里的饭吃不到一块呀！"

两个人说着都咯咯地笑起来，由于笑得太响，把床上的小孩子也震得翻了个身，她们忙止住了笑。

双双小声问桂英："你孩子们呢？"

"也是才哄睡。"桂英说。

"你怎么不睡？"

"睡不着。你呢？"

双双说："我也睡不着。听说再过几天水就要从咱这大门口流过来了。"

桂英说："喜旺嫂子，你说咱这一号可咋办！人家都'大跃进'哩，咱们怎么'大跃进'？前天我们长水上黑山头水库了。我也要去，人家说咱这孩子多的一号不行。我说我去水库上做饭，人家说没人带小孩！"

双双猛地站起来问："水库上成立食堂了？"

桂英说："是啊，前天把大锅大笼都拉去了！"

双双把鞋底一撂："嘿！他们水库上能成立食堂，咱们村里怎么不能成立食堂！"桂英也拍着手说："是啊！这倒是个办法。"

两个年轻媳妇一高兴，劲头也大了，办法也多了。她们商量着如何办食堂，如何安置小孩，越说越有劲，一直说到半夜，还是说不完，双双就拉着桂英，连夜去找老支书。

到了老支书家里，老支书在工地上还没回来，只有进大娘在家里。她们把要求办食堂的事和进大娘说了说。进大娘说："你们想这个办法正是茬儿，今天夜里正开会研究挖劳力办法。你们这个办法好，去鸣放鸣放，管保行！"

双双说："怎么'鸣放'呀？"

进大娘说："糊大字报！你们会写字，把你们想的，字写得大大的，尽往街上糊了……"

进大娘说着，双双就拉着桂英说：

"走！管它三七二十一，咱先写一张糊上再说。"两个人兴致勃勃地走了。

双双回到家里，看见喜旺已睡下了。她又点着了灯，找了张纸，写起大字报来。正写着，喜旺醒了，他看见双双在聚精会神地写着字，就叫着说："喂！睡吧，别熬油了，凭你再画字也考不了秀才！"

双双却不理他，只管写着，她一直写到东方发白，才编成快板，拿出去贴在大街上。

喜旺再也没想到双双写的大字报这么中用。

他推着空小车回到家里后，坐在院子里看着双双只管嘻嘻嘻、嘻嘻嘻地傻笑。笑得双双不耐烦，就冲着他问："你笑什么呀？只管笑，像吃了呱呱鸡的肉了！"

喜旺眯着两只眼说："小菊她妈，你不简单呀！"

"什么简单不简单的，有话你就直说呗，吐半截，咽半截！"

喜旺说："你写的那张大字报，给乡里罗书记看见了。罗书记说你那个顺口溜重要得很，乡党委会要专门开会研究。"

"真的吗？"双双听说后高兴得几乎跳起来。

喜旺却接着说："我说你呀，以后可别乱给我捅娄子了！这大字报可不是随便糊的。你懂得什么政策！这食堂是怎么个办法子，社里还能开饭馆子？"

双双说："你就记着开饭馆，我们说是办公共食堂。全村各户凡乐意的就把粮食对到一块，选几个好炊事员做饭。像水库上那样，又省人，又省些煤，还能节约粮食。我的好大哥，以后呀，你也别想拿捏我了，我呢，这个煤渣坑也跳到头了！"

喜旺听她这么说，先嗌了两声，说："我还不知道你是要插翅膀飞呀！那行不行？七家八户放到一块吃饭。净想鲜点子！乡里要能准了你这张大字报，哼！……"

双双说："那也说不定，真要准了怎么说？"

喜旺说："我头朝下走三圈！"

喜旺话音还没落地，忽然房檐下挂的有线广播小喇叭碗响起来了。

广播说："告诉各社员们一个好消息，为了组织更大跃进，乡党委根据群众要求，要在孙庄办一个公共食堂……"

双双听了这几句话，高兴得撒开腿就往街上跑。她跑到大门口，进大娘、四婶、桂英等一群妇女正在向她家拥来。她们都吵着喊着：

"双双！咱们那张大字报顶事了，乡里要咱办食堂了！"

"走，现在咱就去找地方盘炉子！"

"谁会盘炉子呀？"

"现成的人，喜旺嘛！喜旺会盘大吸灶火！"

"借大锅，东头二毛家过去杀牛有一口大锅！"

"俺家有个大水缸！"

"我对一个大风箱！"

"我家还有一把大火钳呢！"

霎时间，喜旺家院子里像赶春会似的挤满了人，这一群妇女吵吵嚷嚷，又是笑，又是闹，把喜旺推推拥拥，找地方盘炉子去了。

四

食堂地址是借在村十字路口南边，富裕中农孙有家的旧东院里。三间北房粉刷得雪白粉亮。屋子靠南墙窗户下，盘了两个八面通大吸灶煤火。煤火上放着两口大白印锅，煤火两厢放着两个牛腰粗大双缸，在房子东头，架起来一块一丈二长八尺宽的大柿木案板。

大件家具都借全了，孙庄农业社的公共食堂就要冒烟了。

在院子里，村里一百多户人家集合在这个新食堂院里，在选食堂的炊事员和管理员。

开会的时候，老支书说了说乡党委支持大家办食堂的要求，并且说干就干。最后轮到选炊事员时，大家轰的一声吵开了。

双双头一个发言。她涨红着脸提高嗓门喊着说："喂！我提议叫四婶当个炊事员。四婶是个贫农，人也干净，做活也牢靠。再说，都知道四婶心事也好！"

双双刚说完，大伙就赞成着说："四婶算一个！四婶能行。"

"人家绝不会抛撒米面。"

"可是咱现在都是大锅大笼，还得要个棒实点的人哪。"

"再选个男人！"

喜旺这天也参加会了。他本来只是蹲在一边抽着烟来看热闹，可没想到这时候却有人提他的名字，那是桂英。

桂英站起来说："哎，我提个人，喜旺哥，咱们都知道喜旺哥是做菜的高手。人家干过馆子，什么炒菜熘菜都行。可咱们连见都没有见过！大家说行不行？"

"行。"大家应和着。还有人说："添上喜旺这个棒劳力连挑水都有了！"

"有了喜旺，想吃鸡想吃鱼都不挡把！"

"喜旺行，喜旺为人和气。"富裕中农孙有本来不愿意办食堂，可是看大家都这么说，他也在一边应付着。

又有人接着说："要是咱这食堂有喜旺这炊事员，就是吃根萝卜菜也会有味。"

大家你一句我一句说着，可把双双喜欢坏了。她自从和喜旺结婚以来，还没见过这么多人夸奖喜旺。她想着："这'大跃进'真是把有什么本事的人都用起来了，看他多受大家欢迎啊。"双双想着。可是就在这时候，喜旺站起来发言了。他发言时特别神气。旱烟袋不抽了，从耳朵缝里取出来一根纸烟吸着，先咳嗽了两声才说："刚才大伙都选举我，叫我进食堂，这是看得起我。可是这食堂活我干不了。有人会说你从前在北山白木店大镇上馆子里都干了，还差农村这个食堂！这里边有个原因，这叫不读哪家书，不识哪家字。从前在馆子学徒是分着面案、菜案、流水案。我学的是菜案。你要说弄个鸡子，弄个鱼，不管清蒸红烧咱不外行，可是蒸馍、做面条，这是面案……"喜旺这一派话还没说完，群众就嚷着说："就是选你这号做菜手嘛！"

"会推磨就会推碾！将来咱们这食堂也要吃鱼吃鸡子，你得往前看哪！"

"水库里的鱼都长得一斤多重了！"

双双这时也笑着指着喜旺说："他会蒸馍，也会擀面条。平常在家他自己做嘴吃可会做了。"

喜旺见双双揭他的底，就睃着眼说："就你长着一张嘴！你什么时候见我做嘴吃?"

双双也不让他,说:"前天你还做哩!怎么你就是不会擀面条,不会蒸馍?放着排场不排场,放着光荣不光荣!我就见不得'牵着不走,打着倒退''狗肉不上桌'这号人!"

双双这几句话说得像刀子裁一样,把全场群众都说得哈哈大笑。喜旺挽着袖子还要说什么,老支书说话了。老支书说:"办食堂是咱们全体社员的福利,是为咱们生产能更好'大跃进'。大伙既然选住咱,那就是看咱能给大伙服务,也就不用推辞了。"老支书这话虽然说得不多,却句句都是叫喜旺听的。喜旺这人平常虽说有点流气,对老支书却是非常尊敬。他红着脸说:"要是这样,那我刚才说的不算,'俺做饭的'说那个算就是了!"

他这句话刚出口,大家又轰的一声笑了,连老支书也笑了。喜旺这时脸涨得鲜红,他搔着头皮想着,忽然感到这个称呼是多么背时啊!

五

食堂头一顿饭吃的是小米绿豆面条,群众叫作"鲤鱼穿沙"。因为是做头一顿饭,老支书、队长玉顺都亲自下厨房了。

炊事员除了喜旺和四婶外,又选了桂英。管理员暂时找不到人,就由孙有家的老大孩子金樵担任。这金樵原是个小学毕业生,后来因为年龄大了,也没考上中学,就在社里劳动。老支书这天一早就到了食堂,一到就先烧了一阵火,然后抓住一副扁担水桶,咕咚咕咚地往水缸担起水来。喜旺看着老支书年纪这样大,还来干得这样泼,自己有点过意不去。他把几块面擀开以后,交给桂英她们切着,自己夺过老支书的扁担和水桶就去挑水。他一口气挑了三十来担,把两个大水缸挑得弥楞满沿才算不挑。

吃饭的时候,全村的男女老少都来了。双双也带着小菊、小笛、小笙三个小孩子来了。她看着喜旺穿着雪白的工作衣,戴着白帽子,衣服上边还绣着大红字儿。她又看着他忙着给大家打饭收饭票,大家也叫着他找着他,好像他也会说了,会笑了,猛地年轻了十几岁一样。

吃饭时候，双双远远瞟着他只是笑。她故意把面条在碗里挑得大高往嘴里吃着，吃得很香的样子叫喜旺看，意思是说：我也吃上你做的饭，好气气他。喜旺看见了只装没看见，把脸迈在一边。

老支书还没吃饭，他挨桌子问着群众，了解对食堂的意见。

他去到双双跟前问："双双，这食堂饭好吃不好？"双双笑着说："太好吃了。这多省工夫呀，吃罢饭嘴一抹尽走了，只说赶跃进，什么心都不操了！"她说着看了喜旺一眼，喜旺心里说："好，你现在算是熬成人了。"

吃罢饭，喜旺在食堂里洗刷一毕，回到家里，看见双双正在给小笛子、小笙子两个小家伙洗脸、擦粉抹胭脂，换新衣裳往幼儿园里送。他进到屋里也不顾这些，先长长地唉了一声："他娘的！真把我使坏了，浑身上下都零散了！"说着往床上咕咚地一放。

双双知道他这个爱表功的脾气，却先不理他，任他在那儿哼呀咳呀漫天地扯。孩子们收拾好了，进大娘来了。她是幼儿园的园长，来领小笛和小笙子。进大娘把两个小孩领去后，双双这才回来从暖水壶里倒了一杯水，抿着嘴微笑着双手端着放在喜旺跟前。

"光累得慌？"双双轻声问。

"我身上像抽了楔子啦。"喜旺故意装得愁眉苦脸地说。双双又打了一盆洗脸水端过来说："看你那个脸，涂得像个张飞。就这你还吹着你是大馆子出来哩。头一条卫生你就不讲究。现在是'除四害'，要是兴'除五害'呀，连你也除了！"

喜旺翻身坐起来说："我挑了四十担水，你去试试！"

双双说："我不用去试。我知道那活有多深多浅。我要是做饭回来，决不会像你这样哼呀咳呀……"

喜旺洗着脸说："说大话使不着人！你如今算是站到高枝上了。"双双说："哎，那我也没闲着。都是工作嘛！老赵说这炊事员还是重要工作。"喜旺接着高兴地问："小菊她妈，你只说面条擀得咋样？"

"好。又细又长！"双双称赞着说。

经这么一夸，喜旺高兴起来了。他说："嗨！你是没吃过我做的好饭。就这面条，配上点鸡汤，再加上点鸡丝、海米、紫菜！那你吃吃看。

现在食堂东西不全,从前……"他正要往下讲,双双说:"我不听我不听。"喜旺说:"我没说完,你知道我说什么?"双双说:"又说你那当年'北山白木店',你当我不知道!"

喜旺咽了口唾沫说:"那可不是。"

双双看他扫了兴,就劝他说,"你怎么老摆你那个'北山白木店'?我就不想听。那是旧社会,那时候你在那里是挨打受气,你做的东西再好吃,是给那些地主恶霸坏蛋们做的,咱自己家里吃的什么!端起碗来照得见人影,糠窝窝捏都捏不起来,过个年也没见过一个白馍。如今这食堂虽是家常饭,可都是为咱自己劳动人民干的。你也不要吹你那个。我想着咱要能这样跃进,将来粮食大丰收了,猪喂得多了,鱼养得多了,总有一天,非超过你们那馆子饭不行。另外你知道你这两只手进到食堂,能腾出来多少双手啊!今天我调到猪场,就喂了十八头猪。可是过去我在家里就只能侍候你。"

喜旺点着头想着:"说得也在理。"他想了一会,漫不经心地问双双:"小笛他妈,我今天听人家说马克思过去就说过叫办食堂,你读过这本书没有?"双双说:"我还没读过。可我听说是恩格斯说的!"喜旺说:"不,是姓马!……"

六

麦收后,全乡成立了人民公社,孙庄划作了一个生产队。

这时黑山头水库修成了,红石河渠也修成了。一条清凌凌的渠水从孙庄村中流过去,庄子周围,都改成了水稻田。

公社化以后,群众干劲更大了,公社的力量也雄厚了。黑山头水库下边盖了一片红瓦厂房,榨油厂、面粉厂、机械厂、洋灰厂都办起来了。在山里,公社还办了几个大牧场、林场和育苗场。

在孙庄的西边鲁班庙周围,队里还盖了个繁殖猪场。

双双就在猪场喂猪。

孙庄生产队夏季小麦获得了丰收,食堂又办得较早,所以不断有人来参观。可是每逢人家来参观一次,老支书总得批评喜旺一次,因为他们食堂里总是弄得不够卫生，发现过苍蝇，还碰到个老鼠。

喜旺每天清早和双双一块出来上班，到天黑两个人又一块下班回家。两个人见面，双双总要说他们猪场的新鲜事。比如一个猪下了十个猪娃呀、人工授精的新技术呀，特别是近来双双研究出来"肥猪肥吃，瘦猪慢吃，按类分槽"的办法，还得了一次模范。不过喜旺每听到她说猪场的新事，就唉声叹气地说："我这活不能干，比不得你那个活，光得罪人！"

双双说："那有什么得罪人？你不偏这家不向那家，有什么怕？"

喜旺说："你哪里知道，是人都长有嘴，特别是打饭时候，你净听二话了。"双双说："我就不信，你只要公公道道，他们说也不行。就怕你是个'软面筋'，人家谁夸奖你几句，给你戴个三尺半高帽子，你就对人家不一样！"

喜旺听了，却不吭声。

这天后晌，喜旺正在蒸馍，对门孙有过来了。这孙有有五十多岁年纪，因为他儿子金樵在食堂当管理员，食堂院又是租他家的房子，所以经常到食堂走动，看看这，摸摸那，唯恐人家把他的房子弄坏似的。

喜旺在揭着笼，孙有蹲在一边凳子上看着和他排话。

孙有说："咦，喜旺，今天你这个馍蒸得好！这面和成了，揭开泛白不泛青！"喜旺说："你这算是懂得，就这是新麦面。"

他说着拿起来一个热蒸馍说："给！尝尝！"孙有拿着蒸馍吃着，话稠起来了。他说："喜旺，如今咱们食堂是一天吃两顿馍，前几年就我那个家里，你是知道，像这麦罢天里，一天三顿干的，有时半晌还外加一顿贴膳！"喜旺听孙有这么说着，心里说："你从前一天吃三顿干的，我可没吃上三顿干的，我觉着我那一群小家伙能吃上这食堂饭就不错了。"可是他这个人就有这个毛病，心里这么想，嘴里不能这么拿出来。他却也故意装着叹着气说："咳！现在这事儿吧，难说！"

这孙有看他随和老实可欺，就又向他提出了要求。他说："喜旺，我有个事想央央你。明天是我老大周年哩，想做几碗供菜。家里不方便，想放到食堂做，趁趁你这高手。"喜旺平常在食堂里只做家常饭，正想"露一手"。又听孙有左夸奖右夸奖，脑子就有点晕晕乎乎了。他说："你把东西只管拿来了吧，这还央着我啥能处！还能叫你作难？"

夜里，孙有过来了。他说的是做五碗大菜，却只掂了一个小鸡。喜旺看他只拿来一只鸡，心里说："你这倒是叫作难哩！"可是既然答应了人家，少不得只得拿食堂东西往里填。

搭了油盐酱醋还不算，青菜粉条的浪费了一大筐。那金樵看着却只装没看见。

喜旺给人家忙了大半夜，自己反没吃一点东西。最后剩了半碗菜汤，孙有说："剩这些你吃了吧！"

喜旺说："你不知道，做啥不吃啥！光气都闻够了。"

"端回你家里。"孙有揎掇着说。喜旺说："我家里那几口人都不吃腥荤。"其实倒不是他家里人不吃腥荤，他是怕双双。

他知道双双平常是见不得这种事情的人，进食堂时，就不断和他叮咛这些事情，要一清一白，别见小。

喜旺虽然这么小心，可是没有不透风的墙。没过上两天，这个事就在群众中吵开了。初上来人们还在风言风语地估猜，后来就有人干脆在食堂贴出了大字报。

喜旺是个胆小的人，一见大字报，先吓了一跳。他寻思着："这事情将来要是弄得水落石出，少不得要扯住我一批嘛。干脆，趁台阶下驴，不干这个炊事员算了，也省得得罪人生闲气。"

回到家里，他看见双双，先长出了口气。

双双在猪场的食堂吃饭，还不知道这个事情，她问："又怎么了？"喜旺摇摇头说："这食堂我干不了啦。"双双说："干得好好的，怎么就干不了啦，光怕麻烦得罪人还行？"喜旺本来是正想这么说，可是反被双双先堵住了。他这时一想，只得又想出个办法来。他哼了两声说："小菊她妈，你不知道我有个恶心病，我从小学馆子时得的病根。一闻见热蒸馍气就恶心。这些年我只说好了，谁知道天一热它又犯了。我不是怕出力呀，现在到地里不管推粪、锄地我都能干，就怕闻这热馍气！一闻到它连一口饭也吃不进去。"

双双看他说得那样可怜，信以为真。她说："那你不用发愁，和老支书说说，找个人替你就是了，反正都是'大跃进'嘛！"

喜旺拿着工作服说："你把这给老支书送去吧，叫人家赶快安排个人，我明天得看病去。"

双双不识是假，就拿着工作服上大队部去，恰巧碰见老支书在和四婶、桂英等几个人说话。双双不知道他们在说什么，就过去把喜旺犯了怕闻热蒸馍气的病说了一遍。她还没说完，桂英和四婶却忍不住咯咯地笑起来。

双双说："你们不信，他真的有这个病啊！"老支书说："双双，他不是这个病，他是害的政治没挂帅的病！你看，这是人家贴的大字报！"说罢把一张大字报递给了双双。双双接住那张大字报一看，只见上边写着：

炊事员孙喜旺：前天夜里孙有去食堂里，编着说给他大哥做周年，你用食堂的东西给他做了五个大菜，浪费了食堂的东西。

都像你这样，咱们食堂还怎么能办好？

双双看完这张大字报，气得眼睛都发黑了。她想着："我早叮咛，晚叮咛，只说他'大跃进'以来思想变好了，谁知道他还是这样一盆糨糊！"想到这里，她眼里憋着泪，嘴唇都气白了。

老支书好像看透了她的心事。他给了她个凳子让她坐下，然后微笑着说："双双，这也不奇怪。这就是人的旧习惯哪！如今就得和这些旧习惯作斗争。要是认不清有些人的资本主义思想，他何止光想沾食堂光呢！叫他想着走回头路才好。所以现在不管干什么活，非得政治挂帅不行。"

双双问："什么是'政治挂帅'？"

老支书说："政治挂帅就是要听党的话。不管干什么活，都要想到这是革命工作，都是为咱们'大跃进'干，为咱们人民公社大办农业大办粮食干，也是为咱们群众能早日过幸福日子干。思想能通到这个线上，就避邪了！就不会推推动动，也不会上那些落后人的当了。"

老支书这一派话，对双双影响极深。她平常只想着喜旺在食堂只要不偷不摸，公公道道当个正派人就行了，没有想到还必须"政治挂帅"！

这时老支书又对她说："喜旺他不能在里边领，他这个人要别人领着他干才行。可就是下边找不到这个强实人。食堂可重要得很呀，今年夏天咱们干这几千亩水稻，一月几遍水，要争取丰收，食堂办不好可不行！"

双双听老支书这么说，反倒干劲来了。她说："老支书，我去食堂当炊事员怎么样？本来办食堂时我就想去，那时候大伙都说喜旺他有技术。现在我愿意干！我保证，'政治挂帅'！"

双双话还没落地，桂英就嚷着说："大伙早就看到你身上了，我们拍手欢迎你！"四婶也高兴地说："双双行！不会像喜旺那个'面筋'样！"

老支书说："行，我也想着你去好。猪场我和他们说说，他们新近还要拨来一批团员。"接着他又指着双双拿的工作服问："这是什么？"

双双红着脸说："工作服哪！人家叫我来给你交差来了！"

桂英抢着说："走吧！理他呢！到食堂里再拿一套回去。这一回呀，你们两口子是双双进食堂了。"说罢和四婶挽着双双的胳膊往食堂里去了。

喜旺在家里，正在拿着个唢呐跟着有线广播上的唢呐吹着学着。双双走进屋子，他正吹得有劲。

喜旺见双双回来，急忙放下唢呐。双双把两身工作服往床上生气地一撂。他忙问："你怎么又拿回来啦？"双双问："我问你，你害的什么病？"喜旺说："怕闻热蒸馍气呀！"双双把眼一瞪说："胡说，你怎么给富裕中农孙有捣的鬼，你说说！"喜旺看她揭了底，马上愣住了。双双接着就数落着他说："平常我和你怎么说，结果你还是弄个这！你没有想想，咱们过去过的啥日子。现在党领导咱们'大跃进'，办人民公社，还不是为了咱们赶快过好日子。咱们不光是要听党的话，听毛主席的话，还得热爱党，保护党提出来办的一切事情，谁破坏，就和他斗争！可你办这个事算什么？"接着她又把老支书说的话和人家揭发的那大字报事情对喜旺说了说，喜旺惭愧地耷拉着头不吭声了。临末了他说："小菊她妈，反正都怨我糊涂，你说怎么办？"

双双说："写张大字报检讨去！"

喜旺说："这个不是多光彩的事，还到人前张扬个啥？"

双双说："就是因为不光彩，才叫你检讨。以后只要咱立得正，行得正，群众还会拥护咱。"

喜旺抱住头想了半天，只得写了。他写着，双双坐在对面看着，把他使得一头汗。

大字报写完后，喜旺到床头上一翻，见是两身工作服，忙问："怎么你一身没送出去，又拿回来一身哪？"

双双说："是啊！我也到食堂里当炊事员啦，以后咱们两个在一块工作了。"

喜旺一听这个消息，又怪了！他说："啊，原来是这样，那你去我不去。两口子都弄这个事，像个啥？我不和你挤在一块！"

双双笑着说："我又没有穷气扑着你，夫妻两口当炊事员，只怕太好啦！咱们为的是工作嘛，这有什么不好？"双双接着又劝了他一阵子，喜旺慢慢想通了。他说："调来调去，你又来领导我了。不过你呀，到食堂后，说话可软和点，别把人都得罪完了。"

七

双双头一天进到食堂当了炊事员组长，来头就不一样。吃早饭时候，孙有因为做菜的事，被喜旺揭发，受了批评，心里不愿意。打饭时候，在一边故意拍着胸膛口说："哎！当炊事员可都得把心放到这里！"双双说："我不用放，就在这里长着！谁想来占便宜，不行！"双双回答得利落干脆。社员们都高兴地说："这一回行了，食堂里有公道人了。"到了上午，双双就把炊事员召集起来说："咱们这个食堂呀，得大搞一下卫生。把这院子里的几堆砖头瓦块都清理清理，墙也刷刷，大家说行不行？"几个炊事员都拥护这个意见，金樵却说："队里忙成这个样子，哪里有人呢！"双双说："咱不要队里的人，咱们做罢饭，突击干它一下就行了。"金樵说："我还得结账。"

双双忙说："你忙，我们几个干。"喜旺也说："这点活儿，不算啥。咱们自己干。"金樵看大家都很坚决，也只得同意了。

到了下午，双双和大家刷罢碗，收拾完毕，就趁着空儿抬着箩筐干起来了。头一天，把几堆砖头抬得干干净净。第二天，双双从公社石灰厂里挑来了两担石灰，又扛了两个半截缸，绑了几个大麻刷子，和喜旺、桂英几个通前扯后粉刷起墙壁来。连着粉刷了两天，就把个食堂院漂刷得像粉妆玉砌一般。

院子里收拾好后，他们又把厨房里的炊具来了个大搬家、大洗刷。案板、木笼、锅碗瓢勺都洗刷得起明发亮，不见一个灰星。老支书来看了看，非常高兴。他说："这真是活怕人做。你们苦战这几天，食堂马上就变样了。"双双说："这一次食堂评比，我们要争取做'四无'食堂。保险没有一只苍蝇、一个老鼠。就是得要点纱布，我们把案板、锅、水缸都要加盖。"老支书说："这个能办到。就是说的是'四无'，可要认真做到。别像上一次人家正来参观，偏偏从那个坑下边就跑出个大老鼠来。"

他说着看了看喜旺，喜旺装着没听见，把脸扭到墙上。

"就是墙角那个坑?"双双指着一个放着一排瓦罐的旧土坑说。老支书说："就是那个坑里。"双双说："不怕，今天再苦战个黄昏，挖它!"

到了夜里，双双和桂英、喜旺等几个人又挖起坑来了。前几天搞卫生，金樵只管在小屋子里拨算盘，并不来帮助；今天夜里，金樵听见有人在挖坑，却吓得什么似的慌慌张张跑来了。

他一进厨房就问："你们挖什么?"

"挖老鼠洞，这里边有大老鼠!"喜旺一边掏着一边说。金樵说："这里边不会有老鼠! 别挖了。"双双和桂英这几个哪里听他的，只顾往里边挖。金樵看他们挖得紧，就夺过来桂英的镢头说："你们过去，叫我挖! 妇女家，没一点劲。"

金樵拿着镢头，净在边起磨蹭，却不往里边掏。好像这个旧坑里藏着什么东西。双双说："金樵，你怎么像搔痒似的，怕吓着老鼠?"金樵说："里边哪里会有老鼠?"双双说："你过来!"

她说罢就往里边挖。可是她往外边扒着，金樵往里边扒着，惹得双双性起，一镢头狠狠地刨下去，只听见坑里咣当一声，把双双手都震木了。原来镢头碰着了一块硬邦邦的东西!

"什么东西!"双双和桂英齐声喊起来。

金樵这时额头滚着汗珠子，他说："不会有什么，可能是瓦片。"双双这时看出了里面有鬼，就喊着说："管它是妖是怪，咱们除'四害'，非把它除了不行!"说罢，忽里忽通扒起坑来。他们把坑顶一揭，却扒出来一部解放式水车。喜旺喊着："水车！水车！好啊，这里边藏着这个东西！"

这部水车扒出来后，金樵脸都变成白的了。原来这部水车是他家在入社时藏起来的，已经埋了几年了。食堂借用他这地方时，因为搞得太快，他家还没来得及搬。双双说："金樵你家这坑里，怎么会有水车？"金樵说："我也不知道，我爹他熟人多，可能是亲戚家放到这里的。"

双双看问他不出长短来，又看了看桌子上的钟，已经十点了。就说："咱不管是谁家的吧！先放到这里，天明汇报给大队。现在天也不早了，大家回去睡一会吧！"说罢大家都回家去了。

双双回到屋子里，想到孙有藏着水车，和社里不一心，越想越气，就是睡不着。喜旺这时呼噜呼噜睡得正甜。她怕惊醒他，只悄悄地翻了个身。这时候却听见有人在窗户外小声叫着："喜旺！喜旺！"

双双仔细听了听，是老孙有的声音。她故意不吭声听着。

听了一会，喜旺醒了。喜旺问："那谁？"外边孙有说着："我，喜旺，跟你说个关紧事！"

喜旺哼着嘟哝起来了。到了院子里，开开大门，双双就听见孙有小声咕哝哝、咕哝哝说了好半天，也听不清说的什么，可是却听见喜旺说："不行，我以后得政治挂帅了！我不能包庇你这个事！"

接着，孙有又低声下气地说："喜旺，你看咱都是一个孙字掰不开，这事情一弄出去，我就丢人大了。是这样……"下边他咕咕哝哝不知道说了些什么，只听见喜旺说："什么'将来用得着的时候，咱两家一块用'！你还是留点私有尾巴呀！我看你这思想赶紧得拆洗拆洗了。我对你说，咱们两个根本不是一条道，你赶快给我走！往后你姓你的孙，我姓我的孙，你别在这儿穷嘀咕了！"喜旺说罢，孙有忙着说："你别说了，你别说了，我自动交出来就是。"说着起来跑了。

双双在屋子里听着喜旺说的话，她差点儿笑出来。可是她没有听清孙有的话。喜旺回到屋里后，她睁开眼问："刚才那谁？"

喜旺说："老孙有。"双双说："他找你什么事？"喜旺磨磨蹭蹭地说："反正我把他赶跑了，你睡吧！"照喜旺想来，他走了算了，咱只要不跟着他走邪路。可是双双却坐起来说："他究竟说些什么？"喜旺本待不说，搁不住双双三问两问，他只得说："刚才孙有来，他说咱们挖出来那部水车，只要咱们两口子不张扬出去，别人都好说。将来水车能用着的时候，和咱合用！……"他还没有说完，双双把被子一掀跳下床来说："原来这老家伙还想走老路啊！"说罢就往外走。喜旺忙问："你上哪儿呀？"双双说："找他去！"她说着把布衫大襟一裹就冲出去了。

喜旺见双双出去后，自己在屋子里感叹着说："哎！真是火见不得水！比点炮捻还疾！"

双双到孙有家没找着孙有，就直接跑到大队部找老支书。

这时天还没亮，老支书和几个支委刚从水稻地里检查回来。

听双双汇报后，大家都非常生气。玉顺说："前年他入初级社时，说他的水车卖了，原来藏起来了！"老支书说："这一次咱们可找到个好反面教员，平常咱们说这些人想走老路，有的群众还不相信，这一回可得叫群众好好讨论讨论，叫大家看看这些富裕中农存的什么心。另外，金樵啊，别看他是个青年，满脑子自私思想，赶快换他下来算了。"

八

春节前，全县举行了一次食堂大评比人检查，孙庄食堂因为粮食节约和粮食调剂搞得好，被评为全县一等红旗食堂。

双双这时已经接替了金樵的食堂管理员，由于工作积极负责，办事又公道，群众很满意，在冬天整社建党时，她被吸收加入了党。

这时正是正月开春，公社里布置要大浇小麦返青水。队里因为去年红薯收得多，每天要吃三分之一红薯。红薯这东西才吃新鲜，吃得久了容易吃絮。双双看着每天中午的馒头，晚上的汤面条社员们都吃得很快活，就是早上的红薯稀饭，三大锅饭总是要剩半锅。小孩子们吃饭时，有的只把米粥吃了，把红薯剩在碗里，摆得满屋都是。

双双每顿收拾碗筷时，眼里看着剩的这些红薯，又心痛，又可惜。她想着这都是隔年下种辛辛苦苦收回来的粮食，就这样浪费掉多可惜！这天夜里，她就把喜旺、桂英、四婶等人召集起来开了个会，研究看怎么办。

双双说："每顿饭红薯剩得那样多，咱们都看见了。社员们吃絮了，咱们得改改样子。只要饭做得好，花样变得多，社员们一定喜欢吃。"

喜旺平时对这个事也挺烦气，有时候还睃着眼和小孩子们吵几句。这时他说："叫我看是吃得太饱了！饿不上两顿你看他吃不吃。"

双双说："我就不同意你这个意见，咱们办公共食堂是既要群众吃饱，还要群众吃好，这和过一家子日子一样，你不能不叫人家提意见。"喜旺说："要没意见也容易，把细粮住尽吃啦！细粮吃完，只剩下红薯，他们不吃也没办法。"

双双听他这么说，就生气地说："你这个人就是一头碰到南墙上，别的就没有法子啦？这每个月细粮绝不能超支，亲老子说也不行！担子在我们肩上，不能没个计划，现在吃完了，将来锅吊起来！"

桂英这时也说："有些社员这两天也说，'哎，正浇地哩，少吃点红薯吧。'咱可不能开这个例子，将来都剩下红薯，做饭才作难呢。"

双双说："那么好的红薯，糟蹋了也真可惜。只要想办法，还能做不好？"

喜旺这时不敢大声说了，却在一边嘟哝着说："红薯总是红薯，还能把它变成一朵花?！"

四婶这时候却说："要是不怕费工夫，也能改变个花样呀。俺家里以前穷，孩子们就是吃红薯长大的。这东西我做过，把红薯磨成粉浆烙煎饼，又省面又好吃。另外红薯面多少掺点白面，擀出来的面条可好啦！"

双双听到四婶有这方面的老经验，高兴得鼻子眼都会笑了。

这天吃罢晚饭，也顾不得回去睡觉了，几个人点上灯就在食堂里试验起来。一直试验到半夜，煎饼和面条试验成功了，煎饼摊出来又香又软，面条也擀得又细又长。这一回喜旺服气了，他想着："真没料到，这红薯里边也还有这么大学问。"

吃清早饭时，老支书来食堂正找双双他们研究如何改进生活，双双说："你来看看我们做的这两宗东西。"老支书看了煎饼和擀的面条后，高兴地说："报喜！赶快报给公社！上级正大抓'粗粮细吃'，这一回咱们又走在前边了。"双双说："就是有个问题，煎饼摊着太慢，一百多口人吃饭，做不出来。"

老支书说："那再想办法，反正咱们是找着门道了。"

上午，老支书到公社党委开会时，把这事情汇报了一下，下午党委会的福利委员也来孙庄了。他看了做的这几种东西，还亲自在这里试验做了做，觉得是个很大的创造，马上从机械厂拨来一部轧面条机，当天晚上，还在全公社的广播大会上，表扬了李双双和四婶，又推广了这个经验。

喜旺和双双都在听广播。喜旺听着对双双的表扬，心里却老大不痛快。双双这时早看透了他的心事，就问："怎么你那个脸上，就像阴了天？"

喜旺没吭声，只叹了口气。双双又问，喜旺说："我跟着你呀，反正是一辈子也是个老鼠尾巴，发不粗长不大。"

双双说："你是炊事员，我也是炊事员，我怎么就妨碍了你哪！"

喜旺说："你看你如今县里也去开过会了，报上也登过了，广播里三天两头表扬你，我只能拉马坠镫，永没有出出头那一天！"

双双听他这样说，扑哧笑了。原来喜旺也想跃进跃进呢，可是他这个看法却不对。双双就对他说："我去开会，是代表咱们孙庄食堂去的，这里边也有你一份。再说去开会是为了交流经验，改进工作，怎么能算出出头？你真是要想去'出出头'，这个会还不敢叫你去开呢！"她这么一说，喜旺脸红了，双双急忙又说："什么事情，不能从个人想起，要为大家。你只要好好劳动，想办法把群众食堂办好，不要说县里省里，北京你也能去！可是你心里就没有把食堂办好这一格，还想着要出出头，那当然不会有那一天。"接着双双又向他讲了几段劳动英雄故事。

喜旺仔细听着想着，觉得双双的话有道理。照他原来想着，如今人不为钱了，还要为个名。可是照双双讲的，这图个名也是不光彩。只能是为工作，为大伙，为社会主义。喜旺想到这里，觉得和自己结婚十多年的这个老婆，忽然比自己高大起来。他不由得嘴里溜出来一句话："劳动这个事，就是能提高人！"

双双没有听清他说的是什么，就问他："你说的是什么呀？像在肚子里说的一样。"

喜旺说："我说我知道，你别问了。我说今后啊，我一定要赶赶你，也要争个上游！"双双感动地说："这太好了！我听见你说这个话，比人家表扬我还高兴。眼前这炊具改革就是个大事情，你在这上边想点办法嘛！"

喜旺这时也兴奋地说："十七还能常十七，十八也不能常十八，浪子回头还金不换呢！我孙喜旺就不跃进跃进了？"

喜旺这次谈话以后，就像换了个人。第二天就在这煎饼灶上打主意，他一心想要创造个快速摊煎饼的方法。他一个人抱住头想了半夜，猛地想起来从前在饭馆学徒弟时，烧茶炉子的炉灶来，茶炉灶是好几个煤火眼，所以一次能烧开几把壶，他就根据着这个道理，连夜创造了一种"多孔台阶式煎饼灶"。这种灶一次可以摊六个，一个人摊两个钟头，就可供上一百多口人吃煎饼。

煎饼灶创造成功了，老支书又亲自领着他们把食堂的吃水用水改成自流化。双双和桂英又制成了一种洗碗机和保暖饭车。这事情轰动了全村社员，大家都来看，看着喜旺做的煎饼灶，都最感兴趣。

这个说："这一下把红薯算找着出路了！"

那个说："有了这东西，大家都要增加体重了。"

老支书也表扬喜旺说："喜旺，就得这样干！这个创造好得很，我今天夜里去公社开会，再去报个喜！"

喜旺说："进叔，你去报喜时再捎上一条，就说李双双那个爱人，如今也有点变化了！"他这么一说，大家都乐得哄哄地笑起来。

第二天清早，队里人在地里突击抗旱浇小麦拔节水，青年们也在往地里上草木灰等磷钾肥料。

双双和桂英、四婶把面条做好后，喜旺又摊了几百张煎饼，一齐放在保暖饭车里，由双双推着，向着村西的小麦田里来送饭了。

这时正是春天二月来天气，村外大队栽的桃树园，正开得粉红灿烂，远远看去像一片云霞。马路两旁的小柳树，也摇曳着软溜溜的像金线似的枝条，把一朵朵飞絮，弄得满天飞舞。

在小麦丰产田里，脚下到处都响着淙淙的流水声音，从水面上，又飘送过来人们的欢笑声音。双双只有两天没到这边来，可是她发现那油绿绿的麦苗，就像手提着长一样，已经密实实地扑住膝盖了。

她把饭车推到一个水车井台上的大柳树下，扬着手巾喊了两声，人们都说着笑着围过来了。

　　这时有个小伙子问着："双双嫂子，今天给我们做的啥饭？听说你们有了新花样了？"

　　双双笑着说："你们打开看看就知道了，多提意见啊！"

　　一个老汉接着说："吃李双双做的这个饭，别的不说，真干净，挤着眼吃都不要紧。"

　　双双把大家招呼来后，自己就去推着水车，不让水断了。

　　一个小姑娘叫着她说："双双嫂子，咱们来一块吃吧，你也休息一会。"双双说："我回去吃。"旁边一个妇女说："哎，别叫她了，她这已经习惯了，早晚来送饭，非干一会活不行。"

　　双双在推着水车，大家在吃饭。她只听见大家打开保暖饭车以后，都高兴地吵起来了。

　　这个说："这是什么面条啊，像细粉丝一样？"

　　"你们尝尝，你们尝尝，筋丝丝的，比白面还好。"

　　"这就找不到红薯面嘛！"

　　又一个小伙子喊着说："你们看，还有热煎饼哩！"

　　"来吧！外焦里软，这煎饼就叫'老头美'！"

　　"双双嫂子！食堂饭做得好！我们要贴你们的大字报了！"

　　大家你一句，我一句说着吃着，双双在井台上听着，只是在抿着嘴笑。

　　她一面推着水车，看着清清的泉水，顺着渠道往地里奔腾地流着，一面听着大家呼噜呼噜的吃饭声音，吃得那样香，那样甜，那样有味。就在这时候，她忽然感到她们在食堂里滴下的汗珠，好像也随着清清的泉水，流到这苗壮茂盛的丰产田里，变成了米粮。

《人民文学》1960年3期

初雪

路 翎

　　有一次，司机刘强和他的助手王德贵所在的汽车连，奉命从前线附近的地区往后面运送一批朝鲜老百姓。这些朝鲜人在敌人的炮火射程内顽强地生活了好久了，他们是因了紧急的军事情况而疏散的；经过当地政府的再三动员，最后下了命令，他们才肯离开他们的炮火下的家。刘强和王德贵的车子排在最末一辆开出，因为他们这一车全是年老的和年轻的妇女，带着一群孩子和很多的零碎东西。在十一月末的严寒的黄昏里，刘强和王德贵帮助着妇女们上车，先放上一些比较大的包裹，让几个年纪大的、带孩子的妇女坐上去，然后又继续往车上填塞着东西。天色很快地黑下来了，前沿的炮声激烈起来了，山谷里震荡着一阵阵的巨大的、单调的回响，妇女们的这些零碎的日用的东西，引起了刘强的许多感触。

　　一九三七年，日本侵略者来到他的家乡上海附近的时候，他的母亲和姐姐带着他们的篮子、罐子、大包小包爬上一辆拥挤的汽车，那时候他才十七岁，在一家汽车配件厂当学徒，他讨厌这些破旧的、他觉得是没有价值的东西，但是妇女们总不肯丢掉它们。为了抢救一个包着几件小孩的旧衣服的包裹，他的姐姐就在车轮下被碾伤了。那时候他还不懂得在那残酷的年代里人民生活的艰难。现在他自己在遥远的祖国有一个家，有两个孩子。解放以前的那七八年，生活是不容易的，于是朝鲜妇女们的这些旧包裹，这些帘子、草席，这些盆子罐子，就在他心里唤起了温暖的感情。特别因为这些妇女们的家是处在敌人的炮火下，这些零碎的东西是在激烈的炮声下从那些单薄而潮湿的小防炮洞里搬出来的，他心里就非常爱惜，对每一件东西都充满着爱惜之情。这些东西仿佛在对他讲述着艰苦和贫穷，同时又仿佛对他讲述着妇女们一两年来在炮火下的流血奋斗。于是他就愉快而耐心地帮助妇女们安放她们的东西，并且总在说："还能想办法装上哩，阿妈妮，阿志妈妮，能带上的就带上吧。"妇女们眼看着车子不大装得下，就不再留恋她们的东西了，有的就想要把自己的已经搬上车的东西再搬下来，好让出地方来给别人。特别是一个头发全白的老大娘，她把她的两床破炕席从车上又拿了下来，她的那种默默无言的神情特别使刘强感动，于是，放到车子上去的任何一件小东西，都叫他觉得这是对敌人的一个胜利。车上装得差不多了，地上仍然放着一些零碎的东西，同时还有好一些妇女没有上车，他却继续在那里一件一件地往上搬着，在车上找寻着缝隙，请坐好的人们又站起来，想着办法。看着这种情形，年轻的助手王德贵有些焦急了。

"不行啦。再耽搁咱们要赶不过去啦。"

"行！"刘强决然地大声说，接着他又用着愉快的鼓动的口气说，"来吧，小王，想个办法替这阿妈妮把背夹绑在车子后边，这两个篮子也绑在后边……对啦，这样就压不坏啦，这样那两床炕席也放得下啦。"

"这破炕席有什么用呀！"

"老百姓过日子什么都有用的——哪怕是破炕席，能丢在这里叫敌人一炮打掉么？"

他的愉快而活泼的声音忽然变成严厉的了，并且那闪耀的眼光向着王德贵瞪了一眼。从来不发脾气的刘强，个性其实是非常刚强的。王德贵本来想说："叫炮打掉的东西多呢！"可是说不出口了。

"好！这笼子里还有两只鸡呢。"刘强的声音又变得愉快而活泼了，他向车上喊着，"阿志妈妮，这个鸡，顶好！"

还没有上车的两个年轻的妇女发出了笑声。其中的一个用一条花格子毛巾包着头，有一对浓黑的眉毛，眼睛亮晶晶地闪耀着，带着一种吃惊的天真的表情，一动不动地看着这个热情的、结实的发胖的司机，好像说："这个人多奇怪，多好啊，他怎么会这么细心呀。"

终于把所有的比较大的东西都安置好了。于是，还没有上车的妇女们带着提在手里的小东西开始上车。刘强抱起了一个七八岁的女孩，在她的冻得冰冷的脸上亲了一下，把她举上了车。到这时为止，这个女孩显露着大人似的忧郁的神情，一直在看着响着炮火的前沿，敌人打出来的白色的烟幕弹在昏暗的天色里升得很高。这懂事的女孩在想着什么呢？刘强把她举上了车，用朝鲜话对她说："等胜利了，你们就回来，我们帮你盖一间大房子，啊！"这时那个包着花格子毛巾的浓眉毛的姑娘正在上车，攀在车边上停下来了，说："英加，谢谢司机。"随后皱着脸，激烈地说，"她的爸爸是叫李承晚在这里打死的！"

那剪着齐眉的短发、穿着红袄子的女孩仍然在忧郁地不动地看着落着炮弹的前沿。她的母亲，一个憔悴的中年妇女，俯下头来，靠在女儿的肩上。刘强注意到她的怀里还另外抱着一个孩子。那白发的老大娘激怒地说："我们不是不愿意离开……"说了半句又没有说了，所有的妇女都凝望着她们的毁灭了的村庄和她们的遗留下来的田地，虽然在昏暗的天色中什么也看不清楚。

这时助手王德贵已经跑去发动了马达，他担心着，迟了公路上车多，赶不过封锁线。听见马达声，刘强就很沉重地向着司机台走去了，但走了几步又停下来，因为听见了车上面传来的一个婴儿的啼哭声。

他攀上了车子，对里面看着。车上实在太挤了。那啼哭的，就是刚才那个叫作英加的女孩的弟弟，一个大包裹压在他们的母亲的膝上，那孩子就在母亲的胸前愤怒地哭着。那母亲给他奶吃，哄他，他仍然哭着。最初一瞬间刘强想设法拿开那包裹，但随即想到，这样仍然是不行的，几百公里的路程，而且夜里面天气要更冷的。于是他叫那母亲把孩子给他，他说，他们有两个人，可以把这婴儿带到司机台里面去。做母亲的迟疑了一下，望着周围的人们，但这时刘强已经伸手把孩子抱过来了。

"辛苦啦，谢谢……"那母亲激动地说。

"不谢！小王！"刘强喊，为了免除那母亲的不安，他特别用一种愉快的、幽默的腔调大声喊着，"来，小伙子，咱们找到一个活儿干啦！"

"什么呀？"小王跑过来，他惊奇着刘强今天怎么会变得这么婆婆妈妈的。

"这活儿主要是你的。"刘强愉快地说，跳下车去，不由分说地把孩子塞在王德贵的手里。

"这怎么好弄呢,我不会抱孩子呀!"那十八岁的青年助手说。

但这时刘强已经甩下了披着的大衣,脱下自己的上衣来包在孩子的身上了。

"咄!"他说,"做这么回妈妈不委屈你,将来你还不是得有儿子!拿大衣包着他,拉屎拉尿的就拿我这破衣服垫着!"

王德贵很不满意——这老司机今天太婆婆妈妈了,妨碍了完成任务怎么办呢——然而他仍然羞怯地笑了。他捧着孩子的那姿势实在笨拙,就像捧着一盆热水似的。车上的妇女们,虽然不大听得懂这两个司机的对话,也都笑起来了。刚才那沉默、苦痛的空气一下子变成了愉快的,那头上包着花格子毛巾的浓眉毛的姑娘笑得最嘹亮。王德贵很不满意这些笑声,浑身热辣辣的。

"这有啥好笑的呀,咄!"他激怒地向着那姑娘说,可是那个羞怯的微笑,仍然违反了他的意志,一点也不给他争气,来到了他的嘴边。

于是那姑娘笑得更响亮:这个连孩子都不会抱的小司机是多么有意思啊!

司机台的门砰的一声关上了,迎着寒风,这台嘎斯车加入了公路上的激烈的斗争。

驶出了山沟,上了大公路不久,防空枪响了,远远近近的所有的车灯一下子熄灭了。迫近了敌机的封锁线。为了离前面的车远一点,刘强把车停了一下。他从司机台后面窗子看了看车上的人们,听了一听。妇女们静静地没有一点声音。

"这些妇女行!"刘强说,"怎么样,这个妈妈当得怎么样?"

"别逗啦。今儿你哪来这么婆婆妈妈的!"

王德贵显得很不高兴。那个孩子搞得他很紧张,他生怕弄痛了他,生怕他哭,一哭起来,车上的那个头上包着花格子毛巾的姑娘就要笑了。但愈是这样,那孩子就愈是不安宁,他一喘气就哭出来了。

"看你这家伙,能这么抱吗?轻一点,让他的头枕着你的左胳膊弯——你这小伙子真笨啊!"

"本来我没抱过孩子哩！你叫我背一百斤都比这舒服！"

"别发牢骚，行哪。看哪，小宝宝，"刘强从驾驶盘旁边弯下腰来，对着那孩子的脸说，并且吻了他一下，"吓，我的这小宝宝真乖，不哭啦，妈妈在上面啦，将来长大了你也学开车吧。"

王德贵斜着眼睛，很不以为意地看着这老司机。吓，这个从来都是刚强的人今天怎么会这样！这么个孩子有什么值得稀奇的呀，说不定一会儿就拉你一身！

敌机凌空了，照明弹从前面一直挂过来。刘强的脸上马上有了凛然的、严肃的神气，他的眼睛里出现了王德贵所熟悉的那种绝对的冷静。他又侧过头来向着车上面听了一下。王德贵看出来他那脸上的意思是："停在这里还是冲过去？"

"冲吧！"王德贵说。

"你把孩子抱好。"

于是这台车开动起来。它超过了停在路边上的一台车，在照明弹的亮闪闪的照耀下箭一般地飞奔出去了。它又追上了两台死命奔驰着的车，敏捷地超过了它们。这时候炸弹在左前面远远的地方爆炸了，天上的照明弹熄了一批又来了一批，这一次足足有六七十颗，挂上了十几里路。

"赶上了，他妈的！"刘强说，"这孩子也真乖，他知道叔叔们在跟美国鬼子斗争，他不哭啦。"他说，但他的冷静的眼睛仍然直盯着面前的被照得发白的公路。

今天的敌机封锁区好像比往常扩张了一些。但即使在往常，这里也是敌人的重点封锁区。刘强听不见敌机的声音，但是他感觉到现在敌机是飞得很低，因为今天有云层，而且这一带是大开阔地。突然，一梭子带着红色曳光弹的子弹落在右边几十米外的田地里。刘强猛地刹住了车，刚刹住车，就看见前面一百米以外的一团爆炸的白光。很明显，敌机在捕捉他。如果他刚才不煞一下车，他就会落在炸弹的威力圈里面。现在敌机是绕过去了，于是他立刻又开动车子，绕过刚才的弹坑，用全部的速率奔驰起来。这时这个老练的司机的心里才有了真正的紧张，并觉得一种痛苦：如果一颗炸弹落在他的车上，他将如何对得起这些朝鲜妇女？虽然他看不见车上的妇女们，但他觉得她们是那么沉静地凝望着前面的道路，好像是，即使炸弹落在她们身上，她们也决不会动弹一下的——那些年老的、憔悴的，或者包着花格子毛巾的年轻的脸，她们的沉毅的、闪亮的眼睛激动着他。他觉得这车子不是他在驾驶，而是自己在飞驰——那些妇女们的沉静的、屏息的、一动不动的姿态好像给这台车长了翅膀。

在车子猛然停住的急剧的震动里，王德贵撞在车台上，头上流血了，但他唯一的思想是紧紧地抱住孩子，不让他受到损伤。在紧随着而来的那一声爆炸里他不觉地弯下腰去俯在孩子的身上。孩子已经又睡熟了，无论是震动或是爆炸声都不曾使他醒来。现在这台车正处在几颗照明弹的光圈的中央，照这样的速度，还要有一刻钟才可以脱险。在照明弹的亮光下，王德贵第一次对着孩子的圆圆的脸看了一眼，这才注意到，这孩子原来是长得很俊的，紧闭着的薄薄的嘴唇非常可爱地翘着，黑黑的睫毛贴在面颊上。于是孩子在他的紧张着的内心里面唤起了模糊的甜蜜的感情。

"好极了，咱们就这样干下去吧！"他想，意识着自己是在从事着英勇的工作，无论对于司机老刘，或是对于车上的妇女们和这个孩子，他都是一个不可缺少的、重要的人，"我不久就可以自己驾驶一台车了——笑我不会抱孩子，这又有什么关系呢？"

前面不远的爆炸的闪光打断了他的思想，他赶快地把孩子又搂在胸前。接着，在车子的右边闪起了强烈的光亮，显然这个爆炸比先前的那个更近，于是他迅速地把孩子移到里面，拿自己的背对着车门。爆炸的气浪似乎把车子掀动了一下，但是车子仍然在一直向前开。

"干不着就算我的！"刘强说，冷静地、笔直地看着前面。

王德贵心里的那个模糊的甜蜜的感情更强了。这是对于孩子，也是对于自己的。眼看着没有遭到损害，就要脱离危险，他就抱起那熟睡着的孩子来忍不住地在孩子的小脸上亲了一下。同时他偷偷地看了刘强一眼，看刘强是否发觉了他。"笑我哩，这些女人，难道我真不会抱孩子吗——你看我抱着他一点都不哭。"于是又对那孩子亲了一下，孩子脸上的奶腥气叫他觉得很激动。意识到自己的这些动作，他觉得自己现在是成了一个真正的成年人了。

但是刘强忽然说："你不要这么搞他，搞醒了又哭的。"

奇怪得很，刘强一直在盯着前面，怎么会注意到他的呢？他的这一点秘密的感情被发觉了，并且从刘强的声音看来，他仍然不算个大人，没有资格这么抚弄孩子的——于是他的脸发烧了。"我并没有动他。"他辩解着。

刘强却没有再作声，紧张地开着车子。现在他们已经远离了照明弹的光圈。几分钟过后，他们驶上了一个山坡，在一个很隐蔽的地点停了下来。

"还说没有动哩，"一停下车子，刘强就愉快地大声说，"我看得清清楚楚的——没有一下子安静。"

"那么你来抱怎样呢。"王德贵生气了。

对他的这种孩子气，刘强一点也不在意，他把孩子抱过去，在孩子的脸上亲了一下，打开车门出去了。王德贵对这个很是妒忌——为什么你能这么动孩子，我就不能呢？但这时他发觉他的额角上刚才撞伤了，流了黏糊糊的一片血，他拿手摸了一摸，于是掏出一块破手巾来狠狠地擦了一下，同时冷笑了一声，把因孩子而来的委屈都发泄在这一声冷笑里。他打开车门，迎着冷风下去检查车辆，并且到山坡下面找水去了。

他听见刘强的愉快的声音，他在慰问那些妇女，喊她们下车休息一会，他并且喊着孩子的母亲，显然是要她来给孩子喂奶。妇女们下了车，悄悄地、感激地说着话，又传出了那个用花格子毛巾包着头的姑娘的笑声，虽然笑得很轻，王德贵仍然一下子就听出来了。"又笑我么？"他想，但随即他提着水壶站下了，看着山坡边上的妇女们的模模糊糊的温暖的影子，很安慰地想："还好，她们一个也没有负伤的——刘强这老家伙真行啊！"

在这个地方不能多休息，于是车子立刻又前进了。王德贵严肃而冷淡地又接过了孩子，坐在他的位置上。他竭力地表示出来，他对这个孩子很有点意见，他一点也不喜欢他，他才不爱管这些婆婆妈妈的事情呢！他用大衣把孩子包好，就不再动他了。

可是司机刘强一点也没有注意到这个。他紧张地赶着路，一面计算着路程。还有三百公里，天亮以前一定得赶到，而现在离天亮只有六个多小时了。车子紧紧地追随着前面的大队的车辆，迎着同样多的从后方开来的车辆，在漫天的灰尘中前进。随着防空枪的声音，车灯时亮时熄，这大队的车辆看不见尽头，一直到十几里外的山坡上，车灯都在闪耀着。但翻过了这座山坡之后，车子忽然地变得稀少了，大队的车辆在公路的交叉点上分散了，于是在刘强他们的面前就又出现了一片黑暗的平原，和寂静的灰白色的公路。天上的云层更浓厚，从门缝和玻璃的缝隙钻进来的风变得更冷，手和脚都冻得麻木了。迎着这尖厉的冷风，驾驶台前面的玻璃上开始结了霜。在寒冷和疲困中，刘强的心里继续地闪耀着车上的那些妇女的面孔。他现在已经是那样熟悉她们。他想：她们都穿得单薄，这夜是很难熬的。他的老婆曾来信告诉他，她和孩子们都已经预备好了今年冬天的棉衣了，但这里的这些妇女，却还是穿着夹袄，而且似乎就要这样度过冬天了。这种夜里行车，要是能有车篷就好了，最好当然还要有些热水。但他随即笑了，可是在战争……"你做了棉衣，这当然好，可是咱们这里还不能这么要求。"他想，似乎是在和他的女人辩论着。当然他的女人是不会反对他的。如果不是战争，这些妇女们在这种夜里就会喂着她们的婴儿甜甜地睡眠，但现在呢，受点冻又有什么，她们连家都毁了。她们的男子和亲人有很多牺牲在这战争中，有很多还在前线——每一个妇女的心里都有一段痛苦的。她们现在要迁移到后方的山里去，在那里也并不是一到达就能安住的，她们要一锄头一锄头地掘开冻得像石块一般的泥地，建立起单薄的小屋子来。这就算完了吗？不的，呼啸着的炸弹仍然要来威胁她们和她们的孩子。你看一看吧——他似乎是在继续和他的女人说——看一看她们从炮火下带下来些什么东西！几件衣服、几条炕席、几把锄头，还有两把锯子，她们中间一定有会木匠活的，她们什么都能做。有一个坛子里装着留做种子的麦粒，另一个坛子里有一些菜籽……明年春天她们的新的田地里要发芽的！

"你看一看吧，"他说出声来了，这回他是对王德贵说，他想起了开车前他们的一点争论，"你以为老百姓安个家是简单的吗？"

王德贵沉默着，像没有听见似的。王德贵仍然不高兴。因为冷，他已经把孩子抱在胸前了。

"咱们年轻的时候，把事情总是看得简简单单。"他又说，这声音是疲困而温暖的，"同志，不简单啊。"

"防空!"听见了防空枪，王德贵说。

刘强熄了灯驾驶着。过了一会，远远的前面有车灯亮了，他也就打开了灯，并且又来继续他的辩论。

"你为什么不高兴呢?"他问。

"我又不是小孩子。"王德贵懊恼地说。

"你总归是年轻，不知道妇女在战争中受的苦处。譬如说，我们男子，我们军人这么想：我们在前方流血牺牲，你们女人不过是躲在家里罢了。吓，说得多么简单!"

"谁这么说的?"王德贵说，他现在特别不高兴老刘说他年轻。他以为这是他的讨厌的弱点。

"我们骄傲我们是一个志愿军战士。"老刘非常严肃地说，"这当然是光荣的，可是要像那样想就不对了。"

王德贵没有回答。这个辩论进行不下去，因为王德贵其实并没有这样或那样想；老刘虽然很有经验，却没有懂得他现在的心情。他总归是不高兴别人把他当作孩子。他懊恼他没有在人们面前做出重大的事情来。在严肃冷淡的外表下面，他的头脑里在飞翔着一些抑制不住的热烈的想象。他想象他自己驾驶着台车，冲过了照明弹和机关枪——一只手抱着孩子一只手驾车。车一停下来妇女们就跳下车来跑到前面打开车门，一看，原来他在那里给孩子喂水呢，于是她们笑起来，讥诮他这个男人居然会带孩子——女人们总是这样的，你会带孩子她们也讥诮。并且那个头上包着花格子毛巾的浓眉毛的姑娘，站在人们后面一声不响地偷看着他，他又想象这个孩子一到他的怀里就不哭了，车子到了地点，他的母亲来抱他了，他却不要他的母亲，哭着往他的身上扑，这时妇女们又笑起来了，他就摸摸孩子的头，说，"再会吧，小家伙，我是没法老抱你的!"他又想象，将来这位长大了，到中国来找他，而他那时候……

他皱着眉，摇着头来驱逐这些想象。吓，从这一点上就又证明他不是一个成熟的人，一个成熟的、郑重其事的人是不会像他这么胡思乱想的。

"不许胡思乱想!"他想。于是他觉得他应该去想目前的实实在在的重要的事情，他就说："老刘，过了下一个防空哨多加点水吧，可能水要冻的……"

可是这一次老刘没回答他。老刘注视着眼前的道路，同样地沉浸在自己的思想里……

车子再停下来的时候，情形仍然是那样的：老刘把孩子抱出去了，妇女们跳下车，热烈地说着话，王德贵则是一声不响地去路边的防空哨的棚子里找水。天气非常冷，冻得水壶都提不住，水里全是冰碴。趴在车头上上水的时候，他注意地听着附近的人们的谈话声。老刘坐在一边吸烟，笑着，做着手势，说着朝鲜话，显然很高兴自己能够说得这么好。"他当然说得好，他来了两年哪。"王德贵想，后来他听懂了其中的一句，而这一句恰恰是说到他的。大约是那个孩子的母亲问到他的年龄，老刘回答说：这年轻的同志十八岁啦。

"啊哟！"一个妇女叫着并且用中国话说，"不像的！十六，十六！"

于是好几个妇女都朝着王德贵看着，他觉察出来她们的脸上有着那种抚爱的微笑。他的小个儿和孩子气的面孔，确实会叫人觉得他才十六岁，他一向把这个看成自己的弱点。他觉得这是因为他童年的时候生活太苦，没有父母，替人家放羊，吃不饱，而且害过一年多的疟疾病。想起这个他心里就充满了对过去的生活的憎恨。

"我十九啦！"他在车头上站起来，气呼呼地大声说。

"十九？"那个妇女的愉快的声音说，"啊哟，没有的，没有的！"

"怎么没有的？十九啦！"他说，气愤得把水壶里剩下的冰碴往地上一泼，跳下了车头。

可是他的生气的样子只是引起了一阵善意的愉快的笑声。那个妇女又说了几句什么。

"小王，问你话呢。"老刘说，"问你来朝鲜多久啦。"

他才来了五个月——对这个他觉得羞愧，于是不回答，走到一边去了。他想着自己矮小的个子，心里继续充满着对过去生活的憎恨，这种感情使他真正地显出了老成、庄重、冷淡的神情。他找了一块石头坐了下来，也想抽一支烟。"这些女人真婆婆妈妈的。"他想，他认为一个成年人，一个老战士是要这么想的。但是他擦了好久火柴仍然没有能点着手里的香烟，并且忍不住要朝妇女们那边瞧着。于是他心里又不由得感到了温暖的、亲切的感情，觉得这些妇女就像是自己的亲人似的。

那个带着两床破旧的炕席的、白发的老大娘走到他的面前，慈爱地看了他很久，于是俯下身子来，抚摩着他的头，几乎是贴着他的脸，轻轻地说："你的多好哟。"

"我的不好。"他说，企图保持着他的冷淡的样子，不愿意人家把他当作孩子来抚爱。但他的声音却违反着他的意志，充满着这样的温柔的感情，一下子有些颤抖了。

"你的阿妈妮，妈妈？……"

"没有。"他说，又装出冷淡的样子来，用力地划着了火柴，点燃了香烟，大口地吸着，因为他发觉那个用花格子毛巾包着头的浓眉毛的姑娘正在附近看着他。"你又要笑了吧！你笑吧！"他想，但心里仍然禁不住地充满了亲切的、温暖的感情。

"喂，小王，继续干活吧。"刘强愉快地大声说，抱着孩子走了过来。

奇怪得很，这一次，这个孩子叫他打心眼里觉得温暖。他觉得他和这孩子已经忽然地这么熟了，如果不叫他抱，他会难过的。他心里已经不再是最初的那个模糊而陌生的甜蜜的感情，而是禁不住的关心和热切的爱。于是，他就像个小母亲似的拉孩子的衣服、替他揩揩口水，非常细致地用大衣包着他。他觉得孩子在他的怀里很舒服，于是心里很宽慰。

"老刘，你看这孩子有两岁了吧？"

"胡说。才七八个月。——你不看他是吃奶的么？"

"哦，这玩意儿我是不懂。"

"两岁？我离开家参军的时候，我那第二个孩子就是两岁，满地跑。"

"什么时候才会走路呢？"

"周岁就行啦。"

"哈，再有几个月我们这位小同志也满地跑啦。"

"他要把你的坛坛罐罐全给打翻。"

"吓，有孩子也真是麻烦。"

他们现在不再为这孩子争吵了。他们谈着他们共同的东西。有了和老刘一同谈这种话的权利，王德贵心里是很满意的。

不久之后，这台车又迫近了敌人的重点封锁区。前面十几里外不断地闪耀着照明弹的亮光和爆炸的闪光，这些凶恶的闪光使得周围的黑暗更森严。防空枪不绝地响，他们熄了车灯前进着。但不久前面的公路就叫来往的车辆堵塞起来了。车停了下来，王德贵把孩子交给了刘强，跳下车去观察着。

他越过几台车，跑到前面的一台载着一些干部的车子旁边，打听出来，原来是前面十几里外的桥梁黄昏的时候叫炸了，还不知道已经修复了没有。他又往前跑了一点，看见前面的一些车子已经在开动，于是跑了回来，把这情况告诉了刘强。刘强判断说，这个地方是待不得的，但他们正要开车，前面又堵住了，传来了人们焦灼的喊叫声和杂乱的喇叭声。于是只好等着。小王又把孩子交给刘强，又下车来观察，但现在没有什么可观察的，天冷极了。他站在车边上跳着脚，发觉车上的妇女们全在期待地看着他。

"没有关系的！以里阿不索！"他说，这是他所会的几句朝鲜话之一。

"不怕的。"那用花格子毛巾包着头的浓眉毛的姑娘说。

"对，不怕！"

"你的辛苦啦！"那姑娘非常诚恳地说。

"没有，不辛苦！"他急忙地、激动地回答。

他觉得，能够为这些妇女们做事，能够在这种场合负起责任来，一切是多么好啊。

但这时敌机已经到了附近的上空。在几里外扫射着，接着就传来了猛烈的爆炸声。刘强从司机台里抱着孩子一下子冲出来了，大声地喊叫着妇女们下车——立刻下车，紧急隐蔽。妇女们迅速地跳了下来，抱着孩子的刘强就引着她们往附近的山坡边上跑去。这老司机的判断果然是精确的，因为立刻就传来了炸弹下来的嗖嗖的声音。刘强大声喊着卧倒，妇女们在田地里和坡边上卧倒了。刘强卧倒了，把孩子抱在大衣里搂在胸前贴着一条土坎，拿自己的身体挡着他。王德贵从车上扶下了那个白发的老大娘，搀着她跑，在炸弹呼啸着下来的时候就一下子把她抱着滚到一条小沟里去了。两颗炸弹，一颗远一些，一颗在附近的公路边上爆炸了。

那老大娘一动不动地躺在王德贵的下面。炸弹掀起来的泥土盖住了他们。但马上王德贵就爬了起来，抱起了那个震得发晕的老大娘，喊着："阿妈妮、阿妈妮。"这阿妈妮动弹了，轻轻地叹息着，伸出她的干枯的手来抚摩着王德贵的冰冷的脸，然后就把他的脸捧在她的两只手里。……

　　但是这时候附近传来了妇女们的激动的声音。刘强叫弹片打伤了左肩，她们正在帮他包扎。那个用花格子毛巾包着头的姑娘叫打伤了左手，但是她却不觉得自己的伤，兴奋地往刘强身边跑去。那个做母亲的在撕开着急救包，在急速的动作中不时拿衣袖揩一下眼睛，但眼泪仍然不住地流了下来。另外一个姑娘抱着孩子，痴痴地看着远处。在这一切的中间，站着高大的、有些肥胖的刘强，他在顾盼着，温和地、有些傻气地笑着。王德贵奔了过来，看了一看，立刻就奔向那个孩子，看见他没有负伤，并且还在睡觉，就伸手去抱。这几乎是他这时候所要做的唯一的事情。那姑娘也认为是当然的，就把孩子递了过来。但这时刘强喊着："小王，去检查车，把车倒出来！"他就又把孩子丢给那个姑娘向车子奔去了。

　　车手好像没有受到损伤。他狂热地跳上驾驶台，发动了马达，使它远离前面的几辆车。他这时非常相信他自己，非常信赖自己才学习了几个月的、不熟练的技术，他觉得他什么任务都能完成。车子从坡边上退过去的时候，他看见了站在路边上的那个老大娘的激动的脸。但这时刘强来到坡边上，喊他停下，迅速地跳上了车。显然，刘强决定立刻前进。他让开了位置，刚坐到自己的位置上，就记起了孩子，于是跳下车去，从那个母亲怀里把孩子抱了过来。……妇女们上了车，刘强就开动了。

　　"能行么？"王德贵问。

　　"能行。"刘强说，在驾驶盘上摁熄了刚点着的烟，"过了这段路给你开。"

　　前面的道路松快了一些，并且敌机似乎已经过去，于是这台车绕过了前面的一台被打坏了的车继续前进了。它疾驰起来，一直超过了十几台车。亮了一下灯，防空枪响了，又熄了灯——在刘强的眼睛里又出现了那刚毅的、绝对的冷静。小王抱着孩子，感觉到呼呼地扑进来的冷风，他才发觉身边的车门和玻璃都叫弹片打坏了，于是更紧地抱着孩子。不久他们又听见了附近的爆炸声，但这投弹显然是盲目的，因为天上云层更低了，照明弹已经不生效了。这台车疾驰着，它下面的土地不时地在爆炸里震动着，这里那里灰暗的云层下不时地闪着光——整个的世界都在沸腾着。刘强坚毅地瞧着前面，脸色略微有点灰白。他驰过环山的公路，越过很多车辆，而且这紧张的工作是在大半的时间熄了车灯的情况里完成的。王德贵感动地看着他，注意到这个老司机的大衣脱落到后面去了，伸出手来替他拉上，于是发觉他的左肩的衣服已经叫鲜血浸湿了。

"我来吧。"

"不，我能行的。"

不久道路又拥挤了起来。他们弄清楚了，黄昏的时候被炸坏的桥梁刚刚修好；通车才一个小时，所以很多车辆都过不去。于是刘强又超过了前面的两台车，跟随着一辆运木料的车子，从一条险陡的小路绕过了公路上堵塞着的一群车辆，从沙滩上一直驰去，来到了拥挤的桥头。

敌机正在云层里盘旋，找寻着目标。江的两岸，保护桥梁的高射炮和高射机枪在射击着，传来急促的剧烈的声音，灰暗的云层下面布满了一阵阵的红色的火星。车子一辆接着一辆，慢慢地驶上了刚修好的桥。

但刘强的车被管理桥头的一位工兵连长拦住了。工兵连长说，必须排好队按次序前进，因此，刘强应该退到大公路上去排队，否则就要等待已经排成一队的车辆过完。

刘强说，他没有注意到，不知道要排队。后面已经挤满了车，回去是很困难的。王德贵叫起来了，他说，为什么不派人在下道的地方拦住，通知他们排队呢，这不能怪他们的。回去不可能，而等着别的车辆过完再过，天亮都办不到的。……在这种情形里，人们总很容易觉得自己是有理由的。王德贵觉得这个桥头的工作做得简直不好，他有理由发火。但那个工兵连长，很习惯这种情况，而且非常疲劳，一点也没有理会王德贵的叫嚷，走回去了。

"这就够呛了！"刘强说。

"我来交涉去！"王德贵理直气壮地叫着，打开车门抱着孩子出去了。

刘强疲困地坐在那里，听着立刻就传来了的小王的吵嚷的声音，可是那个工兵连长的回答却不大听得清楚。好久好久，小王仍然在那里叫着，语气已经没有那么强硬了。他说，他们不知道这种情形，他们的司机负了伤……但那个工兵连长的回答仍然不大听得见。显然，要说服一个被紧张的情况烦乱着的执行纪律的连长，是不可能的，况且那里还站着另外的几个司机，他们也提出同样的要求，在小王大声嚷叫的时候就插着嘴。刘强有些焦躁。小王的声音使他痛苦而恼怒，但他也弄不清楚，究竟是恼怒小王还是恼怒那个不通情理的连长。他跳下车去，脚一踏到地面，他就有些昏迷，稍微站了一下他才迎着冷风走了过去。

他听见小王说："同志，你想想吧，这并不是我们不遵守……我们的司机负伤了，我们一台车并不妨碍大家呀！"

另外有一个司机说："是呀，我们一两台车……"

听见这个，刘强恼怒地皱起了眉头。他又听见那工兵连长的疲劳的、冷淡的声音：

"不遵守制度就妨碍大家……"

于是刘强喊："小王，别说了，回来！咱们退回去！"

"那不行……那咱们就不能完成任务了呀！"小王说，这声音不再是理直气壮的，而是又痛苦又焦急，几乎是含着眼泪的了。

"回来！"刘强沉默了一下严厉地说，"遵守制度吧！"

"那是你们司机么？"工兵连长拿手电对刘强照了一下说，显然对刘强的这种顽强的、自尊的态度有些惊讶。

王德贵没有来得及回答，他的怀里的、被他包在羊皮大衣里的那个男孩哇的一声哭起来了。这哭声是这么意外，大家都朝这边看着，并且有两个战士也跑过来了，紧张的桥头上的这个小孩的哭声使得人们非常惊奇。小王一瞬间也被这哭声闹慌了，他不好意思地赶紧地拍着孩子说："别哭了，哭什么呀！"但立刻他的声音就不自觉地变得非常柔和，他拍着孩子的屁股说，"不哭，啊，宝宝，咱们马上就要过桥了。"这时候敌机又经过顶空，高射炮猛烈地射击着，可是小王没有注意到这个，人们也没有注意到这个。

那孩子继续地哭着。工兵连长奇怪地、沉闷地问：

"这是怎么搞的？你们哪里弄来的这个孩子呀！"

"我弄来的？"小王激动地嚷，"你没看见吗，咱们车上全是前面下来的朝鲜妇女！"随即他又拍着孩子的屁股，"不哭啦，小宝宝，过不了桥就待着吧。"

听了一听敌机已经过去，工兵连长就打亮了手电，照见了那个在小王怀里动着四肢大哭着的满脸眼泪的孩子，并且照见了小王的被孩子尿湿了一大片的羊皮大衣。在手电的反光里，刘强注意到工兵连长的疲乏的脸上有了一丝微笑，并且他那眼睛因讥诮和喜悦而发亮。

"这他妈的！"工兵连长讥诮地说，一下子变得生气勃勃了，"你看你这个样儿！'不哭啦，小宝宝，过不了桥就待着吧。'你待着吧！"

"难道不是这样的？"小王叫着。

周围的人们都看着孩子。这些疲困、受冻、焦灼的战士、司机，大家的脸上都露出了笑容。当那孩子的小手在手电的亮光里一下子扑打到小王的脸上去的时候，那个工兵连长脸上的笑容更明显了。大家于是懂得，这毛手毛脚的年轻的司机助手，为什么要求得这么理直气壮了。

"你们车上是朝鲜女同志么？"

"是的。"

工兵连长就亮着手电向车子走去，对车上照着。那些妇女们默默地迎着手电的亮光——在紧急的情况和严寒中她们是绝对沉静的。小王抱着那啼哭的孩子跟着工兵连长跑着，一边跑一边拍着孩子："好宝宝，不哭啦，咱们这就过桥啦！啊！啊！"

工兵连长和另外的几个司机都看见了——这些年老的和年轻的妇女都是穿得很单薄的。

"同志……这并不是我不遵守……"小王温柔地说。"好啦，别唱了，过去吧。"工兵连长讥诮地说，忍不住地微笑着，"什么，'好宝宝，不哭啦，过桥啦！'——你这家伙滑头！"

"别叫小孩拉你一身——你看你哪像个抱孩子的样儿呀！"一个战士大声说。

小王快乐地叫了一声爬上了司机台，但随即又伸出头来说："那么你来抱一下试试看？吓！"刘强发动了车子，于是这台车插入了正在行驶着的车子的行列中间，上了桥头。那个工兵连长和其他的司机不自觉地跟着这台车往前走了几步，然后就站在冷风中，听着马达的吼声中传来的孩子的哭声和那个青年助手的快乐的抚爱声——大家的脸上都长久地含着安静的、满足的笑容。

过了桥以后，刘强就有些支持不住了，他咬着下嘴唇，一声不响地开着车。现在是夜里三点钟，还有一百五十公里的路程。为了赶路，避免大公路上的拥挤，熟悉道路的刘强拐进了一条僻静的小公路。这小公路没有防空哨，而且面前横着一座高山；在驶进了山沟之后，刘强就停了一下车，要求车上的妇女们注意听着敌机，并且嘱咐王德贵拿出皮管来给车子加油。……这样，这台车就开始在这条高低不平的小公路上颠簸了起来。

王德贵要求刘强给他开一段路，但刘强摇摇头拒绝了。

车灯划开了山沟里的黑暗，路旁长满了各样的树丛，只偶尔有一两家沉没在黑暗里的人家。车子涉过了十几道浅的湍急的溪流，冲开那些一直伸到公路上面来的带着枯叶的树枝前进着。寒风在山沟里尖厉地呼啸着，好像因了这台车胆敢驶到这里来而发怒似的。司机的手和脚全麻木了。驶上盘山公路的时候，车上的妇女们敲着车顶，报告着敌机的来临。刘强熄了灯。开了一下，停下来听了一听，他又打开了灯。

妇女们敲着车顶的声音，叫他强烈地感觉到他和她们之间休戚相关的感情，战斗的心情使他从创痛和极度的疲劳里又振奋了起来。他仿佛看见车上的妇女们的冻得发青的脸和迫切期待的眼睛，他也意识着抱在王德贵手里的孩子。他的头脑里闪过了一些图景。在一间亮着灯光的房子里，他的孩子们正在甜蜜地睡眠，小小的头歪在枕头边上，旁边摆着红花布做的新棉袄——那是奶奶亲手缝的。长方形的房间里堆满东西，这都是老人家的东西，其中有几十年前老人家出嫁的时候的一口木箱子。于是房间里就有着陈年古旧的生活气味。想到这个，他觉得很宽慰。接着他的头脑里又出现了一幅图景，比先前一个更鲜明。这是织布厂的车间，灯火通明，郁闷而喧嚣，他的女人站在织布机旁，脸色有一点苍白，额角上沁出了汗珠。她一边工作一边在想着什么。忽然有一个人走过她身边，嚷着说："外边真冷啊，下雪了。"她惊讶地抬起头来："下雪了吗？"看见了那人肩膀上还没融化的雪花，她就想着："是下雪了，他在前线怎么样呢，穿上棉衣没有呢，该死，总是不来信。"——"这些女人家总是记得什么棉衣棉衣的……"车顶上又传来了敲击声，于是他又熄了灯——在这森严的高山上，迎着猛烈的冷风，这台车时而亮着灯，时而在黑暗里摸索，驶上了山头。它的灯光不时地照见险陡的山岩和笔直地伸向天空的杨树。车上的妇女们静静地坐着，小王怀里的孩子熟睡着，这一切都参加了这一场以意志和爱来制胜的斗争。

翻过山头，在刘强的眼前就出现了一片辽阔而苍茫的景象。下面是平原。远处的天和地分不清楚，但平原里这里那里地闪耀着像萤火似的无数的车灯，映出了这一片辽阔苍茫的景象，并使人感到活跃的生命。这一片土地是醒着的，它在呼吸并且活跃，无论是敌机或是严寒都不能制服它。两年来千百次地见到过这种景象了，但每次见到都不能不激动。散布在平原各处的一闪一闪地亮着的车灯，那是他的同志们。他们也会看见高山上的这一盏闪亮着的车灯的。而且，在看不见的尽头，那里是祖国，也有无数的车灯在闪耀，向着朝鲜前线驶来。

他大口地吸着气。他开足了大灯使它照向前面的山沟。这时，从黑暗的空中开始有灰白色的小点降落下来，在这条宽阔的光带里发着亮，柔和地、悄悄地飞舞着。渐渐地，这些细小的、轻柔的、白色的东西稠密起来了，它们欢乐地无声地飞舞着，把整个光带都布满了。

"下雪了，"王德贵快乐地说，"这是今年头一次下雪。"

"下雪了。"刘强想，"他猜得不错，真的下雪了。"他心里愉快而安静，他的心仿佛在随着雪花飞舞着。雪花轻轻贴在驾驶台的玻璃上就不再融化了，公路已经迅速地成了白色。

他仿佛又听见他的女人的声音："是下雪了，他在前线怎么样呢？……"他的冻僵了的脸上闪耀着一个疲劳的、柔和的微笑。车子驶下山坡，刚一刹住车，他就伏在驾驶盘上昏迷过去了。

王德贵喊着他。慢慢地，他清醒了过来。"哎呀，晕得不行。"他愉快地说。公路上很寂静，他的车灯也熄了，他于是觉得自己是听见了雪花降落的柔和的声音，"来吧，我来当会儿妈妈吧，这段路给你。"

他抱过了孩子。王德贵带着庄严激动地坐上了驾驶的位置。

"这么大的雪不会有敌机了。"刘强迷迷糊糊地愉悦地说，"打大灯干！"

车子又前进了。

刘强把孩子抱紧，忍不住地合上了眼睛，迷糊过去了。但他的头脑仍然在活动着。他想：车上的女人们，尤其是那个老大娘，恐怕要冻坏了……于是他又醒了过来。

"小王，拿我的大衣给那老大娘吧。"

小王柔顺地看了他一眼，立刻停了车，打开车门出去了。过不一会儿他带着一身的雪花愉快地跳了进来：他把自己的大衣脱给老大娘了。刘强没有说什么。车子又前进起来。

"老刘，你怎么啦？"

"我迷糊一会儿，不碍事。……我在想，将来你一定是个好司机。"

"你放心吧，我能行的。"王德贵说，那颤抖的声音里，含着幸福的眼泪。

"将来你一定是个好司机！"——这是多么大的赞美。他试着增加了一点速度。一切都很好，弯也转得很稳。他目不转睛地盯着前面的公路，心里充满了庄严的、幸福的感情。意识到自己所参与的是伟大的事业，觉得自己能够胜任，能够贡献自己的一份力量——这是怎么样的一种幸福！积起雪的白色的公路像河流似的出现在车灯的光带里，从他的脚下涌了过去，简直好像不是车子在走，而是公路自己在向后奔跑似的。公路上的新鲜的、没有一点斑痕的积雪使他愉快。路边上闪过去的披着雪的松树也使他愉快。有一棵圆顶的松树，像是戴上了一顶白色的柔软的帽子，它迎着车灯，发着光，好像是在舞蹈着向他跑来，好像是向他鞠了一个躬，就隐没在黑暗里了。小时候，曾经在这样的落雪天爬到树上掏雀子窝——那些小孩子干的事情真没意思啊。但虽然这样想，虽然因意识到自己的成人的、从事着重大事业的庄严的思想而愉快，却仍然忍不住想起了。有一次，掏出了四个喜鹊蛋，那些喜鹊蛋是光滑的，多有趣啊。又有一棵戴着白色的柔软的雪帽的弯曲的松树迎着他舞蹈着一直过来了，向他鞠了一个躬就隐没在黑暗中了。愈来愈洁白的公路在车灯下面出现，快乐地向着他拥了过来。

稚气的思想和庄严的心情奇妙地交织着。想到小时候，母亲叫债主逼死了，自己站在旁边大哭着，可是旧社会又能把自己怎样呢？——现在自己是一个抗美援朝的司机了，想到那个可爱的孩子，回去以后一定要好好地跟连里的同志讲一讲这段有趣的故事。想到那个白发的老大娘，她的慈爱的脸；又想到那个用花格子毛巾包着头的浓眉毛的姑娘——她的头巾上一定是落满了雪了，她还不知道是他在开车呢。想到老刘，这个人总是快快活活的，到哪里都能自在——他是多么勇敢啊。他现在在想着什么呢？他简直一点也不挂念他的家，他想不想他的孩子呢？如果自己也是结了婚，有孩子的，自己就会很严肃，不会叫人家觉得孩子气了，跟人家说话的时候就会说："我那老婆，我那孩子……"吓，真是胡闹，这简直是无法想象的，自己怎么会有孩子呢？永远也不可能的！

"老刘，"看见老刘睁着眼睛，他问，"你想不想你的儿子？"

"想那干什么？"

"要是我，我一定是想的。"他深思熟虑地说，微微笑了一笑。

可是老刘不再作声了。他显然已经恢复些了，眼睛动不动地盯着前面，把孩子紧紧抱在怀里。王德贵忽然看见，老刘低下头去吻那孩子。这不像先前的那种半真半假的、开玩笑的喜爱的姿态，这是真正动了感情的。老刘一副沉思严肃的样子，对孩子的恬静的小脸看了很久，轻轻地替他揩揩嘴，又吻了他一下。这个三十多岁、快活而勇敢的人的这种动情的严肃的样子，使得王德贵简直有些不好意思了，他假装着什么也没看见。可是，想到不久之前炸弹在头上呼啸的那个滋味，他也非常想吻那孩子一下，嗅一嗅那香甜的奶腥味。

后来孩子哭了。老刘把他用大衣包紧，轻轻地拍着他，说着："乖乖，别哭啦！冷哪，下雪哪，明年春天，你妈妈种下的麦子就要发芽啦！"那声音也是严肃而沉思的。

公路上，雪已经积起了三四寸。这台车平稳地前进着。

大雪纷飞……天渐渐地亮起来了，车灯照在雪上有些发黄了，周围的景色，覆着雪的土坡、田地，露着发黑的门的独立家屋，大雪中倔强地弹起来的弯曲的黑色的树枝，可以模模糊糊地看见了。离目的地只剩下了十里路。车上的妇女都醒着。她们披着被单和旧衣，默默地承受着这场大雪，现在大家都看着周围的景色。马上就要到她们的新的家了。忽然，那个用花格子毛巾包着头的浓眉毛的姑娘唱起歌来。她用右手在胸前捧着她的负伤的左手，两边看了一看，开始唱歌，于是几个年轻的妇女跟着唱起来，最后全车的妇女，连那个白发的老大娘和八岁的英加在内，都唱起来了。

这一车冻僵了的疲困的妇女，整夜都一声不响，顽强地抗击了那向她们袭来的敌机和严寒，现在唱起来了。她们就要到她们的新的家，她们欢迎这场雪——她们迎着这飘落在她们的土地上的今年的最初的雪，听着司机台里那个孩子的哭声，唱起来了。于是一下子这台车从困顿和沉默里醒来，被一种青春的、欢乐的、胜利的空气鼓舞着——最后的这几里路，是载着歌声飞驰着的。

驶过了一些积着雪的矮屋和断墙，车子在地方政府的门口停下来了。地方政府的干部们，其中有两个穿人民军制服的姑娘，从里面跑出来了。这时候车上的歌声仍然在震响着。

人们开始下车。被歌声和大雪所激动，穿人民军制服的两个姑娘紧紧地抱住了最初下车的两个妇女。车上的年轻的姑娘们仍然在唱歌。这时司机台的门打开了，司机和他的助手走了出来，在迷茫的大雪中笑着，在司机的手里，捧着那个又睡熟了的孩子。

大家沉默了，站在纷飞的大雪中。王德贵抱过了孩子，并且把他高举了起来。大家看着王德贵手里的孩子，又看着刘强的染着血的大衣和苍白的微笑的脸。那个做母亲的奔上来接过她的孩子，眼泪流出来了，抓住了王德贵的手，把她的头在他的肩上靠了一靠，又跑向刘强，把头靠在他的没有负伤的结实的右肩上。

那个用花格子毛巾包着头的浓眉毛的姑娘叫着："辛苦啦，同志们！"

"不辛苦！没有的事！"王德贵兴奋地抢着说。他激动得厉害，幸福到极点，但又害怕在妇女们的面前显得幼稚。他拿出一根烟来抽，手有些抖。忽然他走向那个母亲，问着："阿妈妮，这孩子他的姓名？"

母亲来不及回答，有七八个声音叫起来了，说，这孩子叫金贵永！

"金贵永，记着了！"王德贵红着脸说。

"金贵永，再见吧。"刘强说，显出了王德贵先前见过的那种严肃的、沉思的父亲般的神情，俯下头去，在那母亲的臂弯里吻着孩子的脸。

妇女们静静地站着。大雪无声地密密地降落着，这台车后面的那两条很长的黑色的车迹很快地就被大雪盖住了。

《人民文学》1954年1期

检验工叶英

南　丁

叶英带着机工车间的介绍信，来到了二工段段长办公室。段长不在，只有一个年轻的办事员低头在抄写什么。他正叫那一大堆报表上的阿拉伯字母搞得头昏脑涨、愁眉苦脸的。大半是计算好了一个什么，这个青年人把报表往旁边一推，又从另一边移过了些待计算抄写的报表，长长地出了口气。这时他才抬起头来，问叶英："什么事？同志。"

"找段长。"

"找段长？"

"嗯，分配到你们段里了。检验工。"

这个青年人一听到"检验工"三个字，不由得上下仔细打量了一下叶英。叶英什么都美，那一对明澈的大眼睛黑黑的，那么深沉，显得这个女孩子的思想也是深沉得很。只是鼻子略微塌了那么一点，略微的一点点。嘴唇薄薄的，一定是个不肯饶人的姑娘。叶英给那个青年人的最初印象就是这样。

叶英看这个青年人没说什么，又愁眉苦脸地搞他的报表了。她心中有数，她知道为什么一提检验工，这个青年人就这样地来打量自己。在检验科、人事科那里，她多多少少对二工段有些了解。段长赵得更是她所熟悉的，赵得和自己的父亲一起做工十多年，和父亲是老朋友了，自己一直到去年上技术训练班学习时，还是没有改口地叫他"赵大叔"。这次回来还没有见面呢。

从人事科和检验科那里，叶英听到二工段出的废品多，工段领导上和一些工人对检验工有很多意见。原来的检验工也是个女同志，在二工段干不下去了，要求调动工作，为这事还曾哭过两次。工人与检验工之间闹意见，并不是什么稀奇的事，在二工段就更是这样。据说那个女检验工有一次检验了几件产品，认为不合格，应退修，工人不服，官司打到检验科，经过复验，其中有的是合格的。这下工人可抓住小辫子了，以后对检验员更是不满意。叶英被分配到二工段来，就是接替原来的女检验工的。

叶英用眼睛扫了扫工段办公室的简单摆设，几张高低不平的桌、椅、墙口、桌口都是报表、数目字。她又用鼻子嗅了嗅这一切发出来的机油的气味，这都是叶英熟悉的，使她感到亲切。她看了看那张堆满报表的大一些的办公桌，心想那一定是段长的。

叶英坐在那里感到寂寞，站起来走动了走动，就坐在段长的椅子上了。她随便地翻了翻那些脏污的报表，装着漫不经心地问了句："段长不大喜欢检验工吧？"

青年人歪头看了一下叶英，仍未停下他的工作。

"难说，我们段长是好人哪。"

"好人？"

"是啊，高大的个子，一架小山似的，一见面怪吓人的，可是处长了就知道，和蔼可亲！有时候也发脾气，火山爆发似的，可是没关系，一会就风平浪静了。"

青年人刷刷刷地又搞好了一张报表，长长地出了口气。他给自己倒了杯水，自言自语地说："休息一分钟！"喝完了水，又去搞那些报表了。

搞着搞着，他却又禁不住夸耀起自己的段长了。

"咱们段长护厂时很有功劳哇，升段长前，听说在旎工是头一份哩，过些日子，一切你都会明白……"

"我知道。"叶英说。

那青年人看了看她，叶英就又故意加上了句："老朋友了。"

青年人看着叶英那张小孩似的瓜子脸，忍不住"扑哧"笑出了声，惹得叶英也笑起来。

门猛然开了，车间嘈杂的机器声飞了进来。门口巍巍峨峨一架小山似的站着赵得。他浑身充满了力量，胸脯和两肩都好像叫自己的内部的一种什么力量要崩得炸裂了似的，眼睛却又那么微醉着，使人老以为他刚刚喝过四两酒似的（事实上他平常并不喝酒），这种眼睛很刺人。在叶英眼里，这个赵大叔仍是老样子，只是肩膀上扛着的那颗大脑袋，鬓发已略显灰白了。时间，把赵大叔折磨老了。

赵得稍恍惚了一下，就大笑了起来。

"哈哈，我以为他们会把我撤职，给派来了一个女段长来了呢。原来是你呀，小鬼，才回来？"他用粗大的手掌照老习惯那样按着叶英的头，叶英重又坐下。那个青年人歪着头，偷偷向叶英眨了眨眼睛。叶英笑了笑。

赵得扫了扫桌上的报表，就坐在叶英的对面了，眯细着眼睛看着叶英说："看看，你大叔这年把瘦多了吧。"

叶英说："和从前一样，精神饱满！"

赵得晃了晃脑袋："还是这么会耍嘴片子。不行了，头发都白了，老了，人老珠黄不值钱了。"

叶英看着赵大叔的眼睛，听着这不知从哪拾来的胡安上的一句成语，忍不住只想笑。

赵得好意地瞪了叶英一眼，无限感慨地说：

"大叔耽搁了这倒霉的段长，挨了不少板子，脸上叫抹了不少黑，横一道竖一道的，成了二花脸了。还不如干脆给我来个撤职查办，仍去干我的老本行，保准叫人人都点头，就凭我这双手。"说着就伸出那一双老茧未退的粗大的手来。

赵得稍停了停，很想向自己的亲人叶英诉出一大段的苦经来，可是他刚说了"我这个段长呀……"就停住了，只叹了口气，就用他那粗大的手指，不很灵便地去翻弄日报表什么的了，嘴里咕噜着。

"进度，进度，妈的！你越是进度，检验员就越是给你挑眼，又是报表，又是退修，她画起红道道、黄道道来，倒是容易得很。这下好，上级批评你完不成计划，检验员说你不合规格。小英子呀，你大叔叫这上下一挤，就挤成肉饼了……"

赵得瞅了瞅日历牌，日历牌上仍是昨天的日子，十月二十日。他站起来把昨天的日子撕了，扯得粉碎，扔到字纸篓里。

他点燃了一支烟，喷出一大口烟雾来，因为离得太近，把叶英呛得只想咳嗽。叶英本想和赵得谈谈自己的工作，可是，一听到这位段长带着这么大的牢骚提到了检验员，就想听听再说。

那个青年人狡黠地看了叶英一眼，拿着报表下车间去了。

赵得吹了吹烟灰，继续咕噜着。

"下旬了，而进度，联系合同……真见他妈的鬼！唉，这个检验员，黄毛丫头，专挑我的眼，质量，质量，整天嘴上不断，就好像这个世界上只她一个人懂得质量一样，不知天多高地多厚呀！我做工那会，她大半连妈还不会叫呢，这会整天就给你叫着质量，质量……"

他用大手一摇，带来了一阵风。

"算了，算了。小英子，你一来大叔就发牢骚，还忘掉问你在哪工作，还在你爸爸那一段呀？五段搞得不坏呀，你爸爸那老头子，现在是个了不起的人物，风头出够了。"

叶英这才掏出了介绍信，交给了赵得。

"大叔，不在五段了，就在你这段。"

赵得接过信，看也未看，就往桌上一放。

"好主意，车间到底是答应了我的请求。我们正需要人，你住了一年训练班，技术快赶上你大叔了吧，哈哈，到捷克床子上去，崭新的车床。你看，大家待你保准不比你爸爸坏。"

叶英摇了摇头，说："改行了，大叔，不干旋工了。"

赵得这才一面惊讶地咕噜着，一面忙拿起那信看。那信上写着：你段检验工黄华另调他段，由叶英接任。他把信放在桌上，用大手按着，微醉的眼睛刺着叶英，叶英也大睁着她那对明澈的大眼睛，不知道这位赵大叔要谈些什么。赵得把眼睛从叶英那里移开，站了起来，说："谁想的好主意？检验工，为什么要你干检验工呢？检验工是个指东画西挑毛病的工作，而你，小英子！你是一个真正的好旋工，有前途的，却来干这码子事？"

叶英也站了起来，她不允许任何人对她的职业进行侮辱，脸激动得微红着。

"大叔，你说得不对！检验工不是指东画西挑毛病，检验工是保证产品质量的。"

赵得摊开了双手，复又坐下。他知道这女孩子的性格，一个做叔叔的要是站起来和一个小女孩吵架，才是笑话。他想自己刚才大骂了半天检验工，不想检验工就正在眼前，不由得笑起来。

"你这个小机灵鬼呀，为什么早不说，我骂了半天检验工，你不高兴了吧，嗯？"

叶英说："当然不高兴，可是这也不要紧。"

赵得坐在自己段长的位子上，把烟头扔在脚底下踩灭。问道："什么时候开始工作？"

"立刻，段长同志。"

赵得看叶英一本正经起来，就越发觉得好笑。在他的思想里，这时竟充满了叶英还是孩童时的那些个景象，赶也赶不走。

"好哇，一会找个人去把黄华叫来，办办交代。"

赵得用手碰了碰桌上的那些报表，不自禁地摇摇他的头，自己看着长大的叶英，突然到了自己工段来当"检验工"了，他总不大习惯。他越看叶英，脑子里就越是浮现出叶英小时的可爱的小脸来，扎着一根冲天小辫，淌着两行鼻涕，一见面就喊："赵大叔，糖。"就好像这时站在他面前的，不是已快二十岁了的女检验工，仍是那个淌着清水鼻涕的小姑娘似的。

叶英站在那里，看着赵得的眼睛视而不见的样子，不知道他在想些什么。赵得醒悟过来，让叶英坐在自己的对面。他给叶英倒了杯茶，然后说：

"你大叔穿'小鞋'穿够了，脸上的黑也不少了，不再来给我抹两道，唱'包黑子'就不用打脸子了。可是，小英子呀，我相信你，你懂技术，不会吹毛求疵，专抓你大叔的小辫子。"

叶英说："我一定会认真地执行我的工作，段长同志。"

"'段长同志'！谁教你这样喊的？不要一本正经的，我不习惯。以后，你要是也给你大叔'小鞋'穿，小英子呀，骂你是听过了，可你还得小心这个。"说着拳头在叶英脸前晃了晃。叶英赶忙扬起了脸，生怕那双大拳头会碰到自己的鼻子似的。

赵得也发现自己太过分了，随后改口说："你来得好，小英子！关系不同寻常，彼此会有担待……有啥困难，就不客气告诉大叔！"

叶英和那个蓬松着头发的女检验工黄华，在工段专为检验工准备下的角落里办完了交代。那个女孩子说了声："我走了，叶英同志。"就匆匆走了，头也不回，就好像这倒霉的工段一分钟也不能多停留似的。叶英用眼睛把这位同行送出门口。她心里有些同情她，可又多少有些轻蔑的感情。同情的是，看她这个样，一定是受过不少的委屈；轻蔑的是，怎么能用软弱和眼泪来对待工作呢？

叶英深深地吸了一口这车间散发出的浓重的机油气味，仔细地打量了一下工段。各种各样小巧的元车、铣车、刨床、钻床，分成了两行排列着，发出"嗡嗡嗡，吱吱吱"的声音，汇成了一片声音的海洋。工人都正低着头在全力对付车床。老远的不知是谁做了个鬼脸，不知为什么，也不知是谁。可是叶英敏感地觉得，与自己的到来是有关系的。

叶英蹲下，正待检验积压下来的产品。工段的红灯亮了，汽笛尖着嗓门叫着，挂钟正指着五点，下工了。

有些工人并不比这位段长好些，他们对检验员有着各式各样的成见，和检验员总好像结下了不解之怨似的。这天，叶英正低着头忙碌地检验着产品，一个青年工人经过这里，发现自己加工的六十件产品，分成红、黄、绿三堆放着；退修、报废、合格差不多各有三分之一。他半天没有说话，然后才抑制着故作镇静地说：

"检验员同志，我要求你再检验一次。"一边用手指着那堆画黄道道的报废品和那堆画红道道的退修品。

叶英抬起了头，模模糊糊地觉得就是那天做鬼脸的那个青年。她看见这个青年故作有礼貌的那个劲，实在好笑。可是，这个青年嘴角上流露出的挑战意味，是怎么也掩藏不住的。叶英准备好应战，也有礼貌地回答了声：

"同志，认真检验过了。"

那个青年旋工加重了语气，重复说了一次："我要求你再检验一次，检验员同志。"

叶英说："没有必要，同志。检验器不会骗人。"

那个青年旋工竟勃然大怒起来："给我再检验一次！"

叶英惊讶地抬起头来，只轻蔑地看了看这个一脸怒容的青年人，就复又低头做她的工作，没有回答。没有回答，是最容易激起一个挑战者的愤怒的。这个青年大喊大叫着说：

"我不服你的检验，比你高明得多的检验员我见过，可你算什么？哼，专挑毛病，我就不服，看你怎样！"说着走着，走着咕噜着，竟然咕咕噜噜地骂起"这个塌鼻子"来了。

叶英本想用极大的意志力压制自己，不要一来就和人家吵架，可是她的性格不允许她这样，她把薄薄的嘴唇咬得一排牙印，还是忍不住站了起来。

人们的眼睛望着叶英走到那个青年车工正在运转的车床边。她就站在那里，眼睛对那个青年直视着，声音都有点发抖了：

"你怎么会不知道什么是工作责任？出了废品，给国家造成了损失，还好像很光荣一样地大嚷大叫。这没有什么光荣，同志。这，可耻！"

那个青年脸都气紫了，嘴哆嗦着。叶英来得这样突然，他竟莫知所答了。叶英没有等回答，转身就走。

晚上，叶英坐在桌前长久地想着白天发生的事。好久好久，一动也没有动。后来她不由自主地握紧了自己的拳头，在桌子上轻轻敲击着。

叶英想了又想，就拿出了日记本，写下这天的日记。

一九五三年十月二十六日

到二工段做检验工以来，今天遭遇了第一个困难。我和一个青年旋工吵了起来。错误的当然是他，出了废品，还怪三怪四的，好像很有理似的。他完全不懂得什么是旋工的光荣，实在很好笑。

困难只能吓倒那些个爱流眼泪的女孩子（如黄华）。我是不怕的，我要凭着青年团员的良心和责任感工作。我的责任就是："挑毛病"（如那个与我吵架的青年旋工说的），不让废品和退修品混过关去。

叶英记完了日记就躺在床上看《为了幸福的明天》。

爸爸老是上夜班，父女俩已是好久没见面了。叶英实在有些想爸爸，实在想和爸爸谈谈。她脑子里闪了闪爸爸的影子，但却立即被邵玉梅怕雷汞爆炸毁灭了整个工厂，不顾一切地用两双手扑打着火苗那段动人的情节吸引住了。看完了这一段，叶英把书放在枕边，凝想起来。邵玉梅的行动，又燃烧起了久久埋在叶英心中的为祖国建立功勋的强烈愿望。她闭上了灯，在床上翻来转去，很久不能入睡。她想：我工作是有困难，可是，比起人家邵玉梅呢？……

赵得正如他自己说的，自从干了这倒霉的段长以来，真是百事不顺。特别是近两个月，没完成计划，废品出得多，装配车间拿着联系合同找自己要产品，机工车间批评自己把整个车间的计划拖下了。总之，一片指责声。你去看看计划科张贴的日报表就能把人气死，二工段完成计划栏里是用黑色的墨水写的，而人家都是红色。废品栏里的数字更是突出，这还不算，而且还画了一双手，食指指着二工段。反正全厂都知道二工段了，都知道我赵段长了。赵得很苦恼，他自己不能从苦恼中解脱出来，他总想找一个亲人诉诉自己的苦衷。那天他和叶英说了那么多，就是带着这种心情诉说的，不想没得到同情与温暖，却碰了这女孩子的钉子。他好几次想找叶英的父亲叶为义谈谈心。他是共产党员，又是老朋友，会体贴自己，帮助自己。但一想到人家现在样样搞得好，谈谈还不是教训自己一通完事？他最听不得各种各样的教训了。近来，他脾气变得愈发暴躁起来，怨气冲天，他不单是骂检验员是跟他作对，他也骂工人是废料。他想，对自己一片喝彩声的时代是过去了。黄华的走，他也震动了一下，可是，只是震动了一下而已，他并未多去想。这次这个青年车工与叶英吵架的事，他也知道，可他并未判明谁是谁非，加以过问。他自己还过问不了自己呢！

车间的党支部书记唐亮，也知道了工人与检验员吵架的事，黄华两次要求调动工作，他已开始注意这个工段，可他一直在五工段，没有抽出身来，这回他觉得非到二工段来看看不行了。唐亮到二工段车间里转了转，就到段长办公室来了，赵得正坐在那里翻着报表。唐亮询问了一些情况后，就和赵得谈了起来。他批评二工段政治空气薄弱，工人随便与检验员吵架，以致把黄华都吵走了，现在又发生这样的事，段长应该了解一下，判明是非，支持正确的。赵得刚在车间会议上挨过批评回来，满肚子不高兴，现在又是批评。他说："又是批评，我听得够了。可你们为什么不看看我的过去，冒着生命危险护厂的不是我赵得吗？我干旋工那会搞得不漂亮吗？现在我怎样？我也没偷懒，我的眼熬得通红，这一年头发一下子白了多少，可就没一个人说我好，光是批评，够了。"

唐亮等他说完，停了一会才说："你的过去，工人都见了，党也看见了，你英勇护厂，干旋工是全厂第一份，因此，大家都夸奖你，党把你提拔到领导岗位上来，还不就因为你的这个过去？你的过去很光荣，应该说好，可是，你现在得尽到你现在的责任呀，现在你工作有毛病就应该批评。赵得同志，过去你是个好旋工，你现在应该是个好段长才对。"

赵得说："好段长……干不了！……"赵得还没说完，就有个小组长来找他，他随着那组长匆匆下车间去了。

这次谈话就到这里。唐亮也在工段转了转，和工人随便扯扯，就回到自己的办公室。在这间办公室来回踱着、思索着。根据在部队多年的政治工作积累起来的经验，他可以准确地判断出一个人的思想来。他踱着想着：当然，赵得当前并没有什么可以骄傲自满的，计划完不成，废品多，老是挨批评，可是仍得说他是骄傲自满。他骄傲的本钱就是他今天所谈的"过去"，他老是看着过去，迷醉于过去，这样就妨碍了他更好地前进。当然，你不能说他现在偷懒，可是他却成为思想的懒汉了，停滞不前，对周围的新生事物失去敏锐的感觉，成为落后保守力量的代表，赶不上时代的脚步了。

唐亮站在窗前，就可以看见楼下五工段的一切情景，工人与机器都紧张地忙碌着，段长叶为义正在一个工人的车床旁说些什么，指点些什么。唐亮伫立在窗前，继续思索：就好比是机器，人的思想运转着，紧张而正常，可是，有时就也要发生一些故障，突然停滞了。一个好的旋工，在于他能找出故障来，使机器恢复运转，而一个好的党的工作者也是一样，要使干部清醒过来，奋勇往前。赵得现在需要的不光是简单的批评了，得具体帮助他。唐亮决定再找赵得谈一次。

　　叶英对产品的要求十分严格，有工人提了两次意见，但经过检验科派人会同工段一起进行复核，证明叶英是对的。工人对她是一点办法也没有。质量，质量，就好像只她一人懂得质量似的。有些工人心里常这样咕噜着。可是，能有什么办法呢？她是这样一道严峻无情的关口。

　　越是接近月底，赵得越是急得不行。计划完成得不好，进度拖下了，而废品率却略有提高，眼看又非得挨批评不行。

　　这天，赵得走到叶英的那个角落里。叶英正在用毛笔往废品上画黄道道。赵得不满地摇了摇头，说："辛苦了，成绩不小哇，小英子。"

　　叶英说："唉，情况很不好，段长大叔，得想些办法才好。"

　　赵得说："办法？……你们呀，不检验出一些废品来，就失业了。唉！他妈的进度，废品，都是废料。"说着咕咕噜噜走了。叶英看着他的粗大的后影，走到一个车床边，不知怎么一下就向一个工人大发起脾气来，吼叫得整个工段都能听见，机器的声音在他的吼叫下都显得微弱了。叶英突然想起第一天那个青年办事员所形容的"火山爆发似的"。

　　赵得对一切都不满起来。对机器的嗡嗡声不满，对机器的摆的部位不满，对上下班尖着嗓子嘶叫的汽笛不满，特别是对那每天堆在他桌上的报表不满，那报表上的进度和质量两项，是如此地刺痛着他的心。就是这些个阿拉伯数字，使得他脑子混乱起来，心惶惑起来。他回到办公室，看一张报表叹了一口气。

　　出废品当然不可原谅，可是，以赵得自己说，这里面也有个客观原因：刚刚投入新产品的生产，比平常略多出些废品，并不是很奇怪的事。对废品多这件事，他不是没想过，不是没难过过，可是，他老是叫进度、计划、任务压得喘不过气来。车间找你要进度，骂你拖了车间的计划，装配车间伸手找你要产品，如他自己说的：叫压扁了。哪个小组或是工人拖下了进度，他就要责骂人家一顿没有计划观念啦等等，其实，这都是他挨骂的话，挨了骂，也骂了人，可是，问题依旧没解决。而废品，这倒霉的废品，滚他妈的！按照工段与检验员的传统成见，他又想起了叶英……他把叶英找来了。

叶英进到办公室来，看见赵得独自坐在那里。叶英发现这老头突然瘦削了许多，好像也萎缩了不少。她心里想：赵大叔也够苦的了。她有些同情他。

赵得把叶英找来，却不知和她谈些什么。他自管自地吸烟，很久没说话。叶英好奇地望着这个神情颓丧的老头，望着那被烟雾包围着的脑袋，好像要发现那里面活动着的思想似的。可是，此时此刻，赵得在想些什么，连他自己也说不清楚。

叶英终于忍不住了："怎么啦？大叔。"

赵得又吸了几口烟后，才慢慢地问了句："小英子，月报表见了吧？……"底下想说什么，却又没说下去。

"见了，大叔。"叶英说。

赵得丢掉了烟（还剩好长一截），也不去用脚踩灭它，就让它在地上兀自冒着烟。他来回走动了几步，好像体力不支似的又回到座位上，厌烦地把报表推到了一边，又用粗大的手指在自己脑袋上敲了敲（他从来没有这个习惯），看了叶英一下，可是，说些什么呢？

赵得复又摇摇晃晃地站了起来，不知从哪来的一股怨气，他大声叫嚷着："检验员尽到责任了，光荣，光荣得很！可是我们工段，我这个段长呢？成什么了？废品工段，废品段长，人人都在骂我们……"话没说完，就又无力地坐下。

叶英好奇地问："我不懂，你这话是什么意思？"

赵得说："小英子，拖了进度，影响了计划，出了废品，由我负责，可是……"

"可是什么？"

"可是，工人对你也有些反映……"

"什么反映？"

"工作负责当然好，这个我不反对。可是工人说你太苛刻，该合格的也……"赵得说得显然不理直气壮。

叶英本想帮助这位大叔，减轻一些压在他肩上的重担，哪怕说些能使他高兴的话。可是，这会她一下看出了这位段长大叔的无能，出了废品，却真找到自己头上来了。她保持不住平静，站了起来，没等他说完，就截断他的话。

"不错，是严格！哪件产品我检验错了，你举出来。"

赵得没有马上说话。

叶英又接着说："我实在不懂，你是什么意思，想叫我丢掉责任感吗？想叫我马马虎虎地放废品过关吗？这是不可能的，段长同志。"

赵得也站了起来。

"你说些什么鬼话……"

叶英转身就走，一边走一边说："对不起，我还有工作。"赵得叫她回来时，门已经"砰"地关上，只让那嘈杂的机器声进来了半秒钟，复又隔绝了。

赵得正往门口愣怔着，叶英却又伸进来了大半个身子。赵得看着她，不知她要做些什么。叶英用明澈的眼睛直盯住他，说："不要大吼大叫的，要冷静地全盘考虑一下工作，好好想想自己，想一下。废品不是发脾气能减少的，进度也不是发脾气能赶得上的。发脾气没有用。"

赵得无力地坐下，用手抱着头，那脑子几乎要崩开了。哼，连小孩子也来教训人了。

前些日子，叶英一想到自己负责任地工作着，坚强、认真地工作着，与那个黄华一比，心里总有一种骄傲的感觉。她常想：我是青年团员叶英嘛，做检验员就要做最好的，和一年前做旋工一样。可是，近来，一个思想在长久地绞痛着她的心，这个思想把她的那一丝丝自豪感挤得无影无踪了。她开始对自己不满起来。

绞痛着叶英的心的那个思想，就是"责任"两个字。她想："责任"，当然，作为一个检验员，她的责任就是认真地检验，不让退修品和废品混到下一道工序去，以免造成更大的返工浪费，以免供给不合乎规格的机器。如那天小马（就是骂她塌鼻子的那个青年工人）说的：挑毛病。毛病是挑对了，没有错。可是，就仅仅这样吗？我在二工段能不能帮助他们呢？对赵大叔我能不能帮助他呢（她有点后悔与赵大叔吵架）？比如说帮助他们降低废品率，能不能呢？这苦恼着她。

工作提出来的高要求，对自己的不满、苦恼，使她变得不大好说话起来，常常沉默着，不像平日那样活泼了。人们都很奇怪，做爸爸的还有些担心的。唐亮也注意到了这一点。

这天晚上，叶英又坐在桌前沉思默想起来。淡黄的灯光下，叶英的脸显得稍清瘦了些，她两双眼好像是在看着什么，又好像什么也没看。这使坐在女儿对面的爸爸不安起来。

叶英的妈妈去世已近十年，哥哥现在东北一个工厂里工作。而在爸爸身边的只有叶英一个亲人。叶为义亲手把女儿从小抚养大，对女儿的爱，比一般的父亲就要更加深厚些。他把女儿抚养大，又把她培养成一个不坏的施工。他对自己要求严格，对女儿也不放松。

这几天来，做爸爸的就看出女儿有什么心思来了。这会又看见女儿涵于沉思的样子，不禁放下手中的《工人日报》，问道：

"小英子，有什么心思吗？"

叶英正在沉思中，叫这一问，吃了一惊。她回答："爸爸，我在想——"

爸爸说："你在想，整天在想，饭也吃得少了，话也不多说了，人也瘦了，你想些什么呢？告诉我。"说着这老头站起来，用手轻轻地抚摸着叶英的头。

叶英轻轻地说："爸爸，我在想自己做得太少了，比如书上写的邵玉梅，我们生活中的郝建秀，她们都和我一样，都在工业建设岗位上，年纪也差不多，而人家却为国家做了那么大那么多的事。我呢？我一想起这些，心里就有些难过。"

爸爸把女儿的头扳得稍稍仰了起来，惊奇地又是赞叹地看了看女儿的眼睛。他想：女儿成长得多快哟！叶为义松了手，高兴得来回走了两步，夸赞地说：

"想得对，想得好，小英子，多想想吧，人人要是都能时常想一想，自己如何能为工业化多出些力量，那我们所盼望的社会主义，就来得更快了。可是，你想出个结果来没有呢？"老头子说完了最后一句，停下了脚步，坐在原来的位子上，满怀抚爱地看着女儿。

"没有，就再想想，一定得想出个结果来。"

叶英看了看爸爸灰白了的头，和额上、眼角上的深刻皱纹，依旧轻轻地说:"爸爸,你知道二工段废品出得多,完不成计划,给国家造成了损失。以前,我老是想,这与我没有什么关系,作为一个检验员,我已经做到我所应该做的了。可是,现在我想,没有做到我所应该做的,特别对一个青年团员来说,看到这个现象不能不管,我是可以做得更多一些的,比如说能想个什么办法,找个什么窍门,把二工段的废品率降低……"

叶英摇了摇头,才又接下去说:"唉,问题就在这个什么窍门上了……爸爸,你能帮助我吗?"

爸爸笑了笑说:"可以,来来来,让我们一起想想看,看谁先想起来。"

叶英把头发向上掠了掠,眼睛突然地亮了一下,激动得话也说不好了。

"爸爸,爸爸,想起来了,想起来了,你看要是这样:工人生产出第一个产品,我就来进行检验,然后很快把毛病告诉他……爸爸,你知道产品并不是人人都出的,只是少数的几个工人。比如钻床上的安大方老师傅吧,他老是把眼钻得大了一点。那他钻第一个件号时,我就来检验,然后告诉他:安老师傅呀,大了点,再小一些。他知道了,就说:好吧,再小一点。哎,这样呀,爸爸,你看行吗?"

爸爸用眼睛和话语鼓励着女儿:"到底是你先想出来了。好办法,很好,一定可以帮助二工段,废品率一定可以降低。你刚才说什么,大了一点,一点是多少?检验员不应该说出这种不科学的话来。"

女儿又恢复了往常的活泼,跑去摇着爸爸的肩膀,说着:"大了一点,这是比喻。爸爸,爸爸,就这样办!"

爸爸说:"对,就这样办!"

可是,这老头又用手触弄了一下手边的报纸,轻轻地摇了摇头,又接着轻轻地出了口气。女儿用大眼睛望着他,惊异地问:"怎么? 爸爸,不赞成啦!"

叶为义站了起来,握着女儿的手,说:"不,就这么办!"

爸爸放下了女儿的手,回到座位上,说:"我是想呀,二工段的好坏主要的关键在老赵。二工段的情况,车间领导是了解的,我也知道一些,老朋友啦，你看我就没找他谈谈心，帮助帮助他。前天唐亮同志还嘱咐我，要抽空找老赵谈谈。我以前的想法和你一样，我把自己的五工段搞得不坏，心想，这就行了，对别的工段就不大关心。你看，我的思想落到你后面去了。"说到这里，他看了看女儿，女儿的眼里满含着对爸爸的尊敬。他又接下去说："得找老赵谈一谈，多少年在一起，过去一起做工，一起度过了多少个艰难的日子啊，这会，又都干上段长了，为自己干活了，可是这个老赵啊……"

叶英没有说什么。她，同意地点了点头。

叶英走向安大方师傅的钻床边，开始来检验他第一个产品。可是，看来叶英对安大方师傅的性格还是很不了解的。安大方师傅对各种各样的检验员都不满意，特别是对女孩子们。他心想：哼，小妞们还来挑毛病呢，还是趁早回家养娃娃去吧。他平常不大爱说话，但与从前有些男检验员还顶顶嘴，自从工段换了黄华、叶英这些女检验员以来，他就更瞧不起她们。

叶英检验完了，好心好意地说："安老师傅，大了一个六十四，请注意一点。"

结果竟是这样的出人意料之外。这个老师傅哪里会注意一点，以前，哪个检验员也没有像叶英这样能到自己鼻子眼底下挑三挑四的，这小妞……他把电钮一按，钻床立刻停止了。他用棉纱擦了擦手，看也没看叶英，说：

"我不行，你来吧。"说着就往工段办公室走去。

叶英从来还没碰到过这个。工段所有的元车、铣车、钻床、刨床都嗡嗡嗡地运转着、动着，而唯独这部钻床停下了，好像突然死了一般。怎么办呢？她对着那部死了的钻床有些手足无措起来。

而正在这时，工段办公室门一开，隐隐约约传出了声：

"我干不了，不干，也不能受她小妞的欺侮……"

接着巍巍峨峨地出来了工段长，他走到叶英身边，用他那光彩已大减的眼睛刺着她，用从来没用过的语气和称呼说："叶英同志，你还是回到你的岗位上去，不必这样，影响了进度你要负责任……"

叶英没等他说完就走了，回到了自己的"岗位"上，就是那个角落里。她充满了委屈的感情，充满了对赵得的不满。对这位段长大叔，她还能说些什么呢？她满怀着喜悦的心情，好心好意地要来帮助二工段，却连连叫泼上了两盆冷水。叶英真是想哭，可是她没有掉下眼泪来。这一天，是叶英来二工段以来最不愉快的一天。

叶为义今天晚上要去给工人上技术课，他匆匆地出门，正碰见叶英回来。这老头竟然没有理会到女儿脸上不大高兴的神情，就说："你想出来的办法很好，我给我们段检验员小王一谈，他就实行开了，工人也欢迎，的确有效。"叶英正想和爸爸谈些什么，他已匆匆走远了。

叶英进到屋里，也没扭开电灯，就往床上一躺，轻轻问了自己一声："我怎么办呢？"没有回答……

然后，又是无数个问题在叶英的思想里蠕动着："我多事了吗？""是我的错吗？""何必招人家的不满呢？""本本分分地工作不就算了？""唉，检验员，检验员，这是什么工作啊？""要是遇到爸爸那样一个段长就好了。"……"我怎么办呢？"归结起来，仍是这个"我怎么办呢？"在苦恼着她，可是，仍没有回答。叶英在黑暗中大睁着眼睛，想了又想。

爸爸说五工段已那样做了的那段话，强烈地震撼着她。她眼前浮现出邵玉梅的形象，邵玉梅的眼睛好像责难地看着她。作为一个青年团员的良心唤醒了她。她想："哎，你看，我差点软弱地倒下去了。"

她忽地站了起来，跑出去找唐亮去了。

和叶英谈了后，唐亮愈觉得与赵得的谈话不能再拖延了。他前几天的想法：二工段的问题不在于进度，而在质量，也愈发明确了。

唐亮一面从三层楼往下走，打算到车间去，一面看着工厂的夜景。工厂的夜景是激动人的，雄壮瑰丽的。以自己的生命保护了这工厂的许多工人中，有赵得，也有叶为义，他们不愧为英雄好汉。可是，生活是多么严峻无情，稍一不慎，你就要被它撇得老远。唐亮想：当然，问题还在于思想。叶英与赵得的矛盾，显然是这样，一个人是勇往直前，不断地对自己提出严格的要求，另一个人则是望着"光荣"的过去，老是望着、望着，忘却了自己正在走路，却忘了走向哪里去……谁走在生活的前面，谁就是生活的主人。赵得曾经走在生活前面，而现在却落在后面了。

第二天是厂礼拜，唐亮习惯地早早地起床，换上了那身褪了色的军装，挂上了淮海战役纪念章，唐亮对十几年的部队生活是作为珍贵的回忆保存起来的。到工厂来，他也总是保持着军人的特点，敏捷、爽快，却又有老政治工作人员那种深思熟虑、感觉敏锐、诙谐的风度。

唐亮把赵得约请到自己宿舍来。赵得坐在靠窗的一把椅子上，一言不发。唐亮给赵得泡了一杯浓茶，放在他的面前，说："老赵同志，希望你不要生我的气。今天我们不开批评会，批评会开得够了。我们随便谈谈心。"赵得向这位精神抖擞的支部书记看了一眼，随即又避开他的眼睛。

唐亮把纸烟递给了赵得，又给他点着了火。赵得无力地笑了笑。支部书记自己却不吸烟。他斜对着赵得坐下，说："老赵，你这段时间瘦多了，得多注意。身体是一切的本钱。不容易呀，搞领导工作，他所操纵的不是一部死的机器，而是要领导很多活的人。"

赵得本是来挨批评的，唐亮给来了个意外，他一时不知怎样才好了。

唐亮走到前面，挨着赵得站着。他的视线越过工厂，看见远远的正在建设中的纺织厂厂房的高大木架，那高大的木架高耸入云。唐亮招呼了一声："老赵，你看。"

赵得站了起来，与唐亮并肩站着。唐亮指着远远的纺织厂的建设工地，感喟地说："新的工厂又要建设起来了，这是国棉一厂，明年、后年还要有二厂、三厂，我们这城市要建设成一个纺织工业区。老赵，看见了吧。有谁像我们这样快地建设工业啊！"

赵得也跟着感喟地说了声："是快啊……"唐亮自言自语地说："向我们伸出的手又要多了一只，明年、后年将要更多。给我，给我纺织机器，粗纱机、细纱机、摇纱机、清花机、筒子机，什么都要，又要好，又要多。而我们……"唐亮说到这里，看了看赵得。赵得正听着出神，唐亮猛然停下了，赵得也望了唐亮一下。唐亮笑了笑，接下去说："老赵，比如你就是那些个纺织厂，我比如是咱们这个纺织机械厂，你伸出手来要又好又多的纺织机器，我说：老兄啊，不行，你们太快了，我们只能给你一点，而且也不好。那你说什么？"

赵得知道唐亮是在说些什么了，他摇了摇头，没有马上回答他。唐亮哈哈大笑起来，说："纺织厂摇头了，那就是说：不行！是这样不是？"

赵得又点了点头，说："是这样，是不行！"

唐亮把窗子打开，阳光和空气都进来了。他继续说："老赵呀，可惜的是你并不是真正的什么纺织厂，你、我都是纺织机械厂，而纺织厂在那里。"顺唐亮手看去，远远的正有一只鹰在高大的纺织厂工地上空盘旋着，这是怎样迷人的景象啊。这两个站在窗前望着这景象的人，竟沉默了好久。

唐亮首先醒悟过来，他请赵得坐好，自己也坐到原来的位置上，说："是快，要不快，我们还算什么工人阶级，还算什么共产党？可是，老赵，我看到咱们的工业，又是高兴，又是害怕，高兴当然不用说了，可老是怕自己赶不上。我对工业是外行，上级叫我转工业时，我要求说：叫我进进工业学堂吧，先学学，学好了再干。上级说：边做边学吧。同志，我就来了。来是来了，可是个外行，一窍不通。老赵，今天咱们谈谈心，比如，你对我和车间的领导有什么意见？"唐亮说到这里，忍不住笑了起来，"你看，又开批评会了，可是，有什么办法？今天换一种方式开，是你批评我，批评车间，我保准不会生气。"

赵得心里乱得很，思想整理不出个条理来。他摇了摇头，说："意见不多。只是感到车间对我们工段帮助不够。"

"是帮助不够。"唐亮等了一会，见赵得不往下说了，才又接着说，"十足的官僚主义！车间主任钻在报表里出不来了，我是这个会那个会，开得头昏眼花，有时下车间转转，也是个白转，发现不了问题。工段完不成计划时，就给他来个严厉批评，没有比严厉批评更容易的了，谁都会。而都没有很好研究为什么没完成计划，原因在哪里。"赵得不自觉地点了点头。

"比如有的工段没完成计划，并不是进度赶不上，而是废品出得多，车间却不判明原因，就大骂一通没有计划观念，没有国家观念，工段长也照样地往下骂了一通。其实，这些骂人的人，我也在内，都是十足的片面任务观点！"

接着，唐亮转了话头说："不谈这些了。老赵，昨天叶英来了。"

赵得以为一定是昨天叶英与安大方那件事。

唐亮接着说："这小鬼的进步很快。她昨天高高兴兴地来说，她想起了一个检验产品的办法，可以帮助降低废品率，她爸爸那的检验员已实行了，的确很好。这办法就是工人生产出第一件产品后就进行检验，结果立即告诉工人，以便让工人可以马上知道合格还是不合格。她想在二工段实行。我看着还不错，你觉得怎样？"

"试试看吧。"

"对，试试看。可是，我还听说，昨天她实验时，碰了一个老师傅的钉子。这小鬼太简单，没和工段研究就搞开了。你得多支持她，老赵。"

赵得想起昨天那事，多少有点生自己的气了。

唐亮站了起来，咬紧牙关，按照军人那样说话："我们对废品就要像对待仇敌一样，一定要消灭光！老赵同志，在二工段你就是司令员，对废品这个敌人一定要坚决无情！"

这天，他们谈了很久。赵得很痛快，他感到唐亮对自己、对自己的工段是这么关怀，谈起来又是那样的亲切动人，他心里暖乎乎的，对唐亮又是佩服又觉亲切。他们商量在工段里要搞一个废品展览会。赵得问支部书记对他有什么意见时，唐亮直率地把他前些时的想法告诉了赵得。他觉得党很了解自己。

临走时，唐亮紧紧握住赵得的大手，诙谐地说："一言为定，纺织厂老兄，你要的机器件件具备，保证都是第一流的货色。"赵得也想回答些诙谐的话，但没有说出口，只笑了笑。

几个月来赵得第一次感到这么轻松，好像压在肩上的重重的什么，一下子叫唐亮给卸下了。除了党，没有任何人对自己的思想分析得这么清楚，连自己也没有看到长在自己双肩上的脑袋里，到底是些什么。落在生活后面了，看过去看得太多了，思想的机器停滞了，必须清除掉使思想机器停滞的油泥，这怪东西，据说是什么骄傲。我这几个月是怎么过的？有些事办得好糊涂，比如昨天小英子好心好意地帮助消灭废品，我竟说出那样蠢的话来：检验员同志，回到你自己的"岗位"上去……看以后的吧，落到生活后面去了。生活，生活，我要走到生活前面去。

第二天清晨，赵得见了叶英，就说："小英子，前天是你大叔的不是，我们讲和。你不生我的气吧？"

叶英说："我也有错，没和你商量，支书批评我工作方式简单，没有事先征求领导的支持……"

赵得说："你想的办法很好，今天我就向全体工人宣布实行。"

叶英看见这位段长大叔的眼睛里，又重新射出光彩，她心里很高兴。赵得又说："要向废品进攻，严格点。"

叶英看着他笑，他又加上句："多挑挑毛病。"两个人都笑起来。

叶英没说什么，她不知说什么好，她只是看着赵得，向这位段长大叔流露出希望和信任的眼光来。

叶英的这种希望和信任的眼光，没有白白流露。

赵得立即行动起来。工人们正在工作，他就站在工段的中间，大声宣布检验员叶英实行新的检验方法，对谁都有好处，大家要支持。随后，他又抽午休的时间召集小组长开会，研究废品展览会的问题，会上决定了后天就举行这个展览会。

段长公开宣布要支持检验员，这在二工段是新奇的事。有些工人都用惊奇的眼睛看着段长。赵得看见了这些眼睛，就说："看什么，往后就会知道。"

叶英开始实行她的新检验法，首先她仍选定安大方。她走到这位老师傅的车床边，带笑地有礼貌地说："安老师傅，没生我的气吧？"

那安老师傅鼻子里"嗯"了一声，可是，这次他没关车。叶英小心翼翼地检验了他的第一个产品，就笑着说："报告安老师傅，合格！"

那安老师傅又用鼻子"嗯"了一声。

叶英第二个就选定了骂她"塌鼻子"的小马。她一走到那里，首先就说："小马，我不该跟你吵架。"

小马不大好意思起来，没吭声。

叶英一边检验一边说："你还生气？"

小马说："不知道。"

"不知道,大了两个六十四,请你注意。"说着就走了。小马伸了伸舌头,当真注意起来。

叶英又走向第三人……实行这个新方法,检验员真够累的了。

这天,举行了废品展览会。把近两个月来工段所产的废品集中起来,排列在工段的一个角落里。工段长通知各个小组长,这天下午的小组碰头会暂时停止,就在这个时间组织全体工人参观废品展览。

叶英自愿担任了废品展览会的讲解员。

红灯一亮,工人关上了机器,工段里一片寂静。工人们洗了洗手,就走到这展览废品的角落里了。工人们带着不同的心情来参观这个展览。

废品死寂地躺在那里,这原本是没有生命的东西,好像一下子变成活的了,它们不光是死寂地躺在那里了,而是,好像在唉声叹气,抱怨自己的主人,又好像是在横眉瞪目地指责自己的主人。

叶英的清脆的声音,在激动地响着:

"光是这两个月的初步计算,仅仅废品这一项,我们工段就为国家造成了十一亿三千多万元的损失。同志们,我们能不痛心吗?我们一定要消灭废品,坚决无情地……"

赵得也和工人一样,平常对出些废品这件事,并不十分介意,而今天,痛苦揪住了他的心。如果说,唐亮和他的一次谈话,使他从道理上觉醒了,这次展览会,则更彻底地使他全身心都觉醒了。赵得自己也没料到,这个展览会能有如此巨大的力量。他痛苦地在心里反复地问自己:我做了什么?我做了什么事情?……

第二天,工段大字报栏里,有很多工人编写的快板,什么"围剿废品"啦,"废品诉苦"啦,等等。

有一首快板这样写着:

我的家本住在
安徽省马鞍山
采矿工把我挖
炼铁工将我炼
千里路啊万里路

来到纺织机械厂

翻砂工人好细心

把我铸成细纱机

眼看就要出厂去

我心中好不欢喜

又谁知二工段

有个小伙太懒散

稀里糊涂将我车

一下小了一分半

害得我成废料

想起来好不悲惨

想起来好不悲惨

工人都以极大的兴趣看着大字报上的这些个快板。

废品展览会比唐亮预先估计的作用还要大一些。自此以来，叶英的新检验法推行得顺利多了。废品展览会唤醒了二工段，变成了活的人的力量。工段的废品率逐日下降，而完成计划的情况则逐日好转。

日子过得好快，人们还没来得及想，已经到了十二月一日。计划科贴出了十一月份的生产月报表。月报表上，完成计划这项，二工段也是用红墨水写的了，鲜红鲜红的，多么好看多么耀眼呀！而废品率这一项，在机工车间来说，仅仅比五工段多一点点。赵得看见了月报表，心里说：好，下月见。

叶英明澈的大眼睛里，放射着隐藏不住的异样光彩，走到工段来，工段的人和机器一起沸腾着。小马一见她，就大叫："见了吧，叶英同志？"

赵得走过来，把叶英的手抓在自己的大手里，说：

"谢谢啦，谢谢啦，检验员同志。"

不知谁又大叫了一声："看着吧，今年最后一个月，我们二工段要从废品栏里抹掉。对不对，叶英同志？"

小马兴奋地大叫："有信心，叶英同志！"

叶英朝安大方师傅看了看，安师傅也正含笑看着叶英呢，叶英的眼睛望过来时，他赶快把眼睛移到了钻床上。

那个第一天叶英在办公室里碰见的青年办事员，走过她身边，好意地向她眨了眨眼睛。

叶英不知怎么办才好。她这时忽然有这样一个思想：在这世界上二工段都是最好的人，段长大叔、安师傅、那个向自己眨眼睛的青年人、小马……他们都有缺点，但你不能不说他们是好人……

叶英激动得掉下欢乐的眼泪来，这女孩的声音因为欢乐和激动也颤抖了，她说："多亏大家，功劳是大家的……"

叶为义一直忙着，说找赵得谈谈，却老没抽出空来。这一天他是再也按捺不住自己的高兴了，为了祝贺自己的老朋友和自己的女儿，他打了二斤"二锅头"，在食堂里要了四个菜，要在自己家里和老赵喝上两杯。

赵得喝了一杯酒，眼顿时更加红了起来。叶英又给他斟上了一杯。赵得晃了晃脑袋，感慨地说："老叶呀，咱哥俩干了一辈子旋工，旋出了多少小巧精致的活呀，手艺不能算坏。可是，这个脑袋呀，要是也能放到旋床上……"

叶为义笑了笑说："老赵，说胡话呢，一杯酒就醉了？"

"不，不，我这是比喻，比如我这个脑袋，要不是唐支书……"

正说唐支书，唐支书就来了。唐亮一进来，就说："喝酒为什么不请我？"他自己拉了一张椅子坐下，叶英慌忙又找了一套酒杯和筷子。唐亮提起酒壶来，把人人面前的酒杯都斟满，然后，把自己的也斟上。他站起来高高举着酒杯说："为我们的赶上了生活的老赵，为我们的检验员同志。"说到这里，他又转向叶为义说，"大家都称赞你女儿呢。"随即又好意地看了叶英一眼，叶英的脸绯红着，不知是喝了点酒，还是不好意思。叶为义得意地瞅着女儿。唐亮继续说："为了二工段的胜利，和新的胜利，干一杯。同志们，来，干！"他一饮而尽。老赵、老叶都跟着干了。叶英只喝了一点。

唐亮七点半还要开会，他先告退了。他走到门口，和大家一一握手，并说些简短的话。和叶英说的是"保持光荣"，和赵得说的是"继续努力"，最后拍了拍叶为义的肩膀，故作小声地说："小心点，人家可是追上来了。"

赵得不久也回去，他已有三分醉意，走着咕噜着：生活，生活……

叶为义也喝了不少酒。这老头充满抚爱地对女儿说："小英子呀，早些睡吧。"说完就自己先去睡了。

叶英却并未去睡，但又不知干什么好。这时，她的心里充满了这样的幸福——一个人和大家一起，为了一个崇高的理想活着、劳动着、斗争着，再没有什么比这个美好的了。

她打开日记本，想记下什么来，但她长久地坐在那里，竟连一个字也没写下来。

熄灯的汽笛尖着嗓子嘶叫了，这划破长空的汽笛声，把叶英的思想引得很远，很远……

《长江文艺》1954年2月

党费

王愿坚

　　每逢我领到了津贴费，拿出钱来缴党费的时候；每逢我看着党小组长接过钱，在我的名字下面填上钱数的时候，我就不由得心里一热，想起了一九三四年的秋天。

　　一九三四年是我们闽粤赣边区斗争最艰苦的开始。我们那儿的主力红军一部分参加了"抗日先遣队"北上了，一部分和中央红军合编，准备长征，四月天就走了。我们留下来坚持敌后斗争的一支小部队，在主力红军撤走以后，就遭到白匪疯狂的"围剿"。为了保存力量，坚持斗争，我们被逼迫得上了山。

　　队伍虽然上了山，可还是当地地下斗争的领导中心，我们支队的政治委员魏杰同志就是这个中心县委的书记。当时，我们一面瞅空子打击敌人，一面通过一条条看不见的交通线，和各地地下党组织保持着联系，领导着斗争。这种活动进行了没多久，敌人看看整不了我们，竟使出了一个叫作"移民并村"的绝招：把山脚下、偏僻的小村子的群众统统强迫迁到靠平原的大村子去了。敌人这一招来得可真绝，切断了我们和群众的联系，各地的党组织也被搞乱了，要坚持斗争就得重新组织。

　　上山以前，我是干侦察员的。那时候整天在敌人窝里逛荡，走到哪里，吃、住都有群众照顾着，瞅准了机会，一下子给敌人个"连锅端"，歼灭个把小队的保安团，真干得痛快。可是自打上了山，特别是敌人来了这一手，日子不那么惬意了：生活艰苦倒不在话下，只是过去一切生活、斗争都和群众在一起，现在蓦地离开了群众，可真受不了。浑身有劲没处使，觉得憋得慌。正憋得难受呢，魏杰同志把我叫去了，要我当

"交通"，下山和地方党组织取得联系。

接受了这个任务，我可是打心眼里高兴。当然，这件工作跟过去当侦察员有些不一样，任务是秘密地把"并村"以后的地下党组织联络起来，沟通各村党支部和中心县委——游击队的联系，以便进行有组织的斗争。去的落脚站八角坳，是个离山较近的大村子，有三四个村的群众新近被迫移到那里去。要接头的人名叫黄新，是个二十五六岁的媳妇，一九三一年入的党。一九三二年"扩红"的时候，她带头把自由结婚的丈夫送去参加了红军。以后，她丈夫跟着毛主席长征了，眼下家里就剩下她跟一个才五岁的小妞儿。敌人实行"并村"的时候，把她们那村子一把火烧光了，她就随着大伙儿来到了八角坳。听说她在"并村"以后还积极地组织党的活动，是个忠实、可靠的同志，所以这次就去找她接头，传达县委的指示，慢慢展开活动。

这些，都是魏政委交代的情况。其实我只知道八角坳的大概地势，至于接头的这位黄新同志，我并不认识。魏政委怕我认错人，交代任务时特别嘱咐我"她耳朵边上有个黑痣"。

就这样，我收拾了一下，换了身便衣，就趁天黑下山了。八角坳离山有三十多里路，再加上要拐弯抹角地走小路，下半夜才赶到。这庄子以前我来过，那时候在根据地里像这样大的庄子，每到夜间，田里的活儿干完了，老百姓开会啦、上夜校啦，锣鼓喧天，山歌不断，闹得可热火。可是，现在呢，鸦雀无声，连个火亮儿也没有，黑沉沉的，活像个乱葬岗子。只有个把白鬼有气没力地喊两声，大概他们以为根据地的老百姓都被他们的"并村"制服了吧。可是我知道这看来阴森森的村庄里还埋着星星点点的火种，等这些火种越着越旺，连串起来，就会烧起漫天大火的。

我悄悄地摸进了庄子，按着政委告诉的记号，从东头数到第十七座窝棚，蹑手蹑脚地走到窝棚门口。也奇怪，天这么晚了，里面还点着灯，看样子是使什么遮着亮儿，不近前是看不出来的。屋里有人轻轻地哼着小调儿，听声音是个女人，声音压得很低很低的。哼的那个调儿那么熟，一听就听出是过去"扩红"时候最流行的《送郎当红军》：

......

五送我郎当红军，

冲锋陷阵要争先，

若为革命牺牲了，

伟大事业侬担承。

......

十送我郎当红军，

临别的话儿记在心，

郎当红军我心乐，

我做工作在农村。

......

好久没有听这样的歌子了，在这样的时候，听到这样的歌子，心里真觉得熨帖。我想得一点也不错，群众的心还红着哩，看，这么艰难的日月，群众还想念着红军，想念着扯起红旗闹革命的红火日子。兴许这哼歌的就是我要找的黄新同志？要不，怎么她把歌子哼得七零八落的呢？看样子她的心不在唱歌，她在想她那在长征路上的爱人哩。我在外面听着，真不愿打断这位红军战士的妻子对红军、对丈夫的思念，可是不行，天快亮了。我连忙贴在门边上，按规定的暗号，轻轻地敲了敲门。

歌声停了，屋里顿时静下来。我又敲了一遍，才听见脚步声走近来，一个老妈妈开了门。

我一步迈进门去，不由得一怔：小窝棚里挤挤巴巴坐着三个人，有两个女的，一个老头，围着一大篮青菜，头也不抬地在摘菜叶子。他们的态度都那么从容，像没有什么人进来一样。这一来我可犯难了：到底哪一个是黄新？万一认错了人，我的性命事小，就会带累了整个组织。怔了一霎，也算是急中生智，我说："咦，该不是走错了门了吧？"

这一招很有效，几个人一齐抬起头来望我了。我眼珠一转，一眼就看见在地铺上坐着的那位大嫂耳朵上那颗黑痣了。我一步抢上去说："黄家阿嫂，不认得我了吧？卢大哥托我带信来了！"末了这句话也是约好的，原来这块儿"白"了以后，她一直说她丈夫卢进勇在外地一家香店里给人家干活儿。

别看人家是妇道人家，可着实机灵，她满脸堆笑，像招呼老熟人似的，一把扔给我个木凳子让我坐，一面对另外几个人说："这么的吧，这些菜先分分拿回去，盐，等以后搞到了再分！"

那几个人眉开眼笑地望望我，每人抱起一大抱青菜，悄悄地走了。

她也跟出去了，大概是去看动静去了吧。这工夫，按我们干侦察员的习惯，我仔细地打量了这个红军战士的妻子、地下党员的家：这是一间用竹篱子糊了泥搭成的窝棚，靠北墙，一堆稻草搭了个地铺，地铺上一堆烂棉套子底下躺着一个小孩子，小鼻子翅一扇一扇地睡得正香。这大概就是她的小妞儿。墙角里三块石头支着一个黑乎乎的砂罐子，这就是她煮饭的锅；再往上看，靠房顶用几根木棒搭了个小阁楼，上面堆着一些破烂家具和几捆甘蔗梢子……

正打量着，她回来了，又关上了门，把小油灯遮严了，在我对面坐了下来，说："刚才那几个也是自己人，最近才联系上的。"她大概想到了我刚进门时的那副情景，又指着墙角上的一个破洞说："以后再来，先从那里瞅瞅，别出了什么岔子。"——看，她还很老练哪。

她看上去已经不止政委说的那年纪，倒像个三十开外的中年妇人了。头发往上拢着，挽了个髻子，只是头发嫌短了点；当年"剪了头发当红军"的痕迹还多少可以看得出来。脸不怎么丰满，可是两只眼睛却忽悠忽悠有神，看去是那么和善、安详又机警。眼里潮润润的，也许是因为太激动了，不多一会儿就撩起衣角擦擦眼睛。

半天，她说话了："同志，你不知道，跟党断了联系，就跟断了线的风筝似的，真不是味儿啊！眼看着咱们老百姓遭了难处，咱们红军遭了难处，也知道该斗争，只是不知道该怎么干。现在总算好了，和县委联系上了，有我们在，有你们在，咱们想法把红旗再打起来！"

本来，下山时政委交代要我鼓励鼓励她的，我也想好了一些话要对她说，可是一看刚才这情况，听了她的话，她是那么硬实，口口声声谈的是怎么坚持斗争，根本没把困难放在心上，我还有啥好说的？干脆就直截了当地谈任务了。

我刚要开始传达县委的指示，她蓦地像想起什么似的，说："你看，见了你我喜欢得什么都忘了，该弄点东西给你吃。"她揭开砂罐，拿出两个红薯丝子拌和菜叶做的窝窝，又拉出一个破坛子，在里面掏了半天，摸出一块咸萝卜，递到我脸前说："自从并了村，离山远了，白鬼看得又严，什么东西也送不上去，你们可受了苦了；好的没有，凑合着吃点吧!"

走了一夜，也实在有些饿了，再加上好久没见盐味儿了，看到了咸菜，也真想吃；我没怎么推辞就吃起来。咸菜虽说因为缺盐，腌得带点酸味，吃起来可真香。一吃到咸味，我不由得想起山上同志们那些黄瘦的脸——山上缺盐缺得凶哪。

一面吃着，我就把魏政委对地下党活动的指示，传达了一番。县委指示的问题很多，譬如了解敌人活动情况，组织反收租夺田等等，还有一些可能遇到的困难和办法。她一边听一边点头，还断不了问几个问题。末了，她说："魏政委说得一点也不假，是有困难哪，可咱是什么人！十八年（十八年，指民国十八年，即一九二九年）上刚开头干的时候，几次反'围剿'的时候，咱都坚持了，现在的任务也能完成!"

她说得那么坚决又有信心，她把困难的任务都包下来了。

我们交换了一些情况，鸡就叫了。因为这次是初次接头，我一时还落不住脚，要趁着早晨雾大赶回去。

在出门的时候，她又叫住了我。她揭起衣裳，把衣裳里子撕开，掏出了一个纸包。纸包里面是一张党证，已经磨损得很旧了，可那上面印的镰刀斧头和县委的印章都还鲜红鲜红的。打开党证，里面夹着两块银洋。她把银洋拿在手里掂了掂，递给我说："程同志，这是妞她爹出征以前给我留下的，我自从'并村'以后好几个月也没缴党费了，你带给政委，积少成多，对党还有点用处。"

这怎么行呢？一来上级对这问题没有指示，二来眼看一个女人拖着个孩子，少家没业的，还要在这样的环境里坚持工作，也得准备着点用场。我就说："关于党费的事，上级没有指示，我不能带，你先留着吧!"

她见我不带，想了想又说："也对，目下这个情况，还是实用的东西好些!"

缴党费，不缴钱，缴实用的东西，看她想得多周到！可是谁知道事情就出在这句话上头呢！

过了半个多月，听说白匪对"并村"以后的群众斗争开始注意了，并且利用个别动摇分子破坏我们，有一两个村里党的组织受了些损失。于是我又带着新的指示来到了八角坳。

　　一到黄新同志的门口，我按她说的，顺着墙缝朝里瞅了瞅。灯影里，她正忙着呢。屋里地上摆着好几堆腌好的咸菜，也摆着上次拿咸菜给我吃的那个破坛子，有腌白菜、腌萝卜、腌蚕豆……有黄的、有绿的。她把这各种各样的菜理好了，放进一个箩筐里。一边整着，一边哄孩子："乖妞子，咱不要，这是妈要拿去卖的，等妈卖了菜，赚了钱，给你买个大烧饼……什么都买！咱不要，咱不要！"

　　妞儿不如大人经折磨，比她妈瘦得还厉害，细长的脖子挑着瘦脑袋，有气无力地倚在她妈的身上，大概也是轻易不大见油盐，两个大眼骨碌骨碌地瞪着那一堆堆的咸菜，馋得不住地咂嘴巴。她不肯听妈妈的哄劝，还是一个劲地扭着她妈的衣服要吃。又爬到那个空空的破坛子口上，把干瘦的小手伸进坛子里去，用指头蘸点盐水，填到口里吮着，最后忍不住竟伸手抓了一根腌豆角，就往嘴里填。她妈一扭头看见了，瞅了瞅孩子，又瞅了瞅箩筐里的菜，忙伸手把那根菜拿过来。孩子哇的一声哭了。

　　看了这情景，我直觉得鼻子尖一酸一酸的。我再也憋不住了，就敲了门进去。一进门我就说："阿嫂，你这就不对了，要卖嘛，自己的孩子吃根菜也算不了啥，别屈了孩子！"

　　她看我来了，又提到孩子吃菜的事，长抽了一口气说："老程啊，你寻思我当真是要卖？这年头盐比金子还贵，哪里有咸菜卖啊！这是我们几个党员凑合着腌了这点咸菜，想交给党算作党费，兴许能给山上的同志们解决点困难。这刚刚凑齐，等着你来哪！"

　　我想起来了，第一次接头时碰到她们在摘青菜，就是这咸菜啊！

　　她望望我，望望孩子，像是对我说，又像自言自语似的说："只要有咱的党，有咱的红军，说不定能保住多少孩子哩！"

　　我看看孩子，孩子不哭了，可是还围着个空坛子转。我随手抓起一把豆角递到孩子手里，说："千难万难也不差这一点点，我宁愿十天不吃啥也不能让孩子受苦！……"

　　我的话还没有说完，忽然门外一阵慌乱的脚步声，一个人跑到门口，轻轻地敲着门，急乎乎地说："阿嫂，快，快开门！"

拉开门一看，原来就是第一次来时见到的摘菜的一个妇女。她气喘吁吁地说："有人走漏了消息！说山上来了人，现在，白鬼来搜人了，快想办法吧！我再通知别人去。"说罢，悄悄地走了。

我一听有情况，忙说："我走！"

黄新一把拉住我说："人家来搜人，还不围个风雨不透？你往哪走？快想法隐蔽起来！"

这情况我也估计到了，可是为了怕连累了她，我还想甩开她往外走。她一霎间变得严肃起来，板着脸，说话也完全不像刚才那么柔声和气了，变得又刚强又果断。她斩钉截铁地说："按地下工作的纪律，在这里你得听我管！为了党，你得活着！"她指了指阁楼说："快上去躲起来，不管出了什么事也不要动，一切有我应付！"

这时，街上乱成了一团，吆喝声、脚步声越来越近了。我上了阁楼，从楼板缝里往下看，看见她把菜筐子用草盖了盖，很快地抱起孩子亲了亲，把孩子放在地铺上，又霍地转过身来，朝着我说："程同志，既然敌人已经发觉了，看样子是逃不脱这一关了，万一我有个什么好歹，八角坳的党组织还在，反'夺田'已经布置好了，我们能搞起来！以后再联络你找胡敏英同志，就是刚才来的那个女同志。你记着，她住西头从北数第四个窝棚，门前有一棵小榕树……"她指了指那筐咸菜，又说，"你可要想着把这些菜带上山去，这是我们缴的党费！"

停了一会儿，她侧耳听了听外面的动静，又说话了，只是声音又变得那么和善了："孩子，要是你能带，也托你带上山去，或者带到外地去养着，将来咱们红军打回来，把她交给卢进勇同志。"话又停了，大概她的心绪激动得很厉害，"还有，上次托你缴的钱，和我的党证，也一起带去，有一块钱买盐用了。我把它放在砂罐里，你千万记着带走！"

话刚完，白鬼子已经赶到门口了。她连忙转过身来，搂着孩子坐下，慢条斯理地理着孩子的头发。我从板缝里看她，她还像第一次见面时那么和善，那么安详。

白匪敲门了，她慢慢地走过去，开了门。四五个白鬼子闯进来，劈胸揪住了她问："山上来的人在哪？"

她摇摇头："不知道！"

白鬼们在屋里到处翻了一阵，眼看着泄气了，忽然一个家伙儿发现了那一箩筐咸菜，一脚把箩筐踢翻，咸菜全撒了。白鬼子用刺刀拨着咸菜，似乎看出了什么，问："这咸菜是哪来的！"

"自己的！"

"自己的！干吗有这么多的颜色！这不是凑了来往山上送的？"那家伙儿打量了一下屋子，命令其他白鬼子说，"给我翻！"

就这么间房子，要翻还不翻到阁楼上来？这时，只听得她大声地说："知道了还问什么！"她猛地一挣跑到了门口，直着嗓子喊，"程同志，往西跑啊！"

两个白匪跑出去，一阵脚步声往西去了，剩下的两个白匪扭住她就往外走。

我原来想事情可以平安过去的，现在眼看她被抓走了，我能眼看着让别人替我去牺牲？我得去！凭我这身板，赤手空拳也干个够本！我刚打算往下跳，只见她扭回头来，两眼直盯着被惊呆了的孩子，拉长了声音说："孩子，好好地听妈妈的话啊！"这是我听到她最后的一句话。

这句话使我想到刚才发生情况时她说的话，我用力抑制住了冲动。但是这句话也只有我明白，"听妈妈的话"，妈妈，就是党啊！

当天晚上，村里平静了以后，我把孩子哄得不哭了。我收拾了咸菜，从砂罐里菜窝窝底下找到了黄新同志的党证和那一块银洋，然后，把孩子也放到一个箩筐里，一头是菜一头是孩子，挑着上山了。

见了魏政委，他把孩子揽到怀里，听我汇报。他详细地研究了八角坳的情况以后，按照往常做的那样，在登记党费的本子上端端正正地写上：

黄新同志一九三四年十一月二十一日缴纳党费……

他写不下去了。他停住了笔。在他脸上我看到了一种不常见的严肃的神情。他久久地抚摸着孩子的头，看着面前的党证和咸菜，然后掏出手巾，蘸着草叶上的露水，轻轻地、轻轻地把孩子脸上的泪痕擦去。在黄新的名字下面，他再也没有写出党费的数目。

　　是的，一筐咸菜是可以用数字来计算的，一个共产党员爱党的心怎么能够计算呢？一个党员献身的精神怎么能够计算呢？

《解放军文艺》1954年12期

黎明的河边

峻　青

开　头

　　有一个时期，人们曾把我当成了英雄，说我在坚持昌潍平原的敌后斗争中打开了新的局面，表现得非常勇敢、顽强，还有什么组织才能等等；可是我清楚地知道：任何新的局面，都不是任何一个人的力量所能够打开的。如果他没有群众的支持，那么他就什么都做不成。且不要说整个的坚持昌潍平原的敌后斗争，就拿我在接受了领导潍河东岸的斗争任务以后，夜间经过敌占区从永安到河东的这一段路上所遭遇到的情况来说，如果没有小陈的一家人，我即使不被敌人打死也早就被河水淹死了，哪里还能有今天？所以，每到人们要我讲斗争事迹的时候，我第一个提起来的就是小陈。哦！你们也许要问了："小陈是谁呀？那总不会是他的名字吧！"是的，"小陈"不是他的名字，只是他的姓。至于他的名字叫什么，我也不知道。这真是件遗憾的事情！可是，这没有关系，在我们的记忆中，这样的无名英雄不是还很多吗？我们会因为不晓得他们的名字而忘记了他们吗？不会的，永远也不会忘记的，是吧？

　　好，现在我就开始来讲叙这个故事。

一

　　那是一九四七年的秋天，向胶东解放区进攻的国民党匪军，已经窜进了半岛的中心。昌潍平原沦为敌后，还乡团的匪徒们到处疯狂地倒算、杀人。我们的区县机关，都改编成武工队的形式，大家拿起枪来，就地坚持斗争。那时候，我在西海军分区工作。有一天晚上，大概是十点多钟吧，政治处张主任派人来叫我。到了他的屋里以后，我看见他站在黑洞洞的窗下，望着阴沉沉的天空出神。昏暗的灯光，照见了他的军帽下边的几丝白发，脸色显得异常阴沉。我的心里一动：大概是出了什么事吧？他看见了我，默默地点了点头说："河东的情况你听说了没有？"

"没有，"我说，"什么情况？"

"第一武工队垮啦！"他的声音非常低沉，"马汉东和刘均都牺牲了！"

啊！这简直是一个晴天霹雳，我呆呆地站在那里，惊得半天都说不出话来。第一武工队是我们这里很有名的一支武工队，马汉东和刘均，也都是我多年的老战友。抗战时期，我们一起坚持过海莱边区的游击战争；到昌潍来以后，他们两人就一直坚持在昌邑的南部。昌南的特务一提起马汉东和他的武工队来，都吓得直伸舌头。这次，侵犯胶东的敌人进入昌邑以后，河东地区就变成了敌人的据点和运输线，因此，组织上就把他们俩和第一武工队调到这个重要而艰苦的地区。他们坚持在烟潍公路两侧，打汽车，割电线，袭击还乡团匪徒，严重地威胁着敌人的运输线。可是，想不到他们竟然遭受了这么重大的损失，而且是这样的突然。

"叛徒，"张主任愤愤地说，"队伍不纯，出了叛徒，宿营地被敌人包围了，打了整整的一天……队伍垮了……"张主任的话突然停住了，大口地抽起烟来。他抽了一支又抽一支，一直沉默地抽了很久，望着窗外。最后，突然转回身来，提高了声音说："老姚，组织上决定派你到河东去，接替老马，担任第一武工队长。老杨给你当助手，连夜出发，赶快去把队伍整顿起来，继续坚持斗争。你有什么意见？"说罢，一双深沉的眼睛，就紧紧地盯着我，显出了无限信任和希望的神情。

我能有什么意见呢？当前的情况异常清楚地摆在面前：河东地区一定要坚持，第一武工队一定要整顿恢复，斗争一定要继续。党在这种极其困难的时候，把这样一个艰巨而又光荣的重担放在我的身上，是表示了多么大的信任啊！为了报答党对我的信任，为了给我的老战友报仇，为了拯救河东区正在遭受着敌人蹂躏的老百姓，前面就是刀山，是火海，我也决不退缩！

和张主任紧紧地握过手之后，我出来找着了老杨，立刻就向河东出发了。那时候，我们的机关住在昌邑的西部永安一带，到河东去，当中要经过一段匪军据点密集和还乡团统治严密的地区，这一段地区有四十多里路，只能在夜间插过去，白天根本不能通行。因此，我们决定加紧赶奔，争取天亮以前，渡过潍河。只要到了河东岸，白天就可以活动了。可是这一段路，我和老杨都不太熟，天又阴得像水盆一样，乌沉沉地不见一颗星星，看样子大雨很快就要来了。在平原上，大雨中走夜路，就是熟路也常常会迷失方向，如果当真迷失了方向，天明以前赶不到潍河东岸去，那就糟了。因此，我们决定找一个向导。司令部侦通队李队长说，交通班的同志们经常到河东去联络，这一段路他们很熟，可是现在他们都出发了，只剩下一个小鬼在屋里。于是，他就去把那个小鬼叫来了。

他长得很矮，看样子顶多也不过十八岁。圆的脸，大眼睛，下巴上有一道细长的疤痕，显然是子弹掠过时留下的纪念。从这一点上就可以看出他已经不是一个新兵了。一看见我们，他把冲锋枪往胸前一立，很熟练地行了一个军礼，就站在一旁，似乎有点胆怯地打量着我和老杨。

"小陈，"李队长爱抚地拍着他的肩膀说，"这位是姚队长，这位是杨副队长。他们俩今夜要到河东去，带路的任务就交给你了，你要负责把他们送到。"

"是！"小陈答应得又响亮又坚决。

看着他那矮小的背影，我不禁犹豫起来了，心想：他还是一个小孩子哩，怎么能在这样的环境下当向导？

李队长似乎看出了我的心思，哈哈地笑着说："放心吧，老姚，他是交通班的骨干呢，你可别看他小；至于路，那更不用担心，他的家就在潍河西岸，他爹他娘都是党员，他们一定能把你们送过河去。"

二

我们三人顺着田间的小路向东行进。

旷野里一片黑暗，天地融合在一起，什么也看不见。辽阔的平原上，没有一星灯光。大地似乎是沉沉地入睡了。然而，雷却在西北方向隆隆地滚动着，好像被那密密层层的浓云紧紧地围住挣扎不出来似的，声音沉闷而又迟钝。闪电，在辽远的西北天空里，在破棉絮似的黑云上，呼啦呼啦地燃烧着。闷热，热得旷野里柳树上的蝉，竟然在半夜里叫了起来，空气中有一股潮湿的泥土气味：大雨眼看就要来了。这天气，使我非常着急。因为临走的时候张主任曾一再地嘱咐说：三天内一定要把队伍整理好，因为敌人已经从大泽山那面抽回了一个师，要对昌潍后方进行"扫荡"，如果在"扫荡"以前不能把队伍整理好，那么"扫荡"开始以后，地区也就难以坚持了，群众就要遭受更大的摧残，至于牵制敌人配合东线我军作战的目的，那就更谈不到了。因此，我们必须在今天夜间渡过潍河去，无论如何，今天一定要过去！

风来了。

先是一阵轻飘飘的微风，从西北的海滩那边沙沙地掠过来，轻轻地翻起了夜行人的衣襟，戏弄着路上的枯叶。旷野里响着一片轻微的簌簌声。一会儿，风大了，路旁的高粱狂乱地摇摆着，树上的枯枝喀嚓喀嚓地断落下来。一阵可怕的啸声，从远远的旷野上响了过来，阴云更低沉了。沉雷似乎已经冲出了乌云的重重包围，喀啦喀啦像爆炸似的响着，从西北方向滚动过来。

暴风雨来了。

大雨像一片瀑布，从西北的海滨横扫着昌潍平原，遮天盖地地卷了过来。雷在低低的云层中间轰响着，震得人耳朵嗡嗡地响。闪电，时而用它那耀眼的蓝光，划破了黑沉沉的夜空，照出了在暴风雨中狂乱地摇摆着的田禾，一条条金线似的鞭打着大地的雨点和那在大雨中吃力地迈动着脚步的人影。一刹那间，电光消失了，天地又合成了一体，一切又被无边无际的黑暗吞没了。对面不见人影，四周听不到别的响声，只有震耳的雷声和大雨滂沱的噪音……

糟糕！越是担心落雨，雨果然就来了。我们的全身都湿透了，衣服紧贴在身上，冷冰冰的，雨顺着脸往下流，和汗水混合在一起。在这样暴风雨的夜里，走路与其说是用眼找，还不如说是用本能感觉到的。如果对地区没有像对自己家门口那样的熟悉，就根本别想继续前进。果然走了一会儿，我和老杨都迷失方向了。我说是向南走，他说是向北走。

而小陈却什么都不说，老是沉默地然而却异常坚定地在前面走着。偶尔回过头来招呼声：

"喂！当心前面是小沟！"

"喂！右转弯，左面是据点。"

我心里想：幸亏有这样一个好向导，要不，那才糟了哩！每当闪电亮起的一刹那，我看见他那矮小的身形在大雨中吃力地走着时，心里就不禁泛滥起一种怜惜和感动的情绪，唉！他还完全是个小孩子哩！

这时候，雨虽然仍旧在哗哗地下着，可是，我的心里已经不再焦躁了，反而觉得应该感谢这场大雨，要不，说不定会遭遇上敌人呢。

说起来可真凑巧，我们正在庆幸大风雨的夜里走路不会遭遇上敌人的时候，却偏偏就遭遇上了敌人。那是走到昌邑坡以北不远的地方。转了一个弯，听到前面一阵哗啦哗啦的涉水声，还没来得及躲避，空中就亮起了一阵闪电，一道耀眼的蓝光，照见了前面的一群人影：有二三十个还乡团的匪徒，押着十多个村干部，迎面向我们走来。遭遇得竟然这样突然，当我们看清他们的时候，他们已经来到我们面前了，相隔最多也不过十几步。这时候，他们也看见了我们。双方都惊愕地沉静了片刻，枪就响起来了。

我蹲在地上，黑暗中向着匪徒们开了几枪，同时敌人的子弹也贴着我的耳朵飞过，紧接着就是一阵慌乱的脚步声、吆喝声，接着又有几个人慌慌张张地从我的身边窜过去，其中一个碰到我的身上摔了一个跟头。我夹在人丛中，看不清哪是敌人哪是自己的人。我希望闪电快亮起来，而闪电却偏偏不亮。正在这时，一个人推了我一把，大声地喝道："妈的皮，停着干什么？村干部都跑啦！"

我向他开了一枪。立刻轰的一声，我的耳边也响了一枪。到这时候，我才发觉我冲到匪群中来了，于是，我端起快慢机凶狠地扫射起来……

三

混乱停止了。

像一阵激烈而短促的暴风雨，情况发生得突然，结束得也干脆。然而这一来，却使我和老杨、小陈失去联系了。借着闪电的蓝光，我环视四周，不见一个人影，只有大雨在哗哗地倾泻着。

我带着懊恼的心情，照着临出发时我们相互约定好的联络暗号，绕地里拍着巴掌，寻找他们。一直找了大半天，才好不容易一个一个地找到了他们。这真是万幸！于是，我们又继续向前走去。

这时候，风煞了，雨也住了。天依然是黑沉沉的，不见星星。雨后的蛤蟆，张开了大喉咙，咕咕呱呱地直叫，道沟里、庄稼地里，有流水的哗啦哗啦声。

走了一会儿，忽然走进了一片荒草洼，野草有齐腰深，窸窸窣窣地打着我们的胸背，不知什么鸟儿，不时地扑噜一声从脚下飞起来，草梢上闪烁着萤火虫的绿光……

小陈停住了，愕然地环顾四周呻吟着说："咦！这是什么地方？"

"是呀！"老杨说，"怎么走到草洼里来了？你是不是迷了方向？你说这是向哪面走？"

"我觉着是往正东。"小陈说，"可是向东不经过草洼呀！""不对，"老杨火辣辣地说，"这哪里是向东，依我看是向南。"

小陈默默地转了一个圈儿，愁苦地说："我现在也不知这是什么方向了。自从遭遇上敌人乱转了一会儿以后，我也模模糊糊的了。"

糟糕，真的迷失方向了，我心里顿时烦恼起来。老杨也在火辣辣地直咕噜："怎么搞的？怎么搞的？啊？"可是这不能怪小陈，在漆黑的平原上，不管你路怎样熟，发生了情况三转两转，什么人也都会转糊涂的。埋怨有什么用呢？

"别忙，"我说，"试试风向看。"

天偏偏作怪，竟然一点风也没有了，连草梢都不摆动一下。于是，我们又去找树，希望能从树身上摸出方位来。可是，四面都是荒草，哪里也找不到一棵树。有一点亮光也好，也许凭闪电的亮光能认清方位，可是什么亮光也没有，闪电早已熄火了，雷也不响了。天地连在一起，无边无际的黑夜，像一面巨大的网，把我们罩在洼地里。我急得直抓胸膛，胸口里像塞满了一团乱草似的。又恨不能把身一挺，探出云外，看一看北斗星的位置。

越是着急，就越是糊涂，又走了好一会儿，仍然走不出这一片沙沙响着的草地去。

"算了，别乱走啦，"我说，"要是方向不对，倒越走越远了。"

"不走咋办？"老杨烦躁地说。

"等等看吧，大概天快亮了。拂晓时看看我们是在什么地方，然后再作决定。也许还有希望，不要着急。"我安慰他，其实也是在安慰自己。因为我心里同样在着急。要知道：我们是在敌人的心脏里游泳啊！这游泳，全凭夜色的掩护，如果万一天亮之前游不出这片地区去，那么，天亮以后，我们就要全部暴露在敌人的眼前了。即使能够侥幸地在这草洼里隐蔽一个白天，可是谁又能够知道：在这一天里，河东将会发生什么样的变化？也许敌人的"扫荡"已经开始了，而我们却被困在这一片草洼里，前进不能，后退不得。糟糕！可是，光着急又有什么用呢？于是，我们只得无可奈何地在草地上坐了下来，焦躁地等待着天明。

水在草底下潺潺地流着，身旁不时地有沙沙声响过，大概是水蛇在草间爬行。蛤蟆在我们的周围，咕咕呱呱地不住气地叫，叫得人心烦。老杨抓起了一把泥，恶狠狠地向着蛤蟆叫的地方甩了过去……

小陈默默地坐在我的身旁，一句话不说，好像在想什么心思。突然，鼻子一抽一抽地，啜泣起来了。我知道他很难过，我正要安慰他一下，老杨忽然气愤愤地问道："你哭什么？"

小陈没有回答，擦了一下鼻涕。

"事情都叫你弄坏了，还有脸哭呢。"老杨大声地说。这一说，小陈哭得更厉害了。

我用手触了一触老杨，劝他不要再说下去。因为这并不能完全埋怨小陈，如果不是遭遇敌人，绝不会迷失了方向。再说，他才多大的一个孩子啊！如果没有战争，他也许还在父母的面前撒娇呢！老杨是个好同志，这道理他绝不会不知道。可是，他直性子，脾气暴，遇到不顺意的事就好发火，发过之后，很快地也就撒气了。现在，他知道自己的话过火一点，就往草上一躺说："算啦，小陈，别哭啦。睡一下吧，你也累了。"

小陈仍然不吭气，默默地望着天空。天空，仍然是乌沉沉的，不见一点星光。

一会儿，老杨就打起了呼隆呼隆的鼾睡声。可是我一点也睡不着，老是在心烦意乱地想。在过去，我曾经无数次地在敌占区里隐藏过，也常常被敌人困在一个地方坚持数天数夜。可是，我从来没像今天这样的焦虑和困惑。这绝非因为我们当前处境的险患，而是为了河东。啊！河东，我又想起了马汉东和刘均的死，武工队的溃散，还乡团的猖獗，大泽山敌人的回师"扫荡"……想着想着，脑子也就渐渐地模糊起来了……

四

蒙蒙眬眬地刚刚睡着，小陈就推醒了我。

睁开眼睛，旷野里仍然是黑乌乌的，一声长长的嘹亮的鸡叫声，从不远的地方传来。啊！鸡叫了！我看看天，天仍然是阴沉沉地罩满了乌云，可是，有一处地方，已经放出了淡淡的白光。

"队长，"小陈高兴地指着那放白光的地方说，"你看，那是正东。我们走的方向不错。"

"是的，"我点点头说，"那放亮的地方该是正东，可是这是什么地方？"

小陈摇摇头，因为四周还是黑沉沉的看不清楚。

这时候，蛤蟆的叫声停止了。翻天覆地地闹腾了一夜的旷野上，现在显得异常寂静。听得见微风掠过草地的沙沙声，听得见草底下流水的潺潺声，听得见远处的村庄里黄牛的沉闷的叫声和雄鸡的嘹亮的鸣声。在这些极细微的声音中，还听得到有一种特别巨大的呜呜声，这声音像是响在半天空里，又像是响在地层底下，叫人捉摸不定。

"这是什么响？"我问。

"好像是海啸。"老杨说。

"哪能？离海远着理。"小陈说。他侧着耳朵听了一会儿，突然狂喜地喊道："大河，队长，咱们是在河边上！"

"啊！真的吗？"我也高兴了。

"哪能这样凑巧？"老杨说。"别想好事了。"

"是，一定是。"小陈肯定地说，"我从小就在这大河岸上长大的，我能听出这种声音来，这是河里涨大水。你听，哇——哇——秋水下来就是这么响。”

这时候，大地渐渐地明亮起来了，夜幕的黑影在无声地消散着。周围的青草、人影也越来越清楚了，远处的高粱地、树木、村庄的轮廓也隐隐约约地看得见了。这时，我们才发现我们原来是走到一个很大的草洼上来了。西面和北面都是村庄，南面是一片黑黝黝的果树林，东面闪动着一条微微发光的灰白色的长带，像春天好天气的时候飘荡在平原上的气流，那巨大的响声，就从那里传来。

“姚队长！你看，潍河！啊！到底是潍河。”小陈兴奋地说。他转着头向南面望了一下，突然抓住了我的胳膊，激动地喊道：“啊呀！姚队长，走到我的家门口上了。你看，南面那片果树林子，我的家就在那里。每次送干部，我们都打这儿走。有时就宿在我家的果树林子里。这儿是咱们秘密渡河的地方，有船藏在河岸上的沙柳丛里。啊！可好了，总算没有走错，没有走错！”说着，他那抓住我的胳膊的手，剧烈地颤抖起来了。在黎明的亮光中，我看见他那有着孩子气的面孔，因激动而像火一样的红润起来了。我充分地理解到此刻泛滥在他内心的欢乐，我自己也抑止不住这意外喜悦的激动。老杨更是痛快，他用力地拍着小陈的肩膀，大声地说：“好！好！小家伙，你真有本事，真有本事！”

“走吧！快走吧，河边上咱们有船，趁天还不太亮快过河！”小陈说着，拉着我们就向河边上跑去。于是，我们跑出了草洼，在灰蒙蒙的田野上，拼命地飞奔起来。我们跑得是那样快，那样的兴奋，一夜间的疲累、焦躁，现在都已忘得干干净净。

可是当我们气喘吁吁地奔到河边的时候，小陈突然惊叫起来：“啊呀！糟了！”

原来专为黑夜里摆渡我们的那只秘密地藏在沙柳丛里的小船，被暴涨的河水冲走了。河水比平时涨大了几倍，原来藏小船的地方，现在已变成了河心，滚滚的大水，东面漫到了二道堤，西面一直冲到了石湾店村西的果林下面，河面足有一里多宽。浪涛一个跟着一个，崩雪似的重叠起来，卷起了巨大的漩涡，狂怒地冲击着堤岸，发出了哇哇的响声。有时候，冲在堤上的浪涛被堤岸挡住了，又向后退回去，和后面新冲上来的浪涛碰在一起，轰隆一声，掀到半天空，然后又像瀑布似的崩泻下来……

望着这滚滚的大水，我急得直跺脚。

"你会凫水吗？"老杨问我。

我摇摇头。这样的大水，不要说凫，就是看着也叫人心惊胆战哪！

"我也不会，"老杨皱着眉头说，"你呢，小陈？"

"我能凫过去。可是一个人会凫有什么用呢？附近的船都被敌人搜出来烧了，我们好不容易藏下了这么一条，又被水冲走了。这怎么办？"

于是，我们都望着河水发起怔来了。最后小陈看着我说："姚队长，好不好到我家去找找我爹爹，他也许能有办法。前几次往东护送干部，都是我爹用船送过去的。"

"那好极了，"我说，"反正我们不能老是在这河边上停着，万一过不去河也得找个地方藏起来呀！"

于是，我们离开了河岸，就往小陈家的果树林里跑去。

五

林子里很静。

大雨过后，树叶比平时更加新绿。快熟了的苹果和山楂，亮光光红嫣嫣的显得非常可爱。带着雨水珠的树叶，在清晨的微风中，一阵摇晃，水珠就像一阵骤雨似的落在松软的沙土上。我们踏着沙地，穿过林间小路，一直向果林的深处走去。走了一会儿，一座四面都围着葡萄和葫芦的密密层层的绿叶的小屋，出现在我们的面前。接着，就响起了一阵沉雷似的吼声，一只凶猛的大黄狗，气呼呼地向着我们扑来。但一看见是小陈，立即停止了咆哮，狂欢地摇着尾巴，在他的身边撒起欢来。

小陈亲昵地抚摩着黄狗的头，高兴地叫道："虎子，虎子！"

小园屋的门吱呀的一声开了，一个有着苍白胡须的老人，从屋里探出身来，眯缝着眼睛，向我们打量了一会儿，看见小陈，吃惊得张大了嘴。

"爸爸！"小陈轻轻地喊了一声。

老人机警地向四周扫视了一下，把手一挥，命令地说："快进屋去！"

踏进门槛，屋子里的混乱景象使我吃了一惊，好像被一头牛跑进来满屋乱撞了一番似的，灶上的锅碎了，墙角上的水缸也碎了，橱倒了，囤子翻了，满地都是碗片、粮食、乱草、布屑……

小陈一看，脸色霎时变得苍白，急匆匆地跑到里间屋去看了一看，反回身来，异常不安地问道："爹，我娘呢？"

老人默然地坐在门槛上，阴沉地低着头，停了好一会儿，才愤然地说："被还乡团捉去啦，还有你兄弟小佳。"

小陈颓然地坐在锅台上，呼吸急促起来了。

"什么时候捉去的，老大爷？"老杨着急地问道。

"五天了。"老人深深地叹了一口气，接着就告诉我们：这些日子，小陈带着同志们夜间不断地在这里渡河，被叛徒陈兴告了密。前天，陈家庄的还乡团头子陈老五，把他们一家三口捉到保公所，拷打了一顿，最后，把老头子一个人放了回来，给了他一个任务：叫他回家等着小陈，遇到小陈再带着人从这里走时，就叫老人逼着儿子秘密地把带的同志们献给还乡团。否则，他就不能赎出一家人的生命。

我一听这消息，心不禁怦怦地跳动起来。老杨望着我，也显出了惊慌的样子。小陈却紧咬着下唇，一声不响，停了一会儿，突然抬起头来，问道："爹，你打算怎么办？"

"我嘛，我打算去叫你回来。"老头子冷冷地说。

"叫我回来？"小陈吃惊地说。

"嗯！"老头子深深地点着头，"整整五天了，你娘和小佳一直吊在梁头上。我到处去找你也找不到……"

"找我咋？"小陈打断了老头子的话。

"找你咋？"老头子冷笑一声道，"哼！你说咋？咱这一家三口的命你就不管啦？还有咱庄上死了的那二三十口子村干部、军属的仇，你们就不报啦？想当初我答应你去参军的时候，是为的什么来？啊？"老头子越说越激动，苍白的大胡须，一抖一抖地颤动着。责难的眼光，像闪电一样射着我们。到这时候，我才恍然地明白了他的意思。小陈会意地看了看我，微笑了一下，忽地抓住了老爹的手，兴奋地说："爹，我这不是回来了吗?"

"我一连去找了你两天,"老头子抚摩着儿子的头,继续说道,"一点消息也打听不到。实在等不过了,前天天不亮,我就到河东去,想去找马队长。听说他们住在隅庄,哪知还没走到,枪就响了起来,敌人包围了他们。一千多敌人,里三层、外三层地包围得结结实实,连昌邑城的警备四旅都来了,一直打到天黑,马队长和刘副队都牺牲了,听说他们打到最后,子弹打光了,用自己的手榴弹把自己炸死的。我进村的时候,他们的尸首还躺在大街上。唉!好队长啊!以前他常常带着人过河到这边来,现在他完了,武工队也完了!河东的半边子天下也完了!"老头子的声音越来越低沉了,随着一声深沉的叹息,落下了两滴悲痛的眼泪。

我的眼圈一阵热,嘴唇剧烈地痉挛起来了。

老杨激动地一把拉住了老头子的手说:"老大爷,放心吧,河东的武工队是完不了的,河东的天下也是完不了的。我们俩就要上那去接替马队长的事。"

"啊?"老人惊讶地看着我们,"是吗,到河东去?"

小陈点点头:"是的,爹。我就是来送他们到河东去的。河边上柳丛里的船被水冲走了,怎么办?"

老头子忽地站了起来,把我们上下仔细地打量了一下,连连地点着头说:"好,你们来了,好。赶快地去吧,自从马队长牺牲以后,还乡团更疯狂了。昨天,有两个被打散的同志,藏在南面的林子里,被还乡团发觉了。那两个真是好样的,一直打了大半天,最后把枪砸碎,都跳到河里去了。好,你们来了好,老百姓又有依靠了!好!快过河去吧。唔,怎么?船被水冲走了?"

"是呀!"我说,"船冲走了,河里水很大。可是我们一定要今天过河……"

"那是的,一定要今天过河。"老人打断了我的话说。

"老大爷,你有什么办法吗?"老杨问道。

老人没有回答,默默地开了门,走出了园屋,仰着头看了看天,回头问道:"你们俩会不会凫水?"

"会一点点,这样大的水可不行。"我和老杨说。

老人没有再说话，默默地走到里间，拿出了一个玻璃瓶子来，一仰脖，咕嘟嘟喝了几口，然后，向我面前一伸说：

"来，喝一点，河水太凉。"

我们都喝了一点，是很猛烈的白干儿。

"走吧！"老人命令地说。

我惊异地望着小陈，小陈高兴地眨了眨眼睛，小声地说："走吧，他要带你们凫过去，老头子好水性哩！"

小陈的话音里充满着骄傲和自豪。于是，我也兴奋起来了。就在这个时候，我忽然想起了被吊在保公所梁上的老大娘和小佳。啊！他们怎么办呢？

"你停着干什么？"老头子看见我在沉思，吃惊地问道。

"我想：老大娘……"

老头子的胡须剧烈地抖动了一下，忽地转过身去，把手一挥，厉声地说："走！快走！"

六

天亮了。

东方的天空，在那浓厚的云层的空隙间，透射出一缕缕绯红色的霞光。远处村庄的黑黢黢的轮廓，也越来越清晰了。河面上，风很大，满河里都翻滚着白色的浪花，活像一片动摇不定的雪的田野。堤下面，一群群大浪，挟着惊人的吼声，一次又一次地向大堤上扑来，风把浪沫和草屑吹到了我们的身上。

"好大的风啊！"老头子倒吸了一口冷气说，"来！我一个一个地送你们。咱们要先说清楚：到了水里以后，可不许乱动。好，谁先下吧？"

我推着老杨说："你和小陈先下吧。我担任警戒。"

"不，你先下。"老杨说，仰头看了看天。

"不，还是你先下。"我坚持着。

正在这时，西面突然响了一枪。老杨正要说什么，老头子把他一拉，扑通一声，跳下了河去。

"小陈，快下去。"我用手去推小陈。

小陈生气地把身子一转，反身就向堤上跑去。我也随着他跑上了堤顶，向西一望，只见在西面陈家庄的村头上，有七八条人影，沿着清晨的雾气腾腾的大路，向大河的方向走来。他们走得并不快，看样子好像并没有发觉我们。

"快藏下。"我命令道。

堤上有一道弯弯曲曲的壕沟，是一个月以前我军在潍河岸上狙击敌人时挖的。现在沟沿上长满了蓬蒿，我和小陈就在这壕里隐蔽起来。虎子也随在我们的后面，钻到了壕沟里面。这时，我回头向河东望了一下，只见老头子一只手拖着老杨，一只手划着水，在重重的浪山里向东急凫。一会儿浪涛把他们压在底下不见了，一会儿又从白花花的浪头上钻了出来；我再转回头来向西望，只见那七八个匪徒忽然离开了大路，顺着田间小路，斜刺里向果树林里走去。我的心里一动，转头看了看小陈，啊！他紧咬着下唇，胸脯一鼓一鼓地发出了急促的呼吸声，活像一只激怒了的狮子。

我知道敌人是要进果林去逮捕他的父亲，于是，我开始估量当前的情势：进果林的敌人如果发现老头子不在，也许他们会到河边上来搜查，这样一来，我们就不得不被迫背水作战了。这场战斗将是异常险恶的，可是，无论如何，一定要掩护老杨过河，只要老杨能到河东，那就是我们的胜利。好吧！我想：为了河东地区的坚持和开展，为了河东武工队和老百姓的生存，我和小陈就贡献出自己的一切吧！我看看小陈，只见他一面紧张地注视着树林，一面又带着焦躁的神气频繁地回头向河里张望。我知道：他此刻的心情一定是很沉重的，我真想安慰他一下，可是，没等到我安慰他，他倒安慰起我来了："姚队长，你看，我爹已经凫到河中间了。老头子真好水性，很快他就会回来的，他一定能把你送过去！"

多么好的一颗善良而忠厚的心啊！我心里想。

突然，虎子忽地跳起来，从壕沟里伸出脖子，向着树林子那边汪汪汪地狂吠起来。我抬头一看，只见树林那边，有七八个还乡团的匪徒，端着枪，急匆匆地顺着我们来的路，径直地向着河边走来。

"汪汪汪！"虎子狂怒地咆哮着，好像立刻要冲过去。"别叫！蹲下！"

小陈赶快抓着它的脖子，把它硬按到壕沟角上。虎子委屈地呜呜着，服从地蹲了下来。

这时候，天已经大亮了。

四围的村落里，升起了早饭的炊烟。潍河的上空，出现了老鹰的影子，它那乌黑发光的翅膀，横打着破棉絮般的云块，一会儿，从云里钻出来，一动不动地停在空中，良久地俯视着雨后的田野和那浩浩荡荡异常雄伟的大河；一会儿，吃惊似的把翅膀一侧，像一道黑色的闪电，冲进那黑沉沉的云海里。

清晨的河岸并不宁静。一场激烈的风暴就要卷来了。敌人越来越近了。

我们已经清楚地看清了他们的面貌和服装，全是一些穿着乱七八糟的衣服的地主恶霸还乡团，他们手里拿着的也是些乱七八糟的长枪和短枪。

"咦！"小陈轻轻地惊叫了一声，同时用胳膊碰了我一下说，"叛徒！"

"哪一个？"我问。

"在最前面走的那个小矮个，他就是陈兴，以前是我们的村长。敌人来了以后，他偷偷地和陈老五勾结上了。我娘和我弟弟的被捕，就是他去告的密……"说着，他端起了枪。顺着小陈的枪口瞄着的地方，我看见了这个无耻的叛徒。他有五十岁的样子，矮矮的个子，脸上挂着谄媚的而又惶惑不安的微笑，大步地向着堤下走来，脚踏在烂泥里咕唧咕唧的声音和那瓮里瓮气的说话声，也都清楚地听见了——

"……日他娘，这个老混蛋一定是跑到八路那边去了。"陈兴说。又回过头去，看着身后的一个黑胖子说："祥魁哥，依我的主意，当时就应该把他们统统活埋了，老五叔偏偏又弄什么放长线钓大鱼的妙计，这一回可好，鱼没钓着，连鱼食也丢了。"

"你知道个屁！"那黑胖子轻蔑地骂道，"你他妈，只知道开斗争会，分果实。"

"啊呀！祥魁哥，你老人家怎么还提那个？我不是对你答应过了吗？我保证把各户分去你的东西，统统要回来，你怎么……"

"我不听你臭虫叫，"黑胖子咆哮道，"一个月过去了，你给我要回了多少东西？再过十天你给我要不回来，我就活埋了你！"

"别吵了，别吵了，"另一个戴草帽的匪徒说，"昨夜老五叔说：区团部通知，这几天要特别把紧河口，因为估计西面的八路一定要派干部到河东去。上面命令我们无论如何不能让他们偷渡过去，一过去就了不得了……"

"我来，我来，"陈兴还不等戴草帽的匪徒说完，就抢着讨好地说，"夜间我到这河岸上来守着，就怕他们不在这……唔，堤上好滑呀！"他佝偻着腰踏上了堤坡，打了一个跟跄，双手抓住了一根蓬蒿……

"打！"我奋力地把手一挥。

小陈忽地从壕沟里站起来，把枪一伸，枪口几乎触着了陈兴的胸膛。就在这一刹那间，我看见这个叛徒惊骇得眼珠子几乎掉出了眼眶外，脸色煞白煞白，接着就两手一张，仰面倒了下去。尸身沿着堤坡，骨碌碌一直滚到堤下的水坑里，把坑里的水打得水花四溅……

在这同一时刻，我的二十响快慢机匣枪也叫了起来，黑胖子和戴草帽的匪徒，接二连三地倒了下去。匪徒们被这意外的打击弄昏了，连枪都来不及端起来，就倒的倒、爬的爬，向堤下溃逃。蹲在壕沟里憋了大半天的虎子，再也忍耐不住了，忽地跳出壕沟，向堤下追去，它跑得是那样的快。脖子上的毛向上直竖着，像道闪电似的追上了一个匪徒，咬住了他的腿，把他按倒在地上。另外的一个匪徒，趁着这个机会，侥幸地脱了身，顺着高粱地，像兔子似的向陈家庄奔去……

七

激烈的枪声停止了，风吹散了飘在堤上的硝烟。

我回头望了望河里，那两个小黑点似的人影，在重重叠叠的浪涛中翻滚着，快要到达东岸了。我的心里，像放下了一块千斤重石似的轻松。

"他们过去了。"我深深地呼了一口气说。

小陈点了点头，脸上却没有轻松的神色。

陈家庄那边，突然响起了一阵铛铛的钟声，紧接着南面的村庄也响起来了，一村连着一村，刹那间，河西沿岸的好多村庄里，都响起了火急的钟声……

一场更大的风暴就要来了。

看样子，要想渡过河去，是不可能了，几分钟之后，敌人就会从三面围攻上来。好，来吧！我心里说。你来了我就打，能打出去当然好，打不出去就学那老头子刚才讲的那两个武工队员的样子，跳河！连年的战斗中，我经历过许多次危险的关头，但都没有做过像这次这样绝望的打算。这是可以看得很清楚的，我不会凫水，当数量众多的敌人一步步逼近前来的时候，大河是不能飞渡的。那只有这一条路可走。可是绝望尽管绝望，我的心里却非常的镇静。因为我知道：老杨是确实能够渡过河去了，瞧！他不是快要到河东岸了吗？好，只要他能到河东，河东武工队就垮不了，河东的斗争就会继续开展下去，河东的人民也就有了依靠。党交给我们的任务，也总算是没有落空。

我掏了掏衣袋，袋里有几张已经被雨水淋得模糊了的机密文件，我把它撕得稀烂，向河里抛去。小陈用孩子似的惊讶的眼光看了看我，我的心里一动：撺他下河的念头又升起来了。既然向西突围没有可能，既然小陈能够凫过河去，为什么要留在这里做不必要的牺牲呢？于是，我说：

"小陈，你会凫水，现在趁敌人还没有冲上来，快下河去吧！"

小陈吃惊地看了看我，眉头紧皱了一下说：

"怎么你又说这样的话？"

"这是很明白的，"我说，"我不必解释，快！快下去。"他生气地把头转向一边，不动也不吭气。

"怎么，没听见吗？"我知道和他好好说他是不会听的，于是，我准备施用压力了，虽然我的心里实在是不忍。

他仍然不吭气，也不转回头来。

"你懂不懂得服从命令！"我大声地说，真有些火了。

"懂得。"他说话了，声音很低。但立即转回头来，定定地看着我，一字一句地说："就因为服从命令，所以我才不下河！"

"你服从的什么命令？岂有此理！"

"服从的是把你送过河去的命令，而不是丢下你，我自己逃跑的命令。"

啊！真想不到这个一向沉默的小家伙，竟能说出这样的话来。我没有话说了，而且禁不住笑了起来。

小陈没有笑，却用一双深沉的大眼看着我，严肃地说："姚队长，你太不沉着了，也太不相信群众了。"

我吃了一惊："怎么？"

"不怎么，就是那么回事。"他慢腾腾地说，"而且你还污辱了人。"说着，他生气地把头转向一旁，就在他一转头的时候，我看见他的眼圈里有两汪亮晶晶的泪光。

我半天说不出话来，脸上一阵阵发热。直到这时我才完全明白小陈的意思，直到这时我才真正地认识了小陈。我的心里不禁一阵阵地感动。我回头向大河里望了一下，老杨已经上了东堤，老头子已经开始向回凫了。我又望望西面，陈家庄的村头上，出现了一片黑鸦鸦的人群，在飞快地向这边赶奔。北面，在更远一点的村庄前面，也发现了敌人的影子。南、北、西三面都响起枪声来了。子弹嗖嗖地从我们的上空飞过去……

"好吧，小陈，别生我的气。"我说，"那咱们就准备战斗吧！子弹还有吗？"

他没有吭气，把刚才在堤下拾来的子弹带拍了一拍，脸上有了一点微笑的影子。

枪声越来越近了。

西边的敌人已经迂回到了果树林的边沿，伏在一条离我们不远的沙丘后面向我们射击。子弹像蝗虫似的在我们身边扑扑地乱飞，溅起了壕沟沿上的泥土，打断了蓬蒿的枝叶。

我们沉着地不还一枪，等待着敌人更靠前一些。可是，敌人很狡猾，他们始终不肯离开那条沙丘。突然，他们停止射击了，一个匪徒从沙丘后面探出头来，挥舞着一块红布，喊道：

"别打枪，别打枪。"我认得说这话的就是刚才侥幸逃回去的那个匪徒。

"小陈，你来看看，这是谁？"那匪徒喊道。接着沙丘后面推出了两个人。

小陈的脸色一下子就变得雪一样的苍白。站在沙丘上的原来是个老大娘和一个十四五岁的小孩子。啊！不用说，我就猜到了这是小陈的娘和他的弟弟小佳。

老大娘背绑着双手，满脸血迹披头散发地站在沙丘上，河里的大风，把她的散发高高地扬起，把她吹得摇摇晃晃，但她用力地挺直了身子，仰着头，向着我们这边张望。小佳没有绑，但却被折磨得面色苍白，他一只手拄着木棍子，一只手扶着妈妈，也向着我们这面张望。虎子一见，忽地跳起来，冲出了壕沟，撒着欢向它的女主人奔去。沙丘后面的匪徒也都一个个地探出头来，有的站直了身子，隐在老大娘和小佳的背后，向堤上窥伺。当中有一个又黑又胖的匪徒，露着大肚子，紧挨着老大娘身边，站了起来。这时候那个挥红布的匪徒喊道："小陈，好好地听着，五爷要和你说话。"

"小陈，"那黑胖子的声音像只公鸭子，指着老大娘和小佳说，"小陈，你看见了没有？眼前有两条路：第一条，和你娘你兄弟一起死在这里！第二条，放下枪和你娘回家去过日子，你带的那几个八路，我们也保证宽大他们。好吧，话给你讲清楚了，两条大路任你拣，要死要活一句话。"

我一听这话，气得头上直冒火星。我看看小陈，小陈的苍白的脸色，突然变得火红，忽地端起枪来，就向着陈老五瞄准。可是，他的全身都在发抖，枪口在蓬蒿间闪闪地跳动，怎么也瞄不准。我拉了拉他的胳膊，低声地说："小陈，冷静点。不要放枪，别打着你娘。"

他叹了一口气，眼圈里涌出了两汪泪水。小陈狠狠地用手背擦了擦泪水，重又端起枪来。

正在这时，老大娘说话了："孩子！"声音是那样爽朗而安静，"你在哪里？我怎么看不见你？"

"在这里，娘！"小陈在蓬蒿丛里大声地答道。

"孩子，你站起来我看一看你。——哦，不，不！你别站起来，孩子，你千万别站起来，你只叫我一声就行了。"

小陈的眼泪刷刷地淌下来了。

"娘！"他颤动着声音叫了一声。

"哎，好孩子！好孩子，你看得见我和你兄弟吗？"

"看见……"小陈再也说不下去了。

"好孩子，这就行了。打吧！"老大娘突然提高了声音说，"打！不要听老五这老狗的话，打死这些强盗，打吧！孩子，朝我这里开枪！"

"哥哥，打呀！打呀！快打呀！"小佳也急促地喊起来了。沙丘上一阵混乱，匪徒们都兔子似的缩到沙丘后面去了。就在这时，小陈的冲锋枪响了。那个太大意了的挥红布的匪徒，没有来得及缩回去，就应着枪声，跌倒在老大娘的脚下了。

"好，打得好，我的好孩子。"老大娘站在沙丘上面，看着倒在她脚下的匪徒，连连地点着头。

突然沙丘后面响了一枪，老大娘痛叫了一声，身子晃了一下，接着，就慢慢地慢慢地向前仆倒下来了……

"娘啊！"小陈大叫了一声。

我的全身一阵颤抖，眼泪热辣辣地顺着脸颊直淌下来。我端起了枪，然而，沙丘上已经一个人影也没有了，匪徒们都缩在沙丘的后面，连小佳也被他们拉下去了。我看看小陈，小陈的嘴唇都咬破了，眼里冒着火一样的光，一动不动地望着躺在沙丘上的母亲。

正在这时，沙丘上一个人头出现了，我正要举起枪来，那人头就啪的一声爆炸了，是小陈放的枪。一会儿，又出现了一个，又同样地爆炸了，这回是我打的。现在我们两个人都在默默地盯着沙丘，一有人影出现我们就打。这样，足足盯了有十多分钟，敌人始终不敢从沙丘后面冲上来。只是盲目地乱打枪。打了一会儿，敌人又喊起来了。

"别打枪！别打枪！"

随着喊声，小佳又被推出了沙丘。接着，四五个匪徒，一个紧挨一个地尾随在小佳的身后，用小佳的身体挡着自己，飞快地向着堤下冲来。

我一下子惊住了，端起的枪不自觉地放了下来。

小陈也停止了射击。

被匪徒们推着的小佳越来越近了。他的胸腔迎着我们的枪口。

啊！多么紧张的时刻啊！

沙丘后面的敌人又探出头来了，他们准备着冲锋。河岸上突然变得惊人的静寂，双方的枪都不响了。听得见小佳的急促的呼吸声，听得见隐在小佳身后的匪徒们的越来越近的脚步声，听得见河里波浪的呼啸声……突然，在这紧张的寂静中，响起了一个孩子的清脆而坚决的喊声："哥哥！

你怎么停着？打呀！打呀！快朝着我打呀！"我的全身一震，血液沸腾起来了。

小陈的呼吸也急促起来了，他端起了枪。但是，我拉了他一把："别打！"

"打！打！"小佳急促地喊道，"给娘报仇！快打呀！哥哥，我身后就是陈老五，朝着我开枪吧！打！给娘……"

小佳的话突然停住了，这时我看见虎子飞也似的斜刺里扑上来，咬住了一个推着小佳的匪徒的腿。那匪徒痛叫一声，松了手便倒下去。小佳趁这机会，一转身扑在匪徒身上，夺下了一个手榴弹，高高地擎在头上，拉开了弦。匪徒们被这意外的变动惊呆了，都木然地立在小佳的身边，眼睁睁地看着弹柄的导火素在吱吱地喷着白烟……

我的心狂跳起来了，用力地闭上了眼睛。

手榴弹轰然一声炸了。

我睁开眼睛，堤下涌起了一片白蒙蒙的烟雾，一个侥幸没被炸死的匪徒，连滚带爬地向后逃奔，我和小陈的枪口，立刻吐出了一道长长的火舌，向着匪徒逃跑的方向……

八

说老实话，紧张而激烈的战斗，我不知经过了多少次，可是，从来没有像现在这样激动过。几分钟以前，我还考虑如何节省子弹，争取时间等待老头子回来，现在我什么都忘了。我把匣枪的机钮拨到了快机上，子弹像雨点似的泼出去。这时候，南面的敌人虽然被我们火力压在沙丘后面，但是，西面和北面的敌人却越来越近，蜂子似的围攻上来了。我根本没有把他们放在心上，我只是射击、射击，猛烈地射击！我的全身似乎是被复仇之火烧焦了，我的脑子里也只有一个念头：复仇！复仇！复仇！为老大娘复仇！为小佳复仇！为昌潍平原上所有被蒋匪杀害的群众复仇！

可是，在这狂酣的战斗中，我似乎发觉小陈并不像我一样的疯狂。他很节省弹药，冲锋枪很少连发，而且老是回头向河里张望。突然，他抓住了我的胳膊，狂喜地喊道：

"姚队长，你瞧！我爹回来了。"

我回头一看，老头子像箭似的向着堤下凫过来。小陈狂喜地站起身来喊道：

"爹，快呀，快。……"他突然停住了，一只手抓着胸膛，颓然地坐倒下去，鲜血立刻从他胸前涌了出来。我忽地扑到他身上，拉着他的胳膊，大声地喊道：

"小陈，小陈。"

他没有答应，头软软地垂在壕沟沿上，我的心里感到一阵难忍的刺痛。

敌人趁着这个机会，又向前冲锋了。

热血在我的全身沸腾得更加猛烈了，我端起匣枪，猛烈地向着堤下扫射。匣枪一抖一抖地跳动着，亮晶晶的弹壳像蚂蚱似的四处乱飞，我完全沉浸在复仇的快感里……

突然，一只有力的大手，抓住了我的肩膀。我吃了一惊，回头一看，原来是陈老头。

"快下河！"

"不！"我执拗地说，继续向着敌人射击。

陈老头在我的身边蹲了下来，他看见了胸前流着血的小陈，大胡须抖动了一下，双手抓住了儿子的手，喊道："孩子！孩子！"

小陈微微地睁开眼睛，看见老爹，咧嘴笑了，沙哑着声音说：

"爹，你来得正好，快，快带他，下河。"

老头子没有吭气，脸色突然变得像雪一样的苍白。他看见了堤下大娘和小佳的尸身，大胡子剧烈地抖动了一下，眼泪刷刷地流了下来。但他立刻抬起了手，狠狠地擦了擦眼睛，紧紧地抓着我的胳膊，大声地说：

"走！快走！"

"不，"我说，"我不走，我要和小陈……"

"走，你快走！"小陈大声地喊道，"我掩护你！"说着，冲锋枪爆豆似的响了起来。

"不行，不行……"我的话还没说完，老头子就把我往腋下一夹，扑通一声跳进了河里……

"小陈，小陈……"我在水里大声地叫喊着。一个浪头打来，河水灌进了我的嘴里，把我呛得好久都喘不上气来。风吹卷着嚣扰的浪涛，四面都响着风浪的吼声。

我回头向堤上望去，看不见小陈的影子，只看见一缕缕淡蓝色的枪烟在壕沟上面缭绕。虎子在堤上跳跃、咆哮，对着每一颗打在堤上激起泥花的子弹发怒、狂吠。小陈仍然在战斗，在阻击敌人，在掩护我渡河。我的心火辣辣的，激动得直挥胳膊。

"老实，别动！"老头子严厉地命令道，把我更用力地夹了一下。我觉得他的手在剧烈地颤抖，看得出他在努力地压抑着自己的情感，故意不回头向西面堤上张望，拼着全力向东急凫。这时候，我们还不到河中心，如果敌人在这时冲上大堤的话，我们两人要想逃出敌人的火网是困难的。凭着战斗经验，我估计敌人早就该冲上大堤了，可是，大堤上仍然是寂无人迹，只有淡蓝色的枪烟在缭绕……

太阳从重重的云海中升起来了，金色的光投射在不平静的河面上。白花花的浪头，一个跟一个地压下来，把我们推上了半空，又抛下了深谷。我的头被摇晃得眩晕起来了。然而，我仍然挣扎着回头向西张望，我的心像掉在壕沟里似的。突然，一个惊人的场面把我怔住了：大堤上的冲锋枪声停止了，淡蓝色的硝烟被风吹散了，在已经晴朗了的西方天空的碧蓝色的背景的烘托下，迎着金色的阳光，出现了一个人影。啊！是小陈，只见他从壕沟里忽地站了起来，把冲锋枪往河里一丢，反回身去，抱着一个冲到他面前的匪徒，向着浊浪滚滚的潍河里跳了下去……

我难过地闭上了眼睛。老头子的手颤抖得更厉害了，呼吸更急促了，抱着我的胳膊也越来越紧了，泪水像雨点似的顺着他那多皱的脸腮淌了下来。

西面大堤上，出现了一片黑鸦鸦的人影，在向我们射击，子弹落在离我们很远的地方，我们已经冲过河中心的急流了。这时候，东大堤上，也响起了枪声，这是老杨掩护我们渡河。啊！我可以安全地到达东岸了，可是小陈！我再一次转头向小陈跳下去的地方张望，那里什么也看不见，只有重重叠叠的巨浪，在汹涌地翻腾。

我的眼圈一阵热，抑制了大半天的眼泪，终于迸涌出来了。

我不是一个感情脆弱的人，在十多年残酷的战争生活中，我见惯了死亡和鲜血，见惯了各种各样使人激动的事情。我已经习惯于在最易激动的时刻压抑着激动的情感，在最最悲痛的时候，也不落一滴眼泪。可是现在，我流泪了，我激动了。我想：如果此刻我能够凫水的话，我一定要踏破重重的波浪，去把小陈找着，哪怕是找到汪洋大海的最底层。多么好的同志啊！这个才十八岁的孩子，他并不认识我，甚至连我的家乡住处姓名都不知道，却为我的安全慷慨地捐献出自己的青春的生命。

生命，这一生中只有一次的青春的生命啊！还有什么能比它更宝贵、更值得珍惜的啊！可是，"同志"和"任务"，却胜过了自己的生命！

这是怎样的一种人啊！世界上还有什么样的感情能比这个更为崇高，更为纯洁，更为伟大吗！还有，老大娘和小佳、老大爷……

我正在这么感情激动地想着，突然觉得陈老头的那只夹着我的胳膊痉挛了一下，接着就软软地一松，于是，我的身子一沉，就落进了水里。我挣扎了两下，一个巨浪劈头压下来，水呛进了我的嘴里、鼻子里，我一阵眩晕，什么也看不见了……

当我清醒过来的时候，唔唔地吐了一两口水，睁眼一看，我仍然在陈老头的挟抱中。我惊讶地望着陈老头，只见他的脸色异常苍白，满头流着大汗，张着嘴，呼哧呼哧地直喘，吃力地挥动着手臂。就在他身子向上一挺的时候，我看见他的肩膀上有一股股红的血。

啊！他负伤了！

我看得出他是使着最后的一点力气在挣扎。

我激动极了，也惭愧极了，我在心里叫着自己的名字说："姚光中呀，姚光中！你给人民做了些什么？你对党有一点什么贡献？你凭什么让小陈用一家人的性命来掩护你一个人？凭什么？啊？你究竟凭什么？"想到这里，我的心难过得颤抖起来了。我含着眼泪，大声地喊道：

"老大爷，放下我！放下我。……"

"老实，别乱动！"老头子厉声地喝道，并且看了我一眼，生气地说，"放下你？说了些啥呀！"

说着，他咬紧牙关，继续挥动着手臂，分开了重重的波浪，向东急进。在他身后面浑浊的河水里，拖着一缕鲜红的血流……

结　尾

故事到这里就该结束了。可是，也许有人要问："你究竟渡过河了没有？陈老头以后怎样了？小陈又怎样了？死了，还是没有死？河东的斗争以后又怎样了？"

好的，这些都应该交代一下。

第一，我们终于渡过河去了。不过，在到了河东岸的时候，陈老头已经昏迷不醒了。当天我们就把他送到了野战医院。一个月以后，他出院了，找到了我，什么话也没说，就问我要枪。要枪干什么呢？这是不需过问的，我把我的那支心爱的二十响送了他。从此以后，我们的武工队里，就出现了一个有着惊人勇敢的老队员。他戴着一顶破毡帽，穿着一件破皮袍子，匣子枪揣在怀里，整天价默默地不说一句话。打起仗来的时候，却总是跑在前头。风吹着他的苍白的大胡须，眼睛里冒着骇人的火星。

第二，小陈同志是死了！他的尸首是当天傍晌的时候，在下游的一个沙滩上发现的。我亲眼看见：直到那时，他的手还紧紧地掐着匪徒的喉咙。那匪徒就是还乡团头子陈老五。在离小陈的尸体不远的地方，还躺着一只肚子被打破了的狗，那就是虎子。

第三，河东的斗争很快就开展起来了。艰苦当然是很艰苦的了。被打散了的武工队员散落得到处都是，由于特务的几次化装欺骗，许多人见了我们都不敢承认自己是武工队员；群众情绪波动，惶惶不安；而大泽山的敌人又回师"扫荡"，到处烧杀……然而，我们并没被困难吓倒，一想起小陈一家人来，什么困难都忘记了。很快地，我们就把队伍收集好，重新进行了整编，接着就在烟潍公路上打了几次胜仗，炸毁了十多辆敌人的汽车，又在太保庄一带袭击了几次还乡团团部，打死了几个反动透顶的还乡团头子。立刻，群众情绪高涨了，队伍也扩大了。很快地，河东的斗争就猛烈地开展起来了。从大泽山回师"扫荡"的敌人，被我们拖在胶潍河之间，抽不出身去，从而大大地便利了我军的外线出击。

总之，我们是完全胜利了，烟潍路的斗争，开展得很好。以后，大概是十一月间吧，西海地委举行了一次会议，总结敌后斗争，然后又进行了评模。在会上，人家把我和老杨都选为英雄，张主任还亲自给我戴花，并且请我上台讲话。好，我就上台了。我说，"同志们，你们选错了，真正的英雄不是我，而是小陈的一家。"

"啊！什么小陈的一家？"全场都吃惊地问道。

"是的，小陈的一家。"我大声地说。于是，我就从头到尾地把这个故事对着大家讲了一遍，就像我今天向你们讲的一样。

《解放军文艺》1955年2期

新结识的伙伴

王汶石

"你是吴淑兰吧？……昨天，你一开口发言，我就想：这一定是那个有名的吴淑兰……总说去看你，一直没有腾出工夫……啊呀，天，你长得多秀气啊！……"

吴淑兰，一个肤色微黑、瓜子形脸庞的二十七八岁的农家妇女。站在路边的田塍上，穿一件合体的阴丹士林小衫，黑市布裤子，嘴角挂着宁静而好奇的笑容，望着对她说话的人。身后，是碧绿如海的棉田和明朗的天空。

对她说话的，是一个同她一般年纪，但外表上看来比她显老的女人；中等身材，圆肩头，红喷喷的脸，翘起的上唇；眉里眼里露出的神气，表明她是个泼辣、大胆和赤诚的女人。

吴淑兰望着她，眼睛在问着："这是谁呀？"

"我是张腊月……"那个勇敢的女人自豪地说，"闯将张腊月。听说过吧？"

"知道，知道！"举止文静的吴淑兰，被"张腊月"这个她曾说起过多少次的名字，被眼前看到的这个真实的女人，以及她那赤裸裸的对人的态度所感染，也情不自禁地活泼起来。

她急忙握着张腊月的粗壮的手，说道："听乡长说，你也来开会……前天，头我到乡里，乡里人说，你已经起身了……"

"我是个火炮性子，一点就响，不爱磨蹭。"张腊月高喉咙大嗓子说，"头回生，二回熟，今天见了面，就是亲姐妹啦……我都打问过了，咱俩同岁，都是属羊的，对吧？"

"对！"吴淑兰笑着回答。

"啊！你看，多巧啊！"

张腊月望着吴淑兰，不服气地说道："啊！几天来，我一直在想，那个吴淑兰啊！一定有三个头、六个膀……一定比我高，比我壮……人家说你长得比我秀，我就不信……想不到，你这个俏娘儿，竟然同我作起对来了！"

淑兰笑着说道："张姐，你也很俏啊！"

"我？俏？"张腊月快活地挤挤眼，一本正经地说，"听我妈说，我刚生下来的时候倒很俏，俏得连哭出来的声音，她也听不见……后来，给赵百万家当了几年粗丫头……结婚以后，又一直跟我那死鬼男人牵牛、跟车，慢慢变得不俏啰。"说着，她一把将衣袖捋到齐肩胛处，露出粗粗的黑褐色的胳膊，伸到淑兰面前，自我打趣地说，"你看这多俏？"

淑兰急忙按住她的胳膊，说："快把袖子拉下来吧。那边有人看咱们哪！"

腊月急忙理好袖子，同时向另一边的田塍望了一眼，回过头来，耸一耸鼻梁，悄声说道："我才不怕他们哪！"

"你真行！"吴淑兰赞叹着说。

"从土改到现在，我已经闯惯了！"张腊月得意地说，"你看来还很嫩，头一回抛头露面吧？"

吴淑兰点点头。

"入党了没有？"张腊月关心地问。

"还没有！"淑兰羞赧地回答。

"哟！你怎么能不入党！"张腊月瞪着惊奇的眼睛，"快申请吧，啊！快申请吧！唉你！——"

"已经申请了！"

"那就好——你男人该不拉后腿吧？……从前，他们都说女人拉男人后腿；现在，倒过来了，有些男人，拉起女人的后腿啦……你男人是个啥样人？"

淑兰答道："是党员！"

"那更好！"张腊月庄重地说，"不过，拉自己老婆后腿的党员也有的是呢。我那个死鬼，就是这路货——可是呢，他到底被我教育过来啦！——对自己的男人，要经常教育呢，免得他们绊手绊脚！"

"我那位……倒是常常教育我呢！"淑兰温顺而坦率地说。

"怎么？你拉过人家的脚后跟？"腊月带笑地质问。

"那倒没有！"淑兰回答。

腊月凝望着淑兰，想了一想，意味深长地笑道："我看出来啦！你一定是人家说的那种，好女人！"

吴淑兰抿着小小的美丽的嘴，文静地笑着，热情地望着像狮子一般泼辣的张腊月，默认了张腊月的说法。

吴淑兰真是个"好女人"，从小，她的寡居的母亲，对她管束得严厉。快出嫁时，妈妈又对她说："到别人家里，比不得娘面前……遇事，要检点……记住娘平日的话，要当个好媳妇……"淑兰回答道："娘，我记着你的话！"

"好媳妇！"村里人谁不这么夸奖？

"好媳妇！"夫家的亲戚谁不这么传诵？

"好媳妇！"丈夫的朋友，谁不这么赞叹？

可是她的丈夫，听到这种赞叹，只是笑一笑，不说什么话。他是一个共产党员，基层干部，他把照顾家庭的时间，全部用到工作上去。和别的干部家属不同，吴淑兰从来没抱怨过，自始至终，总是带着她那永不失去的宁静的微笑，担负起一切繁琐的事务：抚育孩子，孝敬公婆，缝缝补补，锄地、割草、喂牲口……

有时，丈夫对她说："今晚开群众会，你去参加吧！"她对他笑笑，不说什么，依然坐在灯下，依然拿起针线来。

过不久，丈夫又对她说："明天党支书作报告，你去听听吧！"她对他笑笑，不说什么。第二天，照常挎着洗衣篮子，照常到井边去了。

不久，丈夫又对她说道："村里要办个妇女学习组，你也去报名吧！"她对他笑笑，不说什么，仍旧低着头，仍旧去做自己早已安排好的，三百六十五天每天该做的事。

丈夫说的回数多了，有时还流露着责备和不满。她便张大疑惑不解的、惊愕的眼睛望着他，温和而小声地说："这不就很好么？"

丈夫望着她，摇头、皱眉、叹气……

村里办了社，吴淑兰和妇女们一起下地。她无论做什么都实心实意；干起活来，哪一个妇女也比不上她；她无论对谁都实心实意，哪一个妇女也都喜欢她。半年，她被选作副队长了。她既不特别欢喜，也不推托，仍然像个"好媳妇"的样子，承担新的事务。每次社、队开会，她既不缺席迟到，也不发言，总是拿着针线活计，坐在会场一角，静静地笑着，听着人们的争论；散会了，她便回家去，既不早退，也不多停留……

去冬，"大跃进"开始了，人们的生活，像旋风一般热烈紧张了，吴淑兰在不知不觉中，也被卷了进去。她参加干部学习班，又参加妇女学习组，上党课也每次都去听了；她守在家的时候少了；她说话的时候多了；她开始在稠人广众中同人争辩；有人对她不满，她开始有了"敌人"了。她的眼睛里有了奇异的光彩，她的嘴角泛起了新奇的笑容。她的丈夫时常以询问的目光望着她：她变了！她也觉得自己变了。但究竟是哪一天变的，她却说不上来。

这时，"闯将"张腊月的名字传遍了全乡。她领导的妇女生产队，在打井、挖渠、积肥、翻地……每一次竞赛中，都牢牢地把红旗抓在自己手里。许多挑战书飞向张腊月，可是蛮勇无比的张腊月，一次也没让对手压倒。

还在半个月前，张腊月隐隐听说，南二社有个叫吴淑兰的妇女队长，在不声不吭地跟她暗赛；又说，吴淑兰队每个人的农具上，都贴着一张"赛倒张腊月"的小纸条。果然，不到十天，在乡的评比会上，吴淑兰的队员们，意气昂扬地把红旗扛走了。那天张腊月因事没去参加会，下午，她看见队员挟着一面黄旗跑回来，怒冲冲地喊道："你们这伙吃冤枉的，怎么掂回来个这！……咱那面红旗呢？"

"叫吴淑兰掂走啦！"队员们低着头说。"哪个吴淑兰？敢情是有三头六臂？""比你秀气、好看多啦！""我倒要看看这个吴淑兰，究竟比我好看多少？……"

凑巧，县上在东乡组织一次棉田管理现场会议，乡党委派她们两人来参加，她们就在这里结识了。

一见面，腊月就爱上了吴淑兰。

"不要高兴得太早了！你这个好女人哟！……"张腊月望着凝重含笑的吴淑兰，快活地说，"有张腊月摽着你干，你想喘口气也办不到！……呃？不信？来试试吧！"说着，她举起手来在吴淑兰的肩上重重地捶着。

吴淑兰笑着躲开她。

这时，有个穿夏威夷府绸衫的男子喊道："大家注意！现在去村北，看一块老婆婆们的试验田。大家走在一起，不要落远了！"

"走吧，好女人！"张腊月拉着吴淑兰的手，跨上大路，两个人亲亲热热地并肩走着。走在她们前后左右的一群男女，都以好奇和尊敬的目光望着她们俩。

当天夜里，开完小组讨论会，吴淑兰回到自己的住处，房东家的小姑娘，已经给她点亮了煤油灯，热情地等待着她。吴淑兰一边同姑娘闲话，一边望着这间陌生而亲切的房子，心里充满了新奇、喜悦的感觉。她忽然想到她的丈夫，他常常出门去开会、去参观，住在陌生人的房里；如今她也亲身经验着这种生活，住在素不相识的人的家里，大家却像老邻居老朋友似的亲热。"啊，原来他在门外的生活就是这样？多有意思呀！"吴淑兰愉快地想。

张腊月挟着个铺盖卷闯进来了。"我给杨科长说了，咱俩住在一起。你这里住得下吗？你同谁在这里住？"

"跟这个小妹妹！"吴淑兰热情欢迎张腊月，从腊月手里接过铺盖卷。

张腊月笑哈哈地说："小妹妹，咱们挤一挤行吗？"

"欢迎！"吴淑兰高兴地说。

张腊月装出很认真的样子说："我得向你说明白了，我这人，睡觉可不老实，伸胳膊蹬腿的，什么全来，你可得留神！"

"我不怕！"吴淑兰笑着说，"我给你预备根棍子！"

"行！"张腊月笑着，一屁股坐在炕沿上，搂着吴淑兰的脖子，滔滔不绝地说道，"吴姐，咱们俩交个好朋友吧。旧前呀，男儿志在四方，五湖四海交朋友；如今，咱们女人也志在四方啦，咱们也是朋友遍天下。吴姐，你说说，多有味儿！"

吴淑兰满心欢喜，却不知说什么好。她急忙动手铺起床铺来。尽管，她的外表仍是那么平静，她的内心，却被某种从未经验过的情绪所激动。

她不住地用快乐的目光，瞧着她身边这个出奇的女人。这女人，在短短的半天时间里，就同她打得火热，她觉得，她再也离不开这个新结识的伙伴了。

第二天午后，两个新结识的伙伴，肩靠肩地踏上回家的大路。她们每人的肩头，都挂着一个用布包裹的铺盖卷，胸前挂着装干粮的旅行袋和喝水用的搪瓷杯。她们的鬓发和肩头上，落了一层细微的黄尘；鞋袜和裤脚变成了土黄色。她们一边匆匆赶路，一边热烈地讨论如何赶过东乡，一边又不住地向天顶和四周张望。

旷野里，这儿那儿，风儿卷扬着黄尘，忽隐忽起，互相追逐；天空，聚满了灰突突的雨云；一块块深灰色的云，在低空向西飞奔，它们飞得那么低，仿佛一举手就能捉住一块似的。

"张姐，咱得放快些走。"吴淑兰仰望着天空，焦急地说道，"看这老天毛毛躁躁，一派不干好事的样子！"

"啊呀呀，不怕的！"张腊月毫不在乎地大声嚷嚷着，"要下就让它下大些吧！"

吴淑兰笑道："啊呀，张姐！你快到家了；可我，还有十多里路呢！天也不早了，这阵儿，日头怕快要落了！"

"你又来了！"张腊月不满地说，"给你说了多少回啦！……今天，你务必要到我家去……你要拒绝我，就不够朋友啦。"

她说最后一句话时，故意用着男子们的语调。

"那也得走快些，免得挨雨浇啊！"

"这倒还像句知己话。"张腊月高兴地说，同时加快了脚步。在她们的身后，黄尘从她们的脚底飞扬起来。

昨天晚上，她俩挤在一个炕上，亲亲热热地说东道西：男人啊、女人啊、孩子啊，社里的小工厂啊、缝纫部啊、互相交流经验啊、各自的计划啊、目标啊……一直到鸡叫二遍还不想睡。吴淑兰比张腊月更激动，她从来也没说过那么多的话，把她从前说的话加在一起，也没昨晚说得多。谈话中，张腊月要吴淑兰到自己家里去做客，淑兰满心欢喜地答应了；可是，今早醒来，她又变了卦，急着想回到社里去，为了这，张腊月跟她斗争了一路。

天空越来越昏暗，不久，风静了，云儿凝结在天空动也不动；一忽儿，大路上出现了斑斑点点的麻坑，路旁、辽阔幽深的棉田里，送出砰砰的声音。

"哟！这鬼天，真同老娘作起对来了！"张腊月大声嚷着，仿佛怕老天听不见她的话似的。

两个女人停下来，拍拍衣服上的尘土，用毛巾包好头发，更快地向前面的村庄奔去。村庄已不远，巷口的鸡群已能模模糊糊看见；村外，墨绿的树丛中，青年突击队的红旗，依旧那般鲜艳。

当她们奔进村庄时，肩头已被雨水打湿，道路也开始变得泥泞了。

张腊月牵着吴淑兰的手，走进一个刺槐遮掩的小土门里；未到门口，她就大声向屋里喊道："妈呀！快来迎客人吧，有贵客来了！"

首先跑出来的，是几个孩子，他们争着抢着扑在张腊月的腿上。张腊月双手托着一个最小的女孩的脸颊，狠狠亲了一下，然后对孩子们挥挥手，说道："滚，滚，滚，都给我回去，这么大的雨，跑到露天来干什么！"

张腊月的婆婆从房里走出来，眯着皱纹纵横的眼睑，满面慈祥地望着来人，说道："这么大的雨，也该在哪里避一避啊！看淋成啥啦，快进来！"

回到房里，放下行李，腊月指着淑兰对婆婆说道："妈！这是我新结交的好伙伴，你猜她是谁？"

老婆婆走近几步，仔细看看淑兰，笑着说："你的同志伙伴那么多，我哪能全记住呀！"

"我最近常常说起她哪！她是南二社的。"

老婆婆想了想，忽然喜悦地说："哦！猜到了！莫非是吴淑兰么？"

"老婶婶，你猜对了。"淑兰笑着说。

老人笑道："你跟我们腊月交朋友，可得小心。她呀，可把你恨死啦！"说罢，她摸摸揣揣烧茶去了。

"我也会'恨'哪，老婶婶！"淑兰愉快地回答。说罢望望腊月，腊月正在找寻干衣服，向她扮着鬼脸。

这时，一个大个子、宽眉头、举止沉着的三十多岁的男人，揭掉头上的大草帽，跨进门里来。吴淑兰曾经在乡上见过他，却没想到他就是张腊月的丈夫。他一看吴淑兰就说：

"我远远看见腊月相跟一个人，就猜想一定是你，你到我们这儿来可好！我们这儿的人，都想亲眼看看，是怎样个人把我们南四社打倒了！"

"少废话！"张腊月说，"看人淋得这么湿，不说先拢一盆火来，让人烤烤衣服。"

"对对，我马上去！"

吴淑兰惊讶地望着张腊月。张腊月向她挤挤眼，好像在说：我们家就是这样，你看他多听话啊！不一会儿，男人端着一盆旺火来了，他一边用铁筷子把火架好，一边跟吴淑兰谈话。

张腊月一边给淑兰送来一件干衫子，一边态度严正地对丈夫说："你说奇怪不，像吴姐这样个人儿，却还没有入党。你们乡党委是怎搞的？就没注意到么？"

"你别太主观！"男人说，"昨天晚上，党委开会，刚研究过淑兰同志的申请。怎么能说乡党委不注意呢！"

"你找到介绍人没有？"张腊月问吴淑兰。不等淑兰答复，她又热情地向自己的丈夫说，"咱们俩来当介绍人吧……淑兰同志，你说好么？"

"好啊！"淑兰高兴地说。

腊月的丈夫说道："介绍淑兰这样的同志入党，实在是件顶光荣的事。可是，咱俩不行，得有南二社一个同志介绍才好。他们对淑兰同志更了解。"

"你总是这个老保守的样子！"张腊月指摘道，"难道你不了解？把你们社的红旗都抢走了，你还说不了解！"

淑兰不懂得党内的生活，无法插话，只是默默地微笑着听他们两人的争论。腊月的男人，还想解释，腊月打断了他说道：

"算了吧！我知道一时也把你说不转，回头咱再辩。你先出去，我们要换衣服。"

男人笑了笑站起来，临出门，又停下来对腊月说道："你们队里那一伙二百五妇女，正在银娃家开会，她们来看过你几回……"

"知道了。"腊月说，"是我今早晨给她们捎了话的，要请淑兰同志传授经验！"

"这就是了。"男人说罢，放下门帘走掉了。

腊月换了件衣服，对淑兰说："你先歇歇，到炕上去躺一躺，我出去一忽儿就回来。"

"你只管忙吧！"淑兰说。

张腊月一转身就出去了。婆婆在厨房唤道："不要耽搁久了，早些回来吃饭。"

"知道了！"腊月的声音从大门外传来。

老婆婆端来茶水。口里不住地称赞吴淑兰，称赞着年富力强的一代妇女："你们如今多畅快啊，走州走县，到处交结朋友，有些没有出息的男人还赶不上哪！"最后，又夸起她的儿媳妇张腊月来了，"三五个平常男人，还抵不上我那腊月一个……别看她张张慌慌，她就是那样个'呼啦嗨'，心眼可厚实哪！……邻家都说，她不像我个媳妇，倒像我个闺女。"

淑兰笑着说道："我一进门就看出来啦，你们一家人真好！"

老婆婆又去厨房里做饭。淑兰烤干了衣服，换在身上，把腊月给她的衣衫，细心叠好，小心地放在箱盖上，撩起帘子来，望着门外的天空。天空暗下来，雨，依旧顺瓦沟流着。她不由得焦急起来。她本是来顺路参观张腊月的棉田，和张腊月小组的人见面，学习她们的经验的，要是当天晚上回去多好，还能召集个队员会，把在东乡和在张腊月这儿学来的经验立刻传播出去。现在不行了，雨越下越大，还不见张腊月转来，急得她在房里团团转。无意间，她看到箱盖上一件东西，好像是面旗。她立刻走过去，揭开来看，果然是那面黄旗，上面有"中游"二字。这面旗她很熟悉，曾经在她的社里挂过好久，她费了九牛二虎的力气，才把它换给张腊月。她隔着窗子向老婆婆问道："大婶呀，这面旗怎么放在这儿，不挂到队委办公室去呢？"

老婆婆笑着故意说道："腊月不让挂，她说呀，这不是咱的旗，咱只替人保管十天半个月就还给人家了，挂它干什么？"

"唔，这样啊——！"淑兰把旗叠好，放回原处，快活地笑道，"这个张姐呀，想了个美，她想还给谁啊！"说着，她不由得走出房子，站在廊下，通过敞开的大门，向野外望去，野外是一片迷迷蒙蒙的灰蓝色。

"啊！多讨厌的天气！"她又转回屋子来，她的心，也全被风雨填满。她又重新包好自己的行李，绑好鞋带。

这时，张腊月回来了。一群妇女跟在她的身后，跑来看吴淑兰。屋里顿时热闹起来。张腊月吵着嫌屋里暗，点亮了灯，一个一个给吴淑兰作了介绍。别看腊月是个"呼啦嗨"，她可心细呢。她一看见淑兰那重新收拾打扮过的样子和眉宇间的气色，就知道淑兰待在这里，心里发急。她舍不得淑兰离开，便宣布道："今天吴淑兰同志到我们这儿来，是我们向淑兰同志学习的好机会，大家认识认识，听淑兰同志作报告介绍经验，谁也不谈竞赛一类的事。好不好？"大家说："好！"

吴淑兰见推辞不得，便提议开个交流会，大家都谈，腊月接受了。这个植棉经验交流会开得很热乎。最后，淑兰向腊月斜了一眼，转了个弯向大家问道："你们有啥紧急事情呀？张腊月大姐刚一到家就叫她开会！"

一个毛头毛脑的女孩子抢着答道："淑兰大姐，我们研究怎样赶超你哩！"

"哦！研究的结果怎样啊？"淑兰很有兴趣地问那小女子，"欢迎你们超过我。"

旁边人直向女孩子挤眼，腊月也向女孩子吼叫起来，可是那女孩子管束不住激动的情绪，像打机关枪似的："淑兰大姐，你夺走了我们的红旗，给我们换来那么个烂黄货。我们大伙都觉得是我们自己不争气，我们要好好向你学习，赶超你……我们的口号是：马踏南二社，捎带刘杨村，收回大红旗，永远扎住根！"

"哎哟！想要马踏我们哪！"淑兰笑着说。

"可不是！"

"怕踏不成吧。"

"试合哩！"女孩倔强地说。

"一定要踏？"

"一定要踏！"

"不踏不行？"

"不行！"

"好，欢迎你来踏一踏试试！非叫你连人带马投降不可！"

吴淑兰一边说，一边笑着站起来，在她那外表娴静的眼神里，露出坚定和刚强的颜色来。

张腊月笑着嚷道："不许谈不许谈，又谈起这些事情了！就不知道让吴姐歇一歇，吴姐今天是来做客的呀！"

"我已经歇好了！"淑兰笑着说，同时她指着箱盖上的旗子，问道："张姐，你怎么把旗放在这儿呀？"

腊月顺口笑道："打算归还给人家哩！"

淑兰道："还给谁？"

腊月发现自己也陷进争论里，停顿了一忽儿，呵呵笑道：

"嗨，吴姐啊，你想，再能还给谁呢？难道我能要个黑旗不成！"

淑兰笑着说："这么说，你还是把这面旗挂起来吧！咱俩是好朋友，我的心，你知道。我绝对不跟你换！"

"由不得你啊！"腊月说。

"不由我再由谁？"淑兰自豪地说。

"你把我们这一堆人忘了！"腊月也很自负地说。

吴淑兰拿起自己的行李，笑着回答道："张姐，你们要怎样想由你们想，我还得回去问问我那些女将们愿意不愿意哩。"

吴淑兰的心，被革命竞赛的热情燃烧着，早已飞回她的队员中去，飞到田野里去了。无论张腊月和她的队员们怎样苦苦劝留，说什么也留不住。

最后张腊月无可奈何地笑骂道："我现在才认识你，你是个顶坏顶坏的女人啊！"她们俩人，虽说只相处了一天，可是她们的友情是那么诚挚深厚。淑兰要走，是情理中事，她要争取这个风雨的夜晚，白白耽误一晚的时间，是难于弥补的。

张腊月懂得这一点，要不，她们就不会交结成这样要好的朋友。临了，她只得说："好吧！天已黑下来了，路上又泥得不好走！秀英，跟我去送吴姐一程！"吴淑兰推也推不掉。

腊月的婆婆在邻居家借来几把伞，又拿来一盏小马灯，预备腊月她们回来的路上用。

村外，宽阔的旷野稍稍明亮些，但周围的村庄，都已隐没在风雨苍茫的暮色里；田间，这里那里，还有生产队的社员们在冒雨干活。

三个新认识的伙伴，撑着雨伞，互相扶持着，在泥泞的乡间道路上跌跌滑滑地前行，一边继续着刚才的争论。热烈响亮的声音，飘向四野，压住了充满天地间的风声和雨声。

"张姐，到你的棉花地去看看吧！"吴淑兰说，"来一趟可不容易。"

"啊呀！那可要绕一大段路哩！"腊月说。

"绕一段路有啥要紧。"淑兰坚定地说。

"那行！正要请你指点指点。"张腊月干脆地说，"朝西拐吧。秀英，你在前头领路！"

三个人，离开大路，一溜行，踏上窄窄的田埂，说说笑笑，向张腊月的棉花"卫星"田走去……

《延河》1958年11期

小巷深处

陆文夫

一

苏州，这古老的城市，现在是熟睡了。她安静地躺在运河的怀抱里，像银色河床中的一朵睡莲。那不大明亮的街灯；照着秋风中的白杨，婆娑的树影在石子马路上舞动，使街道也布满了蒙眬的睡意。城市的东北角，在深邃而铺着石板的小巷里，有间屋子里的灯还亮着。灯光下有个姑娘坐在书桌旁，手托着下巴在凝思。她的鼻梁高高的，眼睛乌黑发光，长睫毛，两条发辫，从太阳穴上面垂下来，拢到后颈处又并为一条，直拖到腰际。在两条辫子合并的地方，随便结着一条花手帕。

在这条巷子里，很少有人知道这姑娘是做什么的，邻居们只知道她每天读书到深夜。只有邮递员知道她叫徐文霞，是某纱厂的工人，因为邮递员常送些写得漂亮的信件给她，而她每接到这种信件时便要皱起眉毛，甚至当着邮递员的面便撕得粉碎。

徐文霞看着桌上的小代数怎样也看不下去，感到一阵阵的烦恼。这些日子，心中常常涌起少女特有的烦恼，每当这种烦恼泛起时，便带来了恐惧和怨恨，那一段使她羞耻、屈辱和流泪的回忆就在眼前升起。

是秋雨连绵的黄昏，是寒风凛冽的冬夜吧，阊门外那些旅馆旁的马路上、屋角边、阴暗的弄堂口，闲荡着一些打扮得十分妖艳的姑娘。她们有的蜷缩着坐在石头上，有的依在墙壁上，两手交驻在胸前，故意把那假乳房压得高高的，嘴角上随便叼着烟卷，眯着眼睛看着旅馆的大门和路上的行人。每当一个人走过时，她们便娇声娇气地喊起来。

"去吧，屋里去吧。"

"不要脸，婊子，臭货！"传来了行人的谩骂。

这骂声立即引起她们一阵哄笑，于是回敬对方一连串下流的咒骂："寿头，猪猡，赤佬……"

在这一群姑娘中，也混杂着徐文霞，那时她被老鸨叫作阿四妹。她还是十六岁的孩子，瘦削而敷满白粉的脸，映着灯光更显得惨白。这些都是七八年前的事了，徐文霞一想起心就颤抖。

一九五二年，政府把所有的妓女都收进了妇女生产教养院。徐文霞度过了终生难忘的一年，治病、诉苦、学习生产技能。她记不清母亲是什么样子，也不知道母爱的滋味。人间的幸福就莫过如此吧，最大的幸福就是在阳光下抬着头做个正直的人！

那一年以后，徐文霞便进了勤大纱厂。厂长见她年轻，又生着一副伶俐相，说："别织布吧，学电气去，那里需要灵巧的手。"

生活在徐文霞面前放出绮丽的光彩：尊敬、荣誉、爱抚的眼光，一齐向她投过来。她什么时候体验过做人的尊严呢！她深藏着自己的经历，好在几次调动工作之后，已无人知道这点了。党总支书记虽然知道的，也不愿提起这些，使她感到屈辱。没人提，那就让它过去吧，像噩梦般地消逝吧。

爱情呢？家庭的幸福呢？徐文霞不敢想。她也怕人夸耀自己的爱人，怕人提起从前的苦难，更怕小姊妹翻准备出嫁的衣箱。她渐渐地孤独起来，在寂静无声的夜晚，常蒙着被头流泪，无事时不愿有人在身边。于是，她便在这条古老的巷子里住下来，这里没人打扰她，只是偶然门外有鞋敲打着石板，发出空洞的回响。她拼命地读书，伴着书度过长夜，忘掉一切。只是那些玩弄过她的臭男人不肯放松她，常写信来求婚。徐文霞接到这些信时便引起一阵怅惘，后来索性不看便撕掉："谁能和做过妓女的人有真正的爱情，别尝这杯苦酒吧！"

徐文霞站起来，在房间里走动，把所有的杂念都赶掉，翻开小代数，叹了口气，自语道："把工作让给我，把爱情让给别人吧！"

徐文霞重新埋进书本，努力探索难解的方程式。一会儿，字母便在眼前舞动，扭曲着，糊成一片黑。她拉拉眼皮，想唤回注意力。可能是天气燥热吧，她伸手推玻璃窗。窗外起着小风，树叶儿沙沙地响着，夜气和秋声那样催人入眠，徐文霞更加烦躁了。

徐文霞为啥烦躁，只有她自己知道。那个大学毕业的技术员张俊的影子，如今还在眼前晃动。他年轻，方方的脸放着红光，老是带着笑容和她谈话，跑到她身边来找点什么，却又涨红着脸无声地走开了。徐文霞知道为着这件事烦恼，却故意不肯承认。用这种办法，她击退过好几次爱情的干扰。今天怎么搞的呢？说不想又偏去想："他今天为什么到我这里来呢？光是轻轻地敲了一下门，隔半天又敲了一次，想进来，又不想进来的样子。他的脸那么红干吗？别这样红吧，同志！难道我这个人还能讥讽人吗？唉，他为什么不讲话？他挺会说话的，今天倒结结巴巴的，尽翻我的书看，还看得很有趣呢！这些书他不是都读过吗？他要帮我补习代数，还要教我物理。昏啦，我竟答应了他。要是他怀着什么心思，我可怎得了啊！"徐文霞平静的心被搅乱了，全部"防线"都崩溃了，她不理睬那许多对她含着深情的眼光，撕掉好些向她吐露爱情的信件，却无法逃避张俊那纯真的孩子般的眼睛。她收不住奔驰起来的思想，一会儿充满了幸福，幸福得心向外膨胀；一会儿充满了恐惧，感到这事是那么可怕。各种矛盾的心情，痛苦地绞缢着她，悲惨的往事又显明起来。她伏在桌上抽泣着，肩膀在柔和的灯光下抖动。

窗外下起雨来，檐漏水滴在石板上，像倾叙着说不完的闲话。

二

时间从秋天到了冬天，徐文霞心里却像开满了春花。

一下班，张俊便到徐文霞的房间里来了。他坐在徐文霞的对面，眼不转睛地看着她。看得徐文霞脸红心跳起来，忙说："来吧，抓紧时间。"

张俊笑着，打开课本。他不仅讲，还表演，不知又从哪里找来许多生动的譬喻。这一点，张俊自己也不明白，在徐文霞面前，他的智慧像流不完的河水。

徐文霞开始做习题时，张俊便坐到另一张桌上做自己的功课。这时候，房间里静极了，只有笔在纸上唰唰地响。张俊一伏到书桌上，就两三小时不动身。徐文霞深怕他过度疲劳，便走过去拉拉他的耳朵，搔搔他的后脑。张俊嚷起来："好，你又破坏学习。"

徐文霞咯咯地笑着，便坐下来。不一会儿，她又向张俊手里塞进一只苹果。张俊把苹果放在桌子上，先不去动，过了一会儿，拿起来看看，然后便到徐文霞的口袋里摸小刀。

"好，这次是你破坏学习。"

"苹果是你送给我的!"

这一骚动，两个人都学不下去了，便收起书本，海阔天空地谈起来。张俊老是爱谈将来，一开口便是"五年以后"的理想："到那时候我是工程师，你是技术员……"

"我也能做技术员吗?"

"只要你学习时不调皮。"张俊调皮的眼光望着她，"那时我们还在一起工作，机器出了毛病，我和你一起修。我满脸都是机器油，嘿，你会不认识我哩!"

"你掉在染缸里我也认识。"

"要是世界上有这么一对，他们一起工作，一道回家，星期天一起上街买东西，该多好啊!"

徐文霞被说得心直跳，脸上绯红，故意装作不明白地说："那是人家的事情，你谈它做啥?"

徐文霞好像浸在一缸温水里，她第一次感到爱情给人的幸福和激动。

实在没话谈了，他们便挽着手到街头散步。苏州街上的夜晚，空气是很清新的，行人又那么稀少。他们尽拣没人的地方走，踩着法国梧桐的落叶，沙沙的怪舒服。徐文霞老爱把那些枯叶踢得四处飞扬。到底走多少路，他们并不计较，总是看到北寺塔，看到那高大巍峨的黑影时便回头。

张俊每天到徐文霞这里来，实在忙了，睡觉之前也一定来说一声："睡吧! 文霞，明天见。"

徐文霞也习惯了，等到十点半张俊还不来，她便睡下等他。果然听着门上的钥匙响，张俊走进来，用手在她的被头上拍两下："睡吧，文霞……"然后她才能真的安详地熟睡。

在爱情的海洋里，徐文霞本来已经绝望了，却忽然碰着救生圈，她拼命抓着，深怕滑掉。夜里，她常常梦见张俊铁青着脸，指着她的鼻子骂："我把你当块白璧，原来你做过妓女，不要脸的东西，从此一刀两断！"徐文霞哭着，拉着张俊："不能怪我呀，旧社会逼的……"张俊理也不理，手一甩，走出门去。徐文霞猛扑过去，扑了个空。醒来却睡在床上，浑身出着冷汗，索性痛哭起来，泪水湿了枕头，人还在抽泣。

徐文霞再也睡不着了，多少苦痛都来折磨她，寻思道："怎么办哩，老是这样下去吗？万一我的过去给张俊知道呢？告诉他吧。不，他不会原谅我。像他这样的人，有多少纯洁的姑娘会爱上他，怎么要做过妓女的人呢？不能讲，千万不能讲啊！"徐文霞用力绞着胸前的衬衣，打开床头的电灯，她恐惧，她怕。她不能失去张俊，不能没有张俊的爱情。

三

初冬晴朗的早晨，天暖和得出奇。苏州人都溜进那些古老的花园度过他们的假日。

徐文霞穿着鹅黄色闪着白花的绸棉袄。这棉袄似乎有点短窄，可是却把她束得更苗条而伶俐。辫子好像更长了，齐到棉袄的下摆，给人一种修长而又秀丽的感觉。她左手拎一只黄草提包，和张俊慢慢地走进了留园，在幽静曲折的小道上，徐文霞的硬底皮鞋，咯咯地叩着鹅卵石。小道的两旁，是堆得奇巧的假山石，瘦削的太湖石到处耸立着，安排得均匀得体。晚开的菊花还是那么挺秀，不时从太湖石的洞眼中冒出一枝来。徐文霞的眼睛像清水里的一点黑油，滴溜溜地转动着，令人心旷神怡。

他们在清澈的小石潭中看了金鱼，又转过耸峙的石峰，前面出现了一座小楼。

"上楼去吧。"徐文霞眼睛柔和发亮地望着他。

张俊拉着她的手却向假山上爬。

"咦，上楼多好！"徐文霞跌跌跄跄地，爬到山顶直喘气，"我叫你上楼偏要上山！"

"已经上楼啦，还怪人。"

徐文霞向前一看，真的上了楼，原来假山又当楼梯，使人在欣赏山景中不知不觉地登上楼，免去爬楼梯那枯燥的步行。徐文霞忍不住笑起来，停会儿又叹气说："俊，你看造花园的人多灵巧啊，人总是费尽心机，想把生活弄得美好一些。"

"走吧，说这些空话做啥。"

他们穿着曲折的回廊，徐文霞心中有些忧伤，说："唉，空话，要是明白了造园人的苦心，你就会同情他，同情他那美好的愿望。"

张俊心一悸动，看着徐文霞忧伤的眼色，忙说："你怎么啦，文霞，想起什么了吧？"

"不，没有什么。"

"那你为什么不高兴呢？"

"高兴哩，能和你在一起，总是高兴的。"徐文霞强笑了一下，"走吧，你看前面又是什么地方？"

他们走进了一个满月形的洞门，眼前出现了一片乡村景色，豆棚瓜架竖立着，翻开的黑土散发着芬芳。他们在牵满了葫芦藤的花架下散步，看那繁星一样坠在枯藤上的小葫芦。

张俊沉默着，忽然一副庄重的神色说："文霞，你说心里话，你觉得我这个人怎样？"

"怎么说呢，我这一世，要找第二个人，恐怕……再也……"

张俊兴奋极了，满脸光彩，快活地说："这么说，文霞，我们结婚……"

徐文霞陡然一震动，喜悦夹杂着恐怖向她奔袭过来。她脸色有些苍白，嘴唇微微抖动，半晌才说："走吧，我们向前。"

张俊兴奋得话说个不完："文霞，人生的道路是漫长的，在这条路上，两个人携着手，齐奔自己的理想。一个疲乏，另一个扶着她；一个胜利，另一个祝贺他。你说，还有爬不过的高山，渡不过的大河吗！"

徐文霞感动得几乎掉下眼泪来，有这样的一个人，伴着一生，不正是自己的梦想吗！可是，她却怀疑地望着张俊，想道："要是你知道我的过去，你还能说这些话？"她痛苦地低下头，忙说："走吧。"

在那边，出现了一座土山。山上长满了枫树，早霜把枫叶染红了，红得像清晨的朝霞。在半山腰的石凳上，坐着个人。这人背朝着徐文霞，拉起大衣领子晒太阳。徐文霞咯咯的皮鞋声，引起了他的注意，便回过头来，露出一张扁平的脸，像一张绷紧了的鼓皮，在鼓皮的两条裂缝中间，滴溜溜的眼睛盯着徐文霞。等徐文霞发现这人时，已到了跟前，这人也跟着站起来，恭恭敬敬地说：“你好呀四妹，你还在苏州吗？”

“你！你……也在这里玩吗？再见！俊，到山顶上去看看。”徐文霞拉着张俊的手，一溜烟奔上了山峰。她神色慌乱，喘着气，腿肚在抖，眼皮跳动，浑身直打寒噤。

张俊望着那个人，见他已懒洋洋地下山了，就说：“那人是谁，怎么叫你四妹？”

徐文霞哆嗦着：“没有什么，一个熟人，四妹是我小名。”她呆了一下，“回去吧，这里很冷，没啥玩头。”

张俊看着徐文霞奇怪的神色，心里疑惑着，忐忑不安地走出了园门。

四

门上，轻轻地敲了一下。半晌，又轻轻地敲了一下。

徐文霞的脸色从惊疑变成喜悦，她敏捷地从床上跳起来：“冒失鬼，又忘了带钥匙呢！”

徐文霞慢慢地拉开门，想猛地冲出去吓张俊一下。忽然，有个扁平的脸在眼前出现了。徐文霞一惊，一阵凉气从脚下传遍全身，暗自吃惊道：“朱国魂！就是那天在留园碰到的朱国魂。”徐文霞愣住了，不知道是把门关上呢还是放他进来。

朱国魂微笑着，向巷子的两端看了一眼，不等什么邀请，很快地折进门来，跟着把门关上，恭恭敬敬地叫了声徐小姐。

听到喊徐小姐，徐文霞更惊惶地想：“都知道啦，这个鬼。”她强力使自己镇静，不露出一点张皇的神色，冷冷地问：“这几年在哪里得意呀，朱经理？”

“嘿嘿，没有什么。前几年政府说我破坏了市场，把我劳动改造了两年。徐小姐，听说你这两年很抖呀。”朱国魂努力想说点儿新腔，不小心又露出了这句老话。

"现在谈不到抖不抖。"徐文霞感到一阵恶心。

朱国魂向房间里打量着，一时不讲话。徐文霞也戒备着，不知道他下一步会耍出什么花腔。她看着这张扁平脸，眼睛里藏着屈辱和愤怒。就是这个投机商，解放前她还是一个十六岁纯洁的少女的时候，他是第一次那样残酷地侮辱过她，把她的身子尽力地摧残。现在他想干什么呢？他不讲话，伸长着脖子挨过来，咧着那个圆圈圈似的嘴直喘气。徐文霞向后让着，真想伸手给这张扁平脸一记耳光，可是她忍耐着。从碰到他的那天起，她就怕这个人，总觉得有把柄落在这人手里。

朱国魂突然用解放前的那副流氓腔调说："嘻嘻，阿四妹，你真有两手，竟给你搭上张俊那小子，一表人才呀！咳，有苗头。不过当心噢，过去的那段事得瞒得紧点，漏了风可就炸啦！"朱国魂着他那对小眼睛，又意味深长地说，"你放心，我不会公开我们解放前那段交情，你的好事我总得要成全，对不对？"

徐文霞手足发凉，极力保持着的镇静消失干净，脱口说出心里话："你怎么晓得这样清楚！"

"唉，买卖人嘛，打探消息的本事还有点哩！"

徐文霞满脸煞白，一瞬转了很多念头：痛骂他一顿，轰他出去，拉他到派出所。这些都容易办到，可是要给张俊知道呢，要是这恶棍加油添醋地告诉张俊呢……她不敢想，头昏眩起来。她狠狠地望着对方，那张扁平脸在眼前无限制地伸长、扩大，成了极其可怕的怪相。

"你要怎么样呢，朱经理？大家都是明白人，有什么里子翻出来看看。"

"咳，谈不上怎么样，这又不是解放前。不过，我现在摆着个小摊，短点本。想问你借一点，大家心里有数嘛，互相帮忙。"

徐文霞下意识地伸出微抖的手，摸出一沓钞票放在桌子上。

朱国魂站起来，一迭声地说谢谢。他把大拇指放在唇边擦了点唾沫，熟练地一数，又笑嘻嘻地放在桌子上，说："徐小姐，这二十块钱不能派什么用场。要是你身边不便，我改日再来拜访。"

徐文霞紧咬着牙，脸涨得发紫。她把半个月的工资狠命地摔在地板上，转身扑到枕头上，哽咽不成声地哭着。

五

冬天渐渐摆出冷酷的面貌，连日刮着西北风，雪花飞飞扬扬地飘落下来。

徐文霞呆坐着，面容消瘦了，眼睛也无光了。她看雪花扑打到玻璃窗上，化成水珠，像眼泪似的流下来。透过这挂满眼泪的玻璃窗，看到外面大团的雪花飞舞着，使天空变成白茫茫一片。

床头闹钟嘀嗒嘀嗒地响，永远那样平稳。徐文霞又向钟看了一眼："咦，他怎么还不来！"

"朱国魂大概把我的一切告诉他啦！"徐文霞的心像悬在蛛丝上，快掉下来，却又悬荡着：他爱的人原来做过妓女啊！他还有脸见人吗？他哪里还能来呢。

"嘀铃铃铃！"闹钟突然响起来。徐文霞一惊，以为是门铃响，她手捺着那跳得怦怦的胸脯。她怕朱国魂又来纠缠，又怕张俊来撞上朱国魂。她想："朱国魂不会轻易地放我，这条毒蛇，不把血吸干了是不会吃肉的。"

张俊进来了，跺着脚，抖掉雨衣上的雪，脸冻得通红，嘴里喷出白气。他满脸是笑地说："文霞，多大的雪，你出去看看。嘿，好几年不下这样大的雪啦！"

徐文霞飞奔过去吻着他："怎么现在才来，最近怎么常来得这样迟呀？"

"是你心理作用，我还不是和过去一样，下班就来看你！文霞，别乱猜，无论怎样，我总不会离开你。"

徐文霞紧紧地搂着他："别离开我，俊，别丢掉我呀！不，就是丢掉我，我也不会怨你。"

张俊扬起了眉毛，不明白地望着徐文霞，心想道："她近来消瘦了，眼眶里含着泪水，心中埋藏着什么痛苦呢？不肯说，又不准问。唉，亲爱的姑娘！"他的嘴唇动了两下，想问什么又忍住了，只说："结婚吧！文霞，结了婚我们会天天在一起的。"

徐文霞低头沉默着。突然，她又无声地哭了起来，伏在张俊的怀里揩眼泪。

张俊抚摸着她的头发，又怜惜又着急："别难过，文霞，我是用真诚的心待你的，为什么你对我忽然又不信任了呢？"张俊拍拍徐文霞，安慰她一会儿，才说："还有个会等我去，你先看看复习题，晚上我再来讲新课。"

徐文霞恍恍惚惚地想："走啦，又走啦！最近他总是这样匆匆忙忙的。好吧，结局快到了，到了，总有一天会到的，不如早些吧！"她哪有心思复习小代数呀，不知不觉又去打开箱子，把新大衣穿起来，新皮鞋穿上，围好那红色的围巾，对着镜子旋转了几下，然后叹了口气，又一件件脱下来。她自己也不相信，这些东西竟是他买来的，准备结婚的。她幻想着这一天，却又不相信会有这一天。近几天，张俊不在时，她便独自翻弄这些衣服，玩赏着，作出各种美妙的想象，交织成光彩夺目的生活图画。越是痛苦失望的时候，她越是爱想这些。

蓦地，朱国魂撞了进来，皮笑肉不笑地说："你好呀，徐小姐，准备结婚啦？我讨杯喜酒吃。"

徐文霞一看见他，所有的幻想都破灭了。她发怒地把衣袋都塞进箱子里。全是这个人，一切幸福与欢笑都被这个人砸得粉碎。她怒睁着眼睛问："你又来做什么？"

"上次承你借了点小本钱，可是……又光啦。"

"怎么，我是你的债户？"徐文霞立起来，眼睛都气红了，恨不得燃起一场大火，把这个人燃成灰烬。

"何必这样动火呢？徐小姐，有美酒大家尝尝，一个人吃光了是要醉的。"

徐文霞所有的怒火都升起了："跟这个畜生拼了吧。"可是回头看看那乱七八糟的衣箱，心又软下来，手颤抖地摸出二十块钱。

朱国魂没料到第二次勒索竟这么容易，不禁向她看了一眼，发现她近几年竟长得如此苗条而又多姿，高高的胸脯，滚圆的肩膀，浑身发散着青春诱人的气息。他的心动起来了，升起一种邪恶的念头，扁平的脸上充满了血，打个哈哈说："今晚我睡在这里。"

"啪啪!"两下清脆的耳光声。

朱国魂猛地向后一跳,手捂着面颊。他仍微笑着说:"咳,装什么正经呀,你和我又不是第一次!"

徐文霞猛扑过去,像一头发怒了的狮子。所有的痛苦、屈辱和愤怒一齐迸发出来了,她用力捶打着朱国魂。朱国魂还是嘻嘻地笑着说:"看哪,欺侮人呀,但是我原谅你,打是亲来骂是爱!"徐文霞更气得脸都白了,什么也不顾,一口咬住朱国魂的膀子。朱国魂痛得跳起来了,随手拎起一张方凳子,想了一下,又轻轻地放下来,放下脸来说:"别这么神气,我只要写封信给张俊,告诉他你是干什么的,过去和我曾有过那么……"

徐文霞抄起方凳猛力掷过去。朱国魂知道再闹下去不好,转身溜出门去。方凳子"轰隆"一声撞在板壁上,把四邻都惊动了。

六

徐文霞站在张俊的宿舍门口,头发蓬乱着,脸色发青,眼睛里充满绝望的光芒:"去,告诉他,出丑让我一个人,痛苦由我承当。"心里虽这么想,脚下却不肯移动,仿佛门槛里有条深渊,跨进一步就无法挽救。

张俊洗完脸,端了满满的一盆肥皂水,正要用力向门外泼,忽见门外有人,连忙收住,水在地板上泼了一大摊。

"是你!文霞。"张俊惊叫起来,看见徐文霞这副样子,更是惊慌。他忙拉着她的手坐到床上:"发生什么事啦文霞?快告诉我,快!"

徐文霞痴呆着,眼睛直愣愣地看着张俊,眼泪一滴追一滴地落在地上。

"什么事,文霞?"张俊摇着她的肩膀,"快说吧!看你气成这个样子,唉,急死人啦!"

徐文霞还是僵坐着,突然一转身,扑到张俊床上,只是泣不成声地哭着。张俊心乱极了:"别哭,有话说呀,别哭啦,给人家听见了笑话。"

徐文霞不停地哭着,让眼泪来诉说她的身世、痛苦和屈辱。一直哭了十多分钟,才觉得塞在心头的东西疏通了,慢慢地平静下来,深深地吸了口气，坦率地诉说着自身的遭遇。曾经有多少个夜晚啊，她把这些话在胸中深深地埋藏着，让自己独自忍受着这痛苦。

张俊开始被徐文霞的叙述弄得不知所措，只吃惊地瞪着眼睛。但是后来他像听到一个不平的故事一样，怒不可遏地从床上跳起来："那个坏蛋在哪里？岂有此理，现在竟敢做这种事，我去找他！"

"别去吧，俊，派出所会找他的，不要为我的事情再闹得你也没脸见人。我对不起你，你一片真心待我，我却把我的身世对你瞒了这么长时间。别骂我，俊，我是怕你……"

"别哭吧，文霞。"

"我知道你不会要一个做过妓女的女孩子，我为什么要拖住你呢，拖住你来分担我的羞耻和痛苦！我要离开苏州，请求组织调我到上海去工作。今后希望你和我仍做个知己的朋友吧……"徐文霞说不下去了，又伏倒在床上哭起来。

张俊沉默着，混乱得说不出一句话来。心里打翻了五味瓶，说不出是什么滋味。

徐文霞揩干了眼泪，渐渐平静下来，想站起来走，却没有一点力气。又过了一会儿，她像一个出征的战士，一切想好之后，带着一副毅然的神色离开了张俊的屋子，走上了她的征途。

张俊在屋子里呆立着，不知怎样处理这件事才好，脑子什么也不能思索……

夜深了，冷得要命，大半个月亮架在屋檐上，像冰做的，露水在寂静中凝成了浓霜。

在那条深邃而铺着石板的小巷里，张俊在徘徊。他远远望着徐文霞那个亮着灯的窗户，每次要到窗户跟前又退回来，"怎么说呢？向她说些什么呢？"他想象得出，那盏灯下坐着个少女，这少女是善良的化身，她无论怎样也不能和妓女这名词联系起来。他知道她在痛苦中：由于她屈辱的过去而无法生活下去。他的心又软下来，"不能怪她呀，在那个黑暗的时代里，一个软弱的孤儿，能做得了什么主呢！"

要是作为一个普通女孩的不幸，毫无疑问，张俊是会同情的，而且马上就能谅解。可是，这是徐文霞，是个要伴着自己一生的姑娘。他踌踡着，在巷子里一趟又一趟地走着，似乎下决心要数清地上的石头。许多事情在眼前起伏，他想起和徐文霞相处的那些充满了幸福和幻想的日子，在那些日子里，人就变得聪明，而且对一切事情充满了信心。这些都是一个姑娘带来的，这姑娘挣扎出了苦海，向自己献出了一颗纯洁的心。她忍受着那许多痛苦来爱自己，又那么向往着美好的未来而不断地努力。张俊突然一转，跑到徐文霞的门前，一摸口袋，又忘了带钥匙，便提起拳头拼命地敲门。

那性急的擂门声，在空寂的小巷子里，引起了不平凡的回响。

《萌芽》1956年10期

喜鹊登枝

浩　然

一

清早，飞来了两只花喜鹊，登在院子当中的桃树枝上，冲着北屋窗户喳喳地叫。

韩兴老头从农业社回到家里，被这叫声惊动了。他把粪箕子往猪圈墙下边一丢，仰着脸，捋着黄胡子，笑眯眯地望着花喜鹊，寻思着它们预兆的喜事儿。

坐在北屋炕上的老伴，挺不高兴地对着窗上的玻璃朝他喊："粥都凉了，你到底还吃不吃？一家子人光等着你。"

闺女韩玉凤眉开眼笑地迎着走进屋来的爸爸，一句话也没有说，就端粥盆拿碗筷，给老人盛上，自己也往炕沿上一跨，端着粥碗，稀里呼噜地吃起来；还没等把饭咽利落，碗筷一放，拿起小包裹就要走。

当妈妈的最能观察闺女的心事，见闺女那个慌慌张张的样子，故意绷着脸说："啥事儿勾你的魂儿啦？慌得你整天价饭都不想吃？"

玉凤脸一红，脑袋一晃："今儿个各社的会计开碰头会，能不忙吗？"她说着，看爸爸一眼，一阵风似的跑了。

老伴回头看看老头子，见他还是闷着头吃饭，就没好气地说："你呀，整天价像个木头人，啥事儿也不管。看咱们丫头这两天成了没砣的秤，到哪儿都站不住，像个啥样子！"

这对老夫妻平时断不了开个玩笑，老伴性子急，老头子那股遇事满不在乎的脾气常常使她恼火。

这会儿，韩兴又不慌不忙地回答一句："人家还不是忙工作嘛！"

老伴更生气了："屁，什么忙工作，忙着搞'自由'哩！"

"搞'自由'就搞'自由'呗，又何必大惊小怪的！"

"我的天，不是你身上掉下的肉，敢情是不疼。年轻人自己办终身大事，哪有什么主心骨哇？你没见老焦家二姑娘遭的那事儿：马马虎虎地定了亲，过门三天半就闹离婚，多糟心哪。咱丫头要是那个样子，我可不答应。"

"你不答应不顶用，有《婚姻法》管着呐。"

"《婚姻法》是《婚姻法》，她眼里也不能没我一点儿呀！"

老头子故意问："怎么才合你的心呢？你想包办？"

老伴很认真地压低声音说："新社会不兴包办，更不能拿儿女搞买卖，咱们得顺着潮流走。依我看，就按照玉凤她二姨的主意做，把城里供销社那个股长叫到咱家来，让他俩对面相看。相中了，问得她心服口服，两头乐意，一分钱彩礼也不要，这还能算我包办？"

老头子忍不住笑了："要我说呀，你这是变相包办！"

老伴把嘴一噘："你不用给我乱扣大帽子，不包办，也不能大撒巴掌不管。你就是不疼闺女。"

老头子又笑笑说："我怎么不疼闺女？疼得讲究疼法，我比你会疼。你明知道人家自己找好了对象，不分青红皂白地偏要拆散人家，再给另找一个，这是为啥？非这样你不痛快？这还不是老思想穿上新外罩出来了？要我说呀，咱们应当认真负责地帮助玉凤把那个人调查调查，要是根子正、思想好，成亲后能够一块儿过社会主义日子，咱们就成全他们；要是真不好，咱们再劝玉凤也有话说了。这不是两全其美吗？"

老伴听了这番话，心里还有些不舒服，可是自己一时又想不出别的理由来驳老头子；再说，她也不敢相信自己那条路真能够走得通，就噘着嘴巴不吭气了。

老头子撂下饭碗，想了想说："哦，有了。咱们东方红社跟他们青春社订了换种合同，我今天就去商量这码事；借这个由头，到那边把那个人的根底儿仔细地打听打听，看情形回头再说。你看行不行啊？"

老伴叹口气说："去就去吧，说不定是喜是忧哩！"

二

韩兴老头在黑袄外边罩上了一件蓝布衫，换了一双纳帮薄底鞋，兜里还装上几块钱，背着粪箕子就动身了。

东方红社和青春社相离只有十来里地，因为当中隔着一道金鸡塘河，古来结亲得少，来往得也少。今年开春都转了高级社，又并成一个乡，两边社员觉得隔河涉水，走动起来很别扭。社干部们凑到一块儿开了个会，接着又发动了两班人马，在河上修起一座石桥。就在修石桥的时候，女儿韩玉凤才认识了青春社的林雨泉。他俩一块儿参加运石头，一块儿搞宣传鼓动工作，最后又一块儿计算工料成本，一来二去就悄悄地搞起恋爱来了。韩兴老头在县农业技术训练班学习一个多月，回来就听到一些风言风语。做父母的谁不关心儿女的终身大事？何况他的儿子不在家，身边独有这么一个眼珠子似的闺女呢！

有一天，玉凤没在家，老两口子正唠叨这件事，西头玉凤她二姨一掀门帘进来，坐在炕上就数叨起来了："我的姐夫呀，玉凤的婚事你们可该拿拿主意。你没见东街老焦家二姑娘唱的那出戏。自由呀、恋爱呀，末了让那个二流子一身制服一双皮鞋，就把她给糊弄走了。爹妈把闺女养那么大，不要说闹几个养老钱，连一包点心都没有吃上。结果呢，三天半又闹着打离婚，跟着生气、丢人。"她见姐姐被自己的话说得哑口无言，就又出谋献策，"要我说呀，先下手为强，把我们亲家表侄，给玉凤介绍介绍。人家在顺义县供销社当股长，要人有人，要事儿有事儿。成了亲，玉凤往城里一住，再不用在庄稼地受苦了。你们两口子吃缺了、花短了，伸手就有钱用。话说回来，嫁给青春社林家，你们有什么便宜占？前几天我听说，老林家是个穷光蛋，那小子上了半截中学就回家拿上锄把啦，也不知道他犯了什么错误……"

韩兴老头子很干脆地回答说："抚养子女是咱们的义务。把她拉扯大了，也不是图一棵摇钱树。至于说林家穷不穷，这更没啥。闺女要想嫁给富农，我还不干哩。只要小伙子劳动强，思想进步，家庭是革命的，结了婚，靠着农业社，凭着两双手，还愁没有幸福日子过？"

从这以后，林雨泉的品质好坏，家庭如何，就成了他心上的一件大事情。可是闺女总不愿意把事情公开，当老人的也不好多问，事情就这样悄悄地拖了下来。

韩兴老头是个热心人，村里两姓旁人出了事，他总得揽起来，尽心尽意地帮助，如今事儿摊到自己亲生闺女身上，他怎么能不管呢？不过，他有一定之规：做父母的既不能像东街老焦家那样对闺女的终身大事漠不关心，撒开手不管，也不能像老伴那样再来个变相包办，更不能像玉凤二姨说的那样，趁儿女办婚事捞一把。他认为新社会的父母应当按照国家的章程、集体的利益、青年人的意愿，帮助孩子安排好前途，让她一生永远向上，幸福美满。同时，他也很相信自己的闺女玉凤，不会像焦家二姑娘那样没主见，更不会拿恋爱、结婚开玩笑，随随便便料理终身大事。

韩兴老头走着路，光顾想心事了，身后的喊叫声和车铃声他都没听见。当他被响声惊动，猛一转身，见一个人骑着自行车朝他这边来了，左躲右躲拿不定主意，脚下边的石头子儿一滑，闹了个屁股蹲儿。前边的自行车眼看要冲到他身上，骑车的小伙子来了个急刹车。"叭嚓"摔倒了，挂在车把上的小包和本子滚出老远。

韩兴老头自知理亏，正想说几句抱歉的话儿，谁知那个小伙子爬起来，也不顾自己的东西，就先跑来扶他，亲热地问他："老大爷，您摔着没有？"

韩兴老头爬起来，拍着土，说："上年纪的人耳朵背，真耽误事儿，让你挨了摔，车子没有摔坏呀？"

小伙子扶起车子，拾起东西，笑着说："没有。也怪我骑得急了点儿。"

韩兴老头对这个又热情又肚量宽的年轻人很感激，就问："小伙子，是哪庄的？"

"青春社的。您呢？"

"我是东方红社的，到你们社办点事儿。"

"太好了。您跟我一块儿走吧。"

韩兴老头留神看看这个年轻人，只见他中溜儿个子，圆脸盘，两道粗眉毛下边闪动着两只很俊气的眼睛，文文雅雅，结结实实，说话时不慌不忙。他觉得这个年轻人很不错。

一边走，小伙子问："老大爷，您到我们社是换谷子种吧？"

"是呀，听说那个品种产量挺高。"

"高是高，就是挺娇贵，要摸准它的性子才行。我们团支部种了两年才摸到一点儿经验。您换回去，最好先少种一点试试，再扩大面积。"

"你说得对，办啥事儿都应当稳重扎实。"

"您住我们那儿吧，晚上我们团支部给您介绍介绍情况。"

"那太好啦。"

"明天我帮您把种子驮回来。我这车子能驮二百多斤。"

一边走，一边说，韩兴老头很喜欢这个小伙子，就问："你在村里负什么责任哪？"

"会计，团支部委员。"

"噢，你叫什么名字？"

"老大爷，您就叫我泉子吧。"

老头又问："你们社有个叫林雨泉的，那个人怎么样呀？"

小伙子听了这句话，停住脚步，望望老人，突然一下子红了脸，说了声"您到村里跟大伙打听去吧"，蹬上车子，一溜烟似的跑了。

三

韩兴老头来到青春社，社主任热情地把他引到办公室，把换种的事商量妥当，又谈了两个社的生产。随后韩兴老头转弯抹角地问起林雨泉的情况。

社主任对这个问题兴头也挺高，大声朗朗地说："林雨泉可是个能文能武的好小伙子，如今担任社里的会计股长，又是联乡会计网的辅导员；不光是把铁算盘，生产上也是个拿旗的手。您路过金鸡塘河，不是见到荒沙上许多白杨树吗？那都是他带动青年们栽的，您换的谷种，也是他第一个挑头试验成功的。"

韩兴老头很高兴，又试探着问："听说这个人品性不大好，上中学犯了错误才回村的？"

社主任笑了："没影的事儿。那个人又老实又厚道，别看年纪轻，可是个有志气的人。那年我们才建社，找不到会计，人家宁愿不升高中，主动要求回到村里帮我们办社。现在党支部正培养他哩……"

他们正说着话，走进一位五十多岁的老头。这人圆脸高个儿，满腮黑森森的短胡子。他把怀里抱着的一大摞书籍放在桌子上，掸着身上的土，看看韩兴问："这是哪儿来的客？"

社主任忙站起来介绍："这位是东方红社的农业股长韩兴同志，到咱这商量换谷种的事。这位就是泉子的爸爸林振，我们社的副主任。"

林振也是个快活人，亲热地拉住韩兴的手说："东方红社的，好极啦。我们社赶不上你们先进，我老早就想去讨教点好经验。您还没吃饭吧，走，咱们家去吃吧。"

韩兴老头推辞不去。林振说："同志，咱们两社是一块儿奔社会主义的好朋友，难道吃一顿饭都不成？我这个人可不喜欢客气。走吧，我还有件重要事情跟您打听哪。"

社主任又帮忙劝说了一阵，韩兴才跟林振出来。他心里想：这个老头挺开通，吃着饭的当儿也好探探林雨泉的底儿。

他们穿过饲养场，忽见一个大个子中年人气呼呼地走过来，嘴里还不干不净地骂什么。他见到林振就停住脚步，从衣兜里掏出一叠发货票，用两个手指头捏着，晃了晃说："林主任，会计太厉害了，社主任都当不了他的家。您看，这条子泉子不给报账。要是这样，我这个队长可没法当啦。会计是您儿子，您去说说吧。"

林振看了看条子说："不要着急，我去看看。"

韩兴随着他俩走进一座大院，只听见从屋里传出噼噼啪啪的算盘声。韩兴没有跟林振进屋，一个人留在窗外边等候。林振进去之后，屋里立刻传出争吵的声音：

"把这笔账下了吧，是咱们主任答应的。"这是林振老头的声音。

"谁答应的也不能报销！"一个年轻人的声音。

"哟，会计股长，你亲爹都当不了你的家了？"这是那个队长粗重的声音。

"我不管是谁，都得按原则制度办事儿。你看看，你们队给牲口买这么多红缨子干什么？戴上它出门漂亮是吧？谁图漂亮谁花钱。你再看看这几张发货票，你们在外边开会吃饭摆阔气，这不符合勤俭办社的精神，绝对不能报销！"

韩兴老头觉得年轻人说话的声音越听越耳熟，好不容易才想起来，这个会计正是他半路上碰见的那个小伙子。

许多路过的社员也凑到窗前听热闹。一个社员说："社里幸亏有泉子这么个大公无私的会计，不的话，有人就会拿社里钱当水泼。"另一个说："别看人家泉子才二十多岁，过大日子可蛮有算计。就拿春天盖牲口棚那件事儿说，大伙都说买瓦，人家泉子提出用草苦。怎么样，那回省下老大一笔钱。"

一会儿，那个队长气呼呼地冲出屋走了。林振也红着脸跟出来，向韩兴神秘地笑笑，摇摇头说："我们这个小子真不好对付，常常让我这当爹的下不来台。"

韩兴很认真地说："像这种人才能办大事哩！"

四

韩兴老头走进林家的院子。

林振把客人让到屋子里，吩咐老婆和女儿做饭，又找个瓶子跑出去打酒。

屋子里只剩下韩兴老头子一个人。他坐在椅子上抽烟，端详这间小屋子。屋子不大，可是拾掇得挺干净利落。靠北墙放着一条红油漆柜。墙上挂着一块长方镜框，镜框里边装着一张姑娘的相片：她扛着一把大镐，笑眯眯地站在树下边……咦！那不是女儿玉凤吗？她的相片怎么到这儿？韩兴老头吃了一惊，眼睛又落在柜上边一个红色皱皮的笔记本上。他对这个本子更眼熟：明明是他前些天到县城里开会给玉凤买来的，昨天夜里还见闺女趴在灯下往本子上边写什么；难道它长了腿，一夜光景就跑这儿来了？老头子心里嘀嘀咕咕，不由得拿过本子打开一看，只见第一页上写着：

雨泉：

　　这本子是爸爸为我买的，送给你使吧。希望你把学习政治理论和参加斗争生活的收获都记在本子上。

玉凤

二月二十日

　　……

　　摊鸡子、炒白菜，还有两大碗粉条、豆腐，整整摆满一桌子。林振兴致勃勃地替韩兴斟满了一杯酒。两个人同时举起来，一饮而尽。三杯水酒下了肚，林老头的话可就多起来了。他从幼小怎么给地主扛活，怎么下关东逃荒，谈到土地改革斗地主、分房子分地，孩子上中学，建立农业社，走上社会主义大道。接着，他又谈到未来的远景：怎么用金鸡塘的水力发电呀，什么时候使拖拉机呀……两位老人越谈越投脾气。

　　酒喝浓了，话说亲了，林振谈起自己的一宗心事："韩大哥，我看出你是个实在人，肚子里有话乐意跟你往外掏，有件事情想跟您了解了解。刚才您不是听见会计室里有个人跟我吵架吗？那就是我的大儿子。今年春起，他跟您社一个叫玉凤的女队长搞上了恋爱。我说，这件事咱们是一百个赞成，婚姻自主好处多嘛。两个年轻人是一心无二了。前几天，孩子征求我们老两口子的意见，问我们同意呀不同意。韩大哥，让您说，咱一点情况都不了解，有什么资格发言表态呀？我想跟您把那个女孩子家庭根底打听打听，咱好帮孩子选择选择对象。"

　　韩兴老头是个喝酒就上脸的人。现在他的脸不知是兴奋的，还是喝酒喝的，早就红成灯笼似的了。他捋着黄胡子，眯缝着眼，盯着林老头的脸说："先告诉我，你儿子到底叫什么名字？"

　　林振说："大伙都习惯叫他小名泉子，学名叫林雨泉。那个姑娘一提您也认识，就是相片上那个。"他说着下地要去取相片。

　　韩兴一把拉住他说："林大哥，不瞒您说，韩玉凤就是我闺女，有什么话，尽管问吧！"

　　林振听了先是一愣，紧接着，两位老人就双双拉住手哈哈哈地大笑起来。林振使劲拍着韩兴的肩膀说："原来亲家跑到我这里私访来了！我这家让你相漏了吧？孩子他妈，快进来……"

屋外边也正在叽喳喳地笑哩。

刚才屋里正在热闹的时候，林雨泉回家吃饭。听妹妹一学说，他害臊地要往外跑，娘儿俩连拉带推地把他拉到屋里。林雨泉像个没过门的媳妇见了婆婆，低着头，红着脸。小妹妹在一旁不住地朝他挤眼吐舌头。

韩兴老头一把将林雨泉拉到跟前，端详又端详，然后说："你是个好孩子，人也好，思想也好，家庭也好。我闺女的眼光不错，我跟你爸爸一样：一百个赞成你们。没别的，老丈人也不白相女婿。"他说着，一只手从衣兜里掏出一张崭新的五元票子，"拿去买一支钢笔使，当纪念。"

一屋子人哈哈大笑。

《北京文艺》1956年11月

禾场上

周立波

太阳落了山，一阵阵晚风，把一天的炎热收去了。各家都吃过夜饭，男女大小洗完澡，穿着素素净净的衣裳，搬出凉床子，在禾场上歇凉。四到八处，只听见蒲扇拍着脚杆子的声音，人们都在赶蚊子。小孩子们有的困在竹凉床子上，听老人们讲故事；有的仰脸指点天上的星光。

"那是北斗星，那是扁担星。"桂姐指着天空说。

"哪里呀？"桂姐的唯一的听众，菊满问。

一只喜鹊，停在横屋的屋脊上，喳喳地叫了几声，又飞走了。对门山边的田里，落沙婆[①]不停地苦楚地啼叫。人们说："她要叫七天七夜，才下一只蛋。"鸟类没有接生员，难产的落沙婆无法减轻她的临盆的痛苦。

"扁担星到底在哪里呀？"菊满又问。

"那不是，看见了吗，瞎子？"桂姐骂他。

大人们摇着蒲扇，谈起了今年的收成。都说，今年的早谷子不弱于往年的中稻，看样子，晚稻也不差。

"今年世界好，明年也会好得不是的。"脚猪子老倌王老二预言。

"何以见得呢？"王老五移开口里噙着的烟嘴，这样问他。

"古来传下一句话：要知来年熟不熟，单看五月二十六。五月二十六日落大雨，出大太阳，都是好的；单是阴阴暗暗的天不好。今年这一天，出了黄火子大太阳。"

"都在歇凉哪？"从门头子外边，进来一个人，这样和大家招呼。这

---

① 落沙婆：一种小鸟。水稻快要成熟的季节，雌性在田里下蛋，并彻夜啼叫。

个人中等身材，蓄西式头，上身穿白净的衬衣，下边是蓝布裤子，脚上穿一双布鞋，手里摇一把蒲扇。他一走近，星光底下，大家看清了他的脸，都争着招呼：

"邓部长来了，请坐请坐。"

"吃了夜饭吧，邓部长？"

"相偏了。"县委派来领导高级合作化的工作组长邓部长一面坐在王家让出来的一截凉床子上，一面回答。他一转脸，看见王老二，就问他道："晚季的禾苗如何，王二爹？"

"蛮好蛮好，两季都好，明年也好。"六十九岁的王老二一连说了四个好，连明年的，也连带说了。

"你们说，不办社，有这样吗？"邓部长冷静地问，这回是向大家问的。

"不办社，哪一家也没得力量插这样多的双季稻。"王老五说。

"照你说的，社还是办得啰？"邓部长笑笑问他，又摇摇蒲扇。

"办得办得。"王老五连连地说。

"如今这里要办高级社了，都晓得了吧？"邓部长问。

"高级社又是么子名堂呢？"脚猪子老倌王老二发问。

"这都不晓得，太没学问了。"赖皮詹七插嘴说。

"你晓得，你有学问，你讲。"脚猪子老倌吸一口旱烟，瞪詹七一眼。星光里，詹七没看清他的发气的眼神，作古正经地说道："高级社是，呃，"他咳了一声，又停了一停，才说，"高级社，就是高级社。"

脚猪子老倌哈哈大笑，并且叫道："大家听听这个有学问的人。"他的笑引得全禾场上的孩子们都笑起来，接着男女大小一齐都笑了。邓部长忍住了笑，给大家解释："高级社是，取消土地报酬，实行按劳取酬，多劳多得，少劳少得。"

"不劳呢？"赖皮詹七又插进来问。

"不劳呢？哼，就请你不吃。"王老五道，"俗话说：'有做有吃，无做傍壁'①。"

"那也要看么子人，如果是鳏寡孤独，真正失去了劳动力的老人家，

---

① 吃，土音chiā；壁，土音biā，傍壁有讨饭的意思。

政府和农业社，都会保障他们的生活的。"邓部长说。

"那太好了。"脚猪子老倌欢喜地称赞。这时候，全屋场的人都围拢来了，比开会还齐。小孩子们挤在大人的前面，好奇地用心地研究邓部长左手腕上的手表。桂姐和菊满，看着手表上的微弱的蓝蓝的磷光，进行了下面的对话：

"看，几点钟了？"桂姐问。

"五点六十五分钟。"菊满肯定地回答。

孩子们越挤越多了，脚猪子老倌王老二叫道："这些小把戏，还不散开些，挤得拍密的，部长热嘛。"

孩子们还是不散，王老二又说："部长这里，有糖吃不？桂姐！"他指名叫唤自己的侄女，"你还不使得滚开些，依得我的火性，我要挖你一烟壶脑壳！"

"怪你，怪你，要你管！"桂姐嘟着嘴巴小声地翻骂，"你这个死老倌子！"

她的声音小，王老二没有听见。王五堂客把凉床子移拢一点，机密地悄悄地说："邓部长，我有一句话，不晓得好问不好问？"

"你问吧。"

王五堂客声音还是低低地说道："人家讲，办高级社，山都要入社，有这个话吧？"

"有这个话。"邓部长大声地回答，他觉得这事，无须保密。

"我屋后边的这块竹山也要入社了？"

"入社怕么子？入了好，入了就能封住山，不叫人砍了。"

"对的，入了好，不入，山都剃光了。"一个打赤膊的青年、王五堂客的大崽、桂姐的大哥、青年团员，这样响应邓部长。

"要你多嘴，你这个鬼崽子！"王五堂客斥骂她的崽，接着她又问，"楠竹入了社，日后玉个火夹子，织个烘笼子，都要到社里去买吗？"

"不要买，是正当需要，到社里开个条子就可以上山去砍。"

"开条子太麻烦了。"

"开条子有么子麻烦的呢？只有妈妈是！"青年团员说。

"要你讲！还不使得给我进去穿衣服！慢点又唤脑壳痛。"他妈妈骂他，又疼他，或者，正确一点说，是骂中带疼。

"怕麻烦，不用开条子也行。"邓部长说，"要玉火夹子的竹子，给你留出。"

"织烘笼子的呢？"

"也给你留出。"

"是啰，我说，共产党的政策向来都是与人方便的。玉个火夹子、织个烘笼子，都要找社里去开条子，还行？"王五堂客满意了。

脚猪子老倌王老二又提出了新问题："部长！听说如今人去世，都要烧堆火把尸首烧光，说是火葬，有这个话吧？"

"这要听各人生前的自愿，不愿意的，决不勉强。"邓部长说。

"这就是了。我顶怕火葬，我给自家瞄了一块地，在对门山上。"

"山要入社了，你瞄的地还有你的份？"王五堂客说。

"做坟山的地可以留下，不必入社。"邓部长说。

"这就是了。"王老二说，他也满意了，"我今年六十九岁，一霎眼七十，人生七十古来稀，阎老五点我的名了。我就是要留下这块地，埋这几根老骨头，别的事，都听你们后生子调摆，我都不管了。"

"要你管，要你管！你这个死老倌子。"桂姐还是生她二伯伯的气，小声地在骂。

"配种员！"有人按照新衔头，叫唤脚猪子老倌王老二。人们一看，是赖皮詹七。他接着说："我家里的猪婆子发了草了，请你明朝来配种。"

"混账东西，要我给你娘去……不要叫我说出好听的话来了。"脚猪子老倌十分上火了。

"你骂人？"詹七质问他。

"哪一个先骂？"

"我要是存心骂你，我不是人。你是配种员吗？"

"是配种员，一点也不错。政府改了这称呼，为的是尊重我们，嫌人叫脚猪子老倌，难听，要大家改叫配种员。"

"我叫错了吗？"詹七反问他。

"你刚才是如何说的？你说：'我家里的猪婆子发了草了，请你明朝来配种。'我本人就是脚猪子吗？混账东西！"

这回轮到赖皮詹七哈哈大笑了。他的快活的、爽朗的大笑传染了禾场上的所有的人们，脚猪子老倌的堂弟媳妇、王五堂客也忍不住偷偷地笑了。邓部长含笑起身告辞道："不陪你们谈讲了。"

"简慢了，邓部长，茶都没吃。"王五堂客说。

"有空再来吧。"配种员说，"我顶喜欢跟上头的人谈讲。上头来的人，京里来的也好，省里县里来的也好，都明白事理，和和气气，有讲有笑的，从来不骂人。邓部长，当了星光，我不讲假话，有得几天看不见你，真有点想。像詹七这号赖皮子，十年不见，我也不想。"

"对不起，二老倌，我也不想你。"詹七的嘴巴也不放让。

"邓部长，再见。"是桂姐的声音。她举起手来，远远地对邓部长行了一个少先队敬礼。

"再见，邓部长。"是菊满的声音，他才六岁，还不是队员，也学姐姐的样，行了一个少先队敬礼。

邓部长摇着蒲扇，出了门头子。只听背后禾场上，桂姐和菊满又在议论天上的星光。

"扁担星又叫牵牛星，他的堂客叫做织女星，在那边，在河东，你看，亮晶晶的那一颗，看见了吗，瞎子?"是桂姐的声音。

深夜凉如水。露水下在人的头发上、衣服上、手上和腿上，冰冷而潮润。各家都把凉床子搬进屋里去，关好门户，收拾睡了。田野里，在高低不一的、热热闹闹的蛙的合唱里，夹杂了几声落沙婆的幽远的、凄楚的啼声。鸟类没有接生员，难产的落沙婆无法减轻她的临盆的痛苦。

《人民日报》1957年1月15日

红豆

宗　璞

　　天气阴沉沉的，雪花成团地飞舞着。本来是荒凉的冬天的世界，铺满了洁白柔软的雪，仿佛显得丰富了，温暖了。江玫手里提着一只小箱子，在大学的校园中一条弯曲的小道上走着。路旁的假山，还在老地方。紫藤萝架也还是若隐若现地躲在假山背后。还有那被同学们戏称为"阿木林"的枫树林子，这时每株树上都积满了白雪，真是"忽如一夜春风来，千树万树梨花开"了。雪花迎面扑来，江玫觉得又清爽又轻快。她想起六年前，自己走着这条路，离开学校，走上革命的工作岗位时的情景。她那薄薄的嘴唇边，浮出一个微笑。脚下不觉愈走愈快，那以前住过四年的西楼，也愈走愈近了。

　　江玫走进了西楼的大门，放下了手中的箱子，把头上紫红色的围巾解下来，抖着上面的雪花。楼里一点儿声音也没有，静悄悄的。江玫知道这楼已做了单身女教职员宿舍，比从前是学生宿舍时，自然不同。只见那间门房，从前是工友老赵住的地方，门前挂着一个牌子，写着"传达室"三个字。

　　"有人么?"江玫环顾着这熟悉的建筑，还是那宽大的楼梯，还是那阴暗的甬道，吊着一盏大灯。只是墙边布告牌上贴着"今晚团员大会"的布告，又是工会基层选举的通知，用红纸写着，显得喜气洋洋的。

　　"谁呀?"一个苍老的声音从传达室里发出来。传达室的门开了，一个穿着干部服的整洁的老头儿，站在门口。

　　"老赵!"江玫叫了一声，又高兴又惊奇，跑过去一把抱住了他，"你还在这儿!"

"是江玫?"老赵几乎不相信自己昏花的老眼,揉了揉眼睛,仔细看着江玫。"是江玫!打前儿个总务处就通知我,说党委会新来了个干部,叫给预备一间房,还说这干部还是咱们学校的学生呢,我怎么也没想到是你!你离开学校六年啦,可一点儿没变样。真怪,现时的年轻人,怎么也长不老哇!走!领你上你屋里去,可真凑巧,那就是你当学生时住的那间房!"

老赵絮絮叨叨领着江玫上楼。江玫抚着楼梯栏杆,好像又接触到了六年前的大学生生活。

这间房间还是老样子,只是少了一张床,多了些别的家具。

窗外可以看到阿木林,还有阿木林后面的小湖,在那里,夏天时是要长满荷花的。江玫四面看着,眼光落到墙上嵌着的一个耶稣受难像上。那十字架的颜色,显然深了许多。

好像是有一个看不见的拳头,重重地打了江玫一下。江玫觉得一阵头昏,问老赵:"这个东西怎么还在这儿?"

"本来说要取下来,破除迷信,好些房间都取下来了。后来又说是艺术品让留着,有几间屋子就留下了。"

"为什么要留下?为什么要留下这一间的?"江玫怔怔地看着那十字架,一歪身坐在还没有铺好的床上。

"那也是凑巧呗!"老赵把桌上的一块破抹布捡在手里,"这屋子我都给收拾好啦,你归置归置,休息休息。我给你张罗点开水去。"

老赵走了。江玫站起身来,伸手想去摸那十字架,却又像怕触到使人疼痛的伤口似的,伸出手又缩回手,怔了一会儿,后来才用力一揿耶稣的右手,那十字架好像一扇门一样打开了。墙上露出一个小洞。江玫踮着脚尖往里看,原来被冷风吹得绯红的脸色刷的一下变得惨白。她低声自语:"还在!"遂用两个手指,钳出一个小小的有象牙托子的黑丝绒盒子。

江玫坐在床边,用发颤的手揭开了盒盖。盒中露出来血点儿似的两粒红豆,镶在一个银丝编成的指环上,没有耀眼的光芒,但是色泽十分匀净而且鲜亮。时间没有给它们留下一点儿痕迹。

江玫知道这里面有多少欢乐和悲哀。她拿起这两粒红豆,往事像一层烟雾从心上升了起来——

那已经是八年前的事了。那时江玫刚二十岁，上大学二年级。那正是一九四八年，那动荡的翻天覆地的一年，那激动、兴奋，流了不少眼泪，决定了人生的道路的一年。

在这一年前，江玫的生活像是山岩间平静的小溪流，一年到头潺潺地流着，很少波浪。她生长于小康之家，父亲做过大学教授，后来做了几年官。在江玫五岁时，有一天，他到办公室去，就再没有回来。江玫只记得自己被送到舅母家去住了一个月，回家时，看见母亲如画的脸庞消瘦了，眼睛显得惊人的大，看上去至少老了十年。据说父亲是患了急性肠炎去世的。以后，江玫上了小学上中学，上了中学上大学。日寇入侵的那段水深火热的日子，江玫也在母亲的尽力遮蔽下较平静地度过。在中学时，有一些密友常常整夜叽叽喳喳地谈着知心话。上大学后，因为大家都是上课来，下课走，不参加什么活动的人简直连同班同学也不认识，只认识自己的同屋。江玫白天上课弹琴，晚上坐在图书馆看参考书，礼拜六就回家。母亲从摆着夹竹桃的台阶上走下来迎接她，生活就像那粉红色的夹竹桃一样与世隔绝。

一九四八年春天，新年刚过去，新的学期开始了。那也是这样一个下雪天，浓密的雪花安安静静地下着。江玫从练琴室里走出来，哼着刚弹过的调子。那雪花使她感到非常新鲜，她那年轻的心充满了欢乐。她走在两排粉妆玉琢的短松墙之间，简直想去弹动那雪白的树枝，让整个世界都跳起舞来。她伸出了右手，自己马上觉得不好意思，连忙缩了回来，掠了掠鬓发，按了按母亲从箱子底下找出来的一个旧式发夹。发夹是黑白两色发亮的小珠串成的，还托着两粒红豆，她的新同屋肖素说好看，硬给她戴在头上的。

在这寂静的道路上，一个青年人正急速地向练琴室走来。他身材修长，穿着灰绸长袍，罩着蓝布长衫，半低着头，眼睛看着自己前面三尺的地方，世界对于他，仿佛并不存在。也许是江玫身上活泼的气息、脸上鲜亮的颜色搅乱了他，他抬起头来看了她一眼。江玫看见他有着一张清秀的象牙色的脸，轮廓分明，长长的眼睛，有一种迷惘的做梦的神气。江玫想，这人虽然抬起头来，但是一定没有看见我。不知为什么，这个念头，使她觉得很遗憾。

晚上，江玫躺在床上，久久不能入睡。许多片段在她脑中闪过。她想着母亲，那和她相依为命的老母亲，这一生欢乐是多么少。好像有什么隐秘的悲哀过早地染白她那一头丰盛的头发。她非常嫌恶那些做官的和有钱的人，江玫也从她那里承袭了一种清高的气息。那与世隔绝的清高，江玫想想，忽然笑了起来。

江玫自己知道，觉得那种清高好笑是因为想到肖素的缘故。肖素是江玫这一学期的新同屋。同屋不久，可是两人已经成为很要好的朋友。肖素说江玫像是从另一个世界来的，"清高"这个词儿也是肖素说的，她还说："当然，这有好处也有不好处。"这些，江玫并不完全了解。只不知为什么，乱七八糟的一些片断都在脑海中浮现出来。

这屋子多么空！肖素还不回来。江玫很想看见她那白中透红的胖胖的面孔，她总是给人安慰、知识和力量。学物理的人总是聪明的，而且她已经四年级了，江玫想。但是在肖素身上，好像还不只是学物理和上到大学四年级，她还有着更丰富的东西，江玫还想不出是什么。

正乱想着，肖素推门进来了。

"哦！小鸟儿！还没有睡！"小鸟儿是肖素给江玫起的绰号。

"睡不着。只希望你快点回来。"

"为什么睡不着？"肖素带回来一个大萝卜，切了一片给江玫。

"等着吃萝卜——还等着你给讲点什么。"江玫望着肖素坦白率真的脸，又想起了母亲。上礼拜她带肖素回家去，母亲真喜欢肖素，要江玫多听肖姐姐的话。

"我会讲什么？你是幼儿园小朋友？要听故事？喏，给你本小书看看。"江玫接过那本小书，书面上写着《方生未死之间》。

两人静静地读起书来。这本书很快就把江玫带进了一个新的天地。它描写着中国人民受的苦难，在血和泪中，大家在为一种新的生活——真正的丰衣足食、真正的自由——奋斗，这种生活，是大家所需要的。

"大家？"江玫把书抱在胸前，沉思起来。江玫的二十年的日子，可以说全是在那粉红色的夹竹桃后面度过的。但她和母亲一样，憎恶权势，憎恶金钱。母亲有时会流着泪说："大家都该过好日子，谁也不该屈死。"

母亲的"大家"在这本小书里具体化了。是的，要为了大家。

"肖素，"江玫靠在枕上说，"我这简单的人，有时也曾想过人活着是为了什么，但想不通。你和你的书使我明白了一些道理。"

"你还会明白得更多。"肖素热切地望着她，"你真善良——你让我忘记刚才生的一场气了，刚刚我为我们班上的齐虹发火了——"

"齐虹？他是谁？"

"就是那个常去弹琴，老像在做梦似的那个齐虹。真是自私自利的人，什么都不能让他关心。"

肖素又拿起书来看了。

江玫也拿起书来，但她觉得那清秀的象牙色的脸，不时在她眼前晃动。

雪不再下了。坚硬的冰已经逐渐变软。江玫身上的黑皮大衣换成了灰呢子的，配上她习惯用的红色的围巾，洋溢着春天的气息。她跟着肖素，生活渐渐忙起来。她参加了"大家唱"歌咏团和"新诗社"。她多么喜欢那"你来我来他来她来大家一齐来唱歌"的热情的声音，她因为《黄河大合唱》刚开始时万马奔腾的鼓声兴奋得透不过气来。她读着艾青、田间的诗，自己也悄悄写着什么"飞翔，飞翔，飞向自由的地方"的句子。"小鸟儿"成了大家对她的爱称。她和肖素也更亲近，每天早上一醒来，先要叫一声"素姐"。

她还是天天去弹琴，天天碰见齐虹，可是从没有说过话。本来总在那短松夹道的路上碰见他，后来常在楼梯上碰见他，后来江玫弹完了琴出来时，总看见他站在楼梯栏杆旁，仿佛站了很久似的，脸上的神气总是那样漠然。

有一天，天气暖洋洋的，微风吹来，丝毫不觉得冷，确实是春天来了。江玫在练琴室里练习贝多芬的《月光曲》，总也弹不会，老出错，心里烦躁起来，没到时间就不弹了。她走出琴室，一眼就看见齐虹站在那里。他的神色非常柔和，劈头就问："怎么不弹了？"

"弹不会。"江玫多少带了几分诧异。

"你大概太注意手指的动作了。不要多想它，只记着调子，自然会弹出来。"

他在钢琴旁边坐下，冰冷的琴键在他的弹奏下发出了那样柔软热情的声音。换上别的人，脸上一定会带上一种迷醉的表情，可是齐虹神采飞扬，目光清澈，仿佛现实这时才在他眼前打开似的。

"这是怎么样的人？"江玫问着自己，"学物理，弹一手好钢琴，那神色多么奇怪。"

齐虹停住了，站起来，看着倚在琴边的江玫，微微一笑。

"你没有听？"

"不，我听了。"江玫分辩道，"我在想——"想什么，她自己也不知道。

"我送你回去，好么？"

"你不练琴？"

"不想练。你看天气多么好！"

就这样，他们开始了第一次的散步。就这样，他们散步，散步，看到迎春花染黄了柔软的嫩枝，看到亭亭的荷叶铺满了池塘。他们曾迷失在荷花清远的微香里，也曾迷失在桂花浓酽的甜香里，然后又是雪花飞舞的冬天。哦！那雪花，那阴暗的下雪天！

齐虹送她回去，一路上谈着音乐。齐虹说："我真喜欢贝多芬，他真伟大，丰富，又那样朴实。每一个音符上都充满了诗意。"

江玫懂得他的"诗意"含有一种广义的意思。她的眼睛很快地表露了她这种懂得。

齐虹接着说："你也是喜欢贝多芬的。不是吗？据说肖邦最不喜欢贝多芬，简直不能容忍他的音乐。"

"可我也喜欢肖邦。"江玫说。

"我也喜欢。那甜蜜的忧愁——人和人之间是有很多相同的也有很多不同的东西——"那漠然的表情又出现在他的脸上，"物理和音乐能把我带到一个真正的世界去，科学的、美的世界，不像咱们活着的这个世界，这样空虚，这样紊乱，这样丑恶！"

他送她到西楼，冷淡地点了点头就离开了，根本没有问她的姓名。江玫又一次感到有些遗憾。

晚上，江玫从图书馆里出来，在月光中走回宿舍。身后有一个声音轻轻唤她："江玫！"

"哦！是齐虹。"她回头看见那修长的身影。

"你怎么知道我的名字？"齐虹问。月光照出他脸上热切的神气。

"你怎么知道我的名字？"江玫反问。她觉得自己好像认识齐虹很久了，齐虹的问题可以不必回答。

"我生来就知道。"齐虹轻轻地说。

两人都不再说话。月光把他们的影子投在地上。

以后，江玫出来时，只要是一个人，就总会听到温柔的一声"江玫"。他们愈来愈熟。不知从什么时候起，从图书馆到西楼的路就无限度地延长了。走啊，走啊，总是走不到宿舍。江玫并不追究路为什么这样长，她甚至希望更长一些，好让她和齐虹无止境地谈着贝多芬和肖邦，谈着苏东坡和李商隐，谈着济慈和勃朗宁。他们都很喜欢苏东坡的那首《江城子》："十年生死两茫茫，不思量，自难忘。千里孤坟，无处话凄凉。"他们幻想着十年的时间会在他们身上留下怎样的痕迹。他们谈时间、空间，也谈论人生的道理——

齐虹说："人活着就是为了自由。自由，这两个字实在好极了。自就是自己，自由就是什么都由自己，自己爱做什么就做什么。这解释好吗？"

他的语气有些像开玩笑，其实他是认真的。

"可是我在书里看见，认识必然才是自由。"江玫那几天正在看《大众哲学》，"人也不能只为自己，一个人怎么活？"

"呀！"齐虹笑道，"我倒忘了，你的同屋就是肖素。"

"我们非常要好。"

因为看到路旁的榆叶梅，齐虹说用"热闹"两字形容这种花最好。江玫很赞赏这两个字，就把自由问题搁下了。

江玫隐约觉得，在某些方面，她和齐虹的看法永远也不会一致。可是她并没有去多想这个，她只喜欢和他在一起，遏止不住地愿意和他在一起。

一个礼拜天，江玫第一次没有回家。她和齐虹商量好去颐和园。春天的颐和园真是花团锦簇，充满了生命的气息。来往的人都脱去了臃肿的冬装，显得那样轻盈可爱。江玫和齐虹沿着昆明湖畔向南走去，那边简直没有什么人，只有和暖的春风和他们做伴。绿得发亮的垂柳直向他们摆手。他们一路赞叹着春天，赞叹着生命，走到玉带桥旁边。

"这水多么清澈，多么丰满啊。"江玫满心欢喜地向桥洞下面跑去。她笑着想要摸一摸那湖水。齐虹几步就追上了她，正好在最低的一层石阶上把她抱住。

"你呀！你再走一步就掉到水里去了！"齐虹掠着她额前的短发，"我救了你的命，知道么？小姑娘，你是我的。"

"我是你的。"江玫觉得世界上什么都不存在了。她靠在齐虹胸前，觉得这样感人的幸福渗透了他们。在她灵魂深处汹涌起伏着潮水似的柔情，把她和齐虹一起溶化。

齐虹抬起了她的脸："你哭了？"

"是的。我不知为什么，为什么这样激动——"

齐虹也激动地望着她，在清澈的丰满的春天的水面上，映出了一双倒影。

齐虹喃喃地说："我第一次看见你，就是那个下雪天，你记得么？我看见了你，当时就下了决心，一定要永远和你在一起，就像你头上的那两粒红豆，永远在一起，就像你那长长的双眉和你那双会笑的眼睛，永远在一起。"

"我还以为你没有看见我——"

"谁能看不见你！你像太阳一样发着光，谁能看不见你！"齐虹的语气是这样热烈，他的脸上真的散发出温暖的光辉。

他们循着没有人迹的长堤走去，因为没有别人而感到自由和高兴。江玫抬起她那双会笑的眼睛，悄声说："齐虹，咱们最好住在一个没有人的岛上，四面是茫茫的大海，只有你是唯一的人——"

齐虹快乐地喊了一声，用手围住她的腰。"那我真愿意！我恨人类！除了你！"

对于江玫来说，正是由于深切的爱，才产生这样的念头，她不懂齐虹为什么要联想到恨，未免有些诧异地望着他。她在齐虹光亮的眼睛里感到了热情，但在热情后面却有一些冰冷的东西，使她发抖。

齐虹注意到她的神色，改了话题："冷吗，我的小姑娘？"

"我只是奇怪，你怎么能恨——"

"你甜蜜的爱，就是珍宝，我不屑把处境和帝王对调。"齐虹顺口念着莎士比亚的两句诗，他确是真心的。可是江玫听来，觉得他对那两句诗的情感，更多于对她自己。她并没有多计较，只说是真有些冷，柔顺地在他手臂中，靠得更紧一些。

江玫的温柔的衰弱的母亲不大喜欢齐虹。江玫问她："他怎么不好？他哪里不好？"母亲忧愁地微笑着，说他是聪明极了，也称得起漂亮，但作为一个人，他似乎少些什么。究竟少些什么，母亲也说不出。在江玫充满爱情的心灵里，本来有着一个奇怪的空隙，这是任何在恋爱中的女孩子所不会感到的。而在江玫心里，这空隙是那样尖锐，那样明显，使她在夜里痛苦得不能入睡。她想马上看见他，听他不断地诉说他的爱情。但那空隙，是无论怎样的诉说也填不满的吧。母亲的话更增加了江玫心上的阴影，更何况还有肖素。

红五月里，真是热闹非凡。每天晚上都有晚会。五月五日，是诗歌朗诵会。最后一个朗诵节目是艾青的《火把》。江玫担任其中的唐尼。她本来是再也不肯去朗诵诗的，她正好是属于一听朗诵诗就浑身起鸡皮疙瘩的那种人。肖素只问了她两句话："喜欢这首诗不？""喜欢。""愿意多一些人知道它不？""愿意。""那好了。你去念吧。"江玫拂不过她，最后还是站到台上来了。她听到自己清越的声音飘在黑压压的人群上，又落在他们心里。她觉得自己就是举着火把游行的唐尼，感觉到一种完全新的、陌生的东西。而肖素正像是指导着唐尼的李茵。她愈念愈激动，脸上泛着红晕。她觉得自己在和上千的人共同呼吸，自己的情感和上千的人一同起落。"黑夜从这里逃遁了，哭泣在遥远的荒原。"那雄壮的齐诵好像是一种无穷的力量，推着她，使她想要奔跑，奔跑——

回到房间里，她对肖素说："我今天忽然懂得了大伙儿在一起的意思，那就是大家有一样的认识，一样的希望，爱同样的东西，也恨同样的东西。"

肖素直看着她，问道："你和齐虹有一样的认识、一样的期望么？"

江玫怪肖素这时提到齐虹，打断了她那些体会。她那双会笑的眼睛严肃起来："我真不知道怎样告诉你，我和齐虹，照我看，有很多地方，是永远也不会一致的。"

肖素也严肃地说："本来就不会一致。小鸟儿，你是一个好女孩，虽然天地窄小，却纯洁善良。齐虹憎恨人，他认为无论什么人彼此都是互相利用。他有的是疯狂的占有的爱，事实上他爱的还是自己。我和他已经同学四年——"

"你怎么能这样说他！我爱他！我告诉你我爱他！"江玫早忘了她和齐虹之间的分歧，觉得有一团火在胸中烧，她斩钉截铁地说，砰的一声关上房门，到走廊里去了。

"回来！回来。"第一声是严厉的，第二声是温柔的。肖素打开房门，看见她站在走廊里，眼睛像星星般亮，"你这礼拜天回家吗？有点事要你做。"

江玫是从不拒绝肖素的任何要求的。她隐约觉得肖素正在为一个伟大的事业做着工作。肖素的生活是和千百万人联系在一起的，非常炽热，似乎连石头也能温暖。她望着肖素，慢慢走了回来。

"什么事？交给我办好了。"

"你不回家么？"

"原来想回去看看。听说面粉已经涨到三百万一袋了。前几天在《大公报》登了几首小诗，有一点儿稿费，想去送给母亲。"

江玫一下子觉得疲倦得要命，坐在椅子上。

肖素本来想说"不食人间烟火的江玫也知道关心物价了"，又一想，就没有说。只说："这里有几篇壁报稿子，礼拜一要出，你来把它们修改一遍，文字上弄通顺些，抄写清楚。我明天进城，可以把钱送给伯母。"她把稿子递给江玫，关心地看着她，说："过两天，咱们还要好好谈一谈。"

礼拜天，江玫吃过早饭就坐在桌旁看那些稿子。为什么这些短短的文字并不怎么通顺的文章这样有说服力？要民主反饥饿，像钟声一样在江玫耳边敲着。参加新诗朗诵会的兴奋心情又升起来了。《火把》中的唐尼的形象仿佛正站在窗帘上。

有人敲门。

"江玫！"是齐虹的声音。

江玫转过头去，正是齐虹站在门口，一脸温柔的笑意，在看着江玫。

"哦！你来了！"

"昨天晚上到你家里去了，伯母说你没有回来。我连家也没有回，就回学校来了。"他走上来握住江玫的手。

一提起齐虹的家，江玫眼前就浮现出富丽堂皇的大厅，老银行家在数着银元，叮叮当当响，这和江玫手上的那些文章很不调和。甚至齐虹，这温文尔雅的齐虹，也和它们很不调和。但江玫看见他，还是很高兴的。

"在干什么？要出壁报么？听说你还朗诵诗？你怎么也参加民主运动了？我的女诗人！"

江玫不太喜欢他那说话的语气，颔首要他坐下。

"我是来找你出去玩的。你看天气多么好！转眼就是夏天了。我来接你到'绝域'去做春季大扫除。"

"绝域"是他们两个都喜欢的一个童话《彼得·潘》中的神仙领域。他们的爱情就建筑在这些并不存在的童话、终究要萎谢的花朵、要散的云、会缺的月上面。

"今天不行呀，齐虹。"江玫抱歉地说。抽回了自己的手，理了理放在桌上的稿子，"肖素要我——"

"肖素！又是肖素！你怎么这么听她的话！"齐虹不耐烦地说。

"她的话对么！"

"可是你知道我多么想和你在一起，去听那新生的小蝉的叫唤，去看那新长出来的小小的荷叶——我想要怎样，就要做到！"齐虹脸上温柔的笑意不见了，好像江玫是他的一本书，或者一件仪器。

江玫惊诧地望着他。

"也许，你还会去参加游行吧！你真傻透了！就知道一个肖素！"愤怒的阴云使他的脸变得很凶恶。但他马上又换上一副温和的腔调："跟我去吧，我的小姑娘。"

江玫咬着自己的嘴唇，几乎咬出血来。

门外有人叫："小鸟儿！江玫！快来看看这幅漫画，合适不合适。"

江玫想要出去。齐虹却站在桌前不放她走。江玫绕到桌子这边，齐虹也绕了过来，照旧拦住她。江玫又急又气，怎么推他也推不动。不一会儿，江玫的头发散乱，那红豆发夹落在地上，马上就被齐虹那穿着两色镶皮鞋的脚踩碎了，满地散着黑白两色的小珠。江玫觉得自己整个的灵魂正像那个发夹一样给压碎了。她再没有一点儿力气，屈辱地伏在桌子上哭起来。

齐虹需要的正是这样的哭泣。他捡起那两粒红豆，极其体贴地抚着她的肩说："原谅我，原谅我！我太任性，我只是想要和你在一起，我需要你——"

"别哭了，别哭了，我的小姑娘。"齐虹真的着急起来，"我再也不惹你生气了，再也不——再也不——"

江玫觉得这一切真没意思。她很快就抬起头来，擦干了眼泪。她看出来壁报是编不成了，但她也下定决心不跟他出去，只呆呆地坐着，望着窗外。

"好了，好了，不要生气。我来做个盒子把这两粒红豆装起来吧，做个纪念，以后决不会再惹你。咱们该把这两粒红豆藏在哪儿？"

以后，这两粒红豆就被装在一个精致的盒子里面，放在耶稣像后面的小洞里了。那小洞是齐虹偶然发现的。江玫睡在床上看见耶稣的像，总觉得他太累，因为他负荷着那么多人世间的痛苦。

这一次争吵以后，齐虹和江玫并不是没再争吵，而是把争吵、哭泣变成了他们爱情中的一部分。他们每次见面总有一阵风波，有时大有时小，但如有一天不见面，不看到对方，对于他们而言却又是受不了的事。他们的爱情正像鸦片烟一样，使人不幸，而又断绝不了。江玫一天天地消瘦了，苍白了，母亲望着她忍不住哭。齐虹脸上那种漠不关心的神气消失了，换上的是提心吊胆的急躁和忧愁。因为他对人生不信任，他对爱情也不信任，他监视着爱情，监视着幸福，监视着江玫。

就在这个时候，江玫也一天天明白了许多事。她知道少数人剥削多数人的制度该被打破。她那善良的少女的心，希望大家都过好的生活。而且物价的飞涨正影响着江玫那平静温暖的小天地。母亲存着一些积蓄的那家银行忽然关了门。江玫和母亲一下子变成了舅舅的负担。江玫是绝不愿意成为别人的负担的。她渴望着新的生活，新的社会秩序。共产党在她心里，已经成为一盏导向幸福自由的灯，灯光虽还模糊，但毕竟是看得见的了。

也就在这时候，江玫的母亲原有的贫血症愈来愈严重，医生说必须加紧治疗，每天注射肝精针，再拖下去的话，后果不堪设想。但是这一笔医药费用筹集起来谈何容易！舅舅已经是自顾不暇了，难道还去麻烦他？本来和齐虹提也可以，但是江玫决不愿求他。江玫只自己发愁，夜里睡不着觉。

肖素很快就看出来江玫有心事。一盘问，江玫就一五一十告诉了她。

"那可不能拖下去。"肖素立刻说，她那白白的脸上的神色总是那样果断，"我输血给她！小鸟儿，你看，我这样胖！"她含笑弯起了手臂。

江玫感动地抱住了她："不行，肖素。你和我的血型一样，和母亲不一样，不能输血。"

"那怎么办？我们总得想办法去筹一笔款子。"

第三天晚上，肖素兴高采烈地冲进房间，一进来就喊："江玫！快看！"江玫吃惊地看她，她大笑着，扬起了一沓钞票。

"素！哪里来的？你怎么这样有本事？"江玫也笑了，笑得那样安心。这种笑，是齐虹极想要看而看不到的。

"你别管，明天快拿去给伯母治病吧。"肖素眨眨眼睛，故作神秘地说。

"非要知道不可！不然我不安心！"

"别说了。我要睡觉了。"肖素笑过后，一下子显得很是疲倦。她脱去了朴素的蓝外套，只穿着短袖花布旗袍，坐在床边。

江玫上下打量她，忽然看见她的臂弯里贴着一块橡皮膏。江玫过去拉起她的手，看看橡皮膏，又看看她的脸。

"有什么好打量的？"肖素微笑着抽回了手，盖上了被。

"你——抽了血？"

肖素满不在乎地说："我卖了血。不只我一个人，还有几个伙伴。"

人常常会在一刹那间，也许只是因为一个眼神一个手势，伤透了心，破坏了友谊。人也常常会在一刹那间，也许就因为手臂上的一点针孔，建立了生死不渝的感情。江玫这时什么话也说不出来。她一下子跪在床边，用两只手遮住了脸。

礼拜六，江玫一定要肖素自己送钱去给母亲。肖素答应了和江玫一道回家，江玫也答应了肖素不告诉母亲钱的来源。两人欢欢喜喜回家去了。到了家，江玫才发现母亲已经病倒在床，这几天饭都是舅母那边送过来的。她站在衰老病弱的母亲床边，一阵心酸，眼泪夺眶而出。肖素也拿出了手绢，但她不只是看见这一位母亲躺在床上，她还看见千百万个母亲形销骨立、心神破碎地被压倒在地下。

这一晚，两人做了面，端在母亲床边一同吃了。母亲因为高兴，精神也好了起来。她吃过面，笑着说："我真是病得老糊涂了，今天你舅母来，问我有火没有，我听成有狗没有。直告诉她从前咱们养了一只狗，名叫斐斐——"肖素和江玫听了笑得不得了。江玫正笑着，想起了齐虹。她想：这种生活和感情是齐虹永远不会懂的。她也没有一点告诉给他的欲望。

六月，反对美国扶植日本的运动达到了高潮。江玫比以前更关心当前的政治局势。她感到美国正在筹谋着什么坏主意。很明显，扶植压迫中国人民八年之久的日本，在每一个中国人心上都会引起抑止不住的愤怒。

有一天，肖素和江玫坐在窗前，读着当时美驻华大使司徒雷登在报上发表的声明，一面读一面生气。声明中说："如使日人成为饥饿不安之人民，则日人亦将续为和平之威胁，此种情形适为共产主义所需。如吾人诚意为一般之利益计，必须消灭鼓励共产主义之因素。"这可以看清楚美国的目的究竟何在了。读完报纸，江玫愤愤地说："要不要共产主义，是我们自己的事！"

肖素微笑道："你知道共产主义是什么？"

江玫坦率地说："我不知道。不过我想那种生活总不会比现在坏。那时的人，都像你一样——"

肖素又笑道："现在哪里不够好？你吃着大米饭，穿着花布旗袍，还坏么？"

江玫轻倚着肖素，一面想，一面说："这个人吃人的社会，不只在物质上，也在精神上。"她出了一会儿神，又说，"肖素，要知道，我是多么寂寞呵。"

肖素抚着她的肩，说："人生的道路，本来不是平坦的。要和坏人斗争，也要和自己斗争——"以后江玫在最困难的时候，总会想起这几句话。

　　六月九日，北京学生举行反对美国扶植日本大游行，江玫也参加了。

　　那天早上，窗外还黑得像老鸦的翅膀，江玫就起来收拾医药包，她是救护队的。她看看肖素空了一夜的床，又看看救护包上的红十字，心想肖素这一夜不知忙得怎样了，也许今天就会用这包里的绷带、纱布来救护她吧。不知为什么，江玫特别为肖素和几个社团里的同学担心。江玫摸摸碘酒和红药水的药瓶，心中又兴奋，又不安。

　　"小鸟儿快走呀！"同学们在门外叫起来了。

　　她们跑到操场上，夏天的太阳刚在东柳村那边村庄的屋顶上射出一片红光。肖素正在人丛里，她分明是一夜没有睡，胖胖的面庞有些苍白，但精神还是那样好。她看见江玫和同学们跑来，脸上闪过一个嘉许的微笑。

　　"江玫！"

　　"肖素！"江玫悄悄地塞给她一个大苹果，那是齐虹昨天送来的。对于齐虹不断向西楼运来的各式各样的礼物，江玫只偶尔接受一点水果和糖食。

　　长长的队伍出发了，举着各种标语，沉默地走在郊外的大道上，愈走天愈亮，愈走路愈分明。一个男同学问江玫："药包重吗？我代你拿。"江玫微笑，说："一个士兵的枪，能让人家代他背着吗？"那男同学也微笑，看着她穿着白衬衫蓝长裤红背心的雄赳赳的样子，问："你永远都要做一个兵？"江玫严肃地睁大眼睛，略微一想，她回答："是的，永远。"

　　队伍七点钟就到了西直门，可是城门关了，进不去。人群中有人喊着："不开城门，决不回校！"有的喊着："大家冲呵，冲进去！"一时群情激昂，人声嘈杂，那些标语牌子忽高忽低地起伏着。肖素在队伍里跑来跑去叫着："别嚷！别乱！已经去交涉了。"江玫忽然很希望自己是一个手执拂尘的仙女，用拂尘一指，城门马上便开——自己这样想想，又觉得好笑，还是等肖素他们交涉。肖素比仙女有用得多。

　　果然到九点钟时，城门开了，队伍拥进城去，正遇到城里几个大学的同学拥在门前迎接他们。"同学们,你们好!""兄弟们,你们好!"热情的呼声,此起彼落。江玫觉得泪水已盈满了眼眶,她连忙低下头,看着自己的鞋尖。

游行开始了,大家一步步地走着,一声声地喊着。"反对美国扶植日本!""要自由!""要独立!"口号像炸弹一样在空中炸了开来,路旁有些军警脸上带着惊慌的神色。江玫几乎来不及想喊了什么,只觉得每一步路每一声喊都使大家更接近光明。

队伍走过了西四、西单、天安门,绕南池子到北京大学的民主广场。走过天安门的时候,江玫望着那雄伟的建筑,心里升起一种怜悯而又惭愧的心情。天安门在不肖的子孙手里,蒙受了多少耻辱。江玫觉得那剥落的红墙也在盼望着:新的社会快点来,让中华民族站起来,让天安门也站起来!

在民主广场举行了群众大会,有几个教授讲演。也许是累了,也许是别的原因,江玫觉得思想很不集中,那种兴奋和激动已经过去了。她惦记着那黄昏笼罩了的初夏的校园,惦记着自己住的西楼,说得更确切些,她是惦记着在西楼窗下徘徊的那个年轻人。天知道他会急成什么样子,会发多么大的脾气,会做出怎样的事来!她把肩上挎的药包紧了紧,感觉到一阵头昏。

肖素走过来,低声问:"你不舒服么?"

"没有,一点儿都没有!"江玫连忙振作起精神。自己暗暗责骂自己,在这样的场合,偏会想到他!

大队回到学校时,灯光已经缀满校园。江玫回到房间里,两腿再也抬不起来,像是绑上了两块大石头。这时有人敲门,江玫心中一紧,感到一场风暴就要发生了。她靠在床栏杆上,默默地啜着热水。门开了,进来的是老赵。他的眉头皱得打了结,手里拿着一个破碎的糖盒子,往桌上一放说:"哎哟江小姐!可真不得了啦!我活了这么大年纪也没见过脾气这么火暴的人!你们这位齐先生别是用公鸡血喂大的吧?他要死了,准得下冰冻地狱把人镇凉了才行,要不然连阎王殿都给烧啦!"

"什么'你们齐先生'?别这么说。他怎么了?你快说呀。"

江玫放下了手中的杯子。

"今儿个下午他来找您，我说江小姐游行去了。他一听，就把他带来的这盒糖扔到大门外台阶上了，像是扔球似的！盒子破了，糖都滚了出来。我看这盒糖呀，值一袋面的钱，心里怪舍不得，我说，'齐先生，江小姐不在，你把东西留下得了，干吗发这么大的火呀？'他一听更急了，一张脸煞红煞白，抄起门房的一个茶杯就摔在玻璃窗上，哗啦！你瞧瞧这满地的玻璃碴子！我看他是有点儿疯病！摔完了拔腿就走，还扔在台阶上三百万的票子，那是让我们修玻璃买茶杯？您说是不是？"

"别说了。"江玫无力地挥手，"就补块玻璃买个茶杯吧。"

"这糖，我看怪可惜的，给您捡回来了。"

"你带回家去，那不是我的，我不要。"

这时肖素已经进来了，她把这一段话都听了去。她一回来就洗脸洗脚，都收拾好了就伏在桌上写什么。而江玫还靠在床栏杆上，一动也不动。

肖素停下笔来："你干什么？小鸟儿！你这样会毁了自己的。看出来了没有？齐虹的灵魂深处是自私、残暴和野蛮，干吗要折磨自己？结束了吧，你那爱情！到我们中间来，我们都欢迎你，爱你——"肖素走过来，用两臂围着江玫的肩。

"可是，齐虹——"江玫没有完全明白肖素在说什么。

"什么齐虹！忘掉他！"肖素几乎是生气地喊了起来，"你是个好孩子，心肠好，又聪明能干，可是这爱情会毒死你！忘掉他！答应我！小鸟儿。"

江玫还从没有想到要忘掉齐虹。他不知怎么就闯入了她的生命，她也永不会知道该如何把他赶出去。她迟钝地说："忘掉他——忘掉他——我死了，就自然会忘掉。"

肖素真生她的气："怎么这样说话！好好的非要说到死！我可想活呢，而且要活得有价值！"她说着，颜色有些凄然。

"怎么了？素姐！"细心而体贴的江玫一眼就看出肖素有什么不平常的事。对肖素的关心一下子把自己的痛苦冲了开去。

肖素望着窗外，想了一会儿，说："危险得很。小鸟儿，我离开你以后，你还是要走我们的路，是不是？千万不要跟着齐虹走，他真会毁了你的。"

"离开我？"江玫一把抱住了肖素，"离开我？为什么！我要跟你在一起！"

"我要毕业了呀，家里要我回湖南去教书。"肖素似真似假地回答。她是湖南人，父亲是个中学教员。

"毕业？"

"是毕业呀。"

可是肖素并没有毕业，当然也没有回湖南去教书。她去参加毕业考试的最后一项科目后，就没有回来。

同学们跑来告诉江玫时，江玫正在为"英国小说选读"这一门课写读书报告，读的书是英国女作家艾米莉·勃朗特的《呼啸山庄》。江玫和齐虹常常谈论这本书。齐虹对这本书有那么多精辟的见解，了解得那样透彻。他真该是最懂得人生、最热爱人生的，但是竟不然。

肖素被捕的消息一下子就把江玫从《呼啸山庄》里拉出来了。江玫跳起来夺门而出，不顾那精心写作的读书报告撒得满地。好些同学跟她一起跑出了西楼，一直跑到学校门口，只看见一条笔直的马路，空荡荡的，望不到头。路边的洋槐散发着淡淡的香气。江玫手扶着一棵洋槐树，连声问："在哪儿？在哪儿？"

一个同学痛心地说："早装上闷罐子车，这会儿到了警察局了。"

江玫觉得天旋地转，两腿再没有一点力气，一下子就坐在地上了。大家都拥上来看她，有的同学过来搀扶她。

"你怎么了？"

"打起精神来，江玫！"

大家喊喊喳喳说着。是谁愤愤的声音特别响："流血，流泪，逮捕，更教人睁开了眼睛！"

"是呀！"江玫心里说，"逮走一个肖素，会让更多的人都成长为肖素。"

江玫弄不清楚人群怎样地就散开了，而自己却靠在齐虹的手臂上，缓缓走着。

齐虹对她说："我们系里那些同学嚷嚷着江玫晕倒了，我就明白是为了肖素的缘故，连忙赶来。"

"对了，你们不是一起考理论物理吗？听说她是在课堂上被抓走的。"江玫这时多么希望齐虹谈谈肖素。

"是在考试时被抓走的。你看，干那些民主活动，有什么好下场！你还要跟着她跑！我劝你多少次——"

"什么！你说什么！"江玫叫了起来，她那会笑的眼睛射出了火光，"你！你真是没有心肝！"她把齐虹扶着她的手臂用力一推，自己向宿舍跑去了。她跑得那么快，好像后面有什么妖魔鬼怪在追她。

她好不容易跑到自己房间，一下子扑在床上，半天喘不过气来。这时齐虹的手又轻轻放在她肩上了。齐虹非常吃惊，他不懂江玫为什么会发这么大的脾气，他曲着一膝伏在床前说："我又惹了你吗？玫！我不过妒忌着肖素罢了，你太关心她了。你把我放在什么地方？我常常恨她，真的，我觉得就是她在分开咱们俩——"

"不是她分开我们，是我们自己的道路不一样。"江玫抽噎着说。

"什么？为什么不一样？我们有些看法不同，我们常常打架，我的脾气，确实不好。不过，那有什么关系？反正我只知道，没有你就不行。我还没有告诉你，玫，我家里因为近来局势紧张，预备搬到美国去，他们要我也到美国去留学。"

"你！到美国去？"江玫猛然坐了起来。

"是的。还有你，玫。我已经和父亲说到了你，虽然你从来都拒绝到我家里去，但他们对你都很熟悉。我常给他们看你的相片。"齐虹得意地拿出他随身携带的小皮夹子，那里面装着江玫的一张照片，是齐虹从她家里偷去的。那是江玫十七岁时照的，一双弯弯的充满了笑意的眼睛，还有那深色的嘴唇微微翘起，像是在和谁赌气。"我对他们说，你是一首最美的诗，一支最美的乐曲。"若是说起赞美江玫的话来，那是谁也比不上齐虹的。

"不要说了。"江玫辛酸地止住了他，"不管是什么，都不能把你留在你的祖国呵。"

"可是你是要和我一块儿去的，玫，你可以接着念大学，我们要永远在一起，没有任何东西能分开我们。"

"不要说了，不要说了。"这是江玫唯一能说的话。

心上的重压逼得江玫走投无路。她真怕看到肖素留下的那张空床，那白被单刺得她眼睛发痛。没有到礼拜六，她就回家去了。那晚正停电，母亲坐在摇曳的烛光下面缝着什么。在阴影里，她显得那样苍老而且衰弱。江玫心里一阵发痛，无声地唤着"心爱的母亲，可怜的母亲"，眼泪不由自主地流了下来。

"玫儿！"母亲丢下手中的活计。

"妈妈！肖素被捉走了。"

"她被捉走了？"母亲对女儿的好朋友是熟悉的，她也深深爱着那坦率纯朴的姑娘。但她对这个消息竟有些漠然，她好像没有知觉似的沉默着，坐在阴影里。

"肖素被捉走了。"江玫又重复了一遍。她眼前仿佛看见一个殷红的圆圆的面孔。

"早想得到呵。"母亲喃喃地说。

江玫把手中的书包扔到桌上，跑过来抱住母亲的两腿。"您知道？"

"我不知道，但我想得到。"母亲叹了一口气，用她枯瘦的手遮住自己的脸，停了一下，才说，"我一直没有告诉你。我想着，没有父亲的日子，对我的小女儿来说，已经够受的了，怎能再加上别的缘故，让你的日子更沉重？要知道你的父亲，十五年前，也是这样不明不白地就再没有回来。他从来也没有害过什么肠炎、胃炎，只是那些人说他思想有毛病。他脾气偏，不会应酬人，还有些别的什么道理，我不懂，说不明白。他反正没有杀人放火，可我们就这样糊里糊涂地再也看不见他了。"母亲说着，失声痛哭起来。

原来父亲并不是死于什么肠炎！难怪母亲常常说不该有一个人屈死。屈死！父亲正是屈死的！江玫几乎要叫出来。她也放声哭了，母亲抚摸着她的头，眼泪浇湿了她的头发。

从父亲死后，江玫只看见母亲无言流泪，还从没有看见她这样激动过。衰弱的母亲，心底埋藏了多少悲痛和仇恨！江玫觉得母亲的眼泪滴落在她头上，这眼泪使得她平静下来了。是的，难道还要这屈死人的社会么？彷徨挣扎的痛苦离开了她，仿佛有一种巨大的力量支持着她走自己选择的路。她把母亲粗糙的手搁在自己被泪水浸湿的脸颊上，低声唤着："父亲——我的父亲——"

门轻轻开了，烛光把齐虹的修长的影子投在墙上，母亲吃惊地转过头去。江玫知道是齐虹，仍埋着头不作声。齐虹应酬般地唤了一声"伯母"，便对江玫说："你怎么今天回家来了？我到处找你找不着。"

江玫没有理他，抬头告诉母亲："他要到美国去。"

"是要和江玫一块儿去，伯母。"齐虹抢着加了一句。

"孩子，你会去吗？"母亲用颤抖的手摸着女儿的头。

"您说呢？妈妈。"江玫抱住母亲的双膝，抬起了满是泪痕的脸。

"我放心你。"

"您同意她去了？伯母？"人总是照自己所期待的那样理解别人的话，齐虹惊喜万分地走过来。

"母亲放心我自己做决定。她知道我不会去。"江玫站起来，直望着齐虹那张清秀的象牙色的脸。齐虹浑身上下都滴着水，好像他是游过一条大河来到她家似的。

可是齐虹自己一点儿不觉得淋湿了，他只看见江玫满脸泪痕，连忙拿出手帕来给她擦，说："咱们别再闹别扭了，玫，老打架有什么意思？"

"是下雨了吗？"母亲收起她的活计，"你们商量吧，玫儿，记住你的父亲。"

"我不知道下雨了没有。"齐虹心不在焉地回答。他没有看见江玫的母亲已经走出房去，他的眼睛一刻都没有离开江玫。

江玫呆呆地瞪着他，任他拭去脸上的泪，叹了一口气，说："看来竟不能不分手了。我们的爱情还没有能让我们舍弃自己的一生。"

"我们一定会过得非常舒适而且快活，为什么提到舍弃？为什么提到分手？"齐虹狂热地吻着他最熟悉的那有着粉红色指甲的小手。

"那你留下来！"江玫还是呆呆地看着他。

"我留下来？我的小姑娘，要我跟着你满街贴标语，到处去游行么？我们是特殊的人，难道要我丢了我的物理和音乐，我的生活方式，跟着什么群众瞎跑一气，扔开智慧，去找愚蠢！傻心眼的小姑娘，你还根本不懂生活。你再长大一点，就不会这样天真了。"

"傻心眼？人总还是傻点好！"

"你一定得跟我走！"

"跟你走，什么都扔了。扔开我的祖国、我的道路，扔开我的母亲，还扔开我的父亲！"江玫的声音细若游丝，她自己都听不见自己在说什么。说到"父亲"两个字，她的声音猛然大起来，自己也吃了一惊。

"可是你有我。玫！"齐虹用责备的语气说。他看见江玫眼睛里闪耀着一种奇怪的火光，不觉放松了江玫的手。紧接着一阵遏止不住的渴望和激怒使他抓住了江玫的肩膀。他压低了声音，一字一字地说："我恨不得杀了你，把你装在棺材里带走。"

江玫回答说："我宁愿听说你死了，也不愿知道你活得不像个人。"

风呼啸着，雨滴急速地落着。疾风骤雨，一阵比一阵紧，忽然哗啦一声响，是什么东西摔碎了。齐虹把江玫搂在胸前，借着闪电的惨白的光辉，看见窗外台阶上的夹竹桃被风刮到了台阶下。江玫心里又是一阵疼痛，她觉得自己的爱情，正像那粉碎了的花盆一样，像那被吹落的花朵一样，永远不能再重新完整起来，永远不能再重新开在枝头。

这种爱情，就像碎玻璃一样割着人。齐虹和江玫，虽然都把话说得那样决绝，却还是形影相随。花池畔、树林中，不断地增添着他们新的足迹。他们也还是不断地争吵、流泪。

十月里东北局势紧张，解放军排山倒海地压来，解放了好几座城市。当时蒋介石提出的方针是："维持东北，确保华北，肃清华中。"虽然对华北是确保，但华北的"贵人"们还是纷纷南迁。齐虹的家在秋初就全部飞南京转沪赴美了，只有齐虹一个人留在北平。他告诉家里论文还有点尾巴没写好，拿不到毕业文凭，而实际上，他还在等着江玫回心转意。他根本不相信江玫可能不跟他走。他，齐虹，这样的齐虹，又在发疯地爱着的齐虹！

在执拗的江玫面前，他不止一次地想，若真能把她包扎起来带走该有多好！他脸上的神色愈来愈焦愁、紧张，眼神透露着一种凶恶。这些都常在黑夜里震荡着江玫的梦。

江玫的梦现在已不是那种透明的、颜色非常鲜亮的少女的梦了。局势的变化、肖素的被捕、齐虹的爱，以及自己的复杂的感情，使她懂了许多事。在抗议"七五"事件（国民党屠杀东北来的青年学生）的游行队伍里，她已经不再当救护队，而打着"反剿民，要活命，要请愿"的大标语走在队伍的前列了。她领头喊着"为死者申冤，为生者请命"的口号。她奇怪自己的声音竟会这样响。她想到，在死者里面有她的父亲；在生者里面有母亲、肖素和她自己。她渴望着把青春贡献给为了整个人类解放的事业，她渴望着生活来一次翻天覆地的变动。

后来据肖素说（肖素在解放后出狱，在广播电台做播音员，向全世界广播北京的声音），那时的地下组织原打算发展江玫参加地下民主青年联盟的，只是她和齐虹的感情，让人闹不清她究竟爱什么，憎恶什么，就搁下来了。江玫听说这话，只轻轻叹了口气。

一九四八年冬天，北平已经到了解放前夕。城里流传着这样的民谣："家家挂红灯，迎接毛泽东。"连最沉得住气的反动官员们、大亨们也都纷纷逃走了。齐虹家里几乎是一天一封电报催他走，并且代他订了飞机座位。那时江玫的中心工作是和同学们一起讨论怎样应"变"，宣传护校。她为即将到来的解放，感到兴奋，好像等待着一件期待已久的亲人的礼物，满怀着感情，幻想解放后的日子。而同时，她和齐虹那注定了的无可挽回的分别啮咬着她的心。她觉得自己的心一面在开着花，一面又在萎缩。

一天，齐虹进城去了，直到晚上还没有露面。江玫坐在图书馆里，一页书也没有看，进来一个人她就抬头，可是直到电灯关了，齐虹还是不见。她忽然想，很可能他已经走了。走了，永远再也见不到他了。可是江玫一定还要再看他一眼，最后一眼！

"齐虹！齐虹！"江玫几乎要叫出来，叫得全图书馆都听见。她连忙紧咬着嘴唇，快步走出了图书馆。

那是那一年冬天的第一个下雪天。路上的雪还没有上冻，灯光照在雪花上，闪闪的刺人的眼。江玫一直向北楼走去，她想看一看那正对着一棵白杨树梢的窗子有没有灯光。那个房间她从没有去过，可是那窗口她却十分熟悉。齐虹常对她讲窗口的白杨树叶的沙沙声怎样伴着他度过多少不眠的夜。透过飞舞着的迷乱的雪花，她一下子就找到那棵白杨树，而那白杨树梢的窗口，漆黑一片，没有灯光。

江玫的心沉了下去。她两腿发软，站在北楼前，一动不动。

也许他从城里回来太累，已经去睡了？也许他还没有回来？

江玫快步走进了北楼，走到齐虹的房间。她敲门又推门，门是锁着的。

"难道再见不着他了？真见不着他了！"江玫走出北楼，心里在大声哭泣。她完全没有看见新诗社的一个同学从她身边走过，也没有听见人家在唤着"小鸟儿"。

好不容易走到西楼，江玫真是一点力气都没有了。她想找个地方靠一靠再上楼，一眼看见自己房间里有灯光。那房间，自从肖素被抓去以后，是那样空、那样冷，晚上进去总是黑洞洞的。

这时竟点着灯，这灯光温暖了江玫。她三步并作两步跑上去，在门外就叫着："虹！"

果然是齐虹在房间里等她，满脸的焦急使他看上去苍老了许多。他一看见江玫，连忙迎上来握着她的手，疲倦地、也多少有些安心地说："你到底回来了！我以为我再也见不着你了。"

江玫没有回答。她怕自己会把刚才那一番焦急向他倾吐，会让他明白她多离不开他。而他却要走了，永远地走了。

"明天一早的飞机，今晚就要去机场。"齐虹焦躁地说，"一切都已定了，怎么样？咱们就得分别么？"

"分别？——永远不能再见你——"江玫看着耶稣受难像，她仿佛看见那像后的两粒红豆。

"完全可以不分别，永不分别！玫！只要你说一声同我一道走，我的小姑娘。"

"不行。"

"不行！你就不能为我牺牲一点！你说过只愿意跟我在一起！"

"你自己呢？"江玫的目光这样说。

"我么？我走的路是对的。我决不能忍受看见我爱的人去过那种什么'人民'的生活！你该跟着我！你知道么！我从来没有这样求过人！玫！你听我说！"

"不行。"

"真的不行么？你就像看见一个临死的人而不肯去救他一样，可他一死去就再也不会活转来了。再也不会活了！走开的人永远也不会再回来。

你会后悔的，玫！我的玫！"他用力摇着江玫的肩。

"我不后悔。"

齐虹看着她的眼睛，还是那亮得奇怪的火光。他叹了一口气："好，那么，送我下楼吧。"

江玫温柔地代他系好围巾，拉好了大衣领子，一言不发，送他下楼。

纷飞的雪花在无边的夜里飘荡，夜，是那样静，那样静。他们一出楼门，马上开过来一辆小汽车。从车里跳出一个魁梧的司机。齐虹对司机摇摇手，把江玫领到路灯下，看着她，摇头，说："我原来预备抢你走的。你知道么？你看，我预备了车，飞机票也买好了。不过，我看得出来，那样做，你会恨我一辈子。你会的，不是么？"他拿出一张飞机票，也许他还希望江玫会忽然同意跟他走，迟疑了一下，然后把它撕成几片。碎纸片混在飞舞的雪花中，不见了。"再见！我的玫。我的女诗人！我的女革命家！"他最后几句话，语气非常尖刻。江玫看见他的脸因为痛苦而变了形，他的眼睛红肿，嘴唇出血，脸上充满了烦躁和不安。江玫忽然想起，第一次看见他时，他脸上那种漠不关心、什么都看不见的神气。

江玫想说点什么，但说不出来，好像有千把刀子插在喉头。

她心里想："我要撑过这一分钟，无论如何要撑过这一分钟。"她觉得齐虹冰凉的嘴唇落在她的额上，然后汽车响了起来。周围只剩下一片白，天旋地转的白，淹没了一切的白。

她最后对齐虹说的一句话就是"我不后悔"。

江玫果然没有后悔。那时称她革命家是一种讽刺，这时她已经真的成长为一个好的党的工作者了。解放后又渐渐健康起来的母亲骄傲地对人说："她父亲有这样一个女儿，死得也不算冤了。"

雪还在下着。江玫手里握着的红豆已经被泪水滴湿了。

"江玫！小鸟儿！"老赵在外面喊着，"有多少人来看你啦！史书记、老马、郑先生、王同志，还有小耗子……"

一阵笑语声打断了老赵不伦不类的通报。江玫刚流过泪的眼睛早已又充满了笑意。她把红豆和盒子放在一旁，从床边站了起来。

《人民文学》1957年7期

百合花

茹志鹃

　　一九四六年的中秋。

　　这天打海岸的部队决定晚上总攻。我们文工团创作室的几个同志，就由主攻团的团长分派到各个战斗连去帮助工作。

　　大概因为我是个女同志吧！团长对我抓了半天后脑勺，最后才叫一个通信员送我到前沿包扎所去。

　　包扎所就包扎所吧！反正不叫我进保险箱就行。我背上背包，跟通信员走了。

　　早上下过一阵小雨，现在虽放了晴，路上还是滑得很，两边地里的秋庄稼，却给雨水冲洗得青翠水绿，珠烁晶莹。空气里也带有一股清鲜湿润的香味。要不是敌人的冷炮，在间歇地盲目地轰响着，我真以为我们是去赶集的呢！

　　通信员撒开大步，一直走在我前面。一开始他就把我摞下几丈远。我的脚烂了，路又滑，怎么努力也赶不上他。我想喊他等等我，却又怕他笑我胆小害怕；不叫他，我又真怕一个人摸不到那个包扎所。我开始对这个通信员生起气来。

　　哎！说也怪，他背后好像长了眼睛似的，倒自动在路边站下了。但脸还是朝着前面，没看我一眼。等我紧走慢赶地快要走近他时，他又噔噔噔地自个儿向前走了，一下又把我甩下几丈远。我实在没力气赶了，索性一个人在后面慢慢晃。不过这一次还好，他没把我摞得太远，但也不让我走近，总和我保持着丈把远的距离。我走快，他在前面大踏步向前；我走慢，他在前面就摇摇摆摆。奇怪的是，我从没见他回头看我一次，我不禁对这通信员发生了兴趣。

刚才在团部我没注意看他，现在从背后看去，只看到他是高挑挑的个子，块头不大，但从他那副厚实实的肩膀看来，是个挺棒的小伙，他穿了一身洗淡了的黄军装，绑腿直打到膝盖上。肩上的步枪筒里，稀疏地插了几根树枝，这要说是伪装，倒不如算作装饰点缀。

没有赶上他，但双脚胀痛得像火烧似的。我向他提出了休息一会儿后，自己便在做田界的石头上坐了下来。他也在远远的一块石头上坐下，把枪横搁在腿上，背向着我，好像没我这个人似的。凭经验，我晓得这一定又因为我是个女同志的缘故。女同志下连队，就有这些困难。我着恼地带着一种反抗情绪走过去，面对着他坐下来。这时，我看见他那张十分年轻稚气的圆脸，顶多有十八岁。他见我挨他坐下，立即张皇起来，好像他身边埋下了一颗定时炸弹，局促不安，掉过脸去不好，不掉过去又不行，想站起来又不好意思。我拼命忍住笑，随便地问他是哪里人。他没回答，脸涨得像个关公，讷讷半晌，才说清自己是天目山人。原来他还是我的同乡呢！

"在家时你干什么？"

"帮人拖毛竹。"

我朝他宽宽的两肩望了一下，立即在我眼前出现了一片绿雾似的竹海，海中间，一条窄窄的石级山道，盘旋而上。一个肩膀宽宽的小伙，肩上垫了一块老蓝布，扛了几枝青竹，竹梢长长地拖在他后面，刮打得石级哗哗作响。……这是我多么熟悉的故乡生活啊！我立刻对这位同乡，越加亲热起来。

我又问："你多大了？"

"十九。"

"参加革命几年了？"

"一年。"

"你怎么参加革命的？"我问到这里自己觉得这不像是谈话，倒有些像审讯。不过我还是禁不住地要问。

"大军北撤时我自己跟来的。"

"家里还有什么人呢？"

"娘、爹、弟弟妹妹，还有一个姑姑也住在我家里。"

"你还没娶媳妇吧？"

"……"他飞红了脸，更加忸怩起来，两只手不停地数摸着腰皮带上的扣眼。半晌他才低下了头，憨憨地笑了一下，摇了摇头。我还想问他有没有对象，但看到他这样子，只得把嘴里的话，又咽了下去。

两人闷坐了一会儿，他开始抬头看看天，又掉过来扫了我一眼，意思是在催我动身。

当我站起来要走的时候，我看见他摘了帽子，偷偷地在用毛巾拭汗。这是我的不是，人家走路都没出一滴汗，为了我跟他说话，却害他出了这一头大汗，这都怪我了。

我们到包扎所，已是下午两点钟了。这里离前沿有三里路，包扎所设在一个小学里，大小六个房子组成品字形，中间一块空地长了许多野草，显然，小学已有多时不开课了。我们到时屋里已有几个卫生员在弄着纱布棉花，满地上都是用砖头垫起来的门板，算作病床。

我们刚到不久，来了一个乡干部，他眼睛熬得通红，用一片硬拍纸插在额前的破毡帽下，低低地遮在眼睛前面挡光。

他一肩背枪，一肩挂了一杆秤；左手挎了一篮鸡蛋，右手提了一口大锅，呼哧呼哧地走来。他一边放东西，一边对我们又抱歉又诉苦，一边还喘息地喝着水，同时还从怀里掏出一包饭团来嚼着。我只见他迅速地做着这一切。他说的什么我就没大听清。好像是说什么被子的事，要我们自己去借。我问清了卫生员，原来因为部队上的被子还没发下来，但伤员流了血，非常怕冷，所以就得向老百姓去借，哪怕有一二十条棉絮也好。我这时正愁工作插不上手，便自告奋勇讨了这件差事，怕来不及就顺便也请了我那位同乡，请他帮我动员几家再走。他踌躇了一下，便和我一起去了。

我们先到附近一个村子，进村后他向东，我往西，分头去动员。不一会儿，我已写了三张借条出去，借到两条棉絮、一条被子，手里抱得满满的，心里十分高兴。正准备送回去再来借时，看见通信员从对面走来，两手还是空空的。

"怎么，没借到？"我觉得这里老百姓觉悟高，又很开通，怎么会没有借到呢？我有点惊奇地问。

"女同志，你去借吧！……老百姓死封建。……"

"哪一家？你带我去。"我估计一定是他说话不对，说崩了。借不到被子事小，得罪了老百姓影响可不好。我叫他带我去看看。但他执拗地低着头，像钉在地上似的，不肯挪步，我走近他，低声地把群众影响的话对他说了。他听了，果然就松松爽爽地带我走了。

我们走进老乡的院子里，只见堂屋里静静的，里面一间房门上，垂着一块蓝布红额的门帘，门框两边还贴着鲜红的对联。我们只得站在外面向里"大姐、大嫂"地喊，喊了几声，不见有人应，但响动是有了。一会儿，门帘一挑，露出一个年轻媳妇来。这媳妇长得很好看，高高的鼻梁，弯弯的眉，额前一溜蓬松松的刘海。穿的虽是粗布，倒都是新的。我看她头上已硬挠挠地绾了髻，便大嫂长大嫂短地向她道歉，说刚才这个同志来，说话不好别见怪等等。她听着，脸扭向里面，尽咬着嘴唇笑。我说完了，她也不作声，还是低头咬着嘴唇，好像忍了一肚子的笑料没笑完。这一来，我倒有些尴尬了，下面的话怎么说呢！我看通信员站在一边，眼睛一眨不眨地看着我，好像在看连长做示范动作似的。我只好硬了头皮，讪讪地向她开口借被子了，接着还对她说了一遍共产党的部队打仗是为了老百姓的道理。这一次，她不笑了，一边听着，一边不断向房里瞅着。我说完了，她看看我，看看通信员，好像在掂量我刚才那些话的斤两。半晌，她转身进去抱被子了。

通信员趁这机会，颇不服气地对我说道："我刚才也是说的这几句话，她就是不借，你看怪吧！……"

我赶忙白了他一眼，不叫他再说。可是来不及了，那个媳妇抱了被子，已经在房门口了。被子一拿出来，我方才明白她刚才为什么不肯借的道理了。这原来是一条里外全新的新花被子，被面是假洋缎的，枣红底，上面撒满白色百合花。

她好像是在故意气通信员，把被子朝我面前一送，说："抱去吧。"

我手里已捧满了被子，就一努嘴，叫通信员来拿。没想到他竟仰起脸，装作没看见。我只好开口叫他，他这才绷了脸，垂着眼皮，上去接过被子，慌慌张张地转身就走。不想他一步还没有走出去，就听见"嘶"

的一声，衣服挂住了门钩，在肩膀处，挂下一片布来，口子撕得不小。那媳妇一面笑着，一面赶忙找针拿线，要给他缝上。通信员却高低不肯，挟了被子就走。

刚走出门不远，就有人告诉我们，刚才那位年轻媳妇是刚过门三天的新娘子，这条被子就是她唯一的嫁妆。我听了，心里便有些过意不去，通信员也皱起了眉，默默地看着手里的被子。我想他听了这样的话一定会有同感吧！果然，他一边走，一边跟我嘟哝起来了。

"我们不了解情况，把人家结婚被子也借来了，多不合适呀！……"我忍不住想给他开个玩笑，便故作严肃地说："是呀！也许她为了这条被子，在做姑娘时，不知起早熬夜，多干了多少零活，才积起了做被子的钱，或许她曾为了这条花被，睡不着觉呢。可是还有人骂她死封建。……"

他听到这里，突然站住脚，待了一会儿，说："那！……那我们送回去吧！"

"已经借来了，再送回去，倒叫她多心。"我看他那副认真、为难的样子，又好笑，又觉得可爱。不知怎么的，我已从心底爱上了这个傻乎乎的小同乡。

他听我这么说，也觉得似乎有理，考虑了一下，便下了决心似的说："好，算了。用了给她好好洗洗。"他决定以后，就把我抱着的被子，统统抓过去，左一条、右一条地披挂在自己肩上，大踏步地走了。

回到包扎所以后，我就让他回团部去。他精神顿时活泼起来了，向我敬了礼就跑了。走不几步，他又想起了什么，在自己挂包里掏了一阵，摸出两个馒头，朝我扬了扬，顺手放在路边石头上，说："给你开饭啦！"说完就脚不点地地走了。我走过去拿起那两个干硬的馒头，看见他背的枪筒里不知在什么时候又多了一枝野菊花，跟那些树枝一起，在他耳边抖抖地颤动着。

他已走远了，但还见他肩上撕挂下来的布片，在风里一飘一飘。我真后悔没给他缝上再走。现在，至少他要裸露一晚上的肩膀了。

包扎所的工作人员很少。乡干部动员了几个妇女，帮我们打水，烧锅，做些零碎活。那位新媳妇也来了，她还是那样，笑眯眯地抿着嘴，偶然从眼角上看我一眼，但她时不时地东张西望，好像在找什么。后来她到底问我说："那位同志弟到哪里去了？"我告诉她同志弟不是这里的，他现在到前沿去了。她不好意思地笑了一下说："刚才借被子，他可受我的气了！"说完又抿了嘴笑着，动手把借来的几十条被子、棉絮，整整齐齐地分铺在门板上、桌子上（两张课桌拼起来，就是一张床）。我看见她把自己那条白百合花的新被，铺在外面屋檐下的一块门板上。

天黑了，天边涌起一轮满月。我们的总攻还没发起。敌人照例是忌怕夜晚的，在地上烧起一堆堆的野火，又盲目地轰炸，照明弹也一个接一个地升起，好像在月亮下面点了无数盏的汽油灯，把地面的一切都赤裸裸地暴露出来了。在这样一个"白夜"里来攻击，有多困难，要付出多大的代价啊！

我连那一轮皎洁的月亮，也憎恶起来了。

乡干部又来了，慰劳了我们几个家做的干菜月饼。原来今天是中秋节了。

啊，中秋节，在我的故乡，现在一定又是家家门前放一张竹茶几，上面供一副香烛、几碟瓜果月饼。孩子们急切地盼那炷香快些焚尽，好早些分摊给月亮娘娘享用过的东西，他们在茶几旁边跳着唱着："月亮堂堂，敲锣买糖……"或是唱着："月亮嬷嬷，照你照我……"我想到这里，又想起我那个小同乡，那个拖毛竹的小伙，也许，几年以前，他还唱过这些歌吧！……我咬了一口美味的家做月饼，想起那个小同乡大概现在正趴在工事里，也许在团指挥所，或者是在那些弯弯曲曲的交通沟里走着哩！……

一会儿，我们的炮响了，天空划过几颗红色的信号弹，攻击开始了。不久，断断续续地有几个伤员下来，包扎所的空气立即紧张起来。

我拿着小本子去登记他们的姓名、单位，轻伤的问问，重伤的就得拉开他们的符号，或是翻看他们的衣襟。我拉开一个重彩号的符号时，"通信员"三个字使我突然打了个寒战，心跳起来。我定了下神才看到符号上写着×营的字样。啊！不是，我的同乡他是团部的通信员。但我又莫名其妙地想问问谁，战地上会不会漏掉伤员，通信员在战斗时除了送信还干什么——我不知道自己为什么要问这些没意思的问题。

战斗开始后的几十分钟里，一切顺利，伤员一次次带下来的消息，都是我们突破第一道鹿砦第二道铁丝网，占领敌人前沿工事打进街了。但到这里，消息忽然停顿了，下来的伤员只是简单地回答说："在打。"或是："在街上巷战。"

但从他们满身泥泞，极度疲乏的神色上，甚至从那些似乎刚从泥里掘出来的担架上，大家明白，前面在进行着一场什么样的战斗。

包扎所的担架不够了，好几个重彩号不能及时送后方医院，耽搁下来。

我不能解除他们任何痛苦，只得带着那些妇女，给他们拭脸洗手，能吃的喂他们吃一点，带着背包的，就给他们换一件干净衣裳，有些还得解开他们的衣服，给他们拭洗身上的污泥血迹。

做这种工作，我当然没什么，可那些妇女又羞又怕，就是放不开手来，大家都要抢着去烧锅，特别是那新媳妇。我跟她说了半天，她才红了脸同意，不过只答应做我的下手。

前面的枪声已响得稀落了。感觉上似乎天快亮了，其实还只是半夜。

外边月亮很明，也比平日悬得高。前面又下来一个重伤员。屋里铺位都满了，我就把这位重伤员安排在屋檐下的那块门板上。担架员把伤员抬上门板，但还围在床边不肯走。一个上了年纪的担架员，大概把我当作医生了，一把抓住我的膀子说："大夫，你可无论如何要想办法治好这位同志呀！你治好他，我……我们全体担架队员给你挂匾……"他说话的时候，我发现其他的几个担架员也都睁大了眼盯着我，似乎我点一点头，这伤员就立即会好了似的。我心想给他们解释一下，只见新媳妇端着水站在床前，短促地"啊"了一声。我急拨开他们上前一看，我看见了一张十分年轻稚气的圆脸，原来棕红的脸色现已变得灰黄。他安详地合着眼，军装的肩头上露着那个大洞，一片布还挂在那里。

"这都是为了我们……"那个担架员负罪地说道，"我们十多副担架挤在一个小巷子里，准备往前运动，这位同志走在我们后面，可谁知道狗日的反动派不知从哪个屋顶上撂下颗手榴弹来，手榴弹就在我们人缝里冒着烟乱转，这时这位同志叫我们快趴下，他自己就一下扑在那个东西上了。……"

新媳妇又短促地"啊"了一声。我强忍着眼泪，给那些担架员说了些话，打发他们走了。我回转身看见新媳妇已轻轻移过一盏油灯，解开他的衣服，她刚才那种忸怩羞涩已经完全消失，只是庄严而虔诚地给他拭着身子，这位高大而又年轻的小通信员无声地躺在那里。……我猛然醒悟地跳起身，磕磕绊绊地跑去找医生，等我和医生拿了针药赶来，新媳妇正侧着身子坐在他旁边。

她低着头，正一针一针地在缝他衣肩上那个破洞。医生听了听通信员的心脏，默默地站起身说："不用打针了。"我过去一摸，果然手都冰冷了。

新媳妇却像什么也没看见，什么也没听到，依然拿着针，细细地、密密地缝着那个破洞。我实在看不下去了，低声地说："不要缝了。"她却对我异样地瞟了一眼，低下头，还是一针一针地缝。我想拉开她，我想推开这沉重的氛围，我想看见他坐起来，看见他羞涩地笑。但我无意中碰到了身边一个什么东西，伸手一摸，是他给我开的饭，两个干硬的馒头。……

卫生员让人抬了一口棺材来，动手揭掉他身上的被子，要把他放进棺材去。新媳妇这时脸发白，劈手夺过被子，狠狠地瞪了他们一眼。自己动手把半条被子平展展地铺在棺材底，半条盖在他身上。卫生员为难地说："被子……是借老百姓的。"

"是我的——"她气汹汹地嚷了半句，就扭过脸去。在月光下，我看见她眼里晶莹发亮，我也看见那条枣红底色上撒满白色百合花的被子，这象征纯洁与感情的花，盖上了这位平常的、拖毛竹的青年人的脸。

《延河》1958年3期

取经

贾大山

在举国欢庆伟大历史性胜利的日子里，县委要在李庄村北召开农田基本建设现场大会。数千名农村干部，早早赶到披红结彩的会场上，一个个舒眉展眼，喜气洋洋，就好像才解放、庆翻身那年头儿一样。他们把自行车一放，有的站在路口，观看李庄的老头们撒欢儿似的敲架鼓；有的聚在滹沱河大堤上，互相交谈村里的情况；有的挤在花花绿绿的大批判漫画专栏前面，嘻嘻哈哈地指点着嘲笑着那四个龇嘴的怪物……

王清智到底是个有心人，他不光是欢乐，更主要的是把注意力集中在李庄的工程上。他倒剪双手，漫地里兜着圈子，望着那一排排新搭的大窝棚，自言自语地说："喝！李黑牛这家伙真有两下子！喝！李黑牛这家伙真有两下子！"

我跟在他的身旁，不由笑着问："老王，你说什么？"

他站住了，两道浅淡的眉毛向上一挑，演讲似的说："我说人家李黑牛真有两下子！一、开工的时机抓得好，有它特殊的意义。二、开工的声势造得大，有它典型的意义。三、三是什么呀？这里的沙岗，平啦；这里的沙壕，垫啦；在这儿又打高粱、又收豆子、平平整整、镜面儿似的河滩地里，谁知人家又有了什么鲜招儿？莫非……"说着，两手一背，又迈开那两条有力的长腿……

半月前，我随县委工作组一到王庄，就发现了老王这个特点：嘴快腿快，脑子灵活，说话有条有理有声有色。也许是解放初期当过一段民校校长的缘故吧，笔杆儿也很利落。我总觉得他在我所结识的农村支部书记当中，算得上最有水平的一个。可是，王庄既然有这么一个领导人，为什么在农业学大寨的行列中总是跟在李庄的后面跑呢？李黑牛是怎样的一个人？老王那话，在这儿又打高粱、又收豆子、平平整整、镜面儿似的河滩地里，他们到底又有了什么鲜招儿？

大会开始好半天了，我一直在思考这些问题……

"现在，请李庄大队支部书记李黑牛同志介绍经验！"

在一片热烈的掌声中，李黑牛站起来了。我踮起脚尖一看，他有五十多岁年纪，小矮个，瘦巴脸，身穿粗布小棉袄，头扎一条旧手巾，是个土眉土眼的庄稼人。只见他手提一把明晃晃大镐，笑眯眯地朝人群里走去。人们莫名其妙地向后闪开，好像看变戏法儿似的，围了个大圈儿。他照手心吐了口唾沫，把手一搓，抡圆大镐，呼哧呼哧刨了个大坑，然后捧起一捧沙子，高高举过头顶，让沙子从手缝里慢慢流着，厚嘴一张，说："各位领导，各位同志！大伙看见了吧，这就是俺村的差距。这九百亩河滩地，表面挺平整，肥土层太薄，底下尽沙子，好比筛子眼儿，又漏水，又漏肥，种吗长吗，吗也长不好。这怎能叫大寨田呀？去年，俺们从……从兄弟大队学来一手，开膛破肚，掏沙换土，重新治理它。当时俺们打了个谱儿，一年治它三百亩，两年治它六百亩，苦干三年，叫它变成旱能浇、涝能排、又蓄水、又保肥、高产稳产的大寨田。去年治了三百亩啦，今年怎么着？打倒'四人帮'，人民喜洋洋，思想大解放，生产打胜仗。三百亩太少啦，李庄人民说，大干一冬，全部完工，要用实际行动落实华主席提出的抓纲治国的战略决策，打'四人帮'一个响亮的耳光子！完啦！"

会场上响起一片热烈的掌声、笑声。我使劲拍着巴掌，扭头一看，咦，老王呢？四下找寻，只见他呆呆地蹲在人群的最后面，脸上红一块儿、白一块儿的。什么原因呢？

王清智为什么脸红

中午休息的时刻，县食品公司的大卡车送来熟食。我和老王刚买了几个麻花儿，找了个僻静的地方，一面吃，一面问起他刚才离开会场的缘由。他的脸色很不好看，愣了半晌，突然说："果然不出我的所料！李黑牛介绍的，本是咱王庄创造的经验哪！"

"什么？"我惊奇地睁大眼睛。

老王叹了一口气，吃着麻花儿，慢慢叙说起来：

"咱村村北，也有一片河滩地，表面挺平整，肥土层太薄，底下尽沙子，庄稼长不好。去年十月，全国农业学大寨会议一散，县委立即召开了四千人大会。你记得吧，在那次会上，县委书记批判了'潜力挖尽，生产到顶'的错误思想。当时我想，咱县地处大平原，又是先进县，这种思想有代表性，非破不可。如果抓住这个题目，好好做做文章，肯定会引起县委的重视，那是毫无疑问的！凑巧，我一回村，咱们的老贫协和几个老农琢磨出个开膛破肚、掏沙换土、重新治理河滩地的方案。我一听，可乐啦，一拍脑瓜儿，立刻想了个口号：挖地三尺找差距，建设高标准大寨田！

"李黑牛耳朵长。我们开工没几天，他就来到工地上，悄悄地转了一上午。收工时，我才发现他。一见面他就笑眯眯地说：'老王，你的招数就是比俺多，今儿个可开了俺的心窍啦，有工夫俺得好好请你喝一壶！'回去以后，他们才照葫芦画瓢地打响了重新治理河滩地的战斗。他刚才介绍的，不就是这一套？"

"后来呢？"我插问道。

"唉，别提啦！"老王又叹了一口气，"头年里，我到县里参加一个座谈会。报社的小于同志听说了，找到招待所里，要我写一篇批判唯生产力论的稿子。我闭目一想，立刻总结出唯生产力论的十大表现八大危害。稿子写成了，小于说太空洞，要我联系一些实际，增添一些内容。联系什么呢？小于开导说：'目前压倒一切的任务是什么？在这当口，你们把大批劳力拉到河滩里去，这叫什么？现身说法对读者的教育更大呀！'我一听，不由吸了一口冷气：天哪！搞农田基本建设，也成了唯生产力论啦？拉倒吧，不写啦，咱不能自己往自己头上扣屎盆子！可是我又一想：一、一级是一级的水平。看看报纸，一个理儿；听听广播，一个音儿。自己不理解，说明自己水平低。二、这两年，王庄的各项工作起色不小，开始有了一点名气，在这么大的政治运动中，怎能不显山、不显水呢？三、小于同志亲自找上门来，说明咱在人家的脑子里挂着号儿哩，如果不写……写吧，不写不好，叫人家说癞狗扶不上墙去。可是，笔尖一扭，那不自己往自己头上扣……唉，算啦算啦，羊随大群不挨打，人随大流儿不挨罚……"

"你到底写了没有？"我急切地问。

老王忽地跳了起来，右拳击着左掌，呱唧呱唧山响，急眉急眼地说："不写，不写王庄的工程就自消自灭啦！不写，不写今天的大会得到咱王庄开去，不是吹哩！"

老王脸红的原因引起我的深思。沉默了一会儿，我说："你想过没有呢，你那篇稿子发表以后，当时会在李庄引起什么反响呢？"

"一……"老王眨巴眨巴眼睛，"咱们顺便了解一下吧！"

张国河的介绍

散会以后，我和老王来到农田基本建设指挥棚里。李黑牛忙去了，只见一个胖壮大汉正和几个女孩子收拾桌凳。老王向我作了介绍，那大汉名叫张国河，是李庄大队的支部委员。

看来，他俩是老熟人。当老王提出了我们所关心的问题，张国河一屁股坐在稻草地铺上，毫不客气地说："还问哩，去年你小子那篇稿儿一登报，俺村差点儿也乱了套！一天大早，大队门口糊了一片没落款儿的大字报，好听的劝黑牛悬崖勒马，难听的骂黑牛是这个那个的孝子贤孙。支委们的思想也不一致。有的说：'他写他的，咱干咱的！'有的说：'咱这一手是从王庄学来的，人家都在报上作检查啦！'也有的说：'他批咱也批，他登小报，咱还争取登大报哩！'争到半夜，黑牛站起来了，俺们都想听听他的意见。谁知他把胳膊一伸，厚嘴一张，对着房顶打了个哈欠，慢慢憨憨地说：'干的有干的根据，散的有散的理由。干也罢，散也罢，眼下到了年根儿，社员们谁家不做点年菜磨点豆腐？闪过年儿再说吧！'"

听到这里，老王忍不住捂着嘴笑了。

"你笑什么？"张国河不满地瞪了老王一眼，"别看黑牛性子慢憨，心里自有主意。他常说：'咱招数少，有事得请教马列和毛主席著作；咱嘴抽，有事得调动全村千张嘴。'他叫社员们做年菜磨豆腐，他可没那心花儿。大年三十黑夜，俺一家子正在炕头上包饺子，他来了，把我拉到没烟火的西屋里，问我怎么办。我早憋了一肚子气，一拍桌子，没好听话：'光听蝼蛄叫就别种地啦，光听蛤蟆叫就别过河啦，咱干咱的，揪不了脑袋！'黑牛说：'谁是蝼蛄，谁是蛤蟆呢？如果人家说，你就是蝼蛄，你就是蛤蟆，怎么着？''我……''你得拿出根据来！'我说：'拿什么根据呀？咱是庄稼人，养种好地，多打粮食，多给国家拿贡献，这是咱的本分！哼，净他娘的王清智搅闹的！'当时，黑牛脸如铁，眼似锥，嗓门不大，句句话有斤秤：'国河！你别光咋呼。王清智写了那么一篇稿儿，报上就那么一登，那是闹着玩儿？如今的事你还没有看透？小报看大报，大报听谁的？'我把脖子一拧：'它愿意听谁的听谁的！''反正，咱该听谁的听谁的！'黑牛说着，从怀里拿出一本《共产党宣言》，打开指一条语录给我看：'无产阶级将利用自己的政治统治，一步一步地夺取资产阶级的全部资本，把一切生产工具集中在国家即组织成为统治阶级的无产阶级手里，并且尽可能快地增加生产力的总量。'我眼前一亮，说：'咱们马上开个支委会吧！''不忙。'黑牛又从怀里拿出两本书，是列宁的《伟大的创举》和毛主席的《实践论》，放在我脸前。我说：'这里面也有根据？'黑牛说：'有！'我说：'在哪儿呀？'黑牛把脸一沉，说：'过年吃好的，我还喂喂你不？'嘿嘿，他的意思我明白！"

谈到这里，张国河喝了一碗水，看看老王说："当然啦，找几条语录，要是搁在你身上，那不成问题。你肚里有墨水儿，脑瓜儿又活，看个文件什么的，只要拿眼把题目一扫，里面的内容便能猜个大概。黑牛可没你那本事呀！他十三上放羊，十五上打铁，十九上就在民兵游击队里扛枪杆，斗大的字认不了一升。他看一本书，比锄十亩地还费劲呀！"

"你们的支委会开了没有？"我问。

张国河想了想，说："当时黑牛还是说不忙。正月里，他又花了几天工夫，专门找人聊天。至于谈了一些什么，你们最好是回村打听打听三队的饲养员赵满喜去，办社的时候他就是黑牛的一个膀臂。"

赵满喜的介绍

赵满喜坐在喂牲口的大院里，咿咿呀呀地哼着小曲儿，正在筛草。为了谈话方便，我只向他作了自我介绍，说明了来意。老人一听，呵呵笑了，嘴里虽然缺牙少齿，说话有点跑风，听着却更幽默引人。

"不错，我这牲口棚里，黑牛常来常往。习惯成自然啦，有了什么难心的事，他总是先来摸摸俺们的心眼儿，然后再拿到支委会上讨论。他好跟我聊天，可舍不得占用生产时间，总是趁着吃饭的工夫来。一边吃，一边聊，吃完了，把碗一撂，就去忙工作。他来得勤，他媳妇也就来得勤。来干什么？敛饭碗！哈哈哈！

"话休絮烦。去年大年初一那一天，我一没待客，二没请友，约了几个对心儿的老头，打算赶上大车到工地上拉几遭土。也许你们要说，过年哩，一群老家伙撒什么欢儿呀？同志，你们哪里晓得当时的情况？对村北的工程，有添柴的，有撤火的，还有泼凉水的！俺们套上了大骡子大马满街里这么一转，于多于少，也算是表了表态、亮了亮相儿呀！

"我刚把车套好，黑牛就端着饭碗来了，一边吃一边说：'满喜叔，干吗去呀？''大干社会主义去！'我说着，叭一声，脆实实地甩了个鞭花儿，吓得家雀满院飞。谁知他把胳膊一挠，拦住了马头：'这一阵的广播你没听见？''我不聋！''大队门口的大字报你没看着？''我不瞎！''那你怎么还要干呀？''不干，村东的乱泥洼就能打出高产稻？不干，村西的响白沙就能长出麦子苗？''哎呀呀，你老人家真是老啦，思想跟不上啦！'当时不知他从哪里听来那么几句混账话，耸耸鼻儿，挤了挤眼儿，做了个怪相，拿捏着嗓门说，'一个是社会主义的草，一个是修正主义的苗，你要草，你要苗？'我越琢磨这话越别扭，没好气地说：'你说的那叫个蛋！怎么社会主义尽长草，修正主义倒长苗哇？咱要社会主义的苗！''那也好办！'黑牛仍然拿捏着嗓门，'只要革命搞好了，生产自然而然地就上去了！'哦，这时我才醒过味儿来，他是拿反话试俺的心眼儿哩。我把他的饭碗一夺，气冲冲地说：'黑牛黑牛你别吃饭啦，革命搞好了，自然而然地就饱啦！'黑牛嘿嘿嘿地笑了，然后把脸一沉，说：'人

取经
229

是铁，饭是钢，一顿不吃饿得慌。我不吃饭不行，八亿人口不吃饭更不行。'我说：'着哇！当年打江山，光有步枪不行，还需要小米子呢，何况如今建设社会主义现代化强国？'黑牛听了这几句话，乐得嘴里直吸溜：'满喜叔！这话为贵！你敢不敢把这观点拿到支委会上亮亮去？'我说：'拿到中央亮亮咱也不怕！'黑牛说：'咱一言为定啦！'"

"你也参加了支委会？"老王问。

"扩大到俺身上啦。"

"那次会上……"

"黑牛倒没多说话，国河水平倒不低。"

"村北的工程……"

"没过破五儿，又开工啦！"

"那一片大字报呢？"

"两个人写的！"

"两个什么人？"

"问得怪，好人谁反对社会主义呀？"

老王点点头，看了看我，叹服地说："黑牛真有两下子！"

"唉，就那么回事呗！"好像听见别人夸奖自己的孩子，老人脸上美滋滋的，嘴里却又褒贬几句，"他这个人，文没文才，口没口才，又好咬死理儿。可话又说回来啦，有这么个好咬死理儿的人，村里倒是不吃亏。在林彪一伙兴妖作怪的时候，斗争尖锐是尖锐，俺村到底没背多大的伤。"

谈到这里，牲口棚里传出一阵马叫声。老人让我们等一等，他要照看一下刚满月的马驹儿。

王清智的结论

从老王的神色来看，他的心里很不平静。在院里转了个圈儿，两手向我一摊，说："你看，今天咱向李庄学习的经验，正是去年李庄向咱学习的经验；也就是说，人家今天所坚持的，正是我去年所扔掉的。这是什么原因呢？"

是啊，什么原因呢？当然，万恶的"四人帮"的干扰破坏是最主要的原因，这是他们不可开脱的一条罪责。可是，李庄呢，不是处在同样的干扰破坏之下吗？

要说老王有水平，真是有水平。我正苦想，他便有了结论，两道浅淡的眉毛向上一挑，演讲似的说："其实，原因也很简单。我这个人善于务虚，人家黑牛善于务实。回去以后，咱们得马上采取措施，赶上去！……一、统一部署，层层动员；二、全力以赴，投入会战；三、凡与会战无关的一切活动，什么政治夜校哇、俱乐部哇，是不是先……"

"同志，跟我吃饭去吧！"老人照看了马驹儿，从牲口棚里走了出来，一手拉住我们一个。我看看天色说："这么早就吃饭？"

老人说："你们不知道。昨儿个黑夜，黑牛检查了各队的政治夜校；今儿个黑夜，又要闹批判'四人帮'文艺大评比，各队都要出节目。趁牲口们还没回来，早点吃了饭，化装不化装，总得换换衣裳刮脸呀！"

"你也登台演戏？"我惊喜地打量着老人。

老人笑了："老胳膊老腿的啦，演什么戏，拉四股弦呗！走，吃饭去，吃了饭看节目。"老人再三挽留，我们连连道谢，才告辞了。

太阳落入紫红色的云层里。滹沱河大堤两旁，一株株高峻挺拔的白杨染上了美丽的晚霞。老王慢悠悠地骑着自行车，走了二三里路程，一言不发。

"老王，三是什么，你还没说完呢！"

要说老王有水平，真是有水平。他两道浅淡的眉毛向上一挑，又产生了新的结论，一张嘴，竟然念出两句诗文：

　　要学参天白杨树，
　　不做墙头毛毛草。

班主任

刘心武

一

你愿意结识一个小流氓，并且每天同他相处吗？我想，你肯定不愿意，甚至会嗔怪我何以提出这么一个荒唐的问题。

但是，在光明中学党支部办公室里，当黑瘦而结实的支部书记老曹，用信任的眼光望着初三（3）班班主任张俊石老师，换一种方式向他提出这个问题时，张老师并不以为古怪荒唐。他只是极其严肃地考虑了一分钟左右，便断然回答说："好吧！我愿意认识认识他……"

事情是这样的：前些日子，公安局从拘留所把小流氓宋宝琦放了出来。他是因为卷进了一次集体犯罪活动被拘留的。在审讯过程中，面对着无产阶级专政的强大威力与政策感召，他浑身冒汗，嘴唇哆嗦，作了较为彻底的坦白交代，并且揭发检举了首犯的关键罪行。因此，公安局根据他的具体情况情节较轻而坦白揭发较好，加上还不足十六岁，就将他教育释放了。他的父母感到再也难在老邻居们面前抛头露面，便通过换房的办法搬了家，恰好搬到光明中学附近。根据这几年实行的"就近入学"办法，他父母来申请将宋宝琦转入光明中学上学。他该上初三，而初三（3）班又恰好有空位子，再加上张老师有十几年的班主任工作经验，又是这个年级班主任里唯一的党员。因此，经过党支部研究，接受了宋宝琦的转学要求，并且由老曹直接找到张老师，直截了当地摆出情况，问他说："怎么样？你把宋宝琦收下吧？"

正像你所知道的那样，张老师思忖的目光刚同老曹那饱含期待、鼓励的目光相遇，他便答应下来了，接受了宋宝琦的转学要求。

二

张老师是个什么样的人呢？

趁他顶着春天的风沙，骑车去公安局了解宋宝琦情况的当日，我们可以仔细观察他一番。

张老师实在太平凡了。他今年三十六岁，中等身材，稍微有点发胖。他的衣裤都明显地旧了，但非常整洁。每一个纽扣都扣得规规矩矩，连制服外套的风纪扣，也一丝不苟地扣着。他脸庞长圆，额上有三条挺深的抬头纹，眼睛不算大，但能闪闪放光地看人，撒谎的学生最怕他这目光；不过，更让学生们敬畏的是张老师的那张嘴，人们都说薄嘴唇的人能说会道，张老师却是一对厚嘴唇，冬春常被风吹得爆出干皮儿；从这对厚嘴唇里迸出的话语，总是那么热情、生动、流利，像一架永不生锈的播种机，不断在学生们的心田上播下革命思想和知识的种子，又像一把大笤帚，不停息地把学生心田上的灰尘无情地扫去……

一路上，张老师的表情似乎挺平淡。等到听完公安局同志的情况介绍、翻完卷宗以后，他的脸上才显露出强烈的表情来——很难形容，既不全是愤慨，也不排除厌恶与蔑视，似乎渐渐又由决心占了上风，但忧虑与沉重也明显可见。

张老师从公安局回到学校时，已经是下午三点钟。他掏出叠得很整齐的手绢，一边擦着脑门上的汗，一边走进年级组办公室。显然同组的老师们都已知道宋宝琦将于明天到他班上课的事了。教数学的尹达磊老师头一个迎上他，形成了关于宋宝琦的第一个波澜。

三

尹老师和张老师同岁，同是一个师范学院毕业，同时分配到光明中学任教，又经常同教一个年级。他们一贯推心置腹，就是吵嘴，也从不含沙射影、指桑骂槐，总是把想法倾巢倒出，一点"底儿"也不留。

尹老师身材细长，五官长得紧凑，这就使他永远摆脱不了"娃娃相"，多亏鼻梁上架着副深度近视镜，才使他在学生们面前不致有失长者的尊严。

在这一九七七年的春天，尹老师感到心里一片灿烂的阳光。他对教育战线，对自己的学校、所教的课程和班级，都充满了闪动着光晕的憧憬。他觉得一切不合理的事物都应该而且能够迅速得到改进。他认为"四人帮"既已揪出，扫荡"四人帮"在教育战线的流毒，形成理想的境界应当不需要太多的时间。不过，最近这些天他有点沉不住气。他愿意一切都如春江放舟般顺利，不承想却仍要面临一些复杂的问题。

关于宋宝琦即将"驾到"的消息一入他的耳中，他就忍不住热血沸腾。张老师刚一迈进办公室，他便把满腔的"不理解"朝老战友发泄出来。他劈面责问张老师："你为什么答应下来？眼下，全年级面临的形势是要狠抓教学质量，你弄个小流氓来，陷到做他个别工作的泥坑里去，哪还有精力抓教学质量？闹不好，还弄个'一粒耗子屎坏掉一锅粥'！你呀你，也不冷静地想想，就答应下来，真让人没法理解……"

办公室的其他老师，有的赞同尹老师的观点，却不赞同他那生硬的态度；有的不赞成他的观点，却又觉得他的确是出于一片好心；有的一时还拿不准道理上该怎么看，只是为张老师凭空添了这么副重担子，滋生了同情与担忧……因此，虽然都或坐或站地望着张老师，却一时都没有说话。就连搁放在存物架上的生理卫生课教具——耳朵模型，仿佛也特意把自己拉成了一尺半长，在专注地等待着张老师作答。

张老师觉得尹老师的意见未免偏激，但并不认为尹老师的话毫无道理。他静静地考虑了一分钟，便答辩似的说："现在，既没有道理把宋宝琦退回给公安局，也没有必要让他回原学校上学。我既然是个班主任老师，那么，他来了，我就开展工作吧……"

这真是几句淡而无味的话。倘若张老师咄咄逼人地反驳尹老师，也许会引起一场火爆的争论，而他竟出乎意料地这样作答，尹老师仿佛反被慑服了。别的老师也挺感动，有的还不禁低首自问："要是把宋宝琦分到我的班上，我会怎么想呢？"

张老师的确必须立即开展工作，因为，就在这时，他班上的团支部书记谢惠敏找他来了。

四

谢惠敏的个头儿比一般男生还高，她腰板总挺得直直的，显得很健壮。有一回，她打业余体校栅栏墙外走过，一眼被里头的篮球教练看中。教练热情地把她请了进去，满心以为发现了个难得的培养对象。谁知让这位长圆脸、大眼睛的姑娘试着跑了几次篮后，竟格外地失望——原来，她弹跳力很差，手臂手腕的关节也显得过分僵硬，一问，她根本对任何球类活动都没有兴趣。

的确，谢惠敏除了随着大伙看看电影、唱唱每个阶段的推荐歌曲，几乎没有什么业余爱好。她功课中平，作业有时完不成，主要是由于社会工作占去的精力和时间太多了，因此倒也能获得老师和同学们的谅解。

头年夏天，张老师接任这个班的班主任时，谢惠敏已经是团支部书记了。张老师到任不久便轮到这个班下乡学农，返校的那天，队伍离村二里多了，谢惠敏突然发现有个男生手里转动着个麦穗，她不禁又惊又气地跑过去批评说："你怎么能带走贫下中农的麦子？给我！得送回去！"那个男生不服气地辩解说："我要拿回家给家长看，让他们知道这儿的麦子长得有多么棒！"结果引起一场争论，多数同学并不站在谢惠敏一边，有的说她"死心眼"，有的说她"太过分"。最后自然轮到张老师表态，谢惠敏手里紧紧握着那根丰满的麦穗，微张着嘴唇，期待地望着张老师。出乎许多同学的意料，张老师同意了谢惠敏送回麦穗的请求。耳边响着一片扬声争论与喁喁低议交织成的音波，望着在雨后泥泞的大车道上奔回村庄的谢惠敏那独特的背影，张老师曾经感动地想：问题不在于小小的麦穗是否一定要这样来处理。看哪，这个仅仅只有三个月团龄的支部书记，正用全部纯洁而高尚的感情，在维护"绝不能让贫下中农损失一粒麦子"的信念。她的身上，有着多么可贵的闪光素质啊！

但是，这以后，直到"四人帮"揪出来之前，浓郁的阴云笼罩着我们祖国的大地，阴云的暗影自然也投射到了小小的初三（3）班。被"四人帮"那个大黑干将控制的团市委，已经向光明中学派驻了联络员，据说是来培养某种"典型",是否在初三(3)班设点,已在他们考虑之中,谢惠敏自然常被他们找去谈话。谢惠敏对他们的"教诲"并不能心领神会,因为她没有丝毫的政治投机心理,她单纯而真诚。但是,打从这时候起,张老师同谢惠敏之间开始显露出某种似乎解释不清的矛盾。比如说,谢惠敏来告状,说团支部过组织生活时,五个团员竟有两个打瞌睡。张老师没有去责难那两个不像样子的团员,却向谢惠敏建议说:"为什么过组织生活总是念报纸呢?下回搞一次爬山比赛不成吗?保险他们不会打瞌睡!"谢惠敏瞪圆了双眼,几乎不相信自己的耳朵,隔了好一阵,才抗议地说:"爬山,那叫什么组织生活?我们读的是批宋江的文章啊……"再比如,那一天热得像被扣在了蒸笼里,下了课,女孩子们都跑拢窗口去透气,张老师把谢惠敏叫到一边,上下打量着她说:"你为什么还穿长袖衬衫呢?你该带头换上短袖才是,而且,你们女孩子该穿裙子才对啊!"谢惠敏虽然热得直喘气,却惊讶得满脸涨红,她简直不能理解张老师在提倡什么作风!班上只有宣传委员石红才穿带小碎花的短袖衬衫,还有那种带褶子的短裙,这在谢惠敏看来,乃是"沾染了资产阶级作风"的表现!

"四人帮"揪出来之后,张老师同谢惠敏之间的矛盾自然可以解释清楚了,但并没有完全消除。

现在,谢惠敏找到张老师,向他汇报说:"班上同学都知道宋宝琦要来了,有的男生说他原来是什么'菜市口老四',特别厉害;有些女生害怕了,说是明天宋宝琦真来,她们就不上学了!"

张老师一愣。他还没有来得及预料到这些情况。现在既然出现了这些情况,他感到格外需要团支部配合工作,便问谢惠敏:"你怕吗?你说该怎么办?"

谢惠敏晃晃小短辫说:"我怕什么?这是阶级斗争!他敢犯狂,我们就跟他斗!"

张老师心里一热。霎时,那在泥泞的大车道上奔走的背影活跳在记忆的屏幕上。他亲热地对谢惠敏说:"你赶紧把团支部和班委会的人找齐,咱们到教室开个干部会!"

五

四点二十左右，干部会结束了。其他干部们都走了，教室里只剩下张老师、谢惠敏和石红三个人。

石红恰好面对窗户坐着，午后的春阳射到她的圆脸庞上，使她的两颊更加红润；她拿笔的手托着腮，张大的眼眶里，晶亮的眸子缓慢地游动着，丰满的下巴微微上翘——这是每当她要想出一个更巧妙的方法来解决一道教学题时，为数学老师所熟悉、所喜爱的神态。可是此刻她并不是在解数学题，而是在琢磨怎么写出明天一早同大家——也包括宋宝琦见面的"号角诗"。

张老师同谢惠敏在一旁谈着话。围绕着接收宋宝琦需要展开的工作，已经全部落实。男生干部们分头找男生们做工作去了，跟他们讲宋宝琦并不是什么威震菜市口的"英雄"，而是个犯了错误的需要帮助的人。对他既别好奇乃至于敬畏，也不能歧视打击，大家要齐心合力地帮助他。女生干部将分头到那几个或者是因为胆小，或者是出于赌气，宣布明天不来上学的女生家去，对她们和她们的家长讲清楚，学校一定会保证女孩子们不受宋宝琦欺侮；对宋宝琦这样的小流氓，消极躲避只能助长他的恶习，只有团结起来同他斗争，进行教育，才能化有害为无害，并且逐步化无害为有益。张老师则要对宋宝琦进行家访，对他以及他的家长进行初步了解，并进行第一次思想工作，石红的"号角诗"明天一早将向大家强调："让我们的教室响彻向'四化'进军的脚步声！"

当石红的"号角诗"快要写完的时候，张老师同谢惠敏的谈话结束了。张老师把摊在桌上、刚给干部们看过的几件东西往一块敛。那是张老师从派出所带回来的、宋宝琦犯案后被搜出的物品：一把用来斗殴的自行车弹簧锁、一副残破油腻的扑克牌、一个式样新颖附有打火机的镀镍烟盒，还有一本撕掉了封皮的小说。小干部们面对这些东西都厌恶得皱鼻子、撇嘴角。谢惠敏提议说："团支部明天课后开个现场会，积极分子们也参加，摆出这些东西，狠狠批判一顿！"大伙都同意，张老师也点头说："对，要利用这个机会，进一步抓好反腐蚀教育。"

没承想，临到张老师收敛这几件物品时，突然出现了矛盾，还闹得挺僵。

　　别的东西都收进书包了，只剩下那本小说。张老师原来顾不得细翻，这时拿起来一检查，不由得"啊"了一声。原来那是本"文化大革命"以前，中国青年出版社出版的长篇小说《牛虻》。

　　谢惠敏感到张老师神情有点异常，忙把那本书要过来翻看。她以前没听说过，更没看见过这本书，她见里头有外国男女谈恋爱的插图，不禁惊叫起来："哎呀！真黄！明天得狠批这本黄书！"

　　张老师皱起眉头，思索着。他回忆起自己中学时代的情况。那时候，团支部曾向班上同学们推荐过这本小说……围坐在篝火旁，大伙用青春的热情轮流朗读过它；倚扶着万里长城的城堞，大伙热烈地讨论过"牛虻"这个人物的优缺点……这本英国小说家伏尼契写成的作品，曾激动过当年的张老师和他的同辈人，他们曾从小说主人公的形象中，汲取过向上的力量……也许，当年对这本小说的缺点批判不够？也许，当年对小说的精华部分理解得也不够准确、不够深刻？但，不管怎么说——张老师想到这儿，忍不住对谢惠敏开口分辩道："这本《牛虻》可不能说成是黄书……"

　　谢惠敏的两撇眉毛险些飞出脑门，她瞪圆了双眼望着张老师，激烈地质问说："怎么？不是黄书？！这号书不是黄书什么是黄书！"在谢惠敏的心目中，早已形成一种铁的逻辑，那就是凡不是书店出售的、图书馆外借的书，全是黑书、黄书。这实在也不能怪她。她开始接触图书的这些年，恰好是"四人帮"搞法西斯文化专制主义最凶的几年。可爱而又可怜的谢惠敏啊，她单纯地崇信一切用铅字新排印出来的东西，而在"四人帮"控制舆论工具的那几年里，她用虔诚的态度拜读的报纸刊物上，充塞着多少他们的"帮文"，喷溅出了多少戕害青少年的毒汁啊！倘若在谢惠敏最亲近的人当中，有人及时向她点明：张春桥、姚文元那两篇号称"阐述无产阶级专政理论"的"重要文章"大可怀疑，而"梁效""唐晓文"之类的大块文章也绝非马列主义的"权威论著"……那该有多好啊！但是，由于种种主观和客观上的原因，没有人向她点明这一点。她的父母经常嘱咐谢惠敏及其弟弟妹妹，要听毛主席的话，要认真听广播、看报纸；要求他们遵守纪律、尊重老师；要求他们好好学功课……谢惠敏从这样的家庭教育中受益不浅，具备了强烈的无产阶级感情、劳动者后代的气质；但是，在资产阶级、修正主义的"白骨精"化为美女现形的斗争环境里，光有朴素的无产阶级感情就容易陷于轻信和盲从，而"白骨精"们正是拼命利用一些人的轻信与盲从以售其奸！就这样，谢惠敏正当风华正茂之年，满心满意想成为一个好的革命者，想为共产主义这个大目标而奋斗，却被"四人帮"害得眼界狭窄、是非模糊。岂止《牛虻》这本书她会认为是毒草，我们这段故事发生的时候，《青春之歌》已经进行再版了，但谢惠敏还保持着"四人帮"揪出前形成的习惯——把那些热衷于传播"文艺消息"，什么又会有某个新电影上演啦，电台又播了个什么新歌呀这样的同学们，看成是"沾染了资产阶级思想"。就在前几天，她发现石红在自习课上看一本厚厚的小说，下课她便给没收了。那是一九五八年出版的《青春之歌》，她随便翻检了几页，把自己弄得心跳神乱——断定是本"黄书"，正想拿来上交给张老师，石红笑嘻嘻地一把抢了回去，还拍着封面说："可带劲啦！你也看看吧！"结果两人争吵了一场。后来她忙着去团委开会，倒忘记向张老师反映了，没想到今天张老师竟比石红还要石红——亲口否认这本外国"黄书"不黄！在谢惠敏心中，外国的"黄书"当然一律又要比中国的"黄书"更黄了。面对着这样一位张老师，她又联想起以前的许多细琐冲突来。于是，往常毕竟占据支配地位的尊敬之感，顿然减少了许多。她微微噘起嘴，飞走的眉毛落回来拧成了个死疙瘩。

这时候，石红写完"号角诗"，正准备给张老师和谢惠敏朗诵，突然听到张老师说："这本《牛虻》可不能说成是黄书……"她这才知道那本破书原来就是《牛虻》，赶忙凑拢谢惠敏身边去看，谢惠敏大声质问张老师的话刚一出口，她便热情地晃动着谢惠敏胳膊说："别这么说！我听爸爸妈妈讲过，《牛虻》这本书值得一读！这两天我正读《钢铁是怎样炼成的》，里头的保尔·柯察金是个无产阶级英雄，可他就特别佩服'牛虻'……"石红早就想找本《牛虻》来看，一直没有借到，所以她从谢惠敏手中拿过书来翻动时，心里翻腾着强烈的求知欲：这本书写的是什么时代的事儿？故事发生在什么地方？"牛虻"究竟是个啥样的人？

真的有值得佩服的地方吗？……当她把破书还到张老师手上时，不禁问道："读这本书，该注意些啥？学习些啥？"谢惠敏咬住嘴唇，眯起眼睛，不满地望着石红，心里怦怦直跳。张老师翻动着那本饱经沧桑的《牛虻》，他本想耐心地对谢惠敏解释为什么不能把它算作"黄书"，但是这本书是从宋宝琦那儿抄出来的，并且，瞧，插图上，凡有女主角琼玛出现，一律野蛮地给她添上了八字胡须。又焉知宋宝琦他们不是把它当成"黄书"来看的呢？生活现象是复杂的，这本《牛虻》的遭遇也够光怪陆离了。对谢惠敏这样实际上还很幼稚的孩子，分析过于复杂的生活现象和精华糟粕并存的文艺作品，需要充裕的时间和适宜的场合。

想到这些，我们的张老师便把破旧的《牛虻》放入书包，和蔼地对谢惠敏说："关于这本书的事儿，咱们改天再谈吧。看，快五点了，咱们赶紧听听石红写的'号角诗'吧，听完分头按计划行动。"

石红念的诗，谢惠敏一句也没装进脑子里去。她痛苦而惶惑地望着映在课桌上的那些斑驳的树影。她非常、非常愿意尊敬张老师，可张老师对这样一本书的古怪态度，又让她不能不在心里嘀咕："还是老师呢，怎么会这样啊?!……"

六

五点刚过，张老师骑车抵达宋家的新居。小院的两间东屋里东西还来不及仔细整理，显得很凌乱。比如说，一盆开始挂花的"令箭"，就很不恰当地摆放在歪盖着塑料布的缝纫机上。

宋宝琦的母亲是个售货员，这天正为搬家倒休，忙不迭地拾掇着屋子。见张老师来了，她有点宽慰，又有点羞愧，忙把宋宝琦从堂屋喊出来，让他给老师敬礼，又让他去倒茶。我们且不忙随张老师的眼光去打量宋宝琦，先随张老师坐下来同宋宝琦母亲谈谈，了解一下这个家庭的大概。

宋宝琦的父亲在园林局苗圃场工作，一直上"正常班"，就是说，下午六点以后就能往家奔了。但他每天常常要八九点钟才回家。为什么？宋宝琦母亲说起来连连叹气，原来这些年他养成了个坏习惯：下班的路上经过月坛，总要把自行车一摞，到小树林里同一些人席地而坐，打扑克消遣，有时打到天黑也不散，挪到路灯底下接茬打，非得其中有个人站起来赶着去工厂上夜班，他们才散。

显然，这样一位父亲，既然缺乏丰富而有意义的精神生活，那么，对宋宝琦的缺乏教育管束也就可想而知了。至于当母亲的，从她含怨的叙述中，不难看出她是怎样自食了溺爱与放任独生子的苦果。

绝不要以为这个家庭很差劲。张老师注意到，尽管他们还有大量的清理与安置工作，才能使房间达到窗明几净的程度，但是一张镶镜框的毛主席像，却已端正地挂到了北墙，并且，一张稍小的周总理像，装在一个自制的环绕着银白梅花图案的镜框中，被郑重地摆放在了小衣柜的正中。这说明这对年近半百的平凡夫妇，内心里也涌荡着和亿万人民相同的感情波澜。那么，除了他们自身的弱点以外，谁应当对他们精神生活的贫乏负责呢？

差一刻六点的时候，张老师请当母亲的尽管去忙她的家务事，他把宋宝琦带进里屋，开始了对小流氓的第一次谈话。

现在我们可以仔细看看宋宝琦是个什么模样了。他上身只穿着尼龙弹力背心，一疙瘩一疙瘩的肌肉和那白里透红的肤色，充分说明他有幸生活在我们这个不愁吃不愁穿的社会里，营养是多么充分，躯体里蕴藏着多么充沛的精力。唉，他那张脸啊，即便是以经常直视受教育者为习惯的张老师，乍一看也不免浑身起栗。并非五官不端正，令人寒心的是从面部肌肉里，从殴斗中打裂过又缝上的上唇中，从鼻翅的神经质翕动中，特别是从那双一目了然地充斥着空虚与愚蠢的眼神中，你立即会感觉到，仿佛一个被污水泼得变了形的灵魂，赤裸裸地立在了聚光灯下。

经过三十来个回合的问答，张老师已在心里对宋宝琦有了如下的估计：缺乏起码的政治觉悟，知识水平大约只相当初中一年级程度，别看有着一身犟肉，实际上对任何一种正规的体育活动都不在行。张老师想到，一些满足于贴贴标签的人批判起宋宝琦这样的小流氓来，一定会说他是"满脑子资产阶级思想"。但是，随着进一步的询问，张老师便愈来愈深切地感到，笼统地说宋宝琦这样的小流氓具有资产阶级思想，那就近乎无的放矢，对引导他走上正路也无济于事。

宋宝琦的确有严重的资产阶级思想，但究竟是哪一些资产阶级思想呢？

　　资产阶级标榜"自由、平等、博爱"，讲究"个人奋斗""成名成家"，用虚伪的"人性论"掩盖他们追求剥削、压迫的罪行。而宋宝琦呢？他自从陷入了那个流氓集团以后，便无时无刻不处于森严的约束之中，并且多次被大流氓"扇耳刮子"与用烟头烫后脑勺。他愤怒吗？反抗吗？不，他既无追求"个性解放"、呼号"自由、平等"的思想行动，也从未想到过"博爱"。他一方面迷信"哥们儿义气"，心甘情愿地替大流氓当"炊拨儿"；另一方面又把扇比他更小的流氓耳光当作最大的乐趣。什么"成名成家"，他连想也没有想过，因为从他懂事的时候起，一切专门家——科学家、工程师、作家、教授……几乎都被林贼、"四人帮"打成了"臭老九"，论排行，似乎还在他们流氓之下，对他来说，何羡慕之有？有何奋斗而求之的必要？资产阶级的典型思想之一是"知识即力量"，对不起，我们的宋宝琦也绝无此种观念。知识有什么用？无休无止地"造反"最好。张铁生考试据说得了个"大鸭蛋"，不是反而当上大官了吗？……所以，不能笼统地给宋宝琦贴上个"满脑袋资产阶级思想"的标签便罢休，要对症下药！资产阶级在上升阶段的那些个思想观点，他头脑里并不多甚至没有，他有的反倒是封建时代的"哥们儿义气"以及资产阶级在没落阶段的享乐主义一类的反动思想影响……请不要在张老师对宋宝琦的这种剖析面前闭上你的眼睛，塞上你的耳朵，这是事实！而且，很遗憾，如果你热爱我们的祖国，为我们可爱的祖国的未来操心的话，那么，你还要承认，宋宝琦身上所反映出的这种问题，在一定程度上还并不是极个别的！请抱着解决实际问题、治疗我们祖国健壮躯体上的局部痈疽的态度，同我们的张老师一起，来考虑考虑如何教育、转变宋宝琦这类青少年吧！

　　张老师从书包里取出那本饱遭蹂躏的小说来，问宋宝琦："这本书叫什么名儿？你还记得吗？"

　　宋宝琦刚经历过专政机关严厉的审讯和带强制性的训斥，那滋味当然远比一个班主任老师的询问与教育难受，所以，他尽可能用最恭顺的态度回答说："记得。这是牛亡。"他不认识虻字，照他识字的惯例，只读一半。

"不是牛亡，是'牛虻'。你知道这两个字是什么意思吗？"

面部没有表情，两眼直愣愣地望着对面在窗玻璃外扑腾的一只粉蝶，极坦率地回答说："不懂。"

"那么，这本书你究竟读完了没有呢？"

"翻了两篇。我不懂。"

"不懂，你要它干什么呢？这本书是打哪儿来的呢？"

"我们偷的。"

"打哪儿偷的呢？偷它干什么呢？"

"打原来我们学校废书库偷的。听说那里头的书都是不让借、不让看的。全是坏书。我们撬开锁，偷了两大抱。我们偷出来为的是拿去卖。"

"怎么没把这本卖了呢？"

"后来都没卖。我们听说，盖了图书馆戳子的书，我们要是卖去，人家就要逮着我们。"

"你们偷出来的书里，还有些什么呢？你还能说出几个名儿来吗？"

"能！"宋宝琦为能表现一下自己并非愚钝无知感到非常高兴，他第一次有了专注的神情，眨着眼，费劲地回忆着，"有《红岩》，有……《和平与战争》，要不，就是《战争与和平》，对了，还有一本书特怪，叫……《新嫁车的词儿》……"

这让张老师吃了一惊。他想了想，掏出钢笔在手心里写了《辛稼轩词选》几个字，伸出去让宋宝琦看，宋宝琦赶忙点头："就是！没错儿！"

张老师心里一阵阵发痛。几个小流氓偷书，倒还并不令人心悸。问题是，凭什么把这样一些有价值的，乃至于非但不是毒草，有的还是香花的书籍，统统扔到库房里锁起来，宣布为禁书呢？宋宝琦同他流氓伙伴堕落的原因之一，出乎一般人的逻辑推理之外，并非一定是由于读了有毒素的书而中毒受害，恰恰是因为他们相信能折腾就能"拔份儿"，什么书也不读而坠落于无知的深渊！

张老师翻动着《牛虻》，责问宋宝琦："给这插图上的妇女全画上胡子，算干什么呢？你是怎样想的呢？"

宋宝琦垂下眼皮，认罪地说："我们比赛来着，一人拿一本，翻画儿，翻着女的就画，谁画得多，谁运气就好……"

张老师愤然注视着宋宝琦，一时说不出话来。宋宝琦抬起眼皮偷觑了张老师一眼，以为一定是自己的态度不够老实，忙补充说："我们不对，我们不该看这黄书……我们算命，看谁先交上女朋友……我们……我再也不敢了！"他想起了在公安局里受审的情景，也想起了母亲接他出来那天，两只红红的、交织着疼和恨的眼睛。

"我们不该看这黄书"这句话像鼓槌落到鼓面上，使张老师的心"咚"地一响。怪吗？也不怪——谢惠敏那样品行端方的好孩子，同宋宝琦这样品质低劣的坏孩子，他们之间的差别该有多么大啊，但在认定《牛虻》是"黄书"这一点上，却又不谋而合——而且，他们又都是在并未阅读这本书的情况下，"自然而然"地做出这个结论的。这是多么令人震惊的一种社会现象！谁造成的？谁？

当然是"四人帮"！

一种前所未及的、对"四人帮"铭心刻骨的仇恨，像火山般喷烧在张老师的心中，截至目前，在人类文明史上，能找出几个像"四人帮"这样用最革命的"逻辑"与口号，掩盖最反动的愚民政策的例子呢？

望着低头坐在床上，两只肌肉饱满的胳膊撑在床边，两眼无聊地瞅着互相搓动的、穿着白边懒鞋的双脚，拒绝接受一切人类文明史上有益的知识和美好的艺术结晶的这个宋宝琦，张老师只觉得心里的火苗扑腾扑腾往上蹿，一种无形的力量冲击着他的喉头，他几乎要喊出来——

救救被"四人帮"坑害了的孩子！

七

春天日短。当远处电报大楼的七记钟声，悠悠地随风飘来时，暮色已经笼罩着光明中学附近的街道和胡同。

张老师推着自行车，有意识拐进了免费出入、日夜开放的小公园里。他寻了一条偏僻处的长椅，支上车，坐到长椅上，燃起一支香烟，眉尖耸动着，有意让胸中汹涌的感情波涛能集中到理智的闸门，顺合理的渠道奔流出去，化为强劲有力的行动，来执行自己这班主任的职责。

晚风吹动着一直垂到椅背上来的柳丝，身上落下了一些随风旋转而来的干榆钱，在看不见的地方，丁香花开了，飘来沁人心脾的芳馥气息。

同宋宝琦本人及其家庭的初步接触，竟将张老师心弦中的爱弦和恨弦拨动得如此之剧烈，颤动得他竟难以控制自己。他恨不能立时召集全班同学，来这长椅前开个班会。他有许多深刻而动人的想法，有许多诚挚而严峻的意念，有许多倾心而深沉的嘱托、建议、批评、引导和号召，就在这个时候，能以最奔放的感情，最有感染力的方式，包括使用许多一定能脱口而出的丰富而奇特的、易于为孩子们所接受的例证和比喻，淋漓尽致地表达出来……

他感到，他比以往任何时候，都更爱我们亲爱的祖国。想到她的未来，想到她的光明前景，想到本世纪结束、下世纪开始时，"四化"初具规模的迷人境界，他便产生了一种不容任何人凌辱、戏弄祖国，不许任何人扼杀、窒息祖国未来的强烈感情！他想到自己的职责——人民教师，班主任，他所培养的，不要说只是一些学生，一些花朵，那分明就是祖国的未来，就是使中华民族在这九百六十万平方公里的土地上，强盛地延续下去，发展下去，屹立于世界民族之林的未来！

他感到，他比以往任何时候，都更深刻地仇恨"四人帮"这伙祸国殃民的蟊贼。不要仅仅看到"四人帮"给国民经济所造成的有形危害，更要看到"四人帮"向亿万群众灵魂上泼去的无形污秽；不要仅仅注意到"四人帮"培养出了一小撮"头上长角、浑身长刺"的张铁生式五类，还要注意到，有多少宋宝琦式的"畸形儿"已经出现！而且，甚至像谢惠敏这样本质纯正的孩子身上，都有着"四人帮"用残酷的愚民政策所打下的黑色烙印！"四人帮"不仅糟蹋着中华民族的现在，更残害着中华民族的未来！

对丑类的恨加深着对人民的爱，对人民的爱又加深着对丑类的恨。当爱和恨交织在一起的时候，人们就有了为真理而斗争的无穷勇气，就有了不怕牺牲去夺取胜利的无穷力量。

张老师陡然站了起来，他看看表，七点一刻。他想到了晚饭。不是他感到饿了，考虑到自己该回家吃饭去，他简直把自己也需要吃晚饭这件事忘到爪哇岛去了。他是打算亲自到几个同学家里去，了解一下他们对宋宝琦来初三（3）班的反应。而这个时候，同学们家里一定都在吃饭，吃饭的时候进行家访是不适宜的。他想了想，便背着手，在小公园的树林子里踱起步来，同时确定下来，七点半左右再离开这里……

丁香花的芳馨一阵阵更加浓郁。浓郁的香气令人联想起最称心如意的事。张老师想到"四人帮"已经被扫进了垃圾箱，想到党中央已经在短短的半年内打出了崭新的局面，想到亲爱的祖国不但今天有了可靠的保证，未来也更加充满希望，他便感到宋宝琦也并非朽不可雕的烂树，而谢惠敏的糊涂处以及对自己的误解与反感，比之于蕴藏在她身上的优良素质和社会主义积极性来，简直更不是什么难以消融的冰雪了。

八

张老师推车走出小公园时，恰巧遇上了提着鼓囊囊的塑料包，打从小公园门口走过的尹老师。

尹老师大吃一惊："俊石，你怎么还有逛公园的雅兴？"

张老师笑了笑，没有解释。他也并不问尹老师从哪儿来，到哪儿去。他知道，尹老师坚持有一个多月了，每天下午四点以后，除了在学校组织一些数学后进的学生补课以外，还要轮流到他们家里去进行个别辅导。他熟悉尹老师的脾性，特别是"四人帮"控制着文教战线的时期，他往往牢骚满腹，对教育部不满，对学校领导不满，对学生不满，对家长不满。倘是一个局外人，听了他那些愤激之情溢于言表的话，一定会以为他是个惯于撂挑子、甩袖子的人；其实尹老师牢骚归牢骚，工作归工作，不管是什么时候，不管遇上什么打击、障碍、困难和挫折，他从未放弃过辛勤的教学劳动。就是在"四人帮"把学生中的无政府主义思潮煽动得达于极点，课堂里往往乱得像一锅煮沸的粥时，他虽然能在办公室里把牢骚话说到"咱们干脆罢教"的地步，一听到上课铃响，却又立即奔赴教室，仍然竭尽全力地用粉笔敲着黑板，用劝导、吆喝、说服、恫吓来让同学们听他讲述那些方程式和多面体。

张老师知道这是他已经结束了个别辅导，要奔赴胡同外的汽车站，乘车回家去了。他既然是忙完了工作，那么，牢骚一定是一触即发。果不其然，不等张老师开口，他便拍着张老师自行车的车座子，长叹一声说："'四人帮'给咱们造成了些什么样的学生啊！你想想看吧，我教的是初三了，可刚才却还在为两个学生翻来覆去地讲勾股定理……你比我更有'福气'——摊上个'新文盲'宋宝琦！说实在的我不能理解你，眼下是'百废待举'，该做的事情那么多，而光是今天一个下午，你就为收留一个小流氓耗费了那么多心血，犯得上吗?！让宋宝琦滚蛋吧！公安局不收，让他回原来的学校！原来的学校不要，就让他在家待着！……"

张老师诚恳地对他说："经过这一下午，我越来越自觉地认识到，症结不在是不是一定要收下宋宝琦——的确，也许应当为他这样的学生专门办一种学校，或者把他同相似的学生专门编成一班，要不按他的文化程度，干脆把他降到初一去从头学起……但这都不是主要的。症结在哪里呢？今天下午围绕着收留宋宝琦发生的这一件又一件的事情，好比一面镜子，照出了'四人帮'糟害我们下一代的罪恶；有些'四人帮'的流毒和影响，我以前或者没有觉察出来，或者没有像今天这样感到触目惊心，我想到了很多、很多……达磊，现在是一九七七年的春天，这是多么美好、多么幸福的春天啊，可它又是要求我们迎向更深刻的斗争、付出更艰苦的劳动的春天，因而也是要求我们更加严格的一个春天！朝前看吧，达磊！……"

尹老师从这简单的话语里不可能感受到张老师已经感受到的一切，但是，当他同张老师那饱含着醒悟、深思、信心、力量的动人目光相遇时，他的牢骚和烦躁情绪顿时消失了。一九七七年春天的晚风吹拂着这两个平平常常、默默无闻的人民教师，有那么一两分钟，他们各自任自己的思绪飞扬奔腾，静静地没有交谈。

张老师想到，过几天，针对尹老师思想方法偏于简单和急躁的缺点，一定要好好地找他谈一谈：感情绝不能代替政策；迫切希望革命事业向前迈进的心情，不能简单地表现为焦躁和牢骚；锲而不舍地坚持斗争的同时，又应当对事物的发展抱相应的积极等待的态度；对宋宝琦这类小流氓的厌恨，还可以转化为对祖国的幼苗遭到"四人帮"戕害而生的怜惜和疼爱……总之，要好好地同尹老师谈谈哲学，谈谈辩证法，谈谈现在和未来，谈谈爱和恨，谈谈生活和工作乃至于谈谈

《红岩》和《牛虻》……

远处又飘来了报告七点半已到的一记钟声，张老师收回沸腾的思绪，拍拍尹老师肩膀说："咱俩另找个时间好好聊聊吧。我还要到几个同学家里去一下。"

"快去石红那儿吧，"尹老师忽然想起，赶紧告诉张老师，"我刚从他们楼里出来，听我那班的一个同学说，谢惠敏跟石红吵了一架，你快去了解一下吧！"

张老师心里一震，他立即骑上车，朝石红家所在的居民楼驰去。

九

石红的爸爸是区上的一个干部，妈妈是个小学教师。两口子都是在轰轰烈烈的"四清"运动里入党的。从入党前后起，他们形成了一种很好的习惯，就是坚持学习马列、毛主席著作，他们书架上的马恩、列宁四卷集、毛选四卷和许多厚薄不一的马列、毛主席著作单行本，书边几乎全有浅灰的手印，书里不乏折痕、重点线和某些意味着深深思索的符号……石红深深受着这种认真读书的气氛的熏陶，她也成了个小书迷。

石红是幸运的。"晚饭以后"成了她家的一个专用语，那意味着围坐在大方桌旁，互相督促着学习马列、毛主席著作，以及在互相关怀的气氛中各自做自己的事——爸爸有时是读他爱读的历史书，妈妈批改学生的作文。石红抿着嘴唇，全神贯注地思考着一道物理习题或是解着一个不等式……有时一家又在一起分析时事或者谈论文艺作品，父亲和母亲、父母和女儿之间，展开愉快的、激烈的争论。即便在"四人帮"推行法西斯文化专制主义最凶狠的情况下，这家人的书架上仍然屹立着《暴风骤雨》《红岩》《茅盾文集》《盖达尔选集》《欧也妮·葛朗台》《唐诗三百首》……这样一些书籍。

张老师曾经把石红通读过的《共产党宣言》《马克思主义的三个来源和三个组成部分》和毛选四卷，以及她的两本学习笔记，拿到班会上和家长会上传看过，但是，他觉得更可欣喜的是，这孩子常常能够根据马列主义、毛泽东思想的原则去思考、分析一些问题，这些思考和分析，往往比较正确，并体现在她积极的行动中。

我们这个故事发生的那一天，张老师敲开石红他们家那个单元门后，发现迎门的那间屋里，坐满了人。石红坐在屋中饭桌边，正朗读着一本书。另外有五个女孩子，也都是张老师班上的学生，散坐在屋中不同的部位，有的右手托腮、睁大双眼出神地望着石红；有的双臂折放在椅背上，把头枕上去；有的低首揉弄着小辫梢……显然，她们都正听得入神。根据下午谢惠敏的汇报，这恰恰是那几个因为害怕或赌气，而扬言明天宋宝琦去了她们就不去上学的同学。

石红读得专心致志，没有发觉张老师的到来；有两三个女孩子抬眼瞧见了张老师，也只是羞涩地对他笑笑，没有出声叫他"张老师"，那显然并非是忘记了礼貌，而是不忍心中断她们已经沉浸进去的那个动人的故事。

来开门的石红妈妈把张老师引到隔壁屋里，请他坐下，轻声地解释说："孩子们正在读鲁迅翻译的《表》……"

《表》是苏联作家班台莱耶夫在十月革命后不久写的一部儿童作品。它描写了一个流浪儿在苏维埃教养院里的转变过程。鲁迅先生当年以巨大的热情翻译了它。张老师虽然好多年没翻过这本书了，但石红妈妈一提，这本书里的一些人物形象和片段情节，顿时涌现在张老师的脑海中。张老师在短短的几分钟里，已经猜测出石红家里出现这种局面的来龙去脉了。果然，石红妈妈告诉他："石红一回家就把宋宝琦的事跟我说了。吃晚饭的时候她一个劲眨巴眼睛，洗碗的时候她跟我商量：'妈妈，要是我约上谢惠敏，把那些害怕、赌气的同学都找来，读读《表》这本书怎么样呢？'我很赞成。我跟她说：'有党的领导，有社会主义制度，只要老师、同学们发挥集体的作用，小流氓也是能转变的啊！'后来她就找同学们去了——只是谢惠敏不知怎么没有来……"

正说着，石红读完一个段落，知道张老师来了，拿着书跳进里屋，高兴地嚷："张老师，你来得正好！快给我们讲讲吧！"

张老师被她拉到了外屋，几个小姑娘都站起来叫"张老师"，不等他发话，各种各样的问题就争先恐后地提出来了：

"张老师，这本书我们能读吗？"

"张老师，这本书里的小流氓，怎么又惹人生气，又惹人同情呢？"

"张老师，谢惠敏说我们读毒草，这本书能叫毒草吗？"

"张老师，您见着宋宝琦了吗？跟这本书的小流氓比，他好点儿还是坏点儿呢？"

……

张老师且不忙回答，却反问她们："谢惠敏为什么不来呢？石红跟她吵嘴啦？你们应该齐心合力把她拉来啊！"

小姑娘们激动地同声回答起来，吵成一片，结果一句也听不清，还是石红让大伙静下来，解释说："拉不来啊！除非现在报上专门登篇文章，宣布《表》是一本好书……"

原来，石红刚一找到谢惠敏的时候，谢惠敏见石红工作这么积极，还挺高兴。可是一听是找到一块儿去读一本外国小说，她就打心眼里反感。石红跟她解释，这本书挺不错，读了对解决那几个同学的问题能有启发……谢惠敏没等石红说完，立刻反问道："报上推荐过吗？"这一问使石红呆住了，半晌才回答："没推荐呢。""读没推荐的书不怕中毒吗？现在正反腐蚀，咱们干部可不能带头受腐蚀呀！……"谢惠敏一脸警惕的神色警告着石红，不仅自己拒绝参加这个活动，还劝说石红不要"犯错误"……这把石红惹恼了，同她吵了一场，但临走时仍然拉着她的手，央告她去"听听再说"，她把石红的手拂开了。石红走后，谢惠敏激动地走出屋子，晚风吹拂着她火烫的面颊，她很痛苦，上牙把下唇咬出了很深的印子……

在石红家里，接下来出现了这样的场面：张老师坐在桌边，石红和那几个小姑娘围住他，师生一起无拘无束地谈了起来，从《表》谈到苏联，从《表》里的流浪儿谈到宋宝琦；从应当怎样改造小流氓谈到大多数小流氓是能够教育好的，最后渐渐进到明天以后班里面临的新形势，张老师笑着问那几个小姑娘："怎么样，你们还罢课吗？"

她们互相交换完眼色，便都望着张老师，几乎是异口同声地说："不罢啦！"

张老师离开石红家的时候，满天的星斗正在宝蓝色的晚空中熠熠闪光。

用不着思索，蹬上自行车以后，他自然而然地向谢惠敏家里驰去。说实在的，当他同石红和那几个小姑娘议论时，谢惠敏无时不在他的心中；他疼爱谢惠敏，如同医生疼爱一个不幸患上传染病的健壮孩子；他相信，凭着谢惠敏那正直的品格和朴实的感情，只要倾注全力加以治疗，那些"四人帮"在她身上播下的病菌，是一定能够被杀灭的。

　　离谢惠敏的家越近，张老师心上的内疚感便越沉重。过去，对谢惠敏成为这样一种状态，他总觉得自己难以承担责任。他在接班不久的情况下，就向谢惠敏含蓄地指出过，不要只是学习零星的语录，不要迷信解释领袖思想的文章，要认真学习原著，要独立思考……但谢惠敏并未领悟。今天，张老师有了新的感触，他责问自己，虽然去年十月以前的那个学期里，是个乌云压顶的形势，可是，难道自己就不能更勇敢、更坚决地同荒诞、反动的东西作斗争吗？就不能更直截了当地、更倾注全力地同谢惠敏谈心，引导她擦亮眼睛、识别真假吗？……

　　快到谢惠敏家的门口时，一个计划已在张老师心中初现轮廓：他今天要把书包中的那本《牛虻》留给谢惠敏，说服她去读读这本书。允许她对这本书发表任何读后感，然后，从分析这本书入手，引导谢惠敏运用马列主义、毛泽东思想的立场、观点、方法去解答一系列互相关联的问题：应当怎样认识生活？应当怎样了解历史？应当怎样对待人类社会产生的一切文明成果？应当怎样批判过去文化遗产中的糟粕而吸取其精华？应当怎样全面地、辩证地看问题？应当怎样辨别香花和毒草，识别真假马列主义？应当使自己成为一个什么样的人？应当怎样去为祖国的"四化"，为共产主义的灿烂未来而斗争？……

　　张老师心中掀动着激昂的感情波澜。当他刹住车，在谢惠敏家门口站定时，心中的计划进一步明朗起来：不仅要从这件事入手，来帮助谢惠敏消除"四人帮"的流毒，而且，还要以揭批"四人帮"为纲，开展有指导的阅读活动，来教育包括宋宝琦在内的全班同学……他决定明天一早就去请示党支部，会获得支持吗？他眼前浮现出老曹在支部会上目光灼灼地发言的面影："现在，是真格儿按毛主席的思想体系搞教育的时候了！"他正是要"真格儿"地大干一场啊，一定会得到组织支持的！他心中又闪过了一些老师可能发出的疑问，于是，他决定，要争取在教师会上发言，阐述自己的想法：现在，我们不仅要加强课堂教学，使孩子们掌握好课本和课堂上的科学文化知识，获得德、智、体全面发展；不仅要继续带领他们学工、学农，把理论和实践结合起来；而且，还要引导他们注目于更广阔的世界，使他们对人类全部文明成果产生兴趣，具有更高的分析能力，从而成为社会主义革命和社会主义建设的更强有力的接班人……

这时，春风送来沁鼻的花香，满天的星星都在眨眼欢笑，仿佛对张老师那美好的想法给予肯定与鼓励……

《人民文学》1977年11期

小镇上的将军

陈世旭

在我们这个偏远的小镇上，任何一点极细微的变化，都会引起人们莫大的关注。

"喂，哪位晓得哦，瘌痢山脚下，喏，就是看守所右面，又在做屋。这是哪个单位的基建呢？莫非又扩大看守所么？"

离小镇中心约二里许的瘌痢山，实际上是座长满了乱石头的大土堆。

"看你们，真憨。"随着一声讪笑，出现了剃头佬那秃了顶，但剩余的头发梳理得油光水滑的脑袋。

他是本镇的骄傲，是那种土话叫作"百晓"的角色。所谓"百晓"，即"天知一半，地下全知"是也。那些从中学毕业回来的人，则用新闻界的语言称之为"消息灵通人士"。他在理发店里，把握着全镇的脉搏，以及它同外部联系的最新动向。从上街头到下街头，经常传着"剃头佬说……"之类的最新要闻。当然，他决不满足于用一种刻板的方式，来处理分量差异极大的各种消息。碰到令人耸听的超级新闻，理发店这个不足十平方米的新闻中心就未免太狭窄了，他就会像现在这样，跨出门槛，来到十字街口这些五花八门的摊子中间。

"你们都不知道吧，那是给一位将军做的屋。他就要到这里来，跟我们做伴了。"

"什么？将军？将军要住到我们中间来？"这个消息立刻就引起了不小的震动。我们这样的小乡镇居然会降下这样大的喜讯，这对我们是多么大的荣幸啊。在我们看来，不论是一位将军还是一位国家元首，他所给予我们的神秘感，是没有什么太大的差别的。街中心好像起了一阵旋风，人们都像树叶一样，被卷到这个了不起的剃头佬身边。

"可是你们不消高兴得过头了。事实上，没有什么值得欢喜的事情。"剃头佬清了清喉咙，给喜形于色的人们兜头泼了一瓢冷水。但是，这反而更加刺激了他们的好奇心理。人们一下伸长脖子："为什么？"

"为什么？哼！说给你们听，可别乱传，这事是由内部掌握的。他早就给拉下了马，受审查。现在，是来这里充军的！"

"充军，为什么充军？"

"他是叛徒。"

"啊?!"人们愕然得张口结舌。这对于刚刚浮动起来的虚荣心，不啻是一声晴天霹雳。大家觉得失望，有点泄气了。

"不过，他是挂了个休养的名儿来的。将军，倒还跟先前一样是将军，没有变。"剃头佬不愧是天生的宣传家。谁见了这种峰回路转、波澜起伏的宣传手法不惊叹佩服呢！差点就要涣散的注意力，马上又被高度集中起来。而他也更加压低了声音："告诉你们，在处理他的时候，让他留一个籍。哦，不说你们不知道，像他这种人，都比我们多两个籍，我们只有个家乡籍，他还有一个党籍，一个军籍。那么，各位说说看，除家乡籍外，他该留哪个籍呢？"剃头佬突然把话打住，出其不意地提了个问题。屏声静气的人们一下子面面相觑起来。

"我看，应该保留党籍。在党光荣。"小镇搬运队那个莽后生把板车丢在一边，挤进人堆里打破了沉默。很多人跟着一迭声附和他。

剃头佬不以为然地撇了撇嘴。

"依我说，"这是老裁缝小心翼翼的声音，"还是留军籍合适，总要糊嘴呀。要是没有军籍，凭什么拿钱呢？没有钱怎么糊嘴呢？他未见得有什么手艺，难道还做得动田么？"

"哎，这就算得有点经济头脑了。"剃头佬一巴掌拍到老裁缝的肩上。老裁缝受宠若惊，脸涨得通红。

"上面正是这个意思，留个军籍，让他养老了事。"剃头佬说到这里，拿眼睛瞄了瞄那个后生，接下去说，"嘿，你们晓得哦，军级干部，一个月二三百块哩。"

这又引起了一阵啧啧声。剃头佬忽然由此想起自己一上午的生意还没有开张，拔脚就走。

有人拽住他的衣角："哎，你知道他何时来么？"

"哎，你们真憨。"剃头佬有点不耐烦，"不会看那屋子么，屋子何时做好，他不就何时来了么！"

于是，人们恋恋不舍地散开去。嗡嗡地，嘤嘤地，把对这位背时的将军的种种猜测，种种预见，种种嗟叹，带到每个角落。

这个新闻是这样惊人，以致吸引住了我们全部的听觉和视觉。现在，趁着人们散去的时候，我们来浏览一下这个可爱的小镇吧。

镇上有两条呈十字状交叉的大街。这两条街宽得足以驰过一辆吉普车，加起来足有六百米长。零零落落地嵌着青石板的路面（青石板据传是明代官道的遗迹），以及从两边的门头上伸出来的油漆斑驳的小吊楼，都在向人们炫耀着自己的长寿。

一条小河环绕着这美丽的乡镇。它所以叫作河，是因为它具备河的一般特点：有从地面凹下去的河床，还有水。这些在河床中间弯弯曲曲地流淌的河水，足以浸过你的脚背。这条河，给小镇的人们带来了无穷的好处。比如，把垃圾倒在这里，那是再方便不过的了。美中不足的是，如果每年春末夏初的山洪没有咆哮着把这些垃圾冲干净的话，那么，一到干燥的刮风天气，垃圾就飞飘起来，同从路面上卷起来的尘土一起，在小镇的天空上，快活地旋舞着，然后纷纷扬扬地又落回到各家各户的门前院内。

老天做证，我决不是一个吹牛好手。当我似乎有点言过其实地描述我的家乡的时候，读者们千万不要以为我使用了文学的夸张。对于那个即将到来的倒运的将军，有这样一个豪华的舞台，恐怕已经是他的幸运了。

啊，真太出人意外了。

人们第一眼看见将军的时候，都吃惊得呆若木鸡。不约而同地从心里叫起来："难怪，他这个样子，怎么配做一个将军呢！"

将军是什么样子？我们虽然没见过，可谁也骗不了我们。将军应该是那种有着可敬的白发、威严的剑眉、魁梧的身躯，腹部腆起……总之，是威风凛凛的样子。而他，这样矮小干瘪，一脸打皱的老皮，身子佝偻着，还跛着一条腿！

也许是不愿向不争气的命运低头吧，他似乎为了弥补这种仪表上的不足而很注意打扮自己。当然，如果我们不用这种刻薄的语言，从善意的角度上去认识这一点的话，那也可以说，这是使他牢固地保持着军人风度的唯一的方式：他出现在街头的时候，一身军服从来都是笔挺的，几乎没有皱褶；帽徽、领章鲜艳夺目；不管天气多么炎热，从不解开风纪扣；尽管跛了一条腿（那显然是战争留下的标记），但脚步却始终保持着均匀的节奏。而这些，恰恰使我们时刻都感到，他是个不幸的人。他这个将军，似乎不是真实的，只是在领军饷的时候才有意义。不过，在公开或私下的谈话里，我们依然把他称作"将军"。

我们就用这种既不敬畏也不轻视，既好奇而又冷淡的眼光，满不在乎地打量他。而他对这些毫不在意。从到我们这儿来的第二天开始，他就不知疲倦地在我们小镇各处走来走去。

他拄着一根闪闪发亮的茶木拐棍，一瘸一跛地迈着节奏均匀的步子，从这条街的东头走到西头，又从那条街的南头走到北头。或者，在满是砾石的河床中长久地徘徊。他这样不停地运动，有人挖苦道，这可能是因为他曾经用双脚丈量过全中国的土地，而形成的一种惯性。

逐渐地，不管人们是否愿意，他对我们已经幸福地生活了多少年代的小镇，发表起种种不客气的议论来了。比如，"你们不能花点钱，铺两条水泥路吗？""不能在河对面的田里挖个窖，把垃圾送到那里沤肥吗？"等等。而被问的镇上的干部，也就用我们小镇人特有的机巧和智慧，客客气气地回答他："哪来的钱呢？我们都是低工资啊！"或者："哪有那么多闲工夫呢？"于是，围成一圈听着这类回答的人们，也就聪明地笑起来。因为，除非呆子，才会听不出这种回答下面的潜台词呢。

对这个古怪的将军，我们的感觉是复杂的。他是一个受着处分的人，但是又领取高薪；谁都怕同他过于接近，但又觉得，他力图干预我们的生活，是出于好心好意。总之，我们不打算解除心理上的戒备。好奇而不轻信，原是我们小镇人的天性。

他显然很快就觉察到了这一点，不再使慎于防范的人们为难了。但是，他又无法离开这个古旧的、嘈杂的、灰蒙蒙的乡镇。于是，他在镇上给自己选择了一个固定的立足点，就是十字街口剃头铺对面那棵被雷轰了顶的老樟树下。他常常拄着拐棍，挺直身板，不断地眨着那双有点昏花的眼睛，一声不响地在那里一连站上好几个时辰。既不同谁交谈，也不知在想些什么。

这副神态，使人觉得好笑，那蹲在他附近摆摊子的人，不时抬头看他一阵；打街上走过的人，要过好长时间才把眼睛从他身上移开。而剃头铺的玻璃窗后面，剃头佬则饶有兴致地同人们讨论着，这样呆立在尘雾中的将军，有什么可以相比呢？"像站岗的"，剃头佬摇摇头；"像城里的交通警"，他还是摇摇头。撇着嘴唇品评了好大一阵以后，他才郑重其事地开口道："你们到过汉口么？汉口三民路口有一尊铜像，站得笔挺，拄着拐棍，就是这个样子。对了，全像，不走二样……"

时间长了，站立在老樟树下的将军，好像真的成了汉口三民路口的铜像，不再引人注目了。人们习惯这点，就像习惯十字街口每个突出的墙角前，都分别有一个铜匠、鞋匠、白铁匠一样。如果一连几天没有见到他，人们反而会觉得少了点什么。

但是，他毕竟不是铜像。他有血有肉有思想。而人们有一天终于看到，他还有很厉害的火气。

那一天是个假日。在开得刚刚能伸进一只手臂的肉铺门前，人头汹涌，乱哄哄地吵得震天响。一些把恶作剧当过年的后生，把菜篮斜挎在背上，在人群里横冲直撞。那年头，人们习惯了"乱中求治"的新秩序。

将军站在老樟树下盯着这一切，额上的青筋扑扑地跳，按着拐棍的手微微地抖。突然，他跛得很厉害地穿过大街，走到沸腾的人群后面，举起那根茶木棍，在一个穿着绿军装的人背上敲了敲。这个满头大汗的人，大声嚷嚷着，想从人群中分出一条路来。他是按照优先权领取机关配给的。现在他猛一回头，看到了一双血红的眼睛，马上就从人缝里退出来。"老、老首长，有事吗？"他刚入伍到此地不久，根据一般的常识来断定将军的身份。

"整好军风纪再说话。"

这个一脸孩子气的小兵，惶惑地看着将军，迅速戴正军帽，扣好风纪扣，将下挽起的袖子，最后垂下眼睛看自己的脚尖。

"哪个单位？干什么的？"

"驻军炊事班的。"

一阵沉默。

"立正——"将军突然一声大喊。这完全规范化的严厉的口令声，一下就压倒了整个街口乱嗡嗡的噪音。人们蓦地回过头来，看着这两个精神高度集中的军人。

口令继续从将军急迫的呼吸中迸发出来：

"向左——转！"

"跑步——走！"

将军对着小兵跑去的方向，以标准的立正姿势挺立着，胸脯强烈起伏。

十字街口霎时鸦雀无声。好像出现了一股神奇的约束力量，刚才忘我地拥挤着、冲撞着、喧嚣着的人群，鱼贯地排起了队形。

人们忽然之间，感觉到了这个曾经号令千军万马的人的赫赫声威。

不久，镇上发生了一桩极其重大的事件。这桩"文化革命"中本镇建立新政权以来最富爆炸性的事件，简直就等于一次"暴乱"。而经过这次"暴乱"，总是把怜悯放在失败者一边的小镇人，忽然觉得，有一个"位置"应该调换过来。

像将军这种年龄，这种经历的人，患有某种严重的痼疾，是难免的。对此，除了由跟他一起离职的老婆子（她在这之前是某军区医院的护士长）日常护理以外，按宽大为怀的慈悲规定，他还能定期到离小镇五十里以外的一家军医院诊察。如果毛病突然发作，没有药，也可临时到镇医院就诊。

那天，他就遇上了这种情况。当他蜡黄的脸上淌着冷汗，由老婆子搀着就要走进镇医院的诊疗室的时候，门外长椅上呆坐着的一个农村妇女突然拉住他，哀求道："解放军老伯，救救我的伢吧，我赶了三十里路，天还没亮就到了，可现在……"走廊里黑乎乎的，人的面孔很难看得十分清楚。将军伸手触到孩子的额角，立刻缩回来，喊道："快，快把他抱进来。"随着，他自己一阵风似的扑到医生的桌前："医生！急诊病人！"

桌子后面，本镇最高贵的女人，镇长夫人、医院负责人、主治医生，无论从职业、地位和派头上看都毫不逊色的本镇皇后，正在给一个远房亲戚听诊。这位亲戚正眉飞色舞地给她数着一笔账——他女儿这次订婚的收入。女医生听得如此入迷，以至于听诊器老半天没有挪动了。听见将军的呼喊，她斜了一下眼："再快，也得挂号。"马上又正视着眼前的交谈者，舒开了满脸笑纹。

"挂号了，她早就挂号了！"

"挂号了也要排队……哦，这么样养女儿倒也值得。"

"她挂的是一号！"

女医生狠狠扭过头："小王，一号你喊了吗？"

"洞洞幺（001）当然喊了。"一个弯腰打针的小护士应道。

"喊过了，她不在，得从头来。"

"谁说我不在哩，呜呜……大队医生说，伢儿得的是急性肺炎，不是痛痛腰。呜呜……"抱着孩子的妇女，不知是紧张还是失望，哭起来。

"你该明白了，她没听懂！"将军吼道。

"那就更得让她学会照章办事。国有国法，院有院规，不然，还得了？"女医生把听诊器往桌上一摔，阴沉地瞥了将军一眼。

"照章办事就好。我问你，这个人挂的几号？"将军指着女医生的远房亲戚。

"呵呵呵，你今天是专门寻老娘的烙壳来了啊。我问你，你是这伢子的公还是爸？"

"无耻！"

"什——么？我无耻？你这个不识趣的老东西！我无耻什么？我反党了吗？我是叛徒吗？嗯？"

"唰"的一声，将军挥起了他的茶木拐棍。

狂妄的女人尖叫一声，抱起鸡窝似的脑袋。

诊疗室里静得连根针落地的声音都听得出来。除了那个惊呆了的女医生的亲戚外，屋里的人，没有一个打算从将军手上夺下拐棍。拐棍在半空中巍巍地颤抖着，颤抖着。人们巴望它痛痛快快地落下来，猛击到那个布满了肮脏雀斑的塌鼻梁上。

但是，拐棍终于没有落下来。将军伸出另一只手，抓住拐棍的另一头，紧接着"咔啪"一声，结实的茶木棍断成两截。

将军艰难地转过身，问自己的老婆子："家里有药么？"

老婆子明白他指的是治孩子病的药，点点头。

于是，将军对那位农村妇女颤声问道："你，信得过我们么？要信得过，跟我们走吧。"

这件事，立刻就传遍了全镇。一向树叶掉下来也怕打破脑壳的小镇人，脸上居然也有了一种不怎么安分的愠怒之色了。

是的，尽管我们孤陋寡闻，胆小怕事，但这也正使得我们爱凭直觉来作种种判断。如果一个"叛徒"以救人于危难为己任，而一个"共产党员"却置人民于死地，那么他们的位置，不是正好应该调换一下吗？

一连几天，街口的老樟树下，没有出现将军的身影了。人们开始用一种莫名的焦虑和怜悯暗中议论他。有消息说，他病倒了。可是自从那次对镇长夫人"行凶未遂"以后，用镇政府的吉普车送他上军医院的优待取消了。

一群热血汉子，由那个曾在街头说"在党光荣"的搬运队莽后生领头，在一个漆黑的夜晚，悄悄摸到二里外瘌痢山上那个孤独的房子里，把将军扶上担架，连夜抬往五十里以外的军医院。

人们也许从来没有见过，一九七六年那个令人难以忍受的年头。它一开始，就用阴霾、酷寒和泥泞把小镇掩埋住了。本来就不怎么景气的小镇，好像一个奄奄一息的垂暮者。

但是，小镇上的人似乎得天独厚。恶劣的气候给他们带来的，并不都是坏消息。

这天，剃头佬又神气活现地来到了五光十色的十字街口，清了清喉咙，拿出了架势。毫无疑问，将要听到最不寻常的消息了。满街口的人们立刻振奋起来。

"告诉你们，将军，已经不是叛徒了，他的问题，搞清了！"

"真的？你听谁说的？"

"我的话还会假么？"剃头佬不屑地瞪了那个提问者一眼。他生平最恨的，也许莫过于对他的新闻的可信性表示怀疑了。不过，他还是接下去解释说："你要不信，问他。"

"是我说的，"搬运队那个莽后生脸一红，他不像剃头佬，不习惯在大庭广众前说话，"在军医院住院的时候，将军原来的单位来了两个人，他们说，将军参加红军部队前的历史查清了，没有叛变行为……"

"哼，让老革命背黑锅背了这么久。"剃头佬一下把话头截过来，继续他没完没了的述评，"我早就说嘛，把将军从脚板看到头发梢，也找不出一丝莠包的影子来呀！真……"

"真是，贵人多磨……"人们好像自己身上卸掉了什么负担，兴奋而又不免唏嘘感叹将军受过的委屈。

"那么，这一来，将军不是很快就得走了么？"这是老裁缝小心翼翼的声音。

真是深谋远虑。这个顺理成章的问题是这样猝不及防。大家心里"咯噔"一响，都沉思起来。

"咳，是也是，我们小镇庙小，怎么装得下偌大个菩萨！"剃头佬搔了搔稀疏的头发，叹了口气。这在人群中引起了一种莫名其妙的伤感情绪。

通常是这样的：当你将要失去什么的时候，你才忽然感到了它无上的价值。

"看你们！党，国家，有几多事在等将军……成天巴望人家交好运，现在好了，你们又……真是……自私！"搬运队的那个莽后生忽然愤愤地责备起来。

什么？自私？是自私。将军有将军的岗位。那个岗位，重要极了，了不起极了。一句话，总不能叫他做我们的镇长吧？他要走了，这是值得庆贺的事。

于是，大家伸长了颈，眺望将军每天从那儿走来的路口，希望他能像以前一样，到街口这棵老樟树下来。人们觉得比任何时候都更想仔细看看他。如果将军不见怪他们先前的胆小怕事，他们还想同他攀谈。

要同将军亲热的欲望是这样强烈。忽然有个人提出来：将军昨天才出院，一时不会出来走动，我们为什么不可以去呢？

对，为什么不可以？完全可以。于是人们一呼百应，向镇外二里路的瘌痢山拥去。

荒凉而寂寞的瘌痢山热闹起来。

这个只有黑色的岩石和杂乱的荆棘丛的荒坡，原是小镇人最忌讳的地方。这儿打柴无树，牧牛无草，古往今来，一直是死囚的葬身之地。据说阴雨晦暗时，还听得到怨鬼的啾啾悲声。这么个晦气的地方，小镇人即使路过这里，也宁愿绕个大圈子避开它。

可是现在，山上这所与牢房为邻的"新房子"，成了一座香烟鼎盛的圣庙。人们朝圣来了。

当人们拥上台阶，一眼看见精瘦、佝偻的将军时，突然收住了步子，谁也不敢第一个迈进门槛。人们的心头交织着羞赧和敬畏。伶牙俐齿的剃头佬，如簧巧舌也好像失灵了。但是，许多人在背后用手捅他的腰眼。他慌乱而笨拙地用自己也没听清的声音喊了一声："将军！"

有好大一阵子，将军吃惊地睁大着昏花的眼睛，说不出话来。后来他明白了。枯黄的脸上，两行混浊的老泪，顺着密集的皱纹，弯弯曲曲地流下来。

瘌痢山同小镇相隔两华里，并存了无数个年头，而小镇人现在才第一次用喜悦的目光来光顾它了。

人们最先惊喜地发现，将军在屋后坡上的石头缝里，挖了许多树洞。

"打算栽这么多树吗？将军！"

"是的。我想在见马克思之前，至少治好这个瘌痢头。可惜，这石头壳上种果树希望不大，只好种松树。"

"莫非，将军先前想在这儿隐居一辈子？"

"隐居？"

"是呀，就是像晋朝时候，离这儿三十里开外的面阳山下隐居的陶公渊明先生哪。他先前是彭泽县令，后来不为五斗米折腰，弃官归田，就像这样。不过，你种的是松，他喜的是柳，光门前就种了五棵柳树，故号'五柳先生'。"剃头佬抓住机会，大大卖弄了一番。

"哎呀呀，你扯到哪里去了。人家是古代名士，我算个什么？儿喝，儿喝……"将军放声大笑，呛得直咳嗽，"我最大的奢望就是让山上的树早点成林。以后有了机会，大伙动手把山脚下的那条河改造一下，给它筑上几道拦洪坝，蓄住水。那样一来，附近农田得到灌溉之利不说，小镇也就有了有树的山，有水的河，再弄点花呀草呀，鸟哇兽哇，不就成公园了吗！然后，我呐，就来做个看公园的老家伙。那时候哇，小伙子！"将军举起巴掌，在搬运队那个莽后生厚实的胸脯子上拍了拍，"你就领着你的美人儿，尽兴儿在这里逛吧，我老头子保险不提前关门！"

"要是他们躲在你屋子后头亲嘴，你老见了，可别拿茶木棍子打他的屁股啊！"人们笑得上气不接下气，剃头佬还在火上加油。

啊，笑吧，将军！好多年，你没有笑得这么畅快了！

笑吧，小镇人！但愿你们笑得永远这样高尚！

小镇到处都在盘算和议论着，怎样像模像样地给将军送行；送给他什么和让他留下点什么永久性的纪念；今后怎样同将军保持联系；等等。有几个人，还为争给将军饯行的先后次序，吵了起来。

但是忽然之间，一个巨大的阴影，笼罩了小镇。

敬爱的周总理——这个寄托着人民全部希望的伟大生命，在人民最需要他的时候，消逝了。当这个令人难以置信的噩耗宣布的当天上午，将军由老婆子搀扶着，突然出现在街口的老樟树下。

太阳升起来，苍白而无力。天气出奇地寒冷。小镇更加灰暗，沉闷，悄无声息，仿佛在酷寒和悲哀中僵木了。

在料峭的冷风中，将军显得异常憔悴。深陷的眼睛周围蒙着一圈黑晕，脸上闪着铁青的冷光。但是，他站立得比任何时候都挺拔，更像一尊铜雕。

"同志们……"他喊着，暗哑的声音听起来觉得陌生。人们默默站住了。他弯下腰，吃力地拉开一个硕大的提包拉链，露出了一整袋黑纱。然后，他又抬起头，突出的喉结艰难地抽动了一下："请吧……"

不需要解释。人们不假思索地一个跟着一个，从将军脚前的提包里拿起黑纱，佩戴起来。

"谁叫你这样做？"镇长的一只被香烟熏得焦黄的手，从后面按到将军的肩上。

将军一声不响。

"我们已经传达通知，基层和民间一律不搞任何形式的悼念活动。你这样做，目的是什么？"

将军纹丝不动。

镇长暴怒地转过身，面对街口，大喝一声："你们都给我站住！把黑纱摘下来！"

人们站住了，但谁也没有动手摘黑纱。

"你们要造反吗？老裁缝，你先摘！"

老裁缝打了个愣怔。看看臂上的黑纱，又看看镇长的黑脸，身上又抖了一下。

早上天没明，将军敲开了老裁缝的门，把一大卷黑布交给他。当时，那个巨大的不幸使他一下子感到全身冰凉。立刻，他就同将军一起，带着一种痛苦的庄严，忙碌起来。

现在，这个咆哮着的掌权人，强迫他做的是：把自己虔诚的良心，丢到街口的灰尘中，当众践踏。还有什么比这更使人感到屈辱。在这个小镇上，他生活了大半辈子，他精明，谨慎，安分守己，从来没有妨碍过别人。尽管如此，他还是有过被侮辱与被蔑视的痛苦记忆，但是，他觉得，面前的这场屈辱，特别不能忍受。

他的目光碰上了镇长身后将军的目光，那两团无声但炽烈的火苗，使他火辣辣的心口更加灼痛起来。他嘴唇抽搐了一下，缓缓说道："莫非给周总理吊孝，犯了王法么？算啦，反正到哪里也一样，天下饿不死手艺人，你看着办吧。黑纱，我是不摘的。"

"给周总理吊孝不犯法！"

"不摘黑纱！不摘！不摘！……"

小镇上，这些个在灰蒙蒙的岁月风尘中，从来是逆来顺受，庸庸碌碌的小百姓们，真的发疯了，真的造反了！他们的首领，是一位被放逐的将军。他唤起了他们心灵深处的正义力量。这股力量，把他们自己传统的怯弱和自卑，打得粉碎。

镇长惊惶地朝将军转过身来。

将军连眼珠也没朝他转一下。他脸上有一种漠然的平静，这种神情，有点像他在视察一场由他指挥的战役。

但是，只有一个人，就是他的老伴知道，精神和肉体的巨大痛苦，正在残酷地折磨着、摧残着这个衰老的病体。冰冷的虚汗，已经浸透了他的内衣。他全部的神经和肌肉都在紧张地痉挛。他顽强地挺立着。老婆子不敢惊动他，但她的心在暗暗地哭泣。

"你这样做是要付出代价的！"镇长扭歪了嘴脸，呻吟似的说道。紧接着，他从街口消失了。

一直到完全看不见镇长丑恶的影子了，将军突然张开嘴，艰难而紧张地喘息起来，然后，颓然倒下了……

几天以后，剃头佬又得到了一个惊人的消息：将军要永远留在小镇上当他的"名誉"将军了。因为他给自己惹了新的麻烦，剃头佬有生以来第一次将这件新闻闷在了肚子里。他不能站到街口去说，那样不会给他带来一点心头上的舒畅。

小镇人的心情，就像这早春的天气，才晴几天，又阴了。

癞痢山重新被一片死一样的寂静包围了。虽然每天都有络绎不绝的人群来看望将军，但他们脸上不再有笑容。

将军从那天倒下去以后，再也没有从床上爬起来。他在昏睡中，体温有时升得很高。这时候，他无神的眼睛就直定定地瞪着天花板，时而狂怒地吼叫，时而梦呓般呢喃。

突然有一天，将军完完全全清醒过来。他轮流巡视着一张张悲伤、呆滞而忽然现出慌乱神色的脸，一边喘息，一边微笑，用十分清晰的声音，艰难地说："你们，不要赶我走……我要在这儿看园子……不过，你们得种树……修路……挖河……你们不会赶我走吧？啊，这就好……"

将军死了。他把崇高的荣誉，永久地留给了小镇人。

立刻就传来了上面的指令：将军的遗体，就地火葬；不通知亲友；不发讣告；不举行任何形式的吊唁。但是，这种自信，实在愚蠢极了。因为，他们企图左右的这件事，根本就没有他们插手的可能。

小镇人用一种沉着的蛮横和平静的狂热，垄断了将军的后事。

人们一下子就把治理丧事的领导班子推举出来。这个班子立刻就作出了决议：依照最古老、最隆重的传统乡土风俗，为将军举行葬礼。这个决议没有遭到任何异议立刻就被大家接受了。

哀悼一个最现代的革命者，却要沿袭最古老的传统，最蒙昧、迷信的方式，对此，我不敢妄加评论。赞成吧，有复旧的嫌疑；如果反对，那简直就要冒被本镇人当作仇敌的风险。

镇上一个最老的长者，献出了整个小镇唯一的一具柏木棺材；老裁缝连夜赶制了全套的寿服寿被；遗体入殓的时候，焚起了高香，点亮了长明灯。因为剃头佬整容整得太慢，这个工夫花得很长。"八仙"由搬运队十六名强悍的后生组成。在起棺的那一刻，他们宰了雄鸡祭杠。那个被将军从垂危中挽救下来的孩子，由他的父母领着，从三十里外赶来，担任了将军的孝子之职，披麻戴孝，向所有来吊孝的人，下跪叩头。停丧的日子，痢痢山突然生出了一片"森林"，这是小镇人和小镇周围四面八方的乡村送来的孝幛和花圈。由那个将军呵斥过的炊事班小兵送来的当地驻军的巨大花圈，显得特别引人注目。

出丧是在一个阴暗的早晨。整个小镇和四方乡野，天低云垂，悲声大恸。尽管按照将军的遗嘱，他的墓茔就落在痢痢山上，但浩浩荡荡的送殓队伍还是来到小镇的街上。"八仙"们抬着将军的灵柩，依次经过每家每户门前。每经过一家，就停顿下来，等到这一家长长的一串"千字头"炮仗响完，再移向另一家。这就使得丧队的行进近乎蠕动。全长不足六百米的两条街道，竟走了整整一个上午。灵柩最后在街口那棵老樟树下，将军一向站立的位置上停了很久。人们一个跟着一个泣诉了满含着忏悔、悲痛、追挽、誓言的悼词。

对这次最肆无忌惮的"复旧"行动，加以反对的主要代表者有两个：一个是将军的老伴。她一再劝阻说，将军是共产党人，是革命军人，他有遗嘱，要火化，不要打扰大家……小镇人没有等她说完，流着泪哀求她：将军懂得我们，不会生气的。火化的事，我们同意，但以后再说，先让我们遂顺遂顺一下心愿吧。将军的老伴只好用力合起眼睛，尽力不让泪水流出来。另一个反对者是镇长。不过他全部的反对行为，只是半掩在办公室窗前的布帘后面，瞪着一双冒火的眼睛，把牙齿咬得咯吱咯吱地响："等着吧，等着我来打发你们！"

历史有个坏脾气，喜欢嘲弄极力要驾驭它的人。这一年十月发生的那场惊天动地的巨变以后，的确有一些人被打发了。不过，不是镇长所预言过的剃头佬、老裁缝们，而恰恰是镇长本人和同他一起靠打、砸、抢上来的权贵们。

当小镇人按照新世纪的蓝图，着手小镇建设的时候，首先想到的，是把将军的夙愿付诸实现。

在十月以后的这一年最后三个月里，瘌痢山以及附近的几个山包挖满了树洞；镇外河岸边的垃圾堆清除了；镇上的两条街铺上了水泥；河的改造也列入了小镇附近社队的水利建设规划，几千名劳动力在春节前完成了第一期工程。

这一切进行得就像新婚大典一样热烈，偶然也发生了一次不幸的争吵。这次争吵爆发得很激烈，引起了全镇的震动。

争吵是由要在街口的老樟树下，为将军建立一个纪念碑的提议引起来的。搬运队的后生们以那个莽后生领头，竭力赞同。剃头佬则模棱两可。最后，老裁缝在人们争得不可开交的时候，小心翼翼地挤到圈子中间，把他枯瘦的手颤巍巍地举起来，指着那棵老樟树，说："好人们啊，什么纪念能比得上它呢？它老皮斑驳，叫雷轰了顶，但是它根不死！看看吧，这碧绿鲜亮的新枝枝，新叶叶……"

在老裁缝哽咽着说完这些话以后，人们突然觉得这棵树变成了将军：一身笔挺的军装，鲜艳夺目的帽徽领章，风纪扣扣得紧严。他拄着茶木拐棍，挺直身板，不时眨一眨有点昏花的眼睛，一声不响地注视小镇的种种变迁。

谁都确信：这不是幻觉。于是，争吵停止了。

《十月》1979年3期

被爱情遗忘的角落

张　弦

一

尽管已经跨入了二十世纪七十年代的最后一年（一九七九），在天堂公社的青年们心目中，爱情，还是个陌生的、神秘的、羞于出口的字眼。所以，在公社礼堂召开的"反对买卖婚姻"大会上，当报告人——新来的团委书记大声地说出了这个名词的时候，听众都不约而同地一愣。接着，小伙子们调皮地相互挤挤眼，"呵呵呵"放声大笑起来；姑娘们则急忙垂下头，绯红了脸，咏咏地笑着，并偷偷地交换个羞涩的眼光。

只有墙角边靠窗坐着的长得很秀气的姑娘——天堂大队九小队团小组长沈荒妹，没有笑。她面色苍白，一双忧郁的大眼睛迷惘地凝望着窗外，好像什么也没听见，一切都与她无关。但突然间，她的睫毛抖动起来，竭力摆脱那颗沾湿了它的晶莹的东西。——"爱情"这个她所不理解的词儿，此刻是如此强烈地激动着她十九岁的少女的心。她感到羞辱，感到哀伤，还感到一种难言的惶恐。她想起了她的姐姐，那使她永远怨恨而又永远怀念的姐姐存妮。唉！如果生活里没有小豹子，没有发生那一件事，一切该多么好！姐姐一定会并排坐在她的身旁，毫无顾忌地男孩子般地大笑。散会后，会用粗壮的臂膀搂着她，一块儿到供销店挑上两支橘红色的花线，回家绣枕头……

在五个姐妹中，存妮是最幸运的。她赶在一九五五年家乡的丰收之后到来世上。满月那天，家里不费力地办了一桌酒。年轻的父亲沈山旺抱起小花被裹着的宝贝，兴奋地说："……我把菱花送到接生站，抽空到信用社去存上了钱，再回来时，毛娃儿就落地了！头生这么快，这么顺当，谁也想不到哩！有人说起名叫个顺妮吧，我想，我们这样的穷庄稼汉，开天辟地头一遭儿进银行存钱！这时候生下了她，该叫她存妮。等她长大，日子不定有多好呢！"

他发自内心的快乐，感染了每一个前来贺喜的人。当时，他是"靠山庄合作社"的副社长，乐观、能干，浑身都是天不怕地不怕的勇气和力量。山坡上那一片经他嫁接的山梨，第一次结果就是个丰收。小麦和玉米除去公粮还自给有余。二十几户人家的小村，人人都同他一样快乐，同他一样充满信心地憧憬着美好的未来。

等到五年以后（一九六〇），荒妹出世时，景况就大不相同了。"靠山庄合作社"已改成天堂公社天堂大队九小队。"天堂"这个好听的名字，是县委书记亲自起的，取意于"共产主义是天堂，人民公社是桥梁"。当时，包括队长沈山旺在内的所有社员，都深信进"天堂"不过咫尺之遥，只需毫不痛惜地把集体的山梨树，连同每家房前屋后的白果、板栗统统锯倒，连夜送到公社兴办的炼钢厂。仿佛一旦那奇妙的呼呼叫着的土炉子里喷出了灿烂的钢花，那么，他们就轻松地步过"桥梁"，进入共产主义了。但结果却是那堆使几万担树木成为灰烬的铁疙瘩，除了牢牢地占住农田之外，没有任何效用。而小麦、玉米又由于干旱，连种子也没有收回；锯倒梨树栽下的山芋，长得同存妮的手指头差不多粗细。菱花怀着快生的孩子从外地讨饭回来，沈山旺已经因"攻击大办钢铁"被撤了职。他望着呱呱坠地的孱弱的第二个女儿，浮肿的脸上露出了苦笑："唉，谁叫她赶上这荒年呢？真是个荒妹子呵！……"

也许是得力于怀胎和哺乳时的营养吧，存妮终于泼泼辣辣地长大了。真是吃树叶也长肉，喝凉水也长劲。十六岁的生日还没过，她已经发育成个健壮、丰满的大姑娘了。一条桑木扁担，代替了又一连生下三个妹妹的多病的妈妈，帮助父亲挑起了家庭的重担。一年一度最苦的活——给国营林场挑松毛下山，她的工分在妇女中排第三。每天天不亮下地，顶着星星回来，吞下一钵子山芋或者玉米糊，头一挨枕边就睡着了。尽管年下分红时，家里的超支数字总是有增无减，连一分钱的现款也拿不到手，但她总是乐呵呵地不知道什么叫愁。高兴起来，还搂着荒妹，用丰满的胸脯紧贴着妹妹纤弱的身子，轻轻地哼一曲妈妈年轻时代唱的山歌。

生活中往往有一些蹊跷的事，十分偶然又根源显见，令人惊诧又平淡无奇。比如畸形者，多么骇异的肢体也都可以找到生理学上的原因，只是因为人们的少见而多怪罢了。存妮和小豹子之间发生的事，就是这样。

小豹子是村东家贵叔的独生子，名叫小宝，和存妮同年。这个体格剽悍的小伙子，干起活来有一股吓死人的拼劲。有一次挑松毛，赶上一场冬雨，家贵婶在前面滑了一跤，扁担也摞折了。小宝过来扶起母亲，把两担松毛并在一起，打了个赤膊，咬着牙，吭哧吭哧挑下了山。一过秤，三百零五斤！大家吃惊地说，小宝子真能拼，简直是头小豹子！就这样喊出了名。

一九七四年的初春，队上的干部清早就到公社去批孔老夫子了，壮劳力全部上了水库工地。保管员祥二爷留下存妮帮他整理仓库。老头儿一面指点着姑娘干活，一面唠叨着："干部下来走一圈，手一指：'这儿'！这就开山劈石忙活一年。山洪下来，嗵！冲个稀里哗啦！明年干部又来，手一指：'那儿！'……也不看看风水地脉！"

"不是说'愚公移山'吗？"存妮有口无心地搭讪说。

"移山能填饱肚子那也成！……来，把这堆先过筛，慢点，别撒了！……瞧这玉米，山梨树根上长的，瘦巴巴的，谁知出得了芽不？"老人又抱怨起玉米种子来。

"不是说'以粮为纲'吗？"姑娘仍有口无心地答着。心想，跟老头儿干活，虽然轻巧，却远不如在水库和年轻伙伴一起挑土来得热闹。

这时，仓库门口出现了个健壮的身影："派点活我干吧！祥二爷。"

"小豹子！"存妮高兴地喊，"你不是昨天抬石头扭了脚吗？"

祥二爷说："回家歇着吧！"

"歇着我难受。"小豹子憨厚地微笑说，"只要不挑担子，干点轻活碍不着！"说着，他抄起木锨就帮存妮过筛。

祥二爷高兴地蹲在一旁抽了支烟，想起要喊木匠来修犁头，便交代几句，走了。倒仓库、筛种子这些活儿，在两个勤快的十九岁的青年手里，真不算一回事儿。不多久，种子装进了麻袋，山芋干也在场上晾开。小豹子说了声："歇歇吧！"就把棉袄铺在麻袋上，躺了下来。

存妮擦擦汗，坐在对面的麻袋上。她的棉袄也早脱了，穿着件葵绿色的毛线衣。这是母亲的嫁妆。虽然已经拆洗过无数次，添织了几种不同颜色的线，并且因为太小而紧绷在身上，但在九队的青年姑娘中，仍不失是件令人羡慕的奢侈品。

小豹子凝视着她那被阳光照耀而显得格外红润的脸庞，凝视着她丰满的胸脯，心中浮起一种异样的、从未经验过的痒丝丝的感觉。使他激动，又使他害怕。于是，他没话找话地说："前天吴庄放电影，你没去？"

"那么老远，我才不去呢！"她似乎为了躲开他那热辣辣的目光，垂下头说，一面摘去袖口上拖下来的线头。

吴庄是邻县的一个大队，上那里要翻过两座山。小豹子也得走一个多钟头。它算不上是个富队，去年十个工分只有三角八，但这已使天堂的社员喷喷称羡了。青年们尤其向往的是，沿吴庄西边的公路走，不到三十里，就是个火车站。去年春节，小豹子约了几个伙伴到那里去看火车。来回跑了半天，在车站等了俩钟头，终于看到了穿过小站飞驰而去的草绿色客车而感到心满意足。九队的社员们几乎都没有这种眼福。至于乘火车，那只有外号叫瞎子的许会计才有过这样令人羡慕的经历。

"我也不想去！《地道战》《地雷战》《南征北战》，看了八百次啦！每句话我都会背！……"小豹子伸了个懒腰，叹着气说，"不看，又干啥呢？扑克牌打烂了，托人上公社供销店开后门，到现在也没买到！"

除了看电影、打百分而外，这里的青年，劳动之余再也没事可干了。队里订了一份本省的报纸，也只有许瞎子开会时用得着。他总是把报上的"孔子曰"读成"孔子日"，当然不会有人来纠正这位全队唯一的知识分子，过去，这里还兴唱山歌，如今早已属于"黄色"之列，不许唱了。

忽然，小豹子兴奋地坐起来："喂，听许瞎子说，他以前看过外国电影。嗨，那才叫好看哪！"他喷着嘴，又哧的一声笑了，"那上面，有……"

"有什么？"存妮见他那副有滋有味的模样，禁不住问。

"嘻嘻嘻……我不说。"小豹子红着脸，独自笑个不停。

"有什么？说呀！"

"说了……你别骂！"

"你说呀。"

"有——"他又咯咯地笑，笑得弯了腰。存妮已经料想着他会说出什么坏话来，伸手抓起一把土粒儿。果然，小豹子鼓足勇气喊："有男人女人抱在一起亲嘴儿！嘿嘿嘿……"

"呸！下流！"存妮顿时涨红了脸，唰地把手中的土粒撒过去。

"真的，许瞎子说的！"小豹子躲闪着。

"不害臊！"又是一把撒过来。带着玉米碎屑的土粒落在他肩膀上、颈项里。他也还了手，一把土粒准确地落在存妮解开的领口上。姑娘绷起了脸，骂道："该死的！你！……"

小豹子讪讪地笑着，脱了光脊梁，用衬衣揩抹着铁疙瘩似的胸肌。存妮也噘着嘴开始脱毛衣，把粘在胸上的土粒抖出来。……刹那间，小豹子像触电似的呆住了。两眼直勾勾地瞪着，呼吸突然停止，一股热血猛冲到他的头上。原来姑娘脱毛衣时掀起了衬衫，竟露出半截白皙的、丰美而富有弹性的乳房……

就像出涧的野豹一样，小豹子猛扑上去，他完全失去了理智，不顾一切地紧紧搂住了她。姑娘大吃一惊，举起胳膊来阻挡。可是，当那灼热的、颤抖着的嘴唇一下子贴在自己湿润的唇上时，她感到一阵神秘的眩晕，眼睛一闭，伸出的胳膊瘫软了。一切反抗的企图都在这一瞬间烟消云散。一种原始的本能，烈火般地燃烧着这一对物质贫乏、精神荒芜，而体魄却十分强健的青年男女的血液。传统的礼教、理性的尊严、违法的危险以及少女的羞耻心，一切的一切，此刻全都烧成了灰烬。

二

瘦巴巴的玉米长出了稀疏的苗子。锄过头遍，十四岁的荒妹开始发现姐姐变了：她不再无忧无虑地大笑，常常一个人坐在床边发呆。同她讲话，好像一句也没听见；有时看见她脸色苍白，低头抹泪，有时却又红晕满面地在独自发笑。……最奇怪的是一天夜里，荒妹一觉醒来，发现身边姐姐的被窝是空的。第二天问她,她急得脸上红一阵白一阵的,还硬说荒妹是做梦。

这一阵,妈妈的腰子病发了。爸爸忙着去吴庄的舅舅家借钱,张罗着请医生。家里乱糟糟的,谁也顾不上注意存妮的变化。只有荒妹,在她稚嫩的心灵里,隐隐地预感到将有一种可怕的祸事要落到姐姐的头上。

祸事果然不可避免地来临了。而且,它远比荒妹所能想象的要可怕得多。

那是玉米长出半人高的时节,累了一天的社员,晚饭后聚集在队部,听许瞎子凑着煤油灯念"孔子日"。荒妹没等开完会,早就溜回了家,照应三个妹妹睡下,自己也去睡了。但不一会儿就被一阵喧嚣惊醒:吵嚷声、哄笑声、打骂声、哭喊声、诅咒声,夹杂着几乎全村的狗吠和山里传来的回声,从来也没有这样热闹过。荒妹惊慌地捻亮了灯,可怕的喧嚣越来越近,竟到了大门外面。突然,姐姐一头冲进门来,衣带不整、披头散发,扑倒在床上号大哭。接着,光着脊梁、两手反绑着的小豹子,被民兵营长押进门来。在几道雪亮的手电光照射下,荒妹看到他身上有一条条被树枝抽打的血印。他直挺挺地跪下,羞愧难容,任凭脸色铁青的父亲刮他的嘴巴。母亲这时已经瘫坐在凳上,捂着脸呜咽着。门外,黑压压地围满了几乎全村的大人和小孩。七嘴八舌,詈骂、耻笑、奚落和感慨……吓得发抖的荒妹终于明白了:姐姐做了一件人世间最丑最丑的丑事!她忽然痛哭起来。她感到无比的羞耻、屈辱、怨恨和愤懑。最亲爱的姐姐竟然给全家带来了灾难,也给她带来了无法摆脱的不幸。那最初来临的女性的自尊,在她幼弱的心灵上还没有成形,因而也就格外地敏感,格外地容易挫伤。荒妹大声地哭着,伤心的眼泪像决堤的河流。一面用自己也听不清的含混的声音,哼着:"不要脸!丢了全家的人!……不要脸,丢了全队的人!……不要脸!不要脸!!……"

事情闹腾到半夜。

后来,她昏昏地睡了。蒙眬中,又听到队长驱散众人的声音、家贵叔家贵婶向父母恳切道歉的声音、祥二爷劝慰和提醒的声音:"千万别难为孩子家,防备着她想不开!……"妈妈的责骂也渐渐变成了低声的劝慰。荒妹终于贴着泪水浸湿的枕头睡去,又不断地被噩梦所惊扰。在最后的一个噩梦中，她猛然听到从远处传来两声急促的呼喊："救人哪！救人哪！……"

荒妹猛地跳了起来。东方已经大亮。床上不见存妮，也没有了守着她的母亲。她忽地爬起来，赤着脚就往外奔，跟着前面的人影奔到村边的三亩塘前，啊，姐姐，已经被大伙儿七手八脚捞了上来，直挺挺躺在那里。这么快，这么轻易地死了！

母亲抱着姐姐嘶哑地哭号着，发疯似的喊着。多少次被乡亲们拉起来，又瘫倒在地上。父亲呆坐在塘边，失神地瞪着平静的水面，一动也不动，仿佛是一尊枯干的树桩。

朝霞映在存妮的湿漉漉的脸上，使她惨白的脸色恢复了红润。她的神情非常安详，也非常坦然，没有一点痛苦、抗议、抱怨和不平。她为自己盲目的冲动付出了最高昂的代价，现在她已经洗净了自己的耻辱和罪恶。固然，她的死是太没有价值了。但是生活对她来说又有什么值得留恋的吗？在纵身于死亡的深渊前，她还来得及想到的事，就是把身上那件葵绿色的破毛衣脱下来，挂在树上。她把这个人间赐予她的唯一的财富留给了妹妹，带着她的体温和青春的芳馨。

事情还没有完。大约过了半个月吧，家贵叔家里又传出了凄凉的哀哭——两个公安员把小豹子带走了。全村又一次受到震动。他们从田野里奔来，站在路旁，惶恐地、默默无言地注视着小豹子手腕上那一双闪闪发光的东西。只有家贵夫妇一把眼泪一把鼻涕地跟在他们的独生子后面。

"同志，同志！"沈山旺放下锄头追了上来。这位五十年代的队长是见过点世面的，虽然女儿的死使他突然老了十年，而且对生活更冷漠了。但此刻，他的责任感使他不能沉默。他向公安员说："同志，我们并没有告他呀！"

公安员严峻地瞪他一眼，轻蔑地说："去，去，去！什么告不告！强奸致死人命犯！什么告不告！……"

小豹子却很镇静，抬着头，两眼茫然四顾。突然，他略一停步，就猛地飞奔起来，向对面的荒坡冲去。

"站住！往哪儿跑！"公安员喝着，连忙追了上去。

但是小豹子不顾一切地奔着，杂乱的脚步踏倒了荒草和荆丛。最后，他扑倒在存妮的那座新坟上，恸哭起来，两手乱抓，指头深深地抠进湿润的黄土里。公安员跑来喝了几声，他才止住泪。然后，直跪在坟前，恭恭敬敬地磕了三个头。

三

散了会，荒妹怀着沉重的心情走出公社礼堂的大门。天堂公社是本县的角落，天堂九队又是角落的角落。她望了望低垂在西边松林里的夕阳，担心天黑以前赶不到家了，就断然放弃去供销社逛逛的计划，从后街直穿麦田，快步奔小路上山。

"沈荒妹，等等！一块儿走吧！"身后传来团支部书记许荣树的喊声。他家住八队，与九队只隔着个三亩塘。荒妹当然很希望有人与她同行这段漫长的山路，冬天的傍晚，这山坳是十分荒凉的。但她不希望同路的是个小伙子，特别不希望是许荣树，所以略微迟疑了一下，反而加快了脚步。在麦田尽头荣树赶上来时，她警惕地移开身去，使他俩之间保持四步开外的距离。

存妮的死，绝不仅仅给她留下葵绿色的毛衣。在她的心灵上留下了无法摆脱的耻辱和恐惧。她过早地接过姐姐的桑木扁担，纤弱的身体不胜重负地挑起家庭的担子，稚嫩的心灵也不胜重负地承受着精神的重压。她害怕和憎恨所有青年男子，见了他们绝不交谈，远而避之。她甚至鄙视那些对小伙子并不害怕和憎恨的女伴们。她成了一个难以接近的孤僻的姑娘。

但是，青春毕竟不可抗拒地来临了。她脸上黄巴巴的气色已经褪去，露出红润而透着柔和的光泽；眉毛长得浓密起来；枯涩的眼睛也变得黑白分明，水汪汪的了。她感到胸脯发胀，肩背渐渐丰满，穿着姐姐那葵绿色的毛线衣，已经有点绷得难受了。她的心底常常升起一种新鲜的隐秘的喜悦。看见花开，觉得花儿是那么美，不由得摘一朵戴在头上；听到鸟叫，也觉得鸟儿叫得那么好听，不由得呆呆地听上一会儿。什么都变得美好了：树叶、庄稼、野草以及草上的露珠……周围的一切都使她激动。她常常偷偷地在妈妈那面破镜子里打量自己，甚至在塘边挑水时，也忍不住对自己苗条的身影投以满意的微笑，她开始同女伴们说笑，过年过节也让她们挽着手一起逛一逛公社的供销店。尽管对小伙子仍保持着警惕，但也渐渐感到他们并不是那么的讨厌了。……就在这时，许荣树在她的生活中出现了。

还是她很小的时候就认识了荣树。那是她到设在八队的小学上一年级，男孩子们欺侮了她，一个同妮差不多年龄的高班男同学，跑来打抱不平，还用袖口擦掉了她的眼泪。后来因为妈妈生下了最小的妹妹，她二年级还没上完就辍了学。当她背着小妹妹在三亩塘附近割猪草时，荣树看到了，总是偷偷离开伙伴们，抢过她手上的镰刀，飞快地割上一大抱，扔在她的筐里，就急急走开。过了不多久，八队传来锣鼓声，荒妹带着妹妹们去看，只见他穿着过大的新军装，戴着红花，沿着三亩塘边上的小路，去当兵了。

直到去年的一次团支部会上，她才又一次见到荣树。他几天前刚从部队复员。进了大队会议室的门，羞涩地向大家一瞥，就像荒妹她们那批刚入团的姑娘们一样，悄悄在屋角坐下了。这时几个同他相熟的活跃分子围过来，硬要他讲讲战斗生活。只见他窘得满脸通红，忙腼腆地推辞着说："当了几年和平兵，又没打过仗，说啥呀！……"全然没有青年人心目中那种革命军人的威武气派。但不知为什么，这却引起了荒妹的好感，当选举团支委进行表决，念到许荣树的名字时，她勇敢地把手举得笔直，以此表达她真诚的愿望。

到下一次的团支部活动时，新上任的支部书记许荣树却提出了他与众不同的主张，并因此引起了曾当过民兵营长的党支部副书记的不满。

过去，天堂公社青年团的活动，除开会之外，只有一个内容：劳动。——事先准备了些积肥、抬石块之类的重活，先开会，再干活。这种无偿的劳动往往进行到很晚，称之为"共青团员的模范作用"。但荣树破了这个规矩，他说："青年人有自己的特点。我建议：今晚看电影！"大家乍一听，愣了。接着便哄笑着鼓起掌来。他想得真周到，事先已经在公社附近一家工厂订了票，开了个短会，就领着大家出发了。小伙子和姑娘们三五成群，欢天喜地，笑语喧哗，有人大胆地哼起了山歌，简直像过节一样。荒妹这才生平第一次坐在有靠背、有扶手的椅子上，舒舒服服地看了一场电影。而且当天夜里，也是生平第一次，一个青年男子走进了她甜蜜的梦境。他有点像电影里那个带领青年修水库的男主角，更像她的团支部书记。他憨厚地笑着，同她说了些什么，离她很近。醒来时，月光照在她的床边，温柔而明净。她的心里，生平第一次泛起了一片甜丝丝的柔情。但又立即因此而感到惶恐。"这是怎么回事？"她懊恼地想，"唉，唉！幸亏只是个梦！……"

然而当她担任团小组长之后，荣树就真的常来找她了。荒妹的态度一如既往地严肃而冷淡。从不请他进屋，一个门外，一个门里，保持着四尺开外的距离。谈的不过是通知开会之类的事，一问一答，公事公办。讲完荣树走了，荒妹总要装出做事的样子，到门外偷偷目送他远去。她多么希望他多谈一会儿，进来坐一坐，谈些别的。又多么害怕他这样做。随着接触的增多，这种矛盾的心情越加发展起来。有一天，她回家晚了，十一岁的小妹妹对她说："荣树哥来过啦！"正好母亲也刚回来，忙问："他又来干什么？"父亲说："他来找我的。问我嫁接山梨的事，几年能结梨？一亩山地能收多少钱？我说，那不是资本主义的路吗？他说，这不叫资本主义，报上就这么讲的！这孩子！……"

父亲似乎不以为然地摇着头，但荒妹却觉察到他对这个青年是有好感的，心中暗暗感到高兴。然而母亲的脸色却很难看，她皱着眉头说："他，可是个不大安分的人！……"

荒妹早就听说过荣树为限制社员养鸡的事同八队队长（他的叔父）吵起来，有人说他太狂，不服从领导，等等。但她从没在意。今天母亲这样说，使她生起气来。想分辩几句，又看到母亲狐疑的眼光总在盯住自己，只好闷闷地低头吃饭，装出漠不关心的样子。晚饭后，母亲在房里嘀嘀咕咕，她听到门缝里传出了这样一句："已经有闲话啦！要当心她走上存妮的路！……"

荒妹只觉得心头被扎了一刀似的，扑在床上哭了。她怨恨姐姐做了那种死了也洗刷不净的丑事；怨恨妈妈不明白女儿的心；她更怨恨自己，为什么竟然会喜欢一个小伙子？这是多么不应该、多么可耻呀！"不要脸！喜欢上了一个男人！……不要脸！！"她恨恨地骂自己，把脸深深地埋在被子里，不让伤心的哭声传出来。

她下定决心，从明天起，再不理睬他！有什么事，让他找副组长去！他会觉得奇怪，觉得委屈吗？随他去吧！谁让他是个男人呢！……

过不了多久，她真的恨起荣树来了。那是偶尔在队部听到许瞎子说："荣树这孩子真不知天高地厚，又跟大队副书记吵起来了！"

有人问："为了什么？"许瞎子说："哼！他要为小豹子申冤呢！"

"什么？！"荒妹大吃一惊，几乎喊出声来。小豹子被判刑，是自作自受，罪有应得，并不是什么冤、假、错案，翻不了的——这几乎是人们共同的看法。荒妹不可能有别的看法。由于姐姐的死，她只有对小豹子更多一份仇恨。可是荣树，一个共产党员，一个她所尊敬的团支部书记，怎么会为小豹子这样的坏人讲话呢？他同情小豹子？还是得了家贵夫妇的什么好处？……她气得发抖，要去当面质问荣树。但当她在三亩塘边，看见荣树憨笑着向她迎面走来时，那股勇气又倏然消失了。那件事怎么说得出口？又怎么好对他说呀？于是忙转过身，装作到别的地方去，绕了个大圈子回到了家。接着，她又后悔起来。……

就这样，气他、恨他、不睬他、害怕他，又不由自主地想念他……交替地变化着、矛盾着。这就是十九岁的农村姑娘的心。

如果把这说成是爱情，那么，对于生活在别的地方的青年男女们是难以理解的。但荒妹是在天堂九队这个本县角落的角落里。这里的姑娘，在荒妹的这个年龄，也多半有过像荣树和荒妹那样隐秘的爱情、矛盾和痛苦。然而不久就会什么都消失了，平静了。——来了一位亲戚或者什么人，送了一件葵绿色或者玫红色的毛线衣，进行一番大体相似的讨价还价而达成协议。然后，在某一天，由这位亲戚或者什么人领来了一个小伙子，再陪同这相互不敢正视一眼的双方一起去吴庄或者什么地方，照一张合影相片。到了议定的日子，她就离开了父母，离开了这个角落。

这是一条这里的人们习以为常并公认为正当的道路，却被今天大会的报告人说成是"买卖婚姻"。他还说什么"爱情"！姐姐和小豹子，那叫"爱情"吗？不，不！那是可耻的、违法的呀！那么，难道还有什么别的路吗？——荒妹感到茫然。她不能不想到荣树。此刻，他就在她的身后，默默地陪她同行。同来开会的女伴都去供销社了。寂静的山路上，只有他们俩。她听到自己怦怦的心跳……

忽然，荣树站住了脚，放眼四顾，用浑厚的嗓音唱起歌来：

　　　　我爱这蓝色的海洋，
　　　　祖国的海疆多么宽广！
　　　　……

荒妹吓了一跳。但听着听着，热情奔放的歌声感染了她，不由自主回过头，露出赞许的微笑。

"看着山上的这片松林，我想起了大海啦！想起了在军舰上的日子！……"他自语似的微笑着说，"看着海，心里就会觉得宽阔起来。要是乡亲们都能看看海，该多好呵！"

荒妹微笑地听着。她的警惕在悄悄地丧失。

"荒妹，你去前街了吗？集上卖鸡蛋、卖蔬菜的，没人撵了！知道吗？农村政策要改啦！山坡地一定得退田还山，种梨树。山旺大叔这位好把式又要发挥作用啦！先在你家自留地上栽起树苗来！……"他说得很凌乱，也很兴奋，"山旺婶身体不好，可以砍些荆条在家编篮子，换点零花钱。你大妹妹明年可以出工了吧！两个小妹妹可以放几只羊！……我有个战友在公社当干事。他告诉我，中央很快就要下文件，要让农民富裕起来！……真的，你不信？"

他两眼闪着乐观的光芒，声音像淙淙溪水，亲切感人。荒妹没有相信这些话。对于富裕起来，她从没有抱过希望，甚至根本没有想过。从她懂事以来，富裕之类的话总是同资本主义连在一起遭受批判的。使她激动的是荣树这样清楚地知道她的家庭，并且这样关心。他就是用这个来回答她的冷淡、戒备和怀恨的！她疚愧了，觉得脸上在发烧。……

"是啊！不富裕起来，一辈子过着穷日子，就什么也谈不上！"他深为感慨地摇摇头，"就拿小豹子来说吧，能全怪他吗？穷、落后、没有知识、蠢！再加上老封建！老实巴交的小伙子下了大牢！你姐姐，就更冤啦！……"

一听他说起这个，姑娘顿时觉得受了羞辱。她愤愤地瞪他一眼，吼道："不许你说这个！不许你说我姐姐！……"

她竭力忍住快要流出来的眼泪，猛地冲上山顶，放开大步向下奔去，弄得荣树莫名其妙。

四

走进家门，天已经完全黑了。她的心情也渐渐平静下来。小妹妹老远就喊她，向她扑来。紧接着母亲也迎了出来，脸上挂着喜气洋洋的笑容。这使荒妹感到奇怪。贫困、操劳和多病的母亲过早地衰老了，特别是姐姐的死，使她的脸上除了愁苦之外，只有木然的发愣的神情。发生了什么值得她这样高兴的事？

"快，快去看看你的床上！"母亲几乎笑出声来。

床上放着一件簇新的毛线衣，天蓝色的。在幽暗的煤油灯下发出柔和的诱人的光泽。

荒妹抓在手里，还没有来得及感受到它那轻柔和温暖，就立即像触了电似的甩开了。她吃惊地喊："谁的？"

"你的！"母亲正从锅里盛出热气腾腾的玉米粥，神采飞扬地瞟她一眼说，"你二舅妈送来的。"

"二舅妈?！"荒妹打了个寒噤，两腿发软，颓然坐在床沿，呆住了。二舅妈前不久来过，同母亲嘀咕了老半天，一面不断地上上下下打量着她。她当时就敏感到那眼光里好像有什么神秘的意味。果然，现在送了毛线衣来！

母亲用难得的柔声说："是二舅他们吴庄三队的，比你大三岁。他哥哥在北关火车站当工人，一月拿五十多块！……"

荒妹感到冰冷的汗水在脊背上缓缓地爬。她浑身颤抖，耳边"嗡嗡"直响，什么也听不清了。

"我不要！"她挣扎地喊，"不！我不要！"

她把毛线衣扔向母亲，母亲却仍然微笑着拉住她说："又不是现在就要你过门！端午节来见见面，送衣裳来。十六套！……订了婚，再送五百块现钱！"

"不，不，不!"一种耻辱感陡然升上荒妹的心。她感到窒息的恐怖。她不知该怎么办，只有让委屈的泪水急速地流出来，只有愤愤甩开母亲抚慰的手臂，跑开去。

门口，站着心情沉重的父亲和三个睁大眼睛呆望着她的妹妹。她捂住脸，冲出了门，站在院子里，倚着倒塌了的猪圈的半截土墙，大声地哭起来。

"怎么啦？怎么啦？"母亲急急地跟出来，拉起她的手，"荒妹，你是个懂事的孩子。咱家有啥？妈有病，三个妹妹光知道张着嘴要吃。养猪没饲料，喂了半年多，连本也没捞回来！攒几个鸡蛋拎上街，挨人搡来搡去，心里慌得像做了贼。去年分红，又是超支，一分现钱也没到手。我想给你买双袜子都……"

母亲也啜泣起来，数落着："你姐姐不争气，这个家靠谁？房子明年再不翻盖实在不行了。欠着债，哪有钱？二舅妈说，五百块钱一到手，就……"

"钱，钱!"姑娘激动地喊，"你把女儿当东西卖！……"

母亲顿时噎住了。她浑身无力，扶着半截土墙缓缓地坐到地上。"把女儿当东西卖!"这句话是那样刺伤了她的心，又是那样的熟悉！是谁在女儿一样的年纪，含着女儿一样的激愤喊过？是谁？——唉唉！不是别人，正是她自己呀！……

那是在土改工作队进了吴庄的那个冬天，菱花去看歌剧《白毛女》的那天晚上，认识了憨厚、英俊的青年长工沈山旺。从那一刻起，她突然明白了平时唱的山歌里"情郎"一词的含义。十九岁的菱花不仅勇敢地参加了斗地主的大会，而且勇敢地在夜晚去玉米地同她的情郎相会了。可是她原先是父母做主同北关镇杂货铺的小老板订了婚的。男方听到风声送了五十块银圆来，硬要年内成亲。菱花大哭大闹，一反常态，公然承认她自己看中了靠山庄的穷小子，公然宣布跟他进山里去受苦，一辈子不回"老封建"的娘家门！把父母气呆了，关起房门又骂又打。她哭着，闹着，在地下滚着，把银圆抛撒一地，激愤地嚷："你们，是要把女儿当东西卖呀!"

那是反封建的烈火已经把"父母之命、媒妁之言"连同地主的地契债据一起烧毁了的年代。宣传婚姻法的挂图在乡政府门口的墙上贴着，舞台上的刘巧儿和同村的童养媳都是菱花的榜样，憨厚、英俊的沈山旺捧着美好、幸福的前途在等待着她。菱花有的是冲破封建囚笼的勇气！

"他们，要把女儿当东西卖！"第二天，在刚刚粉刷一新的乡公所里，不需要任何别的，只凭她菱花这一句话！土改工作队就含着鼓励的微笑，发给她和山旺一人一张印着毛主席像的结婚证。

万万想不到今天，时隔三十年的今天，女儿竟用这句话来骂自己了！

"这是怎么回事？日子怎么又过回头了？……"她感到震惊而惶惑，慢慢抬起了头，仰望着暮冬的夜空。几颗寒星发出凄清、黯淡的光，讽嘲似的向她眨着眼。她仿佛忽然得到什么启示似的一颤，捶胸顿足痛哭起来，一面喃喃地自语："报应，报应！这就叫报应呀！"

她干枯的双眼里涌出了浓浊的泪，里面饱含着心灵深处的苦恨。她恨荒妹，恨存妮，恨她们的父亲。她恨自己的苦命，恨这块她带着青春和欢乐的憧憬来到的土地，这块付出了大半生辛勤劳动、除了哀愁什么也没有给她的土地！……

荒妹反而镇静起来，劝慰母亲说："妈！公社街上，卖鸡蛋、卖菜的没人撵啦！你可以砍些荆条编土篮拿去卖。妹妹可以去放羊。山田改了种果树，爹是个好把式！……要让我们农民富裕起来！荣树说的，中央有这个文件！……"

"文件，文件！今天这，明天那！见多啦！见够啦！俺们不照样还是穷！荒妹，妈不愿意叫你像妈这样过一辈子呀！"母亲抽泣着，也渐渐平静起来，"孩子，你是个懂事的姑娘。妈看出来，荣树对你有心，你也看着他中意。可你想想，吃不饱饭，这些都是空的哟！你妈悔不该当初……唉！如今得了报应啦！……"

风停了。妈妈衰弱的身子倚着荒妹，母女俩无声地呆坐着，各自沉浸在自己的心事之中。

"妈，你回去吧！"荒妹低声说。她的眼睛向八队的那一片村舍凝视着，探寻着其中的一间房子，"我还有点事！……"

然后，她倔强地向三亩塘的方向走去。刚才发生的事，使她突然聪明了，成熟了。一切成见，包括要为小豹子申冤这样使她强烈反感的事情，现在都觉得合理了。她相信荣树是会讲出他的道理来的。那么，他知道得很多很多，甚至连大海都知道！他所深信不疑的要让农民富裕起来的文件，荒妹又有什么可怀疑的呢？他一定还会给她出个最好的主意，告诉她该怎么办！

三亩塘的水面上，吹来一阵轻柔的暖气。这正是大地回春的第一丝信息吧！它无声地抚慰着塘边的枯草，悄悄地拭干了急急走来的姑娘的泪。它终于真的来了吗，来到这被爱情遗忘了的角落？

《上海文学》1980年1期

李顺大造屋

高晓声

一

老一辈的种田人总说，吃三年薄粥，买一头黄牛。说来似乎容易，做到就很不简单了。试想，三年中连饭都舍不得吃，别的开支还能不紧缩到极点吗？何况多半还是句空话！如果本来就吃不起饭，那还有什么好节省的呢！

李顺大家从前就是这种样子。所以，在解放前，他并没有做过买牛的梦。可是，土地改革以后，却立了志愿，要用"吃三年薄粥，买一头黄牛"的精神，造三间屋。

造三间屋，究竟要吃几个"三年粥"呢？他不晓得，反正和解放前是不同了，精打细算过日子的确有的积余，因此他就有足够的信心。

那时候，李顺大二十八岁，粗黑的短发，黑红的脸膛，中长身材，背阔胸宽，俨然一座铁塔。一家四口（自己、妻子、妹妹、儿子）倒有三个劳动力，分到六亩八分好田。他觉得浑身的劲倒比天还大，一铁耙把地球锄一个对穿洞也容易，何愁造不成三间屋！他那镇定而并不机灵的眼睛，刺虎鱼般压在厚嘴唇上的端正阔大的鼻子，都显示出坚强的决心；这决心是牛也拉不动的了。

别说牛，就是火车也拉不动。李顺大的爹、娘，还有一个周岁的弟弟，都是死在没有房子上的。他们本来是船户，在江南的河浜里打鱼，到处漂泊，自己也不知道祖籍在哪里。到李顺大爹手里，这只木船已经很破旧了：钉头锈出漏洞，芦棚开了天窗，经不起风浪，打不得鱼虾了。一家人改了行，有的拾荒，有的用糖换破烂，有的扒螺蛳，挣一口粥吃。一九四二年，李顺大十九岁，寒冬腊月，破船停在陈家村边河浜里。那一天，云黑风紧，李顺大带了十四岁的妹妹顺珍上岸，一个换破烂，一个拾荒。走出去十多里路。傍晚回来时，风停云灰，漫天大雪，顷刻迷路。幸亏碰着一座破庙，兄妹俩躲过一夜。天亮后赶回陈家村，破船已被大雪压沉在河浜里，爹娘和小弟冻死在一家农户大门口。原来大雪把船压沉前，他们就上岸叩门呼救，先后敲过十几家大门。怎奈兵荒马乱，盗贼如毛，他们在外面喊救命，人们还以为是强盗上了村，谁也不敢开门，结果他们活活冻死在雪地里。天没有眼睛，地没有良心，穷人受的灾，想也想不到，说也说不尽……没有房子，唉！

李顺大兄妹俩哭昏在爹娘身边，陈家村上的穷苦人无不伤心。他们把那条沉船拖上岸来，拆了一半做棺材埋葬了死人；剩下的半条，翻身底朝天，在坟边搭成一个小窝棚，让李顺大安家落户。

抗战结束，内战开始，国民党抽壮丁，谁也不肯去。保长收了壮丁捐，看中李顺大是六亲无靠的异乡人，出三石米强迫他卖了自己去当兵。他看看窝棚，窝棚上没有门，怕自己走了，妹妹被人糟蹋，就用卖身钱造了四步草屋，才揩干眼泪去扛那"七斤半"。

他怎么肯替国民党卖命！隔了三个月，一上前线就开小差逃回来。到了明年，保长又把他买了去。前前后后，他一共把自己卖了三次。第一次的卖身钱，付了草屋的地皮钱；第三次的卖身钱，付了爹娘的坟地钱。咳，如果再把自己卖三次，钱也都会给别人搞去的。

然而还亏得有了四步草屋，总算找着了老婆。他出去当兵时，妹妹找来了一个无依无靠的讨饭姑娘同住做伴，后来就成了他的妻。一年后生了个胖小子，哪一点都不比别人的孩子差。

土改分到了田，却没有分到屋。陈家村上只有一户地主，房子造在城里，没法搬到乡下来分。李顺大只有自己想办法了。他粗粗一码算，兄妹两人两个房（妹妹以后出嫁了就让儿子住），起坐、灶头各半间，养猪、养羊、堆柴也要一间，看来一家人家，至少至少要三间屋。

这就是李顺大翻身以后立下的奋斗目标。

二

一个翻身的穷苦人，把造三间屋当作奋斗目标，也许眼光太短浅，志向太渺小了。但李顺大却认为，他是靠了共产党，靠了人民政府，才有这个雄心壮志，才有可能使雄心壮志变成现实。所以，他是真心诚意要跟着共产党走到底的。一直到现在，他的行动始终证明了这一点。在他看来，搞社会主义就是"楼上楼下，电灯电话"，主要也是造房子。不过，他以为，一间楼房不及二间平房合用，他宁可不要楼上要楼下。他自己也只想造平房，但又不知道造平房算不算社会主义。至于电灯，他是赞成要的。电话就用不着，他没有什么亲戚朋友，要电话做什么？给小孩子弄坏了，修起来要花钱，岂不是败家当东西吗？这些想法他都公开说出来，倒也没有人认为有什么不是。

陈家村上的种田汉，不但没有轻视他的奋斗目标，反而认为他的目标过高了。有人用了当地一句老话开头，说："'十亩三间，天下难拣'，在我们这里要造三间屋，谈何容易！"有的说："真要造得成，你也得吃半辈子苦。"有的说："解放后的世界，要容易些，怕也少不了十年积聚。"

这些话是很实在的。当时沪宁线两侧，以奔牛为界，民房的格局截然不同：奔牛以西，八成是土墙草屋；奔牛以东，十有八九是青砖瓦房。陈家村在奔牛以东百多里，全村除了李顺大，没有一家是草屋。李顺大穷虽穷，在这种环境里，倒也看惯了好房子。唉，这个老实人，还真有点好高骛远，竟想造三间砖房，谈何容易啊！

在众多的议论面前，李顺大总是笑笑说："总不比愚公移山难。"他说话的时候，厚嘴唇牵动着笨重的大鼻子，显得很吃力。因此，那说出的简单的话，给人的印象，倒是很有分量的。

从此，李顺大一家开始了一场艰苦卓绝的战斗，它以最简单的工具进行拼命的劳动去挣得每一颗粮，用最原始的经营方式去积累每一分钱。他们每天的劳动所得是非常微小的，但他们完全懂得任何庞大都是无数微小的积累，表现出惊人的乐天而持续的勤俭精神。有时候，李顺大全家一天的劳动甚至不敷当天正常生活的开支，他们就决心再饿一点，每人每餐少吃半碗粥，把省下来的六碗看成了盈余。甚至还有这样的时候，例如连天大雨或大雪，无法劳动，完全"失业"了，他们就躺在床上不起来，一天三顿合并成两顿吃，把节约下来的一顿纳入当天的收入。烧菜粥放进几颗黄豆，就不再放油了，因为油本来是从黄豆里榨出来的；烧螺蛳放一勺饭汤，就不用酒了，因为酒也无非是米做的……长年养鸡不吃蛋；清明买一斤肉上坟祭了父母，要留到端阳脚下开秧元才吃。

只要一有空闲，李顺大就操起祖业，挑起糖担在街坊、村头游转，把破布、报纸、旧棉絮、破鞋子等废品换回来，分门别类清理后卖给收购站，有时能得到很好的利润。废品中还往往有可以补了穿的衣裤、雨鞋等物，就拣出来补了穿一阵，到无法再补的时候仍纳入废品中，这样也省了不少生活费用。那换废品的糖，是买了饴糖回来自己加工的，成本很便宜。可是李顺大的独生儿子小康，长到七岁还不知道那就是糖，不知道是甜的还是咸的。八岁的时候，被村上小伙伴怂恿着回去尝了一块，就被娘当贼提出来，打他的屁股，让他痛得杀猪似的叫，被娘逼着发誓从此洗心革面。娘还口口声声说他长大了要做败家精，说他会把父母想造的三间屋吃光的，说将来讨不着老婆休要怪爹娘！

最可敬佩的事情，是发生在李顺大的妹妹顺珍身上。一九五一年分进土地时，她已经二十三岁了。当时政府还没有号召晚婚，按照习惯，正到了结婚的妙龄。她不但肯苦能干，温顺老实，而且一副相貌，也长得出奇地漂亮。细细看去，似乎和她哥哥一模一样，只是鼻子小了一点，嘴唇薄了一点；就在这两个"一点"上，造化却又显露出了它无所不能的伟大，把高挑个儿、鹅蛋脸型的李顺珍衬出了一派清秀俏丽之气。当时，附近村上一些小伙子央人登门求婚的，也不是三个两个。可是，不管对方条件怎样，人品如何，顺珍姑娘只是说自己年纪还轻，一概回绝。她是哥哥抚养长大的，她决心要报答哥哥的恩情。她知道离开她的帮助，哥哥的奋斗目标就很难实现；如果她出嫁，哥哥不但少了一个坚强可靠的助手，而且还得把她名下分到的一亩七分田让她带走。这样一来，她哥哥的经济基础和劳动能力都会大大削弱，不知要到何年何月才能造出三间屋。因此，她甘愿把一生中最美好的时代——称得上是青春中的青春，留给她哥哥的事业。

一直到了一九五七年底，李顺大已经买回了三间青砖瓦屋的全部建筑材料，李顺珍才算了却心事，以二十九岁的大姑娘嫁给邻村一个三十岁的老新郎。新郎因为要负担两个老人和一个残废妹妹的生活，穷得家徒四壁，鹑衣百结，才独身至今。所以，迎接李顺珍的，仍然是艰苦的生活。因为她已苦惯了，所以并不在乎。

三

办过妹妹的婚事，就跨进了一九五八年。李顺大这时候还缺少什么呢？还缺些瓦木匠的工钱和买小菜的费用，再有一年，问题就可完全解决了。而且公社化以后，对李顺大很为有利。土地都归公了，他可以随意选择一块最合适的地基造屋。这不是太理想了吗？

可是，李顺大终究不是革命家，他不过是一个跟跟派。听毛主席话，跟共产党走，能坚决做到，而且品全落实，随便哪个党员讲一句，对他都是命令。有一夜李顺大一觉醒来，忽然听说天下已经大同，再不分你的我的了。解放八年来，群众手里确实是有点东西了。例如李顺大不是就有三间屋的建筑材料吗？那么，何妨把大家的东西都归拢来加快我们的建设呢？我们的建设完全是为了大家，大家自必全力支援这个建设。任何个人的打算都没有必要，将来大家的生活都会一样美满。那点少得可怜的私有财产算得了什么，把它投入伟大的事业才是光荣的行为。不要有什么顾虑，统统归公使用，这是大家大事，谁也不欺。

这种理论，毫无疑问出自公心。李顺大看看想想，顿觉七窍齐开，一身轻快。虽然自己的砖头被拿去造炼铁炉，自己的木料被拿去制推土车，最后，剩下的瓦片也上了集体猪舍的屋顶，他也曾肉痛得簌簌流泪。但想到将来的幸福又感到异常地快慰。近来的经验也改变了他原来的看法，他认为楼房比平房更优越了。因为粮食存放在楼上不会霉烂，人住在楼上不会患湿疹。看来以后还是住分配到的楼房好，何必自讨苦吃，像蜗牛那样老是把房子作为自己的负担呢。所以，他的思想就彻底解放了，不管集体要什么，他都乐意拿出来。如果需要他的破床，他也会毫不吝惜；因为他和他的老婆，都不是困在床上长大的。他的老婆，那个原先的讨饭姑娘，说真的倒比他多了一个心眼。但十二级台风早把大家刮得身不由己了，她一个女人家又有什么用？多一个心眼无非多一层愁。不过究竟也藏下一只铁锅，没有送进炼铁炉里熔化，所以集体食堂散了以后，不曾要去登记排队买锅子。

后来是没有本钱再玩下去了，才回过头来重新搞社会主义。自家人拆烂污，说多了也没意思。不过在战场尚未打扫之前，李顺大确实常常跑去凭吊，看着那倒坍了的炼铁炉和丢弃在荒滩上的推土车，睁着泪眼，迎风唏嘘。他想起了六年的心血和汗水，想起了饿着肚皮省下来的粮食，想起了从儿子手里夺下来的糖块，想起了被耽误了的妹妹的青春……

四

政府的退赔政策，毫无疑问是大得人心的。但是，把李顺大的建筑材料拿去用光的不是国家，而是集体。这个集体，当然也要执行退赔政策。可是集体也弄得穷透了，要赔材料没材料，要赔钞票也困难，当干部的只好尽一切力量去做思想工作，提高李顺大这类人的政治觉悟，要求他们作出自我牺牲，以最低的价格落实退赔政策。

李顺大的损失是很不小的，但政治觉悟是确实提高了。因为在这以前，从不曾有人对他进行过像这样认真细致的思想教育。区委书记刘清同志，一个作风正派、威信很高的领导人，特地跑来探望他，同他促膝谈心；说明他的东西，并不是哪个贪污掉的，也不是谁同他有仇故意搞光的。党和政府的出发点都是很好的，纯粹是为了加快实现社会主义建设，让大家早点过幸福生活。为了这个目的，国家和集体投入的财物比他李顺大投入的大了不知多少倍，因此，受到的损失也无法估计。现在，党和政府不管本身损失多大，还是决定对私人的损失进行退赔。除了共产党，谁会这样做？历史上从来没有过。只有共产党，才对我们农民这样关心。希望他理解党的困难，以国家集体利益为重，分担一些损失；经过这几年，党和政府也有了经验教训，以后发展起来就快了。只要国

李顺大造屋

家和集体的经济一好转，个人的事情也就好办了。你要造那三间屋，现在看起来困难重重，其实将来是容易煞的。不要失望。最后，刘清同志又帮助他和供销社联系，要供销社在任何困难的情况下都要尽量供应饴糖，使他能够换破烂，多挣一点钱。

李顺大的感情是容易激动的，得到刘清同志的教导和具体的帮助，他的眼泪，早就扑落扑落流了出来，二话没说，呜咽着满口答应了。

另有两万片瓦，由生产队拿去盖了七间五步头猪舍，现在还完整地铺在屋面上，应该是可以原物归还的。但是，如果拆下来，一时买不到新瓦换上去，猪就得养在露天；瓦又是易碎物品，拆拆卸卸，损坏也不会少，还是不拆为宜。后经双方协商同意，互相照顾困难，决定不拆，而由生产队腾出两间猪舍来，借给李顺大暂住；等将来李顺大造新屋时，队里还瓦，他也让出猪舍。那猪舍也比李顺大住的草屋强，两间共有十步，够宽敞了；屋脊也有一丈一尺高，就是后步比人矮，但房主人也没有必要挺起胸膛在屋里逞威风，无妨大局。况且李顺大是从小钻惯船棚的，他自然不嫌。

退赔问题就这样解决了。尽管李顺大衷心接受干部们的开导，但是，他从这一件事里也吸取了特殊的教训。在这以前，他想到的是旧社会的通货膨胀，钞票存放在手里是靠不住的；所以，一有余钱，就买了东西存放起来。现在有了新的体验，觉得在新社会里，存放货物是靠不住的，还是把钞票藏在枕头底下保险。老实说，从这种主张里，嗅觉特别敏锐的"左"派是闻得出"反党"味道来的。

从一九六二年到一九六五年，靠了"六十条"，靠了刘清同志特别照顾的饴糖，李顺大又积聚了差不多能造三间屋的钞票。但是他什么也没有买，他打定主张：要么不买，要买就一下子把材料买齐，马上造成屋，免得夜长梦多，再吃从前的亏。

这个李顺大，真和许多农民一样，具有这种向后看的小聪明。因此，当他认为有把握不再吃老亏的时候，转眼又跌倒在前边路上了。说真话，扶着这种人前进，手也真酸。

那时候，物资丰富，什么都敞开供应，他偏不买。过了几年，物资样样紧张起来，没有点"三分三"的人什么都买不到了，他倒又想一下子样样都买全，岂不又做了阿木林！其实怪他也冤枉，谁又是诸葛亮呢？

五

在通常情况下，李顺大觉得自己做一个跟跟派，也还胜任，真心实意，感情上毫不勉强。可是"文化大革命"开始以后，他就跟不上了。要想跟也不知道去跟谁，东南西北都有人在喊："唯我正确！"究竟谁对谁错，谁好谁坏，谁真谁假，谁红谁黑，他头脑里轰轰响，乱了套，只得蹲下来，赖着不跟了。"是非之心，人皆有之"，这话口气挺大，其实是没有经过"文化大革命"，太天真了。你总不能光看人家在台上唱什么，还得看看在台底下干的什么吧！"好恶之心，人皆有之"，这倒也还有理，李顺大就是有一点不高兴。这不高兴和他想造房子有密切关系。他看到那汹汹的气势，和一九五八年的更不相同，一九五八年不过是弄坏点东西罢了，这一次倒是要弄坏点人了，动不动就性命交关。这房子目前是造不成的了，谁知道明天会怎样呢！他为此真有点厌恶。转而又庆幸自己住到村中心的猪舍里来了，如果还孤零零地待在河边的草屋里，他枕头底下的造屋钱只怕还要遭到盗劫呢。

李顺大想得太落后了，在文明的时代里，文明的人是无需使用那野蛮手段的。有一个造反派的头头，在光天化日之下，腰里插着手枪，肩上挂着红宝书，由生产队长陪同，到李顺大家做客来了。原来他是公社砖瓦厂的"文革"主任，很讲义气，知道李顺大要造房子买不到砖，特地跑来帮助解决困难。他大骂了一通走资派刘清不替贫下中农谋利益，现在则轮到他来当救世主了，只要李顺大拿出二百一十七元钱来，他负责代买一万块砖头，下个月就可以提货。这话说得过分漂亮，原是值得怀疑的。但李顺大却认为，彼此都住同一大队，虽然没有交情，也三天两头见面，从前也不曾听说过这人有什么劣迹，现在出来革命，总也想做点好事，不见得一上马就骗人。况且又是生产队长同来的，还有枪有红宝书，真是讲交情有交情，讲信仰有信仰，讲威势有威势。李顺大虽然当过三次逃兵，还没有经过这种软硬兼施的场面，心一吓，面一软，双手颤颤数出了二百一十七。

到了下个月，大概本来是可以提货的，想不到李顺大交了厄运，被公社的专政机关请去了，要他交代几件事：一、你是哪里人？老家是什么成分？二、你当过三次反动兵，快把枪交出来；二、交代反动言行（例如他说过"楼房不及平房适用，电话坏了修不起"的话，就是恶毒攻击社会主义）。

后来的事情就不用说了，那是人人皆知的。他自己出来后也没有多言。不过有两点颇有性格，第一是他吃不消喊救命的时候，是砖瓦厂的"文革"主任解了他的围。作为报答，事后私下商定从此不再提起那二百一十七。第二是关押他的那间房子造得相当牢固，他平生第一次详细地在那里研究了建筑学，对自己将来要造的屋，有了非常清楚的轮廓。

等到放出来，他扶着儿子（已经十九岁了）的肩胛拐回家。流着眼泪的老婆、妹妹问他为了什么事，吃了什么苦？他嘶哑着喉咙说了两个莫名其妙的短语："他们恶啊！我的屋啊！"

之后有一年多时间不能劳动，腰里不好受，碰到阴天和交节气，浑身骨头痛。他有点奇怪，虽然这顿生活从前不曾挨过，但毕竟从小就苦苦拉拉、跌跌撞撞过来的，怎么现在这样娇嫩了？莫非也变"修"了吗？他有点吃惊，觉得自己变牛变马都可以，但是不能变"修"。"修"是什么东西呢？是一只黑锅，是一只不能烧饭、只能驮在背上的装饰品，是一个没有生命因而不会死亡、能够世代相传的"传家宝"。儿子今年十九岁了，如果背上这只锅，到哪里去讨媳妇呢？而房子又没有造，一点条件也没有。

李顺大想到这一点，心中恐慌又迷信。他从小听过不少老故事，其中就有说到人会变成多种东西的。讲的人总这样说："一夜过来，他变成了××。"而且在变化之前，也总有异样的感觉，比如浑身骨头痛、热皮暴躁等等。所以，李顺大一碰到身子难受，就怕黑夜，怕自己睡着了。他总是睁大眼睛，以防在昏睡中不知不觉变成一只黑锅。他的警惕性一直很高，所以至今还不曾变过去。

在那些不敢睡着的夜里，李顺大为了打发掉肉体上的痛苦，也想过一点使人开心的文娱生活。他没有收音机，想读书又不认几个字，而且也浪费火油；因此，唯一的办法是去回忆从小听过的故事、看过的戏文和老一辈教给孩儿们的俚歌。后来身体好一些，他挑起糖担出去换废品，嘴里常常不三不四唱着一个小曲儿，招惹孩子们。据他说这就是他在那些夜晚回忆出来的。从这些就可以看出他当时究竟想的是什么。他唱道：

稀奇稀奇真稀奇，
老公公困在摇篮里；
稀奇稀奇真稀奇，
八仙台装在袋袋里；
稀奇稀奇真稀奇，
老鼠咬破猫肚皮，
稀奇稀奇真稀奇，
狮子常受跳蚤气；
稀奇稀奇真稀奇，
狗派黄鼠狼去看鸡；
稀奇稀奇真稀奇，
天鹅肉进了蛤蟆嘴；
稀奇稀奇真稀奇，
大船翻在阴沟里；
稀奇稀奇真稀奇，
长人做了短人梯。
哎呀呀，瘌痢头戴西瓜皮，
蚌壳兜里一泡尿，
皮球肚里装个屁，
穿袍的邪神一胎泥。
稀奇呀，稀奇呀，真稀奇，
火赤链过冬钻在菩萨肚皮里，
闻着香火装神气。

这确是一只公认的装满一兜肚"稀奇"的儿歌，而且老掉了牙。不过，各人兜肚里的货色是不同的，总要把自认为"稀奇"的东西装进去。

但如果追查起来，李顺大决不承认自己加进了什么。他又不是作家，不会有黑字落在白纸上，是不怕有什么把柄落在别人手里的。他虽然笨，究竟也经过锻炼了，晓得当时那一班人——造反的当权派和当权的造反派，如果要触你的霉头，倒不在乎你做了什么，而在于要达到一个这样那样的目的，例如他的二百一十七。

有一天，他在邻村换糖唱歌，偶然碰到了在那里劳改的走资派——老区委书记刘清，悲喜交集，久久不忍离开。最后刘清央求他再唱一遍《稀奇歌》，他毫不犹豫地唱起来，那悲惨、沉重、愤怒的声音使空气也颤抖，两个人都流下了眼泪。

六

一年病拖下来，李顺大有点心灰意懒了。他常常想自己还能活几年？何必要再操心造屋！愚公立下移山志，也是靠后代去完成的，为啥一定要亲手造成功！再说也算积有一笔钱，也有点汗马功劳，不算坍台了。可是凡胎未脱，尘心难破，儿子已经二十出头了，房子造不出，媳妇就找不着，猪舍做新房，谁肯来住！要像自己那样拾个要饭姑娘做妻子，现在也没有这种好机会了。那可不行，没有媳妇哪有孙子？没有孙子哪有重孙？将来建成共产主义过幸福生活，焉能独缺他李顺大的后代？看来房子还是非造不可，而且要抓紧时间，就算这样，儿子恐怕也得拖到政府规定的晚婚年龄以后才有婚结了。

经过动摇之后又坚定下来，立即开始行动。他挑起拾破烂的箩筐，悠悠地从这个市镇晃荡到那个市镇，县城里大小街巷也几乎跑遍，却从不见有建筑材料出售，询问有关商店，才知道买一块砖也得有本地三级证明，更无空口说白话的余地。他晓得再瞎跑也没有用，只有向当地生产队、大队、公社申请了。幸亏自己是带了箩筐出来的，虽不曾买到造屋材料，拾到的破烂倒也卖得十几元钱，不算白误了工。

接着自然是找生产队、大队干部打证明，人家听了笑笑说："打证明有什么用，民用建筑材料，有时稍会有一点，有时简直就没有。给了证明，你也买不到。"李顺大不肯信，以为是干部筑坝，又不敢反驳，怕弄僵。就耐着性子赖着不走，搞变相静坐示威。谁知人家倒并不放在心上，到吃晚饭时发现他没有走，就说："走吧，锁门了。"他也只得回去。到了明天，又去坐。如此三天，干部不耐烦了，说："好话你不听，瞎缠。你以为有用，就打个证明给你！"果然打了。他高高兴兴上供销社。营业员看了证明，也和大队干部一样笑笑，说："没办法，无货供应。"

"几时有呢？"

"不晓得。"营业员说，"有空你就常来问问。"

从此李顺大就如学生上学校，七天里去问六次；半年下来，还是不曾买到一块砖。那营业员是个好心人，暗地里叹息李顺大太笨，却也被他的精神感动了。终于有一天，悄悄告诉他说："你还是省点工夫吧，不要来跑了。这几年革命革得厉害，地皮都快革光了，难得有点东西来，干部都照顾不周全，哪会轮到你。真要有你的份，也都是经过千拣万拣拣剩的落脚货，价钱倒和拣走的好货一样大，你也不划算。我劝你还是另想办法吧！"

李顺大得了这个忠告，十分失望，又非常感激。因此由不得要请教："另想别的什么法？"

营业员沉吟半晌，说："可有至亲好友当干部的？"

"没有。"李顺大沉重而吃力地说，"只有一个种田的妹婿，没有第二个亲戚。"

"那就没有路了。"营业员惋惜道，"现在是'圆圆头'不及'点点头'，你没有亲友可靠，除了买黑市，还有什么办法。"

李顺大信以为真，从此想办法买黑市材料。哪晓得营业员倒也并无这方面的经验，不懂得黑市交易的复杂，一万块砖头，市价二百一十七元，黑市要卖到四百元左右，而且必须先付钱，过上一年半载才能提货，往往还会碰到骗子手。李顺大已经上过一次当了，钞票当然是不肯轻易出手的。所以，跑了千里路，说了万句话，过了三年也不曾买成。倒还是那个营业员肯帮忙，替他买了一吨官价石灰。那石灰原是分配到蚕室里用的，只为近年来一个劲儿旱改水，许多桑田改行水稻了，剩下几棵瘌痢毛桑树，还能养几条蚕？也就用不了那么多石灰；倒给营业员钻了空子，李顺大拾着了便宜。为此他想买包好烟请营业员的客，却又买不到。偶然碰见砖瓦厂的原"文革"主任（已当上厂革委会主任了），想起他从来是吸好烟的，他亏待过自己，现在请他买包烟总肯吧。就老着脸皮上去拉交情。主任倒也爽快，拿了他五角钱，从袋里掏出一包还没有开封的"大前门"。但是，在递给他之前，竟自作主张拆开来拿一支抽了，并且说："我就这一包，要不是你，我谁也不给。"

李顺大拿了十九支去送给营业员，营业员坚决不收，拗不过面子，才抽了一支。其余十八支，硬是让顺大带回去了。

李顺大回家路上，想到自己今天做了一件从来没有做过的欠妥事情，他竟请了自己的恩人和仇人各一支烟。到吃晚饭的时候他真的发怒了，骂他的儿子没出息，二十五岁了，还吃荫下饭，害他老子在外面受罪。

七

闹腾了许多年，李顺大房子没造成，造房的名气倒很大了。精诚所至，金石为开，不仅感动了营业员，而且还感动了上帝。这上帝不是别人，就是他未来的媳妇，名叫新来。新来姑娘住在邻村，早就同李顺大吃荫下饭的儿子小康有串联活动。她倒不在乎房子造了没有，反正看中了人，过了门造屋也行。可是她爹筑坝，怎么说也不肯把女儿嫁到猪舍里去。他以自己的模范事例教导女儿，因为他尽管穷，也想法造了两间屋，才讨了第一房媳妇。他骂李顺大是屄头，是阿木林，不会做事情。可是，想不到老天爷爱开玩笑，喜欢打说满话人的嘴巴。事隔一年，公社里一班打倒了走资派的当权派，为了要把山河重安排，看着一条河像老家伙似的弯着背，很不舒服。硬是动用了几千民工，花了几万个劳动日开出一条笔直的样板河，足以使火星上的高等动物看了称赞地球人的伟大。新来姑娘家那两间新屋，偏偏就在样板河的河床上（当然也不止两间），只好拆了搬走。公社补贴搬屋费每间一百五十元，拆拆造造，又借了三百元添进去，才勉强重新搭起一间半来。新来爹瘦了两个膘，头发白了七八成。而且还要老来做小，听新来姑娘的教育。新来建议他应该向李顺大伯伯学习，人家就是精明，不盲动，钞票放在枕头边，一个也不少。要造房子，也该看准了形势动手呀！他说不响嘴，只得服输，任凭女儿婚姻自主。

李顺大不但有了儿媳妇，而且也知道儿媳妇在理论上对他的实践作了充分肯定，非常地高兴。因此，在儿子结婚那天晚上，喝了几杯酒，灵机一动，对着亲家公说了两句神来之话，他说："现在是地牌吃天牌，烂污二封王，你的房子造得太急了。天天闹地震，大家宁愿住牛棚，还要房子做什么？我一万块砖头给窑鬼吃在肚里，也比你省心。……"他还想说下去，幸亏老婆警惕性高，为了挽救他，当着新亲的面，开口就训他："灌了点酒就像吃了尿，说话没有关拦，骨头痛的日子忘记了？"这才转话收场，皆大欢喜。

从那时开始，李顺大不再白花心计去买东买西，他挑着糖担，东转一天，西转一天，替国家收废品，赚一点生活费。可是，事情也怪，造房子的人家，还真多着呢。他看了不禁眼馋，往往就要打听打听，这幢那幢是谁家造的，哪里买的材料。得到的答复也真千种百样，细细说来，每一幢屋都能写一本书，但也不惹人看，无非是"大官送上门，小官开后门，老百姓求别人"而已。那些吃尽苦头的人，反而羡慕起李顺大来，说还是他乖巧，不曾钻进这苦胆里头去，不愧为识时务的俊杰。有个熟人竟不忌讳，愤然对他说："我这一块砖、一片瓦，没一样不是黑市货，造两间屋，用了四间的钱。上梁那天，靠造反起家的大队书记来吃了我一顿，还说我这房子，没有'文化大革命'，哪能造得出。×他娘，我这房子又不是他那官衔，是用拳头打得来的吗?!"

到此为止，李顺大对于建筑学的知识，本来已经登峰造极，叹为观止了。想不到天地渊博，造化无穷，值得大书特书的事情，如长江浊流，滚滚而来，竟无法忍心不看。那鸡零狗碎的事，恕不细说，但值得大书特书的奇迹，放过未免可惜。例如有一个大队，要把全部民房拆了，合并到一个地方去，造一列式的楼房，名曰"新农村"。民房拆下的材料，折价归公，谁要住新房，重新出钱买。李顺大听了，大为振奋，认为"楼上楼下"果然要实现了。耐不住挑着糖担，飞奔去自费参观。

那个地方，李顺大从前也常走过，此番看去，果然大不一样，村村巷巷，都有人家在拆屋，拆了把材料运到公路边头一块大田里，那里正在造第一排楼房。那些拆屋的人家，议论非常热烈，甚至到了激烈的程度，都说盘古开天辟地以来，像这样的事情，从未有过；因此有人流出眼泪来，大概过于兴奋了。有些屋上卸下来的瓦，还沾着窑里的煤灰，分明盖了上去还没有经过雨淋，倒又翻身了。看了这些，李顺大觉得自己二十几年来空喊造屋没有造成，倒是平生做的一件最正确的事情；不过想着拆屋主过去的一番心血，也不禁有点眼酸。他慨叹着一路低头走去，忽听有人喊道："喂，换糖的。"

李顺大抬头一看，见一个老头带着个女孩站在公路旁看造屋，十分面熟，却想不起是谁了。那老头笑道："怎么，不认识了？"

李顺大恍然大悟，忙道："原来是你，老书记。还在劳改吗？"他忽然伤心起来。想不到，几年不见，竟老得认不出了。可见老书记的心境不直落。

老书记笑笑说："劳还在劳，改却未改。你呢，又来搜集《稀奇歌》材料吗？"

"唉唉，老书记，你取笑我。"李顺大难为情地说，"这可是'楼上楼下'，搞'新农村'。我到今天才晓得，原来这农村分新旧，就在这房子上。倒不在集体化不集体化。"

老书记轻轻地嘘了口气，说："唉，有话你就说清楚点吧。"

李顺大笑笑说："自然，说给你听听没关系。不过也不能知法犯法。从前我说过楼房不如平房适用的话，已经当反动言论批过了，现在看了这种样子，倒还真有点想法。蛮好的屋，有的还是新的，倒又拆了再造，何必呢？有这个力气，不好把田地种种熟吗？这种事情，阳间里人不敢说，阴间里鬼看了也要盯白眼呢。"

听了这"反动"话，老书记不但不驳斥，反而点了点头，严肃地搭腔说："'何必呢？'你问得对。告诉你吧，有人想把这个当上天梯。你倒也明白，晓得集体化是新农村的根本，可是人家搞起复辟来，公社这个组织形式也是可以利用的。你的眼睛还要睁大些。你看看吧，贫下中农吃了二十多年苦造了点房子，一声拆就得拆，还管群众死活吗？可是公社不仍旧是公社！"

李顺大听了，虽有所悟，也不能完全领会，只得张开嘴巴，睁大眼睛，尊敬地看着这个老人，默默无言。

老人愤怒地哼了一声，也不再说，低头看了看小女孩，指着李顺大说："叫公公。"

小女孩亲热地叫了一声。李顺大大为感动，连忙敲下一块糖塞在她小手里，称她是最乖最乖的小囡。他今年五十四岁，一个拾破烂的外乡人，还第一次有人叫他公公，这给了他非常有力的鼓舞，竟把别的念头都冲淡了。

从此以后，他同老书记交了朋友。

八

到了一九七七年春节，李顺大带了几块糖去看老书记，才知道老书记重新上了任，又在区里办公了。李顺大喜出望外，把糖给了小囡，吃了小囡妈烧出来的点心，兴冲冲就往区里跑。他觉得如今有了区委书记做朋友，总弄得着造屋材料了。

老朋友一见面，果然十分亲热。可是一提到材料，老书记沉吟不语，打起嗝顿来，弄得顺大心也一颤，觉得不妙。只听老书记慢腾腾地说："老弟，你的困难，我都知道。从前你唱《稀奇歌》，我十分赞成。现在你我总不能做"稀奇"事了吧。"

李顺大忙说："老书记，别人不做，我也不做。现在不是还通行吗，为什么唯独你我不做，岂不太吃亏？"

老书记笑笑说："十一年混乱，积习难改。现在应该拨乱反正了。否则的话，建设国家的计划，就成了空话，别人做，我们是不能做的。全区干部来说，第一应从我改起，群众来说，先从唱《稀奇歌》的人改起，你说合理不合理？"

听了这番话，李顺大心里糖罐醋瓶，一齐打翻，一方面感到书记要同他一起带头整风，不禁自豪；一方面又想到好不容易交了个大官朋友，竟又不能拉私人关系，不禁怅然。他经过"文化大革命"，也学得很乖了，不愿吃这个亏。想了一下，振振有词道："老书记，你讲的道理我服帖，不过，话说在前头，叫我不做"稀奇"事，一定照办。你可也不能动摇，不要以后碰到交情比我深的，面子比我大的，就帮他开后门，让别人笑我同你白交了一场。那我是要造你的反的。"

老书记哈哈大笑，拿过纸笔，迅速把李顺大的话写了下来，说："我念一遍，你听。"他念了，和李顺大讲的一字不差，然后说，"你拿去请人写在一张纸上，贴在我的办公室里。"

李顺大愕然道："我不，这不是要你的好看！"

老书记说："哪里哪里，这才叫帮了我的大忙，我还真怕有大面子的人来开臭口呢！你贴了这个，就不用我作难了。"

李顺大高高兴兴真的照办了。

到了一九七七年冬天，李顺大家忽然忙碌起来。老书记刘清同志，在那位"文革"主任出身的砖瓦厂厂长身上做了点工作，让他把李顺大的一万块砖头退赔了，公社革委会也批准了李顺大的申请，同意供应十八根水泥桁条。那位好心的供销社营业员，通知李顺大，现在椽子已经敞开供应了。这一次，李顺大的房屋，会有把握造成了。要运回这么多东西，李顺大一家四口，哪里忙得过来，只得把妹妹、妹婿、儿媳妇的兄弟姊娌都请来帮忙，摇船的摇船，推车的推车，连年老的亲家公也高高兴兴地流了几身汗，大大热闹了一番。

不过，在高兴的时候，也还发生了一点扫兴的事情。运回那一万块砖头，曾经过一些波折。大船停在砖瓦厂，人家不发货，皮笑肉不笑地对他说："你的桁条还没有买，砖头拿回去白堆在那儿没有用，再等等吧。"李顺大同他吵了个脸红耳赤，说桁条已经落实了。那个人却比李顺大更懂李顺大，一口咬定他没有桁条。幸而他的亲家公跑来，凭自己买过砖头的经验，暗地里告诉李顺大什么叫"桁条"。李顺大这才恍然大悟，马上到供销社买了两条最好的香烟送过去，这才皆大欢喜，砖头下船。后来到水泥制品厂运桁条，李顺大再不用别人开口，就散发了一条香烟，免得人家说他还没有买到椽子。

做了这些腐蚀别人的事，李顺大内心惭愧，不敢告诉老书记。但是他的灵魂不得安宁，有时候半夜醒过来，想起这件事，总要骂自己说："唉，呢，我总该变得好些呀！"

《雨花》1979年7期

夏

张抗抗

一

  如果不是在穿着短袖衬衣的夏季，这件事或许就不会发生了。活该我倒霉，第四节课外活动是我们中文系同物理系的一场篮球比赛，我打前锋。我从图书馆赶到球场，观众已围了一大圈。我急火火地把衬衣脱下甩到树枝上，舒展几下结实的胳膊，就蹦上了场。匆忙中我好像觉得树杈上的衬衣口袋里掉出来点儿什么，也没太在意，大概是饭菜票吧，时间已使我什么也顾不上了。

  物理系的那些伽利略的崇拜者，对篮球知道得绝不比地球仪更多。从一开始我们比分就遥遥领先。不是吹牛，我一口气就进了四只"砸眼篮"，几次传球，都是极神速的。要在平时，观众席上早已掌声不绝了，可奇怪的是今天那些人却好像有点儿无动于衷，总在那里交头接耳，有几个还冲着我微笑。等我们又连进了两个球，他们那瘦高个儿的领队就要求暂停。就这工夫，我发现我们班上的几个女同学手里拿着一张照片，在那儿热烈地议论什么，旁边还伸过来好几个脑袋，做着怪相，有一个人直朝我努嘴。

  莫非同我有什么关系吗？我刚一转念，心就猛地往下沉。

  "糟糕！"我对自己说，这下完了，准是那张照片——我夹在学生证里的，掉在地上了……

  我呆呆地愣在那儿，傻了似的，如果当时我照照镜子，脸色一定是白得像乒乓球一样。我忽然想到应该去把照片抢回来，可哨子响了。

我稀里糊涂地在球场上奔跑着，不知在干什么，好几次把球错传给伽利略的人了。有一次投篮，还把球扔到篮板顶上去了，引得全场哄然大笑。我偷偷向旁边了几眼，只见那张照片，又传到另一伙人的手里去了，几乎所有在场的观众，都饱览无余。毫无疑问，这些人对那张照片的兴趣已经大大超过了球赛……

　　我摔了一跤，擦破了膝盖，情急生智，我立刻举起手——宣布退场。在众目睽睽之下，我硬着头皮走到小树边上去穿我那件捣乱的衬衣。说实话，假如大家还不知道这是我的衬衣，我宁可放弃它。唉，从现在开始，我已经丧失了比一件的确良衬衣要宝贵得多的东西——一个团干部、好学生的名誉。

　　我混在人群中，偷偷用眼角扫着对面的观众席，搜寻着那张照片，一面在心里想用什么办法把它弄回来。假如就这么去要，知道的人不是更多了吗？唉，都怪这件衬衣，也怪这场球赛。当然，也怪她……

　　"梁一波！"忽然背后有人叫我。我扭头一看，是我们班的党小组长吕宏。她向我点点头，好像有什么急事。

　　我趁机挤了出去。

　　"这是你的学生证吗？"她把一个红皮小本子晃了一下。

　　我看了一眼，说："嗯。"

　　"那么这张照片也一定是你的啰？"她把一张已揉得很皱的小方照递到我眼前。

　　我飞快地朝那张照片瞄了一眼。说也奇怪，刚才那些惊惶和不安顿时飞得无影无踪，心里微微荡漾起来，充满了愉快和欢悦。

　　那是一片辽阔的大海。远远的有几点白帆（也许是海鸥），波涛起伏着，一层层推向远方。海岸边一块巨大的礁石上，坐着一个女孩子，穿着一件游泳衣，身上的水珠在阳光下闪闪发光。

　　她顶多不过十四五岁，扎着两把刷子辫，仰着头，面对大海沉思……

　　我真喜欢大海，可惜我从没有到过海边，我们这个城市离海太远了。

　　"岑朗，是她吗？"党小组长笑着说。不过笑声有点儿古怪。

　　"是的。"我伸手去拿照片，可她倏地把手缩回去了。

　　"穿着游泳衣，是吗？"她的笑容不见了。

我的快乐消失了，想转身走开，游泳衣难道不是衣服吗？

"等一会儿。"她跟上来，表情很严肃。她把那张照片小心地放回学生证里，又小心地揣进了肩上那只黄书包，然后带着明显的焦急的口气说，"哎，你知道不知道，为了这张照片，整个球场都轰动了？"

我点了点头。

"是她送给你的吗？"

"……"

"她怎么会送你这样一张照片呢？"她已经皱着眉头了。

她见我不回答，又问："你同她以前就认识？"

我讨厌别人这样审问我。要是换了一个人，我早就不理了。可她是副班长，素以关心同学出名，平日稳重朴实，在同学中有一定威信。我很少同她接触，但还是很尊重她的。她短短的头发，五官端正，几乎哪儿也挑不出毛病。细细的眼睛里流露着诚恳和谦恭，一看就是一个本分的姑娘。听说她上学前在农场宣传科工作，入党多年，早就想上大学，就是农场卡着不放，所以才拖到七七年，凭分数考上来的。她这样的人不会有什么坏心眼儿吧？也许完全出于好意……

"岑朗怎么会送我照片的，原因很简单。"我说，"今天中午我到她宿舍里去取一本书，宿舍里就她一个人。我看见她床头有一个两块玻璃夹着的简易相框，里面就是这张照片。我看得出了神。我问她那海浪和身上的水珠怎么会拍得这样清晰，用多少光圈和速度。她说她也不知道，是好多年前她到大连去度暑假的时候大人给她照的。临走的时候。我又在那张照片面前站了一会儿。她见我这么恋恋不舍的样子就笑了起来，从相框上取下照片对我说：'你要喜欢你就拿去好了，我可以再印一张。'我当时觉得有点儿不合适，也没想到会惹这么大的风波，不就是小时候的一张照片吗，有什么了不起的？"

吕宏的神气似乎有点儿紧张，听完了，不知为什么竟长长地松了口气，好像有什么东西使她放下心来，还微微笑了一下。她一定很少笑，所以她笑起来的时候还不如板着脸来得好看。她说："原来是这么回事，讲清楚了就好。好吧，再有人问，我帮你解释解释……"

我心里充满了对她的感激。

"在大学里交朋友，可一定要慎重再慎重啊，可挑选的人很多嘛……"

她温和地看了我一眼，匆匆走了。我从来没有看到过她的脸显得这么亲切。我心里忽然闪过一点儿什么，不由惶惶不安了。

"哎，吕宏，把那张照片还给我……"我在她背后喊。

"我替你保管吧，要不，你又得丢了！"她加快了脚步，敲打着像打铁叮当响的猪皮鞋后跟。

从身后的碎石路上，飞来一串银铃似的笑声。我一回头，不禁吓了一跳，岑朗和一群女同学，正说说笑笑地朝这儿走来，不过还没有看见我。我一闪身躲进了旁边的丁香树丛，等她们走过去了才钻出来。岑朗穿着一件碎花布连衣裙，套着一件浅灰的上衣，一双白色塑料凉鞋，我只望见了个背影。一群人中她的笑声最响最高。我干吗要躲避她呢？我问自己……

我同吕宏那一段对话中，无疑是故意"漏掉"了这样一个重要的事实，就是我在第一眼看见照片上的岑朗的时候，她那天真无邪的脸上那种深思的神情曾使我深深震惊。那一双闪闪发光的眼睛比海浪和水珠更清澈、明净。我不知那是一种什么东西在吸引我，我喜欢这张照片。她的容貌比之少年时代已改变了很多，但这双眼睛却依然那么明亮。

晚霞把校园里高大的杨树顶涂得一片金黄。她的背影隐匿到西番莲盛开的花坛后面去了，我多想看看她那双眼睛啊。究竟是什么时候开始，我在满天的繁星中注意到了这两颗晶亮的小星呢？

二

好像是去年的事了。粉碎"四人帮"后的第二个夏天，进校已半年多，老师指定我为班级学习委员、学生会干事。有一次上政治课，老师出了这样一个题："当前我们班级面临的主要矛盾是什么？"大多数同学都认为既然现阶段社会的主要矛盾是社会主义和资本主义、无产阶级和资产阶级的矛盾，那么我们面临的毫无疑问也是红与专的矛盾，是政治和业务的矛盾。持这种意见为首的是吕宏；她颇有雄辩的才能，论据、论证，一开口就滔滔不绝，思维清晰，逻辑缜密，大伙好像都被她说服了。她坐下以后，好久再没有人出来发言。我虽不太同意吕宏等人的观点，却慑于某种无形的压力，没有足够的勇气出来唱反调。政治老师眯着眼向大家扫视一遍，用一种满意的口气说："很好，今天大家谈得很好。通过讨论，统一思想……"

"老师！"忽然从右边角落里发出一个清脆好听的声音，带一点儿南方口音，"我想发言。"

所有的人都转身去看——原来是岑朗。

她坐在自己的座位上，大概因为突然下了决心，脸微微有点儿红。她穿一件淡绿色的衬衣，领子上镶着两道白色的尼龙花边。我发现我们的政治老师明显地皱了一下眉头。岑朗却丝毫没有在意，她那双清澈明亮的眼睛直直地盯着老师，那眼光明明白白地流露出一种自信的神气。

"……我想，大学是通向'四个现代化'的桥梁，有自己的特殊任务，这个任务就是培养人才。我们是带着强烈的求知欲望走进学校里来的，因此，我觉得是否应该这样认为，学校的主要矛盾就是获取知识和知识贫乏的矛盾……"

这段话似乎搅拌着硝、木炭和硫磺——带有爆炸性。全班同学都吃了一惊。当然，如果是在那个重大的理论问题得到基本澄清后的今天，她的话也许就不足为怪了。但岑朗这只爆竹却点得太早了。

"请大家肃静！"吕宏站起来，轻轻敲了一下桌子，"我认为岑朗提的问题应该很好展开讨论。比如说，学校里的主要矛盾同社会上的主要矛盾是什么关系？社会上的阶级斗争那么尖锐复杂，我们的校园里怎么就会那么平安无事？'四人帮'的流毒那么深，我们能离开阶级斗争去培养人才吗？"

她似乎胸有成竹，不慌不忙，语音铿锵有力。

课堂安静下来，大家又回过头去看岑朗，大概想看到她的窘相，她却若无其事地削着一支铅笔。忽然冲着吕宏，用一种挖苦的口气说："如果照你这样说，知识是可有可无的，人活着，吃饭，穿衣，都是为了阶级斗争啰！"

我止不住哈哈大笑起来，吕宏生气地看了我一眼。

幸亏这时下课铃响了，这场辩论到此为止，不了了之。吕宏阴沉着脸走出教室，追着老师屁股到办公室去了。

我真钦佩岑朗的勇气，也喜欢那种明白、简洁的表达方式。

一个艰深的问题，用她那种柔软的南方口音说出来，也变得浅显易懂了。我向别人悄悄打听她，才知道她也是依靠自学从农场考上来的，七〇届的知青。听说她还爱写点儿小诗，只是没有发表过。也有人说她并不是太用功的，早晨见她跑步，下午往往因午睡迟到，课外活动回回不落，晚上还要拉会儿手风琴。谁也说不准她的性格，两个不同的人会说出截然相反的印象来。她有时和大伙在一起混得很熟，有时又远远地离开大家，钻到不知什么地方去了……

暑假前公布政治考试成绩，她得了个不及格，我大吃一惊。

这天晚自习结束的时候，我分发政治卷子，偷偷在她卷子上扫了一眼，禁不住吓了一跳。有一道题就是上次那个"主要矛盾"问题，可她的回答除了坚持自己的观点、阐述得更详尽以外，还添了这样一段话："……既然社会主义消灭了剥削制度，所有制方面的改造已基本完成，那么为什么主要矛盾仍然是走社会主义道路和走资本主义道路的矛盾呢？我认为这个'主要矛盾'论是值得怀疑的……"

就为这道题，老师扣了她三十分。

教室是空荡荡的，只有她还呆呆地坐在那里，望着自己的卷子出神。我走到门边又站住了。

"岑朗，"我怯生生地说，"有些话自己心里想着就可以了，干吗往考试卷子上写，得个不及格，真犯不上。"

她一双眼睛瞅着她桌子角上贴着的那个普希金头像，好像那个普希金倒要比我更理解她似的。

"往卷子上写倒真是没有多大用处的。"她忽然说，"真没有用！"

她抓起卷子径自走了，连看也没看我一眼。

这次政治考试不及格，并没有怎样影响她的情绪。她顶多只沉默了两天，到第三天又开始在宿舍里拉起手风琴来了。她的手风琴确实拉得不错，配上她清脆的声音伴唱，悠扬动人。那从女宿舍飞出来的琴声和歌声，就像充满着青春活力的溪流，从悬崖峡谷间，从开满灿烂野花的草原上，快乐地激情地奔流在大地的怀抱中……

可是这琴声、歌声，也刺痛了我这个学习委员的心。不及格——莫非她是那样不看重自己的名誉，也不怕别人议论她么？

北方的夏天是一年中最好的季节。大地生气勃勃，蓝天也不像冬季那么空寂，而是挤满了千姿百态的云朵。现在回想起关于她的记忆，竟都是夏天留下的。

第二学期开学的时候，我们班级到太阳岛去搞了一次活动。

其中有一项在树林子里联欢，每人出一个节目，岑朗用手风琴给表演唱歌的人伴奏。轮到我们班长时，大伙起哄要他唱歌。

他憋了半天，说他可以唱一首《小小竹排》，岑朗一听马上叫起来："哎呀，耳朵都听出茧子来了，我可不给你伴奏！"

他很尴尬，抓着头皮，下不来台了。

"你唱《山楂树》吧，我听见你哼过。"岑朗又起劲地鼓动。看来她是很喜欢这首歌的。她拉起了手风琴，眼睛也发亮了。

"什么山楂树？"吕宏大声问道，"哪个民族的？"

"苏联的！"

"那你先把歌词念一遍。"吕宏说。

"别多此一举了，唱起来不就听见了吗？"岑朗咯咯笑起来，不由分说地拉起了前奏。那位班长向众人求救，都是鼓励的眼光。他犹豫了一下，终于还是唱了。岑朗快活地仰着脸拉琴，故意冲着吕宏。唱到第三段的时候，他背不下来词。岑朗竟然放开嗓子和着他一块儿唱了起来。那优美动听的音乐回旋在林子上空，引来不少游人：

白天车间见面我们多亲密，可是晚上相会却沉默不语。

夏天晚上的星星瞧着他们两人，却不告诉我他们俩谁最可亲。

事过后，班上不少人对岑朗有议论，说她太过分了，竟和男同学一块儿唱情歌，一定是对那位班长有点儿意思；有的女同学也很看不惯她，说她老和男同学在一起。到了秋天以后，关于她的流言就越发多起来。我悄悄凝视她，觉得那明澈的眼睛里包含了越来越多的内容。

究竟是从什么时候开始我注意到了她，怎么说得清呢？

三

"照片事件"发生后，没过几天，果然是满城风雨。我到食堂打饭，总有人在背后指指点点，在主楼碰到外系的同学，也会有人神秘地眨着眼向我"逼供"，好像我干了一件什么见不得人的事，真令人费解！有一个"好心人"对我说，岑朗把一张少女时代的照片送给男同学，是别有用心的，气得我真想揍他一顿。即使有人气不过为我辩护，也只不过是解释，解释……幸亏这些日子没有球赛，否则我就会变成动物园展览的大猩猩了。

我开始躲着岑朗，免生嫌疑。上课的时候尽量做到目不斜视，晚上早早回到宿舍看书，这倒不是为我而是为她好。这种舆论对于一个女孩子总是很不利的。不过在心里，我觉得自己有点儿做"贼"心虚……

有一天傍晚，打了下课铃，我最后一个从图书馆出来，刚冲下台阶，见对面小路上徘徊着一个女同学，我的心一跳，扭身就走。

"哎，梁一波，我就等你呢！"她跑上来，是岑朗。

我站住了，低头用脚尖踢着路上的方砖。

"我想找你谈谈。"她说。

"有什么……好、好谈的……"

"好多事，一下子也讲不清。吃过晚饭，你在校门口等我好不好？"

我吓了一大跳，慌乱地抬起头，偏偏同她的眼光相遇了。那双晶亮的眼睛坦率而勇敢，简直不可抗拒。难道你能拒绝这样一双满怀希望的眼睛吗？我稀里糊涂地点了点头。

她像一只轻捷的小鸟一样飞走了。她刚一走，我就后悔了。晚上，校门口——这不明明是约会吗？万一让人看见还讲得清楚？她怎么敢？到底有什么事呢？对了，一定是想把那张照片要回去，可是照片还在吕宏的手里哩！

我没吃晚饭，匆匆去找吕宏，却没找到她。眼看时间到了，校园里弥漫着傍晚的暮霭，在夕阳中冉冉飘浮。这朦胧而淡薄的烟雾真使人觉得压抑和郁闷……

我装作去教室，背着书包向大门口走去。才走几步，又折回来了，脚步竟是这样沉重。无论如何，我还是不去为好。可是，难道让她在那儿白等吗？不不，那样她会笑话我的。我经过激烈的思想斗争，还是决定去。到了校门口，却不见她的影子。我正看表，冷不防从身后的那棵老榆树后面钻出个人来。

"哈哈，你到底来了。是我主动请你的，你怕什么？"

我苦笑了一下。

"走走吧。"她说。

我心想：她如果向我要回照片，我就说忘带了，明天还她。当然肯定会还她的，请她放心。但千万不能让她知道在吕宏那儿。

她安静地走着，塑料底凉鞋无声地踩着散发着余热的街面，好像并不想说话。我偷眼瞧她，见她薄薄的嘴唇微微向两边翘着，似乎漾着一片嘲讽的笑意。

"你觉得，学校里最近的空气怎么样？"她终于开口了。当然，是在拐弯抹角。

"不怎么样。"我瓮声瓮气地答道，"这还用问我？你自己没觉得不自在？"

"这些天，我总在想，我们有没有办法改变它呢？哪怕是一点儿……"

"改变？……除非，除非你当着大伙儿的面，把那张照片要回去，我们从此不再说一句话！"

她吃惊地眨了几下眼睛，忽然咯咯笑起来，她笑得那么开心，眉毛跳动着，露出洁白的牙齿。那嘴边的嘲讽越发明显了："你呀……嘿……真不愧为……学习委员……"

"笑什么？"我有些恼火。

她好容易止住了笑，靠近我一点儿，轻声说："我的意思是说，这几个月来，系里的空气始终有点儿沉闷，我想我们应该组织一个文学社，交换一些想法，互相讨论习作。许多大学早就办起来了。瞧这寒冷的东北，现在也算是夏天……哼！"

真没想到她突然提出这样一个问题，我愣住了。

"我们女生有三四个想法比较一致的人，想再找几个男生，一块儿商量，可以办个墙报，刊名就叫《五味子》。"

"什么，《五味子》？"

"对呀，五味子可以治疗神经衰弱，现在神经衰弱的人太多了，有的心悸，有的怔忡，有的神经过敏，有的头昏目眩……你说是不是？"

我恍然大悟，明白她今天找我的意思了。说实话，创办文学社是我一直向往的一件事。三月初刚开学时吵嚷过一阵，但后来无形之中又归于沉寂。作为一个学习委员，我不认为正规的、刻板的教科书是唯一的学习内容，我赞成在课堂听讲之外，提倡同学之间广泛的自由探讨。在我们中文系成立一个文学社，这真是个吸引人的主意。

我们兴致勃勃地谈起文学来。好像文学有一种魔力，把我们拉到另一个幻想的世界，以至我完全忘记了自己约会前的种种顾虑。我对她说，我很希望自己将来成为一个萧伯纳式的剧作家，我的剧本上演的时候，我可以每天都去剧院看戏。我也希望当一个别林斯基式的文学评论家，给我们伟大的文学指引前进的道路。至于普希金，我是不喜欢的，他太偏执，太锋利……没想到就在这一点上，我和她发生了激烈争执。她愤然地涨红了脸，固执地坚持自己的意见。她高声反驳，引得路上的行人都惊讶地注意我们了。

"……一个诗人能引起沙皇政府那样巨大的恐慌，他是一个真正的诗人！他不肯忍受屈辱而愿决斗而死，这才是普希金！"

我不吭气了，让她去喜欢她的普希金吧。她还仅仅只是喜欢，就已经有些人不喜欢她了！不过，跟她谈话真是一件很有趣味的事情。她不像我，杂七杂八的，什么都知道一点儿皮毛；她不说则已，一说则必有自己的看法。不一致的，她决不附和，有时简直咄咄逼人……

朦胧的暮色中，前面出现了一尊塔形的石碑，最后一线夕阳在它顶上跳动，清晰地勾勒出一组健美的劳动者的浮雕轮廓，喷泉在它脚下撒落了满池珍珠，在那宽阔的广场上，二十根环形圆柱后面露出一片隐隐约约的沙滩。

"哦？松花江！"岑朗喊起来，欢喜地向它奔去。

星星出来了，一颗、两颗、三颗……它不是从天幕上露出来，而是从大江里跳上来的。于是傍晚的松花江，像一条嵌花的闪光的银链，静静地垂挂在这一片浩瀚的沙滩裸露的胸前。晚风拍打着波涛，那柔和的水声，像有谁抖动着银链，铮铮作响。沙滩温暖而松软，像母亲的怀抱。倘若倒在沙滩上，呼吸着那清凉而微带一点儿腥味的水汽，仰望那湛蓝深远的天空，一定会勾起无数儿时的梦幻。

"夜晚的松花江真美……"我脱口而出。我怀疑我们是否走到一个神话里来了。

岑朗斜卧在离我不远的沙滩上，黑暗中只看见她的白裙子在闪亮。她微微叹息了一声，用一种我从未听见过的忧郁声调说："黑暗把一切都遮盖了，所以你会觉得它美。天亮以后你才会发现它的缺陷，……月亮和星光太微弱了，假如我们有一双能穿透黑夜的眼睛那该有多好……"

我说："白天的松花江也是美的，在太阳照耀下一道闪光的金链。"

"我实在不喜欢这种比喻。"她不客气地打断我，"难道我们周围那种无形的锁链和束缚还少吗？你说'四个现代化'意味着什么？我说它意味着创造一种新的生活，在这种新的生活中，人们将从传统的旧思想、旧观念中解放出来。我总认为，一个现代化的社会就应该为人的个性的全面发展创造条件，改造社会的目的全为了人。马克思的哲学就曾对西方的工业化的发展，使人失去个性以及把人变成自动机器的现象，提出了抗议……"

从来没有人这样对我谈论"四个现代化"，也从来没有一个姑娘这样深深地打动着我的心。她说出了在我脑子里闪过一百遍而不敢说出来的话。

"梁一波，"她忽然叫了我一声，声音有些异样，她走过来，在我对面坐下了，"我常常觉得你很像一个人。"

"谁？"

"你猜。"

"我猜不着。"

"呵，对了，你有妹妹吗？"

"有一个。不过，我们常常吵嘴。她喜欢穿喇叭裤……"

"是吗？这也值得吵？喇叭裤并不难看。"

"她，她还爱跳舞……"

"可惜我不会，要是我有很多时间，我也去跳。"

我尴尬地笑了笑。这个岑朗，要让吕宏听见这些话，那又会怎样？我只好问："你说我到底像谁呀？"

"像……像我哥哥。"

"哥哥？他在哪儿？"

"他？……他死了，在宁夏插队，一次马车翻了，轧死的……"

"呵，那他，他……"我不知该说什么好。

"……他读过很多书，我们很谈得来……假如他活着，他一定会告诉我应该怎样去创造新的生活。你的脸形、额头都像他，今天我突然觉得特别想他，真想找一个人谈谈心里话……可惜现在我看不见你的脸……"

我的心被一种深深的失望充满了。她之所以注意到我，既不因为我是党员，也不因为我是学生会的干部——那些容易引起一般姑娘好感的因素，而仅仅只因为我像她哥哥！真的，过去我脑子里怎么会有那些对她的无聊、浅薄的猜测？幸亏她看不见我的脸。我脸红，我感到一种莫名的悲哀……

回去的路上，我们好像都被什么东西苦恼着，谁也没有说话。快到校门口的时候，我忽然又想起那张照片来，她为什么对它一直闭口不谈？不好意思吗？

"岑朗，"我下决心提醒她，"你的那张照片……我一定还，还给你……你别着急。"

"照片？"她用一种漫不经心的口吻说道，"就是穿游泳衣那张吗？还给我干什么？"

"还了你……省得让人……议论……"

"我不在乎！"她好像轻轻跺了跺脚，"吕宏拿着它到处让人传看，都传到七八级去了，还说是你让保管的，我不信！她既然那么感兴趣！让她们去看好了……"

"吕宏真是那么说的吗？"我打了一个寒战，好像在暗夜的一道闪电中，见到了一个阴森的黑影。

"人家告诉我的，我想也许不会吧！"岑朗随口说着，急速的步子消失在主楼的大厅里了。

我满腹狐疑。吕宏她？总还不至于……

四

我被一片强烈的白光射醒了。北方夏天的早晨，来得总是这样性急。

一夜没睡好……因为我看见了自己的浅薄与无知，这不是什么愉快的事。假如植物的绿叶可以对大自然中混浊的空气起到净化的作用，我们的浅薄与蒙昧，又怎样才能变得丰富和聪明起来呢？

我终于睡不着了，起床走到操场上去。可是早晨的空气却不如我想象的那么清新，四处有烟囱冒出来的烟灰飞扬……

"昨天晚上你到哪儿去了？"

忽然有一个冷冰冰的声音在我背后说。听这声音我就知道是谁。

"没到哪儿去。"我心跳了。为什么在她面前我竟有一种犯罪的感觉。

"主楼教室没有，宿舍没有，图书馆没有，还能到哪儿去呢？要开支部会，害我好找。九点三刻进校门，不是一个，而是一双！我没弄错吧？"

世界上总是有人喜欢管闲事的，否则文学作品就该越来越单调啦。

"我嘛，到我愿去的地方去了。"我望着操场上那条像铁链一样的跑道，说。

"……真没想到……真没想到……梁一波同学，你会做出这样的事情！"她显出一种很难过的神情。

"我究竟做了什么事情啦，要你这样操心！"我有点儿按捺不住了。

"你难道真的就这么糊涂，你不知道她是什么人吗？"

"她……她是什么人？"自然，她指的是岑朗。

"她从来不按时就寝，总是很晚才回宿舍……这好吗？"

"……"我记得一个女同学说过，岑朗晚上常在教室里看书，老忘了时间。

"她的信件全班最多，社交极广，什么人都给她写信，这好吗？"

"……"这么说，谁要是与别人"老死不相往来"，就是全世界第一大好人啰？

"这些你都知道吗？"

"知道。"

"既然这样，你就应该明白，我们的责任，是很好地帮助教育她，而你……"

"那么谁来帮助教育我们呢？"我歪着头问了一句。

她的脸略微有些发白，咬着嘴唇。

"……本来我不应该告诉你，但我想告诉你一下还是有好处的。"她把手放在腰后，在原地踱了几步，神情很庄严，"我原来在农场的时候，有一个青年指导员给我写信，表示了那种意思。我就毫不犹豫地把信交给组织上了。"

我吓了一跳。

"她……没给你写过什么信吗？"她突然问。

我摇摇头，真遗憾，岑朗为什么没给我写信呢？

她盯住我看了一会儿，好像要看出我眼睛里面究竟有没有一封信。她好像有满腹忠言要劝告我，有许多她的和别人的秘诀要给我传授。她的脸是虔诚而无可怀疑的。如果有人看到她的表情，一定会认为她马上就要把自己的心都掏给你了……可是不巧，早自习的铃声响了。

"你把岑朗的那张照片还给我吧。"我终于这样说。

"还你？不，还是暂时留在我这里的好。你自己考虑后果吧，梁一波，现在还来得及。你是个党员，又是干部，凡事要注意影响。……"她忽然扭捏起来，"……当然，组织上也不是一概反对男女同学交朋友，现在也不是'四人帮'那时候了。只是应该慎重，再慎重，注意自己的选择标准……"

打二遍铃了。无奈，她对我的"灵魂的洗礼"只得暂时终止。在走向课堂的路上，我一直想着"标准"两个字。是的，她说得并不错。标准，每个人都有自己的标准。可是怎样弄清这个标准呢？我们是在苦难的祖国遭受极"左"路线荼毒以后的第一批大学生，我们十分懂得珍惜自己大学生的荣誉，珍重祖国"四个现代化"的前途。正因为这样，我们才要用自己的脑子思考。就像月见草要在夜晚散发芳香，得经过长长的一个白天的积蓄和酝酿……

北国的夏天是生机蓬勃的季节。阳光照例在半夜催开牵牛花的喇叭。几天以后，我和岑朗，还有六七个同学办起了一个《仲夏》文学社，编写了一个文学墙报。第一期出版后，反映非常强烈；我们在平静的生活中投下几颗石子，引起了荡漾的涟漪，这真是一种喜悦。四周没人的时候，我会站在那儿久久地、一遍遍地读着岑朗的小诗，这时候我眼前就会出现她高高仰起的脸上、眉毛上那副坦然的神色，好像在说："让他们去说好了！"

　　偶尔碰到吕宏，她不再同我说什么了，只是冲我微微一笑，后来听说她叫人来抄过《仲夏》上的几篇文章。谢天谢地，总还有人关心我们。我知道吕宏这个人，她一向是关心他人比关心自己为重的。

　　学校花圃水池里一株睡莲开了，去年睡莲开的时候就快放暑假了。暑假前要评选"三好"学生，今年也一样。那几天，班上的空气突然紧张起来。下了课，总有人三三两两聚在一起谈什么，大概是酝酿候选人吧。

　　岑朗各科的考试成绩都很好。大概是学乖了，政治考了九十，其余都是九十五以上，全班总分她是第三名。我听见她在教室里嚷嚷："神了，瞎碰碰上的吧！我可不想让分数牵着自己走！"

　　有人悄悄问我，岑朗够不够"三好"？把我问住了。细想起来，她有哪一条不够呢？但我总觉得她是不会当选的。"三好"——假定这是一个三角形的框子，而岑朗这个人，却是多边形的……

　　就在班级评选的前一天，发生了两件事，都是关于岑朗的。一是省报的文艺副刊上，发表了她写松花江的一首短诗，二是她给《人民日报》的一封信，被寄回了学校。两件事，似乎都非同寻常，全系舆论好一阵哗然，毁誉参半。吕宏捧着那张省报，脸色阴沉得出奇。去年有个同学在《光明日报》上发表一篇散文时，她的表情就是这样。是嫉妒还是气恼？只有她自己知道。

　　第二天下午，全班根据各小组提议的名单进行无记名投票表决。吕宏拿着几张候选人名单走上讲台。听到她念到我，我的心跳了跳，最后一个居然是岑朗，我也心跳了。

　　"但是表决之前，支部和班委认为应该让大家统一思想，明确目的。"

她说，"首先要搞清'三好'的标准。"

下面就是她的演说词：

"……比如有的同学，看起来似乎各方面都不错，但实际上，最最重要的'德'的方面，怎么样呢？她屡次违反学校的规章制度，自由散漫。大家都知道，她的课桌上贴着谁的画像？这不是很说明问题吗？举一个例子，她刚刚被退回的一封给党报的信中，竟然坚持自己的错误观点，说在社会主义社会里，连无产阶级同资产阶级的矛盾也不存在了！这是何等值得注意的倾向！"

"我没有说矛盾不存在。"岑朗在座位上平静地打断她，"我是说不应是主要矛盾。"

"再举一个例子。"吕宏根本不理她，继续说，"她发表的那首诗，得到谁的批准了呢？那上面写着怎样乱七八糟的句子，我可以给你们念一下：'松花江，你载负着太重的记忆，所以流得这样缓慢；倘若将你一江的泥沙撂下，你就能流得欢畅。'请问：松花江怎么会有太重的记忆？怎么能够撂下一江的泥沙？这是指的什么？"

"这是比喻……"岑朗忍着笑解释说。

"谦虚点儿。"班长严厉地看着她。

"至于她在《仲夏》墙报上写的那些玩意儿，反正大家都已经看到，今天不一一列举。最严重的是，她经常唱一些情调不太健康的歌。这只能说明一个人……"

"我同意吕宏的意见，对这种不正之风应该整顿！"体育委员突然高声叫起来，"现在竟然还有人提名让她当'三好'，我们能要这样的'三好'生吗？"

我昏昏然望着吕宏，不知所措。她和那个班委脸上都洋溢着一种胜利者的骄傲。我突然明白：这几天他们躲着我，原来是为了这个……

"更为严重的是，岑朗经常夜不归宿，和社会上一些流里流气的男青年混在一起，谈情说爱，耽误功课，妨碍学习，照片一事是人所共知的明证。事情发生后，她仍拒不接受组织的帮助，竟然诱惑男同学和她私自外出……"

"造谣！"岑朗站起来，气得声音都变了，"你诬陷人！"

"谁诬陷你了?"吕宏也丝毫不退让,"别以为现在还是去年寒假那时候,你应该清醒一点儿。"

"你也该清醒一点儿!"岑朗说,那双明亮的眼睛里交织着痛苦、气愤、焦急,却没有怯弱,"当然,也早不是五月份那时候了,早过了夏至,是仲夏了,你懂不懂?"

"你能证明自己清白?"吕宏继续提出挑战。

"……"岑朗用眼角扫了扫人群,明明看见了我,却把眼光挪开了。

"我们能证明!"后排有几个女同学说。

"不用了。"我站起来,大步走到讲台上去,"一个月前,我约过岑朗出去散步,在沙滩上坐了一小时零十分钟,谈《仲夏》文学社的事。我们宿舍的人可以证明。我想,我至少不是被诱惑,而是主动自愿的。"

"你……"岑朗愣住了。她很快转身走了出去。

教室里顿时人声鼎沸,议论纷纷,简直比分电影票还热闹。吕宏敲着黑板,也无济于事。趁着哄乱,我也悄悄溜了出来。反正,我这"三好"学生也肯定是当不成了。

刚出大楼,看见岑朗拎着一只尼龙丝口袋,里头好像装着一件游泳衣,向大门口急急走去。我匆匆随后追上,她已跳上了前面一辆电车。没错,她是到江边去了。

五

松花江金色的沙滩,宽阔而平坦。风在上面吹起波浪似的皱纹,甩手无边地向远方延伸。游泳者矫健的脚步,在靠近江滩精致秀美的波纹上,印下了一长串纷乱的图案。人们有躺的,有卧的,有坐的,有刚从水里走上来的,扑倒在温暖的沙滩上,滚了一身细沙……

我在沙滩上寻找岑朗。老实说,这比大海捞针还难。夏日的松花江沙滩,好像一个天然的海滨浴场,人山人海。然而我真喜欢松花江的气魄,它给一切人自由和快乐,只要你来到它的怀抱里,它从来都是慷慨大方的。我在这大江边长大,这金色的沙砾里,留下了多少儿时的梦呢?奇怪的是现在无论我怎样努力,都再也想不起来,眼前只剩下那天夜里的沙滩上，她那星星似的眼睛……

我为什么要到这儿来找她？难道那礁石上的身影刻在我心头的烙印还不够深吗？沙滩、江水、少女……到底是什么在吸引着我呢？也许什么都不是，吸引我的只是一个有特点、有自己鲜明个性的女孩。

天空聚拢一堆乌云，江上吹起阵阵凉风，夏季的阵雨马上就要来了。霎时，沙滩上的人已所剩无几。波涛起伏的江面上，游船都已纷纷靠岸，等待暴风雨的袭来。

我呆立着，待铜钱大的雨点，噼里啪啦打在头上，才知道雨头已经到达。我跑了几步，又回头向江上望去。非常意外，在烟雨笼罩的江面上，我竟然发现了一个忽隐忽现的小红点。这个小红点在茫茫的江面上下浮沉，使我闪过有人遇险的念头。我甩掉鞋，脱下衣裤，不顾一切地跳进江里，向那个小红点奋力游去。雨花、水浪打得我睁不开眼，还呛了几口水。我奇怪那小红点为什么始终不见沉没。我劈波斩浪地靠近小红点，瞅准一个机会，一伸手就把那顶小红帽抓住。

"哟，干什么？干……"我忽然听到一个熟悉的声音叫起来。

小红帽在我手下猛地挣脱了，一个姑娘的脑袋钻出了水面——啊，怎么是她——我要找的岑朗！

惊喜而忘情的笑声震动了江面，我们高兴得拼命扑打着对方，忘乎所以地靠在一起，差点儿忘了这是在江里。

"你知道吗？下雨的时候，游泳特别好玩儿！"她喘息，大声喊道，"你躲在水底下……听雨点叮咚叮咚打在头上，没有比这更妙的音乐了……"

我更大声地喊道："……江上音乐会，不用门票，没有乐手，太棒啦！"

雨停了，天边露出了橙黄色的云朵和蔚蓝色的天空。阳光从云层中钻出来了。大江变成金色的，又和沙滩连成一体……

我们肩并肩向岸边游去。岑朗那雪白的手臂有节奏地拍打着水面，游起层层浪花，好像划破了缎子似的江面，击折了一条漂亮的链子。

我们钻出水面，踏上沙滩，浑身上下淌着水，却觉得说不出的快活。我用一只脚在沙滩上跳着，侧着头甩着耳朵里的水。

忽然瞥见了不远处已经重新支起阳伞、挂上牌子的风景照服务处。

"岑朗!"我兴奋地叫道,向一个迎面走来挎照相机的中年人努努嘴,说,"来一张,怎么样?"

她正在做操,低头看了看自己,仰脸冲我笑了笑:"就这个样子?——又是游泳衣!"

"我就要这个样子的!"我说。走过去,一只手搭在她的肩上。她那时正拽着那顶红色的游泳帽,露出湿漉漉的头发,对我这大胆的举动似乎无动于衷。她冲镜头嫣然一笑,快门响了。

我心里想:照片洗出来后,一定要放大一张,送给吕宏。

我们光着脚,在洁净的沙滩上走着。刚才那些杂乱的脚印,全让一阵大雨冲得无影无踪……

"岑朗!"我下定决心叫了她一声。我自己也听得出来,那声音"跑调了","我,我要同你说一句话。"

"你说好了。"

"你知道我要说什么?"

"我怎么会知道?"

"你知道的。"

"不,我不知道……"她固执地扭过脸去。

"好吧,"我停住了脚步,站在她面前,大胆地看着她的眼睛,说,"你真的不知道,我就说出来了……"

她有点儿慌乱地抬起头来,摇落了头发上淌下来的水珠,晶亮地挂在眉毛和睫毛上,又洒落到她的胸前。她很久地望着我,那清澈的眼睛里充满了一种深深的了解和信任。

"我……我要……"我结巴起来。

"不,"她忽然仰起脖子,急切地打断我,"不要说,真的不要说,什么也别说……到秋天,自然会结果……而夏天,夏天是生长的季节,一切都欣欣向荣……还是让它自由生长,让它生长吧!"

我紧紧握住了她的手。

无论如何,我是喜欢夏天的,让夏天更繁茂、更舒畅、更热烈些吧!

《人民文学》1980年5期

乡场上

何士光

在我们梨花屯乡场，这条乌蒙山乡里的小街上，冯幺爸，这个四十多岁的、高高大大的汉子，是一个出了名的醉鬼，一个破产了的、顶没价值的庄稼人。这些年来，只有鬼才知道，一年三百六十五天，他是怎样过来的，在乡场上不值一提。现在呢，却不知道被人把他从哪儿找来，咧着嘴笑着，站在两个女人的中间，等候大队支书问话，为两个女人的纠纷做见证，一时间变得像一个宝贝似的，这就引人好笑得不行！

"冯幺爸！刚才，吃早饭——就是小学放早学的时候，你是不是牵着牛从场口走过？"

支书曹福贵这样问。事情是在乡场上发生的，那么当然，找他这个支书也行，找乡场上的宋书记也行，裁决一回是应该的；但所有在场的人没有一个不明白，曹支书是偏袒罗二娘这一方的。别看这位年纪和冯幺爸不相上下的支书，也是一副庄稼人模样，穿着对襟衣裳，包着一圈白布帕，他呀，板眼深沉得很！——梨花屯就这么一条一眼就能望穿的小街，人们在这儿聚族而居似的，谁还不清楚谁的底细？

冯幺爸眨着眼，伸手搔着乱蓬蓬的头发，像平时那样嬉皮笑脸的，说："一条街上住着，吵哪样哟！"

人们哄的一声笑了。这时正逢早饭过后的一刻空闲，小小的街子上已聚着差不多半条街的人，好比一粒石子就能惊动一个水塘，搅乱那些仿佛一动不动的倒影一样，乡场上的一点点事情，都会引起大家的关心。这一半是因为街太小，事情往往说不定和自己有牵连，一半呢，乡场上可让人们一看的东西，也确实太少！这冯幺爸不明明在要花招？他做证，就未必会是好见证！

"哎——！你说，走过没有！"

"你是说……吃早饭?"

"放早饭学的时候！"

"唔，牵着牛?"

"是呀！"

他又伸手摸他的头，自己也不由得好笑起来，咧着那大嘴，好像他害羞，这就又引起一阵笑声。

这时候，他身旁那个矮胖的女人，就是罗二娘，冷笑起来了——她这是向着她对面那个瘦弱的女人来的，说："冯幺爸，别人硬说你当时在场，全看见的呀！——看见我罗家的人下贱，连别人两分钱的东西也眼红，该打……"

这女人一开口，冯幺爸带来的快活的气氛就淡薄了，大家又把事情记起来，变得烦闷。这些年来，一听见她的声音，人们的心里就像被雨水湿透了的，只留下包谷残梗的田野那样抑郁、寂寥。你看她那妇人家的样子，又邋遢又好笑是不是? 三十多岁，头发和脸好像从来也没有洗过，两件灯芯绒衣裳叠着穿在一起，上面有好些油迹，换一个场合肯定要贻笑大方；但谁知道呢，在这儿，在梨花屯乡场上，她却仿佛一个贵妇人了，因为她男人是乡场上食品购销站的会计，是一个卖肉的……没有人相信那瘦弱的女人，或是她的娃儿，敢招惹这罗家。她男人任老大，在乡场的小学校里教书，是一位多年的、老实巴交的民办教师，同罗家咋相比呢? 大家才从乡场上那些凄凉的日子里过来，都知道这小街上的宠辱对这两个女人是怎样的不同——这虽说像噩梦一样怪诞，却又如石头一样真实——知道明明是罗二娘在欺侮人，因此都为任老大女人不平和担心……

"请你说一句好话，冯幺爸！我那娃儿，实在是没有……"

任老大女人怯生生地望着冯幺爸，恳求他。苦命的女人嫁给一个教书的，在乡场上从来都做不起人。一身衣裳，就和她家那间愁苦地立在场口的房子一样，总是补缀不尽；一张脸也憔悴得只见一个尖尖的下巴和着一双黯淡无光的大眼睛。她从来就孱弱，本分，如其不是万分不得已，是不会牵扯冯幺爸的。

罗二娘一下子就把话接过来了："没有！——没有把人打够是不是？我罗家的娃儿，在这街上就抬不起头？……呸！除非狗都不啃骨头了，还差不多！——你呀，你差得远……"

她早就这样在任老大家门前骂了半天。这个女人一天若是不骂街，就好像失了体面。她要任老大女人领娃娃去找乡场上那个医生，去开处方，去付药费，要是在梨花屯医不好，就上县城，上地区，上省！她那妇人家的心肠，是动辄就要整治人。这不能说不毒辣；果真这样，事情就大了，穷女人咋经得起？

"吵，是吵不出一个名堂来的，罗二娘！"曹支书止住了她，不慌不忙地说。他当然比罗二娘有算计。他说，"既然任老大家说冯幺爸在场，就还是让冯幺爸来说；事情搞清楚了，解决起来就容易了。——冯幺爸，你说！"

"今天早上呢，"冯幺爸有些慌了，说，"我倒是在犁田……今年是责任田！"

他又咧了咧嘴，想笑，但没有笑出来。

看样子，他当时是在场的，他是不敢说。本来，作为一个庄稼人，这些年来，撇开表面的恭维不说，在这乡场上就低人一等；他呢，偏偏又还比谁都更无出息。他有女人，有大小六个娃儿，做活路却不在意。"做哪样哟！"他惯常是摇头晃脑地说，"做，不做，还不是差不多？——就收那么几颗，不够鸦雀啄的；除了这样粮，又除那样粮，到头来还不是和我冯幺爸一样精打光？"他无心做活路，又没别的手艺，猪儿生意啦，赶场天转手倒卖啦，他不仅没有本钱，还说那是"伤天害理"。到秋天，分了那么一点点，他还要卖这么一升两升，打一斤酒，分一半猪杂碎，大醉酩酊地喝一回。"怎么？"他反问规劝他的人说，"只有你们才行？我冯幺爸就不是人，只该喝清水？"一醉，就唏唏嘘嘘地哭；醒了，又依旧嬉皮笑脸的。还不到春天，就缠着曹支书要回销粮；以后呢，就涎着脸找人接济，借半升包谷，或是一碗碎米。他给你跑腿，给你抬病人，比方罗二娘家请客的时候，他就去搬桌凳，然后就在那儿吃一顿。他要伸手，要求告人，他咋敢随便得罪人呢？罗二娘这尊神，他得罪不起；但要害任老大这样可怜的人，一个人若不是丧尽天良，也就未必忍心。一时间，你叫他选哪一头好呢？

"你在，就说你在。"曹支书正告他说，"如若不在，就不说在！"

"我……倒是犁田回来……"

"哟，冯幺爸，"罗二娘叫起来，"你真在？那就好得很！——你说，你真看见了？真像任家说的那样？"

冯幺爸其实还没有说他在，这罗二娘就受不住了，一步向冯幺爸逼过来。她才不相信这个冯幺爸敢不站在她这一边呢！在她的眼里，冯幺爸在乡场上不过像一条狗，只有朝她摇尾巴的份。有一次，给了他一挂猪肠子，他不是半夜三更也肯下乡去扶她喝醉了酒的男人？冷天不是她亲自打发人去找他来的？漫说只是要他打一回圆场，就是要他去咬人，也不过是几斤骨头的生意——安排一个娃儿进工厂，不也才半条猪的买卖？这个冯幺爸算老几呢？

冯幺爸忙说："我是说……"

……唉，他确实是不敢说，这多叫人烦闷啊！

人们同情冯幺爸了。你以为，得罪罗二娘，就只是得罪她一家是不是？要只是这样，好像也就不需要太多的勇气了；不，事情远远不这样简单呢！你得罪了一尊神，也就是对所有的神明的不敬；得罪了姓罗的一家，也就得罪了梨花屯整个的上层！瞧，我们这乡场，是这样的狭小、偏僻、边远，四下里是漠漠的水田，不远的地方就横着大山青黛的脊梁，但对于我们梨花屯的男男女女来说，这仿佛就是整个的人世：比方说，要是你没有从街上那爿唯一的店子里买好半瓶煤油、一块肥皂，那你就不用指望再到哪儿去弄到了！……但是，如果你得罪了罗二娘的话，你就会发觉商店的老陈也会对你冷冷的，于是你夜里会没有光亮，也不知道该用些什么来洗你的衣裳；更不要说，在二月里，曹支书还会一笔勾掉该发给你的回销粮，使你难度春荒；你慌慌张张地，想在第二天去找一找乡场上那位姓宋的书记，但就在当晚，你无意中听人说起，宋书记刚用麻袋不知从罗二娘家里装走了什么东西！……不，这小小的乡场，好似由这些各执一股的人儿合股经营的，好多叫你意想不到、叫你一筹莫展的事情还在后头呢！那么，你还要不要在这儿过下去？这是你想离开也无法离开的乡土，你的儿辈晚生多半也还得在这儿生长，你又怎样呢？……许多顶天立地的好汉，不也一时间在几个鬼蜮的面前忍气吞声？

既如此，在这小小的乡场上，我们也难苛求他冯幺爸，说他没骨气……

罗二娘哼了一声："就看你说……"

冯幺爸艰难地笑着，真慌张了，空长成一条堂堂的汉子，在一个女人的眼光的威逼下，竟是这样气馁，像小姑娘一样扭捏。他换了一回脚，站好，仿佛原来那样子妨碍他似的，但也还是说不出话来。这正是春日载阳、有鸣仓庚的好天气，阳光把乡场照得明晃晃的，他好像热得厉害，耳鬓有一股细细的汗水，顺着他又方又宽的脸腮淌下来……

罗二娘不耐烦了："是好是歹，你倒是说一句话呀！……照你这样子，好像还真是姓罗的不是？"

"冯幺爸！"曹支书这时已卷好了一支叶子烟，点燃了，上前一步说，"说你在场，这是任家的娃儿说出来的。你真在场，就说在场；要是不在，就说不在！就是说，要向人民负责：对任老大家，你要负责；对罗二娘呢，你当然也要负责！——你听清楚了？"

曹支书说话是很懂得一点儿分寸的，但正是因为有分寸，人们也就不会听不出来，这是暗示，是不露声色地向冯幺爸施加压力。冯幺爸又换了一回脚，越来越不知道怎样站才好了。

这样下去，事情难免要弄坏的。出于不平，人们有些耐不住了，一句两句地岔起话来：

"冯幺爸，你就说！"

"这有好大一回事？说说有哪样要紧？"

"说就说嘛，说了好去做活路，春工忙忙的……"

这当然也和曹支书一样，说得很有分寸，但这人心所向，对冯幺爸同样也是压力。

再推挪，是过不去的了。冯幺爸干脆不开口，不知怎样一来，竟叹了一口气，往旁边走了几步，在一处房檐下蹲下来，抱着双手，闷着，眼光直愣愣的。往常他也老像这样蹲在门前晒太阳，那就眯着眼，甜甜美美的；今天呢，却实在一点也不惬意，仿佛是一个终于被人找到了的欠账的人，该当场拿出来的数目是偌大一笔，而他有的又不过是空手一双，只好耸着两个肩头任人发落了……唉，一个人千万别落到这步田地，无非是景况不如人罢了，就一点小事也如负重载，一句真话也说不起！

小小的街头一时间沉寂了；只见乡场的上空正划过去一朵圆圆的白云；燕子低飞着，不住地啁啾……远处还清楚地传来一声声布谷鸟的啼叫。

　　稍一停，罗二娘就扯开嗓子骂起来。这回她是冒火了。即便冯幺爸一声不吭，不也意味她理亏？这就等于在一街人的面前丢了她的脸，而这人又竟然是连狗也不如的冯幺爸，这咋得了？

　　"咦——！冯幺爸，你说你还叫不叫人？你哑啦？我罗二娘有哪一点对你不起？是一条狗呢，也还要叫几声！"

　　接下去就是一连串不堪入耳的骂人的话了，她好像已经把任老大女人撇在一边，认冯幺爸才是冤家。

　　"不要骂哟！"

　　"……是请人家来做证……"

　　有人这样插嘴说，许多人实在听不下去了。

　　"就要骂！——我话说在前头，这不关哪一个的相干！哪一个脑壳大就站出来说，就不要怪我罗二娘不认人啦！"

　　冯幺爸呢，他的头低下去、低下去，还是一声不吭。唉，这冯幺爸真是让人捏死了啊，大家都替他难过。

　　罗二娘直是骂。这个恶鸡婆一会儿双手叉腰，一会儿又顿足、拍腿，还一声接一声地"呸"，往冯幺爸面前吐口水。

　　"依我说呢，"曹支书又开口了，"冯幺爸，你就实事求是地讲！'四人帮'都粉碎四年了，要讲个实事求是才行……"

　　他劝呀劝的，冯幺爸终于动了一动，站起来了。

　　"对嘛，"支书说，"本来又不关你的事……"

　　冯幺爸一声不响地点点头，拖着步子走回来，那样子好像要哭似的，好不蹊跷。常言说，昧良心出于无奈，莫非他真要害那又穷又懦弱的教书匠一家？

　　"曹支书，"他的声音也很奇怪，像在发抖，"你……要我说？"

　　"等你半天哪！"

　　冯幺爸又点头，站住了。

　　"我冯幺爸，大家知道的，"他心里不好过，向着大家，说得慢吞吞的，"在这街上算不得一个人……不消哪个说，像一条狗！……我穷得无法——我没有办法呀！……大家是看见的……脸是丢尽了……"

他这是怎么啦？人们很诧异，都静下来，望着他。

"去年呢，"他接下去说，"……谷子和包谷合在一起，我多分了几百斤，算来一家人吃得到端阳。有几十斤糯谷，我女人说今年给娃娃们包几个粽子粑。那时呢，洋芋也出来了……那几块菜籽，国家要奖售大米，自留地还有一些麦子要收……去年没有硬喊我们把烂田放了水来种小季，田里的水是满当当的，这责任落实到人，打田栽秧算来也容易！……只要秧子栽得下去，往后有谷子搲，有包谷扳……"

罗二娘打断他说："冯幺爸，你扯南山盖北海，你要扯好远呀！"

万没料到，冯幺爸猛地转过身，也把脚一跺，眼都红了，敞开声音吼起来："曹支书！这回销粮，有——也由你；没有——也由你，我冯幺爸今年不要也照样过下去！"

人们从来没有看见冯幺爸这样凶过，一时都愣住了！他那宽大的脸突然沉下来，铁青着，又咬着牙，真有几分叫人畏惧。

"我冯幺爸要吃二两肉不？"他自己拍着胸膛回答，"要吃！——这又怎样？买！等卖了菜籽，就买几斤来给娃娃们吃一顿，保证不找你姓罗的就是！反正现在赶场天乡下人照样有猪杀，这回就不光包给你食品站一家，敞开的，就多这么一角几分钱，要肥要瘦随你选！……跟你说清楚，比不得前几年啰，哪个再要这也不卖，那也不卖，这也藏在柜台下，那也藏在门后头，我看他那营业任务还完不成呢！老子今年……"

"冯幺爸！你嘴巴放干净点，你是哪个的老子？"

"你又怎样？——未必你敢摸我一下？要动手今天就试一回！……老子前几年人不人鬼不鬼的，气算是受够了！——幸得好，国家这两年放开了我们庄稼人的手脚，哪个敢跟我再骂一句，我今天就不客气！"

曹支书插进来说："哒，冯幺爸——"

冯幺爸一下子就打断了他："不要跟我来这一手！你那些鬼名堂哟，收拾起走远点！——送我进管训班？支派我大年三十去修水利？不行啰！你那一套本钱吃不通啰！……你当你的官，你当十年官我冯幺爸十年不偷牛。做活路——国家这回是准的，我看你又把我咋个办？"

"你、你……"

"你什么！——你不是要我当见证？我就是一直在场！莫非罗家的娃儿才算得是人养的？捡了任老大家娃儿的东西，不但说不还，别人问他一句，他还一凶二恶的，来不来就开口骂！哪个打他啦？任家的娃儿不仅没有动手，连骂也没有还一句！——这回你听清楚了没有？！"

这一切是这样突如其来，大家先是一怔，跟着，男男女女的笑声像旱天雷一样，一下子在街面上炸开，整整一条街都晃荡起来。这雷声又化为久久的喧哗和纷纷的议论，像随之而来的哗啦啦的雨水一样，在乡场上闹个不停。换一个比方，又好比今年正月里玩龙灯，小小的乡场是一片喜庆的爆竹！……冯幺爸这家伙蹲在那儿大半天，原来还有这么一通盘算，平日里真把他错看了！就是这样，就该这样，这像栽完了满满一坝秧子一样畅快……

只见他又回过头来，一本正经地对任老大女人说："跟任老师讲：没有打！——我冯幺爸亲眼看见的！我们庄稼人不像那些龟儿子……"

罗二娘嘶哑着声音叫道："好哇，冯幺爸，你记着……"

但她那一点点声音在人们的一片喧笑之中就算不得什么了，倒是只听得冯幺爸的声音才吼得那么响："……只要国家的政策不像前些年那样，不三天两头变，不再跟我们这些做庄稼的过不去，我冯幺爸有的是力气，怕哪样？……"

这样，他迈着他那一双大脚，说是没有工夫陪着，头也不回地走了。望着他那宽大的背影，大家又一一想起来，不错，从去年起，冯幺爸是不同了，他不大喝酒了，也勤快了。他那一双大码数的解放鞋，不就是去年冬天才新买的？这才叫"手里有粮，心里不慌，脚踏实地，喜气洋洋"！穿上了解放鞋，这就解放了，不公正的日子有如烟尘，早在一天天散开，乡场上也有如阳光透射灰雾，正在一刻刻改变模样，庄稼人的脊梁，正在挺直起来……

这一场说来寻常到极点的纠纷，使梨花屯的人们好不开心。再不管罗二娘怎样吵闹，大家笑着，心满意足，很快就散开了。确实是春工忙忙啊，正有好多好多要做的事情，全体，男男女女，都步履匆匆的……

《人民文学》1980年8期

受戒

汪曾祺

明海出家已经四年了。

他是十三岁来的。

这个地方的地名有点怪，叫庵赵庄。赵，是因为庄上大都姓赵。叫作庄，可是人家住得很分散，这里两三家，那里两三家。一出门，远远可以看到，走起来得走一会儿，因为没有大路，都是弯弯曲曲的田埂。庵，是因为有一个庵。庵叫菩提庵，可是大家叫讹了，叫成荸荠庵。连庵里的和尚也这样叫。"宝刹何处？"——"荸荠庵。"庵本来是住尼姑的。"和尚庙""尼姑庵"嘛。可是荸荠庵住的是和尚。也许因为荸荠庵不大，大者为庙，小者为庵。

明海在家叫小明子。他是从小就确定要出家的。他的家乡不叫"出家"，叫"当和尚"。他的家乡出和尚。就像有的地方出劁猪的，有的地方出织席子的，有的地方出箍桶的，有的地方出弹棉花的，有的地方出画匠，有的地方出婊子，他的家乡出和尚。人家弟兄多，就派一个出去当和尚。当和尚也要通过关系，也有帮。这地方的和尚有的走得很远。有到杭州灵隐寺的、上海静安寺的、镇江金山寺的、扬州天宁寺的。一般的就在本县的寺庙。明海家田少，老大、老二、老三，就足够种的了。他是老四。他七岁那年，他当和尚的舅舅回家，他爹、他娘就和舅舅商议，决定叫他当和尚。他当时在旁边，觉得这实在是在情在理，没有理由反对。当和尚有很多好处。一是可以吃现成饭。哪个庙里都是管饭的。二是可以攒钱。只要学会了放瑜伽焰口，拜梁皇忏，可以按例分到辛苦钱。积攒起来，将来还俗娶亲也可以；不想还俗，买几亩田也可以。当和尚也不容易，一要面如朗月，二要声如钟磬，三要聪明记性好。他舅舅给他相了相面，叫他前走几步，后走几步，又叫他喊了一声赶牛打场的号子："格当嘚——"，说是"明子准能当个好和尚，我包了！"要当和尚，得下点本，——念几年书。哪有不认字的和尚呢！于是明子就开蒙入学，读了《三字经》《百家姓》《四言杂字》《幼学琼林》《上论、下论》《上孟、下孟》，每天还写一张仿。村里都夸他字写得好，很黑。

舅舅按照约定的日期又回了家，带了一件他自己穿的和尚领的短衫，叫明子娘改小一点，给明子穿上。明子穿了这件和尚短衫，下身还是在家穿的紫花裤子，赤脚穿了一双新布鞋，给他爹、他娘磕了一个头，就随舅舅走了。

他上学时起了个学名，叫明海。舅舅说，不用改了。于是"明海"就从学名变成了法名。

过了一个湖。好大一个湖！穿过一个县城。县城真热闹：官盐店，税务局，肉铺里挂着成边的猪，一个驴子在磨芝麻，满街都是小磨香油的香味，布店，卖茉莉粉、梳头油的什么斋，卖绒花的，卖丝线的，打把式卖膏药的，吹糖人的，耍蛇的……他什么都想看看。舅舅一个劲地推他："快走！快走！"

到了一个河边，有一只船在等着他们。船上有一个五十来岁的瘦长瘦长的大伯，船头蹲着一个跟明子差不多大的女孩子，在剥一个莲蓬吃。明子和舅舅坐到舱里，船就开了。

明子听见有人跟他说话，是那个女孩子。

"是你要到荸荠庵当和尚吗？"

明子点点头。

"当和尚要烧戒疤！你不怕？"

明子不知道怎么回答，就含含糊糊地摇了摇头。

"你叫什么？"

"明海。"

"在家的时候？"

"叫明子。"

"明子！我叫小英子！我们是邻居。我家挨着荸荠庵。——给你！"

小英子把吃剩的半个莲蓬扔给明海，小明子就剥开莲蓬壳，一颗一颗吃起来。

大伯一桨一桨地划着，只听见船桨拨水的声音：

"哗——许！哗——许！"

……

荸荠庵的地势很好，在一片高地上。这一带就数这片地高，当初建庵的人很会选地方。门前是一条河。门外是一片很大的打谷场。三面都是高大的柳树。山门里是一个穿堂。迎门供着弥勒佛。不知是哪一位名士撰写了一副对联：

　　大肚能容容天下难容之事
　　开颜一笑笑世间可笑之人

弥勒佛背后，是韦驮。过穿堂，是一个不小的天井，种着两棵白果树。天井两边各有三间厢房。走过天井，便是大殿，供着三世佛。佛像连龛才四尺来高。大殿东边是方丈，西边是库房。大殿东侧，有一个小小的六角门，白门绿字，刻着一副对联：

　　一花一世界
　　三藐三菩提

进门有一个狭长的天井，几块假山石，几盆花，有三间小房。

小和尚的日子清闲得很。一早起来，开山门，扫地。庵里的地铺的都是箩底方砖，好扫得很，给弥勒佛、韦驮烧一炷香，正殿的三世佛面前也烧一炷香、磕三个头，念三声"南无阿弥陀佛"，敲三声磬。这庵里的和尚不兴做什么早课、晚课，明子这三声磬就全都代替了。然后，挑水，喂猪。然后，等当家和尚，即明子的舅舅起来，教他念经。

教念经也跟教书一样，师父面前一本经，徒弟面前一本经，师父唱一句，徒弟跟着唱一句。是唱哎。舅舅一边唱，一边还用手在桌上拍板。

一板一眼，拍得很响，就跟教唱戏一样。是跟教唱戏一样，完全一样哎。连用的名词都一样。舅舅说，念经：一要板眼准，二要合工尺。说：当一个好和尚，得有条好嗓子。说：民国十年闹大水，运河倒了堤，最后在清水潭合龙，因为大水淹死的人很多，放了一台大焰口，十三大师——十三个正座和尚，各大庙的方丈都来了，下面的和尚上百。谁当这个首座？推来推去，还是石桥——善因寺的方丈！他往上一坐，就跟地藏王菩萨一样，这就不用说了；那一声"开香赞"，围看的上千人立时鸦雀无声。说：嗓子要练，夏练三伏，冬练三九，要练丹田气！说：要吃得苦中苦，方为人上人！说：和尚里也有状元、榜眼、探花！要用心，不要贪玩！舅舅这一番大法说得明海和尚实在是五体投地，于是就一板一眼地跟着舅舅唱起来：

> 炉香乍爇——
> 炉香乍爇——
> 法界蒙薰——
> 法界蒙薰——
> 诸佛现金身……
> 诸佛现金身……
> ……

　　等明海学完了早经，——他晚上临睡前还要学一段，叫作晚经——荸荠庵的师父们就都陆续起床了。

　　这庵里人口简单，一共六个人。连明海在内，五个和尚。

　　有一个老和尚，六十几了，是舅舅的师叔，法名普照，但是知道的人很少，因为很少人叫他法名，都称之为老和尚或老师父，明海叫他师爷爷。这是个很枯寂的人，一天关在房里，就是那"一花一世界"里。也看不见他念佛，只是那么一声不响地坐着。他是吃斋的，过年时除外。

　　下面就是师兄弟三个，仁字排行：仁山、仁海、仁渡。庵里庵外，有的称他们为大师父、二师父；有的称之为山师父、海师父。只有仁渡，没有叫他"渡师父"的，因为听起来不像话，大都直呼之为仁渡。他也只配如此，因为他还年轻，才二十多岁。

仁山，即明子的舅舅，是当家的。不叫"方丈"，也不叫"住持"，却叫"当家的"，是很有道理的，因为他确确实实干的是当家的职务。他屋里摆的是一张账桌，桌子上放的是账簿和算盘。账簿共有三本。一本是经账，一本是租账，一本是债账。和尚要做法事，做法事要收钱，——要不，当和尚干什么？常做的法事是放焰口。正规的焰口是十个人。一个正座，一个敲鼓的，两边一边四个。人少了，八个，一边三个，也凑合了。荸荠庵只有四个和尚，要放整焰口就得和别的庙里合伙。这样的时候也有过。通常只是放半台焰口。一个正座，一个敲鼓，另外一边一个。一来找别的庙里合伙费事；二来这一带放得起整焰口的人家也不多。有的时候，谁家死了人，就只请两个，甚至一个和尚咕噜咕噜念一通经，敲打几声法器就算完事。很多人家的经钱不是当时就给，往往要等秋后才还。这就得记账。另外，和尚放焰口的辛苦钱不是一样的。就像唱戏一样，有份子。正座第一份。因为他要领唱，而且还要独唱。当中有一大段"叹骷髅"，别的和尚都放下法器休息，只有首座一个人有板有眼地慢声吟唱。第二份是敲鼓的。你以为这容易呀？哼，单是一开头的"发擂"，手上没功夫就敲不出迟疾顿挫！其余的，就一样了。这也得记上：某月某日，谁家焰口半台，谁正座，谁敲鼓……省得到年底结账时赌咒骂娘。……这庵里有几十亩庙产，租给人种，到时候要收租。庵里还放债。租、债一向倒很少亏欠，因为租佃借钱的人怕菩萨不高兴。这三本账就够仁山忙的了。另外香烛灯火、油盐"福食"，这也得随时记记账呀。除了账簿之外，山师父的方丈的墙上还挂着一块水牌，上漆四个红字："勤笔免思"。

仁山所说当一个好和尚的三个条件，他自己其实一条也不具备。他的相貌只要用两个字就说清楚了：黄，胖。声音也不像钟磬，倒像母猪。聪明么？难说，打牌老输。他在庵里从不穿袈裟，连海青直裰也免了。经常是披着件短僧衣，袒露着一个黄色的肚子。下面是光脚趿拉着一双僧鞋，——新鞋他也是趿拉着。他一天就是这样不衫不履地这里走走，那里走走，发出母猪一样的声音："嗯——嗯——"

二师父仁海。他是有老婆的。他老婆每年夏秋之间来住几个月，因为庵里凉快。庵里有六个人，其中之一，就是这位和尚的家眷。仁山、仁渡叫她嫂子，明海叫她师娘。这两口子都很爱干净，整天地洗涮。傍晚的时候，坐在天井里乘凉。白天，闷在屋里不出来。

三师父是个很聪明精干的人。有时一笔账大师兄扒了半天算盘也算不清，他眼珠子转两转，早算得一清二楚。他打牌赢的时候多，二三十张牌落地，上下家手里有些什么牌，他就差不多都知道了。他打牌时，总有人爱在他后面看歪头胡。谁家约他打牌，就说："想送两个钱给你。"他不但经忏俱通（小庙的和尚能够拜忏的不多），而且身怀绝技，会"飞铙"。七月间有些地方做盂兰会，在旷地上放大焰口，几十个和尚，穿绣花袈裟，飞铙。飞铙就是把十多斤重的大铙钹飞起来。到了一定的时候，全部法器皆停，只几十副大铙紧张急促地敲起来。忽然起手，大铙向半空中飞去，一面飞，一面旋转。然后，又落下来，接住。接住不是平平常常地接住，有各种架势，"犀牛望月""苏秦背剑"……这哪是念经，这是要杂技。也算是地藏王菩萨爱看这个，但真正因此快乐起来的是人，尤其是妇女和孩子。这是年轻漂亮的和尚出风头的机会。一场大焰口过后，也像一个好戏班子过后一样，会有一个两个大姑娘、小媳妇失踪——跟和尚跑了。他还会放"花焰口"。有的人家，亲戚中多风流子弟，在不是很哀伤的佛事——如做冥寿时，就会提出放花焰口。所谓"花焰口"就是在正焰口之后，叫和尚唱小调，拉丝弦，吹管笛，敲鼓板，而且可以点唱。仁渡一个人可以唱一夜不重头。仁渡前几年一直在外面，近两年才常住在庵里。据说他有相好的，而且不止一个。他平常可是很规矩，看到姑娘媳妇总是老老实实的，连一句玩笑话都不说，一句小调山歌都不唱。有一回，在打谷场上乘凉的时候，一伙人把他围起来，非叫他唱两个不可。他却情不过，说："好，唱一个。不唱家乡的。家乡的你们都熟。唱个安徽的。"

> 姐和小郎打大麦，
> 一转子讲得听不得。
> 听不得就听不得，
> 打完了大麦打小麦。

唱完了，大家还嫌不够，他就又唱了一个：

> 姐儿生得漂漂的，
> 两个奶子翘翘的。
> 有心上去摸一把，
> 心里有点跳跳的。
> ……

这个庵里无所谓清规，连这两个字也没人提起。

仁山吃水烟，连出门做法事也带着他的水烟袋。

他们经常打牌。这是个打牌的好地方。把大殿上吃饭的方桌往门口一搭，斜放着，就是牌桌。桌子一放好，仁山就从他的方丈里把筹码拿出来，哗啦一声倒在桌上。斗纸牌的时候多，搓麻将的时候少。牌客除了师兄弟三人，常来的是一个收鸭毛的，一个打兔子兼偷鸡的，都是正经人。收鸭毛的担一副竹筐，串乡串镇，拉长了沙哑的声音喊叫："鸭毛卖钱——！"

偷鸡的有一件家什——铜蜻蜓。看准了一只老母鸡，把铜蜻蜓一丢，鸡婆子上去就是一口。这一啄，铜蜻蜓的硬簧绷开，鸡嘴撑住了，叫不出来了。正在这鸡十分纳闷的时候，上去一把薅住。

明子曾经跟这位正经人要过铜蜻蜓看看。他拿到小英子家门前试了一试，果然！小英子的娘知道了，骂明子："要死了！儿子！你怎么到我家来玩铜蜻蜓了！"

小英子跑过来："给我！给我！"

她也试了试，真灵，一个黑母鸡一下子就把嘴撑住，傻了眼了！

下雨阴天，这二位就光临荸荠庵，消磨一天。

有时没有外客，就把老师叔也拉出来，打牌的结局，大都是当家和尚气得鼓鼓的："×妈妈的！又输了！下回不来了！"

他们吃肉不瞒人。年下也杀猪。杀猪就在大殿上。一切都和在家人一样，开水、木桶、尖刀。捆猪的时候，猪也是没命地叫。跟在家人不同的，是多一道仪式，要给即将升天的猪念一道"往生咒"，并且总是老师叔念，神情很庄重："……一切胎生、卵生、息生，来从虚空来，还归虚空去。往生再世，皆当欢喜。南无阿弥陀佛！"

三师父仁渡一刀子下去，鲜红的猪血就带着很多沫子喷了出来。

……

明子老往小英子家里跑。

小英子的家像一个小岛，三面都是河，西面有一条小路通到荸荠庵。独门独户，岛上只有这一家。岛上有六棵大桑树，夏天都结大桑葚，三棵结白的，三棵结紫的；一个菜园子，瓜豆蔬菜，四时不缺。院墙下半截是砖砌的，上半截是泥夯的。大门是桐油油过的，贴着一副万年红的春联：

　　向阳门第春常在
　　积善人家庆有余

门里是一个很宽的院子。院子里一边是牛屋、碓棚；一边是猪圈、鸡窠，还有个关鸭子的栅栏。露天地放着一具石磨。正北面是住房，也是砖基土筑，上面盖的一半是瓦，一半是草。房子翻修了才三年，木料还露着白茬。正中是堂屋，家神菩萨的画像上贴的金还没有发黑。两边是卧房。隔扇窗上各嵌了一块一尺见方的玻璃，明亮亮的，——这在乡下是不多见的。房檐下一边种着一棵石榴树，一边种着一棵栀子花，都齐房檐高了。夏天开了花，一红一白，好看得很。栀子花香得冲鼻子。顶风的时候，在荸荠庵都闻得见。

这家人口不多。他家当然是姓赵。一共四口人：赵大伯、赵大妈，两个女儿大英子、小英子。老两口没有儿子。因为这些年人不得病，牛不生灾，也没有大旱大水闹蝗虫，日子过得很兴旺。他们家自己有田，本来够吃的了，又租种了庵上的十亩田。自己的田里，一亩种了荸荠，——这一半是小英子的主意，她爱吃荸荠，一亩种了茨菰。家里喂了一大群鸡鸭，单是鸡蛋鸭毛就够一年的油盐了。赵大伯是个能干人。他是一个"全把式"，不但田里场上样样精通，还会罩鱼、洗磨、凿碓、修水库、修船、砌墙、烧砖、箍桶、劈篾、绞麻绳。他不咳嗽，不腰疼，结结实实，像一棵榆树。人很和气，一天不声不响。赵大伯是一棵摇钱树，赵大娘就是个聚宝盆。大娘精神得出奇。五十岁了，两个眼睛还是清亮亮的。不论什么时候，头都是梳得滑溜溜的，身上衣服都是格挣挣的。像老头子一样，她一天不闲着。煮猪食，喂猪，腌咸菜，——她腌的咸萝卜干非常好吃，舂粉子，磨小豆腐，编蓑衣，织芦筐。她还会剪花样子。这里嫁闺女，陪嫁妆，瓷坛子、锡罐子，都要用梅红纸剪出吉祥花样，贴在上面，讨个吉利，也才好看："丹凤朝阳"呀、"白头到老"呀、"子孙万代"呀、"福寿绵长"呀。二三十里的人家都来请她："大娘，好日子是十六，你哪天去呀？"——"十五，我一大清早就来！"

"一定呀！"——"一定！一定！"

两个女儿，长得跟她娘像一个模子里托出来的。眼睛长得尤其像，白眼珠鸭蛋青，黑眼珠棋子黑，定神时如清水，闪动时像星星。浑身上下，头是头，脚是脚。头发滑溜溜的，衣服格挣挣的。——这里的风俗，十五六岁的姑娘就都梳上头了。这两个丫头，这一头的好头发！通红的发根，雪白的簪子！娘女三个去赶集，一集的人都朝她们望。

姐妹俩长得很像，性格不同。大姑娘很文静，话很少，像父亲。小英子比她娘还会说，一天叽叽呱呱地不停。大姐说：

"你一天到晚叽叽呱呱——"

"像个喜鹊！"

"你自己说的！——吵得人心乱！"

"心乱？"

"心乱！"

"你心乱怪我呀！"

二姑娘话里有话。大英子已经有了人家。小人她偷偷地看过，人很敦厚，也不难看，家道也殷实，她满意。已经下过小定，日子还没有定下来。她这两年，很少出房门，整天赶她的嫁妆。大裁大剪，她都会。挑花绣花，不如娘。她可又嫌娘出的样子太老了。她到城里看过新娘子，说人家现在绣的都是活花活草。这可把娘难住了。最后是喜鹊忽然一拍屁股:"我给你保举一个人!"

这人是谁?是明子。明子念"上孟下孟"的时候,不知怎么得了半套《芥子园》,他喜欢得很。到了荸荠庵,他还常翻出来看,有时还把旧账簿子翻过来,照着描。小英子说:"他会画!画得跟活的一样!"

小英子把明海请到家里来,给他磨墨铺纸,小和尚画了几张,大英子喜欢得了不得:"就是这样!就是这样!这就可以乱孱!"——所谓"乱孱"是绣花的一种针法:绣了第一层,第二层的针脚插进第一层的针缝,这样颜色就可由深到淡,不露痕迹,不像娘那一代绣的花是平针,深浅之间,界限分明,一道一道的。小英子就像个书童,又像个参谋:

"画一朵石榴花!"

"画一朵栀子花!"

她把花掐来,明海就照着画。

到后来,凤仙花、石竹子、水蓼、淡竹叶、天竺果子、腊梅花,他都能画。

大娘看着也喜欢,搂住明海的和尚头:"你真聪明!你给我当一个干儿子吧!"

小英子捺住他的肩膀,说:"快叫!快叫!"

小明子跪在地下磕了一个头,从此就叫小英子的娘做干娘。

大英子绣的三双鞋,三十里方圆都传遍了。很多姑娘都走路坐船来看。看完了,就说:"啧啧啧,真好看!这哪是绣的,这是一朵鲜花!"她们就拿了纸来央大娘求了小和尚来画。有求画帐檐的,有求画门帘飘带的,有求画鞋头花的。每回明子来画花,小英子就给他做点好吃的,煮两个鸡蛋,蒸一碗芋头,煎几个藕团子。

因为照顾姐姐赶嫁妆,田里的零碎生活小英子就全包了。她的帮手,是明子。

这地方的忙活是栽秧、车高田水、薅头遍草,再就是割稻子、打场了。这几茬重活,自己一家是忙不过来的。这地方兴换工。排好了日期,几家顾一家,轮流转。不收工钱,但是吃好的。一天吃六顿,两头见肉,顿顿有酒。干活时，敲着锣鼓，唱着歌，热闹得很。其余的时候，各顾各，不显得紧张。

薅三遍草的时候，秧已经很高了，低下头看不见人。一听见非常脆亮的嗓子在一片浓绿里唱：

> 栀子哎开花哎六瓣头哎……
> 姐家哎门前哎一道桥哎……

明海就知道小英子在哪里，三步两步就赶到，赶到就低头薅起草来。傍晚牵牛"打汪"，是明子的事。——水牛怕蚊子。这里的习惯，牛卸了轭，饮了水，就牵到一口和好泥水的"汪"里，由它自己打滚扑腾，弄得全身都是泥浆，这样蚊子就咬不透了。低田上水，只要一挂十四轧的水车，两个人车半天就够了。明子和小英子就伏在车杠上，不紧不慢地踩着车轴上的拐子，轻轻地唱着明海向三师父学来的各处山歌。打场的时候，明子能替赵大伯一会儿，让他回家吃饭。——赵家自己没有场，每年都在荸荠庵外面的场上打谷子。他一扬鞭子，喊起了打场号子："格当嘚——"

这打场号子有音无字，可是九转十三弯，比什么山歌号子都好听。赵大娘在家，听见明子的号子，就侧起耳朵："这孩子这条嗓子！"

连大英子也停下针线："真好听！"

小英子非常骄傲地说："一十三省数第一！"

晚上，他们一起看场。——荸荠庵收来的租稻也晒在场上。他们并肩坐在一个石磙子上，听青蛙打鼓，听寒蛇唱歌，——这个地方以为蝼蛄叫是蚯蚓叫，而且叫蚯蚓叫"寒蛇"，听纺纱婆子不停地纺纱，"咚——"看萤火虫飞来飞去，看天上的流星。

"呀！我忘了在裤带上打一个结！"小英子说。

这里的人相信，在流星掉下来的时候在裤带上打一个结，心里想什么好事，就能如愿。

……

"捏"荸荠，这是小英子最爱干的生活。秋天过去了，地净场光，荸荠的叶子枯了，——荸荠的笔直的小葱一样的圆叶子里是一格一格的，用手一捋，哗哗地响，小英子最爱捋着玩，——荸荠藏在烂泥里。赤了脚，在凉浸浸滑溜溜的泥里踩着，——哎，一个硬疙瘩！伸手下去，一个红紫红紫的荸荠。她自己爱干这生活，还拉了明子一起去。她老是故意用自己的光脚去踩明子的脚。

她挎着一篮子荸荠回去了，在柔软的田埂上留了一串脚印。明海看着她的脚印，傻了。五个小小的指头，脚掌平平的，脚跟细细的，脚弓部分缺了一块。明海身上有一种从来没有过的感觉，他觉得心里痒痒的。这一串美丽的脚印把小和尚的心搞乱了。

……

明子常搭赵家的船进城，给庵里买香烛，买油盐。闲时是赵大伯划船；忙时是小英子去，划船的是明子。

从庵赵庄到县城，当中要经过一片很大的芦花荡子。芦苇长得密密的，当中一条水路，四边不见人。划到这里，明子总是无端端地觉得心里很紧张，他就使劲地划桨。

小英子喊起来："明子！明子！你怎么啦？你发疯啦？为什么划得这么快？"

……

明海到善因寺去受戒。

"你真的要去烧戒疤呀？"

"真的。"

"好好的头皮上烧八个洞，那不疼死啦？"

"咬咬牙。舅舅说这是当和尚的一大关，总要过的。"

"不受戒不行吗？"

"不受戒的是野和尚。"

"受了戒有啥好处？"

"受了戒就可以到处云游，逢寺挂褡。"

"什么叫'挂褡'？"

"就是在庙里住。有斋就吃。"

"不把钱?"

"不把钱。有法事,还得先尽外来的师父。"

"怪不得都说'远来的和尚会念经'。就凭头上这几个戒疤?"

"还要有一份戒牒。"

"闹半天,受戒就是领一张和尚的合格文凭呀!"

"就是!"

"我划船送你去。"

"好。"

小英子早早就把船划到荸荠庵门前。不知是什么道理,她兴奋得很。她充满了好奇心,想去看看善因寺这座大庙,看看受戒是个啥样子。

善因寺是全县第一大庙,在东门外,面临一条水很深的护城河,三面都是大树,寺在树林子里,远处只能隐隐约约看到一点金碧辉煌的屋顶,不知道有多大。树上到处挂着"谨防恶犬"的牌子。这寺里的狗出名地厉害。平常不大有人进去。放戒期间,任人游看,恶狗都锁起来了。

好大一座庙!庙门的门槛比小英子的胯膝都高。迎门矗着两块大牌,一边一块,一块写着斗大两个大字:"放戒",一块是:"禁止喧哗"。这庙里果然是气象庄严,到了这里谁也不敢大声咳嗽。明海自去报名办事,小英子就到处看看。好家伙,这哼哈二将、四大天王,有三丈多高,都是簇新的,才装修了不久。天井有二亩地大,铺着青石,种着苍松翠柏。"大雄宝殿",这才真是个"大殿"!一进去,凉飕飕的。到处都是金光耀眼。释迦牟尼佛坐在一个莲花座上。单是莲座,就比小英子还高。抬起头来也看不全他的脸,只看到一个微微闭着的嘴唇和胖墩墩的下巴。两边的两根大红蜡烛,一搂多粗。佛像前的大供桌上供着鲜花、绒花、绢花,还有珊瑚树、玉如意、整颗的大象牙。香炉里烧着檀香。小英子出了庙,闻着自己的衣服都是香的。挂了好些幡。这些幡不知是什么缎子的,那么厚重,绣的花真细。这么大一口磬,里头能装五担水!这么大一个木鱼,有一头牛大,漆得通红的。她又去转了转罗汉堂,爬到千佛楼上看了看。真有一千个小佛!她还跟着一些人去看了看藏经楼。藏经楼没有什么看头，都是经书！妈吔！逛了这么一圈，腿都酸了。小英子想起还要给家里打油，替姐姐配丝线，给娘买鞋面布，给自己买两个坠围裙飘带的银蝴蝶，给爹买旱烟，就出庙了。

等把事情办齐了，晌午了。她又到庙里看了看，和尚正在吃粥。好大一个"膳堂"，坐得下八百个和尚。吃粥也有这样多讲究：正面法座上摆着两个锡胆瓶，里面插着红绒花，后面盘膝坐着一个穿了大红满金绣袈裟的和尚，手里拿了戒尺。这戒尺是要打人的。哪个和尚吃粥吃出了声音，他下来就是一戒尺。不过他并不真的打人，只是做个样子。真稀奇，那么多的和尚吃粥，竟然不出一点声音！她看见明子也坐在里面，想跟他打个招呼又不好打。想了想，管他禁止不禁止喧哗，就大声喊了一句："我走啦！"她看见明子目不斜视地微微点了点头，就不管很多人都朝自己看，大摇大摆地走了。

第四天一大清早小英子就去看明子。她知道明子受戒是第三天半夜，——烧戒疤是不许人看的。她知道要请老剃头师傅剃头，要剃得横摸顺摸都摸不出头发茬子，要不然一烧，就会"走"了戒，烧成了一片。她知道是用枣泥子先点在头皮上，然后用香头子点着。她知道烧了戒疤就喝一碗蘑菇汤，让它"发"，还不能躺下，要不停地走动，叫作"散戒"。这些都是明子告诉她的。明子是听舅舅说的。

她一看，和尚真在那里"散戒"，在城墙根底下的荒地里。一个一个，穿了新海青，光光的头皮上都有八个黑点子。——这黑疤掉了，才会露出白白的、圆圆的"戒疤"。和尚都笑嘻嘻的，好像很高兴。她一眼就看见了明子。隔着一条护城河，就喊他：

"明子！"

"小英子！"

"你受了戒啦？"

"受了。"

"疼吗？"

"疼。"

"现在还疼吗？"

"现在疼过去了。"

"你哪天回去？"

"后天。"

"上午？下午？"

"下午。"

"我来接你！"

"好！"

……

小英子把明海接上船。

小英子这天穿了一件细白夏布上衣，下边是黑洋纱的裤子，赤脚穿了一双龙须草的细草鞋，头上一边插着一朵栀子花，一边插着一朵石榴花。她看见明子穿了新海青，里面露出短褂子的白领子，就说："把你那外面的一件脱了，你不热呀！"

他们一人一把桨。小英子在中舱，明子扳艄，在船尾。

她一路问了明子很多话，好像一年没有看见了。

她问，烧戒疤的时候，有人哭吗？喊吗？

明子说，没有人哭。有个山东和尚骂人："俺日你奶奶！俺不烧了！"

她问善因寺的方丈石桥是相貌和声音都很出众吗？

"是的。"

"说他的方丈比小姐的绣房还讲究？"

"讲究。什么东西都是绣花的。"

"他屋里很香？"

"很香。他烧的是伽楠香，贵得很。"

"听说他会作诗，会画画，会写字？"

"会。庙里走廊两头的砖额上，都刻着他写的大字。"

"他是有个小老婆吗？"

"有一个。"

"才十几岁？"

"听说。"

"好看吗？"

"都说好看。"

"你没看见？"

"我怎么会看见？我关在庙里。"

明子告诉她，善因寺一个老和尚告诉他，寺里有意选他当沙弥尾，不过还没有定，要等主事的和尚商议。

"什么叫'沙弥尾'？"

"放一堂戒，要选出一个沙弥头，一个沙弥尾。沙弥头要老成，要会念很多经。沙弥尾要年轻，聪明，相貌好。"

"当了沙弥尾跟别的和尚有什么不同？"

"沙弥头，沙弥尾，将来都能当方丈。现在的方丈退居了，就当。石桥原来就是沙弥尾。"

"你当沙弥尾吗？"

"还不一定哪。"

"你当方丈，管善因寺？管这么大一个庙？！"

"还早哪！"

划了一气，小英子说："你不要当方丈！"

"好，不当。"

"你也不要当沙弥尾！"

"好，不当。"

又划了一气，看见那一片芦花荡子了。

小英子忽然把桨放下，走到船尾，趴在明子的耳朵旁边，小声地说："我给你当老婆，你要不要？"明子眼睛鼓得大大的。

"你说话呀！"

明子说："嗯。"

"什么叫'嗯'呀！要不要，要不要？"

明子大声地说："要！"

"你喊什么！"

明子小小声说："要——！"

"快点划！"

英子跳到中舱，两支桨飞快地划起来，划进了芦花荡。

芦花才吐新穗。紫灰色的芦穗，发着银光，软软的，滑溜溜的，像一串丝线。有的地方结了蒲棒，通红的，像一支一支小蜡烛。青浮萍，紫浮萍。长脚蚊子，水蜘蛛。野菱角开着四瓣的小白花。惊起一只青桩（一种水鸟），擦着芦穗，噗噜噜噜飞远了。

……

一九八〇年八月十二日，写四十三年前的一个梦

《北京文学》1980年10期

西望茅草地

韩少功

茅草地，蓝色的茅草地在哪里？在那朵紫红色的云彩之下？在地平线的那一边？在层层的岁月层土之中？多少往事都被时光的流水冲洗，它却一直在我记忆和思索的深处，像我的家乡、母校和摇篮——广阔的茅草地。

呵，他，那么他就是我的家长、教师和保姆了。

他的一生和土地相连。共和国的旗帜上，写着他和他的战友的名字。在皖南，在苏北，在淮海战场，他为土地流过血。战争结束了，他有了上校军衔。据说他文化水平不高，也不习惯戴肩章穿呢子制服。国家出现经济建设高潮的时候，他打了个报告要求改行，去办农场。他没有家室，喊声"走"，被包一背就走了。他回到了故乡的土地上，临走时一个老上级还笑着送了个名字给他："你回乡种田去，就叫张种田吧！"

是什么让我与张种田走到一起来了呢？我中学毕业时，正碰上国家动员青年支农支边——建设强大祖国的崇高使命，党的庄严号召，这一切怎不使一个青年人热血沸腾！父母都以为我疯了，说家里困难，希望我就业赚钱。那个金属压延厂，已经通知我去上班。我烦透了父母的劝说。谈判、吵架、绝食、摔打家具……一切都过去了，行李还卡在父亲手里。心一横，只身混上了西去的列车，只带了一支牙刷。

道路是神圣的，陌生而神奇的茅草地吸引着我们城市青年。拔地而起的巨石，扑扑飞的野鸡，耳环闪闪发亮的少数民族妇女。据说这里汉、侗、瑶杂居。历史上无数次民族械斗的结果，留下一片荒凉。荒凉有什么要紧？现在，我们要在这里建设起"共青团之城"！我们将在一位老革命战士的带领之下，在这里"把世界倾倒过来，像倾倒一只酒杯"！

一个剃了光头、打着赤膊的老汉，赶着马车来迎接我们。见我们一时找不到茶水，他上前递来一个旧军用水壶，客客气气地请我们喝酒。

"请，请！"他的一只手盖在另一只手的腕子上，据说那是当地表示恭敬的习俗。

"酒？谢谢。老大爷，有凉茶吗？这附近有汽水卖吗？有什么水果吗？"

他显得有点为难。不知是谁，发现随他来的一个姑娘的背篓里有红薯，大家拥上去讨，把他和酒忘在一边了。

带队的副场长老杨来请他上台讲话，我们才吃了一惊：他就是场长？那个我们早就听说了的上校吗？

他似乎不记得自己打赤膊，直往台上走，经副场长触了一下，才穿上一件白布衫。走路的时候，显出骑兵的罗圈腿步伐。

他开始讲一些表示欢迎的话，嗓门很大。他说现在的茅草地还丑死人，不过锄头底下出黄金，只要肯流汗，将来这里就是那个什么歌里唱的，什么"江南……"——他"晓不得"唱。（像本地农民一样，他总把"知识分子"念成"机西分子"，"不晓得"成了"晓不得"。）

我们笑了。

"以后这里还要有洋房子、大马路，还可以搞电影院啰、游泳池啰，还要有大工厂和共产主义大学！——不实现这些，砍掉我的脑袋！"

全场肃然沉默，转而变成山崩石裂般的掌声。

他笑着摆摆手，带点调皮的神调，"现在鼓不鼓掌没关系，兑了现再鼓掌。嗯？"

掌声更响了……

但掌声中开始的生活，在最初的新鲜感中，渐渐露出了严峻。一晃几个月，广种薄收！广种薄收！一个劳力要负担好几十亩，种玉米、木薯、黄豆、甘蔗，出工两头不见天，晒得一个个像黑人。晚上回家还要剥麻，剥甘蔗皮。这样还是忙不过来。刚锄完这里的草，那边的草又比苗还高了。锄头口磨溶了几寸，棉花还是稀稀拉拉。但我们还要种！种！

种！朝无边无际的前方种过去。场长说过，全国大跃进，我们这个小农场也要"放卫星"，一年自给，三年建成个"共产主义根据地"。

伙食也慢慢差了。"大锅饭"和"三菜一汤"只搞了两个月，然后食堂里只剩下两个"传统节目"，一是黑乎乎的干萝卜菜，像是熬中草药；二是辣椒汤，辣得你舌头发麻全身冒汗——有人把它叫"感冒发散剂"。肥如象的肉猪、大如桌的蜜桃、跃上龙门的鲤鱼，都停留在壁画上，不肯下来。场长有时也亲自下厨房宰羊杀猪，或是骑马去打野麂子来改善生活，但一个月毕竟难有两次。知识青年们笑声歌声少了，溜冰场和游泳池早丢到九霄云外。

早晨，窗外常常是蒙蒙细雨，破窗纸被寒风吹得啪啪响。远处只有厨房里剁干菜的嚓嚓声。躺在床上，全身像散了架。翻个身，腰上立刻火辣辣地痛。

"咚咚"，敲门声响了。声音顺着一张张门响过来。"人家三工区的已经挖了五亩地呵！"——是场长的声音。我总觉得那里面有一团火，包含着激励和批评。

队长当然首先被叫起来，大家也赶紧穿衣找鞋。当然，也有人向场长讨价还价的："场长，外面还在下雨……"

"把斗笠、蓑衣带好……"

"我昨天担了一天柴，腰杆子痛咧！"

"放心放心，后生子只有饿死的病死的，没有累死的。你昨天吃了几两米？……一餐半斤？那还可以做得。只吃三两米的就不要出工了，关起门睡觉！"

就这样，场长经常来喊工，每次喊过后，他把一杆特大号的锄头往肩上一搭，自顾自朝地里走去。碰上雨天，套鞋就在泥水里发出叭哒叭哒的响声……

很多人在伸懒腰，打哈欠，暗暗叫苦。睡在我对面的赵海光还做了个鬼脸，当着队长的面撇撇嘴溜出一句："呸，老子右眼有一股霉气，碰了个阎王老子！"

我不喜欢叫苦，粗声说："猴子，"——这是他的外号，"少讲怪话，走吧！"

我跟上队长的脚步。雨，还是雨，路真滑呢！

对农场的关心，使我找队长谈起来。

"队长，光苦干不行，为什么不讲点科学呢？"

队长李长子，眼睛不太好，经常眯着，像刚睡醒。其实很有心计，补个筼箕，做张板凳或用胡琴拉一拉"西湖调""采茶调"，都是无师自通。但他有点怕场长，听我一说，眯眯眼慢吞吞说："我是个'过水丘'，只管得上传下达，你们找场长去讲吧。"

场长倒显得有兴趣。"科学？"他眨眨眼，神情像平时请我们教他识字那样。

"种种种，土质情况也不明，肥料供应也不足，还有劳力安排……这样赶得上英国佬哇？危险！"一个女的放了开头炮。

"你们慢点讲。"

我被推选为代表。我提议缩短垦荒战线，转手抓管理，稳打稳扎。还可以因地制宜广开门路，养蜂啦，养兔啦，还可以自己制蔗糖，提取蜂王浆。还有马尔采夫耕作法、约克夏肥猪——我尽我所知，提出了一大串建议。

场长盘腿坐地，眼睛不时眯成缝，"嗯嗯呵呵"听了一阵，最后给我们一人递了一根烟："你晓得的新名堂还不少哇，都搞得成器啵？"

据说他有次从外地搞来了些高产蚕豆种，不知为什么，种了一年连种都没保住，气得他直骂娘。

我跳起来，"场长，保证能成功！我舅舅是农学院教授，可以拉他来支援……"

"好，考虑考虑吧！"他点头了。

他不同意缩短战线——当时上面也对大开荒抓得紧。但他对制菌肥感兴趣，因为场党委正为肥源问题伤脑筋，想放个"土法造肥"的"卫星"。但这也够令人高兴了。

土温室建起来了。他的养女小雨——就是最早跟他来迎接我们的那个女孩子，也成了"科研突击队"成员，成天帮助我们烧火。场长一天来看两轮，问什么时候可以出肥料。见十多天没动静，老是在准备、试验，似乎有点沉不住气了，摸摸瓶子、温度计，揭揭蒸笼盖，显得有点焦躁。有时他拍拍我的肩，把我拉到一边，讲起地上工夫如何紧张，队长们如何埋怨劳力抽得太多，讲起哪些兄弟农场又送来了挑战书。那意思很明显——要我们上紧。

当然要上紧。可是事难逆料，第四次制种又失败了。偏偏那天有两个不争气的"突击队员"在上工时间打篮球，又被场长撞见。

场长一个赤膊，浑身黑汗，摇着草帽扇风，把土温室里里外外看了一圈，又看了看我们这些穿鞋着袜的劳动力，脸色不大好看。停了停，一扬巴掌："下午挖地，都去挖地！"

小雨还没听懂，"爹，我还有棉饼没有磨完呐……"

他背着手走了，走出几步又回头，尽量平和地拍拍我的肩："小马，现在要集中兵力上地，等工夫闲些了，这些名堂我让你放肆搞！"——不过，他以后再没有提过这件事，大概是太忙吧，或者是，他更相信汗水和老茧。

又是挖地、烧荒、锄草播种、点粪。咬紧牙关，捶打自己的腰，敲锣打鼓向场部送开荒喜报。好像出大力、流大汗是我们唯一的本分，是实现理想不可怀疑的生活秩序和准则。天！连我这个最不叫苦的人也隐隐不安起来。

场长好像没有这些想法。在地上劳动他是愉快的，比年轻人还肯卖力。饿了，就咬个生红薯或生萝卜。他两个干儿子——一次抗洪中救起的两个孤儿，还只有八九岁，也被他带到地上，一人一把小钯头，参加劳动。哭了也不准回去。干部们更不用说，会计做账，秘书写材料，基本上只准利用工余。那个会计暗地里冲他瞪眼睛。

歇工时，他就抽燃烟，笑眯眯地讲点往事——新四军啰、"汉阳造"啰、黄桥战役啰、板门店谈判啰、扒铁路埋地雷啰、把棉絮当烟丝烧啰……

讲得兴致来了，还会应人邀请，不太准确地唱起军歌：

> 光荣北伐武昌城下，
> 血染着我们的姓名；
> 孤军奋斗罗霄山上，

继承着先烈的殊勋。

千万里转战，风雪饥寒……

最初，即使是不准确的音调，也常常唤起我们庄严神圣的感情，但渐渐便觉得有些乏味了，甚至觉得大刀和硝烟，还有这张老人的笑脸，突然离我们很遥远，远得模糊起来。

但我仍努力使自己摆出认真听的样子。我担心，是不是我的思想出了毛病？

幸好，小雨送茶水来了，人影和喧闹声向茶桶奔去，我也可以轻松地擦汗了。

"猴子"自称会算命会看相，他从天庭、地角、耳珠、人中、当阳之类出发，分析场长的"恶相"，逗得一些人发笑。我笑不出来。客观地说，场长有些地方还令我佩服。枪法精，出门打麂子从不空手归；扶犁掌耙有一手，估猪的重量，估田的产量，总是一眼准。他做事也有魄力，指挥烧荒时，烟火中立马登高，那架势威镇千军。何况——他还是小雨的父亲呢？

记不清同小雨是怎样熟起来的。她这个人总躲在娴静和矜持的后面。办土温室的时候，她喜欢同男的接近，但你们讲话，她只听；你们打球，她只看；难得从她口里挖出一个字来。你开她的玩笑，她红着脸不会"还击"，逗急了，只会朝你背上打一拳，然后辫子一晃闪开去。

有一次她在甘溪河边洗衣，我们呢，在木桥上放下几担棉饼，望着河水打主意。甘溪的水，从远山中流来，绿得发蓝，清澈凉爽，黑的、黄的和白的石头在水中闪动，水面漂着太阳的光花。真想到里面去打个转，可场长有命令，不准私自下河游泳，怎么办？

"猴子"朝我挤了一下眼睛，"不准下，掉下去的怎么办？"

我领悟了，假装桥身在晃，"不好！"连衣带鞋跳下水去。几个伙伴马上摆出救人的姿态，衣鞋一脱，一个个"飞燕式""滚翻式""炸弹式"，"掉"下水去……

她大叫起来："不好啦！有人掉下河啦！"

"小丫头，胆子太小，再吓她一下怎么样？"我对"猴子"丢了个眼色。

"完全赞成！"

我和他潜下水去，故意伸手挣扎，咕噜咕噜大口吐出水泡泡。

她吓哭了。当我们的大笑说明一切后，她便抹了把眼泪生起气来："好呀，你们打着鬼主意违犯纪律，我告诉队长去！"

她真的告了我们一状。这家伙！

我恨起她来。碰到她，故意装作没看见；看见她劈柴劈不动，也不理；她以团支部书记的身份找我谈话，我在虚掩的门上放一个扫把，她一推门，扫把打在她头上……不过她总不恨我，主动打招呼，还帮着洗衣。

洗衣？这倒是件求之不得的事。

那时出工累死人，有时回家脚都不洗就往床上滚，臭东西当然交给女知青们去处理。日子久了，女同胞们对我们的懒惰也表示气愤。有一天她们联合行动，把我们的臭衣服丢回来，然后聚集在她们寝室里高声歌唱，吹口琴，哈哈大笑，气得我们只好自己动手……现在小雨是例外，志愿做"业余贡献"。直到我们的"科研突击队"散伙了，她调到猪场去以后还是这样。"猴子"称赞她是"天下第一好人"。

于是，我们又和解了。

这一天，歇工时李长子找到我，劈头一句："你何事又要小雨洗衣？"

"我看你管得太宽了吧？"

"你不去看看她那双手……"

我这才知道，这几天她白天喂猪，晚上还帮着队里剥甘蔗皮，几个指头都磨出血，痛得暗自流泪。

我拔腿就往回跑。完了！衣已经洗完了，晾晒在猪场边的铁丝上。小雨缠着胶布的手，在那里揪水，扯衣角。一只蜜蜂，在她粉红色的发结旁边轻轻地飞。

"喂喂！"我很慌乱，"对，对不起，我……"

她抹了把汗，惊奇地睁大眼。

客气话实在没意思，用行动来表示点什么吧。我抄起一个竹扫把，帮她打扫猪栏。

"你做什么呀？放下！放下！"

嚓——我的衣被猪栏上一颗铁钉挂住，拉开了一条大口子。真是越急越出乱子。

"看你！"她嗔怪地皱起眉头，"快脱下来吧，我帮你缝两针。"

只穿一件单衫。要我打赤膊吗？太不好意思。

"脱呀！"她看出了我的犹豫，自己的脸先红了，转过头去，口里却批评我，"这有什么要紧呢……"

她接过我的衣，背对着我开始缝补。这时我才看清了她：辫子像一缕乌云盘在头顶；从侧面看去，下巴柔韧有力，眼神文静温柔，而且，而且……我无意中看见她衣领里，那太阳晒不到的地方，洁白的肩膀，一颗黑痣。像犯罪一般，我的心激烈地跳动起来……

她在说着什么。好像还在埋怨我的冒失，好像问菌肥试验还搞不搞，好像看见我那件衣的口袋里有本《斯大林传略》，于是找我借书。我大概都回答了，天知道我是怎么回答的！

以后，借书，还书，谈保尔和马特洛索夫，普希金和马雅可夫斯基，谈"共青团之城"，她成了我们房里的常客和"老听众"。但我很拘束，讲话不连贯，词汇也贫乏。活见鬼！我不是说要三十五岁再恋爱的吗？怎么就胡思乱想了呢？我努力扑灭这一星感情的火花，严厉地批判自己。"猴子"看出了其中奥妙，挤眉弄眼要给我看相，说我命里注定要当一个老革命的贵婿。我恨不得一饭钵盖在他脑袋上。

"笑话！我现在就恋爱？再说，她有什么值得我爱呢？胆子像兔子，老实像绵羊，只配当幼儿园的阿姨……"我装着不以为然，故意贬低她，可批评到最激烈的时候，我自己也觉得声音显得虚飘，我发现确实有点不对头了。

唉，这里面还有一层很大的忧虑，就是她有那个难以捉摸的父亲……

小雨是劳动模范——工区的"穆桂英"。名字上了红榜。不知为什么，我尽管对农场前途忧虑，也总想自己的名字跳到红榜上去。我暗暗地努力着。不料，挫折"咣"的一声出现……

我调到机耕队，那天开着一台红色的履带拖拉机，到八号坡去犁荒。

刚上坡，听到身后有人大声喊："站住！"

好像是她那位父亲的声音。出了什么事吗？我赶快刹住车。

奇怪——他像头发怒的猛兽，深一脚浅一脚追上来，"你混账！混账！"

老天！疯了吗？我躲开去，泥块碰到机窗上，碎成粉粒，留下个黄印子。

"场长……"

"你下来！"他大吼一声。

我赶紧下来。

"帽子戴正！"

戴好了。

他扬起手里两截树苗，"你好生看看，这是什么？"我一看就明白了，树苗断口是新的——可能是刚才上坡时思想开小差，轧断了路边的梨树苗。

"你的眼睛到哪里去了？简直是搞破坏！搞破坏！我讲过好多遍了！这是江西来的苗子，盘得比肉价钱还贵几倍，买都买不到。你当大少爷？你你你，你这个骆驼斯基（托洛茨基）！"他一急，记起了延安时期记下的这个外国人名字。

地上的人都来了，有人偷偷朝我伸舌头，有些平时恨我太积极的人，幸灾乐祸。

副场长杨守胜也来了。他同我关系较好，家里也在省城，是我们下乡的带队人，所以我们叫他"老知青"。他想把场长拉开。

场长还不肯走，冲着我点指头，"你听着，你们大家都再听着，下次哪个再破坏公家财物，我……一枪崩了他！"

青年人的自尊心，使我终于忍不住了，也冒火起来，"你凶什么？我赔钱！"几张钞票掏出来，狠狠地摔在地上，还有硬币在蹦。

"好哇，你还是这个态度？你等着……"

他终于被老杨劝开了。副场长又回到我身边，笑着帮我整整衣领，安慰了几句。大意是要我以后注意点。至于场长，农场一草一木是他的命，性子急躁，不过一阵火发过了就没事了，当然，这个……

我本来只顾冒火，听这话，倒触得心里一热，委屈的泪水湿了眼眶。

"小马，你不要哭嘛……"

我忍住不哭了。可我受不了！受不了！这个场长，什么老革命？什么共产党？军阀作风！我大吼起来："这个鬼农场！我不干了！"

……

当劳模没指望了，我极力避开小雨。那天她找我去出黑板报，我也装耳朵聋。为什么要避开她？我自己莫名其妙。

不过地位的变化是想象不到的。不久发生了一件怪事——

晚上，我提根梭镖去站岗，看守工区堆放的几百根杉木。公路边有点动静，刚想去看看，突然被一根绳子绊住脚，倒在地上。还没想到是怎么回事，领脖又被一双手掐住了，掐得我两眼发花……

见鬼！什么人？

我被带进一个山洞，松明的烟火充满了这个小小的空间。火把下，一个缠罗布头巾的黑脸汉踢了我一脚，明晃晃的大刀提在手里，泻下一道寒光。"你晓得我们是什么人吗？"

应该表现勇敢。

"我们是救国先遣军第八纵队……"

天！我不相信自己的耳朵。

"今天晚上全县暴动，你们农场已经被包围了！明天我们一早占领县城，改换乾坤。你这个嫩崽子识相点……"

我血往上涌，立刻想起了烈火、刑具和尸体。

"说！"黑汉子眼一瞪，火光照亮了他的半边脸，"你们场里哪些是共产党？你们武装部的枪放在哪里？你们的场长、书记住在什么地方？统统说出来！说了就没有你的事。"

"快点！"又是一张半边亮的脸。黑洞洞的枪口对准了我的胸口。

我愤怒了。"打倒反动派！打倒特务！"我担心迟疑会使我胡思乱想，于是不停顿地高喊口号、挣扎、咬，为了示威，也为了支撑自己的胆量。

头上是洞顶，岩石像黑乎乎的波浪。说实话，我害怕就这样死去。那黑色的波浪中有茅草地，有清清的甘溪河，有我那么多朋友——"猴子""大炮""博士"。李队长，还有她——小雨的面容。怎么能就这样快离开她？……也许，我应该想法求生？暂时答应他们的要求，出了洞再设法给大家报警，行吗？或者……但我知道敌人不会轻易受骗。

再见了！我所有的亲人！我忍住泪，喊出最后一句口号，绝望地望着黑色的波浪，体会着生命的最后一刻。奇怪的是，过了一阵，我活着，实实在在地活着。

一只手拍拍我的肩。场长站在我面前，腰扎皮带，下面是一条马裤。他很激动，眼睛闪着亮光，使劲地捶了我几拳，"嘿嘿"两声，说不出话来。旁边，那几张半边亮的脸挂着笑。

"搞什么鬼？"我哭笑不得，大叫起来。

"莫闹！莫闹！"黑汉子眨眨眼，得意地笑着说，"查阶级立场，这才是真场合啰！"

第二天我才知道，当时上级要搞查立场、讲传统、鼓干劲的教育运动，场长就策划了这一次"演习"。

场部开了职工大会，把我和几个青年请上台。场党委成员亲自给我们戴红花，敬酒。场长把我们一个个介绍，如示家珍。"这才是共产党的好伢子，好汉子！碰到第三次世界大战，就要靠这号人……"当然，几个没受住"考验"的，挨了他一顿臭骂……

我的名字真的上红榜了！不过我只有苦笑。

查立场，抓教育。政治的强心针，还是不能使大家持久地鼓起劲来。场长找下面的人了解情况，也找到了我。

"我没意见！"我气冲冲地说。

"你还在怄气？"他笑着拍拍我的肩膀，"你这伢，那天在地上我一时性子躁，官僚作风，其实呢，我这个人是老鸦变的，嘴巴丑。"

我还是冷冷的，摆弄一把扳手。

"你心里蛮不痛快？我还有哪点对你不起？还有哪些不是？"

我"哼"了一声，不知要从哪里算起，就随便点了几件大家有意见的事：休息太少啰，两三个月没看上电影啰……

他摸摸头，想了想说："这些事，好办好办。"

他还算得个能听意见的，尤其他心情平和的时候，由他信任的人来提意见。第二天，他同几个头头商量了一下，就宣布全场放假一天，命令场部扯起银幕，晚上放电影。片子是写抗美援朝的，他兴致大发，换片时叫来宣教科长说："今晚要看个痛快！你现在吃点苦，骑我的马到县里跑一趟，再搞两部片子来，要好看的！"科长说，看得太晚的话，大家会肚子饿。场长扬扬手："叫食堂煮饭！"结果，那天看电影一直看到半夜三点钟，几百职工还吃了一餐香扑扑的大蒜炒腊鱼——场长、副场长出钱请客。

场长请客是常事，用钱从来很大方。一个月工资两百来元，不搞积蓄，除了留点烟钱外，剩下的哪个要用只管开口。买烟也是一买好几条，丢在抽屉里，张三李四都可以去"共产"。这种颇有豪爽气的平均主义，方便了一些贪小利的人。有些人经常找他"揩油"。赵海光也摸来了一包飞马牌，在我面前洋洋得意，还讨来了场长一顶单军帽歪戴在头上。

"马儿，"他喊我的外号，"你也去搞双军鞋来吧，我看清了，他还有两双。"

当时我父亲怨恨我，很少寄钱来。我一双胶鞋早就底面分了家，但我不愿意去做那种事。

一天，场长在路上碰到我，看了我一眼，说："你来！"

"做什么？"

"来！"

他把我带到草市街。这是靠甘溪的一个小镇，四周有小城墙，是以前为防土匪修建的。墙内麻石"官道"通小码头，有各种店铺。碰到"赶闹子"，总是人群拥挤不通，热热闹闹。其中最引知青们兴趣的是竹器、草田柚、大板栗，还有一些老婆婆叫卖的粉红色糖酸萝卜。

场长背着手，把我带进了设在观音庙里的供销社。"妹子，"他朝百货柜一个侗族姑娘点点头，"请你打盆热水来好啵？"

附近的人都认得这个大名鼎鼎的老革命。女售货员一笑，立刻办到了。

他又撞开经理的房门，拿来一张椅子。那随便的态度，像到了自己家里。

"洗脚吧!"

我猜出了什么,有点慌乱。

"洗吵!"他见我不动,就蹲下去抓住我的脚用劲洗了两把,又把袖口一扯,三下两下擦干了。"你穿好多码的?"

"场长,我自己有鞋……"

他不理睬,分开指头量了一下我的脚,去柜边选了一双大胶鞋,往我脚上一套。捏捏鞋尖,还刚合适。"要得!"点了点头。

"场长,我真的不要……"

"穿了!"

他满意地看看那双鞋,从口袋里摸出一大把东西来,有子弹壳、纸条、钞票、烟丝、私章。他把钞票和硬币一一选出来,付了鞋钱,其余的掂了掂,全部往我手上一塞:"你先拿了用吧,没得了再找我……"

我说不出话来。

他像没发生任何事一样,随便得很,同几个熟人打打招呼,背着双手迈开八字步,出了庙门……一出门他就同我谈起其他话题:美国的艾森豪威尔,拖拉机,打麂子,仿佛根本不记得刚才鞋的事了。

临分手,他鼓励我积极上进,争当骨干。不料其中有句话使我心里猛地一沉:"……喂,你们青年中有谈情说爱的没有?有,你就找我报告一声。"

场长是不准谈恋爱的。他说过:现在是创业期,三年内不准谈爱,要是哪个把资产阶级的香风臭气带进来了,他就不客气。每次看电影,他要男女分开坐,还叫队长带着民兵四处搜查,看有成双成对的"地下活动分子"没有。在场长面前,一男一女不敢随便谈笑,连买画都要注意。有次,我们工区一个外号叫"米老鼠"的女青年买了幅"罗密欧与朱丽叶",场长见了皱起眉,咕哝一句:"无聊!"气得那个姑娘哭了一场。

场长偏偏又是小雨的父亲!听老杨说,小雨老家在苏北,父母是进步教师,被反动派杀了。场长在一次战斗中救了她,讨米汤养活了她。解放后,她才从老乡家里回到场长身边,后来又进了某农学院。场长说:

"学农业，跟我到农场去学吧！"就要她退学来到了茅草地。她是场长唯一的家庭温暖，常常晚饭之后，场长就拉她一起下象棋，或者一人一张竹椅，坐在坪里要她念一段关云长或鲁智深。

现在我对小雨该怎么办呢？

同她的接触更多了。夜晚，巨大的圆月冒出了茅草地，一片宁静随着银雾般的月光洒在大地上。隐隐约约的甘溪像一抹水银，发出蓝宝石的光芒，像童话中的生命之湖，像一个紫色的梦境。天地间一片无边的、神秘的、柔软的蓝，好像有支蓝色的歌在天边飘，融入草丛，飘向星空，青年们坐在水库边上谈天、唱歌、背诵诗歌，或者，为一个问题争得面红耳赤。

偷偷看一眼小雨，那个坐在最右边的小雨，那个头发镶着月色银边的剪影，心里总是不安。以至有一次"猴子"问我马克思的第二个女儿叫什么名字，"小雨……"我糊糊涂涂脱口而出。

"什么？"他们哄堂大笑了。

我知道出了乱子，费了好多口舌，才使大家的注意力没有滑向"危险"的方向。

我想摆脱胡思乱想，就发狠看书。但书本反而增加了我的勇气——看！这是马克思的爱！看！这是伏契克的爱！堂堂男子汉，要恨就恨，要爱就爱，怕什么呢？……

同"猴子"合计几次后，我决心不顾风险，去向她说明。

行动开始了，我送了本书给她——她完全不需要的《大众哲学》。里面夹了张纸条，我约她晚上在甘蔗地东头见面。

她悄悄来了，看不清她的脸，只看见她在拢一头湿润的长发，有洗发粉的清香。

真需要勇气、沉着和机智啊！去他的！我决定，走到前面第三棵树时，就开始一切。

"你不要讲……"她低下头去，轻轻地说，"我都知道，这事，是不行的……"

两眼一黑，我急了，"为、为什么？"

"爸爸说，不应该在这个时候恋爱。"

"这、这种说法就对吗？"

"……爸爸说，谈情说爱会分散精力，我们现在主要的任务是创业……"

真是奇怪！以后的精力就可以分散了？爱情是风雨中的火把，航途上的风帆呵！你不懂？——我几乎要说出诗一般的台词了。

"你不要生气。爸爸说……"

"又是你爸爸！你爸爸！你爸爸！"

"不，不要这样说，我求你！"她知道我的意思，眼角有一滴泪，"他是好人，顶好的人！你不知道，他对党的事业……"

完了，她是父亲的崇拜者。希望已经像风一样无影无踪。

突然，远处有一圈手电光朝这边一晃，有人喝问："哪一个？"

小雨一把抓住我，声音发抖，"爸爸！爸爸来了！你，你快跑吧！"

没怎么细想，我拔腿就跑。听得身后有熟悉的粗嗓音："小雨，你在搞什么？那是哪一个？……站住！站住！不站住老子开枪了！"

他追来了，追过甘蔗地，追过花生地和粪棚子，追过那台摆在山上的拖拉机，追上了公路……足足有三里路了，五里了，七里了，还在后面喊叫，大概不追到是不罢休的。我像风箱一样出粗气，鞋子掉了一只，脚一弹，是被什么东西刺了一下。去他的！我好糊涂！我为什么要跑？为什么要跑？

"混账！"他追上来，指着我大骂，"你，你还有没有组织观念？你还要不要前途？要不要脑袋？青年人，不学好样！"

"我没有错！"

"胡说！"

"我没有错！"

他大概被激怒了，脚一跺大吼一声："举起手来！"手电筒照得我眼花，我想他肯定还用驳壳枪对准我了。

就这样，我被捕，并受到"禁闭"——关进了工具保管室。这是场长新定的特殊教育方法。被禁闭的还有几个，有的是偷了场里的西瓜，有的是违反禁令私自下河游泳。至于"猴子"和"大炮"，他们是私自去"水帘洞"，想看洞里是否藏了美蒋特务，听农民说那个洞可以一直通到四川峨眉山，他们想去探探险。这当然是场长不准许的。场长怕大家进去后会找不到出洞口，会饿死在里面。

几个"难友"都哭笑不得，满腹牢骚。"猴子"则唱歌取乐："坐牢算什么，我们骨头硬！放出来再前进……"

场长决定批我，这天派人送了个条子来工区通知开会。他的字太差，大家都说是"甲骨文"，没人能看懂，李长子皱着眉头，横看竖看搞了半天，把字条往衣袋一塞，还是带我们去挖水沟。

刚做了阵工夫，嘀嘀哒哒，路上溅起一线黄泥水，场长骑马一阵风赶来了。他手执马鞭，脸色铁青，一脸怒气，脑袋上一道伤疤涨得又红又亮，一下马就大喊："全体集合！"

队长当然首先被刮了顿胡子："你这个队长当得好！目无领导，不听指挥？"

"我哪里目无领导？"

"喊你们开会，为什么不去？"

"晓不得呵！"

"没看见我的通知？"

"你那个条子是通知开会哇？嘻嘻，你那个字，恐怕只有神仙才认得！"队长也学得敢于顶撞了。

"不认得？何事不派人到场部去问一声？你晓得这是什么通知？是好玩的啵？"

字条上有三个血红的指印。我记起来了，场长说过：当年他们搞游击队的时候，信上打两个红指印表示紧急，三个表示特急。

没等知识青年们笑出来，场长又冲大家瞪眼睛："见鬼！这么多机西（知识）分子，字都不认得，读了书有什么用？——立正！"他来回看看，叫几个人出列收拾工具，其余的——"向右转！齐步走！"

我知道会议与我有关，拒绝参加，以示抗议。我想这可能会把场长惹怒。奇怪，他反倒温和沉着，尽量用耐心说服的腔调说话："……你不去？你你你还有什么道、道理吗？"他偏着头，急得有点结巴，"那好，我们就一条条辩清清楚楚吧！第一，我们是农垦战士，一个部队要是准许战士随便谈爱，还有战斗力？嗯？第二，硬要谈，向组织报告报告，批准了，公开地谈嘛，为什么要晚上偷偷摸摸地搞？是不是无组织纪律，嗯？第三……"

看来我无法同他辩论清楚。

结果，我当然还是去开会了，脑子里闹哄哄的，只看见小雨在低头哭，只记得好像场长作了个报告，其中有一串"搞"字：把革命干劲搞上来，把棉花搞上去，把甘蔗搞上去，把农场搞出个新面貌，气死帝国主义外国佬……

代表发言。大家批判我的时候都"棒下留情"，只有场部一个姓袁的行政科长愤愤不已，大谈了一通我的"蜕化变质"。这个姓袁的，平时见人三分笑，还能够操一口半城半乡的腔调，找知识青年开玩笑，一起打篮球。但转背就可以把你讲的话变成材料报到领导那里去，我算是看透了！好，以后等着看吧！

场长把小雨也狠狠批评了一顿，然后把她调到场部去，规定我们不能来往。我估计场长不会轻易放过我，会调我出机耕队，到哪里去"改造"。但是没有。李长子说，场长还记得那次"山洞考验"，对我有些好感。

我找老杨发牢骚，他只是苦笑。后来我才知道，这位志愿离开省农业局来办农场的"老知青"，也有很多苦恼。以前他维护场长威信，处处提向工农干部学习，现在才发现这种"威信"有点可怕。任何不同意见，在党委会上都可能是孤掌难鸣。尊敬、盲目、害怕和讨好，都增强着场长的力量。他一声咳嗽，可以压倒你的长篇大论。——而且，老杨最近就要调离这里了。

副场长没办法，只好由场长摆布。不久，据说场长想不通为什么我这个"立场坚定"的人也会被"糖衣炮弹"打中，决定要加强思想教育。他病了，吐血，还带着那个袁科长来工区抓"整风"——知识青年的日记、小说和书信都要接受审查。场长不喜欢养花，就要姑娘们把门前的野玫瑰拔掉，改种蔬菜；他喜欢听唢呐胡琴，就对"下巴琴"（小提琴）也看不顺眼。看见一张泰戈尔的画片，就指着问："是不是资本家？开什么铺子的？"看见一本诗集的封面上有新月图案，就锁紧眉头："土耳其！土耳其！"——因为他在朝鲜碰过土耳其的军队，土耳其的国徽上有新月……

小雨当然更加受到场长的关心，甚至连外国小说也不准读。每隔三五天，还要她到袁科长那里汇报思想，接受帮助。袁科长也立刻讨好邀功，把她的几个女伴都调查一番，查出"不轨言论"就开会批，要不是场长后来又说"处理从宽"，有两个还差点被开除团籍。

场里的"革命化"抓得更紧了。除非家里病人死人，知识青年一般不能回城。在场长眼里，城市是腐化蜕变的发源地，他主张以后最好把机关学校都迁下乡来。场部行政科要求职工天天晚上学习政治，由指导员讲形势、任务和原则。行政科整了一大批人——有些事场长当然并不完全知道，是袁科长搞的鬼！

上级表扬了农场的工作，职工的怨恨却在膨胀，大家用消极懒惰来报复领导。好些人只要干部不在场就"磨洋工"，看见牛上地吃花生苗也懒得赶。机耕队一部拖拉机坏在山上，买不到配件，谁也不去想办法解决。

这一年加上干旱，生产更混乱。冷冽的冬天来了。工资发不出。花生保管不善霉坏了。每人只得两斤霉花生过年。寒衣也缺。看到这个场面，场长也急得吐血了。他亲自带着两个党委委员出去"接头"（跑外交），也不管什么组织手续办事程序，冲到县委农村办，冲到物资局、工业局，碰到头头就一屁股坐下不走，四处"募捐"。县里干部都比他级别低，县委书记也要让他几分。结果，也靠他这点无视章法的"权威"和干劲，搞来了两汽车七八成新的工作服，不知是矿工的还是劳改犯的，每人免费发一套，虽不合身，也可挡点风寒。

知识青年们还是怨声载道。除夕晚上，没有鞭炮声，大家烧着棉花秆，敲打着铝饭盒和洋瓷缸，唱起了忧郁怀念的歌，歌声飘向月下的雪地。

"我的家，在东北松花江上，那里有……"

场长和党委几个干部来了，提早给大家"拜年"。他带来了一壶好酒和几包好烟。他想要大家痛快起来，气氛活跃一点。他讲了些笑话，什么猪八戒到高老庄做女婿之类。

笑声是勉强的。李长子怕冷场，打趣道："张胡子，你经常说你小时候练过武打气功，可以飞墙走壁，怕是吹牛吧?"

"瞎讲！我张种田吹牛？"场长喝了口酒，有意逗个热闹，"不信我就来两手把你看看！"他把棉衣一脱，在屋里真的表演起来。一个马步，全身运气，"嘿！"脚一跺，额上青筋直暴，脸成了紫红色，十个短短的手指头痉挛发抖，"嘿！"又是脚一跺，嘣的一下砍断了一块窑砖，粉末直飞……

"好哇！"有人鼓掌叫好。

掌声落，场长又来了两个节目，全身冒汗气。

可惜的是，气氛又冷下去了。他讲起农场明年打算的时候，他唱起"光荣北伐……"那首歌的时候，有几个不辞而别，火堆边空出了座位。

李长子故意显出兴致仍浓的样子，大口喝酒，"这些后生子没的用，只讲除夕守通宵，就去睡觉了。"

"唔……"

场长偷偷往左右看了一眼，手沉重地扣棉衣，摸手电筒。"哦，我也要睡了……"像个不讨好的演员，他精疲力竭，轻轻叹了口气，摇摇晃晃出门去了。佝偻的身子，裹进风雪之中……

这一夜我没有睡着。不知为什么，总想起了那个佝偻的背影，唉，场长，太刺伤他也许是不公正的，他的汗水并不比我们少流。那么是怎么回事呢？我们不缺乏手茧，但只得到几把霉花生；我们也不缺乏先进工具，但拖拉机在山头生锈；我们也不缺乏热情，但得到小雨的泪水和朋友们的哀歌。那么怪谁？怪那个把他推向了场长位置的历史？也不，历史曾经因为有了他的呐喊和奋战而骄傲……

好冷的月光呀！场长也没睡着吧？

自然，我很少再见到小雨。

几次在公路上碰到她，她背着竹篓，或担着柴，看见我的拖拉机就慌乱地低下头去。只能看见她压抑着心事的睫毛。

我知道我们被一座大山永远隔开了，这座山是场长，是她对爸爸的爱和崇拜——当然，也可能她心中本就没有我。

后来，则是我不愿意看见她了，因为发生了一件事——农忙期间，机耕队提出有两台车要维修保养。场长不同意，要我们"咬咬牙关"，先把甘蔗运完再说。结果机械事故发生了，一道疲劳裂痕把我和拖拉机送下路基。一个副手重伤，断了两根肋骨，而我脸部被破坏得厉害。出了医院，从人们惊恐躲闪的眼光中，我明白了一切。都明白了。要看镜子吗？没那个必要了……

小雨和她的女伴来看我，我躲开。同情和安慰的表情在眼前晃得够多，还要加上她的泪珠吗？我已经慢慢学会思索了。我不愿意她的美好明天中，有我这些可怕的伤痕，不愿意她痛苦，或者为我牺牲什么。

但我还是经常到猪场边去，好像那里还有她的气息；我不再讲粗痞话，她批评过这种坏习惯；我有时遥望场部的灯火，那黑色海洋中一串金色的省略号，想象她现在的景况。她在做什么呢？

我命令自己不再想她，但她的消息，还是钻到我的耳朵里。听说她一天天消瘦起来，很少言笑，眼圈经常发黑，饭量也减少，还一天天发疯般地做事。场长担心她的身体，一天给她买一斤肉（当我受伤时，场长也给过这种关照），但不顶用。又急急忙忙请医生，医生也没奈何。最后是一些干部向他说了些什么，他思索着说："未必是没有谈爱的缘故？未必这条纪律定得不对？……好啰，从明年起他们要谈就谈，不过要正正派派地谈！"

越不想她，关于她的消息好像越多。听说场长不准她找我，因为我的习性不合他的意，而且小雨比我大一岁，这也是不能容忍的。他给她提了个对象，就是那个袁科长。袁是场长的同村人，会扶犁掌耙，讲讲写写也有一套，最近又提为场党委委员。这些都令场长满意。但群众对姓袁的不满，这个老围着场长转的人，害过不少的人，连杨副场长也在政治上被他暗算过。

我估计小雨为这桩婚事苦恼，是的，我敢断定！这天晚上，"猴子"突然神色慌张地来告诉我，说她来找我，就在甘蔗地头上等。

"我不见她。"我心里咚咚跳。

"她一定要你去！"

她瘦得厉害，颧骨都突出来了，脸上有汗和日光留下的黄色的暗影。见到我，张开嘴像要说话，但泪水涌出来了，她捂住脸蹲了下去……

天快要下雨。闪电像害怕什么，亮一下又赶紧藏进云里。山头上几堆没有烧尽的火土灰，发出忽明忽暗的火光。萤火虫在游动，像在寻找白天遗失的梦。

她一直哭着，直到天落下雨点，才站起来仰着头，"我要来找你，你不要我来，我也要来！我一定要找你！"

"做什么？"

"你知道。"

"知道什么？"

"你心里清楚的。你说，我该……怎么办？"

我庸俗。是表现自己的清高无私，还是想尽快打发她回去？我夸奖那个姓袁的，用一种坦然诚恳的腔调——他嘛，成分、相貌、才干，各方面都好，前途远大……

"不！"她失神地睁大眼，一反常态，一口气倾泻了一场暴雨："不对！你这是假话！不是心里话！我知道，你们都不喜欢他，警惕他。你们现在也开始冷淡我，疏远我，背后议论我，议论我爸爸！我清楚！全部都清楚！连小梅和慧慧都不同我讲心里话了！……我害怕！我恨那个人！决不跟他走！……"说完又捂着脸哭起来了。

我全身颤了一下。啊，这个自己父亲的崇拜者！她……

雨已经把我们都淋湿了，但我们没有动。

她又抬起头，眼中有期待，"我这样对吗？"

沉默。她望着我，似乎还等待我说什么。说什么呢？也许我明白她的意思。五秒钟，十秒钟，十五秒钟……暗夜里的眼睛在交流着一切询问、回答和倾诉，这里面包含着多少词汇和语法！如果是以前，我一定会抓住她大声说：小雨！跟我走吧！从你父亲身边逃出来吧！我们到天涯海角去！我虽然有一张可怕的面孔，但是有善良诚实的心！……可是我是现在的我了。我能叫她和父亲决裂吗？她下得了那个决心吗？跟着我，是出于爱还是出于怜悯？我终于平静地说出："雨下大了，你，应该回去……"我费了很大的劲，没把这句话说完。

她半天没说话，借着闪电，可以看清她眼里的泪花。"好，我回去。我，就是来告诉你这件事的。"她嘴唇一抖，扭头跑了……

美丽的小雨，就这样去了。她的心我明白了，我的心她也该明白了罢。她走了，没有告别，夜雨中飘逝了。我含着热泪久久凝望夜雨，我祝福她。

不料，几个月后听说她得病进了医院，医生说她有风湿性心脏病，贫血，还可能有癌症。医生说她体质太虚弱！

我心慌意乱，打算去看看她，把家里寄来的仅有的几块钱，全部买了营养品。但这天刚要动身，队长回来了。递给我那本《大众哲学》，"这是你的吧？一直压在雨妹子枕头下，晓不得是哪个的。"

"怎么？"我有种什么预感。

队长叹了口气，擦起眼睛来。

死了！……一个炸雷把全工区震动。

我的心像被割了一刀。小雨，小雨，我还有好多话要对你讲！你一直痛苦，我知道。姓袁的被你拒绝，就在场长面前造谣，污蔑你，父亲也训过你，这我都知道。但你应该坚强，应该好好地生活……但现在，这些话对谁去说呢？

很多人为她惋惜，为她悲痛，连油嘴滑舌的"猴子"，也揪着自己的头发号啕大哭，扑到我身上，在我的肩头狠狠咬了一口。我后来才知道，他也一直暗暗地爱着小雨。可怜的朋友！我没有同他讲什么，也流不出泪来。悲痛使我反常地平静，只是独自朝外面走去。我到哪里去？她在什么地方？我算她的什么人？前面是蒙蒙细雨，亮滑滑的路。哪里是她走过的路？哪里是她锄过的地？现在，在哪里还能听到她唱出的歌？看到她那温柔沉静的目光？几页诗撕碎了，像雪片飘向甘溪——这是关于她的诗，应该交给她；让它变成白色的蝴蝶，去追赶匆匆走了的她；让它落进土里变成白色的玫瑰永远开放在两个人的心中吧。这个世界有多少东西值得用白色的花朵埋葬！也许包括那些美好而软弱无力的感情。天地是这样广阔，好像使劲喊也听不到回声。远山像一座座坟墓，像一个个乳房，像一排排历史丰碑。是死亡，是生命，是永恒？你们能告诉我们什么？那远山中藏着什么秘密？我无目的地朝前走，远山向后退去，好像与我永远分离。——遥遥遥远的山！迷蒙的山！

场长当然也极为悲痛。傍晚，看见他在野外，对着天边静静的红霞，红着眼大声喊："丫头——你给我回来！回来！——"

叭叭叭，驳壳枪朝天响了。

枪声像雷声，像破竹之声，惊飞几只野鸡，尖锐地升入寒冷的高空，最后，消逝在最后一抹晚霞中……

谁也不敢去劝他，只有他两个干儿子，缠着他的脚哭喊："爸爸，爸爸……"

场长很快病倒了，农场无头更加乱，到第二年，只好作为长期亏损单位解散。杨守胜带着省农垦局一个工作组来了。中央一个副部长也来了一转。他是给场长送名字的那位首长，也是场长最敬畏的老上级。据说他狠狠批评了场长一顿。场党委开了七天会，会后老杨召开职工大会，传达了经济整顿精神，肯定了场长和全场职工的功绩，然后宣布农场将由附近几个公社分区接管。清理财产，安置人员也马上开始了：大部分知识青年转去修铁路，据说可望转为铁路职工，这当然令大家高兴。

在我冷静的目光中，大家热热闹闹庆贺，杀鸡、打狗、劈板凳、箱架烧火。一些本地职工则乘乱偷铁丝，偷锄头。菜地上吃不完的菜，把猪和牛赶去吃。大家要离开了，也不再怕场长了，场部贴了些大字报，意见五花八门。群众说他瞎指挥。干部说他独断专行。一个新来的会计说他那次搞寒衣是破坏财经制度，利用特权"慷国家之慨"。姓袁的则一天一个"揭发"，处处表现同他"划清界限"……

我清理书籍和行李，发现那双已经破了的胶鞋，不觉心里一动——场长呢？这个茅草地"王国"辛勤的"酋长"，几天来在哪里？

听人说，他几天没沾水米，经常在地上走来走去，落黑也不回家。那匹马被他打死了。他将要调到某学校去当书记，不需要马了。食堂吃马肉那天，人们看见他没尝一片，只喝了整整一斤酒。

我去看过他。房里乱糟糟的，人不在。他可能还在地里走，捶一捶这棵树，摸一摸那头牛吧。天下雨了，他还没有回。他还在雨中思索吗？思索昨天还是明天，他将要去领导一个学校了，他还将重复他的欢乐和痛苦吗？时间在嘀嘀嗒嗒跑，沉重的负担，命运给他的负担，什么时候能够甩开？……

雨还在无声地飘落。不知为什么，我烧了一罐姜汤，扫净了地，抹净了桌子。一双旧皮靴上尽是泥巴，一点一点，好容易才刷干净，整齐地摆好……然后我终于走了，轻轻地拉上门，一点声音也没有。

真的，我不知道为什么会这样做。

直到我们动身那天下午，我去买点东西，才在草市街看见他。他在冷清清的供销社里，靠着冰冷的水泥柜台，端着一个酒碗。他显得老多了，眼发红，没有小雨照顾他，衣服破烂了也没补好。背有点驼，喉结在滚动。要不是那道虎生生的目光，我真怀疑他是哪个瑶寨里来的老汉。

他朝我点点头，勉强一笑，"喝酒啊？"

我摇摇头。

庙门外熙熙攘攘，一些农民赶着农场的牛，拖拉机喷着黑烟，拖着农场一些财物不知要到哪里去。再看过去，将要离开这里的青年们正往几部汽车上堆放行李，白球鞋，运动衫，笑脸，晃动着。茅草地一场雄壮的"革命"，由这些作了总结。

场长眼里掠过一丝凄凉，闭上眼，喝了口酒，回过头来，"你们到这里有几年了？"

"四年。"

"哦，四年，四年，好快呀……你们，行李都上车了吧？没掉什么吧？……到新地方要注意啰，要搞好团结，慢慢适应水土，修铁路不比做地上功夫，容易出危险，做事宁肯慢点，莫慌手脚。嗯？"

真是奇怪，离别可以使粗心的人变得细致，横蛮的人变得柔和，使存怨的人忘记对方的种种过失。我的心轻轻颤抖起来。

他突然问："你们，都恨我吧？"

我不知该怎样回答。

远处汽车喇叭响了。他苦笑着闭了闭眼睛，无力地挥挥手，"好了，你走吧，走吧，不早啰！"

"场长，"这两个已经陌生的字，这两个现在已经没有意义的字，使我的声音异样，"你不去车站看看？"

"不不……"

他拿着酒壶，踉踉跄跄出了门。我后来才听说，他不到车站去送行，是怕受大家冷眼。不看见，心里还安稳些。

汽车开动了，一片"再见"声。刚出街口，我突然看见甘溪桥上一个黑影，是的，是场长，我可以断定！他也许在向这边张望，像一块石头，一个黑色的惊叹号！渐渐地，黑影变成一个黑点，看不见了，看不见了……但我分明看见他脸上痛楚的表情，眼角一滴酸泪。

> 光荣北伐武昌城下，
> 血染着我们的姓名；
> 孤军奋战罗霄山上，
> 继承着先烈的殊勋。
> ……

场长，你还唱这首歌吗？我还能看到你吗？我多么想抱住你，再听你谈谈大刀和硝烟，痛痛快快地哭一场，哭你身上和我身上的伤痕，哭小雨，哭大家，哭天地间这么这么多的人呵……但我不会这样做。

风停了，雨住了。灿烂明亮的甘溪从落日那边慢慢流过来，落霞晚照，水天一色，茅草地似乎在燃烧。那台废拖拉机还摆在山上，像刻记一切的碑石，像经历了多次失败的英雄，面对自由的风，静静地注视着过去和未来。红色的空气在微微波动。这样一个美丽安静的世界，金红色的世界，像一道闪电，就要滑过去，就要消失了。

车身晃荡，车内一片笑声。"猴子"和"大炮"在抢烟，笑声特别响。他们在笑什么呢？笑手里的烟？笑各自的前景？笑离开茅草地？笑总算掀掉了压在肩头一副重担？可能，是该笑笑了，但现在的一切都该笑吗？茅草地的事业，只配用笑声来埋葬吗？幼稚的理想带来了伤痛，但理想本身，崇高和追求本身，旗帜和马蹄，也应该从现实生活中狠狠地抹掉吗？——你们到底笑什么?！

我笑不出来，双手抵住膝，手掌从额头往下遮住眼睛，在任何人不知道的情况下，偷偷流出一滴泪。泪水是咸的，静静地往下淌……车厢突然静了，也许是大家注意了我，也许是我自己没有感觉到笑声吧。只有寂静，寂静伴随我向前，一步步远离身后金子般的土地。再见了，茅草地的一切！留在这里的汗水！留在昨天的一部分生命！我在寂静中回首眺望你们，再见了！多少年来，这块古老的土地埋藏收纳了那么多的枝叶、花瓣、阳光、尸骨和歌声，层层叠叠，它们也许会变成黑色的煤，在明天燃烧。

《人民文学》1980年10期

爬满青藤的木屋

古　华

　　多年来，雾界山林区流传着"瑙格劳玉朗"的故事。"瑙格劳玉朗"就是瑶语"瑶家阿姐"。说是在雾界山古老幽深的森林腹地——绿毛坑，有个守林子的瑶家阿姐，名叫盘青青。她在山里出生、长大，招郎成亲，连林场场部这样远的地方也只来过一次。所以林场的后生子们只听说她是位仙姑般的阿姐，没有见过她本人。她家祖辈都住在绿毛坑一栋爬满青藤的木屋里。木屋是用一根根枞木筒子筑起来的，斧头砍不进，野猪拱不动。枞木筒子埋进土里的那一截，早就沤得发黑了，长了一层层波浪形花边似的白木耳。木屋后头是一条山溪，山溪一年四季都是清悠悠的。木屋和外界的联系，除开一条小土路，"文化大革命"前还架设过一根报火警的电话线路。有年冬天落大雪，把电话线压断了。"文化大革命"以来林场领导上台下台像走马灯，夺权反夺权的政治烧饼都翻不赢，也就没顾上再派人把电话线路修复。因而那根象征着现代文明的铁线线，终于没能再进入到这古老的森林里……平常日子呀，白日黑夜，几万亩林子，要不是这木屋里偶尔有几声鸡啼狗吠，娃儿哭闹，木屋上头飘着一线淡蓝色的炊烟，绿毛坑峡谷就清静得和睡着了一样。就是满山的鸟雀吱喳，满山的花开花落，也不曾把它唤醒。

　　盘青青的父母过世得早。她男人名叫王木通，是个汉族人，生得武高武大，有一副打虎将似的好身骨。夫妇两个都是林场的守林人。王木通喜欢顿顿饭前喝两杯盘青青烤的包谷酒，除了偶尔发酒疯，把盘青青打得青一块、紫一块外，还不算个坏丈夫。他也晓得疼女人，从不要青青上山打柴火，木屋门口的劈柴总是堆是堆、垛是垛；从不要青青去砍修防火道，绿毛坑十几年来也没有起过山火；从不要青青去挖土种地，溪边的一大块自留地里总是四时青葱，新鲜瓜菜一家四口吃不赢。盘青青只管喂猪、奶娃娃、浆洗缝补一应家务，所以二十六七岁了还像个没成亲的阿妹那样水灵鲜嫩。王木通目不识丁，却十分自信，什么都懂。在绿毛坑，他觉得自己是真正的"主人"：女人是他的，娃儿是他的，木屋山场都是他的，虽然，他是归林场领导的。领导派他在这里看林子，他就像个小小的一方诸侯似的。盘青青生娃娃前，曾多次提出要到九十里外的场部去看看，都被他阻止了，还因此挨过他的蛮巴掌，甚至罚过跪。他是怕自己的俊俏女人到那种热闹地方去见了世面，野了心，被场部那些抽抽抖抖、油光水滑的后生子们勾引了去。直到盘青青给他生下一个男娃，后又生下一个女娃，他才落了心。好像盘青青这才在他的腰带上系牢了，真正成了他的女人。巴掌、罚跪一类的家道，自然就轮着小一辈分的受用了。他把全家人的日子治理得有规有矩。夫妻、父子，在绿毛坑木屋里各就各位，居然也讲究点尊卑高下，组成了一个小小的社会。

王木通和盘青青过着与世隔绝似的日子，虽然算不得夫唱妇随，却也彼此习惯，相安无事。王木通每月去场部一次，一来领回夫妇两人的工钱，二来挑回全家人的白米、油盐。每次出门回家，少不了也要和盘青青讲些场部发生的事，或是从场部听来的一些传闻。盘青青总是睁大了乌黑乌亮的眼睛，心里充满了新奇，仿佛男人讲的是些天边外国的事情。这几年，男人给她讲的尽是些外边的学生娃造反闹事啦；戴眼镜的先生们像串猴子一样被牵了挂牌游山啦；做了半辈子学问的林技师竟在一汪水牛滚澡的水孙凼凼里自尽，连脊背都没有打湿啦；后来又是批鹿（儒），这个鹿不是山里跑得飞快、只有枪子才追得上的野鹿，听讲，读书人都算鹿……"唉，还是住在我们绿毛坑里好！泥巴黑得发亮，肥得出油，就是插下根柴棍棍也能抽枝出芽！我们没有文化，不招惹人家，人家也不来惹我们……"

男人讲的这些，盘青青有的能懂，有的不懂，混混沌沌，还为山外边那些读书人担惊受怕过。读书识字是个祸。她不禁暗暗为自己和男人庆幸。"还是住在我们绿毛坑里好"这话听多了，也就相信了。场部那种明争暗斗乱糟糟的鬼地方，她连想都不去想了。她对男人没有太高的要求，只望他发火打人时，巴掌不要下得太重。他们每天天一落黑，就早早地关紧木屋门，上床睡了。打回半斤煤油够点半年。只有天上的月亮和星星，偶尔透过那高高的木格窗子，窥视过他们夫妇的夜生活。

"青青，你还要替我多养几个娃儿！"

"我们有小通、小青两兄妹了。你不是讲如今场里不准大家多养，女的都要去阉一刀?"

"不管，我们再养五个不为多！"

"你就不怕苦了我。"

"苦? 女人养娃还怕苦?"

"怕场里人骂。"

"怕个卵。顶多不发口粮。我们绿毛坑有水有土。你看看，我这双手巴子粗得和量米筒一样，还养不大几个娃娃? 冬下我再开出一块棉花地，明年你把你阿妈留下的花车、木机搬下来，洗干净……"

"看你，把我当山鸡，喂在这山里。"

"你是我的！"

盘青青被男人搂在发着汗酸味的腋窝里，不作声了。她温顺驯服。她是男人的。男人打她骂她也是应分的。她正在青春盛期，生娃儿就和树上结果子一样，不痛。喂起娃儿来，那白生生的奶子哟，也和树浆一样，流不尽。她男人呢，年富力强，打得死大虫捉得来野猪，那双铁箍似的手臂搂紧了她，做些大约是山外边的夫妇也做的事儿，力气大得没有地方用似的。

一九七五年夏天，绿毛坑来了个"一把手"。不要误会，这"一把手"不是哪位负责同志，而是个一九六四年来林场落户的城市青年。他真名实姓叫李幸福，说是解放那年出生的。他瘦高条子，长相秀气，采种育苗手勤脚快，见了场里工人、干部嘴巴乖巧。可是一九六六年红卫兵大串联使他着过魔，有一回他扒火车，把好端端的一只手臂丢在铁轨上了，从此一边衣袖空荡荡的，在城里逗留了几年，重又回到林场来，林场工人才给他起了"一把手"这个美名。场领导可就拿他作难了，打电话给各个采伐工区、营林队，谁都不肯要。都讲"一把手"干不了体力劳动不说，还是个"革命小将"，若在哪条山沟沟里串联起来，就好比领了块水豆腐跌到火灰里，吹不得，拍不得，如何了得？一天，绿毛坑的守林人王木通来挑一家四口人的口粮，被林场政治处王主任撞见了。王主任一拍后颈窝：对了！何不发配李幸福到绿毛坑协助王木通两口人看林子去？活路不轻不重，倒挺合适，再加上那地方方圆百里没有人家，就一对老实巴交的王木通夫妇，他还能和猴子、山鸡串联去？王木通初听给他添个人手，归他领导，倒很高兴。但一问李幸福就是"一把手"，便面露难色了。"木通老王！你不是多年来就要求入党？这回可是组织上给你的一个考验！"王主任拍着他的肩膀，"李幸福只手单拳，有什么不好领导的？回头我亲自找他谈话，约法三章，叫他在绿毛坑一切行动听你指挥，凡事向你汇报，离开绿毛坑必须向你请假。你嘛，也要拿出点气魄，把这个犯有错误的知青教育、改造过来！"王木通这才点了头，决心接受组织上对他的考验，挑起"教育人、改造人"的重担。

"一把手"李幸福来到了绿毛坑。以王木通为首的小社会增添了一个重要成员。王木通夫妇就在离古老的木屋二三十步远的地方，也就是紧挨着清澈如玉的山溪，用圆木筒子竖墙，杉木皮盖顶，替"一把手"盖了间小小的、矮矮的木屋。于是一大一小、一旧一新两栋房子就做了邻居。开初，王木通对"一把手"还没有什么恶感，倒是觉得李幸福一口一声"王大哥"蛮落耳的。

新来乍到，李幸福被绿毛坑里秀丽幽静的景色陶醉了。王木通每天都派他到山腰上去坐瞭棚。他每天早晨沿着一条蛇一样弯弯曲曲的小路走进大森林的雾里，恍若走在迷蒙的梦里。满山满谷乳白色的雾气，那样的深，那样的浓，像流动的浆液，能把人都浮起来似的。特别是早上九十点钟，日头露脸、云雾初散时，他坐在山腰瞭棚口，头顶千柯竞翠，万木葱茏，脚下却仍是白茫茫一派雾海，只见一簇簇高大的粤松和铁杉从这团团滚滚的雾气中浮出，真是仙山琼岛、蓬莱玉树一般，迥非人间境界了。李幸福当然不会把这峡谷山林当作仙境。他倒是觉得王木通夫妇都还年轻，"青青阿姐"又那么温柔俊秀，有一双会讲话、会唱歌似的乌黑大眼睛，便识趣地注意着和人家保持个应有的距离。但年轻人总是不耐寂寞啊，在这个满眼青绿的大峡谷里，难道真的和金丝猴、画眉、松鸡搞串联、交朋友去？

王木通有两个娃儿，男娃小通，七岁；妹儿小青，五岁。开始两个娃儿有点怕"断手"。但"一把手"给小通捉过几回红雀，给小青摘过几回山花戴在头上，并用一块小圆镜子给她左照右照，局面就改变了，兄妹俩就开始"李阿叔""李阿哥"地乱叫开了。过了些日子，小通就赖在"一把手"的小木屋里睡觉了。盘青青来叫也叫不回。山里娃儿有山里娃儿的可爱处。有天一条长虫溜进小木屋来，把"一把手"吓了个浑身乱颤。小通就告诉他：蛇，只要不被踩痛，是不随便咬人的。小通还边讲边学样子，说绿毛坑里主要有三种蛇："青竹蛇，这种蛇最懒了，平时盘在毛竹上一动不动，"小通仰起脸，闭上眼睛，噘拢嘴巴，"就这样，'伏，伏，伏'地喷着毒水，招引鸟儿。鸟儿一拢来，它忽地蹿上去，就咬住了，就又懒懒地盘在竹枝上，慢慢来受用。喊蛇就不同，它的鳞皮和泥巴一个色，走起路来好威风，茅草都朝两边分，抬起半人高的身子，就这样，"小通说着瞪圆眼睛，张开嘴巴，伸长脖颈，脑袋向前一伸一伸地学着，"'呼！呼！呼！'好吓人的！还有种蛇有柴刀把粗，扁担那样长，阿爸叫它四十八节，走起路来脑壳乱晃，好狂的！""一把手"怕小通又要学，连忙按下了他的小脑壳，问："这些，你都是怎么晓得的？""青竹蛇是我自己看到的，喊蛇和四十八节，是阿爸讲给我听的。阿爸会捉蛇，到山外边去卖钱……""一把手"看着这个本应上学的娃儿，却在这里模仿各种长虫的动作，再又想起那条从屋里溜走的阴冷的长家伙，心里不禁好一阵凄惶。

大人观察娃儿，娃儿也观察大人。"一把手"每天早晨都要刷牙漱口。小青阿妹就总是从她家木屋门边探出半边脸子，瞪着眼睛看稀奇。

有天早晨，小青怯生生地走拢来，问："阿叔，你的嘴巴臭吗？"

"一把手"正含了满口牙膏泡泡，没听懂小青的话。

"嘴巴不臭，怎么天天用刷子刷？"

"一把手"忍不住哈哈笑。他洗过脸，才对小青讲："日后叫你阿妈给你和小通都买支牙刷，早晨起来刷刷牙，牙齿雪白雪白的，好看。"

小青却不服气："阿妈从不用毛刷子刷，牙齿也雪白雪白的。"

为了说服小青，"一把手"又问："你阿妈的嘴巴有什么不好闻的气味吗？"

"阿妈最喜欢和我亲嘴了，她的嘴巴好甜，你不信，就自己去亲一下，闻一闻……"

"小青！鬼妹崽，你在外边乱讲些什么呀！快回来！"木屋里，她阿妈答腔了。

"一把手"忽然脸热心跳，仿佛自己有了什么不正当行为似的，连忙一闪身躲进他的小木屋里去了。

事情很小，却被王木通撞上听见了。小青立即被拖到木屋门口罚了跪。他的用意很明显，是做给"一把手"看的！尽管还没有发现什么可疑迹象，他可是脑后都长了眼睛，提防着呢！

绿毛坑两户人家的生活，就像木屋后边那条碧玉般清澈的山溪，静静地流着，流着。深处浸到腿肚子，浅处盖住脚背脊。然而这浅浅的山溪，却也倒映出了婆娑的树影，清朗的蓝天，轻悠的白云。如今又多映出了一样东西，"一把手"在他那小木屋边上竖了一根高高的杉木条子：收音机天线。

这可成了个惹是生非的东西。"一把手"木屋里那个不大的黑匣子，能讲话，会唱歌，打破了这深山老林亘古以来的夜的宁静。开初只是小通和小青麻起胆子一傍黑就到小木屋里来听，渐渐地，盘青青也借喊小通小青回家睡觉为名，进来听上一会儿。当然，这就该轮着王木通每晚上出马，来催女人和娃儿回去睡觉了。有时王木通声气粗了一点儿，盘青青竟敢撒娇似的回嘴："还早哪！傍黑就上床，天难得亮哪！"听听，傍黑就上床，女人觉得天难得亮了。王木通心里不觉得蒙上了一层阴雾。这个武高武大、一顿饭吃得下两升米的护林员，从没有去听过黑匣子里的鬼腔鬼调。他保持着大丈夫那种不容触犯的威严，严密地注视、防范着事态的发展。

不久，"一把手"带动盘青青和两个娃儿，在两栋木屋之间的空坪上来了次大扫除，把木屋门口的劈柴、杂物堆砌得规规整整。原先高低不平的土坑泥洞，狗屎猪尿，也收拾得平平展展、干干净净。"一把手"还说要在这坪地里栽花种草，还说要教盘青青和两个娃儿认字、学广播操！把盘青青喜得哟，嘴角眉梢都是笑。就连两个娃儿，也一天到晚地跟着"一把手"的屁股转，开口闭口都是"李阿叔讲""李阿叔不准"的，比他王木通这亲阿爸还亲了。这些更是惹得王木通心里不舒服，眼里长了刺。别看"一把手"只手单拳，却在不知不觉地改变着绿毛坑里的生活，好比蚯蚓悄无声息地翻耕着土地。"娘卖乖！他倒想在绿毛坑露一手，显出他是个有文化的角色，跟老子比高低！"果然不出所料，对于护林工作，"一把手"也向王木通提出了四点建议：一是要求场部立即派人修复多年不通的电话线路，并在两栋木屋里各装一个有线广播喇叭；二是在绿毛坑四周的山口上，竖立油漆木牌，上书护林公约；三是巡山防火，他和王木通实行两班制，一个上午班，一个下午班，每班八小时。上班时间不得放树吊、挖土牛、干私活；四是建立学习小组，学政治，学文化，吸收小通小青参加。盘青青一听，就喜眉笑眼地瞟了王木通一眼，嘴里没出声，那明眸大眼分明在说："看看人家有文化，想事就不同，讲得就好听！"

王木通早把这一切看到了眼里，心上像长了刺。他绷着脸块，嘴巴闭得铁紧，眼里闪着火星："新开茅厕三天香，收起你那八百钱！"他恶狠狠地横了女人一眼，接着不客气地对"一把手"说："城里来的后生家！老辈人讲入乡随俗，客从主便。当然你不是客，但也算不上主。绿毛坑十几二十年没有起过山火，雾界山林场哪任领导不表扬？我王木通哪年不当护林模范？我可没靠过什么铁线线、木牌子、两班制，还有什么组。还是磨快你的那把砍山刀，练练你的手劲脚筋吧！场里早派定了，绿毛坑里的事由我来管！政治处王主任对你的约法三条，你不要当耳边风！"

王木通双手叉在腰上，目光炯炯，神色严峻，讲得"一把手"目瞪口呆，脸色发白。盘青青看着过意不去，但对丈夫的蛮扯横筋不敢怒也不敢言，就宽解地对"一把手"说："阿李，他没有文化，就是气粗……"但一看到丈夫虎下脸快要发作，连忙又收了口。王木通冷笑着说："我是个老粗，他可是个老细！如今这世道就兴老粗管老细，就兴老粗当家！你李幸福嘛，莫要忘记领导放你进绿毛坑，是来接受教育、改造的！"说着他晃着粗大的身坯走开了。脚下咚咚响，一步能踩出一个坑来！

"一把手"的四点建议碰在王木通的岩壁上，白印子都没有留下一点。他气馁了。是啊，他是被发配到绿毛坑来接受教育、改造的。没有文化的教育改造有文化的。这是当今一项发明创造呢。他对王木通不由得生出了一种畏惧心理。他晓得自己很难做出什么成绩来改变眼前的处境。但他精力充沛，不能让自己闲下来。他一闲下来就寂寞、孤独，就觉得活着没有多大意思，不如跳崖死去。他收有两本"文化大革命"前的书，一本叫《树木志》，一本叫《林区防火常识》。他每天巡山时都带着《树木志》，对照书里的标本图片，学着辨认山里的数百种常绿阔叶乔木。他打算自己在绿毛坑搞一次林木资源调查，以便为日后的采伐工作准备下一手资料，也算没在这里白混。他觉得盘青青能理解他，就把这想法和她讲了。果然青青阿姐像待自己的兄弟那样温柔、亲切："傻子！你想做的事，就自己去做，不要再和旁人商量了。""王大哥不会见怪吧？""你难道是去做坏事？你呀——！"青青阿姐这声"你呀——"拖得老长。她的眼睛乌黑乌亮，照得见人的影子，照得进人的心。不晓得为什么，"一把手"怕看这双眼睛。青青阿姐的这声"你呀"，乐曲似的，山泉似的，九曲十八弯，萦回在他的心田。

时候正是秋天。"一把手"用旧信封采集下一些珍贵的稀有树种，什么美丽崖豆杉啦，金叶木莲啦，南华木姜啦，想着办一个小小苗圃，以后把苗子背到场部去，交给技术员们去栽种。办苗圃就要烧一片荒，开几分地。他晓得王木通对这类事毫无兴趣，只好又去求助盘青青。

那天，王木通上山放树吊去了，"一把手"和盘青青选中菜地边上，也正是王木通准备开作棉花地的那块野茄子坡，放火烧了起来。一时浓烟滚滚，风呼火啸。两人像兄妹似的有讲有笑，彼此都觉得欢畅愉悦。谁知王木通气急败坏地跑下山来，冷冷地横了一眼，从腰背上取下砍山刀劈下一棵小松树，双手挥舞着一顿扑打，把火扑灭了。"一把手"连忙向前解释。王木通立即虎起脸，吼道："少搞新名堂！这地我另外有用场！李幸福，你不经我允许，就胆敢烧荒，今晚上必须写份检讨！""写检讨交给哪个？""交给哪个？你以为我认不得字，领导不了你？实话告你，你在我手下可要规矩、老实！"听听，都是些什么话哟，盘青青看了丈夫一眼，想哭。"还不回去喂猪！潲都烧煳了！"王木通凶神般地训斥她。

"一把手"可怜巴巴地偷看了青青阿姐一眼，只见她没敢回嘴，转身走了，边走边用手背揩眼睛。

人都有自信，也都有自尊。小坼不补，大坼难堵。连地球都开有裂缝。王木通觉得自己面临着"一把手"的挑战，屋里女人也在变野，不再像过去那样柔顺、服帖了。

那天，王木通又去场部挑全家的口粮。往常他总要在场部住上一晚。但这一次不晓得什么鬼，他一大早出门心里就发慌，总觉得有件事心里搁不下。这条彪健汉子发了发狠劲，担着一百二十斤大米，来回一百七八十里山路，硬是连夜打了转身！到家时，一身都汗臭了。木屋门虚掩着，里头还亮着灯。怪了，女人还没有睡呢。进到屋里，却没有人口一听，"一把手"那屋里却传来笑声、歌声。他摸摸火塘，锅凉灶冷。他心里那盆子火哟，怎么熄得下来！他冲出门去站在"一把手"木屋的窗下，看了个清楚：自己的女人正双手撑着下巴，小通伏在她膝头上，都出神地听着那鬼匣子里传出来的一个女人妖里妖气的歌声。"一把手"呢，竟搂着小青坐在腿上，脸贴着脸！王木通听得出来，黑匣子里唱的是支瑶山情歌，什么"阿哥阿姐芭蕉心"！

"真好听，我阿妈在世时，就喜欢唱这样的歌子……"王木通见自己的女人那贼亮贼亮的眼睛盯着"一把手"，亲亲密密的。"你们瑶家本来就能歌善舞……""一把手"也以那种不正经的眼神看着自己的女人。王木通实在看不下去，他强压住心里的火苗，才没有吼出粗话来："小通！小青！两个鬼东西都学会坐歌堂了？这下子天易得亮了吧？"盘青青这才发觉是自己男人回来了，慌里慌张地一手拉了小通，一手拉了小青，走了出来："哎呀！你这个鬼，没在场部住一夜？看看把你累得这身汗！"王木通没有搭理。他咬着牙关，有句话没有讲出来，也不情愿轻易就讲出来："我要是在场部过一夜，只怕你就会在人家屋里过一夜了。"

回到自己的屋里，盘青青连忙生起火，边烧水边热饭菜。她没有烫酒，怕男人借酒打人。王木通这晚上却表现出了一种异乎寻常的克制，一种令人战栗的沉默，屋里的空气都仿佛凝固了似的。他用热水擦了身子洗了脚，没有理会女人摆在桌子上的饭菜，就闷不作声地上床睡了。

女人仿佛晓得他窝了什么气，几次抖着双手和解地推了推他光赤条条的脊背。但他就像只沉甸甸的火药桶，倒在那里动也不动，真吓人。

王木通不光有一身好力气，还是个有心计、有主见的人，他感到自己在绿毛坑的地位受到了威胁，背叛的苗头就来自盘青青，以及小通和小青。能眼睁睁地看着"一把手"一步一步把自己的女人娃儿都勾引了去？自己一个堂堂正正、苦吃蛮做的模范护林员，能败在一个只手单拳、吊儿郎当的下乡知青手里？呸啾！他决定先稳住自己木屋里的阵脚。第二天一早，他就铁青着脸，圆睁着豹子眼，用打闷雷似的声音宣布："小通、小青你们给老子跪下！跪下！好好听着！从今天开始，你们和你阿妈，谁要再敢走进那小木屋里一步，老子就挖了你们的眼睛，打断你们的脚杆！"盘青青听了这禁令，脸色发白。小通小青双双跪在她身后，牙巴打着颤颤，像两棵小树苗似的在寒风中抖索。

趁着"一把手"还没出工，王木通又来到小木屋里，问"一把手"要前些天布置下的检讨书。"一把手"回说还没有写。"你把我的话当耳边风？不作数？李幸福！实话对你说，场领导把你的命簿子交在我手里捏着！今后不准你乱说乱动，只准你老老实实！宽你一天期限，明天一早你把检讨书交给我！"王木通豹眼圆瞪，晃着两只铁锤似的拳头，还定下了三条戒律："听着！从今天起，你每晚上要给我汇报一天的活动，地点就在你这小木屋里；你有事要向我请假；你没有事，不要随便到我那木屋里去！还有！你要是再用你那鬼匣子来招引我屋里的人，小心我的拳头。我用根指头就扯起你那根杉条铁线扔到山那边去！"

安内攘外，双管齐下。王木通为了增强自己禁令的效力，还采取了一项具体办法。本来，从他家木屋走出，不论是去东边通往林场场部的那条小土路，还是过小溪去西边山上坐瞭棚，巡山场，都要路经"一把手"的小木屋门口。王木通挥锨舞锄，另挖出一条小土路，供一家人出入行走。当然，无论是上山还是去场部，就都要绕个大弯子，多走百十步了。

局面就这样明摆着，"一把手"不能不接受。王木通在绿毛坑的身份和地位，就像一个勇武的古代森林国王那样强悍稳固，不容置疑。他原先很少进"一把手"的小木屋，如今老婆、娃儿不敢来了，他倒是每晚必来坐一会子，听"一把手"汇报一天的活动。他仿佛也品尝到了做一个拥有权力的领导者的滋味，把"一把手"管得像个"五类分子"似的服服帖帖。

这一来，小木屋和它的主人就像蜗牛一样在壳壳里缩着，连那黑匣子的歌声都低微了。"一把手"在严峻的现实面前，又一次碰得鼻青额肿，低头认输了。绿毛坑的生活，又回到往时那种睡眠一般的寂静里。

这一年冬天，气候有些反常：没有落雪，尽打霜。老辈人讲这是干冬和干春的预兆。绿毛坑数万亩老树林子天天早晨结着狗牙霜，常绿阔叶树就像披上了银缕玉衣，成了个白花花的世界，不过晌午不得消散。绿毛坑峡谷底的那一高一矮两栋木屋，每天早晨、上午都戴着洁白的玉冠。木屋后头那溪山水，也结上了一层硬壳，僵直地躺在那里，失去了往时叮咚流淌的声息。

干冷干冻的打霜天，盘青青除了一天喂两次猪，煮两顿饭，没有外边的活路做，就翻出一篮子旧衣烂衫来替娃儿贴几双鞋底。小通、小青被男人带到了山上去玩了，青青常常手里拿着布片，一动不动地坐在火塘边，有时一坐就是半上午，神思恍惚。王木通每天都从山上捕回野兔、獾狗，皮剥下来张钉在屋壁上，肥嘟嘟的肉块炖在砂锅里，能香几里路。可是真出鬼，盘青青身子又坐了喜似的，一闻肉香就腻。她觉得心里压着块石头，石头底下还压着个有生命的东西。近来她常常挨男人的打，身上青一坨、紫一块。一天到晚看着男人的脸色、眼色，大气都不敢出。就是在他抡拳打来时，也只能巴望着那拳头落到背上腿上，不当紧的地方。她眼里的泪水湿了干，干了湿，哭自己命苦，恨男人蛮横。她觉得只有"一把手"还尊重她，把她当个人；霸道的男人却像管制坏人一样地对待自己。那后生家和自己一样的可怜……但有时她也恨"一把手"，你什么地方不好去，偏偏来到绿毛坑，搅乱了她一家人的生活……

如今盘青青最怕傍黑上床，去闻男人身上的汗酸味。她常常在漆黑的夜里暗自饮泣，渐次滋生出一种反抗。每到傍黑一上床，她就执拗地脸朝墙壁，像被木钉钉在那里，任男人拉和推，也不肯转过身子来。王木通恨得直咬牙："老子要你死！""死就死！""娘卖的，你只想着野汉子!""你又打人？人家听着笑话哪!""骚货!""哎哟阿妈！你再打，我就喊！我就喊!"盘青青如今敢和自己的男人硬碰死顶了。她不晓得为什么，男人十分害怕"一把手"听去自己家里的隐私。其实盘青青也生怕"一把手"晓得了自己在家里受糟践，晚晚都挨打……

生活是畸形的，感情也就畸形。盘青青觉得自己在变。是在变好，还是变坏，她不晓得。今年这个干冷干冻的冬天，她和过去不同的是有点爱打扮，爱戴那块平日压在木箱底舍不得戴的银灰色直贡呢头帕，爱穿那件玫瑰红灯草绒罩衣。一天到晚都是干干净净的，就像随时准备出山去做客一样。她还喜欢用阿妈传给她的那个铜脸盆打满清悠悠的山溪水，照自己投在水里的面影。几年前她就曾经要男人在场部替自己买块那种可以挂在屋角的梳头镜子，男人却每趟回来都讲不记得。现在想起来，男人是在要心计，怕她照见自己的这样一副好容颜：脸盘像月亮，眼睛水汪汪，嘴巴么，像刚收了露水的红木莲花瓣，还有两个浅酒窝，一笑就甜，不笑也甜，谁个不喜欢……"一把手"喜不喜欢？呸！丑死了。她心里乱跳，神思有点摇荡，双手捧着火烫的双颊，不敢抬头，就像做了什么见不得人的事情一样。的确，近来她常常不由自主地要朝"一把手"那小木屋打望。好怪哩，男人越是不准自己进那小木屋去，她就越觉得那木屋好。"一把手"用的收音机、香胰子、雪花油，还有天上地下、海内海外的各种奇闻，就像一个崭新的世界在诱惑着她……李幸福，呀，名字都叫"幸福"！可是那个身子瘦长、脸色发白的人幸福么？每天用一只手劈柴、洗衣、煮吃，连看都不敢看自己一眼，见到王木通就像遇到老虎一样，真可怜。她对"一把手"十分怜悯、温柔，常带着瑶家少女般的妩媚的羞涩。有一回"一把手"从场部回来，偷偷地塞给小通和小青两把金纸银纸包的糖块块，还是小青懂事，小手剥了一块糖塞到阿妈的嘴里来。盘青青立即把小青紧紧搂在怀里，嘴对着嘴地亲了又亲。还神思痴迷地问："小青，阿妈的嘴巴有没有不好闻的气味?""没得没得!""甜不甜?""甜！阿妈的嘴巴真甜!"哎呀，该死，你看自己都和妹儿乱讲了些什么呀？她不觉得飞红了脸。糖在她嘴里慢慢地化着，那甜丝丝的汁液像流进了心里去似的。她又在妹儿那粉红娇嫩的脸蛋上印满了自己带着甜味的唇印。这些，都是她那威严的男人看不见、管不着的，要不真会立时打死了她。

有天王木通上山放树吊去了，盘青青提了个溲桶到溪边提水，见"一把手"正在刺骨的冰水里用一只手摆洗衣服，手杆冻得通红。她放下溲桶，就走拢去，接过"一把手"的衣服摆洗了起来。"一把手"慌忙站起身，离开两步，劝阻说："青青阿姐，这不好，叫王大哥看见了，又……"

盘青青没有抬头，只顾洗着："有哪样不好？我又不是做坏事。"

"我晓得……王大哥又该打你了。"

她愣了一下，住了手。

"看看，你的手巴子都是紫的。"

"你闭口！蠢子，我这手巴子是在猪栏里叫猪撞的……"

她含着泪水，死命忍着，才没有哭出来。真该跑到什么地方去放声大哭一顿才好啊！她三下两下，搓搓抖抖，提起来拧成一把大麻花似的，丢进"一把手"的白铁桶里，头也不回地提起溲桶走了，水都忘了提。回到木屋，她身子靠在门背后，手脚发软，浑身没有了一丝丝力气。她的心却在厉害地怦怦跳着，就像要从胸口里蹦出来似的。她没有哭，反而有点想笑。背着男人替另一个后生子做了件事，这算生平头一回。每个人都有这种使人浑身战栗的头一回。盘青青倒是在心跳过后，高兴了好久。男人傍黑从山里回来也没有察觉。她成了胜利者……

到了这一年的年底，冬旱仍在延续，霜冻依然不断。绿毛坑四周的许多常绿阔叶树都光秃了枝桠，像一个个饥渴的老人向苍天伸出了瘦骨嶙峋的双手。山坡上铺着厚厚一层焦枯的落叶，一当霜风吹过，各种形状、各种色泽的落叶就如同金箔玉片一般，满山里沙沙啦啦，纷纷扬扬，倒也色彩富丽，景象壮观。

长时间的干旱，使得"一把手"无法龟缩在自己的蜗居里。他每天天不亮起床，腰上别着砍山刀，腋下夹着那本《林区防火常识》，上山去游转巡看。他几次大着胆子向王木通提出，应当立即把几条防火道砍修一次，把道上的枯枝落叶清扫掉。王木通因对他反感，从不把他放在眼里，大凡他的建议都不予理睬。只说绿毛坑的事有他王木通做主，旁人不消多嘴，不消充什么积极。"一把手"这时却表现出了一股倔劲，就像预感到了什么似的，采取了一些防范措施。他说服青青阿姐，带着小通、小青，把两栋木屋四周的茅草杂柴、枯枝落叶，来了次大清除。还利用一切时机，读那本《林区防火常识》给小通、小青听，也是读给盘青青和他王木通听。有天早晨，王木通听"一把手"和小通在一问一答：

"李阿叔，什么叫逆风跑？"

"就是山火来了，要朝着它烧来的方向冲过去，才跑得脱。"

"阿叔，要是我们这木屋也烧起来了呢？"

"你们就蹲到溪水里去，蹲到近边没有大树的溪水里去……"

"放屁！不吉利的东西！"王木通听不下去了，恶狠狠地骂了一声，先吓走了小通，才问"一把手"："李幸福，你是打算在绿毛坑里放一次山火还是怎么的？"

"一把手"被问得瞠目结舌。

"要不你怎么天天琢磨着火时哪样逃命？"

"王大哥，水火无情啊！"

"这样讲来，你认定今年冬下山里一定会起火了啰？"王木通鄙夷地从"一把手"手里抽过那本《护林防火常识》，目不识丁却又不屑一顾地翻了两下，就又抛给"一把手"，"这书里写的大约是算命先生的口诀，会测凶吉啰？"

"王大哥，天旱了这久，满山的落叶，电台晚晚都广播……"不晓得为什么，"一把手"在王木通面前，总是显得秽神愧色，苍白无力。

王木通却一听什么电台广播就冷笑了起来，打断他的话问："你那黑匣子近些日子还唱没唱'阿哥阿姐'那些酸溜溜的歌？"

"一把手"哭笑不得。但还是赖着脸皮说："王大哥，我有个建议……是不是向场领导报告一下，请求立即派人修复电话线路？免得万一我们绿毛坑出了险情，没法和外边联系。"

"你要报告就向场里去报告吧，我准你两天假！看看场里肯不肯派支打火队住进绿毛坑来。"王木通嘲弄地斜了"一把手"一眼，又满不在乎地打了个哈欠，"不是我吹牛，我在绿毛坑二三十年了，还不知道什么叫山火！"

当天晚饭后，王木通又照例到"一把手"的小木屋里来了。使"一把手"觉得奇怪的是，往常王木通总是摆出一副训教的架势，像对"五类分子"似的。这晚上王木通却一反常态，竟和和气气的："小李，你不是想回场部去一次？顺便替我做件事……"他拿出一张带来的白纸，叫"一把手"代他写一份入党申请书。"一把手"心里正在暗自惊奇，王木通已经把一个指头放进嘴里，"咯崩"一下就咬出了血来！而且把这冒着血滴的指头举到了"一把手"面前，像举着一杆小小的旗帜："快给我蘸着写！敬爱的林场领导，我写血书，要求入党……我没有文化，是个大老粗，可是我有一颗红心，最听党的话……""一把手"吓坏了，连忙找到一支破毛笔，蘸着王木通手指上的鲜血，以最快的速度，代写下一份血的申请书。妈呀，他怕看见这血，通身都在颤抖，都叫冷汗浸透了……

血书写好后，王木通小心叠好，放进贴身的里衣口袋里。他终归不信任"一把手"，不能托付政治不可靠的人去场部呈交自己这份神圣的申请。

可是第二天早晨，王木通连手指的伤口都没有扎一扎，就在自己的菜地里烧开了草木灰，划算着再扩大一片自留地。他是个好劳力，开出的菜地有三四亩大。场里规定他夫妇每年养三头肉猪，年底烘成腊肉上交，多养的归他自己宰了吃。他可不管什么思想和主义。他信仰党就是信仰他自己。他喜欢党，党也喜欢他，觉得党就是应该由他这样的人组成。他把山边的枯枝落叶、腐根烂草，大堆大堆地拢到地里来烧。他年年冬下都这样烧灰积肥，今年虽是冬旱也不能例外。"一把手"却因王木通在这干燥的冬日里烧山灰而忧心忡忡。但又不敢出面劝阻。他晚上睡不安稳，做噩梦，梦见的总是光怪陆离的火，云霞一样绚丽的火，江河一样奔流的火。有两晚，他悄悄爬起来，到山边砍下一根小枞树，守候在王木通白天烘下的火堆旁，一站就是大半晚。霜风吹扑着他，手、脚、脸就像刀割一般生痛。他为什么要来守着这火灰？他又没有写血书。即便写了血书，谁又会相信他？火堆上火苗直跳，火星子直爆。只要有几星火点爆落在山边的枯枝枯草里，山火就会风卷残云似的蔓延开来……真的回场部去作一次汇报？一来要求场里立即派人修复电话线路；二来要求场里来人检查绿毛坑的护林防火工作，来说服、劝阻王木通。他把自己的打算偷偷地和盘青青讲了讲。青青阿姐近些日子眼睛肿得和桃子一样，泪汪汪的，朝他点着头，对他这个可怜的人有疼有怨有恨，那神色总像有一肚子话要对他讲一样。

这天下午，"一把手"正猴在灶门口生火煮饭，准备一点路上吃的干粮，盘青青突然撞进他的小木屋来了！要晓得她这是公然违反她男人几个月前的严厉禁条呀。"一把手"登时慌了手脚，赶忙站了起来。青青阿姐看样子是刚从地里做了活路回来，只穿了件薄薄的衣衫。衣衫有点紧，领口下的一颗纽扣都绷开了，使得她丰满的胸脯上那具有强大诱惑力的部分，半遮半掩地显露了出来。

"青青阿姐，你……""一把手"抬不起头，惊惶得连句话都没有勇气问完。

"蠢子，你有时灵聪有时蠢……我又不是山精……"看着"一把手"丢魂失魄的样子，盘青青越发觉得爱怜。一种母性的爱怜。

"青青阿姐……你、你……"

"我是来问问，你回场部去，能不能帮我做件事?"

"一把手"这才定了定神，抬起头来看了看盘青青。

"这是一百块钱，你替我们家买回一个你这样的收音匣子，再买块圆镜、香胰子，还有你用的那种打霜天涂脸的香油，再给我和小通、小青各买一支早晨刷牙的刷子……我那木屋边，也要竖根杉木条，接根铁线线……"

"一把手"瞪大了眼睛盯着盘青青，心里十分吃惊。这个大森林的女儿真像尊美神。她胸脯饱满，四肢匀称，身体健壮。她温柔文静，身上透出一股压抑不住的青春活力。

"你呀，尽看着我做什么？一个和你一样遭孽的人……"盘青青娇嗔地侧转身子，红着脸庞，垂下了眼帘。

"啊啊，好，好，青青阿姐你真好！我、我……""一把手"一时就像着了迷，仿佛在盘青青身上发现了一种闪闪发光的东西。但不一会儿，他就从昏热中清醒了过来，涨红了脸说："青青阿姐，你一次花这么多钱，怕不怕王大哥他……"

盘青青本来正喜滋滋地看着他，但一听"怕不怕王大哥"这话，心里的一缸蜜糖就像被撒进了一把咸盐，立时败了味。

"怕？我都怕了十多年了……他冬冬捉野物，春春卖毛皮，加上两人的工钱又都没大花，十块钱一张的票子压在木箱底……他不舍得花，也不晓得怎么个花法……我不怕，和他住在这坑里，至多是个死！"

说着，盘青青眼睛里溢满了泪花。"一把手"眼睛里也溢满了泪花："阿姐，钱我收下，东西我替你买。莫哭，莫哭。你遭孽，我可怜。我恨自己！恨自己……青青阿姐，莫哭了，啊？叫王大哥下山撞见了，你又会挨打，我又会遭骂……"

"你呀，不像个人，还不如爬在我家木屋上的青藤！"盘青青满心怨恨地瞪了"一把手"一眼，转身走出了木屋。

"青青阿姐！青青阿姐……""一把手"不由得赶到门口，做了个下意识的动作：伸出双手去，像是要把什么美好的东西搂住——虽然左手臂下是一截空荡荡的袖筒。

"一把手"到了林场场部。场部到处都有人在刷写新的大幅标语，"反击右倾翻案风""批判党内资产阶级"等等。林场政治处宽大的办公室里，干部、工人们吵吵嚷嚷，出出进进。"一把手"觉得找政治处王主任汇报情况比较合适，因为当初就是王主任把他打发到绿毛坑去的。他在办公室门口差不多等了一上午，快到下班时，才侧着身子进了去。

"呵呵，李幸福？你回来有什么事？"王主任站在办公桌前正准备离开，只好停住了。他拍了拍发涨的脑门，又双手叉腰扭动了几下身骨。但态度还算好。

"一把手"连忙见缝插针地把要求修复绿毛坑电话线路的事，尽量扼要地讲了讲。

"修复那根废弃了十来年的电话线路？"王主任现出一副不胜惊讶的样子，"是木通老王的意见？哟，原来是你的！李幸福，绿毛坑的工作，我们依靠的是木通老王。他虽然没有文化，但政治可靠。十几年来都是模范护林员……电话线路的事，要投资，要材料，不是喊修就修得了的。眼下又要开展大运动了，举国上下反击右倾翻案风，压倒一切的中心！你懂不懂？"

"一把手"又把请场部派人到绿毛坑去检查护林防火工作以及王木通

在干旱的季节里烧山灰的情况汇报了一下。他生怕王主任要下班了，听得不耐烦。

"嗬哟，李幸福，你这一段日子倒像大有进步啰，"王主任又现出不胜惊讶的样子，但接着就拉下脸来，"再对你讲一次吧，场部领导完全信任木通老王！你在绿毛坑应当服从他的领导，接受他的教育、改造。不要另搞一套。而且，据反映……咳，人家的老婆年轻，标致水灵，你可不要眼馋嘴馋心痒痒。要不，你剩下的这条胳膊也叫人打断了，怎么办？咳？你是个知青，还有前途嘛……"

就这样，"一把手"非但没能在场部反映成情况，反而听了一回冷面冷心的训斥。很显然，领导上根本就不信任他。他觉得这样子活下去实在没有多大意思，如同一条长了一身疥疮的癞皮狗，到处遭人踢，受人赶。他独自在场部小街上、供销社、苗圃等处徘徊了两天。他真恨爹妈供自己读了书，恨不能变成个文盲愚昧大老粗，加入王木通们的行列里去。因为如今世道以没有文化为光荣，认定知识越多越反动，只有王木通们才能干革命，随便哪个角落都有这样的人……最后，他还是想起了绿毛坑，想起了青青阿姐和小通、小青两兄妹。起码在那个与世隔绝似的地方，还有三个人不歧视他，不把他当坏人看。于是"一把手"仿佛想通了一点。他在林场粮店买了两个月的油盐米，又到供销社替青青阿姐买了半导体收音机、香皂、雪花油、牙膏、牙刷、一面有小盆口大的圆镜子，又到饮食店去买了两斤粮票的馒头，第二天一早做一担挑着，回绿毛坑来。

他一直走到日头西斜，才到了黑山坳。再翻一座岭，就是绿毛坑了。不等天黑就可以回到他安身立命的小木屋去了。他已经看到了从绿毛坑里飘上来的黑烟。王木通还在烧山灰？黑烟怎么这样大？不，这不像是烧山灰……他已经很疲乏了，但顾不上歇息，他要赶快爬上山口，就什么都看清楚了。他心里越急，脚步就越重，有一种不祥的预感袭上他心头。快爬到山口时，他闻到了隔山飘来的焦煳味儿，听到了毕毕剥剥的燃烧声。天啊，难道绿毛坑真的烧起来了？不然这焦煳味、毕剥声是哪里来的？这时天色慢慢地暗淡了，山那边却是红光冲天。是夕阳？晚霞？还是森林燃烧的烈焰？

他在山道上奔跑！浑身热汗淋淋，额头上的汗珠有指头大。像是一股神力把他推上了山口。立时，一派红光、漫谷流火在他眼前晃荡，使他几乎晕厥过去……绿毛坑！天哪，绿毛坑果然是一片火海！山风卷起排排火舌，火舌就像千万条巨大的红蜈蚣，沿着四面的山脊，暴戾地肆意窜动。山谷浓烟翻滚，烈焰奔腾。整株整株的千年古树燃烧成一支支烛天的火柱。被烧灼的岩脊在爆破，如同地雷一般轰鸣。滚动的火球，奔突的红色箭镞，飞舞的赤练蛇，连同热浪气流，汇成一幅景象奇丽慑人的森林大火图……

"青青阿姐——！小通，小青——！"

"一把手"把担子丢在山口，呼喊着，朝着燃烧的峡谷奔跑了下去。大难临头，他不能丢下青青阿姐不管，不能丢下小通、小青不管。他们是他活在这山林里仅有的三个亲人……他没命地奔跑，竟然没有跌倒。不知跑了多久，钻过一阵阵呛人的浓烟，才见一个蓬头垢面、衣衫褴褛的女人，手脚并用地朝他爬来。

"青青阿姐！阿姐！怎么啦？你们怎么啦！"

"一把手"发现这女人就是盘青青时，竟高兴得大叫了起来。谁想盘青青一见到他，就双手求救似的向前伸出，栽倒在地。他冲了下去，半蹲半跪，把盘青青抱住："阿姐！阿姐！我是李幸福！李幸福！青青阿姐……"

"一把手"喉咙发干，声音嘶哑，一面喊，一面哭。足足有十来分钟，盘青青才醒转过来。她一睁开眼睛，嘴巴只咕哝了一句："你，你，我总算看到了你……"就躺在他怀里哟哟哭了。

"阿姐，莫哭莫哭。先告诉我，山火是怎样烧起来的？小通、小青和王大哥呢？""一把手"摇着盘青青的肩膀问。

"走，你扶我起来……"盘青青说着，强挣着站了起来，踉踉跄跄地要朝山上走，"一把手"连忙扶住她，只听她说："那个天杀的……无情无义的黄眼贼……就在你回场部的那天中午，他发觉木箱里少了一百块钱，就硬讲我偷钱养了野老公……我怎么讲他都不信，劈头盖脑地打我，打得我身上没有一块好肉……天杀的，还把我反锁在你的小木屋里，三天三晚水都不给一口喝……我昨天后半夜用指头抠、扳，才弄开一块板子，爬到溪边吃水……就见山里起了火，他烧的山灰……烧吧！烧吧！把山里野物都烧绝……"

"小通、小青呢？"

"那个天杀的，大火烧起来以后，他背了那个装票子的木箱，领着小青、小通顺着山水走下去了……这法子还是你告诉的……"盘青青身子软塌塌的，倚靠在"一把手"肩头，没再哭泣。她甚至欣慰似的拢了拢自己的头发，还伸手替"一把手"也拢了额头上那几丝汗津津的头发。

"一把手"被这巨大的灾祸吓蒙了。他们一直攀上山口，找到了先前丢下的担子。"一把手"这才记起来，他的口袋里还有两斤馒头和一壶冷开水。他赶忙拿出来给盘青青吃。盘青青饿坏了，一个馒头只够她三四口。吃到第四个，"一把手"没让她再吃，只给她水喝。盘青青仍是偎依在他的怀里，闭着眼睛歇息。

"一把手"紧紧搂着盘青青，愣愣地望着山下那奔腾的烈焰，狂卷的风火。他忽然记起来了，对面山背后，是相思坑。相思坑里有一片美丽崖豆杉和金叶木莲树。听场部的技术员们讲过，这是两种小冰河时期幸存下来的珍贵树种，地球上濒于绝迹的活化石。他心里一亮，对盘青青说："青青阿姐，趁着山火还只是烧到山腰，我们绕到对面山上去，守着山顶那条防火道。要是我们能护住相思坑里的一片林子，今后万一能回到场部，也有话说……"

说着，"一把手"望了望回场部的那条小土路。那眼神却分明在作着最后的告别。

"随便你。反正你到哪里，我就跟你到哪里。"食物和短暂的憩息，使这位本来身体强健的瑶家阿姐，又恢复了生命的活力。

绿毛坑的森林火灾是被一百多里外的一座解放军雷达哨所发现的。哨所立即打电话通知了雾界山林场。林场的头头们这才慌了手脚，动员了大批人马进山打火。但绿毛坑林带的好几万亩原始阔叶混交林，已经十停烧了三停。剩下满坑满谷光秃秃、黑乎乎的树干桠杈，如同一群从地狱里冒出来的鬼蜮囚徒。

七天后，王木通领着两个娃儿，提着一只木箱，不晓得在哪里躲过了大劫大难，回到了林场场部。盘青青和李幸福却失了踪。王木通泪流满面地一口咬定，山火是盘青青和奸夫"一把手"放的！跟他的烧山灰毫无关系。十几年来他一直是林场的模范护林员。为了表白自己，他还向林场党委双手呈上了那份血写的入党申请书。场领导当然相信了他的哭诉，派出民兵在绿毛坑一带搜捕了好些日子。民兵们在遍地黑灰的山场里只发现了一些烧焦了的野兽残骸。盘青青和李幸福是死是活，谁晓得？

其时林场和全国每一个角落一样，正忙着进行决定党和国家命运前途的阶级大搏斗。为了不干扰、转移"反击右倾翻案风"运动的大方向，他们习惯地按照阶级斗争的理论，向上级打了个"阶级敌人纵火烧山、已被革命干部和群众及时扑灭"的报告，就此了事。王木通却死也不肯回绿毛坑去了。恰好这时林场有块紧挨着广东、广西交界处的老林子——天门洞，老守林人病故了，场领导就派王木通带着两个娃儿去接任，继续过他那苦吃蛮做、自给自足的日子。据说王木通当年就娶了个广西寡妇。于是他照旧日出而作，傍黑上床，精力旺盛。正好那寡妇也带来一男一女两个娃儿，日后长大成人，跟王木通的两个娃儿配对，在天门洞的古老木屋里传宗接代，是顺乎人情天理的了。

不过，在万恶的"四人帮"倒台后，林场也有蛮多的人议论，要是盘青青和"一把手"李幸福还活在遥远的什么地方，他们过的一定是另一种日子。更有些人在猜测着，全国都在平反冤假错案，讲不定有哪一天，盘青青和李幸福会突然双双回到林场来，要求给他们落实政策呢。可不是？连绿毛坑里那些当年没有烧死的光秃秃、黑乎乎的高大乔木，这两年又都冒芽吐绿，长出了青翠的新枝新叶哩！

《十月》1981年2期

敬告作者

为了保护有关作者的合法权益，我社曾多方联系本套书所涉及作者以便洽谈版权事宜。但遗憾的是，由于种种原因，截至本书付梓，仍未能与少数作者取得联系。现谨对尚未取得联系的作者表示歉意，并请有关作者或著作权人见书后，尽快致函作家出版社，以便及时奉寄样书和稿酬。

通信单位：作家出版社有限公司

通信地址：北京市朝阳区农展馆南里10号

邮政编码：100125

联系电话（传真）：010-65925260

图书在版编目（CIP）数据

新中国文学经典丛书·精选本　短篇小说（卷一）/
孟繁华主编 . —— 北京：作家出版社，2023.3
ISBN 978-7-5212-2190-9

Ⅰ.①新… Ⅱ.①孟… Ⅲ.①中国文学 – 当代文学 –
作品综合集②短篇小说 – 小说集 – 中国 – 当代 Ⅳ.①I217.1
②I247.7

中国国家版本馆CIP数据核字（2023）第020038号

新中国文学经典丛书·精选本　短篇小说（卷一）

总 策 划：吴义勤　路英勇
主　　编：孟繁华
出版统筹：汉　睿
责任编辑：乔永真
装帧设计：天行云翼·宋晓亮
出版发行：作家出版社有限公司
社　　址：北京农展馆南里10号　　邮　　编：100125
电话传真：86-10-65067186（发行中心及邮购部）
　　　　　86-10-65004079（总编室）
E-mail:zuojia@zuojia.net.cn
http://www.zuojiachubanshe.com
印　　刷：唐山嘉德印刷有限公司
成品尺寸：152×230
字　　数：374千
印　　张：25.25
版　　次：2023年3月第1版
印　　次：2023年3月第1次印刷
ISBN 978-7-5212-2190-9
定　　价：60.00元